Ernst von Weber

Vier Jahre in Afrika. 1871-1875

Ernst von Weber

Vier Jahre in Afrika. 1871-1875

ISBN/EAN: 9783743319530

Hergestellt in Europa, USA, Kanada, Australien, Japan

Cover: Foto ©Andreas Hilbeck / pixelio.de

Manufactured and distributed by brebook publishing software
(www.brebook.com)

Ernst von Weber

Vier Jahre in Afrika. 1871-1875

Vier Jahre in Afrika.

1871—1875.

Zweiter Theil.

Sultans-Palast in Zanzibar.

Zu S. 417.

Vier Jahre in Afrika.

1871—1875.

Von

Ernst von Weber.

Mit Abbildungen in Holzschnitt, einem Plane und einer Karte.

Zweiter Theil.

Leipzig:

F. A. Brockhaus.

1878.

Inhaltsverzeichniß des zweiten Theils.

Zweiter Theil.
Vom Vaal zum Nil.

Siebzehntes Kapitel.

Achtzehntes Kapitel.

Vierundzwanzigstes Kapitel.

Fünfundzwanzigstes Kapitel.

Sechsundzwanzigstes Kapitel.

Dreißigstes Kapitel.

Einunddreißigstes Kapitel.

Nachschrift.

Verzeichniß der Abbildungen.

Zweiter Theil.

Vom Vaal zum Nil.

Siebzehntes Kapitel.

Boerfarmen. — Der Mobberfluß. — Ein Bad mit Schwierigkeiten. — Schlangenrencontre. — Annehmlichkeit des Ochsenwagenreisens. — Charakter und Sitten der Boers. — Eine geognostische Menschenablagerung aus dem 17. Jahrhundert. — Nachtmahlfeier. — Nationalholländisches Element. — Gründe der Erregung der Boers gegen die englische Regierung. — Geschichtliche Rückblicke. — Wandertrieb der Boers. — Project einer südafrikanischen Conföderation. — Französische Immigration. — Holländische Presse. — Eine Straußenfarm. — Bayne's Farm. — Die große Schlächterei von 1860. — Flucht Djali's. — Kaffernprocession. — Freistaatliche Kaffernpolizei. — Blaues Gras. — Antilopenheerde. — Ankunft in Bloemfontein. — Landschaftliche Eindrücke. — Das Nizza Südafrikas. — Festung. — Singverein. — Englische Nonnen. — Kirchen. — Präsidentenhaus. — Marktpreise. — Transportpreise. — Präsident Brand. — Unabhängigkeitsfest. — Jahrgehalte.

Bloemfontein, 18. Februar 1875.

Am 8. Februar 1875 verließ ich in meinem mit acht Ochsen bespannten comfortablen Salonwagen die Diggerstadt Kimberley, deren Bewohner ich seit August 1871 gewesen war, und die sich unter meinen Augen von den wenigen Zelten, woraus sie im Anfang August 1871 bestand, allmählich zu einer unübersehbaren Masse von Tausenden von eisernen, hölzernen, backsteinernen und leinenen Häusern ausgedehnt hatte. Viele von diesen boten jetzt eine äußerst stattliche und geschmackvolle architektonische Erscheinung und waren mit weißen Säulen und buntbemalten zierlich geschnitzten Verandas geschmückt, dazu auch öfters von kleinen grünen Gärtchen umgeben, da das

1*

Wasser zur regelmäßigen Bewässerung derselben durch die allmählich erfolgte Anlage von 40 Brunnen bedeutend billiger geworden und nunmehr viel reichlicher verwendbar war.

In Old De Beers, dem hübschen, mit über 50 Kameldornbäumen geschmückten und daher gartenartig erscheinenden Nachbarcamp von Kimberley, wo die officielle und die reiche mercantilische Welt der Dry Diggings ihre eleganten Wohnsitze aufgeschlagen haben, nahm ich noch einen Aufenthalt von einer halben Stunde, um von dem Lieutenant-Gouverneur und seiner liebenswürdigen Gattin Abschied zu nehmen. Darauf fuhr ich noch in der Dunkelheit eine Stunde weiter bis zu einem hübschen grünen Plätzchen, wo die Ochsen ausgespannt und während der Nacht an der langen Wagenkette festgemacht wurden. Bald ließen meine beiden Hottentotten (Korannas von der berliner Mission Pniel) ein lustiges Feuer aus schnell zusammengelesenem trockenem Rindviehdünger auflodern, und eine Flasche wiesbadener Versandbier (dieses und norwegisches Bier von Christiania waren seit einem Jahre auf den Diamantenfeldern ein sehr gesuchter Absatzartikel geworden — die Flasche kostete jedoch 3—4 Mark!) versetzte mich bald in einen Zustand angenehmer Träumerei, worin die Hauptepisoden meines nunmehr abgeschlossenen Diamantengräberlebens noch einmal malerisch an meinem Geiste vorüberzogen.

Ein heftiges Gewitter, das sich während der Nacht über unsern Häuptern entlud, hatte die angenehme Folge, daß aller Staub auf unserm Wege vollständig gelöscht wurde. Da die letzten Regengüsse der eingetretenen Sommersaison der ganzen wüsten Steppe schon das sanfte grüne Kleid verliehen hatten, welches sie, leider nur für wenige Monate des Jahres, als eine endlos in allen Richtungen sich ausdehnende grüne Wiese erscheinen läßt, so war die Fahrt durch eine so freundliche und lachende unabsehbare Prairie jetzt eine höchst angenehme, während freilich zu andern Jahreszeiten die Gegend sich nur als eine traurige, verbrannte, rothbraune Wüste präsentirt, wohindurch mit dem langsamen Ochsenwagen zu fahren doppelt ermüdend und langweilig ist.

Die Gegend zwischen Kimberley und Bloemfontein bietet nicht viele Abwechselung. Zwei Stunden von Kimberley überschreitet man ganz unbemerkt die Grenze des Oranje-Freistaates. Keine Grenzpfähle oder Flaggenstangen, weder ein Zoll- noch ein Polizeibureau bezeichnen den Uebergang aus dem englischen Weltreich in die friedliche und patriarchalische Hirtenrepublik. Ungefähr alle zwei Stunden passirt man ein einfaches Farmhäuschen, das einsam in der Steppe gelegen und gewöhnlich, wo ein Bächlein oder ein Regendamm künstliche Bewässerung zulassen, fünf bis sechs Morgen cultivirten und sorgfältig durch Gräben und Hecken geschützten Landes zur Seite hat. Der rothe Boden ist, sobald er nur bewässert werden kann, sehr fruchtbar. Die Haupterzeugnisse der Bodencultur sind Millis (Mais), Gerste und Hafer, Kartoffeln und Küchengemüse, Kürbisse, Melonen, Pfirsiche und Wein. Diese künstlich bestellten Bodenflächen sind gewöhnlich von lebendigen Hecken von Feigen- und Granatbäumen, oder von undurchbringlichen stacheligen Cactus opuntia und Aloës eingefaßt. Hier und da sieht man auch Orangenbäume; die Blüten erfrieren aber im Winter regelmäßig, wenn die Lage nicht eine sehr geschützte ist.

Ungefähr auf der Hälfte des Weges zwischen Kimberley und Bloemfontein wird der Mobber River passirt, ein für gewöhnlich nur unbedeutender Fluß, etwa so breit wie die Mulde bei Leisnig, der aber nach großen Regengüssen zu einem breiten tosenden Strome anschwillt und dann die Breite der Elbe bei Dresden gewinnt. In diesem Zustande ist er dann, gleich dem Mississippi, angefüllt mit vielen entwurzelten Bäumen, die stromabwärts treiben, und so ganz unmöglich zu passiren. Jedes Jahr zählt seine neuen Opfer an Leuten, die das Zurückgehen des Stromes nicht gehörig abwarteten und, denselben mit ihren Wagen durchfahrend, von den wilden Fluten fortgerissen wurden. Namentlich haben die Postkarren öfters dieses Schicksal gehabt. — Die Schnelligkeit, womit diese afrikanischen Flüsse nach großen Landregen plötzlich anschwellen, ist für Europäer fast unglaublich. Ein in der trockenen Saison vollkommen wasserleeres Flußbett füllt sich

dann leicht innerhalb 24 Stunden mit einem wüthend hindurch=
brausenden Strome von 30 Fuß Tiefe und mehrern Hunderten
Fuß Breite an. In der trockenen Jahreszeit, dem Winter,
bieten diese kleinen, das Freistaatsgebiet hier und da durch=
ziehenden Flußrinnen dem Reisenden eine große Erquickung,
nicht nur durch die ihm gebotene Gelegenheit zu einem er=
frischenden Bade, sondern auch als süßer Ruhepunkt nach
dem Durchpilgern der weiten, eintönigen, sonnenverbrannten
Ebenen. Kühlende Baumschatten, melodisches Wellengeplätscher
und heiterer Vogelsang gewähren dann in diesen lieblichen
grünen Flußthälern dem von Hitze und Staub zu Tode er=
müdeten Reisenden ein wahres Labsal.

Der Mobder River (Schlammfluß) führt seinen Namen
mit vollem Recht, denn nirgends in den vier Welttheilen, die
ich durchpilgerte, ist mir noch je ein Fluß vorgekommen, dessen
Ufer von so unergründlichen und bodenlosen Schlammmassen
eingefaßt sind, wie dieser. Freilich waren in der letzten Woche
große Landregen gefallen, die den Fluß weit über seine Ufer
getrieben und daher seine Uferränder mehr als gewöhnlich
erweicht hatten. Ich hatte der Versuchung, ein kühlendes Bad
zu nehmen, nicht widerstehen können und nach Herzenslust
eine Viertelstunde lang in dem flüssigen Elemente herum=
geplätschert. Als ich nun aber wieder heraus wollte, fand ich,
daß dies leichter beabsichtigt als ausgeführt sei. Wo ich auch
versuchte, den steil abschüssigen Uferrand zu erklimmen, konnte
ich doch nirgends damit zu Stande kommen, denn überall sank
ich in den grundlosen, kohlschwarzen, breiweichen Uferschlamm
bis an die Hüften ein. Erst nachdem ich 20 Minuten längs
des Ufers stromaufwärts gewandert war, gelang es mir, ein
Plätzchen zu entdecken, das durch einen querüber in das Wasser
hineintauchenden Baumstamm meinen Füßen einen festen Stütz=
punkt und so mir die Möglichkeit gewährte, das Trockene
wiederzugewinnen.

Als ich mich nach meinem Wagen zurückbegab, nahm ich
plötzlich im Grase eine blitzschnelle Bewegung wahr; es war,
als ob etwas rasch am Boden vorübergeglitten wäre. Da ich
sofort an eine Schlange dachte und dieselbe nicht gern beim

Weitergehen unwissentlich mit meinem Fuße hätte berühren mögen, so untersuchte ich vorsichtig mit Lorgnette und Stock die umliegende Grasfläche. Da auf einmal sah ich nur drei Fuß vor mir eine aalbicke, schwärzlich geschuppte, in bleigrauem Metallglanz schimmernde Schlange halbaufgeringelt und mit steif emporgehobenem Halse dasitzen und ihre gabelige Zunge nach mir wiederholt ausschnellen und zurückziehen. Mit Einem Satze sprang ich einige Fuß nach rückwärts und verließ mit Windesschnelle diese gefährliche Nachbarschaft.

Bloemfontein ist circa 19 deutsche Meilen von Kimberley entfernt, und da ich mit meinen Ochsen nur langsam und mit aller Muße reiste, so brauchte ich zu dieser Tour fünf Tage. Für den, der in seiner Zeit nicht pressirt ist, ist das Reisen in einem bequemen von Ochsen gezogenen Wagen außerordentlich angenehm, vorausgesetzt, daß die Gegend nicht gar zu abschreckend häßlich und langweilig ist.

Mein Wagen, der mich freilich auch 2400 Mark gekostet hatte, war so außerordentlich comfortabel, so elastisch und doch fest gebaut, daß er wirklich als das Ideal eines afrikanischen Reisevehikels betrachtet werden durfte. Doppelte Roßhaarmatratzen und Federkissen, weiche Schakal- und Tigerkarrossen (Felldecken), ein Spiegel, und Fensterläden, die ich nach Belieben öffnen und schließen konnte, ein vollständiger Wasch und Toilettenapparat, ein kleiner auf- und niederzuklappender Speisetisch, Gestelle für Flaschen, und zahlreiche geräumige Taschen, Kästen und Netze für Provisionen und allerhand nöthige Reiseutensilien gaben dem Innern meines Wagens allen Comfort eines schmucken und eleganten kleinen Wohn und Schlafzimmers und überhoben mich vollständig der Nothwendigkeit, bei den Boers oder in den kleinen Zelthotels unterwegs Nachtquartier zu suchen. Und was die Nahrungsbedürfnisse betrifft, so war ich mit allen nothwendigen Provisionen: Thee, Kaffee und Zucker, Chocolade, Schinken, Wurst, Käse, Sardinen, ja selbst preservirten Austern, Gemüsen und Fruchtgelées, so reichlich versehen, daß ich, unter Zukauf von Milch, Brot und Butter, die man in der Regel bei den Farmers bekommt, jeden Tag in den ausgewähltesten culi-

narischen Genüssen schwelgen durfte. Da nun überhaupt das
Essen in der freien Luft, servirt auf einem leichten Feld-
tischchen unter dem blauen Himmelszelt und inmitten einer
grünen Landschaft, ungleich besser schmeckt als innerhalb der
vier Wände eines geschlossenen Raumes, so stellte sich Appetit-
mangel bei dieser Lebensweise niemals ein. Und die Luft,
diese unbeschreiblich herrliche balsamische Luft des 5000 Fuß
über dem Meere gelegenen Hochplateau des Oranje-Freistaates! Welcher Reisende, der sie je geathmet, wird sich
ihrer ohne Entzücken erinnern? So leicht, so elastisch, so
erfrischend und alle Sinne mit Lust und Behagen erfüllend
wie die Alpenluft der Schweiz, nur daß diese ausschließlich
während der Dauer von vier Monaten des Jahres für schwache
Brustorgane genießbar ist, während im Oranje-Freistaate der
Lungenkranke wie in einem ewigen Frühling lebt und das
ganze Jahr hindurch ohne Unterbrechung diese gesunde, trockene,
ätherleichte Luft im Freien einathmen kann.

Es ist daher jetzt in Bloemfontein, das 5250 Fuß über
dem Meere liegt, auf Antrieb des anglikanischen Bischofs
Webb ernstlich das Project in Berathung, hier ein kosmo-
politisches Asyl für Brustleidende zu begründen. Ist gleich
die Reise von Europa bis hierher sehr langwierig, so ist doch
der heilende Einfluß, den das hiesige Klima, durch die Trocken-
heit, Leichtigkeit und gleichmäßige Temperatur der Atmosphäre,
ganz speciell auf Krankheitszustände der Lungen und des Kehl-
kopfes ausübt, so außerordentlich und auffallend, und kann so
stetig und dauernd ausgenutzt werden, daß Bloemfontein jedenfalls infolge dessen in nicht zu langer Zeit ein weltberühmter
Luftcurort zu werden sehr gegründete Aussicht hat. Ein
Brustkranker kann hier das ganze Jahr hindurch nicht nur
tagsüber im Freien sich aufhalten, sondern selbst Nachts im
Freien schlafen, da keine Malaria und Thaufall zu befürchten
sind. Schon jetzt kommen einzelne Brustkranke expreß von
England und Nordamerika hierher, um in dieser köstlichen
Luft ihr Leiden los zu werden, da bereits Dr. Livingstone in
seinen berühmten Reisewerken das Publikum auf die unver-
gleichlich große Heilkraft dieses Klimas (der Boer-Freistaaten

und der Wüste Kalahari) aufmerksam gemacht hat. Dr. Krause, ein in Bloemfontein ansässiger deutscher Arzt, ist mit der Ausarbeitung eines medicinischen Werkes beschäftigt, worin er seine langjährig geführten meteorologischen Tabellen und ärztlichen Erfahrungen über den sanitärischen Einfluß des hiesigen Klimas auf Brust- und Halskrankheiten veröffentlichen wird.

Auch Dr. Roß, ein englischer Arzt, hat dem Klima von Bloemfontein eine sehr warme Empfehlung gewidmet in seinem 1874 erschienenen Werke: „Consumption; its treatment by Climate, with Reference especially to the Health Resorts of the South African Colonies. By J. A. Ross, M. D."

Die Boers*) — Bauern — auf den unterwegs von mir passirten Farmen, denen ich in der Regel einen kurzen Besuch machte, um Brot, Milch oder Eier von ihnen zu kaufen, sind durchweg einfache, ehrliche, phlegmatische Leute, die einen ganz originellen Menschenschlag repräsentiren. Physisch sehr den Backwoodsmen Nordamerikas ähnlich, meistens 6 Fuß bis 6 Fuß 4 Zoll hoch und dabei sehr kräftig und breitschulterig gebaut, sind sie freilich im Temperament sehr verschieden von jenen, indem sie in aller Treue den phlegmatischen, ausbauernden, ruhigen und soliden Charakter ihrer holländischen Vorfahren bewahrt haben und von der feurigen Beweglichkeit und dem fieberhaften und ruhelosen Thätigkeitstriebe, den das nordamerikanische Klima fast durchgängig seinen Kindern aufprägt, nicht im mindesten beunruhigt werden.

In ihrer Lebensweise und ihren schlichten patriarchalischen Sitten sind sie vollständig ihren ehrwürdigen Vorvätern gleich geblieben, sodaß man bei einem Besuche ihrer ärmlichen Farmhäuschen das Gefühl hat, als sei man um ein paar Jahrhunderte in der Zeit zurückversetzt. Auf dem großen runden Tische im Hauptwohnzimmer liegt unabänderlich die dicke alte Familienbibel, woraus jeden Abend nach geschlossenem Tage-

---

*) Ich schreibe „Boers" und nicht, wie es eigentlich heißen müßte: „Buren", weil die Engländer das Wort so (Bó-ers) aussprechen und durch sie diese Aussprache in allen Büchern und Journalen eingeführt worden ist.

werke vom Hausvater einige Kapitel der Familie vorgelesen
werden. Diese und ein holländisches Gesangbuch bilden in
der Regel die einzige Lektüre des Hauses, denn Zeitungen,
die in Nordamerika ihren Weg in die entlegensten Farm-
häuser finden, sind in den meisten Boerhäuschen ein niemals
zu findender Artikel. Jeden Morgen wird das Tagewerk mit
dem ernsten und langsamen Gesange einer Hymne begonnen
und vor wie nach Tische stets gewissenhaft ein kurzes Gebet
gesprochen. Die Taufnamen dieser biedern Leute sind in der
Regel der biblischen Geschichte entnommen, und Namen wie:
Petrus, Jakobus, Johannes, Isaak, Abraham, Jeremias u. s. w.,
sind außerordentlich häufig unter ihnen. Vor ihren refor-
mirten Predigern haben sie einen gewaltigen Respect und
eine hohe Achtung und Verehrung; wenn daher ein Reisender
so glücklich ist, mit dem Empfehlungsschreiben eines bekannten
Geistlichen versehen zu sein, so darf er sich versichert halten,
daß er überall auf allen Farmhäuschen wie ein geliebter alter
Familienfreund aufgenommen wird und daß ihm alle nur
denkbaren Gefälligkeiten erwiesen werden.

Die Männer sind im Durchschnitte hübsche und imposante
Leute und erinnern mit ihren energischen, kräftigen und aus-
drucksvollen Köpfen an die Porträts eines Rubens, Teniers,
Ostade und van Eyck. Es fehlt eben weiter nichts als die
Gelegenheit zu einer guten Erziehung und zum Ansammeln
von Kenntnissen, die ja auf ihren gänzlich isolirten und von
Städten fernen Wohnplätzen so schwer zu beschaffen sind,
um aus diesen kernigen und soliden Menschen und aus ihren
guten natürlichen Anlagen etwas Tüchtiges zu machen. Bei
der fortwährenden Einsamkeit, worin sie leben, und der gewöhnlich so großen Entfernung bis zum nächsten Nachbarn
sind sie genöthigt, sich in allen schwierigen Lagen des Lebens
selbst zu helfen. Daher kommt es, daß jeder Boer in der
Regel außer Feldbauer, Gärtner und Viehzüchter auch noch
sein eigener Zimmermann, Wagenbauer, Grobschmied, Sattler,
Schneider, Schuster, Architekt und Arzt ist; er gleicht in dieser
Beziehung ganz dem amerikanischen Backwoodsman, dem er

auch in wohlgeübter Führung der Kugelbüchse vollständig ebenbürtig ist.

Einen viel weniger gefälligen Eindruck als die Männer machten die Frauen und Mädchen auf mich. Schönheit und weibliche Grazie scheinen nur in spärlichen Ausnahmen diesem mehr masculinen, fast im Uebermaße massiv gebauten und kräftig organisirten Frauengeschlechte zugetheilt zu sein, und zur Entwickelung eines lebhaften und aufgeweckten Geistes sind ihr lebenslang so eintöniges und isolirtes Dasein, und der vollständige Mangel an weltlicher Lektüre und anregender gebildeter Geselligkeit ja auch nicht förderlich. Aber thätige und treue Hausfrauen und Mütter sind sie, und die zeitigen Heirathen sowol als auch das ruhige, phlegmatische, pflanzenähnliche Dasein, das sie ihr ganzes Leben lang führen, sind wol die natürliche Ursache einerseits des behäbigen Embonpoint, das fast sämmtliche Boerfrauen schmückt, und andererseits des außerordentlichen Kinderreichthums, der sich in der Regel in allen Boerhäusern findet. Zehn bis zwölf Kinder sind an der Tagesordnung; ich hörte sogar von einem alten Boer in Graaf Reynet, Mynheer Gibson Joubert, der nicht weniger als 292 Kinder, Enkel und Urenkel hat!! Nun fürwahr, für einen solchen Patriarchen lohnt es sich gelebt zu haben! Er liefert ein würdiges Seitenstück zu der funfzigjährigen brasilianischen Dame, von der Spix und Martius berichten, daß sie 204 lebende Nachkommen zählte!! Uebrigens würde in Hinsicht auf die localen Verhältnisse eines so sehr der Bevölkerung bedürftigen Landes wie Südafrika selbst der gewissenstrenge Malthus diese übermäßige Nachkommenschaft eines einzigen Staatsbürgers wol entschuldbar finden!

Es ist eine landesübliche Sitte, worauf sehr streng gehalten wird, daß der Fremde, der in ein Boerhaus eintreten will, erstens nicht eher vom Pferde steigt, als bis der Hausherr ihn ausdrücklich dazu eingeladen hat, und zweitens, daß er beim Eintreten in das Haus allen Mitgliedern der Familie, bis zum allerkleinsten herab, leutselig die Hand drücke. Bei der gewöhnlich sehr ansehnlichen Zahl von Kindern und Verwandten dauert es daher immer einige Zeit, ehe man mit diesem allgemeinen Händedrücken im Kreise herumkommt. Dieselbe Formalität wird auch beim Fortgehen gewissenhaft wiederholt.

Für das Essen und Trinken, das der Boer dem um Nachtquartier bittenden Reisenden liefert, darf dieser ihm ja keine Geldvergütung anbieten, denn das würde den Hausherrn beleidigen. Wohl aber ist es üblich, das Futter, das seinen Reit= oder Zugthieren verabreicht wird, nach den landesüblichen Preisen zu bezahlen.

Festlichkeiten, Bälle und dergleichen poetische Episoden kommen im einförmigen und prosaischen Dasein eines Boers kaum jemals vor. Die einzigen Zerstreuungen sind gegenseitige Besuche der selten weniger als vier bis fünf Reitstunden voneinander entfernt wohnenden Nachbarn, wobei dann Tabackspfeifen und von Zeit zu Zeit ein Gläschen Genever oder Kapbranntwein die ernste und bedächtige Conversation über Witterung, Schafkrankheiten, Vieh= und Wollpreise u. s. w. beleben.

Nur zwei= oder dreimal des Jahres kommt der Boer — und darauf hält er sehr strict — in zahlreiche Gesellschaft von seinesgleichen, das ist zum Nachtmahle (Abendmahlsfeier) in dem ihm nächsten Dorfe oder vielmehr Städtchen. (Denn Dörfer in unserm europäischen Sinne gibt es ja hier nicht. In diesem Lande, wo die Bauern sämmtlich auf sehr weit zerstreuten einsamen Plätzen wohnen, bilden die Dörfer ausschließlich eine Ansammlung von städtischer Bevölkerung, von Beamten und Geistlichen, Kaufleuten, Krämern und Professionisten, und repräsentiren daher auch im Aeußern immer ein Miniaturbild unserer europäischen Städte, mit eleganten, von zierlichen Säulenverandas und Gärten umgebenen Häusern von hübscher architektonischer Erscheinung.)

Freilich hat der Boer oft sehr, sehr weit bis zu seinem nächsten Kirchdorfe, und da es sich nicht verlohnen würde, solch eine weite Reise im Ochsenwagen mit seiner ganzen Familie nur für einen kurzen Kirchenbesuch zu machen, so bleibt er in der Regel eine ganze Woche dort. Die Hunderte von aus allen Richtungen herbeigekommenen Ochsenwagen bilden dann zusammen mit den zwischen ihnen aufgeschlagenen Zelten ein großes von Menschen und Vieh wimmelndes Camp. Kaufleute und Händler aller Art kommen aus fern liegenden größern Städten herbei, um ihre Waaren zu hohen Preisen feilzubieten; Geschäfte aller Art, Käufe von Vieh, von Wagen, von Farmen werden abgeschlossen. Die junge weibliche Welt kauft von einer nie fehlenden Modistin ihre nächstjährige Toilette ein, wofür natürlich grell und brillant gefärbte Stoffe und Hüte am gesuchtesten sind, während die jungen Boer- söhne die so selten sich ihnen darbietende Gelegenheit, jugend- lichen Grazien den Hof zu machen, selbstverständlich nicht unge- nutzt vorübergehen lassen. Es ist daher eine sehr erklärliche Sache, daß unter den bei Gelegenheit eines „Nachtmahles“ gemachten Geschäften auch das Abschließen von Verlobungen und Ehebündnissen sehr an der Tagesordnung ist; bietet ja doch das Nachtmahl fast die einzige Gelegenheit für die heirathsreife Jugend, sich gegenseitig zu sehen und kennen zu lernen. Was aber bei uns bei solcher Gelegenheit nicht fehlen dürfte: Bälle oder wenigstens harmlose Vereinigungen von Familien zu einem gemüthlichen Tänzchen, das kommt hier nicht vor. Ist es der strenge puritanische Sinn, der in diesen Boerseelen wohnt, oder der Mangel an dazu passenden Localen und Musikanten, oder die Unfähigkeit zum Tanzen selbst (da es auf dem Lande vollständig an dem nützlichen Stande der Tanzmeister fehlt), welche hieran die Schuld tragen, ich weiß es nicht — je nun, ein jeder amusirt sich trotzdem nach seiner eigenen Façon, und die Boerjugend vergnügt sich in der ihnen gewohnten Art gewiß nicht weniger als unsere, raffi- nirtere Genüsse beanspruchende junge Generation.

Das Leben eines Boers ist übrigens nicht immer nur so eine stetige Fortsetzung ruhigen und zufriedenen, phlegmatisch- begnügten Dahinvegetirens. Der Sonnenschein seines fried- lichen Alltagslebens wird zuweilen durch gar böse Gewitter grell unterbrochen. Heuschrecken, Hagelschlag, Viehepidemien, Viehdiebstahl durch im Lande herumvagirende Hottentotten- und Kaffernstrolche; plötzliches Weglaufen seiner spärlichen schwarzen und gelben Dienstboten, und das vielleicht gerade

zu einer Zeit, wo für die Einerntung der Feldfrüchte deren
Hülfe ganz unentbehrlich war; Viehvergiftung als sehr gebräuchliche Rache gescholtener oder weggejagter farbiger Dienstboten, oder endlich eine dürre Saison, vollständiger Regen-
mangel während sechs bis acht Monaten, infolge dessen sein
Wasserdamm und seine Brunnen vertrocknen und seine Schafe
und anderes Vieh zu Tausenden dahinsterben — das sind die
bösen Feinde, die dann und wann den Boer heimsuchen,
seine Leber afficiren und seiner sonst ungestörten Fettbildung
hindernd in den Weg treten.

Ein dürres Jahr kommt zum Glück im Durchschnitt nur
alle sieben Jahre. In einem solchen geht aber auch leicht
der sämmtliche Heerdenstamm einer Farm zu Grunde. Ebenso
wird aber auch ein dann und wann kommendes zu nasses Jahr
den Heerden verderblich; der gänzliche Mangel an schützenden
Stallungen hat dann namentlich unter den Lämmern und
Schafen massenhaftes Absterben zur Folge.

Die Boers im allgemeinen sehen es nicht gern, wenn sich
Engländer in ihrer Nähe ansiedeln, und wo sich in einer
Gegend allmählich eine größere Anzahl von solchen festgesetzt
hat, pflegen die Boers ihre dort gelegenen Farmen gern zu
verkaufen und in eine andere Gegend zu ziehen, wo sie wieder mehr unter sich sind. Die gesellschaftliche Scheidung
zwischen der holländischen und der englischen Rasse fängt
schon in Kapstadt an und geht von da sehr sichtbar durch die
ganze Kapcolonie hindurch, sich in den beiden Freistaaten lebhaft fortsetzend.

Das englische Element ist in der Regel hauptsächlich in
den Dörfern und Städten vorhanden; sein Einfluß hört aber
vollständig auf, sowie man auf das platte Land kommt. Hier
sind das holländische Element und die holländische Sprache
durchaus vorherrschend, und überhaupt ist die letztere als
allgemeine Landessprache viel weiter über ganz Südafrika,
namentlich auch unter den Eingeborenen, verbreitet als die
englische. Englische Sprache und Gesellschaft sind nur in
der östlichen Hälfte der Kapcolonie, sowie in den größern
Städten (in Kapstadt nur theilweise, vollständig aber in Port

Elisabeth, East London, Grahamstown, Queenstown u. s. w.)
vorherrschend. Auch in Bloemfontein gewinnt das englische
Element immer mehr und mehr an Terrain, wie deutlich
aus dem einen Umstande zu ersehen ist, daß in der Haupt=
stadt einer holländischen Republik die amtliche Sprache
für den (auf dem Wege der Auction stattfindenden) alltäg=
lichen Marktverkauf seit zwei Jahren nicht mehr die holländi=
sche, sondern die englische ist!

Die höhern Erziehungsanstalten in den größern Städten
sind fast alle englisch, und dies trägt hauptsächlich zur allge=
meinen Verbreitung der englischen Sprache als Hauptsprache
der gebildeten Klassen bei. Ganz auf dieselbe Art hat ja
früher die französische Sprache im Elsaß die deutsche Landes=
sprache nach und nach aus den höhern Gesellschaftskreisen
verdrängt und zur plebejischen Sprache der niedern Stände
degradirt. Die Universität in Kapstadt (eine Universität nur
in englischem Sinne, die blos examinirt und Grade ertheilt),
die Gymnasien und höhern Töchterschulen daselbst und in
Grahamstown und Bloemfontein sind sämmtlich specifisch
englische Anstalten. Alle die jungen Holländer afrikanischer
Abstammung (hier Afrikanders genannt), welche die Rechte,
Medicin und Naturwissenschaften studiren wollen, können dies
nur in englischen Instituten thun. Nur für die Theologen
der holländisch=reformirten Kirche besteht in Stellenbosch bei
Kapstadt seit 1859 ein holländisches Seminar, das dieselben der
früher bestandenen Nothwendigkeit überhebt, ihre Studien auf
einer der Universitäten im holländischen Mutterlande zu ab=
solviren.

Forscht man nach der Ursache der socialen Scheidung
zwischen der holländischen und der englischen Bevölkerung,
so findet man, daß dieselbe weniger in persönlichen oder
nationalen Antipathien ihren Grund findet (denn die Cha=
raktere des Holländers und des Engländers sind ja nicht
sehr wesentlich verschieden und passen im Grunde ganz gut
zueinander), als vielmehr in der langjährigen schlechten Be=
handlung, welche die holländischen Colonisten in Südafrika
durch die englische Regierung zu erdulden hatten.

Die englische Regierung in Kapstadt hat seit der gewalt=
samen Annexion der Kapcolonie im Jahre 1795 (um sie
nicht in die Hände Napoleon's, der Holland erobert hatte,
fallen zu lassen) nur wenig gethan, um sich bei den Colo=
nisten beliebt zu machen. Am allermeisten aber hat sie sich
seit dem Jahre 1834 verhaßt gemacht, indem sie ohne alle
vorbereitenden Schritte die Sklavenemancipation in der Colonie
proclamirte und rücksichtslos durchführte, und dadurch die
blühende Colonie ihres ersten Bedürfnisses: billiger und stets
disponibler Arbeitskräfte, beraubte. Die Emancipation hat die
früher obligatorisch zur Arbeit genöthigten, an Fleiß und
Gehorsam gewöhnten Farbigen zu einem großen Theile zu
indolenten, selbstgenügsamen und aufgeblasenen, ungehorsamen
und dem Trunke ergebenen Faulenzern gemacht.

Das Gouvernement versprach den holländischen Colonisten
für die Emancipation ihrer Sklaven eine gewisse Geldent=
schädigung zu gewähren, hat diese Summe ihnen aber nie=
mals voll ausgezahlt! Gegen die infolge der Emancipation
das Land zahlreich durchstreifenden schwarzen Vagabunden
und Viehdiebe wurde den Colonisten jede Selbsthülfe auf das
strengste verboten, ohne daß die Regierung ihrerseits das
mindeste that, um nun selbst sie gegen jene Strolche zu
schützen.

Tausende von holländischen Bauern verließen infolge
dessen vom Jahre 1836 an ihre früher so blühenden Farmen
und suchten mit ihren Viehheerden jenseit des Oranjestromes
und in der heutigen Provinz Natal neue Wohnplätze, indem
sie die harte Arbeit in der gefahrvollen Wildniß dem fortge=
setzten Unterthanenverhältniß gegen eine so unverständig han=
delnde und ihre Interessen so mit Füßen tretende Regierung
vorzogen. Sie schufen für sich und ihre Familien mitten
unter wilden Thieren und bösartigen Eingeborenen eine neue
Heimat, die sie durch harte Arbeit cultivirten und fortwährend
mit Pulver und Blei gegen die wilden Eingeborenen zu ver=
theidigen hatten. Allmählich, theils durch gütlichen Vertrag
und Kauf, theils durch Gewalt, unterwarfen sie sich die ein=
geborenen Stämme. Wo bisher nur das Brüllen wilder

Thiere und das Kriegsgeheul blutdürstiger Schwarzen ertönt
hatte, entstanden durch den Fleiß, die hartnäckige und aus-
dauernde Arbeit und Energie der holländischen Bauern (die
nun seitdem von den Engländern zur Bezeichnung ihrer
neuen besondern Nationalität schlechthin die „Boers" genannt wurden) nacheinander drei blühende Freistaaten: der
Oranje-Freistaat, die Republik Natal und die Transvaal-
Republik.

Die Republik Natal wurde ihnen jedoch von den Engländern im Jahre 1842 mit Gewalt abgenommen, ebenso im
Jahre 1845 die Oranje-Republik, welche, freilich ohne besondere staatliche Organisation, bis dahin ein ungestörtes Dasein
gefristet hatte. In einem Grenzstreite, den die Boers mit
den Griquas hatten, nahm die englische Regierung Partei für
die farbigen Griquas gegen ihre eigenen weißen Stammes-
brüder und schickte Truppen über den Oranjestrom, welche
die Bauern bei Swartkoppies schlugen. Es wurde nunmehr
das Oranje-Riverland zur englischen Provinz erklärt unter
dem Namen Orange River Sovereignty, und blieb solche bis
zum Jahre 1854. Im Jahre 1848 brach infolge eines die
Bauern in ihren Eigenthumsrechten benachtheiligenden Ver-
trages des englischen Residenten mit den farbigen Griquas
ein Aufstand los, infolge dessen die englische Provinzialregierung wieder über den Oranjefluß zurückgetrieben wurde.
General Sir Harry Smith aber rückte mit 500 Mann englischer Truppen von neuem in das Gebiet der aufständischen
Boers ein und besiegte sie in dem Gefecht von Boomplaats.
Infolge dessen bauten die Engländer ein Zwing-Uri in
Bloemfontein, das sie mit Kanonen ausrüsteten und worin
sie eine ständige starke Garnison hielten.

Die anhaltenden Grenzstreitigkeiten zwischen den von England protegirten eingeborenen Stämmen auf dem Gebiete der
Sovereignty und den wilden, fortwährend in dieses Gebiet
einfallenden Basutos hatten jedoch für die englische Regierung
so viele Störungen, Kriegsgefahren und Ausgaben zur Folge,
daß sie, des ewigen Trubels müde, im Jahre 1854 sich entschloß,
die Orange Sovereignty wieder aufzugeben und sie von neuem

den Boers zu überlassen. Am 23. Februar 1854 schloß sie
mit den Bauern eine Convention ab, die dem Oranje-Freistaate seine vollständige Unabhängigkeit gewährte. (Den jenseit des Vaalflusses wohnenden Bauern der im Jahre 1848
formell gegründeten Transvaal-Republik hatte England schon
zwei Jahre früher [1852] durch eine ähnliche Convention ihre
Unabhängigkeit gewährleistet und anerkannt.) Der 23. Februar
wird daher jedes Jahr im Oranje-Freistaate als der Geburtstag der Republik festlich begangen.

Eine provisorische Regierung ward aus Delegaten der
Districte gebildet, die unter ihrem Präsidenten Hoffmann eine
republikanische Constitution entwarf, welche dann von dem
zusammengerufenen Volksraade adoptirt wurde. Als erster
Präsident des Freistaates ward Boshof gewählt, dessen fünf-
jährige Regierungsperiode vollständig mit der innern Einrichtung der Staatsverwaltung und mit der mühsamen Grenz-
regulirung gegenüber den einzelnen eingeborenen Häuptlingen
ausgefüllt wurde. Es wurde mit den Griquahäuptlingen
Adam und Cornelius Kok einer- und dem Chief Waterboer
andererseits die sogenannte Vetberglinie als Grenze des Freistaates festgestellt. Im letzten Jahre der Regierung des Präsidenten Boshof wurde der junge Freistaat in einen Krieg
mit seinen heerdenstehlenden Nachbarn, den wilden Basutos,
verwickelt, der jedoch schon am 29. September desselben Jahres
durch Friedensschluß wieder beendigt wurde.

Nach dem Ablauf von Boshof's fünfjähriger Amtsperiode
im Jahre 1859 wählte das Volk Pretorius zum Präsidenten,
denselben, der im Gefecht von Boomplaats die Bauern gegen
die Engländer befehligt hatte. Im folgenden Jahre 1861
verkaufte der Griquahäuptling Adam Kok sein Land an die
Regierung des Freistaates und zog mit seinen Griquas nach
dem ihm von der englischen Regierung eingeräumten Romans-
land (im Süden von Natal) ab. Auf diesem von Adam
Kok an den Freistaat verkauften Lande, das sofort an Farmer
des Freistaates ausgegeben wurde, wurden acht Jahre später
die Diamantenfelder entdeckt.

Pretorius dankte 1863 ab und es ward nun der Advocat

Brand, bisher Mitglied des Parlaments der Kapcolonie, zum Präſidenten gewählt. Er trat ſeine Regierung im Februar 1864 an und hat dieſelbe bis zum heutigen Tage ſo muſterhaft und zur allgemeinen Zufriedenheit des Volkes geführt, daß daſſelbe ihn — welch ſeltenes Beiſpiel in einer Republik! — nach Ablauf ſeiner jeweiligen fünfjährigen Amtsperiode ſchon zweimal wiedergewählt hat und wahrſcheinlich fortdauernd bis ans Ende ſeines Lebens wiederwählen wird.

Er iſt in Afrika geboren, hat von 1843—45 in Leyden in Holland und von 1845—49 in London ſtudirt und ſich dort einen Schatz gründlicher allgemeiner und juriſtiſcher Kenntniſſe erworben. Er vereinigt in ſeiner Perſon in ſo reichem Maße alle diejenigen Eigenſchaften, welche der Lenker einer einfachen und primitiven Staatsgemeinſchaft haben ſoll, daß er ſich damit die ungetheilte Achtung und Liebe ſeines ehrenhaften, arbeitſamen und unverdorbenen, in patriarchaliſcher Simplicität nur der Bebauung ſeiner Äcker und der Zucht ſeiner Viehheerden lebenden, echt germaniſchen Bauernvolkes zugezogen hat.

Unter Präſident Brand iſt der Oranje-Freiſtaat unbedingt der beſtregierte Staat Südafrikas geworden, ein wahrer Modellſtaat für alle umliegenden Nachbarländer. Er hat ebendeshalb, namentlich durch die beiſpielloſe Billigkeit ſeines geſammten Regierungsapparates und die ſtrenge Ehrenhaftigkeit ſeiner republikaniſchen Leiter, ſchon ſeit einem Jahrzehnt eine ſolche gewaltige Anziehungskraft auf die holländiſche Bevölkerung der angrenzenden engliſchen Kapcolonie ausgeübt, daß Tauſende von Familienvätern ihre dortigen Farmen im Stiche ließen und nach dem Freiſtaate emigrirten, um für die unſympathiſche, übermäßig bureaukratiſch complicirte und theuere, negerhätſchelnde und negerverziehende engliſche Adminiſtration eine einfache und billige, heimiſche nationale Regierung und gute vernünftige Geſetze zum Schutz gegen die barbariſchen ſchwarzen Eingeborenen einzutauſchen. Infolge deſſen beſitzt der Oranje-Freiſtaat auf ſeinem Gebiet von 2000 deutſchen Quadratmeilen (alſo gleich dem Flächeninhalte von Baiern, Würtemberg und Baden zuſammen-

2*

genommen) jetzt schon 6 — 7000 Farmen und ist der Preis des Grundes und Bodens hier schon viel höher gestiegen als in der englischen Kapcolonie!

In neuester Zeit hat sich der Strom der fortwährend aus der Kapcolonie auswandernden jüngern Generation der holländischen Bauern mehr nach der ausgedehntern und dünner bevölkerten Transvaal-Republik hingewendet, weil hier die Farmen natürlich noch viel billiger sind. Es hat sich im letzten Jahrzehnt durch ganz Südafrika unter der holländischen Landbevölkerung deutlich das Bestreben bemerkbar gemacht, sich der englischen Regierung und den unheilvollen Folgen ihrer gefährlichen Negerpolitik zu entziehen und sich unter einer allgemeinen nationalen Fahne zu sammeln.

Aus der Transvaal-Repubik hat sich schon wieder ein neuer Emigrationszug gegen Westen organisirt. Mynheer Piet van Zyl mit seiner Familie und seinen Heerden (300 Rindern, 60 Pferden, 1000 Schafen und 500 Ziegen) ist seit November 1873 weit nach dem Westen, nach dem Lande der Damara-Hottentotten gezogen, und beabsichtigte von den Häuptlingen derselben große Ländereien anzukaufen. Zwölf ihm nachgezogene Voerfamilien mit ihren Heerden warten seiner Nachrichten am Ngamisee. Sollten van Zyl's Plane reussiren, so wird sich dort im Herzen von Afrika vielleicht eine neue holländische Republik bilden, der es an Zuzug aus der Kapcolonie, dem Oranje-Freistaate und dem Transvaallande sicher nicht fehlen wird, zumal die jenseit des Ngamisees sich unermeßlich ausdehnende Hochfläche reich an schönem Weide- und Waldland und wohlbewässert von Flüssen und Bächen sein soll.

So sind denn unsere wackern niederdeutschen Bauern die wahren Grenzpionniere der Civilisation in Südafrika! Erst wenn sie die Wildniß erobert und sich mit unendlicher Mühe unterthan gemacht, pflegt dann die englische Regierung ihnen zu folgen, die Früchte ihrer Arbeit und Mühe ihnen gewaltsam abzunehmen und für sich selbst einzuheimsen.

Es waren nicht die Engländer, sondern die holländischen Bauern, die unter großem Blutverlust Natal von dem blutdürftigen Zulutyrannen Dingaan eroberten und dort eine blühende Republik mit der Hauptstadt Pieter = Maritzburg gründeten. Drei Jahre darauf nahmen englische Truppen ihnen das neue Land ab!

Es waren die Boers, die den jetzigen Oranje = Freistaat von den wilden und räuberischen eingeborenen Stämmen (Buschmännern, Basutos u. s. w.) säuberten. Und als sie sich dann darauf häuslich eingerichtet hatten, wurden sie von den Engländern, welche die Partei der farbigen Griquas gegen sie nahmen, gewaltsam annectirt, neun Jahre später aber, der zu großen Geldkosten der Behauptung dieses Gebietes wegen, in echt krämerischem Geiste wieder sich selbst überlassen.

Und als die Boers in den Jahren 1865/66 und 1867 wieder zwei blutige Kriege mit dem fortwährend raubend in ihre Grenzdistricte einfallenden wilden Bergvolke der Basutos zu führen hatten und diesen Krieg zuletzt durch die Einnahme aller feindlichen festen Plätze mit Ausnahme der einzigen furchtbaren Bergfeste Thaba Bosigo schon vollständig zu ihren Gunsten entschieden, sodaß sie nun sofort ganz Basuto= land zu annectiren gedachten, — da war es wieder die eng= lische Regierung, die sie um die Früchte ihres Sieges brachte, indem sie im letzten Augenblick plötzlich intervenirte. Sie nahm, um die Boers nicht zu mächtig werden zu lassen, die geschlagenen Basutos unter ihren Schutz und zwang die Sieger, sich mit dem schon 1866 eroberten, längs der Gebirge liegenden Districte (seitdem das „Eroberte Gebiet" genannt und an zum Militärgrenzdienst speciell verpflichtete Farmer unent= geltlich ausgegeben) genügen zu lassen, während Basutoland, diese hochromantische Schweiz Südafrikas mit ihrer Bevöl= terung von damals 75000 Schwarzen, den englischen Be= sitzungen als „Schutzstaat" einverleibt wurde!

Und die neueste Liebesthat der englischen Regierung gegen die Boers war die im Jahre 1871 allem Völkerrechte zum Hohne im tiefsten Frieden ausgeführte gewaltsame Annexion der Diamantenfelder, deren Terrain seit der Convention von 1854 im zweifellosen rechtlichen und factischen Besitz des Oranje = Freistaates gestanden hatte, nunmehr aber durch die

darauf neu entdeckten immensen Schätze die Habgier der englischen Colonialregierung unwiderstehlich reizte. Der Oranje-
Freistaat protestirte laut gegen diese schreiende Verletzung
alles Völkerrechtes, welche in so elender Weise durch ein
künstlich erfundenes, nie bestanden habendes früheres Recht
des armseligen Griquahäuptlings Waterboer auf diesen Landstrich motivirt wurde. Die einsame Stimme des armen
schwachen Freistaates verhallte jedoch ohne Echo in der weiten
Welt, und das reiche England ist seitdem im unangefochtenen
Besitze des in so ehrvergessener Weise geraubten Gutes verblieben.

Nach allen diesen einer Großmacht wie England so un-
würdigen Ungerechtigkeiten kamen seitdem nun noch weitere
hinzu: die Inschutznahme des revolutionären Häuptlings eines
kleinen Stammes unter den Batlapins, Mankoroane, seitens
Englands gegen die Transvaal-Republik, nachdem der Paramount Chief (oberster Chef) dieses Volkes, Gasibone Botlazitze,
einen Theil seines Landes bereits der Transvaal-Republik definitiv abgetreten hatte; — die fortwährenden Machinationen
und Intriguen, um die neue, durch die Wegnahme der Diamantenfelder gegründete englische Provinz Westgriqualand
weit im Norden durch Inschutznahme, d. i. Annexion bisher
unabhängiger Betschuanenstaaten (Batlapinia und Secheli's
Reich) auszudehnen und so im westlichen Rücken der Transvaal-Republik einen mächtigen englischen Staat als Keil ein-
zuschieben; — und endlich das laute Geschrei in der gouver-
mentalen englischen Zeitungspresse nach Annexion der transvaalischen Goldfelder, um auch der Transvaal-Republik, wie
vorher dem Oranje-Freistaate, die unerschöpfliche Quelle künf-
tiger Reichthümer, die sich ihr geöffnet hatte, zu verstopfen
und in die eigenen Taschen zu lenken. Alle diese consequent
einander folgenden Handlungen einer egoistischen, rücksichts-
und scrupellosen Raubpolitik, und noch dazu seitens einer
Großmacht, die fortwährend zu Hause und den lieben Negern
gegenüber von süßen humanen und moralischen Redensarten
überfließt, haben allgemein in der gesammten holländischen
Bevölkerung von Südafrika einen gründlichen Haß gegen die

englische Regierung und ihre Executionsorgane geschaffen und fortwährend wieder neu angefacht. Das Lieblingsproject englischer Politiker, die sämmtlichen südafrikanischen Colonien und Freistaaten zu einer sich selbst regierenden, aber unter englischem Schutze stehenden Conföderation zu vereinigen (nach Art der Dominion von Britisch-Nordamerika), ist wol von seiner Realisation noch weit entfernt, da es ja eben speciell die englische Flagge ist, die allen Afrikanern holländischer Rasse nach ihrer leider so oft wiederholten Erfahrung, als die Repräsentation von allem, was ungerecht, verrätherisch und räuberisch ist, erscheint.

Von ihrer alten Verbindung mit Holland, ihrem Mutterlande, sind die afrikanischen Holländer seit der Annexion der Kapcolonie durch England vollständig losgelöst. Die früher stattgefundene regelmäßige Einwanderung europäischer Holländer hat gänzlich aufgehört, und die alten Familienbande zwischen Colonie und Mutterland sind zerrissen. Directer Handel zwischen beiden wird auch nicht mehr getrieben, mit Ausnahme etwa der portativen Hausapotheken, die alljährlich aus Amsterdam in Südafrika eingeführt werden. Holländische Zeitungen und Bücher aus Europa finden auch keinen nennenswerthen Absatz mehr nach Südafrika. So ist denn dieser auf afrikanischen Boden überpflanzte niederdeutsche Volksstamm vollständig von seiner Wurzel abgerissen und nunmehr einzig auf sich selbst angewiesen, einem Landsee ähnlich, der keinen Zufluß von außen mehr hat.

Es muß noch hervorgehoben werden, daß die Boerbevölkerung nicht einzig und allein von rein holländischem Blute ist. Es dürften vielmehr nicht mehr als etwa 50 Procent aus dem alten Bataverlande stammen, die übrigen 50 Procent sind theils deutscher, friesischer und vlämischer, theils französischer Abstammung; letztere aus der Zeit der großen Hugenottenauswanderungen, welche seit dem Jahre 1685 ihre Richtung nach dem Kaplande nahmen, und die Ursache sind, weshalb man noch heute so außerordentlich zahlreiche rein französische Familiennamen unter den Boers findet, wie z. B.: Duplessiz, Du Toit, Du Plooy, Coussy, Joubert,

Lys, Celliers, De Villiers, Jardine, Lesueur, Leroux, Collyn, Parmentier, Aubrey, Cauvin, Beauclerc, Clarence, Saint=Leger, Dantu, Devine, De Coq, Beaujean, Barbier, Basson, Alber= tyne, Marais und viele andere. Diese fremden Elemente sind aber mit der Zeit vollständig im Holländischen aufgegangen und haben gänzlich ihre frühere Sprache aufgegeben.

Das Kapholländische soll übrigens, wie mir versichert wurde, beinahe mehr dem Plattdeutschen als dem eigentlichen heutigen Holländischen gleichen, und ist außerdem durch Bei= mischung vieler hottentottischen, malaiischen und kafferischen Worte verdorben, sodaß es den Ohren eines gebildeten Amster= damers keineswegs angenehm klingt.

Es erscheinen nur wenige Zeitungen in holländischer Schrift= sprache in Südafrika: in Kapstadt das „Volksblad“ und der „Zuid Afrikaan“, in Bloemfontein die „Tijd“, der „Friend of the Free State“ und der „Express“ (die letztern beiden gemischt, halb holländisch, halb englisch), in Potschefstroom der „Transvaal Argus“ und in Pretoria die „Volksstem“ (beide gemischt) und der holländische „Staatscourant“. Englische Zeitungen dagegen erscheinen in einer ganz bedeutenden Zahl; jede größere Stadt der Colonie hat deren mehrere (gewöhn= lich ein Blatt für die Regierung und mehrere für die parla= mentarische Opposition) aufzuweisen. Außerdem werden alle bedeutendern londoner Blätter für die zahlreichen Hotels und Clubs der Städte durch die Post bezogen, während man eine holländische Zeitung aus Amsterdam oder Rotterdam vergeb= lich an einem dieser Orte suchen würde. Auf keiner der Far= men, die ich auf meiner Reise nach Bloemfontein besuchte, fand ich auch nur ein einziges Zeitungsblatt; — ebenso wenig aber glücklicherweise Romane und Novellen, die mit ihrer echauffirenden und berauschenden Poesie doch nur Unheil unter dieser einfachen, an ein längstvergangenes Zeitalter der Mensch= heit erinnernden Bevölkerung anrichten könnten. Andere Me= ditationen als solche religiösen Inhalts, welche durch die aus= schließliche Lektüre der Bibel und des Gesangbuchs ihre Nah= rung finden, scheint der Boer wol nicht zu kennen.

Auf einer eine Viertelstunde zur Seite des Weges liegen=

den Farm, wohin ich mich verfügte, um Milch und Eier zu kaufen, bot sich mir ein unerwarteter Anblick. In der Ecke eines Zimmers fand ich einen dunkeln Knäuel schwierig zu definirender lebendiger Wesen. Es erschien fast wie ein Knäuel von grauer Wolle, woraus jedoch zehn storchartige nackte Hälse hervorstanden. Der Farmer erklärte mir, es sei die Brut eines Straußennestes, welches er auf einem entlegenen Platze seiner Farm entdeckt hätte. Nach dem Auskriechen hatte er die wilde Mutter verjagt und die Kleinen mit sich nach Hause genommen, wo sie nun den ersten Stamm einer künftig größer zu betreibenden Zucht von zahmen Straußen bilden sollten. Es war ein regenkühler Tag, der den kleinen Glatzköpfen gar nicht zu behagen schien; deshalb drängten sie sich so eng an einander, wie neugeborene Hündchen und Kätzchen. Ihre Leiber waren noch vollständig von der Form der Straußeneier, so ovalrund, noch ohne die geringste Andeutung eines künftigen Schwanzes und überdeckt mit einem grauen haarigen Flaum.

Der Farmer hatte infolge seiner Entdeckung eine große Straußenfarm im Freistaate besucht, um dort die Principien der Straußenzucht, worin er bis dahin noch ganz unerfahren gewesen war, ein wenig kennen zu lernen. Er war von dieser Tour eben erst zurückgekommen und gab mir nun über seine dort gemachten Erfahrungen die folgenden Mittheilungen:

Auf jener Farm werden 170 Strauße gehalten, von diesen sind 2 Männchen und 4 Weibchen ausschließlich zur Züchtung bestimmt, während die andern, von den Küchlein bis zu den zweijährigen Vögeln, zur Federproduction dienen. Man läßt die Eier nicht von den Aeltern bebrüten, sondern bedient sich hierzu des Incubators, weil man auf diese Weise mehr Küchlein erhält, als wenn man es den Alten überließe. Die Incubation, d. h. künstliche gleichmäßige Warmhaltung der Eier, beginnt in der Regel im Winter, im Monat Juni (es variirt aber diese Zeit je nach verschiedenen Localitäten), und dauert 43 Tage. Die ausgekrochenen Sträußchen werden erst vom zweiten oder dritten Tage an mit einem sehr zarten Grase ernährt; schon in diesem Alter verschlingen sie Kieselsteinchen, die ihre Verdauung befördern. Während der

Nacht werden die kleinen Vögel unter Dach gehalten; die zartesten setzt man sogar unter eine künstliche Mutter. Sind sie dann ein paar Monate alt, so hält man sie in einer Umzäunung aus senkrecht in den Boden gestellten Baumstämmen, wo sie eine regelmäßige Fütterung von feinem Grase und Klee erhalten.

Es ist sehr amusant, zur Zeit der Fütterung zuzusehen, wie die hungerigen Straußenkinder um den kleinen mit ihrer Pflege beauftragten Negerjungen herumhopsen, und wie jedes ihm die besten Bissen abzugewinnen sucht. Sie umringen ihn springend und hüpfend von allen Seiten, und die hinter ihm stehen, langen mit ihren Hälsen über seine Schultern herüber, um ihm seine Vorräthe abzunehmen. In einer benachbarten Umzäunung befinden sich die ein= und zweijährigen Vögel. Die Zuchtvögel werden von den übrigen getrennt gehalten, da sie zuweilen boshafte und ungemüthliche Kameraden sind. Alle jungen Vögel werden des Abends in eine Hütte oder einen Stall gebracht; später genügt es, sie blos in der Umzäunung übernachten zu lassen; diese letztere muß aber immer wenigstens über Einer Ecke ein Dach haben, wohin sich die Vögel bei starkem Regen oder Hagel zurückziehen können. Innerhalb jeder Umzäunung werden Sand und Kieselsteine auf den Boden gestreut, damit die gefiederten Pensionäre davon nach Belieben verschlingen können.

Bei dieser Gelegenheit will ich noch nachträglich bemerken, daß ich einmal in der Entfernung von nur einer Viertelstunde von Dutoitspan einen erwachsenen wilden Strauß laufen gesehen habe. Er lief quer über die Straße weg und nahm sich mit seinen ausgespannten Flügeln sehr malerisch wie ein Schiff unter Segeln aus.

Wie es allgemein in der Thierwelt, namentlich in der Welt der Vögel, der Fall ist, daß die schönere Hälfte derselben — umgekehrt wie in der Menschenwelt — von dem männlichen Geschlechte gebildet wird, so auch bei den Straußen. Die schönen und theuern Federn schmücken ausschließlich den männlichen Strauß, während der weibliche nur graue

Federn von viel geringerer Qualität hat, die daher auch viel weniger im Preise gelten.

Die letzte Farm, die ich vor Bloemfontein passirte, war die durch eine großartige Jagd im Jahre 1860 zu Ehren eines hochgestellten Reisenden durch ganz Südafrika berühmt gewordene Bayne's Farm. Es waren gegen 30000 Stück Wild, als: Zebras und Quaggas, Gnus, Spring=, Blau=, Stein= und Bleßböcke, Gazellen und andere Antilopen, Strauße u. s. w., die durch Tausende von Schwarzen aus dem Umkreise von Hunderten von Meilen alle in einen gro= ßen umzäunten Kreis zusammengetrieben und hier, zitternd und erschöpft, massenhaft niedergemetzelt worden waren. Nun wahrlich, ich meinerseits bin froh, daß ich nicht bei dieser gigantischen Schlächterei, die einen wahren See von Blut auf dem Boden zurückließ, habe gegenwärtig zu sein brauchen! Indessen „De gustibus non est disputandum“ und das Factum ist verbürgt, daß sich das noble Gefolge des vorneh= men Reisenden ganz königlich an diesem Tage amüsirt hat. Da ihnen das Tödten mit Flintenkugeln zu langsam ging, so stürzte sich die Mehrzahl der hochgeborenen Jäger von ritterlicher Leidenschaft getrieben mit Lanzen und Nick= fängern in das Gewühl der dicht zusammengedrängten und nicht entfliehen könnenden Thiere und stachen und hieben nach allen Seiten darauf hinein, sodaß sie zuletzt über und über bis an die Schultern mit Blut überströmt, in einem scharlach= rothen mittelalterlichen Henkercostüm einherzugehen schienen. Mehrere Tage lang wurden 600 Packochsen damit beschäftigt, das niedergemetzelte Wild nach den Kraals und Feuerplätzen der zu Tausenden herbeigeströmten eingeborenen Treiber zu transportiren. Fürwahr ein schöner Tag, an dessen blutige Lust die Theilnehmer vermuthlich noch heute mit Entzücken zurückdenken! Es dürfte jedoch ein gleicher Festtag für Bayne's Farm nie wiederkehren, denn derartige Riesentreibjagden sind in dieser Gegend jetzt gar nicht mehr ausführbar. Die großen Wildheerden haben sich vor der zunehmenden weißen Be= völkerung weit nach Norden und Nordwesten zurückgezogen, und um Giraffen, Zebras, Gnus u. s. w. zu jagen, muß man

jetzt schon weit in die Transvaal-Republik und nach dem Limpopo und Zambesi vordringen, wo sie noch in unzählbaren
Heerden sich tummeln. Die Springböcke sind die einzige An-
tilopenart, die noch jetzt zu gewissen Saisons massenhaft in
großen Heerden in den Freistaat einwandern.

Mir passirte beim Ausspann zu Bahne's Farm ein kleines
Unglück. Ich hatte in meinem Wagen mein liebes Stein-
böckchen, die kleine Djali, die ich mit nach Deutschland zu
nehmen beabsichtigte. Unterwegs ruhte sie neben mir im Wagen auf einem Polster; auf den Ausspannplätzen jedoch ließ
ich sie immer ein wenig grasen. Da sie ganz zahm war und
immer willig meinem Rufe folgte, so hatte bisher nur ein
dünnes rothes Bändchen genügt, um sie an eins der Wagen-
räder anzubinden. Plötzlich, als ich gerade eine Tasse wohlschmeckenden Kaffees schlürfte, sehe ich das Thierchen, losgerissen, in ungeheuern Bogensätzen über die hohen Grasbüsche
wie einen Vogel pfeilschnell dahinfliegen und in den blau-
grünen Wogen des uns auf allen Seiten umgebenden Grasoceans verschwinden. Ein daherziehender Trupp von nackten
Kaffern, die aus fernen Gegenden kommend zur Arbeit nach
den Diamantenfeldern zogen, hatte das arme Thierchen so
erschreckt, daß es in kräftigem Rucke sich losgerissen und in
panischer Furcht die Flucht ergriffen hatte.

Einen ganzen Tag lang durchirrte ich seinen Namen rufend,
dem es sonst so willig gefolgt, die endlose Prairie, wo das
bläuliche Gras mir bis an die Schultern reichte; es war
unmöglich, seine Spur zu finden. Endlich gegen Abend huschte
vor meinen Füßen eine kleine Antilope auf, genau von der
Statur meines niedlichen Flüchtlings, und ich glaube bestimmt,
er war es selbst. Der Aufenthalt von wenigen Stunden in
seinem natürlichen Element, der grünen Wildniß, hatte das
Thierchen aber schon so scheu und wild gemacht, daß es mich
nicht mehr kannte und von neuem spurlos in den Wellen des
Grases in großer Entfernung verschwand. Ich mußte mich
also damit trösten, daß mein kleiner Liebling nun seinem
natürlichen Elemente, der Freiheit, zurückgegeben war, und
daß mir außerdem sein Transport bis Dresden wol noch sehr

viele Mühe und Koſten bereitet haben würde. Auch hatte ich
nun nicht mehr zu befürchten, daß meine botaniſchen Ein-
ſammlungen, wozu mir die üppige Prairie mit ihren fremdartigen Blumen ſo reichlich Gelegenheit gab, künftig noch ſo
devaſtirt werden würden wie bisher, da Djali mit ihrem
Kletter- und Springtalente ſich regelmäßig alle meine müh-
ſam im Wagen eingeheimſten Blumen und Gräſer zu Gemüthe
zu ziehen verſtanden hatte.

Der Kafferntrupp, deſſen Erſcheinung mein Böckchen verjagt hatte, war einer jener charakteriſtiſchen Zuzüge, wie ſie
ſeit der Entdeckung der Diamantenfelder von weit entfernten
Gegenden den Diggings zuſtrömten. Skeletten gleich, krumm-
beinig und wadenlos wackelten die abgemagerten, rippendürren,
nackten Geſtalten im Gänſemarſch hintereinander her. Haben
ſie doch nicht die Mittel, um unterwegs auf ihren monate-
langen Märſchen in Hotels einzukehren, und ebenſo wenig
würden ſie auf den Farmen von den Weißen aufgenommen
werden. So ernähren ſie ſich denn nur kümmerlich unterwegs
von Wurzeln, Beeren, Heuſchrecken und Millis oder Kaffernkorn, die ſie hier und da von andern Eingeborenen, deren
Hütten ſie paſſiren, erhalten (denn unter allen Eingeborenen
iſt es Herkommen und Pflicht, dem hungernden Wanderer mit
Nahrung beizuſtehen). Sie kommen infolge deſſen, wenn ſie
nicht ſchon unterwegs, was auch häufig genug geſchicht, der
mangelhaften Ernährung und den Strapazen der Reiſe erliegen, ſtets ſo ſchauerlich abgemagert und geſchwächt auf den
Diamantenfeldern an, daß ſie in den erſten zwei bis drei Wochen
kaum zu einer anſtrengenden Arbeit fähig ſind und von ihren
neuen Miethherren erſt tüchtig mit Maismehl oder noch beſſer
mit Fleiſch aufgefüttert werden müſſen, ehe ſie zur Arbeit in
den Claims gebraucht werden können. In dieſer erſten Zeit
kommt es öfter vor, daß ſie durch Sichübereſſen krank werden
und ſterben.

Wer möchte aber dieſelben Geſtalten wiedererkennen, wenn
ſie nach einigen Monaten die Felder wieder verlaſſen? Kräftige, oft reichlich mit Fett gepolſterte muskulöſe Geſtalten, in
einem vollſtändigen europäiſchen Anzuge (am liebſten einem

rothen englischen Uniformsrocke, mit einem Hute, worauf
Straußenfedern wehen, und ein „Rohr" (Flinte) über die
Schultern gehängt, gewöhnlich wol auch noch ihre schmuzigen
Ledertaschen angefüllt mit Silbergeld (von Gold mögen sie
nichts wissen) — als Frucht ihrer Arbeit oder auch ihres
Diamantendiebstahls — so kehren die ehemaligen Gerippe nach
ihrer Heimat zurück, aufgefüttert durch die reichliche Mais-
und Fleischkost, die ihnen in seinem eigenen Interesse der
Digger zukommen ließ. In der Heimat angekommen, sind
sie dann wohlhabende Leute, können sich ein Weib oder einige
Kühe kaufen, und brauchen infolge dessen lebenslang nicht
mehr zu arbeiten, da in den Kaffernkraals nur ausschließlich
den Weibern die Pflicht der Haus- und Feldarbeit zufällt.
Kein Wunder also, daß ein solches Beispiel in den heimatlichen Kraals ansteckend wirkt, und daß bald wieder beim
nächsten Vollmonde neue Trupps von jungen unverheiratheten
Schwarzen sich auf den Weg machen, um auch ihrerseits durch
die Arbeit von einigen Monaten sich zu der ersehnten Stellung
eines Weib- und Viehbesitzers aufzuschwingen.

　　Für alle diese durchwandernden Kafferntrupps existirt im
Oranje-Freistaate ein strenger Paßzwang. Im ersten Dorfe
des Freistaates, das sie passiren, müssen sie für 5 Mark per
Kopf einen Durchgangspaß lösen; und jeder einzelne Farmer,
der sie unterwegs auf seinem Gebiete antrifft, hat das Recht
und die Pflicht, ihnen den Paß abzuverlangen und zu visiren.
Schwarze ohne Paß werden ohne weiteres in das nächste Gefängniß transportirt, wo sie Strafe zahlen oder die Straf-
summe abarbeiten müssen. Diese strenge Aufsicht ist als nothwendig erachtet worden, um Viehdiebstähle vom freien Felde,
worin alle Eingeborenen sehr geübt und wahre Virtuosen sind,
möglichst zu erschweren, und um eventuell den Viehdieben
rascher auf die Spur kommen zu können.

　　Ueberhaupt duldet der Freistaat durchaus keine müßigen
Schwarzen innerhalb seiner Grenzen. Allen Schwarzen, die
auf seinem unmittelbaren Gebiete wohnen, ist der Besitz von
eigenem Grund und Boden versagt, und ihr Wohnungsrecht
auf den Farmen ist ausdrücklich an die Bedingung geknüpft,

daß sie dem Farmer für einen monatlichen oder jährlichen
Lohn als Dienstboten und Arbeiter in seiner Feld- und Vieh-
wirthschaft dienen. Es gibt daher im Freistaat nicht, wie
z. B. in der englischen Colonie Natal, jene Massen von
schwarzen Faulenzern, die, im Besitze eigenen Grundes und
Bodens, seit ihrer Verheirathung nie mehr eine Schaufel oder
Picke anrühren, sondern ausschließlich ihre armen Weiber als
unterthänige Sklavinnen in Feld und Garten für sich arbeiten lassen, während der Mann den lieben langen Tag nichts
thut als rauchen, trinken und mit seinen Nachbarn zusammen-
hocken und schwatzen, und so in absoluter Müßigkeit seine
ganze Lebenszeit verbringt.

Infolge jener Einrichtungen ist die eingeborene Bevölkerung
des Freistaates im Durchschnitt weit derjenigen der benachbarten englischen Colonien vorzuziehen, denn sie ist arbeitsam,
gehorsam und zufrieden, mäßig und nüchtern, und hat im
allgemeinen viel mehr wirkliche Anhänglichkeit an ihre Lohnherren, als man jemals bei den verzogenen Schwarzen der
englischen Colonien finden wird, welche in alle die Unarten,
die eine unbeschränkte Freiheit unmündigen Kindern gibt, gefallen sind. Freunde des englischen Systems pflegen freilich
zu sagen, daß die Eingeborenen in den holländischen Freistaaten in einer Art von halber Sklaverei gehalten werden.
Ich denke aber, daß dem wahren Interesse von Christenthum
und Humanität unter den Schwarzen selbst durch die Einrichtungen und Gesetze der Freistaaten weit besser gedient ist,
als durch die nicht gehörig vorbereitete unbeschränkte Gleichstellung derselben mit den Weißen in den englischen Colonien,
da als Folge derselben sich bisjetzt nur die Verwilderung und
Verlotterung eines großen Theiles der schwarzen Rasse gezeigt
hat, die sie von den letzten und höchsten Endzwecken des
Christenthums immer mehr und mehr entfernt.

Das blaue Gras, dessen ich oben erwähnt habe, ist in
der Sommersaison eine der eigenthümlichsten Zierden dieser
Gegend. Ich dachte erst, die merkwürdig intensive blaue Farbe
der Prairie käme nur von einem optischen Reflex her. Als
ich nun aber einige Grasbüschel abrupfte und in den

Wagen nahm, blieb auch hier die Farbe derselben das aller-
schönste Blau. Das Gras war so hoch, daß es über die
Räder meines Wagens hinausragte, und daß der letztere, wenn
er ein wenig vom Wege abbog, wie ein Schiffskörper auf
blauen Wellen dahinzugleiten schien.

Mehreremal sah ich auch in der Ferne eine große und
sehr weit ausgedehnte Masse von hellen glänzenden Punkten,
die sich langsam hin- und herbewegten. Es waren Heerden
von Springböcken (Antilope euchora), die dort friedlich zusammen weideten, und deren weiße Seitenstreifen so herüber-
leuchteten. Sie kommen zu dieser Jahreszeit theils aus Norden, von der Wüste Kalahari, theils aus den östlichen Gebirgen zu Hunderttausenden herangezogen, um sich an dem
saftigen üppigen Grase zu erlaben. Wenn man einer solchen
Heerde näher kommt — und das kann man leicht, da sie im
allgemeinen wol vor Reitern, aber nicht vor den in der Regel
sich als nicht feindselig erweisenden Wagen Furcht haben —
und wenn dann die Thiere auf ein Zeichen ihrer Leitböcke
plötzlich eine allgemeine wilde Flucht ergreifen, so sieht es
aus, als wenn die ganze Erdoberfläche in einer hüpfenden
Bewegung begriffen wäre, — eine solche Unzahl von braunen
Rücken wimmeln in schönen Sprüngen nebeneinander hin.
Die Springbockheerden pflegen immer nach der Richtung hin-
zuziehen, wo sie es wetterleuchten und blitzen sehen, da sie
instinctiv wissen, daß es dort Regen gegeben haben und also
gute frische Weide sein wird. —

Die Boers nennen alle Antilopen Böcke und haben eine
große Abwechselung von Namen für die verschiedenen Arten
derselben.

Folgendes sind die Namen der in den Boerfreistaaten
häufigsten fünfundzwanzig Arten von Antilopen, wie sie mir
ein gelehrter Doctor genannt hat:

der Springbock　　　(Antilope euchora)
　» Steinbock　　　　(　　»　　tragulus)
　» Grysbock　　　　(　　»　　melanotis)
　» Bleekbock　　　　(　　»　　scoparia, Ourebi)
　» Tauch- oder Duckbock (　　»　　grimmia, Duyker)

der Blaubock   (Antilope equinus)
  » Rehbock   (»   capreolus)
  » Rietbock   (»   eleotragus)
  » Rothe Rietbock (»   fulvorufula)
  » Buschbock   (»   sylvatica) (in 3 Species)
  » Bleßbock   (»   albifrons)
  » Bunte Bock   (»   pygarga)
  » Rothe Bock   (»   melampus, Pallah)
  › Gemsbock   (»   oryx)
  » Wasserbock   (»   ellipsiprymna)
außerdem
der Kudu   (»   strepsiceros)
das Elen   (»   oreas)
die Säbelantilope   (»   niger)
  » Rothschimmel-
     antilope   (»   leucophea)
der Klippspringer   (»   oreotragus)
  » Sassaby   (»   lunata)
das Hartebeest   (»   caama)
  » Gnu   (»   gnu)
  » Gescheckte Gnu (»   catoblepas)
  » Lechee   (»   lechee)

Es scheint mir fast eine schwierige Aufgabe, sich unter so
vielen verschiedenen „Böcken" zurechtzufinden! Wie es übrigens kommt, daß mein gelehrter Freund das Wort Antilope
im Lateinischen das eine mal als Masculinum und das andere mal als Femininum behandelt, vermag ich nicht zu begründen.

Die größte von allen ist die Elenantilope. Der Kudu
hat die schönsten Hörner, furchtbar lang und spiralförmig
gedreht. Die Säbelantilope ist die seltenste, der Springbock
die häufigste, der Steinbock die niedlichste, das Gnu mit
seinem Teufelskopfe die am häßlichsten und wildesten aussehende Antilope. Der Duyker (Ducker oder Taucher) heißt
so, weil er bei seinen hohen Sprüngen in dem tiefen Gras-
ocean immer unterzutauchen scheint, und der Klippspringer hat

seinen Namen, weil er wie die Gemse nur die unzugänglich=
sten Felsengipfel und Klippen bewohnt.

Am 13. Februar, Abends, langte ich in Bloemfontein
(sprich: Blumfontein), der Haupt= und Residenzstadt des Oranje=
Freistaates an und ließ vor der Stadt auf einer Wiesenfläche
ausspannen. Am andern Morgen suchte ich das deutsche Hotel
am Marktplatze auf, wo ich ein Zimmer mit sehr hübscher
Aussicht miethete. Mein Camp ließ ich für meine drei Dienst=
boten auf einem freien grünen Platze hinter dem Hotel auf=
schlagen, und meinem deutschen Diener (einem jungen Pommern)
gab ich den Auftrag, mein türkisches Zelt, das seit vier Jahren
von so vielen Windstößen und Sturmwirbeln arg zerzaust
und daher an verschiedenen Stellen leck geworden war, mit
einem neuen Kanvaßüberzug zu versehen. Er entledigte sich
dieses Auftrags, da er seines Zeichens ein Schuhmacher oder
Sattler war und also mit der Nadel gut Bescheid wußte, zu
meiner großen Zufriedenheit, und nach vierzehn Tagen stand
mein schönes Zelt wieder in aller Jugendfrische, in schnee=
weißem Glanze und berändert mit neuem rothen Besatze da,
als wäre es eben erst aus der berühmten Zeltfabrik von Ed=
gington in London hervorgegangen. Da es ähnlich wie ein
Regenschirm aufzuschlagen war, so bewährte es sich im höch=
sten Grade praktisch auf einer Reise, wo es jeden Moment
wünschenswerth erscheinen konnte, das Zelt in ein paar Mi=
nuten aufzuschlagen und ebenso schnell wieder wegzunehmen.

Bloemfontein ist ein äußerst nett und sauber erscheinendes
Städtchen inmitten einer weiten Steppe, woraus in der Ferne
einige langgestreckte Tafelberge aufragen. Auf der einen
Seite der Stadt sieht man eine Gruppe kahler Berge, auf
der andern einen aus losen Felsenblöcken sich aufthürmenden
Hügel, worauf eine Miniaturfestung gebaut ist, deren Kanonen
die ganze Stadt und die weite umliegende Steppe bestreichen.
Ein lustiger kleiner Fluß plätschert durch die Stadt zwischen
mächtigen Trauerweiden dahin und ist mit einigen eleganten
niedlichen Brücken überspannt. Die hübsche geschmackvolle
Villenarchitektur der fast sämmtlich nur ein Parterregeschoß
enthaltenden Wohnhäuser, ihre freundlichen und hellen Farben,

die sich in dieser vollständig kohlenstaubfreien Atmosphäre
immer frisch erhalten; die schattigen Baumalleen in den
Straßen, sowie die zahlreichen laub- und blumenreichen Gärten, welche die Häuser umgrünen, geben dem ganzen Orte ein
äußerst lachendes und wohlbehäbiges Ansehen. Derselbe erscheint so recht als der stille friedliche Wohnplatz einer zufriedenen und glücklichen, in behaglichstem Wohlsein lebenden
Bevölkerung, gerade so, wie es der Hauptstadt eines von dem
Lärm und Gedränge der großen Welt so weit abgelegenen
Bauern- und Hirtenstaates zukommt. Es machte daher die
Stadt einen sehr ähnlichen Eindruck auf mich wie einer unserer
wohlbehäbigen und comfortabeln kleinern deutschen Badeorte,
etwa wie Franzensbad, Marienbad oder Elster, und ich habe
nach einem einmonatlichen Aufenthalte auch den Eindruck wieder mit mir fortgenommen, daß es sich recht wohl hier leben
läßt.

Daß nun vollends Einem, der von der trostlosen Staub-
wüste der Dry Diggings kommt, das idyllische Bloemfontein
mit seinen weiten duftigen Gärten und seinen dunkelschattigen
Baumgruppen wie ein entzückendes Paradies erscheinen muß,
ist leicht begreiflich. Und es ist auch als Gesundheits- und
Erholungsstation von den Familien der wohlhabendern Diamantendiggers sehr vielfach benutzt worden, sodaß jetzt nirgends
mehr in der ganzen Stadt eine Miethwohnung zu bekommen
war. Freilich mangelt es auch bisjetzt an solchen noch sehr,
und wenn die Bloemfonteiner wirklich wünschen, ihren Ort
zu einem berühmten und vielbesuchten Weltcurorte zu erheben
(worauf es durch sein unvergleichlich herrliches Klima einen
so begründeten Anspruch hat, wie schon an früherer Stelle
erwähnt), so müssen sie vor allen Dingen einige Hunderte
von Neubauten aufführen, um Wohnplätze für die hierher
wallfahrtenden Brustkranken aller Länder zu gewinnen.

Die weiße Bevölkerung von Bloemfontein mag jetzt etwa
3000 Einwohner betragen (die Hauptstädte Südafrikas sind eben
noch keine Londons und Berlins), ist jedoch in steter Zunahme begriffen, wie denn auch die Grundstücke in der Stadt
fortwährend im Werthe steigen. Die eingeborene Bevölkerung

3*

lebt getrennt von den Weißen auf einem vollständig abgeson-
derten Platze im Osten, unter den Kanonen der Festung, in
einfachen Lehmhäusern und Kaffernhütten.

Von den Wällen der Festung hat man einen herrlichen
Ueberblick über die ganze Umgegend. Was sofort angenehm in
die Augen fällt, ist der Umstand, daß es in der Stadt keine
Proletarier gibt. Armselige Hütten sind innerhalb des Stadt-
bezirks nirgends vorhanden; jedes einzelne von den garten-
umgebenen Häuschen trägt das einladende Gepräge der Wohlhabenheit und einer comfortabeln Familienvilla an sich. Eine
schöne breite Baumallee führt von der Stadt bergan bis nahe
an das Fort; an ihrem Ende steht auf der Höhe ein Obelisk
als Monument für die in den beiden Basutokriegen gefallenen
Freistaater. Die Aussicht von hier über die immense Steppe
auf der der Stadt entgegengesetzten Seite ist namentlich bei
Sonnenuntergang, wenn das ganze Bild mit einem glänzenden Orangelicht übergossen erscheint, ganz prächtig. Diese
Allee, die zum Monument führt, wird wol später einmal der
architektonische Glanzpunkt von Bloemfontein werden; schon jetzt
entsteht ihr entlang eine hübsche Villa nach der andern, und
die daran gelegenen Bauplätze steigen fortwährend im Werthe.
Eine schöne deutsch-lutherische Kirche ist gleich am Anfange
der Allee errichtet worden; die innere Einrichtung derselben
war noch nicht vollendet, versprach aber sehr hübsch zu werden.

Der Bau einer deutsch-lutherischen Kirche weist auf eine
bedeutende Anzahl von deutscher Bevölkerung hin. In der
That, der größere Theil der reichern Kaufleute hier wie überhaupt im ganzen Oranje-Freistaate sind Deutsche; auch die
jungen Commis derselben kommen in überwiegender Mehrzahl
aus Deutschland. Von den drei Aerzten der Stadt sind zwei
Deutsche. Der eine, Dr. Kellner, ist seit 1874 deutscher Consul,
und es machte mir eine große Freude, hier im innern Afrika
unsere prächtige deutsche Reichsfahne in gewaltigen Dimensionen an hohem Mastbaume über seinem Hause flattern zu
sehen. Auch der Redacteur der großen neugegründeten Zeitung
„Express“, Organ der Independentenpartei (gegenüber dem
„Friend“, dem Organ der Anglophilen), ist ein Deutscher

(Herr Schermbrucker), ein ehemaliger bairischer Offizier, der mit der deutschen Legion nach Südafrika herauskam und später einige Jahre lang Mitglied des Kap-Parlaments war. Er ist ein begabter Redner und Publicist und genießt in ganz Süd= afrika einer hohen Achtung.

Wo Deutsche in größerer Anzahl beisammenwohnen, da gibt es natürlich allemal einen Singverein. Auch Bloemfontein hat daher von Zeit zu Zeit musikalische Genüsse, da es Herrn Schermbrucker als Dirigenten gelungen ist, unter seinen jun= gen deutschen und englischen Sängern und Sängerinnen recht gute Stimmen heranzubilden, welche sich bei festlichen Ge= legenheiten in Kirchenconcerten hören lassen.

Auch die anglikanische Kirche, die hier durch Bischof Webb und einen Dean vertreten ist und eine äußerst geschmackvolle gothische Kathedrale zu ihrer Verfügung hat, gibt jeden Sonn= tag dreimal Gelegenheit, den melodischen Hymnengesang eines gutgeschulten Frauen= und Männerchors zu hören. Diese englischen Hymnen in ihrem oft sehr schnellen Rhythmus haben für mich einen ganz eigenthümlichen Reiz. Auch Nonnen in ihrem vollständigen traditionellen Costüm hat man hier jeden Sonntag Gelegenheit zu sehen; es sind aber nicht die bleichen und lebensmüden, schmerzlich gefurchten Köpfe römisch=katho= lischer, sondern die frischen, heitern, rosigen Gesichter junger englischer Nonnen, die nur für einen gewissen Zeitraum an ihre religiöse Pflicht (hier die Erziehung der weiblichen Jugend) gebunden sind und nach Ablauf derselben, wenn sie sonst Lust dazu haben, sich nach Herzenslust verlieben und verheirathen dürfen.

Wem übrigens das schöne Geschlecht nicht nur in ernster geistlicher Tracht, sondern auch im profanen Modecostüm sehenswerth und anziehend erscheint, der hat beim Austritte der frommen Menge aus der englischen Kathedrale nach be= endigtem Gottesdienste reichlich Gelegenheit, seine Augen an hübschen und modischen Toiletten zu weiden, die in voller Harmonie zu den feingeschnittenen und vornehmen Köpfchen ihrer eleganten Trägerinnen stehen. — Des Nachmittags durch= sprengen kleine Trupps von Reitern die weiten Straßen, bei

denen sich in der Regel auch eine oder ein paar junge Ama=
zonen befinden.. Ein Pferd regieren lernt ja in Südafrika
schon jedes Kind, und es sind daher Promenaden à cheval
in Bloemfontein eine der beliebtesten Vergnügungen der jungen
Damenwelt.

Außer den Deutschen und Anglikanern haben noch die
Römisch=Katholischen und die Wesleyaner (Methodisten) in
Bloemfontein sehr hübsche Kirchen. Die letztern bilden wie
in allen englischen Colonien so auch in Südafrika eine sehr
große kirchliche Macht und leisten namentlich durch ihre zahl=
reichen Missionen viel in der kirchlichen Pflege der Einge=
borenen. (Sie haben in Südafrika allein nicht weniger als
780 Kirchen und Kapellen.)

Es ist in Bloemfontein auch eine geschmackvolle kleine
Kirche speciell für die Eingeborenen errichtet, durch deren hohe
und hellerleuchtete Bogenfenster öfters am stillen Abend ein
feierlicher Chorgesang zu mir herübertönte.

Die holländisch=reformirte Kirche als Landeskirche hat
natürlich auch mehrere Kirchen in Bloemfontein. Statt der
lebendigen melodisch ansprechenden Rhythmen der englischen
Hymnen ertönt hier der langsame, schwerfällige und schlep=
pende, von der gesammten Gemeinde ausgeführte Gesang der
holländischen Kirchenlieder. Das Costüm des Geistlichen be=
steht in schneidendem Contrast zu den eleganten goldverzier=
ten Prunkgewändern der anglikanischen Priester nur in einem
einfachen bis oben zugeknüpften schwarzen Alltagsrocke mit
weißer Halsbinde. Der strenge puritanische Charakter der
allem unnützen Glanze abholden ernsten holländischen Bevöl=
kerung kommt auch in diesem doch wirklich gar zu einfachen
und alltäglichen Amtscostüm ihrer Prediger recht zum Aus=
druck.

Das Wohnhaus des Präsidenten des Freistaates ist ein
geschmackvolles villenartiges Gebäude, das mich einigermaßen
an das White House in Washington erinnerte. Freilich hat
dieses hier nur ein Parterregeschoß, gewährt aber mit seinen
weißen Säulen und seiner breiten Aufgangstreppe eine recht
stattliche Façade. Außerdem bietet es, da es auf einer Anhöhe

am westlichen Ende der Stadt gelegen und von einem schönen
großen Garten umgeben ist, eine sehr hübsche Aussicht auf
die Stadt und wogendes Baumgrün. Die Regierungsbureaux
befinden sich augenblicklich noch am großen und geräumigen
Marktplatze inmitten der Stadt; in geringer Distanz vom
Präsidentenhause sind aber stattliche Neubauten in Aufführung,
die nach ihrer Vollendung die sämmtlichen Regierungsbehörden
in sich aufnehmen sollen.

Das Leben ist in Bloemfontein, wenn auch lange nicht
so theuer wie auf den Diamantenfeldern, doch immer noch
theuer genug. Die gewöhnlichsten Lebensbedürfnisse für Küche
und Haus haben sehr anständige Preise, wenn dieselben auch
nicht an die Theuerungspreise von Kimberley hinanreichen.
Die folgende Zusammenstellung der Marktpreise in ein und
derselben Saison des Jahres 1874 zeigt den Unterschied zwischen bloemfonteiner und Diamantenfelderpreisen:

	Bloemfontein		Kimberley	
1 Dutzend Eier	2—3½	Mark	4—6	Mark
1 Pfd. Butter	1½—3	»	5—9	»
1 Huhn	1½—2	»	4—6	»
1 Truthahn	6½—13½	»	15—30	»
1 Ente	3	»	5	»
1 Flasche Milch	½	»	1	»
1 Sack Kartoffeln (140 Pfd.)	10—16	»	55—62	»
		(wurde selbst bis 80 Mark bezahlt)		
1 Sack Millis (Mais)	15—15½	Mark	25—30	Mark
1 Sack Millismehl . .	25—38	»	40—62	»
1 Wagenladung Brenn= holz	50—90	»	60—145	»
1 Springbock	4—11	»	3—10	»

Alle Manufacturen, Kleiderstoffe und Modewaaren, Möbeln,
Eisenwaaren u. s. w. sind auch schrecklich theuer, weil sie ja
sämmtlich von Europa bezogen werden müssen (da in Südafrika
selbst kaum eine nennenswerthe Industrie irgendeiner Art be-

steht) und zu der Schiffsfracht nun noch die außerordentlich
theuere Ochsenfracht tritt; letztere beträgt natürlich um so mehr,
je tiefer ein Ort im Binnenlande und von der Seeküste
entfernt liegt. Je nach den verschiedenen Jahreszeiten sind
auch die Transportpreise sehr verschieden. In der nassen
Zeit, also dem Sommer, sind sie billiger als in der trockenen,
dem Winter, da während des letztern die Ochsen unterwegs
viel spärlicher Weide finden. In dürren Jahren steigen sie
zu einer kolossalen Höhe, ja der Transport von der Küste
her ist dann wegen Mangel an Futter und Wasser für die
Ochsen manchmal ganz unterbrochen. Die hierzulande gebräuchlichen Ochsenwagen, jeder bespannt mit 18—20 Ochsen,
transportiren je eine Ladung von 9—12000 Pfund, also
äquivalent 4½—6 Schiffstonnen. Sie reisen natürlich sehr
langsam, denn, obgleich sie in der Stunde circa eine halbe
deutsche Meile zurücklegen, so müssen doch die Ochsen dreimal
täglich zum Ausruhen und Grasen ausgespannt werden, und
so werden jeden Tag nur circa drei deutsche Meilen zurückgelegt. Am liebsten reisen die Wagenführer immer in der
kühlen Nacht, wo auch ihre Thiere nicht von den zahllosen
Stechfliegen gepeinigt werden. Für den Transport von jedem
Hundert Pfund wurden bezahlt:

	August 1874	April 1875	Juni 1875	März 1876
			Mark	
von Port Natal nach Harrysmith.......	28	13	19	9
" " " " Bloemfontein	45	20	35	18
" " " " den Diamanten-feldern..........	54	23	45	21
" " " " Pretoria.........	40	20	34	17
" " " " den Goldfeldern von Transvaal...	60	35	50	26
	(Winter)	(Hbst.)	(Wr.)	(Sr.)

Rückladung nach der Küste geben nur die einzigen Haupt-
exportartikel des südafrikanischen Binnenlandes: Wolle und
Felle, und da diese nur in gewissen Jahreszeiten verladen
werden, so fehlt es in der andern Zeit den Transportunter-

nehmern vollständig an Rückfracht. Dieser Umstand ist es,
der namentlich die Transportladungen nach den Diamantenfeldern so schrecklich theuer macht. Diamanten geben keine
Rückfracht; das Aequivalent von hundert Ochsenwagenladun-
gen von Waaren aller Art kann man in Diamanten leicht in
der Tasche seines Paletot bei sich tragen. Ebenso wenig können
die Straußenfedern und die schönen Karrossen von wilden
Thierfellen, die aus dem Innern nach den Diamantenfeldern
und Bloemfontein kommen, eine nennenswerthe Rückfracht nach
der Küste abgeben. Bei dem jetzigen Stande der Dinge werden im Oranje-Freistaate jedes Jahr 450000 Pfd. St. =
9,000000 Mark allein für den Ochsentransport ausgegeben!

Wie die Preise aller Lebensbedürfnisse und Luxusgegen-
stände zur Zeit sind und es so lange bleiben werden, bis
die für die Zukunft in Aussicht genommene Eisenbahn von
der Küste bis nach Bloemfontein die jetzt so schwierigen Trans-
portbedingungen gänzlich umgewandelt haben wird, braucht
eine Familie zu behaglich comfortabelm Leben und zur sorg-
fältigen Erziehung der Kinder in der Hauptstadt des Oranje-
Freistaates wenigstens eine Jahreseinnahme von 1200 Pfd. St.
= 24000 Mark. Auf der andern Seite sind freilich die
Verdienste aller Professionisten und Geschäftsleute, Aerzte,
Geistlichen und Lehrer hier ungleich höher als z. B. in
Deutschland.

Die tägliche Zahlung für Wohnung und Beköstigung in
den beiden hiesigen Hotels, dem Free State Hotel und dem
Masonic Hotel, ist 7½—9 Mark. Das erstere bietet eine
ganz ausgezeichnete, echt frankfurter Küche und Bedienung
(da die Frau des einen der beiden deutschen Besitzer eine
Frankfurterin ist) und an seiner außerordentlich reich und
appetitlich besetzten Table-d'hôte könnte man sich vollständig
nach Deutschland versetzt glauben, da eine ganze Menge
junger deutscher Kaufleute hier alltäglich diniren und daher die
deutsche Sprache am Tische die vorherrschende ist.

Einer meiner ersten Ausgänge in Bloemfontein war es,
dem regierenden Staatspräsidenten, Herrn Brand, meinen
Besuch zu machen. Ich fand in ihm einen stattlichen, vornehm

aussehenden Mann von circa 50 Jahren, der durchaus den
Eindruck eines englischen Nobleman macht; dazu mit freundlichen offenen Gesichtszügen, einem ganz besonders wohlwollenden Ausdruck in Augen und Mund, und einem schönen Vollbarte. Er nahm mich höchst freundlich und liebenswürdig
auf und gab mir auf alle meine Fragen hinsichtlich freistaat-
licher Verhältnisse bereitwillig die freimüthigsten Antworten.
Seine warme Liebe zu seinem Vaterlande fand lebhaften Aus-

Präsident Brand.

druck in jedem seiner Worte. Mit sichtbarer Vorliebe erzählte
er mir von den beiden Basutokriegen, wie er mehreremal sich
mit seinen schwachen Streitkräften den Massen der Wilden
gegenüber in einer sehr mislichen Lage befunden, wie er aber
immer felsenfest auf Gott vertraut und stets von ihm gerade
zur rechten Zeit die erbetene Hülfe erhalten habe. Meine
Aeußerung, daß ich seit meinem ersten Eintritte im Oranje-
Freistaate fortwährend den Eindruck erhalten habe, daß dieses
Freistaater-Völkchen eins der glücklichsten und zufriedensten
der Welt und wie es namentlich der Person seines selbst-

gewählten Staatsoberhauptes mit einhelliger und fast rühren-
der Liebe zugethan sei, nahm er mit sichtlichem Wohlgefallen
entgegen. (Herr Brand hatte nämlich zwei Jahre zuvor längere
Zeit auf den Tod krank gelegen und während dieser Periode
hatte eine gemeinsame tiefe Trauer die ganze Bevölkerung
des Freistaates niedergedrückt, die sich dann in allgemeinen
Jubel und Freude verwandelte, als die Gefahr vollständig
vorübergegangen war.) Der Präsident lud mich ein, am
folgenden Tage, zur Feier des einundzwanzigsten Geburtstages
des Freistaates, einem Gartenconcert beizuwohnen, welches
vom neuen Artilleriemusikcorps der Republik in dem Garten
vor seinem Wohnhause aufgeführt werden sollte.

Am 23. Februar früh donnerte von dem Festungsberge
herab eine Salve von 21 Kanonenschüssen, die dem friedlichen Bloemfontein verkündete, daß der 21. Geburtstag des
Freistaates angebrochen sei, daß also der junge Staat heute in
sein Mündigkeitsalter trete. Die Freistaatsartillerie in ihrer
Galauniform: dunkelblauem Waffenrock mit orangefarbenem
Kragen und Aufschlägen und gleichfarbigen Pantalons, bediente
die gezogenen Armstronggeschütze mit lobenswerther Gewandtheit.
Während der Schüsse flatterten über den bläulichschimmernden
Eisendächern an zahlreichen Mastbäumen bunte Freistaats-
flaggen in die Höhe, weiß- und orangegestreift nach Art der
nordamerikanischen Unionsflagge, nur daß hier in der linken
obern Ecke statt des Sternenfeldes die Flagge des alten holländischen Mutterlandes: Roth, Weiß und Blau, in horizontalen Streifen angebracht ist. Diese Flagge wurde dem jungen
Staate auf Bitte des Präsidenten vom Könige von Holland
selbst verliehen. Auch die deutsche Reichsfahne mit dem Kreuz
und dem Kaiseradler, viele schwarz-weiß-rothe, portugiesische
und Transvaal-Flaggen (letztere roth-weiß-blau und grün in
horizontalen Streifen) wehten über den grünen Baumwipfeln
der Gärten und den Dächern der Häuser. Die englische Flagge
konnte ich aber nirgends entdecken, was mir sehr auffallend
und wie ein böses Omen für die Zukunft erschien.

Um 11 Uhr wurde in der holländischen Hauptkirche Gottes-
dienst gehalten, nachher zog das Artilleriemusikcorps, lustige

Märsche blasend, hinaus auf den Schießplatz, wo ein Scheiben-
schießen für die zahlreich vom Lande hereingekommenen Farmer arrangirt war. Es waren dieselben 20 Mann, welche
früh die Kanonen bedient hatten, die jetzt als Musiker auf-
traten. Der Freistaat hat es eben noch nicht zu einem stehenden Heere nach europäischer Art gebracht. Diese 20 Mann
sollen nur einen Stamm von Unteroffizieren bilden, die beim
eventuellen Ausbruch eines Krieges die zusammenberufenen
republikanischen Rekruten in der Geschützbedienung einzuüben
haben würden. Es hatten übrigens diese 20 jungen Soldaten,
lauter Farmerssöhne und hübsch ausgewählte Leute, ein ganz
schmuckes militärisches Aussehen, und sie trugen ihre knappen
Waffenröcke und ihre zierlich aufgedrehten Schnurrbärtchen
mit ganz demselben sichtlichen Selbstgefühle, wie nur ein
preußischer Einjährig-Freiwilliger es thun kann.

Auf dem Schießplatze war die ganze vornehme Welt von
Bloemfontein, den Präsidenten an der Spitze, in eleganten
Equipagen und zu Pferd versammelt; es fehlte natürlich auch
nicht an graziösen Amazonen. Als die Nationalhymne des
Freistaates geblasen wurde (eine recht wohlgefällige Melodie),
entblößten der Präsident und die sämmtlichen Anwesenden das
Haupt und bedeckten es erst nach Beendigung der Hymne
wieder. Dieses Anzeichen des Cultus einer so jungen neugeborenen Nationalität wie der des Oranje-Freistaates (von
der die Holländer hier hoffen, daß sie sich einmal zur „Afrikanischen Nationalität" entwickeln und dann alle afrikanischen
Bruderstaaten umfassen möchte) machte auf mich einen ganz
imponirenden Eindruck.

Nachmittags 4 Uhr war großer Gartenempfang beim Präsidenten. Der grüne Platz vor den Säulen seiner Veranda
war von zahlreichen Stühlen besetzt, worauf eine Anzahl von
weißgekleideten, mit orangefarbenen Schleifen geschmückten
Damen Platz nahmen. Unter sie mischten sich die blühenden
Kinder des Präsidenten (er hat deren zwölf und geht also
seinem Lande, das vor allem einer tüchtigen Bevölkerungszunahme bedarf, mit einem guten Beispiele voran), und die
kleinsten derselben tanzten miteinander seelenvergnügt auf dem

grünen Rasen nach dem Takte Strauß'scher und Lanner'scher
Walzer, welche vom Musikcorps ganz leidlich vorgetragen
wurden. Nach und nach drängten sich auch viele farbige Kinder und größere Mädchen (Hottentottinnen, Kafferinnen und
Mischlinge) in den Garten, die der Versuchung zum Tanze
nicht widerstehen konnten, sodaß sich später auf dem weichen
Rasenteppich ein vollständiges Ballet von farbigen Tänzerinnen entwickelt hatte, welche in ihren raschen und verwirrten
Touren mir allerdings nicht ganz verständliche Quadrillen
aufführten.

Das ganze Fest hatte einen höchst gemüthlichen und harmlosen Charakter. Eine ganz besonders auf mich Eindruck
machende Schaustellung einfacher republikanischer Sitten war
es, als nach beendigtem Concert, das wieder mit der Freistaatshymne und dem allgemeinen Hutabnehmen der männlichen Gäste geschlossen wurde, der Staatspräsident eine Anzahl Bordeaux- und Sherryflaschen herbeitragen ließ und,
nachdem er sämmtliche Gäste bedient, zuletzt auch das junge
Militärmusikcorps herbeirief und den jungen Leuten eigenhändig die Gläser vollschenkte. Das Fest wird wol in künftigen Jahren Abends durch einen Ball im Präsidentenhause
geschlossen werden; für diesmal war ein Tänzchen leider noch
nicht ausführbar, da ein großer Ballsaal als Anbau an das
Präsidentenhaus eben erst in der Errichtung begriffen war.

Der Präsident des Oranje-Freistaates ist in seinem Jahrgehalte nicht gerade sehr glänzend gestellt, denn er hat nur
2000 Pfd. St. = 40000 Mark jährlich, bei einem Umfange
seines Staates von 2000 deutschen Quadratmeilen und einer
Bevölkerung von circa 60000 weißen Einwohnern, während
in der angrenzenden englischen Provinz Westgriqualand der
Lieutenant-Gouverneur Southey, bei einem Staatsumfange
von nur 800 deutschen Quadratmeilen und einer jetzt auf
nicht viel mehr als 8000 Weiße zusammengeschmolzenen Bevölkerung, ein Jahrgehalt von 3500 Pfd. St. = 70000 Mark
erhält. Es beziehen an Jahrgehalt:

	das Staatsoberhaupt	der Oberrichter	der Staatssecretär
in Griqualand	3500 Pfd. St.	1700 Pfd. St.	1000 Pfd. St.
im Oranje-Freistaate	2000 » »	1200 » »	600 » »
in der Trans-vaal-Republik	1500 » »	—	500 » »

Diese Zahlen zeigen deutlich, um wie viel billiger in den holländischen Republiken regiert wird als in den englischen Colonien. Die Gouverneure der letztern in Südafrika erhalten überhaupt sämmtlich sehr anständige Gehalte, so beziehen:

der Generalgouverneur der Kapcolonie	6000 Pfd. St.	= 120000 Mark
der Gouverneur der Insel Mauritius	7000 » »	= 140000 »
der Gouverneur der Colonie Natal	2500 » »	= 50000 »

Der Gehalt des Gouverneurs der kleinen Insel Mauritius erscheint enorm, freilich ist aber diese Insel eins der werthvollsten Juwelen der Krone Englands und noch dazu durch das jetzt, seit Ueberziehung der Insel mit unzähligen Bewässerungskanälen, regelmäßig periodisch wiederkehrende Mauritiusfieber ein so ungesunder Aufenthalt geworden, daß dieser Umstand mit in Anschlag gebracht werden muß. Aber der Gouverneur der so stark von tödlichen Fiebern heimgesuchten westafrikanischen Küstenansiedelungen hat trotzdem auch nicht mehr als 3500 Pfd. St., also gerade so viel wie der Lieutenant-Gouverneur der gesunden Provinz Westgriqualand, welcher letztere daher jedenfalls einen der besten und einträglichsten Posten des englischen Afrika innehat. Ein Vergleich mit dem Gehalte des Vicepräsidenten der Vereinigten Staaten von Nordamerika ergibt, daß dieser, sowie auch die sämmtlichen Cabinetsminister der Regierung zu Washington jeder 30000 Mark weniger Gehalt haben als der Lieutenant-Gouverneur von Griqualand, ja sogar noch weniger, denn ihr Jahrgehalt ist zwar 2000 Pfd. St. (10000 Dollars), wird aber nicht in Gold, sondern nur in Banknoten ausbezahlt, wodurch sie circa 16 Procent einbüßen. Und jene Minister haben 41 Millionen Amerikaner zu regieren, während Herr Southey nur über 8000 Diamantengräber sein Scepter schwingt! Nichts zeigt besser die chevalereske Geldvergeudung dieser neubackenen Provinzialregierung von Griqualand als diese vorstehende Zusammenstellung!

Achtzehntes Kapitel.

Historische und geographische Notizen. — Schafzucht und Wollexport. — Straußenzucht und ihr hoher Ertrag. — Viehepidemien. — Prophetenknochen. — Poundmasters-Gedächtniß. — Deutsch-jüdische Storekeepers. — Waarenimport. — Eisenbahnprojecte. — Project chinesischer Immigration. — Wahrscheinliche Folgen derselben für Südafrika. — Eilwagenverbindungen. — Ehrlichkeit der Landbevölkerung. — Die glückliche Frau Salomons. — Das entlaufene Goldpferd. — Der Postdieb D. . . . — Posträuber Hipkins. — Regierungsorganisation des Freistaates. — Justiz, Kirchen- und Schulwesen, Finanzen, Militärwesen. — Deutsche in Bloemfontein. — Tragödie des Engländers Cox. — Besuch des Präsidenten der Transvaal-Republik. — Festmahl. — Freimaurerei. — Schlangenpensionat. — Klimatisches.

——————

Ich hatte Gelegenheit, in Bloemfontein authentische Informationen über verschiedene die Regierung und Verwaltung des Freistaates betreffende Punkte einzusammeln, und wurde hierbei durch den Staatssecretär Herrn Höhne sehr bereitwillig unterstützt. Herr Höhne stammt von sächsischem Blute, da sein Großvater zu Schandau in der Sächsischen Schweiz ansässig war. Sein Gehalt als Minister des Freistaates beträgt 12000 Mark.

Der Oranje-Freistaat hat seit der Annexion des höchst fruchtbaren „Eroberten Gebietes" von den Basutos einen Flächeninhalt von 2000 deutschen Quadratmeilen und eine Bevölkerung von circa 60000 Weißen und 25000 Farbigen, welche theils in 13 Städten und 9 Dörfern, theils auf den 6—7000 Farmen des Staates verstreut wohnen. In frühern Zeiten hatte er keine seßhafte Bevölkerung, sondern wurde von nomadischen Banden von Kaffern, Korannas und Buschmännern durchzogen, welche sich gegenseitig die guten Weideplätze streitig machten. Von 1816—20 nahmen Griquas unter Adam Kok einen Theil des Landes in Besitz. Diese Griquas sind ein Mischlings-stamm von Boervätern und Hottentottenmüttern und daher nicht schwarz, sondern gelbbraun, nach Art der Andalusier und Sicilianer, und zum großen Theil schöne große Leute, viel intelligenter als die Hottentotten und in gewissen praktischen Talenten, namentlich der Führung der Kugelbüchse, den Boers ganz gleich.

Schon seit 1820 pflegten Boers aus der Kapcolonie, wenn zu große Dürre in dieser sie dazu veranlaßte, den Oranje-strom zu überschreiten, um ihre Heerden auf den reichen Weiden des heutigen Freistaates grasen zu lassen. Nach und nach siedelten sich viele derselben dem schönen Riet River entlang an. Mit der Zeit wurde von neuen Boereinwanderern immer mehr und mehr Land den Griquas abgekauft, und als im Jahre 1839 die vollständige Befreiung der Sklaven in der Kapcolonie durchgeführt wurde, nachdem dieselbe schon 1834 proclamirt worden war, wurde die Emigration der Boers über den Oranjestrom massenhaft. Im Jahre 1845 wurde das Gebiet des heutigen Freistaates gewaltsam und unter einigem Blutvergießen von England annectirt, und blieb nun neun Jahre in englischem Besitze; am 23. Februar 1854 unter-zeichnete jedoch die englische Regierung eine Convention, welche den Bauern jenseit des Oranjestromes ihre vollständige Un-abhängigkeit zusicherte.

Das Land besteht zum größten Theile aus einer welligen Hochebene, welche von der großen Wasserscheide der Drakens-berge nach Nordwesten und Westen, resp. nach dem Vaal- und Oranjestrome sich hinabsenkt, und wird außer von diesen beiden großen Strömen noch von vielen kleinern Nebenflüssen der-selben bewässert. Alle diese Flüsse und Ströme haben sehr zerrissene und gewundene Ufer, welche reichlich mit schönen Weiden, Mimosas und andern Bäumen bestanden sind.

Der Oranje Rivier ist ein breiter und majestätischer Strom,

so breit wie die Donau bei Linz und sehr reißend. Welch ein
Nachtheil für Südafrika, daß dieser herrliche Strom nicht
schiffbar ist, da Wasserfälle und Stromschnellen seinen Lauf
öfters unterbrechen, und er zuletzt gar nach seiner Mündung
hin sich beinahe ganz im Sande verläuft. Doch scheint letzteres
nicht so ganz zweifellos festzustehen, da frühere Reisende
nicht weit von der Gegend, wo jetzt auf den Karten die im
Sande verlaufende Mündung des Oranje markirt ist, die
Mündung eines sehr großen und wasserreichen Stromes gesehen zu haben berichten.

Der Vaal ist auch ein sehr stattlicher und malerischer
Strom; die übrigen Flüsse sind für gewöhnlich nur ziemlich
dünne und seichte Wasserrinnen, die aber nach großen anhaltenden Regengüssen in sehr kurzer Zeit zu wüthenden breiten
Strömen anschwellen, freilich aber auch ebenso schnell wieder
zusammenschwinden.

Im östlichen Theile des Staates hebt sich das Land allmählich zu den gewaltigen Drachenbergen und den Weißen
Bergen empor und bietet dort dem Auge des Reisenden höchst
romantische Gebirgslandschaften. Das hier angrenzende englische Basutoland ist eins der prächtigsten Alpenländer der
Welt, reich an Wasserfällen und grotesker Felsenscenerie; es
wird als die Schweiz Südafrikas einmal in spätern Zeiten
von zahlreichen Gesellschaften von Touristen besucht werden.
Einzelne Berggipfel desselben, wie der Machache, der Quellen-
berg, der Cathkin Pic, die Champagnerburg und die Riesen-
burg, erheben sich zu einer Höhe von 9400—10300 Fuß
überm Meere.

Verschiedene felsige Hügelreihen und viele einzelne Tafelberge unterbrechen überdies die große Steppenebene des Freistaates und bilden mitunter sehr hübsche und malerische Landschaftsbilder.

Die Ebenen und Tafelländer des Freistaates sind in den
südlichen und östlichen Districten mit einem langen Grase
bedeckt, welches in der nassen Jahreszeit, dem Sommer, sich
zu einer außerordentlichen Höhe und Ueppigkeit entwickelt und
dann eine prächtige Viehweide abgibt. Zu dieser Zeit kommen

Heerden von Myriaden von Antilopen aus entfernten Gegenden herangezogen, um sich in den üppigen Prairien gütlich zu thun. Zum Winter ziehen dieselben dann theils nach dem Norden zurück, theils in die höhern Berggegenden der östlichen Grenzdistricte, Basutolands und Natals, hinauf, wo der, dort das ganze Jahr über nie ganz aufhörende Regen immer für eine gute Weide sorgt. Das Gras wird von den Farmern und Hirten einmal jährlich abgebrannt, um den alten Wuchs zu zerstören, der, wenn die großen Regen anfangen, verfault und dann für das Vieh ungesund wird. Diese alljährlichen Grasbrände sind dem Aufwuchse junger Baumpflanzen sehr hinderlich. Da das Land überhaupt allmählich immer mehr und mehr von Bäumen für Feuerungszwecke entblößt wird, während in der Regel keine neuen wieder angepflanzt werden, so dürfte auch im Oranje-Freistaate die Austrocknung des Landes infolge der steten Abnahme der Baumvegetation fortwährend Fortschritte machen und ähnliche Resultate zur Folge haben wie auf der Pyrenäischen Halbinsel, in Südfrankreich, Italien, dem Griechischen Archipel und Kleinasien.

In den westlichen Districten des Staates tritt an die Stelle des hohen Grases ein kurzes buschiges Gras, das nirgends eine zusammenhängende Rasennarbe bildet, aber eine ausgezeichnete und sehr gesunde Schafweide abgibt. Es ist dasselbe Gras, welches in der ganzen Kapcolonie das vorherrschende ist und im Verein mit dem in der Regel trockenen Klima diese Länder so ganz vorzüglich zur Schafzucht geeignet macht.

Die Bergreihen sind in der Regel mit höhern Gebüschen sowie wilden Oel=, Karree= und andern Bäumen bestanden. In der Nähe der Farmplätze werden meist Trauerweiden und Gumbäume gepflanzt, in den Gärten Aepfel=, Birnen=, Pfirsich=, Feigen= und Granatbäume. Der charakteristischste Baum, der in den Landschaften des Freistaates wie auch Griqualands immer eine Hauptrolle spielt, ist die stachelige Mimosa (Akazie), deren feingefiedertes Laub die Lieblingsspeise der früher hier so zahlreichen Giraffen (von den Boers Kamele genannt) bildete, weshalb der Baum hier den Namen Kameldorn führt.

Im Frühlinge bieten diese mit duftigen goldenen Blüten-
büscheln überladenen Bäume einen herrlichen Anblick; in den
übrigen Jahreszeiten jedoch trägt ihr dünnes, durchsichtiges
und schattenloses Laub mit seinem matten, staubbedeckten Grün
nur sehr wenig zum Schmucke der Landschaft bei. Diese
Kameldornbäume sind oft von Hunderten von Vogelnestern
behangen; die geselligen und deshalb immer in großen Massen
zusammenlebenden kleinen Webervögel (eine Finkenart) haben
eine ganz besondere Vorliebe für das unangreifbare Labyrinth
von stacheligen Zweigen, das diesen Baum auszeichnet und
das ihnen ein sicheres Asyl und Schutz gegen ihre Feinde
gewährt.

Auch der alte Quäler aller Fußreisenden in Südafrika,
der Wachteenbitje-(Warte ein bischen-)Busch, ist im Oranje-
Freistaate sehr verbreitet; er hat seinen Namen daher, daß, wenn
der unachtsame Wanderer ihn streift, er unfehlbar einige seiner
widerhakigen Dornen, womit der ganze Busch voll gespickt ist,
in den Rock oder die Beinkleider des Reisenden einhaken und
ihn so am Weiterschreiten verhindern wird. Das gewaltsame
sich Losreißen von den Dornen würde die Kleidung zerreißen,
daher sieht sich der Wanderer nolens volens veranlaßt, ein
bischen zu warten, bis er alle die einzelnen Widerhaken be-
hutsam wieder ausgehakt und entfernt hat.

Der größte Theil der Ländereien des Oranje-Freistaates
liegt als Weideland; der Agricultur hingegen ist nur ein
verhältnißmäßig geringer Theil derselben eingeräumt, und
dies hauptsächlich in den südlichen und östlichen Districten.

Die Farmen (auch hier, wie in der Kapcolonie, „Plätze"
genannt, da es auch eigentlich nur Weideplätze sind, gewöhnlich ohne alle Wirthschafts- und Stallgebäude) haben in der
Regel einen Umfang von 3000 afrikanischen Morgen (9500
preußischen Morgen = 6000 englischen Ackern), was nach
dem hier üblichen Verhältnisse einen Schafbestand von 3000
Stück ermöglicht. Es ist jedoch sehr häufig, daß einem Besitzer ein sogenannter Block von mehrern Plätzen zusammen
zugehört. So z. B. kenne ich eine Farm, die auf dem schon
6—7000 Fuß hoch gelegenen Plateau an der ersten Kette der

Drachenberge liegt und nicht weniger als 416000 preußische
Morgen umfaßt. Fürwahr ein schöner Besitz! Um so mehr,
wenn man bedenkt, daß der englische Acre (½ afrikanischer
Morgen = 1⁶⁄₁₀ preußischer Morgen) im Oranje-Freistaate
im Laufe der letzten 20 Jahre vom Preise eines Penny
(8¼ Pfennige) bis zu 5 und 10 Mark gestiegen ist. Einen
günstigern Platz zu Speculationen in Grund und Boden hätte
man also kaum irgendwo, selbst nicht in Nordamerika und
Australien, finden können. Leider erfährt man nur solche
Facta gewöhnlich erst zu spät, wenn die Gelegenheit sie auszunutzen schon vorüber ist.

Die Schafzucht gibt nun freilich lange nicht eine so hohe
Bodenverwerthung wie die Agricultur; dafür ist aber die
letztere auch nur dort ausführbar, wo genug Wasser zur
Irrigation der Felder und genug Arbeitskräfte zur Verfügung
stehen. Da man im allgemeinen rechnet, daß auf einem
Morgen ein Schaf geweidet werden kann, so bringt ein Morgen ungefähr den folgenden Ertrag:

Das Vlies eines einjährigen Lammes . 1 Mark 50 Pfennige
    » » » volljährigen Schafes . 4 » — »
Verkaufswerth des letztern als Schlachtvieh 12 » — »

So bringt ein englischer Acker (also ein halber Morgen)
höchstens 8¾ Mark jährlich durch die Schafzucht ein, während
ein solcher da, wo er künstlich bewässert werden kann, in diesem
Lande gewöhnlich sehr fruchtbar ist und eine Ernte von 20—
30 Muids türkisches Korn (à 140 holländische Pfund =
196 englische Pfund Gewicht) geben wird, welche, wenn à 15—
25 Mark verkauft, dem Farmer 300—750 Mark abwerfen
werden. Ohne künstliche Bewässerung freilich würde die Ernte
in der Regel sich auf Null reduciren, und leider ist nur ein
kleiner Theil des ganzen Landes zur Zeit bewässerbar, da das
Brunnengraben hierzulande bei den Bauern noch nicht üblich
geworden ist.

Vor der Entdeckung der Diamantenfelder galt im Freistaate ein Schaf nicht mehr als 5—6 Mark — jetzt zahlt
man dafür von 12—15 Mark! Da die Wolle der Haupt-

productions= und Ausfuhrartikel des Freistaates ist, um den
sich alle Geschäfte und alle Unterhaltungen drehen (nicht für
baar Geld, sondern für seine Wolle kauft der Farmer seine
Bedürfnisse beim Kaufmanne im nächsten Städtchen ein), so hat
hier natürlich die ganze Bevölkerung, vom ersten bis zum letz=
ten Weißen, das lebendigste Interesse an dem Erfolg der alljähr=
lichen Wollschur, die im April stattfindet. Dann sind Arbeits=
hände theuer, und der Boer, der in Kimberley oder Dutoits=
pan nach Diamanten grub, stellt sich sicher zu dieser Jahreszeit
auf der Farm, die ihm oder seinem Vater gehört, pünktlich
ein, um mit seinen Leuten bei der großen Arbeit fleißig mit=
zuhelfen.

Im Jahre 1874 wurden vom Freistaate 60000 Ballen
Wolle exportirt. Ein Ballen kostete in Bloemfontein durch=
schnittlich 15—16 Pfd. St., der Transport nach Port Natal
2½ Pfd. St. In Port Natal kostete Anfang 1875:

1 Pfund Schweißwolle . . 59½ Pfennige
1 Pfund gewaschene Wolle. 83¼   „
1 Pfund schneeweiße   „ . 134½   „
    (Preis in London 183—217   ,   Ende 1875)
1 Pfund grobe Wolle . . 16½   „

In England wurde der Ballen im Durchschnitt zu 18—
19 Pfd. St. verkauft. Um einen Ballen zu erhalten, sind
75—150 Schafe nöthig, je nach der Größe des Bliefes. Für
die 60000 Ballen flossen den Wollverkäufern im Freistaate
circa 960000 Pfd. St. in die Tasche. Im Durchschnitt
110 Schafe auf einen Ballen gerechnet, würde sich eine Ge=
sammtzahl von circa 6½ Millionen Schafen für den ganzen
Freistaat ergeben.

Verglichen mit der Gesammtanzahl der Schafe in der
Kapcolonie und Natal (1875 10 Millionen) und derjenigen
in den australischen Colonien (1875 82 Millionen) nimmt
sich der bedeutende Schafbestand des kleinen Oranje=Freistaates
recht respectabel aus. Die gesammte Einfuhr von Wolle in
Großbritannien betrug:

	1865		1875	
aus Südafrika	99942	Ballen	174081	Ballen,
aus Australien	333033	»	699302	»

Der Wollexport hat sich also ebenso in Südafrika wie in Australien in den letzten zehn Jahren verdoppelt, und die Möglichkeit, mit einer solchen fortwährend zunehmenden ungeheuern Production zu concurriren, nimmt für diejenigen europäischen Länder, die früher Wolle nach England exportirten, mit jedem Jahre mehr ab.

Seit den letzten Jahren wird auch viel Wolle von Südafrika direct nach Nordamerika exportirt; 1874 gingen 21 mit Wolle beladene Schiffe von Port Elisabeth nach Nordamerika, und 56 nach England.

Die sogenannten Kapschafe (mit Fettschwänzen) werden im Freistaate nicht mehr gehalten (während in der Kapcolonie davon noch 944000 vorhanden sind), da sie lange nicht so gut rentiren wie die feinwolligen Merinos. Auch die Zucht der Angoraziegen, wofür das Klima des südafrikanischen Hochplateaus sich so sehr eignet, hat in den letzten Jahren einen großen Aufschwung genommen; in der Kapcolonie, wo vor zehn Jahren (1865) nur 121000 gezählt wurden, sind deren jetzt (1875) 973000 registrirt, die ihren Besitzern einen schönen Reinertrag abwerfen.

Was jedoch den Gewinn betrifft, so kann kein Zweig der Hausthierzucht mit der, seit den letzten zehn Jahren immer mehr in Aufnahme gekommenen Straußenzucht verglichen werden, die auch im Freistaate wie in der Kapcolonie von Jahr zu Jahr an Umfang zunimmt. Bei einem sehr geringen Anlagekapital und gar keinem Risico gewährt die Aufzucht zahmer Strauße ihrem Besitzer eine ganz kolossale Jahresrente.

Keine Klasse von südafrikanischen Producten ist in den letzten Jahrzehnten so außerordentlich im Preise gestiegen wie die Straußenfedern. Dieselbe Qualität, die man in England vor 30 Jahren das Pfund zu 40 Mark haben konnte, wird jetzt mit 400—600 Mark bezahlt! Obgleich diese graziösen Federn schon seit vier Jahrtausenden als Kopfschmuck für

Männer wie Frauen benutzt worden sind — man denke an die Pharaonen, an die Ritterhelme und Hüte des Mittelalters u. s. w. — so hat doch erst in der neuesten Zeit die Mode ihren Gebrauch (für Damenhüte, Ballcoiffuren, ja sogar, schwarz gefärbt, für den Schmuck der Leichenwagen) dermaßen verallgemeinert, daß das allgemeine Bedürfniß in den sämmtlichen der europäischen Modetracht huldigenden Ländern der Welt den Preis rasch so in die Höhe getrieben hat.

Der Import von Straußenfedern, die zum größten Theile aus Südafrika kommen, betrug in England in den Jahren:

```
1854   10282  Pfund Gewicht im Werthe von   925700 Mark
1864   42835     »      »    »    »    »   3,881260  »
1874  106919     »      »    »    »    »   8,473380  »
```

In diesen Zahlen ist allerdings hauptsächlich nur der Export von Federn wilder Strauße enthalten, da die Zucht zahmer Strauße erst seit etwa zehn Jahren in Aufnahme gekommen ist. Im Jahre 1865 gab es in der Kapcolonie nur 80 zahme Strauße; jetzt, 1875, sind deren schon 22257 Stück registrirt! Freilich sind die Federn der wilden Strauße werthvoller als die der zahmen; das viele windschnelle Laufen des wilden Straußes gibt seinen Federn eine üppigere Entwickelung, namentlich in der Breite; die besten derselben messen querüber 15—20 Zoll, ja man hat schon solche von 24 Zoll Breite gesehen! Auch werden die Federn des zahmen Straußes deshalb nicht so schön, weil von Zeit zu Zeit die großen Federn, die doch nicht ausgerupft werden können, dicht an der Haut des Vogels abgeschnitten werden; so bleibt der Kiel der alten Feder in der Haut stecken und gibt leicht der neuwachsenden Feder eine schlechte Form. Auf der andern Seite sind jedoch die Federn der zahmen Strauße von den dunkeln Harzflecken frei, welche sich zuweilen an denen der wilden finden, da der wilde Vogel von niemand abgehalten wird, sich dann und wann an harzigen Baumstämmen zu streifen, und diese Harzflecken sind gewöhnlich gar nicht oder doch nur sehr schwierig von der Feder zu entfernen.

Zu einem Pfunde von sogenannten Blutfedern gehören 70—90 Stück Schwanzfedern des männlichen Straußes. Ein Pfund von diesen hat einen stetigen Preis von 800—900 Mark, wenn vom wilden, und circa 640 Mark, wenn vom zahmen Strauß. Einzelne solche Federn bester Sorte kaufte ich von 20—30 Mark pro Stück direct von dem vom Zambesi kommenden Trader.

Wer Straußenfedern in größern Quantitäten kaufen will, muß erst ihre verschiedenen Sorten richtig taxiren lernen, denn es gibt circa 60 Nuancen von Sorten und Preisen, welche letztere von 900 Mark pro Pfund bis auf 50 Mark heruntergehen, je nach der Breite und Länge, Farbe, Qualität des Flaumes u. s. w. Man rechnet auf jeden Strauß circa 40 Flügel- und 100 Schwanzfedern; die Federn des zahmen Straußes gelten circa 20—30 Procent weniger als die des wilden.

Da der Strauß durchaus kein delicater Vogel ist, auch keinen epidemischen Krankheiten unterworfen, wie leider in Südafrika das Pferd und das Rind, und dazu seine Fütterung so gut wie nichts kostet, weil der Straußenmagen mit allem fürliebnimmt, was er auf der Steppe findet, so beschränken sich die Kosten der Straußenzucht nur auf das Einzenzen eines Raumes, um die Vögel darin des Nachts einzuschließen, und das Halten eines Hüters, der sie des Tags auf die Weide treibt. Zu diesem Posten genügt ein Kind, das den Vögeln nur bis an die Knie reicht und dem trotzdem die riesenhaften Thiere willig Gehorsam leisten und sich von ihm wie eine Heerde Gänse treiben lassen. Die Thiere sind im allgemeinen gutartig und ohne Bosheit. Eines Tages, als ich in meinem Wagen während des Ausspannens bei einer Farm mein Mittagsschläfchen hielt, fühlte ich mich durch die Berührung eines fremden Gegenstandes erweckt, und zu meinem Erstaunen sah ich den langen Hals und den greisenhaften Kahlkopf eines Straußes in meinem Wagen, welcher durch das Wagenfenster hindurch in aller Gemüthsruhe seine Untersuchungen nach eßbaren Gegenständen in meinem Reise-Wohnzimmer anstellte.

Man zahlt heute für eine Brut junger Strauße, deren graues krausliches Fell noch halb Haar und halb Flaum ist, von 100—180 Mark pro Stück (Ostrich Chickens). Nach drei Jahren haben sie ihre vollen Federn und geben von da ab jedes Stück an Federn einen jährlichen Ertrag von 100—120 Mark. Ein volljähriger Vogel erster Klasse kostet dann, wenn männlich 1500 Mark, wenn weiblich 800—1000 Mark. Die Preise für volljährige Vögel von bester Rasse sind deshalb so hoch, weil niemand, der eine Straußenzucht hat, gern seine Hähne verkauft, sondern vorzieht, dieselben zur Vermehrung der eigenen Zucht zu verwenden. Bei dem großen Werthe, den man in der Kapcolonie auf diese so überaus nützlichen Vögel legt, ist es ganz in der Ordnung, daß der Diebstahl der Eier aus einem Straußenneste gesetzlich mit einer Strafe von 1000 Mark belegt ist.

Von wilden Thieren hat jetzt die Straußen= wie überhaupt die gesammte Hausthierzucht im Freistaate nichts mehr zu befürchten. Wenngleich noch im Jahre 1849 ein englischer Offizier vom 45. Regiment in der nächsten Umgebung von Bloemfontein 17 Löwen tödtete und in den Jahren 1848—51 im ganzen District von Bloemfontein jährlich deren noch von 75—100 den Kugeln der Boers erlagen, so sind doch seitdem die früher so massenhaft im Lande vorhandenen und durch die zahllosen Antilopenheerden reichlich genährten größern Raubthiere größtentheils vernichtet und ihre letzten Reste in die angrenzenden östlichen Gebirgsdistricte hinaufgedrängt worden. Nicht mehr der Zahn wilder Carnivoren, sondern nur noch die dann und wann auftretenden Viehepidemien reduciren von Zeit zu Zeit die zahlreichen Pferde= und Rinderheerden der Boers in einem erschreckenden Maßstabe.

Dieselben stellen sich in der Regel im Sommer ein und sind mit den dann und wann (binnen 20 Jahren ungefähr dreimal vorkommenden) dürren Jahren, in deren Folge alle Dämme und Wasserstellen austrocknen, die gefürchtete Hauptplage des Farmers im Freistaate, da er in solcher Zeit leicht seinen gesammten Heerdenstand — der doch seinen einzigen Reichthum bildet — verlieren kann.

Die gefährlichste Epidemie ist für die Pferde die sogenannte Horse-Sickneß (eine Lungenkrankheit) und für die Rinder die Redwaterepidemie, welche letztere zwar eigentlich nicht auf dem Hochplateau des Freistaates heimisch ist, aber dann und wann aus den tiefer gelegenen Küstenländern, namentlich aus Natal, durch die zum Transport der Waaren gebrauchten Ochsen hier eingeschleppt wird.

Ochsen, die auf dem Plateau des Freistaates, Transvaals, Griqualands und der innern Kapcolonie geboren und aufgezogen sind, bekommen diese schreckliche Krankheit (infolge deren das Wasser, das sie lassen, von Blut rothgefärbt wird) fast sicher, sobald sie etwa 3000 Fuß tiefer in die nach dem Meere sich absenkenden Küstenländer von Natal und Zululand gebracht werden. Vermuthlich ist es der schroffe Wechsel der Weide, der diese tödliche Krankheit verursacht. Ein Thierarzt, der gegen diese Pestseuche ein wirksames Mittel ersinnen könnte, würde rasch Millionär werden; bisjetzt hat man noch kein einziges probates Mittel dagegen entdecken können.

Es ist bei den Führern der Gütertransporte Gebrauch, sobald sie von der Küste mit ihren schwerbeladenen, jedesmal von 18—20 Ochsen gezogenen Wagen auf der Höhe des Drachengebirges angekommen sind, ihre Ochsen zu wechseln und mit Thieren aus dem Freistaate oder aus Transvaal zu vertauschen. Gewöhnlich wird dieser Wechsel in Harrysmith, der Grenzstadt des Freistaates, die 6000 Fuß über dem Meere liegt, vollzogen, wo infolge dessen die Führer der aus den Hochländern nach der Küste hin bestimmten Transportwagen wieder leicht Gelegenheit finden, sich mit Küstenochsen zu versehen, welche an die fetten und üppigen Gräser des Niederlandes von Jugend auf gewöhnt sind. Mitunter kommen unter den Hochlandsochsen besonders kräftige Naturen bei dem Hinabsteigen ins Tiefland ohne die Krankheit davon; solche Thiere heißen dann salted oxen (gesalzene Ochsen) und werden in Natal von den bergaufwärts ziehenden Wagenführern sehr gern und zu außerordentlich hohen Preisen (340—380 Mark pro Stück) gekauft.

Im Freistaate ist der Durchschnittspreis für einen schönen

Zugochsen jetzt von 180—300 Mark, je nach der Saison und dem Zustande der Weide. Die Ochsen des Tieflandes haben übrigens, wenn sie ins Hochland kommen, nicht die gleiche Gefahr zu befürchten, wie ihre Collegen aus dem Hochlande, wenn sie ins Tiefland kommen. Ich habe daher auch schon auf den Diamantenfeldern öfters jene reizenden, leichten, reh= artig gebauten und schön gezeichneten feinen Thiere gesehen, die man Zuluochsen nennt. Sie sind allerdings bedeutend kleiner und schwächer als die Hochlandsochsen, daher auch billiger, gewähren aber mit ihren zierlichen, nach vorn ge= richteten langen Hörnern und ihrem schnellen antilopenartigen Schritt dem Auge eine sehr hübsche graziöse Erscheinung.

Belustigend ist die Art und Weise, wie die Boers im Falle des sehr häufigen Verlaufens oder Gestohlenwerdens ihres Hornviehes das Signalement desselben in der Zeitung der nächsten größern Stadt veröffentlichen. Jeder Körper= theil, namentlich die Füße, die Hörner, die Ohren, der Schwanz werden nach Farbe, Länge und sonstigen Eigenschaften durch eigenthümliche traditionelle, dem Nichtkenner ganz unverständ= liche Ausdrücke genau charakterisirt. Noch weiter in dieser Kunst der malerischen Thierbeschreibung sind übrigens die Kaffern vorgeschritten, denn jede Art von Nuance in Größe, Farbe, Zeichnung der einzelnen Körpertheile, sowie nach Alter und sonstigen Eigenthümlichkeiten, die ein Rind nur haben kann, ja, nicht allein die Farbe, sondern auch die verschiedenen Arten und Weisen, wie verschiedene Farben miteinander ge= mengt erscheinen können, sind in ihrer Sprache mit einem ganz eigenen Worte bedacht.

Wenn der Boer bei einer gelegentlichen Ueberzählung seines Weideviehes bemerkt, daß einzelne Stücke davon abhanden gekommen sind, so wird er in der Regel einen alten Kaffern oder Hottentotten rufen lassen, der sich auf die „Dolloß" versteht. Es ist dies eine eigenthümliche, über ganz Süd= afrika hin sehr hochgeschätzte Kunst des Weissagens, die von einzelnen Leuten als Geheimniß von ihren Vorvätern geerbt worden ist und von ihnen mit einem originellen feierlichen Hokuspokus umkleidet wird. Ungefähr ein Dutzend von

Knochenstücken von verschiedenen Thieren (unter andern bemerkte ich darunter Fingerknochen von Affen, einen Schlangen-
kopf, Stücke aus dem Rückgrat eines Schakals) werden, unter
Begleitung gewisser gebetartiger Recitationen in natürlich mir
nicht verständlicher Sprache, auf den Boden geworfen, und
nach der Art und Weise, in welchen Verhältnissen sie dann
zueinander liegen, beginnt der Hexenmeister darauf seine
Weissagung.

So lächerlich und den Gesetzen der menschlichen Vernunft
hohnsprechend diese Art von Orakel jedem europäisch geschulten
Culturmenschen auch erscheinen mag, das merkwürdige Factum
steht doch fest, und wird von Hunderten von alten Colonisten
bezeugt, daß in 90 unter 100 Fällen das verschwundene Rindvieh nach den Aussagen des Dolloßmannes wirklich wieder
aufgefunden wird, indem der Alte dem Verlustträger mit-
theilt, in der und der Richtung, oder in einem entfernten
Kraal, an einem entfernten Damme oder einer Quelle, werde
er sein verlaufenes oder gestohlenes Vieh wieder vorfinden.
In welcher Weise der Dolloßpriester in der Regel so blitzschnell die Kenntniß des Ortes, wo das Vieh wiederzufinden
ist, erlangt, das ist ein Geheimniß, wohinter bisjetzt noch
kein Weißer gekommen ist. Es ist wunderbar, muß aber doch
wol nach natürlichen Gründen zugehen, — in Afrika freilich
zweifelt kein Mensch daran, daß es eben eine nur wenigen
Privilegirten von ihren Altvordern überlieferte Hexerei ist.

Mir selbst passirte mehreremal das allen Viehbesitzern in
Südafrika vielgewohnte Misgeschick, daß meine beiden Maulthiere (die doch zum Betriebe meines Claimstofftransportes
mir so unentbehrlich waren) sich auf der Weide verlaufen
hatten — wohin? darüber fehlte mir jede Ahnung. Meine
Kaffern suchten tagelang nach allen Gegenden der Windrose
hin und fragten alle Eingeborenen, ob sie ein paar schwarzbraune Esel gesehen hätten, — aber ohne jeden Erfolg. Zuletzt schickte ich nach einem alten Dolloßorakel in Old De
Beers, welches genau den Ort angab, wo die Thiere zu
finden sein würden. Und richtig, am folgenden Tage wurden
sie gefunden, zweimal an einem entfernten Wasserdamm und

einmal in einem fünf Meilen entfernten Poundkraal, d. h. einem öffentlichen, auf Staatskosten unter Aufsicht eines sogenannten Poundmasters gehaltenen, Viehkraal, wo alles herrenlos gefundene Vieh bei Nacht eingetrieben und, im Falle nach einigen Monaten sein Eigenthümer nicht zu ermitteln gewesen ist, dann für Rechnung des Staates in öffentlicher Auction verkauft wird.

Die Poundauctionen finden alljährlich viermal statt und werden jedesmal, nebst einem genauen Signalement aller eingefangenen herrenlosen Thiere, in der Gouvernementszeitung öffentlich bekannt gemacht. Der Eigenthümer, wenn er nach der Beschreibung seine vermißten Thiere zu erkennen glaubt, begibt sich dann an Ort und Stelle und kann noch unmittelbar vor der Auction sein Eigenthum, nach oberflächlicher Legitimation, gegen Zahlung eines Zolles wieder auslösen.

Die Stelle eines Poundmasters ist, da er für jedes eingefangene fremde Roß oder Rind eine gewisse Summe erhalten muß, gar keine schlechte, namentlich in der Nähe eines Ortes, wo so viele Tausende von Stücken Vieh frei auf der Weide laufen, wie z. B. bei Kimberley und Dutoitspan. Für jedes Stück soll den Eigenthümern der Farm eine gewisse monatliche Kopfsteuer (gewöhnlich von 5 Mark) als Weidegeld gezahlt werden, die aber häufig genug umgangen wird. Alles Vieh nun, von dem der Poundmaster sicher ist, daß es noch nicht versteuert wurde, hat er das Recht und die Pflicht in den Pound zu treiben, und auf diese Art die Zahlung der Weidesteuer zu erzwingen. Wie sich nun solch ein Poundmaster unter den vielen und immer wechselnden Hunderten von Pferden und Rindern zurechtfindet und von jedem Stück es sofort weiß, ob dafür schon die Steuer gezahlt worden ist oder nicht — das ist mir eins der vielen ungelösten südafrikanischen Räthsel geblieben; es gehört dazu jedenfalls ein außerordentliches Gedächtniß für die Eigenthümlichkeiten jedes einzelnen Stückes Vieh, welches durch die viele Uebung fortwährend geschärft wird.

Ich fand unter den Poundmasters mitunter ganz gebildete Leute, die der Einträglichkeit des Postens zu Liebe denselben

gewählt hatten. Ueberhaupt theilt Südafrika mit Nordamerika
und im allgemeinen mit allen Colonien die Eigenthümlichkeit,
daß der Beruf unter Umſtänden etwas Periodiſches iſt, das
je nach Zufall und Chance bei manchen Leuten fortwährend
wechſelt. So lernte ich im Freiſtaate einen Mann kennen,
der urſprünglich in Europa Candidat der Theologie und
Hülfsprediger geweſen war, ſich aber ſeit ſeiner Auswanderung
nach Afrika in ſeinem neuen Vaterlande nacheinander als
Cantinenwirth, Victualienhändler, Bäcker und Fleiſcher,
Zeitungsredacteur und Auctionator verſucht hatte und jetzt
als Agent und Landſpeculant ſein Leben machte.

Das allerbeſte Geſchäft im Freiſtaate ſcheint mir, den ins
Auge ſpringenden Reſultaten nach, das eines Storekeepers
zu ſein. Derſelbe muß hier, wie im Weſten Amerikas, alles
zu verkaufen haben, was nur überhaupt von Menſchen fürs
Leben und fürs Haus gebraucht werden kann: Kleidungsſtücke
und Schuhwerk, Möbel, Spiegel, Fenſterglas, Sättel, Stein-
gut- und Eiſenwaaren, Badewannen und wollene Hemden,
Beſen und Geſangbücher, Ochſenpeitſchen und Oeldruckbil-
der, Kugelbüchſen und Ziehharmonicas, Hüte und Bettdecken,
Schuhwichſe und Pommade, Apothekerwaaren, condenſirte Milch
und Gemüſe, eingemachten Lachs und geräucherte Schinken,
Hufeiſen, Nägel und Stecknadeln, Thermometer, Brillen und
Ferngläſer, Pflüge, Schaufeln, Pickäxte und Haarbürſten u. ſ. w.
Solche Gegenſtände, zum Theil auf Auctionen in London zu-
ſammengekauft und daher oft ſehr inferiorer Qualität, werden
hier in Südafrika an das anſpruchsloſe, treuherzige und leicht-
gläubige Bauernpublikum zu erſtaunlich hohen Preiſen verkauft. Die Storekeepers werden faſt ſämmtlich in kurzer Zeit
reich, indem ſie dem Bauern ſeine Wolle und ſeine Felle zu
dem von ihnen beliebten Preiſe abnehmen und ihm die dafür
bezogenen Güter zu ihrem Preiſe anrechnen, auf dieſe Weiſe
jedesmal die doppelten Procente verdienen (während die einfachen ſchon hoch genug ſind!) und ihr Kapital im Jahre ſo
und ſo viele mal auf dieſe gewinnreiche Art umdrehen.

Namentlich iſt es die rührige, queckſilberige, unermüdlich
thätige deutſche Judenwelt, die Südafrika zu ihrem Lieblings-

jagdgrund gemacht zu haben scheint. Ihren scharfsinnigen Talen=
ten und ihrer fieberhaften Activität steht der einfache, phlegma=
tische und unwissende Boer ungefähr ebenso gegenüber, wie der
ernste schweigsame Siouxindianer oder der vereinsamte Hinter=
wäldler dem gewandten redseligen Yankeepeblar. Er kommt sehr
bald vollkommen unter ihren Einfluß, verkauft ihnen oft seine
Wollschur schon im voraus und geräth durch Anleihen, Nehmen
der Waaren auf Borg — denn Geld hat der Bauer selten,
nur Wolle, Felle und Korn in gewissen Jahreszeiten — ge=
wöhnlich vollständig in Abhängigkeit von seinem Lieferanten,
zufolge dessen er auch in der Regel dem einmal gewählten
Storekeeper lebenslang treu zu bleiben gezwungen ist.

Persönlich habe ich diese deutsch=jüdischen Geschäftsleute
in Südafrika gewöhnlich sehr intelligent und liebenswürdig
gefunden; sie arbeiten jedenfalls als einer der hauptsächlichsten
Hebel an der Eröffnung aller der reichen Hülfsquellen dieses
weiten, so lange in Schlaf versunken gewesenen Landes. Ihre
Zahl und Häufigkeit in den Freistaaten Südafrikas wird durch
die Aeußerung eines Boermädchens treffend illustrirt, das, als
ich ihr gesagt, ich sei ein Deutscher, und weiterhin, ich sei
ein Protestant, sich höchlich darüber verwunderte und meinte,
sie hätte gedacht, alle Deutschen müßten unfehlbar immer
Juden sein.

Ihre Waaren beziehen die deutschen Storekeepers fast aus=
schließlich aus England. Als ich nach dem Grunde hiervon
fragte, wurde mir die Antwort zutheil, daß man die Einfuhr
deutscher Waaren habe einstellen müssen, weil die deutschen
Exporteure in Hamburg und Bremen in der Regel nur
schlechte, billige Waare geliefert und dem speciellen Geschmack
der südafrikanischen Colonisten gar keine Concession gemacht
hätten. Außerdem sei auch ihre Emballage gewöhnlich eine
sehr vernachlässigte, ohne alle Eleganz und geschmackvolle
Form, weshalb deutsche Waaren hier nicht so leicht Abnehmer
finden als die englischen.

Eine Verzollung von Einfuhrgütern findet im Freistaate
sowenig wie in der Nachbarrepublik Transvaal statt. Da jedoch
alle europäischen und sonstigen überseeischen Einfuhren die

englischen Colonien Kapland und Natal passiren müssen, so werden die beiden Republiken indirect durch die königlich britischen Zollämter in den Einfuhrhäfen besteuert, und dieser Umstand, im Verein mit dem entsetzlich theuern Ochsentransport, macht den Bezug aller Waaren und Culturbedürfnisse in beiden Freistaaten natürlich doppelt kostspielig.

Die Anlage einer Eisenbahn von der Küste nach Bloemfontein würde das gesammte Leben im Freistaate bedeutend billiger stellen und ist daher das Ziel sehnsüchtiger Wünsche der ganzen Bevölkerung. So rasch wird es aber wol mit deren Erfüllung noch nicht vorwärts gehen, da die Differenz des Küstenniveaus und der Höhe von Bloemfontein 5250 Fuß beträgt und die Uebersteigung der Drachengebirge riesige Kunstbauten in Tunneln, Brücken u. s. w. nöthig machen würde, deren Ausführung bei dem Mangel an willfährigen Händen im Lande nur durch massenhaftes Engagement von Coolies ermöglicht werden und außerdem ungeheuere Geldsummen kosten würde. Deshalb wird die ersehnte Eisenbahn von Port Natal nach Bloemfontein wol noch lange auf sich warten lassen; eher kommt vielleicht noch die Bahn von der Südküste her zu Stande, da die Linien Port Elisabeth-Grahamstown, Port Elisabeth-Cradock und Graaf Reynet, und East London-Queenstown in der Kapcolonie bereits ernstlich in Angriff genommen sind und der Anschluß an dieses Eisenbahnnetz vom Freistaate aus dann sich sehr dringend empfehlen würde.

Zum Glück hat der Oranje-Freistaat in seinem östlichen Theile (am Sand River) schöne und reiche Kohlenflöze, sodaß — bei dem großen Holzmangel — die Ingenieure seiner künftigen Eisenbahnen der trübseligen Nothwendigkeit überhoben sein werden, eine eigene Locomotive zu erfinden, die mit Rindviehbung — dem allgemein üblichen Feuerungsmaterial im Lande — geheizt werden könnte.

Die Kaffern, die man in der Kapcolonie mit großer Mühe zum Eisenbahnbau heranzieht, sind ein theueres Arbeitervolk; indessen Weiße würden ja noch viel theurer sein. Man bezahlt den Schwarzen als Minimum täglich 2½ Mark und freie Kost, einzelnen geübtern Arbeitern sogar bis 6 Mark. Bei diesen

Lohnsätzen erwerben sie jedoch so schnell, ein in ihren Augen
genügend großes Vermögen, daß sie noch vor Ablauf ihrer
Miethzeit gern sich bei Nachtzeit verabschieden, um nach ihren
heimatlichen Kraalen zum faulenzenden Genusse des Erworbenen zurückzukehren.

Außerdem haben die Farmer der Colonie sehr darunter
zu leiden, daß ihnen die wenigen für sie disponiblen Arbeitskräfte noch durch den Eisenbahnbau entzogen werden. (Anfang
1875 waren 2000 Kaffern zum Bau der Bahnen engagirt.)

Ein Mitglied des Kapparlaments, Herr Roß Johnson,
ist daher beauftragt worden, nach China zu reisen und von
dort die ersten 1000 chinesischen Coolies einzuführen, hauptsächlich für den Bau der Eisenbahnen, welcher nach dem Bezug
solcher ausgezeichneten, stetigen und billigen Arbeitskräfte dann
gewiß schnell vorwärts schreiten wird. Und wenn dann noch
die Herren Donald Currie and Co., die großen Schiffsrheder
von London und Port Elisabeth, ihren Plan ausführen, eine
regelmäßige Dampfschiffahrtsverbindung zwischen dem Kap
und Natal einerseits, und Shanghai oder Whampoa andererseits zu begründen, so werden die Folgen davon für den Fortschritt Südafrikas ganz außerordentliche sein.

Dem großen Dienstboten- und Arbeitermangel in der Kapcolonie sowol als in Natal könnte gründlich abgeholfen werden, wenn den auswanderungslustigen chinesischen Massen, die
zu Hause in gedrängter Uebervölkerung und brotloser Armuth
leben, endlich auch der Weg nach Afrika gezeigt und geöffnet
würde, nachdem bisher der ostindische Archipel, Australien,
Californien und die Westküste von Südamerika von ihnen
mit billigen Arbeitskräften überschüttet worden sind, und in
solchem Uebermaße, daß man in Californien und Queensland
zu den abschreckendsten Maßregeln hat Zuflucht nehmen müssen,
um nur einigermaßen den fortwährend mehr und mehr an-
schwellenden Einwanderungsstrom dieser gelben Söhne des
Mittelreiches zu hemmen.

In Californien und Australien ist es die Eifersucht der
weißen Handarbeiter und Gewerbsleute, welche durch die
massenhafte chinesische Competition ihren Tagelohn und ihren

Arbeitsabsatz fortwährend im Niedergehen begriffen sehen und
daher alles thun, um den Chinesen den Aufenthalt in Amerika
und Australien gründlich zu verleiden, während auf der
andern Seite alle großen Industriellen, Fabrikbesitzer, Farmer
und Pflanzer die größten Freunde der chinesischen Einwanderung
sind, da erstere mit den spärlichen und theuern weißen Arbeitskräften allein einen ausgedehnten und gewinnreichen Geschäftsbetrieb unmöglich durchführen, letztere aber des hohen Tage-
lohns wegen überhaupt keine weißen Hände in größerer Anzahl
verwenden können.

Die Eisenbahnen, die Kanäle und Straßen Californiens sind
hauptsächlich von Chinesen gebaut worden; die 115 Cigarren-
fabriken von San-Francisco werden ausschließlich durch chinesische Arbeit in Gang gehalten; die Schuh-, Baumwoll-
wäsche-, Tuch- und Wollhemdfabriken beschäftigen Tausende
von Chinesen; die Waschanstalten sind durch sie vollständig
monopolisirt, und der Preis von Küchengemüsen und Garten-
früchten ist durch die zahlreichen chinesischen Handelsgärt-
ner von San-Francisco auf ein Minimum herabgedrückt
worden.

Hat der Chinese auch nicht die Muskelstärke des reichlich
mit Fleisch genährten weißen Mannes, so besitzt er doch im
übrigen so außerordentlich empfehlende Eigenschaften, daß dadurch jener Mangel vollständig aufgewogen wird. Es gibt
sicher keinen arbeitsamern und anstelligern, pünktlichern und
regelmäßigern, friedlichern und geduldigern Arbeiter als
den chinesischen. Dabei ist er immer höflich und gehorsam,
bei guter Behandlung wie ein Kind zu leiten, und allen
lärmenden Zerstreuungen und unnützer Geldverschwendung
von Grund aus abhold. Was ihm aber vor allem einen
Hauptvorzug vor den Arbeitern aller andern Nationen gibt:
er ist ein geborener „Teatotaller" (Temperanzmann) und
hat einen unüberwindlichen Abscheu gegen alle alkoholischen
Getränke! Was diese Eigenschaft bei Mietharbeitern und
Dienstboten werth ist, das lernt man in Südafrika mehr
würdigen als irgendwo anders, da alle hier zu habenden
farbigen Dienstboten — Hottentotten und Kaffern — mit

5*

nur wenigen Ausnahmen gegen die Versuchungen des Schnapsfusels vollständig widerstandslos sind.

Was für ein Segen würde es für Südafrika sein, wenn
die indolente, trunkliebende Kaffern- und Hottentottenbevöl-
kerung, welche im Durchschnitt der europäischen Cultur so
unzugänglich, zu ausdauernder regelmäßiger Arbeit so schwierig
zu verwenden ist, durch die zehnfach intelligentere, immer
fleißige und arbeitswillige, chinesische Rasse ersetzt werden
könnte! Diese sparsamen, nüchternen Chinesen, die eine alltägliche Arbeit von 14—15 Stunden ganz in der Ordnung
finden und dabei mit einem Minimum der billigsten Speisen
— Reis und Fisch — fürliebnehmen, sind recht eigentlich
auf unserer Erdkugel das Volk der Arbeit par excellence!
Wenn man nun überschlägt, daß das übervölkerte China recht
gut 1 Procent seiner 405 Millionen betragenden Bevölkerung,
also 4 Millionen jährlich (welche Ziffer ungefähr seine jährliche Bevölkerungszunahme repräsentiren dürfte), an andere
Länder abgeben könnte, an solche, die dringend fleißiger Hände
bedürfen, — und auf der andern Seite wie viele Millionen
das ungeheuere so dünn bevölkerte Afrika südlich vom Aequator absorbiren könnte, und welchen durch und durch veränderten Anblick dieser in lethargischem Schlafe liegende und doch
an Schätzen so ungeheuer reiche Welttheil durch eine Masseneinwanderung dieses unermüdlich schaffenden Bienenvolkes
gewinnen würde, — so kann man der heutigen weißen Bevölkerung von Südafrika nur Glück dazu wünschen, daß sie
auf die Idee gekommen ist und jetzt den Anfang damit machen
will, in den erstarrten Körper dieses Welttheils ein frisches
Lebensblut einzuflößen und ihm das in Masse zuzuführen,
was er vor allem bedarf: fleißiger Menschenhände.

Die Chinesen werden sowol an der Küste als auf dem
Hochplateau des Innern ein ihnen zusagendes Klima finden
und unter der freien englischen Staatsverfassung Gelegenheit
haben, Talente und Arbeitsfähigkeiten zu entwickeln, für die
bei ihnen zu Hause ihre despotische und so vielseitig die persönliche Freiheit beschränkende Staatsverfassung keinen Spielraum bot.

Dem Hauptübelstande in ganz Südafrika, dem Mangel an genügend zahlreichen und großen Wasserreservoirs, um die unendlichen Wassermassen der periodischen Regengüsse, die jetzt ohne allen Nutzen fürs Land in wilden reißenden Strömungen rasch ablaufen, theilweise einzufangen und dauernd zur Irrigation von Aeckern zu benutzen, könnte nur dann abgeholfen werden, wenn eine genügende Menge von Arbeitskräften für solche Zwecke zu Gebote stände. Könnten aber solche Arbeiten erst allgemein und in gehörig großem Maßstabe vorgenommen werden, so würde das ganze Land ein vollständig neues Ansehen gewinnen und einen solchen Productenreichthum hervorbringen, daß es dann mit den gesegnetsten Ländern der Erde würde concurriren können.

Daß der Chinese im allgemeinen es liebt, mit dem in einigen Jahren ersparten Kapitale nach seinem Vaterlande zurückzukehren, macht seine zeitweilige Anwesenheit in einer arbeitsbedürftigen Colonie nicht weniger werthvoll; denn das Product seiner fleißigen Arbeit, seien es Eisenbahnen, Straßen- und Brückenbauten, Wasserreservoirs oder erhöhte Bodencultur, verbleibt ja doch dem Lande und läßt eine dauernde Bereicherung desselben zurück. Und auf die indolente Kafferbevölkerung könnte das Beispiel und der ihnen vor Augen geführte höhere Wohlstand, den diese fremden Einwanderer durch ihre Arbeit gewinnen würden, vermuthlich nur einen vortheilhaften Eindruck machen und die intelligentern und strebsamern Individuen unter ihnen zu gleicher Thätigkeit anregen, während die arbeitsscheue Mehrheit der Schwarzen nach und nach von der vordringenden Einwanderung einer civilisirtern und thätigern Rasse in ihren Existenzbedingungen geschmälert und schrittweise aus dem Lande gedrängt werden würde, natürlich nach Norden zu, wo noch Platz für Millionen von Faulenzern ist.

Die Kapregierung hat, um die Masseneinführung von chinesischen Arbeitern und Dienstboten zu befördern, eine Summe von 140000 Mark zu dem Zwecke bestimmt, daß davon für jeden Kopf der ersten tausend Einwanderer dem sie herüberbringenden Unternehmer 140 Mark ausgezahlt werden. Weitere 200 Mark

hat der chinesische Coolies beanspruchende Pflanzer oder Kapi-
talist (eventuell die betreffende Eisenbahngesellschaft) zu bezahlen.
Von den auf diese Art vorausbezahlten 340 Mark für den Kopf
hofft man die Kosten der Coolieeinfuhr decken zu können, die
natürlich in letzter Folge durch allmähliche Lohnabzüge vom
Coolie selbst zu tragen sind. Das Engagement jedes Coolies soll
auf drei Jahre gelten und der jährlich ihm anzurechnende Lohn
360 Mark betragen, inclusive freier Beköstigung (also 1 Mark
täglich).

Wenn es bei uns in Europa Leute gibt, die den Coolie-
import auf eine gleiche Linie mit dem Sklavenhandel stellen,
so hat eine solche Ansicht höchstens eine gewisse Berechtigung
bezüglich der vor einigen Jahren nach Cuba und Peru eingeführten und dort schlecht behandelten und gewaltsam zurück-
gehaltenen chinesischen Coolies. In einer englischen Colonie
aber können solche Gewaltthätigkeiten kaum je vorkommen, da
die Gesetze, die zum speciellen Schutze der Coolies erlassen
worden, sehr umfassend sind und jeden Weißen, der dieselben
mishandeln oder ungerecht ausbeuten wollte, mit schweren
Strafen bedrohen. Eigene Kronbeamte sind zum Schutze der
Coolies angestellt, und in englischen Provinzen ist der Kron-
beamtenstand meistens ein höchst unabhängiger und ehren-
werther und das Bestechen von Beamten noch nicht landes-
üblich geworden, wie zu gewissen Zeiten und an gewissen
Orten z. B. in Nordamerika, Spanien, Rußland, der Türkei u. s. w. Ein langes Cooliegesetz mit vielen Paragraphen
bestimmt ganz genau alle Rechte des Coolie, wieviel und
was für Essen derselbe zu beanspruchen hat, wie seine Wohn-
räume beschaffen sein müssen, um ihm hinreichend gesunden
Aufenthalt und Comfort zu gewähren u. s. w. Nach Ablauf seiner
contractlichen Dienstzeit ist er frei und muß, wenn er will,
auf Staatskosten wieder nach China zurückgeführt werden.
Es ist also unter der englischen Flagge wenigstens derselbe
Schutz für die chinesischen Einwanderer vorhanden als in
ihrem Vaterlande selbst, wahrscheinlich sogar bedeutend mehr.

Unter solchen Verhältnissen würde es eine sehr falsch ver-
standene Philanthropie sein, die in überseeischen Colonien Brot

und Erwerb suchenden chinesischen Auswanderer zu bemitleiden,
weil sie einem Lande für einige Zeit den Rücken kehren, wo
die kolossale Uebervölkerung sie zu lebenslänglicher bitterer
Armuth verdammt und Tausende von Familienvätern und
Müttern veranlaßt, ihre neugeborenen Kinder weiblichen Geschlechts in den großen Strömen zu ertränken, da für sie kein
Platz in dieser Welt ist! Nur in den englischen Colonien,
wo sie gastfrei aufgenommen werden, finden diese Parias
eines übervölkerten Reiches die Mittel zu einer menschenwürdigen Existenz und zum Erwerbe einer Wohlhabenheit, die sie
befähigt, nach nicht langer Zeit als zufriedene und angesehene
Leute in ihr altes Vaterland zurückzukehren.

Nach dieser chinesischen Abschweifung kehre ich wieder zum
Oranje-Freistaat zurück. Für die Reisenden ist der noch bestehende vollständige Mangel an Eisenbahnen seit einiger Zeit
wenigstens durch mehrere gutbetriebene Eilwagenunternehmun-
gen ersetzt.

Nach den Diamantenfeldern (Kimberley) geht wöchentlich
zweimal ein Eilwagen in zwanzig Stunden (exclusive einem
elfstündigen Aufenthalt zum Uebernachten), ein Platz kostet
60 Mark. Nach Queenstown in der Kapcolonie geht wöchentlich einmal in vier Tagen (inclusive viermaliger Nachtruhe)
eine Diligence, der Platz kostet 240 Mark. Ein Postkarren,
der aber nur Platz für zwei Passagiere hat, geht jede Woche
einmal in sechs Tagen von Bloemfontein nach Port Natal;
der Passagier hat 210 Mark zu bezahlen und nur 25 Pfund
Gepäck frei; mehr Gepäck muß außerordentlich hoch bezahlt
werden, wenn es überhaupt angenommen wird. Dieses Post-
fuhrwerk ist nur ein simpler zweiräderiger Karren mit Verdeck gegen Sonne und Regen und rollt, gezogen von vier,
auf allen Stationen umgewechselten, Pferden in windschneller
Eile und ohne nennenswerthen Aufenthalt Tag und Nacht
über die mitunter grausenhaften Wege dahin. Es läßt sich
daher leicht ermessen, daß eine solche sechstägige Parforcetour
ein vorzügliches Nervensystem seitens des Passagiers erfordert;
eine schwächliche Constitution würde von den fortwährenden
Rippenstößen und dem gänzlichen Mangel an Schlaf zu hart

mitgenommen werden. Der Postkarren braucht von Kimberley bis Bloemfontein nur zwölf Stunden, von Bloemfontein nach Harrhsmith dritthalb Tage, von Harrhsmith nach Pietermaritzburg dritthalb Tage und von da nach Port Natal einen halben Tag.

Die Postkutscher, denen der im Wagen unter den Sitzen befindliche Postkasten mit seinen registrirten und nichtregistrirten Schätzen anvertraut ist, sind fast immer nur Farbige, meistens hottentottischer Blutmischung. Welche Ehrlichkeit im allgemeinen noch in diesem primitiven Lande bei den Kutschern sowol als bei der gesammten Bevölkerung herrscht, wird durch folgende beiden Fälle illustrirt, die sich gerade während meiner Anwesenheit zutrugen.

Eine Frau Salomons reiste von Kimberley nach Bloemfontein im Eilwagen. Da dieser in Boshof übernachtet und die Weiterfahrt am andern Morgen zu sehr frühzeitiger Stunde stattfindet, so vergaß Frau Salomons, die wol das frühe Aufstehen nicht gewohnt sein mochte, in ihrer Verschlafenheit am Morgen ihre Reisetasche, die sie sorgfältig unter ihrem Kopfkissen im Hotelzimmer verborgen hatte; es waren nämlich für 6000 Mark Juwelen und Schmucksachen darin! Unterwegs merkte sie natürlich ihren Verlust, allein der Eilwagen kehrt wegen solchen privaten Misgeschicks nicht um. Es blieb also Frau Salomons nichts weiter übrig, als mit der nächsten, drei Tage später von Bloemfontein zurückgehenden Post ihr Unglück dem Hotelwirthe in Boshof anzuzeigen. Sie bat denselben zugleich in ihrem Briefe, daß er, wenn er die Tasche gefunden hätte, dieselbe per Post unter ihrer Adresse nach Port Natal nachschicken möchte.

Dort angekommen, eilte Frau Salomons, nach Ankunft der nächsten Freistaatspost, sofort zum Postmeister, um zu fragen, ob ein Packet für sie angekommen sei. Die Antwort war sehr unerfreulich, niemand im Postbureau wußte etwas von einem solchen! Da kam einem der Postbeamten die glückliche Idee, im letztangekommenen Postkarren, der noch im Wagenschuppen stand, nachzusuchen. Richtig, da fand sich im Eckwinkel ein Packet ohne Adresse, eine offene Tasche, einfach

in Papier gewickelt und umschnürt! Papier und Adresse waren
aber unter den Füßen der Passagiere, worunter das Packet
während der ganzen Tour von Bloemfontein bis Port Natal
(sechs Tagereisen!) gelegen, ganz abgescheuert und zerrissen
worden. Und das Beste ist, daß in der offenen Tasche kein
einziges der werthvollen Juwelen von Frau Salomons ver-
mißt wurde! Man darf wol bezweifeln, daß ein derartig
offen liegender Schatz in gleicher Weise in einem europäischen
Postwagen sechs Tage lang unversehrt geblieben sein würde!

Ein zweiter Fall ist der folgende.

Ein Herr, der eine große Farm gekauft hatte, wollte gerade
von Harrhsmith nach derselben aufbrechen, um das Kaufgeld
von 60000 Mark zu zahlen. Er hatte diese Summe in Gold
in zwei Lederbeuteln über dem Sattel seines Reitpferdes auf-
geschnürt und schickte sich eben an, in den Sattel zu steigen,
als das sehr feurige Thier, das lange dienstlos auf der Weide
gelaufen und daher ungehorsam und übermüthig geworden
war, sich seinem Aufsteigen widersetzte und hinten ausschlug.
Die angewendeten Gewaltmittel, um es zur Raison zu bringen,
hatten nur den Erfolg, es vollständig wild und unbändig zu
machen; es riß sich los, rannte mit Windeseile in die Prairie
hinaus und war bald den Augen seines Herrn entschwunden.
Letzterer sandte natürlich sofort Boten in der Richtung aus,
wo das Pferd vermuthlich zur Ruhe gekommen sein mochte.
Dieselben konnten den Flüchtling jedoch nicht mehr ausfindig
machen und mußten sich damit begnügen, allen Eingeborenen,
denen sie begegneten, den Verlust bekannt zu machen. Drei
Tage darauf brachten Basutokaffern das Pferd nach Harrhsmith; sie hatten es an einem Damme aufgegriffen, wo es in
langen Zügen seinen Durst löschte. Die Lederbeutel lagen
noch in bester Ordnung auf den Sattel geschnürt, und von
den 3000 Goldpfunden fehlte kein einziges!!

Auch des Verlustes eines Postsackes, der am 7. Februar
1872 zwischen Kimberley und Hopetown sich ereignet hatte,
muß ich hier mit erwähnen, da er ebenfalls von der großen
öffentlichen Ehrlichkeit, die im allgemeinen in diesem Lande
herrscht, Zeugniß ablegt. Es waren damals die Posteinrich-

tungen auf den Diamantenfeldern noch sehr unvollkommen
und eine große Sorglosigkeit documentirte sich namentlich in
der oberflächlichen Unterbringung der Poststücke. Trotzdem,
daß seit dem Aufgange der Dry Diggings so große Massen
von Diamanten in registrirten und versicherten Packeten für
Port Elisabeth und Capetown der Post übergeben wurden,
herrschte noch der gemüthlichste Schlendrian in den technischen
Proceduren des colonialen Postdienstes. Die Postgüter waren
bisher immer unversehrten Inhalts in Port Elisabeth und
Capetown angekommen, trotzdem, daß die manchmal hundert-
tausend Pfund Sterling an Werth enthaltenden Postsäcke unterwegs nur der Ehrlichkeit eines hottentottischen Postillons anvertraut waren. Es dachte eben zu dieser Zeit, unter der
ersten, durchweg ehrenhaften, Generation der Diggerbevölkerung
(meistens Boers) noch kein Mensch daran, wie kinderleicht
es doch sein würde, dem Postkarren in der einsamen Steppe
aufzulauern, ihn anzuhalten, den Treiber betrunken zu machen
oder durch Schläge zu betäuben und dann den reichen Inhalt
des Postkastens zu plündern. Erst der Yankee Hipkins kam
später auf diese Idee, die ihm aber so wenig zum Nutzen
ausfiel als später dem englischen Posträuber O. die seinige.
Am 7. Februar 1872 also ging von der Postkarre zwischen
New-Rush und Hopetown ein Postsack verloren, der für nicht
weniger als 400000 Mark Diamanten enthielt. Derselbe war, da
der Postkasten schon angefüllt gewesen, wie ein Sack Kartoffeln
zwischen den Rädern angebunden worden und hatte sich infolge
des Schleuderns der Karre unterwegs losgelöst. Ein Farmer
fand am folgenden Tage den Sack einige Meilen von Hopetown auf dem Felde und brachte ihn mit unversehrtem Inhalt aufs Postbureau, wo er die versprochenen 500 Pfd. St.
dafür erhielt.

Die Geschichte des Posträubers O. muß ich bei dieser
Gelegenheit auch erzählen.

O. war ein junger englischer Digger, Sohn anständiger
Aeltern und bisher völlig unbescholten, geachtet und geehrt.
Erst vor ein paar Wochen war er auf den Diamantenfeldern
angekommen, um hier sein Glück im Diggen zu versuchen,

da ein Mädchen, das er daheim liebte, ihm von dessen Aeltern nur unter der Bedingung zugesichert worden war, daß er in ein paar Jahren ein kleines Vermögen aufzuweisen haben würde.

Sein Unstern wollte es, daß er gerade an einem Sonntagmorgen, zum Frühstück gehend, bei der Breterbude vorübergehen mußte, die damals das Postoffice von New-Rush vorstellte. Da sieht er zu seinem Erstaunen, daß ein Fenster der Bude offen steht! Er blickt hinein, kein Mensch ist im ganzen Breterhause zu sehen! Der Postmeister hatte die Thür zugeschlossen und sich für einige Minuten entfernt, um ein Glas Bier in der gegenüberliegenden Cantine zu trinken, dabei aber nicht daran gedacht, daß das Fenster ein wenig offen stand. Zugleich sieht O. auf dem großen Tische in der Mitte des Post-Office die sämmtlichen Postfelleisen der Ueberlandpost für Capetown fertig gepackt liegen, die in einer Stunde abgehen sollten.

Gelegenheit macht Diebe. O., der keinen Schatten einer Idee von Postberaubung im Kopfe getragen hatte, wird plötzlich wie von einem Blitze von dem Gedanken elektrisirt, daß hier in Einem Augenblicke ein großes Vermögen zu erlangen ist, ein Schatz, wonach die Menschen in der Regel lebenslang, und meist vergebens, sich abmühen müssen! Der Gedanke ist unwiderstehlich in diesem Moment! Der Postmeister kann jeden Augenblick zurückkommen, — es überläuft den jungen Mann, der noch nie in seinem Leben an etwas Aehnliches gedacht hatte, siedendheiß — sein Gehirn ist durch einen glühenden Blutstrom in Feuer und Flammen gesetzt, 'er denkt an das süße Mädchen daheim, das er als armer Mann nie sein nennen darf — und steigt hinein durch das offen stehende Fenster, nimmt vom Tische den schwersten aller Postsäcke (der sich später als der von Capetown herausstellte) und eilt durchs Fenster zurück auf die Straße, die des Sonntagmorgens wegen öde und leer war, sodaß er von niemand gesehen wurde.

Obgleich ihm nun jetzt, nach vollbrachter That, die Reflexion über deren verbrecherischen Charakter erschreckend vor die Seele trat, es war nicht mehr Zeit, sie wieder gut zu

machen, denn er konnte den Sack unmöglich wieder zurück-
tragen, ohne sofort als Dieb entdeckt zu werden.

Er eilte daher in sein nahes Zelt und öffnete hier ge-
waltsam mit einem Messer den verschlossenen Ledersack. Die
Masse der herausfallenden leichten Briefe füllte er in einen
Leinwandsack, um sie später zu verbrennen; die registrirten
Packete aber, ein halbes Hundert an der Zahl, zerriß er in
athemloser Eile und schüttete ihren kolossalen Diamanten-
inhalt heraus; es waren für 90000 Pfd. St. (1,800000 Mark)
Diamanten!

Es war Gefahr in jeder Minute Verzug. Er füllte die
Rohre seiner Doppelflinten, alte Strümpfe, ein Paar Stiefel
mit Diamanten an, packte geschwind ein kleines Reisefelleisen
zusammen, rief einen der Droschkenkutscher aus der Haupt-
straße heran und engagirte denselben, ihn sofort nach Hopetown zu fahren, wo er noch den gerade nach Capetown
gehenden Eilwagen zu erreichen hoffte.

Alles gelang wunderbar schön und er kam glücklich nach
Capetown. Hier aber erreichte ihn im letzten Augenblicke die
Remesis. Seine ungemessenen Geldausgaben erregten Ver-
dacht, da er auf seiner Durchreise ein paar Wochen früher
in demselben Hotel, wo er jetzt unvorsichtigerweise wieder
einkehrte, einem Logisgenossen eine kleine Geldsumme abgeborgt
hatte, wodurch sein plötzlicher, nach seiner Aussage durch
glückliches Diggen erlangter Reichthum doch sehr sonderbar
erscheinen mußte, und überdies die Postberaubung schnell durch
die Zeitungen über ganz Südafrika bekannt geworden war.
Er wurde arretirt, und man fand bei ihm noch den größten
Theil der geraubten Schätze.

Er zeigte in der Gerichtsverhandlung aufrichtige Reue,
wurde zu mehrern Jahren Gefängniß verurtheilt und starb
nach einem Jahre mit gebrochenem Herzen im Irrenhause.
Welche traurigen Folgen der sträflichen Unachtsamkeit und
Nachlässigkeit eines durstigen Postmeisters!

Dieser Postraub hatte übrigens noch eine langwierige Untersuchung im Gefolge, die anderthalb Jahre dauerte. Die Tausende
von Diamanten, die in den verschiedenen registrirten Packeten

sein säuberlich und wohl sortirt verpackt gelegen, hatte die Postbehörde zwar zum größten Theile zurückerhalten, aber vollständig durcheinandergemischt. Die Adressen, für die sie bestimmt gewesen, waren vom Diebe vernichtet worden. Wie sollten nun die Besitzer der einzelnen Packete die einem jeden von ihnen zugehörigen Steine unter diesem ordnungslosen Gemenge wieder herausfinden? Es wurden daher die Bücher der betreffenden Diamantenhändler amtlich durchstudirt, Zeugen verhört, jeder einzelne der Absender mußte eine genaue Liste seiner Sendung eingeben und deren Richtigkeit beschwören, — und schließlich am Ende wurde jedem sein Verlust annähernd ersetzt.

Auch des Herrn Hipkins möchte ich noch erwähnen. Er war ein Amerikaner aus Neuengland, und ich hatte die zweifelhafte Ehre, seine Bekanntschaft zu machen, da er einer meiner Mitpassagiere auf dem Eilwagen von Capetown nach Pniel gewesen war.

Er fand, nachdem er einige Monate in New-Rush gebiggt hatte, sehr bald heraus, daß das Diamantengraben bei den gesunkenen Preisen nicht mehr lohne. „Diamond Digging won't pay more", sagte er zu einem Gefährten, „let us try to rob the post-cart!" Er verabredete also mit diesem, an einer einsamen Stelle zwischen New-Rush und Hopetown einen starken Strick quer über die Straße zu ziehen; hier sollte der Gefährte ihn in der Dunkelheit erwarten, während er selbst, Hipkins, als Passagier einen Platz auf dem Postkarren nehmen und unterwegs den Postillon betrunken machen würde. In der Nacht an der Stelle angekommen, wo der Gefährte den Weg gesperrt hielte, würde das Pferd in der Finsterniß zu Boden fallen, der Kutscher von der Karre herunterzuwerfen und zu binden sein, worauf die Beraubung des Postkastens in Ruhe und Gemüthlichkeit vor sich gehen könne. Der Plan war gar nicht schlecht ausgedacht, aber er kann nicht zur Ausführung infolge der ausnahmsweisen Mäßigkeitsprincipien des farbigen Postillons. Derselbe war unter keiner Bedingung dazu zu bewegen, den ihm leutselig angebotenen und mit der süßesten Beredsamkeit aufgedrungenen giftigen Fusel zu kosten, und an seiner Festigkeit scheiterte vollständig die romantische Unternehmung, da die beiden Verschworenen nicht genug Courage hatten, mit dem nüchternen Centauren — denn das war er nach seiner ganzen Körperconstitution — anzubinden.

Der Gefährte, dem Hipkins einen großen Lohn versprochen hatte, ärgerte sich so über das Mislingen der Unternehmung und die dabei zu Tage getretene furchtsame Lammsnatur seines Verführers, daß er denselben beim Magistrat anzeigte. (Nach dem englischen Gerichtsverfahren muß nämlich jedem Theilnehmer an einem Verbrechen, sobald derselbe „Queens Evidence" abgibt, d. h. seine Mitgenossen und ihre verbrecherischen Actionen vollständig der Behörde anzeigt, seine verdiente Strafe erlassen werden.) Es fanden sich auch Zeugen, denen Hipkins von seinem Plane vorher Mittheilung gemacht hatte. Da ihm jedoch kein vollendetes, sondern nur ein projectirtes Verbrechen nachgewiesen werden konnte — nur der Strick über die Straße und seine vergebens angestrengten Ueberredungskünste, um den Postillon zum Trinken zu bewegen, gaben eine factische „Evidence" gegen ihn — so erhielt er nur die gelinde Strafe der Landesverweisung, der zufolge er sich über die Grenze nach Bloemfontein begab. Allein schon am Morgen des folgenden Tages stellte sich bei ihm als Morgenbesuch ein Abgesandter des Polizeichefs von Bloemfontein, des Landdrostes Truter, ein, der ihn bringend einlud, den Freistaat sofort zu verlassen, da die einfache Hirtenrepublik solcher Genies wie des seinigen nicht bedürftig sei. Der smarte Yankee mußte daher von neuem über die Grenze pilgern und nach andern gastlichern Gegenden ziehen, wo er hoffen durfte, seine Talente mehr gewürdigt zu sehen.

Die Bemerkungen über den Postdienst im Freistaate brachten mich auf diese Abschweifungen und ich kehre nun zu meinen Notizen über den Freistaat zurück.

Seine Regierungsmaschinerie ist eine der einfachsten und billigsten der Welt und dabei von sehr solider Wirksamkeit.

Die legislative Gewalt ruht in den Händen des Volksraades, der von den Bürgern jedesmal auf vier Jahre gewählt wird und aus 52 Köpfen besteht, indem jede Stadt und jede Feldcornetschaft Ein Mitglied wählt. Jedes Jahr findet eine Session statt, nur in außerordentlichen Fällen beruft der Präsident den Volksraad zweimal.

Die executive Gewalt wird ausgeübt vom Staats-präsidenten, der von den Bürgern für fünf Jahre gewählt wird und immer von neuem wieder wählbar ist. In der Regel wird der Präsidentschaftscandidat den Bürgern vom Volksraade anempfohlen, und ein Wechsel des Präsidenten zieht in diesem Staate nicht die so überaus schädliche Folge eines allgemeinen Beamtenwechsels nach sich wie in der Nord-amerikanischen Union.

Dem Präsidenten steht der Ausführende Rath (Executive Council) zur Seite, in welchem der Landbrost von Bloemfontein und der Regierungssecretär als officielle Mitglieder Sitz und Stimme haben. Die übrigen drei Mitglieder werden vom Volksraade aus den unabhängigsten und einfluß-reichsten Männern des Landes gewählt, und zwar für drei Jahre; auch sie können immer von neuem wiedergewählt werden.

Der höchste Regierungsbeamte in jedem District ist der Landbrost, der sowol die Rechtspflege als die Verwaltung seines Bezirkes zu versorgen hat. Er hat als Gehülfen den Landbrost-Clerk; außerdem hat jeder District seinen Sheriff (Amts- und Gerichtsboten, Obergensdarmen), seinen Ge-fängnißbeamten (Gaoler) und eine Anzahl von weißen und schwarzen Polizeidienern (Constables).

Jeder District ist wieder getheilt in Wards, Wahlbezirke, deren jedem ein Feldcornet vorsteht, welcher gewisse Justizbefug-nisse und in Kriegszeiten Militärgewalt hat. Sämmtliche Wards zusammen wählen einen Commandanten, welcher das militärische Haupt seines Districts in Kriegs- oder Revolu-tionszeiten ist und dann die Bürger desselben zu einem soge-nannten Commando zusammenberuft.

Wenn ein Krieg ausbricht, so wählen die sämmtlichen Feld-cornets und Commandanten einen Obercommandanten aus ihrer Zahl, der dann den Befehl über die gesammte Frei-staatsarmee übernimmt und vom Staatspräsidenten direct seine Instructionen empfängt.

Bürger sind 1) alle Weißen, die im Staate geboren sind; 2) Weiße, die ein Jahr im Staate gelebt haben und darin ein Grundeigenthum von mindestens 150 Pfd. St. Werth besitzen; 3) Weiße, die drei Jahre hintereinander im Staate gelebt haben; in allen drei Fällen die vollständige persönliche Unbescholtenheit und das Versprechen des Gehorsams gegen die Staatsgesetze vorausgesetzt.

Die Justizpflege folgt den periodisch erscheinenden Verordnungen des Volksrathes und im übrigen den Principien des Römisch-Holländischen Rechtes.

Es gibt vier juristische Instanzen: 1) Den Landdrosthof, für Polizei- und Criminalfälle mit der Ermächtigung, Zuchthausstrafe bis zu 3 Monaten und Peitschenhiebe bis zu 25 zu ertheilen; auch für Civilklagen für einen Betrag von unter 750 Mark. (Die Peitschenhiebe werden in der Regel nur schwarzen oder hottentottischen Taugenichtsen applicirt und sind bei diesen [wie ja auch die Praxis in den englischen Gerichtshöfen von Südafrika zeigt] ganz unentbehrlich, denn die Gefängniß- und Zuchthausstrafe wird von diesen Strolchen nur als ein Vergnügen betrachtet.) 2) Den Landdrost- und Heemradenhof, mit Bestrafungsermächtigung bis zu 4 Monaten Zuchthaus und 30 Peitschenhieben und für Civilklagen von 750—1500 Mark. Von diesen beiden Gerichtshöfen steht dem Angeklagten der Appell offen an den dritten Hof, den combinirten Landdrosthof oder das sogenannte Kreisgericht, das im übrigen auch alle bedeutendern Verbrechen und Civilfälle aburtheilt. Es besteht aus drei Landdrosten und hält alljährlich in jedem der Districte, oder, bei geringer Zahl der vorliegenden Fälle, in einem für zwei oder drei Districte, seine Session. Der vierte und höchste Gerichtshof, der Appellhof, hält jährlich ein oder zweimal Session in Bloemfontein unter einem Oberrichter und zwei aus den Landdrosten gewählten Assessoren. In diesem Hofe fungirt der Staatsanwalt persönlich als öffentlicher Ankläger, während er in den drei niedern Höfen durch den Landdrost-Clerk vertreten ist.

Die Landeskirche ist die holländisch-reformirte und wird von einer alle drei Jahre sich versammelnden Synode regiert.

Jede der achtzehn Kirchengemeinden hält jährlich einen sogenannten Ring oder Kreistag ab und wird speciell in ihren
localen Angelegenheiten vom Kirchenrath regiert. — Die
Anglikanische Kirche (Hochkirche) hat einen Bischof und einen
Archidiakonus in Bloemfontein, und außerdem Kirchen in fast
sämmtlichen Städten. Das Gleiche gilt von den Wesleya-
nern (Methodisten), deren Superintendent in Bloemfontein
residirt. Die evangelisch-lutherische Kirche hat ebenfalls
einen Superintendenten in Bloemfontein und mehrere Pasto-
ren im Lande. — Das Geläute von zahlreichen Kirchenglocken
an Sonntagen, das ich auf den Diamantenfeldern so lange
hatte entbehren müssen, machte auf mich hier in Bloemfontein
einen unbeschreiblich schönen Eindruck. Glockenklang in jeder
Form, sei es das schwermüthig-süße melodische Läuten unserer
katholischen und protestantischen, oder das lustige rasche Glocken-
anschlagen in den russischen Kirchen, ist immer voller Poesie
und erweckt in einer dafür empfänglichen Seele stets eine gehobene Stimmung.

Eine Genugthuung in anderer Art gab mir hier in Bloemfontein das alltäglich um 9 Uhr abends erfolgende Läuten der
sogenannten Negerglocke. Nach dieser Zeit darf sich nämlich
kein Schwarzer mehr auf der Straße sehen lassen, wenn er
nicht einen speciellen Erlaubnißschein seines Miethherrn vorzeigen kann, widrigenfalls er für die Nacht ins Gefängniß
gesteckt wird. Welcher wohlthätige Unterschied gegen das englische Negerparadies Kimberley, wo die Nachtruhe so häufig
durch Banden betrunkener Schwarzen gestört wird!

Für das Schulwesen ist erst in der neuesten Zeit ein
eigener Fonds gegründet worden, der im Jahre 1876 1,120000
Mark betragen wird. Seit 1872 ist ein Inspector des öffentlichen Unterrichtes angestellt. In Bloemfontein besteht ein
Gymnasium, das Grey-College, mit Staatsunterstützung (der
Unterricht darin ist englisch), auch hat die Anglikanische Kirche
zwei höhere Schulen in Bloemfontein und Smythfield gegründet, desgleichen unterhalten die Sisters of Mercy (Schwestern der Gnade), ein englischer (anglikanischer) Nonnenorden,
ein sehr besuchtes Mädcheninstitut bei Bloemfontein.

Das Finanzwesen steht unter dem Treasurer-Ge-
neral und wird mit großer Sparsamkeit verwaltet; es be-
liefen sich in den Jahren:

	die Einnahmen		die Ausgaben
1857/58 auf	368433 Mark,		317247 Mark
1862/63 »	831106	»	833974 »
1867/68 »	2,934789	»	2,840481 »
1872/73 »	2,240808	»	2,042836 »

Diese Ziffern zeigen deutlich die fortwährend wachsende
Bedeutung des Staates. Die hohen Summen 1867/68 waren
durch den in diesem Jahre wüthenden Basutokrieg verursacht.
Dieser Krieg hatte außerdem eine Ausgabe von Staatspapier-
geld für 2,600000 Mark benöthigt, welches aber bereits zu zwei
Dritteln wieder in Gold ausgelöst und vernichtet worden ist.

Die Staatseinkünfte fließen aus der Grundsteuer
(Quitrent) der Farmen (im Durchschnitt 20 Mark für jede
1000 afrikanische Morgen = 3160 preußischen Morgen), den
Kauf- und Documentenstempeln, den Gewerbslicenzen, dem
Verpachten von Staatsländereien, der Hüttensteuer der Eingeborenen (welche letztere im Jahre 1874 100000 Mark betrug) u. s. w. Es sind noch beträchtliche Staatsländereien
vorhanden, wovon einige von Zeit zu Zeit verkauft werden.

Jeder Wechsel von Grundeigenthum wird gehörig registrirt,
und zwar erfreut sich der Freistaat vor der Kapcolonie des
Vorzuges, daß hier doppelte Grund- und Hypothekenbücher
vorhanden sind, ein Hauptbuch in Bloemfontein und Districts-
bücher in jedem einzelnen District, was für Kaufliebhaber
viel bequemer ist.

Das Militärbudget des Freistaates beschränkt sich auf
120000 Mark jährlich für die Artillerie und Munition. (Bei
einem Besuche der Festung von Bloemfontein sah ich außer den
unbeweglichen schweren Festungskanonen 6 leichte Feldgeschütze:
nämlich 2 Armstrong-Neunpfünder, 2 gezogene Whitworth-Kanonen und 4 Berghaubitzen.) Es ist nur ein Stamm von 1 Offizier und 20 jungen Artilleristen vorhanden, welche die Bestimmung haben, im Falle eines ausbrechenden Krieges die

einberufenen Bauern in der Artilleriekunst einzuschulen. Denn
was Infanteriedienst betrifft, so ist fast jeder Bauer durch seine
viele Uebung von Jugend auf ein ausgezeichneter Schütze,
und da der einzige Feind, mit dem der Staat je Krieg zu
führen veranlaßt sein könnte, die benachbarten Basutos und
Zulukaffern sind, so ist eine gelehrte Moltke'sche Strategie
und streng geschulte preußische Taktik solchen undisciplinirten
Naturkriegern gegenüber nicht gerade unumgänglich nothwendig.
Da jedoch die Basutos wie der in Natal wohnende Theil der
Zulunation jetzt englische Unterthanen sind, so würde ein
Kriegsfall entweder eine Revolution derselben oder gar eine
Theilnahme der englischen Regierung am Kriege voraussetzen.
Im letztern Falle natürlich würde der Freistaat auf eine harte
Probe gestellt werden, dürfte aber auf die einmüthige Sym-
pathie und helfende Theilnahme der gesammten weißen hol-
ländischen Bevölkerung von Südafrika, von Capetown bis
Leydenburg zählen, die schon jetzt sicherlich nicht unter 225000
Köpfe, also über 70 Procent der weißen Gesammtbevölkerung
von Südafrika beträgt, während die weiße englische Be-
völkerung sich nur auf etwa 90000 belaufen dürfte.

Der größte Theil der kinderreichen holländischen Familienväter in der Kapcolonie sendet fortdauernd einen Theil ihrer
Söhne hinaus nach den beiden Boer-Freistaaten, um sich dort
eigene Plätze zu kaufen. Aus diesem Grunde ist die gesammte
südafrikanische Bevölkerung holländischer Rasse, trotz der Ein-
theilung des Landes in sechs getrennte politische Körper und
unter drei verschiedenen Flaggen, doch untereinander so innig
zusammenhängend, wie eine große und einträchtige Familie,
und es würde wol einigermaßen gefährlich für die englische
Regierung sein, durch eine etwa den theuern Kaffern zu Liebe
selbstprovocirte Kriegserklärung einen national-holländischen
Patriotismus zu erwecken. Dieses altdeutsche Centaurenvolk
der Boers, wenn es einmal aus seiner verschlafenen Ruhe
gewaltsam aufgepeitscht würde, dürfte dann dem englischen
Staatsseckel mehr Kosten verursachen, als ein englischer Co-
lonialminister vor dem Parlament verantworten könnte. Die
bisherigen Kriege Englands mit den Boers waren nur wie

Spielerei mit einem Kinde, was schon die Ziffern der in die Gefechte gesandten Truppen bezeugen, die nie über einige Hunderte hinausgingen. Das Kind ist aber seitdem gewaltig gewachsen und würde bei einem neuen Zwiste vielleicht ganz anders um sich schlagen als damals.

Hier fällt mir eine hübsche Geschichte ein, die recht zeigt, welche tiefe Gutmüthigkeit doch diesem einsam wohnenden „Hinterwäldler"-Volke im Herzen ruht. In der Schlacht bei Boomplaats am 30. August 1848, wo General Sir H. Smith mit 500 Mann die aufrührerischen Boers besiegte, fiel ein englischer Offizier vom Kapcorps, verwundet und vom Pferde gerissen, den erbitterten Boers in die Hände. Sie richten ihre Gewehre auf ihn, um ihn ins Jenseits zu expediren — da ruft der umringte Feind ihnen auf holländisch zu: „Moet ne schiet ne! Vrouw en kinder!" („Ihr müßt nicht schießen! Frau und Kinder!") Diesem Appell an ihre Familiengefühle konnten die rauhen Söhne der einsamen Steppen nicht widerstehen. Sie senkten die Gewehre und ließen den Feind entwischen. Und das in der Hitze des Gefechtes, im Wüthen eines verzweifelten Schlachtgemenges! Welche tiefe Gutherzigkeit bei so rauhen, ohne Unterricht aufgewachsenen Menschen, die noch dazu in diesem Falle von dem leidenschaftlichen Gefühle entflammt waren, daß ihnen ein empörendes Unrecht zugefügt werde!

Es findet jetzt alle sechs Monate einmal eine Revue über einen Theil der bewaffneten Mannschaften des Freistaates statt, und zwar der Reihe nach in einem jeden der Districte. Der Staatspräsident wohnt diesen Exercitien bei; — ein paar Armstrong- und Whitworth-Kanonen müssen bei dem militärischen Spiele mitwirken und ihren Schlachtendonner mit den feierlichen Klängen der Freistaatshymne vereinigen, wonach die 6—800 Büchsenschützen mit wehenden orangegestreiften Bannern vor dem Staatspräsidenten vorüberdefiliren. Der letztere ist dann mit einem breiten orangefarbenen Brustbande geschmückt und grüßt von seinem stattlichen Schlachtrosse herab freundlich seine stämmigen Bauernsoldaten, die unter freudigen Hurrahs an ihm vorüberziehen.

Im Kriege wird die ganze Armee, die im äußersten Noth=
fall auf circa 10000 Scharfschützen gebracht werden kann, be=
ritten gemacht, um rascher vom Flecke zu kommen. Die süd=
afrikanischen Pferde sind alle so abgerichtet, daß sie unbeweg=
lich stehen bleiben, sobald der Reiter absteigt. Jedesmal wenn
der Boer einige Schüsse abgeben will, ist er gewöhnt, vom
Pferde zu steigen. Hat er dann seine Kugeln abgesendet, die
nur selten ihr Ziel verfehlen werden, so ist er rasch wieder
oben auf seinem Gaul und nach ein paar Minuten wieder
weit weg auf einem andern Platze.

Ich habe schon bemerkt, daß es außerordentlich viele Deutsche
in Bloemfontein gibt, sodaß die Stadt auf mich beinahe den
Eindruck einer deutschen Ortschaft machte. Sie sind fast alle
in sehr guten Verhältnissen und befinden sich hier in jeder
Hinsicht wohl und „mollig".

Ich fand hier meinen gemüthlichen alten Diggercollegen
Hauptmann Lenz aus Ostpreußen mit seiner hübschen jungen
Frau, einer Braunschweigerin, wieder. Er war in den Staats=
dienst der Republik übergegangen und schickte sich eben an,
seinen neuen Landbrost=Clerksposten in Smithfield anzutreten.

Bei den Doctoren Krause und Kellner brachte ich manche
interessante Stunde zu. Der letztere, zugleich kaiserlich deut=
scher Consul, äußerte gegen mich lebhaft sein Einverständniß
mit den Ansichten über die Delagoa=Bai, die ich in der
preußischen „Kreuzzeitung" einige Zeit zuvor veröffentlicht
hatte, und sprach seinen Wunsch aus, daß ich doch ja fort=
fahren möchte, den hohen Werth einer Acquisition dieser Bai
durch das Deutsche Reich in von Zeit zu Zeit zu wiederholen=
den Zeitungsartikeln den Leitern der deutschen Politik recht
ans Herz zu legen.

Ein gesuchter Arzt wie Dr. Kellner oder Krause verdient
in Bloemfontein mit Leichtigkeit jährlich seine 4—5000 Pfd. St.
Die Hauptpraxis kommt ihm vom Lande, und namentlich sind
es chirurgische Operationen, die hier so viel Geld einbringen.
Jeder Arzt hat hier zugleich seine eigene Apotheke, die ihm
natürlich auch ein hübsches Sümmchen einbringt. Außer den
beiden deutschen Aerzten war nur noch ein schottischer Arzt in

Bloemfontein. Der gewöhnliche Preis für eine ärztliche Visite ist: für die erste 1 Pfd. St., für jede folgende 10 Mark.

Ein anderer Deutscher, Herr Leviseur, zeigte mir seinen zoologischen Garten, worin sich allerhand afrikanische Wüstenthiere tummelten, seine prächtigen Teleskope, womit wir indiscret die Geheimnisse entfernter Villen belauschten, und sein immenses Photographiencabinet, das für sich allein ein vollständiges Museum bildete.

Herr Schermbrucker, der intelligente Redacteur der neuen Zeitung „Express", war für mich wenig zu sehen, da ein Zeitungsredacteur in Afrika ein ebenso geplagtes Wesen ist und wenig freie Zeit zu seiner Verfügung hat als anderswo. Außer durch seine scharfen und schneidigen Leitartikel war mir dieser Herr übrigens noch dadurch speciell interessant, ja, beinahe wunderbar, daß er, obgleich ein Münchener und ein ehemaliger Offizier der bairischen Armee, seit seiner Auswanderung nach Afrika nie mehr einen Tropfen Bier getrunken hatte!

Einer der liebenswürdigsten Deutschen war Herr Baumann; er lud mich öfter zu Spaziertouren in seinem comfortablen Landau ein und erzählte mir dabei die interessantesten, die Localitäten betreffenden Geschichten. Darunter war eine, freilich sehr traurige, die mich tief ergriff.

Wir saßen zu vier im Wagen, Herr Baumann, seine hübsche und vielbelesene Frau, deren reines hannoverisches Deutsch meinen Ohren höchst wohlklingend war, seine Tochter, eine sehr freundliche und einnehmende Erscheinung, und ich, und wir erfreuten uns eben an den wunderbar schönen Wolkenfärbungen durch die untergehende Sonne, als mir Herr Baumann ein von Bergen umrahmtes Thal zeigte, worauf die letzten Sonnenstrahlen fielen, und anfing zu erzählen wie folgt:

„Hier stand zu Anfang der funfziger Jahre ein Farmhaus, worin ein junger Engländer, Leo Cox, mit seiner Frau und zwei wunderhübschen Kindern wohnte. Sie waren sehr liebenswürdige Leute, und es gewährte mir ein großes Vergnügen, sie an Sonntagnachmittagen in ihrer ländlichen Einsamkeit zu besuchen. Wir verschwatzten dann in gemüthlicher Unterhaltung die ganze Zeit bis Mitternacht und ich nahm stets den Eindruck mit mir nach Hause, daß Freund Cox sich in seiner Häuslichkeit wohl und glücklich befinde. Er war ein ausnahmsweise feingebildeter junger Mann, hatte im Königreiche Sachsen (in Weißtropp bei Meißen) Landwirthschaft studirt, und war nach Südafrika gekommen, um sich hier durch intelligente Züchtung edler Schafrassen ein Vermögen zu erwerben.

„Wer beschreibt nun meinen Schreck, als am 22. April 1856 abends die Botschaft mir gebracht wurde: «Man hat diesen Morgen die Mrs. Cox und ihre beiden Kinder todt gefunden; auf dem Tische neben den Leichen stand ein Gefäß mit Arsenik; Herr Cox als zweifelloser Thäter ist arretirt und hierher ins Gefängniß gebracht worden.» Ich konnte einem solchen mir unmöglich erscheinenden Gerücht keinen Glauben schenken, — und doch, das grausenhafte Factum wurde von neuen und immer wieder neuen Zeugen als richtig bestätigt! Ich ging zum Gefängniß und erhielt die Erlaubniß, mit dem Gefangenen zu reden. Ich fand ihn still und melancholisch bewegt; schmerzlich drückte er mir die Hand und beantwortete ruhig alle meine Fragen. Nach seiner Aussage war er vollständig unschuldig an dem Tode seiner Frau und Kinder, und er wies darauf hin, daß ich ja doch wüßte, wie sehr er namentlich seine Kinder geliebt habe. Wenn auch fremde Leute, die ihn nicht kennten, ihm eine solche That zuschreiben könnten, so müsse er doch von mir, seinem alten Freunde, erwarten, daß ich ihn einer solchen Schandthat für unfähig halten müsse. Den gleichen Eindruck eines vollständig unschuldigen, aber sanft in sein Schicksal ergebenen Opfers machte er auf andere frühere Bekannte von ihm, und die Folge war, daß, als ihn das Gericht als des Mordes überwiesen zum Tode verurtheilt hatte, alle in Bloemfontein wohnenden Engländer (die meistens seine Freunde gewesen) eine Summe Geldes zusammenlegten, um seine Flucht aus dem Gefängnisse und sein Entkommen aus dem Freistaate zu ermöglichen.

„Zu dem Zwecke wurde der Gefängnißwärter am Abende vor der befohlenen Hinrichtung durch eine hohe Geldsumme

gewonnen, sich betrunken zu stellen und in diesem scheinbar
unzurechnungsfähigen Zustande dem Entfliehen des Gefangenen
keinen Widerstand entgegenzusetzen.

„Aber als um Mitternacht die Freunde kamen und, vom
Wärter eingelassen, dem Gefangenen eine neue Kleidung, Geld
und ein durch seine Schnelligkeit ausgezeichnetes Pferd zur
Disposition stellten, und ihn baten, ohne eine Minute Zeit-
verlust die Flucht zu ergreifen, da er in wenigen Stunden
gehangen werden solle — da widersetzte sich der Unglückliche
einem solchen Plane. Er sagte: «Wollte ich die Flucht ergreifen, so müßte mich ja die Welt für schuldig halten! ich
bin es aber nicht, deshalb will ich bleiben und lieber den Tod
erleiden, als für einen Mörder gehalten werden!»

„Alles Dringen in ihn war vergebens, und einige Stunden darauf — es war der 1. November 1856 — starb er
am Galgen!

„Die Frage seiner Schuld oder Nichtschuld hatte ganz
Bloemfontein in zwei feindliche Lager gespalten. Da seine
Gattin eine «Afrikanderin», d. i. afrikanische Holländerin gewesen war, so nahmen alle Bürger holländischer Rasse Partei
für seine Schuld, alle Engländer dagegen für seine Unschuld.
Und noch heute ist diese Frage nicht entschieden; ich für meine
Person möchte darauf schwören, daß er unschuldig war, und
glaube, daß das umlaufende Gerücht nicht ganz unrichtig war:
der Tod der Frau und ihrer Kinder sei nur die Folge einer
schändlichen Intrigue ihrer Verwandten gewesen, welche einen
grimmigen Haß gegen den jungen Mann und zugleich Hunger
nach dem Vermögen der Frau hatten.“

Diese traurige Erzählung hatte mich ganz trübsinnig ge-
stimmt und schwermüthig dachte ich daran, wie viele Fälle
von Justizmord schon in ähnlicher Weise vorgekommen sein
mögen, denn die strenge Göttin „Justitia“ ist ja leider blind,
vornehmlich in politisch stark erregten Zeiten. Wäre Cox ein
Afrikander gewesen, statt ein Engländer, so lebte er vielleicht
heute noch, denn Geschworene stehen immer, ohne sich dessen
selbst recht bewußt zu sein, unter einer Menge von Einflüssen,
deren Herrschaft sie sich nicht erwehren können.

Während meiner Anwesenheit zu Bloemfontein ward für einige Tage die ganze Stadt in Aufregung durch den Besuch des Präsidenten der benachbarten Transvaal-Republik versetzt, welcher auf seiner Reise nach Europa, wo er die großen englischen und holländischen Kapitalisten für eine von Pretoria nach Delagoa-Bai anzulegende Eisenbahn interessiren wollte, hier durchkam. Kanonensalven und Ehrengeleite von Hunderten von Reitern im Festtagskleide empfingen den obersten Bürger des Bruderfreistaates, und ein großes Festessen mit vielen Speeches (politischen Reden) wurde ihm zu Ehren gegeben.

Präsident Burgers erschien dabei in seinem Amtsschmucke, bestehend in einem breiten seidenen gewellten Brustbande in den Farben seines Landes, blau, weiß und roth, in der Mitte mit dem prächtig in Gold und Silber gestickten großen Adler von Transvaal verziert. Präsident Brand trug ein gleiches, aber nur einfach orangefarbenes Brustband.

Die Reden wurden theils in holländischer, theils in englischer Sprache gehalten und hatten natürlich alle eine stark politische Tendenz. Die brüderliche Einheit, die alle südafrikanischen Bevölkerungen europäischer Rasse umfassen soll, spielte darin eine Hauptrolle; nur wurde ausdrücklich eine unabhängige Flagge für die eventuelle künftige südafrikanische Conföderation verlangt anstatt der englischen, da die letztere bisher in Südafrika nur der Deckmantel so vieler Ungerechtigkeiten und colonistenfeindlicher Politik gewesen war. Den bewundernswürdigen und hochehrenwerthen Eigenschaften des englischen Volkscharakters zollte Herr Burgers in schwungvoller englischer Rede die höchste Achtung, und wies darauf hin, daß er seine Gattin, den Stolz und die Freude seines Lebens, ja selbst aus dieser so vielfach vor allen andern Völkern der Erde bevorzugten und ausgezeichneten Nation gewählt habe.

Dem Oranje-Freistaate hielt Herr Burgers eine begeisterte Lobrede, nannte ihn the Leading State (den Führerstaat) von Südafrika und wünschte die Zeit herbei, wo auch der jüngere Transvaalstaat, der freilich bei seiner weit größern Ausdehnung und doch viel geringern Bevölkerung viel größere

Schwierigkeiten zu überwinden habe, sich eines so vollkomme-
nen Regierungsmechanismus zu erfreuen haben würde, wie
jener unter seinem durch ganz Südafrika von der gesammten
holländischen Bruderfamilie wie ein Landesvater geliebten und
verehrten Präsidenten.

Jubelnde Toaste auf die Hoffnung des Landes, die künftigen Eisenbahnen und auf glücklichen Erfolg der Mission des
Präsidenten Burgers in Europa beschlossen das Banket, und
am folgenden Morgen reiste Herr Burgers weiter nach Capetown und London.

Herr Burgers war früher Geistlicher der holländisch-refor-
mirten Kirche in Hannover in der Kapcolonie und seinen Reden merkt man seinen frühern Stand in ihren poetischen,
schwärmerisch begeisterten Wendungen einigermaßen an. Er
ist ein intelligenter Kopf und voll warmer Liebe für sein süd-
afrikanisches Vaterland. Zum Präsidenten wurde er erst 1872
gewählt und ist jünger als Präsident Brand. Als ich ihm
im Präsidentenpalais meine Aufwartung machte, hatte ich eine
längere Unterhaltung mit ihm über die Delagoa-Bai. Nach
seiner Ansicht würde die Drainirung der Moräste, in deren
Mitte jetzt die Stadt Lorenzo Marques liegt, 60,000000 Mark
in Anspruch nehmen, dadurch aber das im Sommer hier
grassirende Fieber vollständig ausgerottet werden.

Herr Burgers wie Herr Brand sind beide Freimaurer,
und überhaupt gehören durch ganz Südafrika fast alle anständigen und gutsituirten Leute zu diesem Orden, was ebenso
in allen englischen Colonien (namentlich Englisch-Indien) und
auch bei den übrigen englisch redenden Bevölkerungen, in den
Vereinigten Staaten von Nordamerika, der Fall ist. Die
Maurerschürze ist hier für jeden anständigen Menschen fast ein
gleiches Erforderniß wie in Frankreich das rothe Bändchen der
Ehrenlegion, und durch die so allgemeine Theilnahme des gebildeten Publikums ist der Orden in den Stand gesetzt, vieles
und nachhaltiges Gutes zu thun. In Bloemfontein sind zwei
Logen, eine holländische und eine englische, auf den Diamantenfeldern vier englische.

Ein Deutscher von Bloemfontein erzählte mir von dem

merkwürdigen „Schlangenpenſionat" eines benachbarten Farmers, welches zu beſuchen er mir ſehr anrieth. Der betreffende Farmer hat nämlich eine ſolche eigenthümliche natur-
geſchichtliche Paſſion für dieſe wol ſelten einen Menſchen
anmuthenden unliebenswürdigen Reptilien, daß er ſich davon
eine ganze Maſſe von den verſchiedenſten Species eingefangen
hat, die nun mit ihm den Comfort ſeiner Häuslichkeit theilen.
Es befinden ſich darunter die allergiftigſten, die er aber dadurch
ungefährlich gemacht hat, daß er ihnen die Giftzähne ausge-
brochen hat, und man kann alſo in dieſem Hauſe das ſeltene
und intereſſante Schauſpiel ſehen, wie eine Cobra capella
oder eine Ringhalsſchlange freundlich den Hals eines Menſchen
umſchlungen hält!

Nachdem ich an frühern Stellen meiner Briefe mehreremal die unvergleichliche Heilſamkeit des Klimas von Bloemfontein für Bruſtleiden hervorgehoben habe, zwingt mich die
Unparteilichkeit, auch das Urtheil eines alten preußiſchen Offiziers anzuführen, der hier am Grey-College als Lehrer an-
geſtellt iſt und furchtbar am Rheumatismus leidet. Er behauptete, das hieſige Klima ſei für ſolche Leiden wie das ſeinige
eins der ſchlechteſten der Welt, und fühlte ſich ganz unglücklich darüber, daß Mangel an Vermögen ihn zwang, trotzdem
die letzten Jahre ſeines irdiſchen Daſeins hier verleben zu
müſſen.

Auch den ehemaligen Regenten der Diamantenfelder, Land-
droſt Truter, beſuchte ich in Bloemfontein. Er iſt ein ener-
giſcher ſonnenverbrannter Mann mit einem Löwenkopfe und
dem Ausſehen eines ſpaniſchen Cabecilla. Einen Theil ſeines
Lebens hat er als Goldgräber in Auſtralien verbracht und
war daher beſonders geeignet zur Regierung des über Nacht
wie ein Pilz aus dem Boden geſchoſſenen Diggerſtaates. Alle
Diggers erinnern ſich der glücklichen, leider nur zur kurzen
Zeit ſeiner Regentſchaft mit Wehmuth, und ich durfte ihm
wol aufrichtig verſichern, daß ich, wenn e r unſer Schutzhort hätte
bleiben können, ſicherlich bei meiner Abreiſe verſchiedene Tauſende
von Pfunden Sterling m e h r mit nach Europa genommen haben
würde, als mir unter der negerbeglückenden, die weißen Colo-

nisten und Diggers aber mitleidslos und ohne Schutz den
diebischen Passionen der Kaffern überlassenden englischen Re=
gierung möglich gewesen.

Herr Truter hatte übrigens das feste Vertrauen, daß bei
einer, seiner Ansicht nach unvermeidlichen, Conferenz oder
Arbitration der Freistaat wieder sein gutes Recht, entweder
die Zurückgabe der Diamantenfelder oder die Zahlung einer
gehörigen Geldentschädigung für den unverantwortlichen Raub
derselben erlangen werde und müsse.

Ich darf nicht vergessen zu bemerken, daß selbst nach
der Wegnahme von Dutoitspan, Bultfontein, De Beers
und Kimberley, der Freistaat noch heute seine eigenen Dia=
mantenfelder hat. Nicht nur, daß in den Betten des Vaal=
und des Oranjestromes und ihrer Nebenflüsse: des Riet,
Modder, Caledon u. s. w., Diamanten verborgen liegen, son=
dern auch Dry Diggings sind da, die von Jagersfontein
bei Philippolis. Die Qualität der dort gefundenen Steine
ist gut und weiß, nur sind bisher leider nur kleine Steine
gefunden worden und daher die Diggings noch nicht mehr in
Aufnahme gekommen. Ich selbst hatte eine Zeit lang die Idee,
hierher zum Diggen überzusiedeln mit meinen Zelten, Wagen
und Diggerinventar, da ich des Landes der Native=Diggers
und der unaufhörlichen unvermeidlichen Beraubung durch vom
Gouvernement geschützte und autorisirte Diebe herzlich müde
war; jedoch der Entschluß, direct nach Europa zurückzukehren,
schob dann dieses Project beiseite.

Neunzehntes Kapitel.

Nach einmonatlichem Aufenthalte in dem schönen Bloemfontein, das mir mit seinen gärtenumfaßten Villenstraßen,
seinen köstlichen gigantischen Gruppen von Trauerweiden, seiner sybaritischen Verpflegung im deutschen Hotel und — last
no least — seinen freundlichen Einwohnern lebenslang wie ein
süßer Ruhepunkt in meiner Erinnerung verbleiben wird, brach
ich am 14. März 1875 wieder auf, um meine Reise nach
Natal fortzusetzen.

Es that mir leid, mein weites, geräumiges, luftiges Wohnzimmer im Hotel zu verlassen, das mir, nachdem ich beinahe
vier Jahre hindurch an das Leben in engen Zelten und heißen
vogelkäfigähnlichen Wohnräumen mich hatte gewöhnen müssen,
wie ein weiter Königssaal und als ein Superlativ von Raum

und Comfort erschienen war. Meinen Ochsen hatte die ein-
monatliche Ruhe auf der fetten Weide von Bloemfontein sehr
wohl gethan und sie liefen beinahe wie Pferde vor dem Wagen
her, mit sichtbarer Lust, ihre gewachsenen Kräfte zeigen zu
können.

Mein nächstes Reiseziel war Thaba-Nchu (sprich: Tha-
bántschuh), Haupt- und Residenzstadt des Königs Maroka,
Beherrschers der Barolongs, eines Stammes der Westbetschua-
nen. Sein von etwa 25000 schwarzen Unterthanen bewohntes
Land liegt wie eine Insel mitten im Oranje-Freistaate, ist
aber an sich ganz von demselben politisch und administrativ
unabhängig und nur durch ein Schutz- und Trutzbündniß mit
ihm verbunden. Die englische Colonialregierung betrachtet
und behandelt absichtlich den König Maroka als einen vollständig unabhängigen Souverän, jedenfalls um eventuell bei
seinem baldigst zu erwartenden Ableben und den zweifellos
nachher entstehenden Erbschaftswirren ein Recht zu haben, sich
mit hineinzumengen und sein Land unter ihren Schutz zu nehmen, was ja den Boers gegenüber immer eine Lieblingspolitik
der englischen Regierung gewesen ist. Natürlich würde sich
der Freistaat dieses nicht ruhig gefallen lassen; gerade aber
deshalb dürfte für die intriguensüchtige Kapregierung ein
solcher neuer Grund zur Theilung mit dem scheelsüchtig überwachten Freistaate vielleicht sehr willkommen sein.

Es kommt nun freilich immer auf die Dispositionen des
jeweiligen englischen Colonialministers an, ob die bisherige
boerfeindliche Politik des Generalgouverneurs Sir Henry
Barkly und des Gouverneurs Southey fortgesetzt oder auf
versöhnliche Wege eingelenkt werden wird. Man möchte diese
letztere Absicht dem neuen Tory-Colonialminister Lord Carnarvon zutrauen, seit er den berühmten Historiker Froude,
seinen Vertrauten, im Jahre 1874 nach Südafrika aussandte,
um ihm einen genauen Bericht über die politische Lage und
die Bedürfnisse der englisch-afrikanischen Colonien abzustatten.

Die Reise des Herrn Froude durch Südafrika glich einem
Triumphzuge. Er wurde in Capetown, Kimberley, Bloemfontein,
Pretoria, Pietermaritzburg und Port Elisabeth mit glänzenden

Banketen gefeiert, wobei es die herrlichsten Reden zu hören
gab, und die Häupter aller Parteien suchten sich ihm zu nähern
und ihn von ihren Wünschen und Bitten genau in Kenntniß
zu setzen.

Es drängte sich ihm überall, in den englischen Landes-
theilen wie in den beiden niederdeutschen Republiken, die Erfahrung auf, daß Ein Wunsch durch ganz Südafrika gehe:
das Verlangen nach einer einigen, starken und unabhängigen
südafrikanischen Nation, nach Gründung eines neuen Staaten-
bundes: „der Vereinigten Staaten von Südafrika", deren
Bürger künftig — nach dem amerikanischen Vorbilde — einfach sich Afrikaner nennen würden, gleichviel ob sie englischen, holländischen oder deutschen Blutes seien.

Schon bei seinem ersten Auslandsetzen in Capetown tönte
ihm dieser Schlachtruf in die Ohren. Er sprach einem zu
seiner Begrüßung gekommenen englischen Zeitungsredacteur,
Professor Noble, seine Freude aus, eine so prächtige Stadt
und einen so herrlichen Hafen unter dem alten ehrwürdigen
Banner Altenglands zu sehen.

„Wir sind sehr erfreut", antwortete Professor Noble, „euere
britischen Schiffe und Soldaten hier bei uns als Gäste zu
sehen, aber ich bitte mich nicht mißzuverstehen, wenn ich höflichst in Erinnerung bringe, daß Stadt und Festung und
Hafen nicht mehr euer Eigenthum, sondern das unsere sind.
Ja Herr, die Festung und die Häfen gehören uns! Ihr
möchtet gerade so gut ein Stück von dem Abendstern dort oben",
und er deutete auf die am Horizont flimmernde Venus, „euer
eigen nennen, als euch einbilden, daß ihr weitere Rechte auf
das Kap der guten Hoffnung habt als solche, die wir zur
Zeit noch für gut befinden, euch zu belassen."

Um einigermaßen diese Sprache eines stolzen Spaniers
verständlich zu finden, muß in Erinnerung gebracht werden,
daß seit der Einführung das Responsible Government (der
verantwortlichen Regierung) im Jahre 1872 in der That die
Kapcolonie sich in ihren rein innerlichen Angelegenheiten vollständig unabhängig selbst regiert, und daß kein englischer Minister in London ein Recht mehr hat, in die innere Regierung

der Colonie irgendwie mit hineinzureden. Die Administra-
tion des Landes ist vielmehr ausschließlich die Befugniß des
Kapministeriums, das jedesmal nur so lange sich im Amt
halten kann, als es die Majorität des Kapparlaments für sich
hat. Allein mit der äußern Politik, dem Militärwesen und
dem allgemeinen Native System (Negerpolitik) hat das Kap-
ministerium nichts zu schaffen, das sind noch die ausschließlichen Prärogative des englischen Generalgouverneurs, und
deshalb entbehrten die stolzen Worte des schottischen Professors
für jetzt wenigstens noch einer realen Basis. Uebrigens wird
kein vernünftiger Mensch erwarten, daß die englische Reichsregierung jemals der Bildung einer südafrikanischen Conföderation zu Liebe ihre militärische und navale Position in
Kapstadt aufgeben sollte. Mit der Frage über die Flagge,
unter welche die eventuelle neue Conföderation gestellt werden
sollte, steht und fällt deshalb die Theilnahme der englischen
Reichsregierung für dieses Project. Und das ist eben der
heiklige Punkt! Die englisch redenden Afrikaner wollen in
ihrer Majorität die englische, die holländisch redenden aber
(und sie bilden doch die große Mehrzahl der Gesammtbevölkerung) ausnahmslos eine unabhängige republikanische Flagge!
Wie und wann werden diese beiden entgegengesetzten Partei-
wünsche sich vereinigen lassen?

Das Land des Königs Marofa ist etwa 11 deutsche Meilen
lang und 8 breit, gehört also nicht zu den mächtigen Reichen
dieser Erde. Auch militärisch hat es nicht viel zu bedeuten,
denn wenn es gleich im letzten Kriege gegen die Basutos dem
Freistaate 2000 Krieger als Hülfstruppen stellte, so geht doch
unter den Basutos das Sprichwort, daß Ein Basuto 50 Barolongs zum Teufel jage, was nicht gerade für errungene un-
sterbliche Schlachtenlorbern seitens der letztern spricht.

Dafür ist aber dieses friedliche Völkchen in allen Künsten
des Friedens wohl erfahren und bildet eine zufriedene, selbst-
genügsame, patriarchalische Gemeinschaft, die unter ihrem ruhe-
liebenden, jetzt schon sehr bejahrten Landesvater und geschützt
ringsum von den Boers des Freistaates keine kriegerischen
Störungen mehr zu befürchten hat.

Die Barolongs, von denen es übrigens noch andere Bru-
derstämme gibt, die im Freistaate, in Griqualand und Transvaal zerstreut wohnen, haben sich erst seit circa fünfundzwanzig
Jahren hier um den Thaba-Nchu, d. i. den schwarzen Berg,
herum concentrirt. Damals wurde nämlich von den wesleyanischen Missionaren das Land seinen frühern Besitzern für
den bescheidenen Betrag von 40 Kühen abgekauft und den
Barolongs als Wohnplatz überlassen. Daher kommt es auch,
daß noch heute der wesleyanische Missionar, Herr Daniels,
der Siegelbewahrer und Hauptrathgeber des alten Königs ist.
(Die Wesleyaner haben überhaupt in ganz Südafrika durch ihre
zahlreichen Missionen [780 Kirchen und Kapellen, während die
berliner lutherischen Missionen deren nur circa 70 haben] einen
großen Einfluß auf die Eingeborenen erworben. Im Jahre
1823 gründeten sie ihre erste Mission für die Kaffern.)
   Das königliche Amtssiegel zeigt zwei Elefantenköpfe und
die Inschrift: Inkosi Barolong, d. i. König der Barolongs.
Nach dem Ableben des alten Marofa wird wol der Volksraad des Freistaates diese Enclave seinen Erben abzukaufen
suchen. Ich hörte, man wolle denselben dann 2 Millionen Mark
anbieten, wenn sie sich außer Landes neue Wohnsitze aufsuchen
wollten. Marofa's Land ist gerade wie das angrenzende von
den Basutos eroberte Gebiet ganz außerordentlich fruchtbar
und würde für zahlreiche Boers die herrlichsten, wasserreichsten
Farmen abgeben.
   Als die Sonne sich zu neigen begann, ließ ich ausspannen,
mein Zelt aufschlagen und mit Hülfe von zusammengelesenem
trockenem Dung als Feuerung ein leckeres Abendessen kochen.
Die langen platten Tafelberge um Bloemfontein waren längst
dem Blicke entschwunden, die weite grüne Fläche ringsherum
über und über mit wohlriechenden Kräutern und Sträuchern
bedeckt, sodaß man gegen Abend in der freien Luft hätte ver-
meinen können, etwa in einer Apotheke zu sein, so sehr war
die ganze Atmosphäre mit stark riechenden, übrigens höchst angenehmen Exhalationen angefüllt.
   Ein Spaziergang vor dem Abendessen zeigte mir eine ganz
merkwürdige, bisher noch nicht von mir beobachtete Natur-

erscheinung. Es standen zahlreiche vollständig vertrocknete
Kameldornsträucher umher, die stets mit einer ungeheuern
Menge von langen spitzen Stacheln gespickt sind. Ein jeder
dieser Stacheln war nun an seiner Spitze mit einem kleinen
weißen Schaumklümpchen behangen, ähnlich, als wären die
sämmtlichen Stacheln in eine milchartig schaumige Flüssigkeit
eingetaucht gewesen und dann zahllose Tröpfchen wie kleine
Schneeballen daran sitzen geblieben. Das Licht der unter-
gehenden Sonne gab diesem schwebenden Labyrinth von
milchigen Beutelchen eine schöne silberglänzende Färbung wie
perlender Champagnerschaum, worin sich reizende Regenbogen-
farben spiegelten. Bei näherer Untersuchung des Phänomens
fand ich, daß in der Mitte eines jeden der Bläschen ein
kleines lebendiges Käferchen von brillanten Farben verborgen
war, das auf dem Grunde desselben lebte und dessen Arbeits-
product also wol das Schaumbeutelchen sein mußte. Zu welchem Zwecke die letztern dienten, ob zum Hineinlegen der Eier,
etwa als Nahrungsvorrath für die dem Ei entschlüpften Jungen,
hinterlassen von den vorsorglichen Aeltern — das konnte ich
weiter nicht herausstudiren. Die Größe der Käferchen wechselte mit der Größe der Schaumbeutelchen. Wie viele solche
kleine Naturgeheimnisse mag die wilde Natur dieses von
gelehrten Naturforschern nur so selten besuchten Landes noch
bergen!

Als ich meine Schritte weiter lenkte, hörte ich — erst ganz
schwach und leise, aber je näher ich kam, immer deutlicher,
eine ganz eigenthümliche Musik, die in mir sofort die süßesten
Erinnerungen an frühere schönere Zeiten weckte. Es war mir,
als sei ich plötzlich in eine jener entzückenden milden April-
nächte von Sevilla zurückversetzt, mit ihrem süßen Zauber
von fast betäubendem Orangenblütenduft, von wunderbar
klarer Mondbeleuchtung, und von leisen, aus allen Gärten
und Höfen erklingenden Guitarrenaccorden und gedämpften
Tamburin- und Castagnettentönen. Denn ganz deutlich hörte
ich es wie ein genau taktförmiges Durcheinanderklappen von
Tausenden von Castagnetten! Was war das? Was konnte
es sein? Ich schritt voll Neugierde in der Richtung vor-

wärts, woher die Töne kamen, und befand mich bald an einer
Waſſerfläche, halb Teich, halb Sumpf, woraus deutlich das
melodiſche Geräuſch herauftönte. Ich entdeckte nun, daß die
Urheber dieſer Nachtmuſik einfach zahlloſe Fröſche waren, von
einer eigenthümlichen Art und wie ich ſolche noch nie
früher kennen gelernt, deren Quaken ſo unglaublich genau das
taktgeregelte Caſtagnettengeklapper andaluſiſcher Tänzerinnen
imitirte.

Ich gebe zu, daß mich Mutter Natur mit einer außer-
gewöhnlichen Portion von Senſibilität dotirt hat (ein Ge-
ſchenk von ſehr zweifelhaftem Werthe für dieſes irdiſche Jam-
merthal!) und daß ich alſo infolge deſſen leicht poetiſche Genüſſe auch da finde, wo ſolche von der großen Mehrzahl der
Sterblichen weder begriffen noch gewürdigt werden. Denn ich
habe bei nur wenigen Perſonen eine gleiche Paſſion für die Na-
turmuſik von Fröſchen, Unken, Nachtvögeln und ähnlichen Thieren gefunden. Wie ich nun aber einmal bin, ſo verſetzt mich ein
ähnlicher Ohrenſchmaus jedesmal in die allerſüßeſten Empfindungen und Kindheitsträume. Das laute, freudenvolle und
jubelnde Froſchconcert in mondhellen Frühlingsnächten in Zö-
ſchau, der Heimat meiner Kindheit, — das tiefmelancholiſche
gräberhafte Unkengeſtöhn in den ſchilfigen und unkrautverwach-
ſenen Teichen des alten Schloſſes Moritzburg bei Dresden, —
das eigenthümliche, im tiefſten Baß gerufene dumpfe „Zump“
der großen Fröſche in den nordamerikaniſchen Kanälen, —
das fröhliche Durcheinanderquiken, nach Art kleiner Entchen,
der Fröſche in den virginiſchen Flüſſen und Teichen — alle
dieſe friſchen Naturlaute ſind für mich immer einer der höchſten „muſikaliſchen“ oder richtiger „akuſtiſchen“ Genüſſe geweſen, welche anzuhören ich unter Umſtänden meilenweit gewandert ſein würde, während es viele Opern unberühmter
Componiſten gibt, für deren Anhören ich nicht Einen Schritt
vor die Thür ſetzen möchte. Es gehörte nun in der That
im vorliegenden Falle nicht gerade eine überſchwengliche ara-
biſche Phantaſie dazu, um hier, mitten in dieſer todtenſtillen
Einöde, am Rande des einſamen Wüſtenteiches, worin ſich
die flimmernden Lichter des ſüdafrikaniſchen Sternenhimmels

spiegelten, sich da unten in die dunkeln Wasser eine kleine lichtumstrahlte Feenwelt von springenden und tanzenden Elfen und Nixchen und Zwergen hineinzudenken, die da ihre geister- haften Nachtorgien aufführten. Ein wenig Einbildungskraft thut in solchen Fällen gut und gibt dem poetischen Träumer unschuldige und billige Genüsse und Freuden, die der einge- trocknete mathematische Geschäftsmensch sich vollständig ent- gehen lassen muß.

Am andern Morgen ging es weiter vorwärts. Die spär- lich hier und da erscheinenden Farmhäuschen einsamer Boer- familien hörten nun ganz auf und das Grenzwachthaus des Maroka'schen Landes wurde passirt, dem ich natürlich meinen Besuch abstattete, nicht etwa um meinen Reisepaß mit dem Stempel der betschuanischen Duodezmonarchie versehen zu lassen, sondern um Milch und Eier zu kaufen, die mir mit der größten Bereitwilligkeit verabfolgt wurden. Der Grenzwächter war ein langer schmächtiger Neger von intelligentem Gesichts- ausdruck. An den weißgetünchten Wänden seines Lehmhauses waren verschiedene Flinten und eine Guitarre aufgehangen und nackte, fette und quabbelige Kinder mit weit hervor- springenden Bäuchen krabbelten auf dem Fußboden herum und beobachteten mich mit großen verwunderten Augen.

Das Land blieb fortwährend wunderschön grün, denn es war ja Sommerszeit, die Zeit der Regen. Der hohe schwarze Bergstock, von dem Thaba-Nchu seinen Namen hat, und den man schon von Bloemfontein aus sehr deutlich wie eine Mauer am östlichen Horizont aufragen sieht, rückte immer näher und näher und zeigte sich als eine immer bedeutendere, groß- artige Gebirgsmasse.

Am dritten Tage wurden auf den Hügeln zu den Seiten des Weges erst kleinere, dann immer größere und dichtere An- sammlungen von heuschoberähnlichen Negerhütten sichtbar, bis endlich eine unabsehbare Menge von solchen, dicht hingesäet über mehrere Hügelreihen, mir die Ankunft in der großen Negerstadt Thaba-Nchu verkündete.

Ich fuhr bis in die Mitte eines weiten Wiesenplatzes, in dessen Nähe einige europäisch gebaute Häuser standen, und

ließ hier ausspannen und mein Zelt aufschlagen, auf dessen
Spitze ich demonstrativ meine schwarz-weiß-rothe Flagge wehen
ließ, die wol noch nie hier in diesem ignorirten Weltwinkel
erschienen war. Eine schöne und ganz originelle Aussicht
hatte ich ringsum: die zahllosen über die verschiedenen Bergabhänge hingesäeten und die Gipfel krönenden Negerhütten
mit ihrem bienenkorbartigen runden Bau und ihren zugespitzten Grasdächern gaben ein ganz reizendes Bild auf dem
smaragdgrünen Wiesenteppich ab, der die Grundfarbe der
ganzen Landschaft bildete. Dieses Paradies ländlichen Friedens wurde überragt von einer gewaltigen steilen Gebirgs-
mauer, auf deren höchsten Gipfeln man die Spuren einer
fortificatorischen Anlage, Mauern mit Schießscharten erblickte.

Nachdem ich meine Feldwohnung wieder in aller Ordnung
hergerichtet, d. i. Stühle, den Feldtisch und das Eisenbett
auseinandergeklappt, und letzteres durch Roßhaarmatratzen,
Schakal- und Tigerkarrossen zu einem eleganten weichen Di-
van umgewandelt hatte, machte ich einen Spaziergang in die
Stadt.

Ich sah eine große, in sehr bunte Farben gekleidete Men-
schenmasse einen Hügel herabwallen, die einen weithin hör-
baren Mordspectakel machte. Als ich näher kam, sah ich,
daß es lauter tanzende und springende Gruppen waren, die
in langer wie zu einer Polonaise geformter Doppelreihe ihre
polkaartigen Sprünge mit taktmäßigem Händeklatschen und
grellem Unisono-Gesange begleiteten.

Das Schauspiel interessirte mich ungemein, und ich begab
mich daher in die Mitte der jubelnden, nach offenbarem Augenschein sich unendlich glücklich fühlenden und sich königlich amu-
sirenden Negermasse. Es waren lauter regelmäßige Paare
von Männlein und Fräulein, und alle in blühendster Jugend,
bis zu ganz kleinen Kindern herab, die mit gleicher Leidenschaft die rhythmischen Bein- und Handbewegungen mitmach-
ten. Die Männer wie die Frauen und Mädchen waren mit
halbeuropäischer Kleidung angethan; nur das Costüm eines
der jungen Herren war vielleicht etwas gar zu einfach und
zwanglos, denn derselbe war bis auf den Gürtel mit herab-

hängenden Fellfranſen ganz nackt, trug aber trotzdem mit
bedeutendem Selbſtbewußtſein einen abgelegten europäiſchen
ſchwarzen Cylinderhut mit umgelegtem blauem Schleier
à l'Anglaiſe auf dem Kopfe.

Eine große Maſſe augenſcheinlich niedrigern Volkes, meiſt
Frauen und Kinder, und blos mit Fellen von wilden Thieren
bekleidet, ſtanden um die Tanzenden herum als paſſive Zu-
ſchauer.

Einzelne der Tänzerinnen hatten rothe und blaue baum-
wollene Regenſchirme in der linken Hand, mit denen ſie ſehr
graziös während des Tanzes in der Luft herumfuchtelten.
Das tolle Durcheinanderſpringen aller dieſer komiſchen Geſtalten war ungemein amüſant und ich konnte mich daran gar
nicht ſatt ſehen. Ein Ballet von Störchen, Gänſen, Enten
und Krähen würde ungefähr einen ähnlichen Eindruck auf mich
hervorgebracht haben. Und der Geſang!! Noch heute ſummt
es mir davon in den Ohren. Aber was das Schönſte war,
das waren die fabelhaft vergnügten, freudenſeligen Geſichter!
.Ein Jubel, eine Luſt von ſolcher Innigkeit, eine Ausgelaſſen-
heit von ſolcher Seligkeit, wie man nur eben bei Negern ſie
finden kann! Bei einer ſolchen feſtlichen Gelegenheit — es
war nämlich eine Hochzeit — zeigt ſich die primitive, einfache, kindliche Natur der Neger in aller ihrer Liebenswürdigkeit. Wahrlich, das waren nicht mehr die verdorbenen, auf-
geblaſenen, trunkſüchtigen und biebiſchen ſchwarzen Halunken
von den Diamantenfeldern, die jedem, der mit ihnen geſchäft-
lich zu thun hatte, einen Ekel vor der ſchwarzen Raſſe einflößten, — es war die noch reine, unverfälſchte und unver-
zogene, gutmüthige und liebenswürdige kindliche Natur der
ſchwarzen Raſſe, wie ſie nur da ſich glücklich erhalten hat,
wo dieſe Raſſe für ſich allein und getrennt von den Weißen
hat bleiben können.

Die Anweſenheit eines fremden weißen Geſichts konnte
natürlich der ausgelaſſenen Menge nicht unbemerkt bleiben;
aber trotz der allgemeinen Losgebundenheit und Aufregung
benahmen ſich die Leute mit ſo auffallender Anſtändigkeit und

rücksichtsvollster Höflichkeit gegen mich, daß ich dadurch die
allervortheilhafteste Idee von der Höhe ihres Culturstandpunktes erhielt.

Man machte mir überall respectvoll Platz, wo ich mich
aufstellte, um das afrikanische Ballet besser zu übersehen, und
als sich dann die ganze Gesellschaft in einen großen Garten
begab, in dem verschiedene Hütten, die Hütten der Aeltern der
Braut, standen, wurde ich sehr freundlich eingeladen, dahin
mitzufolgen. Die Zuschauermasse mußte draußen bleiben,
nur die Elite von circa 200 Personen wurde eingelassen, und
jetzt ging für diese eine große Schmauserei los. Den auf
winzigen Rohrsesselchen sitzenden oder einfach auf dem Boden
kauernden Gästen wurden in aus Gras geflochtenen Schüsseln
Rindfleisch und Brei von Kaffernkorn herumgegeben. Nach
diesem folgte sogar noch ein höchst wohlschmeckender Kaffee
mit Zucker! Um den fremden Gast zu ehren, forderte der
Vater der Braut die Masse auf, das Lied „God save the
Queen", übersetzt in die Betschuanensprache, zu singen. Alle
erhoben sich und sangen die englische Nationalhymne mit ganz
richtiger Intonation, was mir eine hohe Meinung von den
musikalischen Talenten dieses Volksstammes beibrachte.

Als ich dann die fröhliche Gesellschaft wieder verließ,
fesselte mich ein neues interessantes Schauspiel draußen an
der Umzäunung des Gartens.

Hunderte von jungen Mädchen, darunter ein Theil mit
ganz allerliebsten Gesichtern, hatten sich dort der aus Zweigen
geflochtenen Zaunwand entlang aufgestellt, um wenigstens als
Zuschauerinnen bei dem Feste mit gegenwärtig zu sein. Keine
einzige davon aber hatte europäische Kleidung, sondern alle
trugen das primitive, aus alten Zeiten auf heute überkommene,
mir viel interessantere Nationalcostüm der echten Kaffermäd-
chen. Die Hüften umschließt eine kurze weiche, mit der Haar-
seite nach innen gekehrte Karroß von Schakal- oder Wild-
katzenfellen. Busen und Arme (und von welcher entzückenden
Plastik waren sie, die jeden Künstler bezaubern würde!) sind
ohne Verhüllung, ebenso die Beine bis hoch über die Knie.
Ein Gürtel von zierlichen Perlenfransen umgibt die schlanke

dünne Taille; Arme und Beine sowie Hals und Brust sind
mit buntem Perlenschmuck behangen und eine kokett wie ein
Husarendolman über die linke Schulter geworfene Karroß
(Pelzmäntelchen von den Fellen wilder Thiere) ist ebenfalls
auf der auswendigen braunen Lederseite reichlich mit lang herabhängenden Perlenschnüren und hübsch ornamentalen Perlenstickereien verziert.

Das wollige Haupthaar ist zur untern Hälfte weggescho-
ren und der darüber stehen gelassene, an eine Cardinalskappe
erinnernde Haarwulst zierlich von einer Perlenschnur umfaßt,
wovon wieder eine Menge kleinerer Perlenschnüre lockenartig
herabfallen. Diese obere Haarbedeckung des Kopfes wird von
den Mädchen fleißig mit wohlriechenden Oelen gesalbt, und
so kommt es, daß die hübschen Köpfchen so glänzen und glitzern,
als wären Brillanten darüber ausgesäet.

Und was die Hauptsache ist, im großen Durchschnitt hatten
alle diese Mädchen so feine und intelligente, ja vornehme Gesichtszüge, daß ich mich in ihrer Gegenwart beinahe so be-
fangen fühlte, als seien es lauter englische oder deutsche Ball-
damen; wenigstens kam ein ganz eigenthümliches Gefühl der
Scham über mich, als ich sie mit meinem goldenen Kneifer
auf der Nase eine nach der andern musterte, und in ihren
erstaunten, ernsten, edelgeformten Gesichtern etwas wie zür-
nende Indignation über meine aufbringliche und ihrerseits ganz
unprovocirte Beobachtung zu entdecken glaubte.

Ich ging an eine der hübschesten, deren prächtige brennende
Augen mich besonders anzogen, heran und bot ihr fünf Schillinge, wenn sie ihre Gefährtinnen veranlassen wolle, zu meinem Wagen zu kommen und dort nach ihrer Art ein Tänzchen aufzuführen. Sie sah mich mit großen, verwunderten
und fast zürnenden Augen an und gab mir das Geld zurück.
Offenbar hatte sie mein schlechtes Holländisch gar nicht verstanden. Es gelang mir jedoch später, einen jungen Neger
zu finden, der ein wenig englisch sprach; diesem theilte ich
meinen Wunsch mit, und er versprach mir, die ganze Gesellschaft der reizenden wilden Schönen würde in seinem halben
Stündchen zu meinem Camp kommen.

Dies geschah denn auch, und nun hatte ich ein paar Stunden lang das Schauspiel eines so prächtigen Ballets neben meinem Wagen, wie ich es sicherlich nicht schöner bei einer Aufführung der „Afrikanerin" in Berlin oder Sanct=Petersburg hätte sehen können: ein graziöses, ausgelassenes und dabei doch vollständig decentes, rhythmisches Durcheinanderspringen dieser heitern und anmuthigen Kinder der Wildniß, begleitet von fröhlichem Gesange und Händeklatschen in sehr schnellem, an das Gehämmer einer Dampflocomotive in langsamem Laufe erinnernden Takte. Und dieses fesselnde Schauspiel kostete mir nur einige Ellen von buntem Zeuge, die ich aus einem der europäischen Läden hatte bringen lassen und den feurigsten und schönsten der Tänzerinnen präsentirte. Die graziösen, schlangenförmigen raschen Bewegungen dieser so harmonisch und schön modellirten Mädchen hatten etwas von den elastischen Sprüngen der Tigerkatze, und man hätte glauben mögen, daß eine lange Reihe von elegant aus Ebenholz geschnitzten Statuen, durch einen Zauberring berührt, plötzlich zu einem elektrisirten und jubelnden Leben erwacht seien. Wenn ein europäischer Bildhauer auch vielleicht die Gesichtslinien nicht fehlerfrei gefunden haben würde, so könnte er doch an dem gazellenartig zierlichen Bau und den anmuthigen, weichen Wellenlinien ihres schlanken feinen Körpers unmöglich etwas auszusetzen gehabt haben.

Nach vollendetem Tanze mußte ich doch den liebenswürdigen Ballerinas von Thaba=Nchu noch meine weitere Dankbarkeit bezeigen. Ich zeigte ihnen daher vor meinem Wagen allerhand Curiositäten und Seltenheiten, namentlich aber meine Sammlung von afrikanischen Photographien. Vorher ließ ich sie mein eigenes Bild beschauen, das von den umstehenden schwarzen Gazellen sofort erkannt wurde, wie mir die nächststehende und kühnste deutlich dadurch zu verstehen gab, daß sie mich mit schelmischem Lächeln an meinem langen Schnurrbarte zupfte und dabei auf das Bild wies. Nun brachte ich mein, einen Fuß im Durchmesser großes, Vergrößerungsglas heraus, welches die Photographien vollständig bis zur Lebensgröße darstellt. Wie soll ich aber den immensen Jubel beschreiben,

welcher unter meinen schönen Zuschauerinnen entstand, als ich
einige Dutzend von Photographien von Negermädchen eine
nach der andern hinter das Glas hielt! Es war ein solches
reines und kindliches Entzücken ohne Ende, daß ich gewünscht
hätte, meine Bildersammlung möchte nie ein Ende nehmen.

Dann kam das Brennglas daran, womit ich einigen mit-
anwesenden schwarzen Jungen ein wenig die Haut versengte
— zu ihrem panischen Schrecken, aber zur großen Genugthuung der übrigen Gesellschaft, — dann meine Uhr, meine
Kleider, mein Zelt, mein Bett, mein Spiegel — alles wurde
befühlt und betupft und bewundert, am meisten aber das Innere meines Wagens, welcher in seiner wirklich eleganten Aus-
schmückung den Eindruck eines fahrenden Königspalastes auf
sie zu machen schien.

Nachdem meine liebenswürdigen Gäste sich an allen diesen
fremdartigen Herrlichkeiten recht satt gesehen hatten, sagte ich
ihnen Gute Nacht und zog mich in meinen Wagen zurück, von
dessen Fenstern aus ich noch lange die fröhlichen Gesänge der
in langer Procession heimkehrenden „Rosen von Südafrika"
zu mir herüberhallen hörte.

Am nächsten Morgen hatte ich wieder eine drollige Ueberraschung. Als ich meinen Kopf zum Fenster hinaushielt, sah
ich meinen Wagen umgeben von ungefähr einem Dutzend
junger Mädchen, die mich ehrfurchtsvoll und mit bittenden
Geberden ansahen. Mein Hottentott Isaak, den ich befragte,
was sie denn von mir wollten, antwortete mir, sie wünschten,
daß ich ihnen den Dung meiner Ochsen überlassen möchte,
und zwar habe eine jede von ihnen die specielle Bitte, ihr
allein, mit Ausschluß der andern, diese ehrenvolle Vergünstigung — jedenfalls ein sehr eigenthümliches Monopol —
zu gewähren.

Das einzige Brennmaterial im Lande ist nämlich getrock-
neter Rinderdung, und solchen zu sammeln ist bei einer so
dicht zusammengedrängten Bevölkerung von 25000 Schwarzen
keine leichte Sache, denn alle Frauen und Mädchen der ganzen
mit dem gemeinsamen Namen Thaba-Nchu belegten Ansammlung von Negerdörfern sind von früh bis in die Nacht auf

der Jagd nach diesem kostbarsten aller Stoffe. Es geht dies so weit, daß hinter den dem König Maroka und seinen Großen gehörigen Rinderheerden, sobald sie früh aus den Kraals auf die Weide getrieben werden, fortwährend eine Schar von Frauen und Mädchen einherzieht, um genau das Benehmen der sämmtlichen Ochsen und Kühe zu beobachten und zu überwachen. Sowie ihre Luchsaugen in der Heerde ein Thier entdecken, welches die malerische, den Rindern eigenthümliche gekrümmte Stellung annimmt, wenn solche eine gewisse Bequemlichkeit verrichten wollen, so schießen von verschiedenen Seiten die flinken Damen wie Raubvögel auf dasselbe los und machen sich jedes Partikelchen seines generösen Geschenkes einander streitig. In einem Moment ist das warme braune Häuflein mit hölzernen Schabern vom Boden gekratzt und in eine aus Gras geflochtene breite Schüssel (Igomee) gebracht, welche jede Schöne graziös auf dem Kopfe trägt. Im Vorbeigehen sei bemerkt, daß die antike Gewohnheit, alle Lasten auf dem Kopfe zu tragen, den sämmtlichen Mädchen und Frauen hier ihre schöngeformten Hälse und Schultern gibt — so meinen wenigstens gescheite Aerzte, die über diesen Punkt nachgedacht haben. Ländlich — sittlich! Wäre bei uns in Deutschland das Feuerungsmaterial für Küche und Wäsche auch auf keine andere Art zu erlangen als hier, so würden sich unsere wirthschaftlichen Hausfrauen gewiß nicht von „wilden Negerinnen" in solchem Opfermuthe für die Erlangung der nothwendigsten häuslichen Bedürfnisse beschämen lassen!

Ich war nun freilich bei der mir zugemutheten Entscheidung und Wahl zwischen so liebenswürdigen Bewerberinnen fast in einer ähnlich übeln Lage wie einst Paris mit dem verfänglichen Apfel, und ich gab zuletzt den mir am weisesten scheinenden Richterspruch, daß der Dung immer derjenigen gehören solle, die am ersten an der Stelle sei, um ihn wegzunehmen. Seitdem hatten meine acht braven Ochsen die Ehre, jeden Morgen schon vor Sonnenaufgang eine Blütenlese von dunkelfarbigen schönäugigen Jungfrauen um sich herum zu sehen, die sie mit unverwandtem Blicke, mit demselben Interesse ungefähr beobachteten, wie auf unsern Jahrmärkten

in Seiltänzerbuden die hochgeschürzte Schöne die Zuschauer
mustert, aus deren milden Beiträgen ihre Sammelbüchse mit
Trinkgeldern angefüllt werden soll. Nachdem die Ochsen dann
von einem meiner Hottentotten auf die Weide getrieben worden, war der Platz, auf dem sie geschlafen hatten, immer so
glatt und sauber wie ein Tanzboden, und jedes Häufchen ihrer
vitalen Production vollständig spurlos vom Boden wegrasirt.

Der frische Dung wird von den Negerinnen zunächst in
ihren Gärten an der Sonne getrocknet und dann in dicke
harte Scheiben geformt und gepreßt. Den Rest, den sie nicht
für sich selbst brauchen, pflegen sie an solche zu verkaufen,
die nicht persönlich mit auf die Düngerjagd ausziehen, also
an die vornehmern Einwohner der Stadt und an die wenigen
hier wohnenden Weißen. Welchen hohen Werth der getrocknete
Dung hier hat, ist daraus zu ersehen, daß ich für meinen
spärlichen Küchengebrauch jeden Tag für 2—3¹⁄₂ Mark kaufen
mußte, nur um das nothwendigste Küchenfeuer dreimal täglich
zu unterhalten.

Es war für mich ein großes Vergnügen, Morgenspazier-
gänge innerhalb dieses interessanten Chaos von Bienenkörben
und Heuschobern zu machen, den man Thaba-Nchu nennt.
An einen regelmäßigen Stadtplan ist natürlich nicht zu denken; die Hütten sind ohne alle Ordnung durcheinandergewür-
felt und zahlreiche schmale Fußwege krümmen sich in allen
Richtungen durch dieses bunte Labyrinth.

Der Bauplan aller Hütten ist ganz genau derselbe: ein
kreisförmiger Bau von mit Lehm beworfenem Rohr, gedeckt
mit spitz auslaufendem Grasdach. Das Innere ist ein dunkler
Raum ohne Fenster, so hoch, daß ein Mann darin bequem
aufrecht stehen kann. Er ist in mehrere durch thürartige Oeff-
nungen verbundene kleinere Räume getheilt, von denen der
eine als Schlafgemach, die andern als Küche und Besuchs-
zimmer dienen. Um die Hüttenwand herum geht eine Art
enger verandaartiger Galerie, welche noch von dem vorsprin-
genden und ringsherum auf schmalen Holzsäulchen gestützten
Grasdach gedeckt wird und so bei Regenwetter trockene Unter-
kunft bietet.

Die Hütten und ihre sie umgebenden, von Lehmmauern oder Zäunen eingefaßten Höfe sind durchweg sehr sauber und reinlich gehalten, und es sind mir überhaupt diese Barolongs als eins der reinlichsten Kaffernvölker erschienen.

Bei schönem Wetter (welches doch immer das vorherrschende ist) finden alle häuslichen Arbeiten: Küche, Wäsche, Zerstoßen des Korns u. s. w., im Hofe statt. Ein Spaziergang durch dieses Labyrinth von Hütten und Gärtchen (denn jede Hütte hat ihr Gemüse- und Fruchtgärtchen neben sich) ist deshalb so interessant, weil man in allen Höfen über die niedrige Lehmmauer hinweg das volle Familienleben und die ganze Hauswirthschaft in Thätigkeit sieht. Perlengeschmückte Frauen bereiten das stereotype Mittagessen zu: Brei aus Kaffernkorn; nackte Kinder spielen mit Hunden neben ihnen; der Mann liegt rauchend vor der Hütte oder ist in eifriger Unterhaltung mit Gästen begriffen. Ein tiefer Friede scheint überall zu herrschen; ich hörte nie einen Streit, ein Gezänk oder einen heftigen Wortwechsel. Es begegneten mir immer nur wenige Wanderer in den stillen und engen gewundenen Straßen; entweder war es ein junges Mädchen mit frischem und lachendem Gesicht und reizend elastischem, an das Hingleiten der Schlange erinnernden Gange (das, was die Spanierinnen „Schwimmen" nennen, indem sie den Gang der Engländerinnen Marschiren, den der Französinnen Trippeln nennen, für sich aber das Schwimmen in Anspruch nehmen): oder es war ein altes Weib, bedeckt von einer langen, nach inwendig getragenen Karroß und auf dem Kopfe eine unförmliche Pelzmütze von sehr altväterischer Form oder einen zugespitzten Grashut à la Chinoise, der mit seinen herabhängenden Seiten sehr an einen Champignon oder Steinpilz erinnert. Aus Gras wissen die Frauen hier alle möglichen Dinge zu flechten: Hüte, Schüsseln, Krüge, Töpfe, Teller u. s. w.

Das Innere der Hütten ist im heißen Sommer sehr kühl, im kühlen Winter recht angenehm warm, und daher ganz dem Klima des Landes angemessen.

Ich sah öfter vor den Hütten ungeheuere Haufen von einer braunen Masse aufgethürmt. Als ich sie näher unter-

suchte, fand ich, daß es getrocknete und geröstete große Heuschrecken waren, deren Wohlgeschmack mir sehr gerühmt wurde,
und die in solchen Feimen für lange Zeit aufbewahrt werden.

Alle Morgen um 6 Uhr hörte ich das Betglöckchen der
wesleyanischen Mission die Gläubigen zusammenrufen und
dann harmonischen Kirchengesang von daher ertönen. Ich
machte dem Missionar Herrn Daniels meinen Besuch und
fand in ihm einen sehr gebildeten und angenehmen Mann.
Er sagte mir, daß König Marofa, wenn er auch selbst nicht
persönlich das Christenthum angenommen habe (schon des ihm
dann auferlegten Entlassens seines Harems wegen), doch demselben im ganzen sehr günstig gesinnt sei und der Mission
keine Hindernisse in den Weg lege; auch sei seine erste Frau,
die Königin, eine Christin.

Auf meine Bitte, mich dem Könige vorstellen zu wollen,
ging Herr Daniels bereitwillig ein und ersuchte mich, am folgenden Morgen um 10 Uhr mit ihm den Besuch zu machen. Er
holte mich zur bestimmten Zeit in einem Wagen ab, und nach
zehn Minuten hielten wir vor dem königlichen Platze, einer
weiten Umzäunung, in deren Mitte mehrere mit Gras gedeckte
Hütten standen, die sich in der Bauart durchaus nicht von
dem allgemeinen Typus dieser Negerhütten unterschieden, wohl
aber im räumlichen Umfange, denn sie schienen mir wenigstens
zehnmal größer zu sein.

Eine Art Empfangssalon unter sehr hohem Grasdache befand sich in der Mitte; derselbe hat für ein paar Hundert Personen Platz und dient für große Versammlungen und feierliche
Gelegenheiten.

König Marofa, ein alter Herr mit freundlichem Gesicht
und weißem Vollbarte — so viel oder vielmehr so wenig als
ihn der Haarwuchs eines Betschuanen hergibt — empfing mich
in der Mitte seines Rathes, einiger bejahrten schwarzen Herren
in europäischem Costüm, während der König selbst nach afrikanischer Fashion nur mit schönen Karrossen bekleidet war.
Nur bei seinen seltenen Besuchen in Bloemfontein trägt auch
er einen europäischen Paletot und Cylinderhut.

Zwei Lehnstühle waren vor dem Empfangssalon ins Freie

gestellt, worauf Herr Daniels und ich eingeladen wurden
Platz zu nehmen, und nun begann eine, den Umständen an-
gemessene, durchaus den feinsten europäischen Höflichkeitsfor-
men entsprechende Unterhaltung. Da ich ein Deutscher war,
so richtete der König an mich — natürlich durch die Verdol-
metschung des Herrn Daniels — einige Fragen über allgemeine deutsche Verhältnisse. Ich fand ihn über dieselben weit
besser informirt, als ich erwarten zu dürfen geglaubt hatte,
denn er wußte nicht nur, daß die Deutschen den letzten großen Krieg mit ihren französischen Nachbarn so sieg- und
triumphreich beendigt und eine so gewaltige Kriegsentschädi-
gung daraus gewonnen hätten, sondern auch, daß die souverä-
nen deutschen Fürsten sich alle einmüthig dem großen patriotischen Ziele untergeordnet und aus eigener Initiative dem sieg-
gekrönten Reichsfeldherrn die Kaiserkrone angetragen hätten.
Ich konnte natürlich nicht unterlassen, bei dieser Gelegenheit
mit freudigem Sachsenstolze darauf hinzuweisen, wie sehr mein
eigener angestammter Landesherr, König Albert, persönlich an
der siegreichen Entscheidung des großen Feldzuges des deutschen Heeres mitgewirkt habe, indem er nicht nur das eigene
vaterländische Armeecorps, sondern auch die Elite der preußischen Armee, die prächtige altpreußische Königsgarde, in die
Schlachten geführt hätte. Hierauf zeigte ich dem Könige einige
Photographien, die Bilder Kaiser Wilhelm's, der Könige
Albert und Johann, des Prinzen Friedrich Karl, des Fürsten
Bismarck, des Feldmarschalls Moltke u. a., die er mit lebhaftem Interesse durchsah. Auf die Bemerkung des Königs,
daß unser Volk nun nach dem großen Kriege durch die ge-
wonnenen Milliarden recht reich und glücklich geworden sein
müsse, erwiderte ich ihm mit bitterm Lächeln, daß leider das
Gegentheil der Fall sei, indem beinahe alle die zugeflossenen
Schätze bei der allgemeinen politischen Lage Europas wieder für Zwecke der künftigen Vertheidigung, für kostspielige
Festungsbauten, Arsenale, neue Geschütze und Handfeuer-
waffen u. s. w. hätten verausgabt werden müssen, sodaß für
productive und unmittelbar die Nation bereichernde Verwendung nur wenig übriggeblieben sei. Ob nun der schwarze

Monarch alles genau verstanden, was ich über diese Punkte
sagte, bleibe dahingestellt; in jedem Falle zeigte mir jedoch
die viertelstündige Conversation mit ihm, daß Maroka, wenn
er auch weder englisch noch holländisch versteht, doch zu den
gebildeten Negern gehöre und auch ohne Zeitungslektüre durch
bloßen Verkehr mit weißen Männern mit den allgemeinen
Weltangelegenheiten bekannt geworden war.

Er stellte mich dann seiner ersten Gemahlin vor, der
Königin, die als solche den Vorrang vor allen seinen andern
Gattinnen hat. Sie befand sich im gegenüberliegenden Winkel
des Hofes und präsentirte sich als eine freundlich blickende
Frau von einigem Embonpoint. Auch sie war nur mit kostbaren Karrossen von Goldschakal und grauer Zibethkatze bekleidet. Sie wird von ihren Unterthanen allgemein „die
Mutter des Volkes" genannt und muß also diesen Ehrentitel
wol auch verdienen.

Ich fragte nun nach dem Wohlsein der Kinder. Maroka
hat deren nicht weniger als 65; sie waren daher wie Orgel-
pfeifen in allen Größen vorhanden. Je älter ein afrikanischer
Fürst wird, desto reicher pflegt er zu werden durch das natürliche Zunehmen seiner Heerden und das Verhandeln seiner
Töchter an reiche und einflußreiche Männer, wodurch seinen
Heerden (da das Kaufgeld nur in Vieh gezahlt wird) immer
neuer Zuwachs zufließt. Auch die Strafen für von Unterthanen begangene Verbrechen müssen, da Gefängnisse in
den Ländern der Schwarzen eine vollständig unbekannte Sache
sind, an den König stets ausschließlich in Vieh entrichtet werden, sodaß seine Heerden in einem fort anschwellen und ihn
dadurch in den Stand setzen, immer noblere, schönere, jüngere
und daher theuerere Weiber zu kaufen. Eine natürliche Folge
hiervon ist, daß das letzte Weib gewöhnlich das jüngste und
geliebteste ist, und daß der älteste König, wenn keine andern
Umstände ihm solches Glück versagen, oft noch ganz winzig
kleine Kinder hat.

Als ich bat, mir einige der Kinder zu zeigen, wurden mir
mehrere Mädchen vorgeführt, die mir höchst liebenswürdige
europäische Knickschen machten und halb europäisch, halb kafferisch

gekleidet waren. Eine davon, die etwa neunjährige Prinzessin Marguerite, abgekürzt Magi, war ein ganz reizendes kleines Wesen. Zu einem feingeschnittenen, intelligenten und edel geformten Gesicht hatte sie ein paar Augen, nun, in meinem Leben habe ich noch nie solche Augen gesehen, von einer Größe, einer Schwärze auf schneeweißem Grunde, einem solchen Lichtglanze wie ein paar brennende kleine Sonnen. Dabei hatte sie einen sehr üppigen Haarwuchs, ähnlich dem der Zulus und Mulatten, der ihr mehr die Erscheinung einer sehr dunkelfarbigen Italienerin oder Spanierin gab als die einer Negerin.

Als ich nun dieses prächtige, für ein Negerkind unvergleichlich schöne kleine Wesen sah, fuhr mir plötzlich eine romantische Idee durch den Kopf. Wie? wenn ich versuchte, diesen kleinen schwarzen Engel unter meine Obhut zu bekommen, ihn mit nach Europa zu nehmen und dort durch eine ausgesuchte Erziehung und durch sorgfältig gewählte deutsche Lehrer alle Talente, die in dem klugen rehäugigen Köpfchen etwa schlummern konnten, zum Leben zu erwecken? Wenn Magi z. B. ein Talent für Musik hätte, wäre nicht die Idee, eine schwarze Opern= oder Concertsängerin heranzubilden, eine vielversprechende und zukunftsreiche? Würde eine solche nicht, wenn dabei noch so hübsch in ihrer äußern Erscheinung, mit der Zeit ein großes Vermögen in Europa erwerben und so eine viel höhere Existenzstufe erreichen können, als ihrer in Afrika als Frau Nummer so und so viel eines untergeordneten Kaffernhäuptlings wartete? Und außerdem, welche freundliche Aussicht, einem so anmuthigen kleinen Wesen durch liebevolle Pflege und Fürsorge mit der Zeit ein Gefühl kindlicher Liebe und Anhänglichkeit einzuflößen, und sich daran zu ergötzen, wie die zarte tropische Wunderblume in den europäischen Salons von aristokratischen Damen caressirt und gehätschelt werden würde!

Ich gab meiner Idee sofort Ausdruck und fragte den König, ob er, da er ja so außerordentlich zahlreiche Kinder habe, eventuell nicht eins davon, und zwar Magi, würde meinem Schutze und meiner Pflege zum Zwecke einer euro-

päischen Erziehung anvertrauen wollen? Da meine Person
seinem großen Freunde, dem Präsidenten des Oranje-Freistaates, wohl bekannt sei, so würde ihm jede mögliche Garantie
für die gewissenhafte Erfüllung meiner Zusicherungen gegeben
werden.

Die Antwort des Königs war kurz und decisiv. Er rief
Magi zu sich heran, nahm sie auf seinen Schos, küßte sie
herzlich ab und ließ mir verdolmetschen, daß er jedes andere
Kind, nur nicht dieses mir abtreten würde, denn es sei sein
Augapfel und die größte Freude seines Herzens. Magi war
offenbar mit dieser Entscheidung gar nicht unzufrieden, denn
sie schmiegte sich liebkosend an die Brust des greisen Vaters
und warf mir aus dessen Armen einen lieblich schelmischen
Blick zu. —

Auffallend war es mir bei meinen häufigen Spaziergängen
durch die Negerstadt, öfter von europäisch gekleideten Schwarzen angeredet zu werden, von denen jeder immer vorgab, ein
Vetter des Königs Marola zu sein. Es kamen zuletzt in
meiner Rechnung so viele Vettern des schwarzen Potentaten
zusammen, daß ich anfing, an der Authenticität aller dieser
Vetterschaften ungläubig zu werden. Nun allerdings, in einem
Lande, wo ein Vater manchmal mehr als hundert Kinder hat,
kann einer auch ein paar hundert Vettern haben.

Herr Daniels theilte mir mit, daß unter dieser zahlreichen
Verwandtschaft zwei distincte politische Parteien sich gegen-
überständen — tout comme chez nous! — und daß nach
dem Tode des alten Königs sehr verwickelte Erbschaftsstreitig-
keiten zu erwarten seien. Wahrscheinlich wird wol, wie schon
erwähnt, der Freistaat das fruchtbare Land kaufen, das überall den herrlichsten Boden hat, und es dann den vielen Söhnen und Vettern und ihren Untergebenen überlassen, das
Kaufgeld in der Tasche, über die Grenze zu ziehen und sich
irgendwo außerhalb neue Wohnsitze zu suchen, gerade so, wie
es der Häuptling Adam Kok mit seinen Griquas gemacht
hat. Nachdem derselbe nämlich dem Freistaate sein Land,
worauf später die Diamantenfelder entdeckt wurden, verkauft
hatte, wanderte er mit seinem Volksschwarme nach dem Süden

von Natal in das ihm vom Gouverneur Grey seit 1857 überlassene und nunmehr Ost-Griqualand benannte Nomansland (Niemandes Land) aus, wo seitdem sein Volk den fruchtbaren Boden in sehr guten Culturzustand gesetzt hat und sich überhaupt sehr wohl befindet, da der Häuptling streng alle Einfuhr von Branntwein verboten hat — eine Regierungsmaßregel, die noch kein englischer Gouverneur nachzumachen gewagt hat!*)

Traurige Tage warteten noch meiner in Thaba-Nchu. Ich hatte ein paar Nächte im Zelte geschlafen, da dasselbe mir mehr Platz und Comfort als der Wagen bot, — das Wetter war ja immer so schön gewesen. In der letzten Nacht aber überraschte mich ganz unerwartet und unvorhergesehen eins jener kolossalen Ungewitter, die nur in den heißen Zonen vorkommen. Es schien, als solle die ganze Erde von feurigen Blitzen zerschmettert und verzehrt werden, und dann ergoß sich vom Himmel herab ein so wolkenbruchartiger, von schwerem Hagel und heftigem Sturmwinde begleiteter, lange anhaltender Regen, daß mein Zelt mitten in der Nacht durch einen der Windstöße umschlug und ich nun in meinem Bette wie in einem Teiche lag. Ich tappte in der rabenschwarzen Finsterniß mit Händen und Füßen umher (denn Streichhölzchen anzuzünden war natürlich eine vollständige Unmöglichkeit) — überall nichts als Wasser und Wasser! Meine durchtränkten Kleider und Stiefeln anzuziehen war unthunlich. So tastete ich im naßanklebenden Hemd und barfuß durch eine wogende kalte Flut nach dem nur zehn Schritte entfernten Wagen hin, um dort das Ende des Wetters abzuwarten. Aber das wollte und wollte nicht kommen. Es goß den ganzen Tag wie mit Kübeln! An Kaffeetrinken oder etwas Warmes essen war natürlich nicht zu denken, da Feuer anzuzünden ein Ding der Unmöglichkeit war. Die ganze Thalfläche hatte sich in eine flutende Wassermasse verwandelt; nur die Hügel, wovon überall heftige Cascaden herunterbrausten, standen wie

---

*) Adam Kok bezog vom englischen Gouvernement eine Jahresrente von 1000 Pfd. St. und starb Ende 1875.

Inseln daraus hervor. Meine Lage war eine sehr üble —
da, ungefähr zu Mittag plantschten Schritte durch den See,
worin mein Wagen stand. Ich hörte meinen Namen rufen
und erkannte den Schwiegersohn des Missionars Daniels,
Herrn Finley, der in der Nähe ein aus gedörrten Ziegeln
gebautes Haus bewohnte und mich einlud, dahin überzusiedeln, solange dieses schaurige Unwetter anhalten würde. Ich
nahm die freundliche, zu sehr passender Zeit kommende Einladung dankbar an und zog — mitten im strömenden Wolkengießen — mit meinen nothwendigsten Utensilien in das
Haus über.

Welches Paradies nach einem solchen Logis in einem
Wasserstrome — ein trockenes Haus mit wasserdichtem Eisendache! Wie behagten mir, der ich vor Kälte schlotterte, das
prasselnde Kaminfeuer, der heiße Thee, das reiche Mittagessen, die mir mit solcher Liebenswürdigkeit geboten wurden!!
Die goldblonde, sympathische junge Frau des Herrn Finley
sowie ihre achtzehnjährige Schwester, ein hübsches, brünettes,
sehr lebhaftes Mädchen, räumten mir das beste Zimmer des
Hauses ein und beraubten ihre eigenen Zimmer des bequemsten Sofas und anderer Möbeln, nur, um mir es recht angenehm und behaglich zu machen!

Aber die große Erkältung, die ich mir in der Regennacht
geholt hatte, zog mir ein heftiges Nervenfieber zu, das mich
an den Rand des Grabes brachte. Ich lag einige Tage in
wilden Fieberphantasien, worin ich hauptsächlich immer die
Vorstellung hatte, als sei ich von wilden Kaffern umringt, die
auf mich mit ihren Speeren und Keulen zielten. Erwachte ich
von Zeit zu Zeit aus diesen wüsten Träumen, so war es
mir, als stünden zwei Engel in weißen Kleidern an meinem
Bette, die mich mitleidsvoll anblickten, meine brennende Stirn
fortwährend mit Essigschwämmchen netzten und ihr dann unermüdlich mit Fächern sanfte Kühlung zuwehten. Es gab mir
dies vollständig täuschend das Gefühl, als ob zarte Engelschwingen mir Kühle und himmlische Ruhe zufächelten! Die
Lichtgestalten der beiden Schwestern wichen nur selten von
meinem Lager, und in der Nacht wachte ihr Vater, der

Missionar, an meinem Bett, der mir auch (alle Missionare sind ja zugleich Aerzte) homöopathische Arzneien verabreichte.

Als es mir nach vier Tagen etwas besser wurde und ich anfing von Weiterreisen zu sprechen, bestanden meine liebenswürdigen Pflegerinnen darauf, ich müsse ohne Widerrede so lange in ihrem Hause bleiben, bis ich vollständig wiederhergestellt sein und neue Kräfte gesammelt haben würde. Ein so freundliches Anerbieten anzunehmen war für mich kein Opfer. Ich wurde mit solcher nahrhaften und wohlschmeckenden Kost verpflegt, daß die Kräfte mir schnell wiederkamen und daß ich bald an den täglichen Ausfahrten von Mrs. Finley im Wagen theilnehmen konnte, während Fräulein Lilli hoch zu Roß als kühne Amazone uns voraussprengte. Ja, ich war nahe daran, für mein ganzes Leben mich an das Haus dieser liebenswürdigen Familie fesseln zu lassen. Als Fräulein Lilli, selbst eine so zarte, frische und jugendliche Erscheinung wie eine blühende Rose, mir eine frischgepflückte Rose überreichte, um mich zu meiner Genesung zu beglückwünschen, und als ich sie dann anblickte, in ihrem reizenden und koketten Amazonencostüm, mit Straußenfederhütchen und weißen Stulphandschuhen, da kam mir ein Gefühl, als müsse ich ihre kleine weiche Hand an meine Lippen ziehen und ihr leise sagen: „Theuere Miß Lilli, Sie haben mich wie ein guter Engel gepflegt, o bitte, fahren Sie fort, mir Glück zu spenden und werden Sie meine Gattin!" Doch ich unterließ zögernd die Worte, die mir auf den Lippen schwebten — ich weiß eigentlich selbst nicht warum — und der Augenblick ging vorüber, um nie wiederzukehren, wie es ja gewöhnlich mit solchen Momenten im Leben der Fall ist.

In der Zeit meiner Wiedergenesung war es natürlich, daß die Conversation mit meinen liebenswürdigen Pflegerinnen sich hauptsächlich auf solche Gegenstände bezog, worin sie außerordentlich bewandert waren, auf die localen Verhältnisse jenes Fleckens Erde, wo zu leben ihnen beschieden war. Die Sitten der Kaffern, namentlich der benachbarten Basutos, ihr Aberglaube, die Naturmerkwürdigkeiten und wilden Thiere ihres Landes gaben einen endlosen Stoff zur Unterhaltung.

Basutoland ist eins der allerinteressantesten Länder der Erde. Seine wilden einsamen Hochgebirge bergen eine Welt von Schätzen; es gibt dort einen Berg, welcher ganz mit den schönsten Krystallen bedeckt ist. Gold ist überall, nur werden seine Fundorte von den Basutos vor allen Weißen sorgsam geheimgehalten.

Ganze Bergabhänge sind mit einer prachtvollen rothen Glockenblume bedeckt, von der ein Exemplar in London beim Kunstgärtner 1 Guinee (21 Mark) kostet.

Vor vierzig Jahren noch war Basutoland voll von Kannibalen. Es hatten sich nämlich Reste jener durch die Zuluwütheriche Chaka und Dingaan so massenhaft vernichteten, frühern Eingeborenenbevölkerung der heutigen Colonie Natal in diese hohen Gebirge geflüchtet. Diese Leute hatten in der Regel nur sehr wenig zu essen und lernten daher allmählich sich mit der Menschenfresserei befreunden.

Einer dieser Menschenfresser lebte noch bis vor vier Jahren in einer geräumigen Höhle bei Thaba=Bosigo und war der Schrecken aller Umwohner. In seiner Felsenbehausung fand man nach seinem Tode Hunderte von Gerippen. Die Kaffern nannten ihn den Sibimo, d. i. Menschenfresser. Er lauerte in einem felsigen Engpasse wie eine Raubspinne auf die vorüberziehenden Reisenden und schleppte sie (denn er war von ungeheuerer Muskelkraft) in seine Höhle, wo er sie tödtete und nach und nach auffraß. Menschenfleisch und Menschenblut waren ihm ein unentbehrliches Bedürfniß geworden. War er zu satt oder hatte er noch frühern Vorrath von Fleisch, so schlug er dem Opfer bei lebendigem Leibe einen oder beide Arme oder ein Bein ab. Den übrigen Menschen ließ er lebendig, weil sich das Fleisch eines Todten in der Hitze nicht so lange hält, und legte ihn oben auf seine Vorrathstafel, einen Höhlenvorsprung. Dieser war so gelegen, daß das Opfer keinen andern Ausweg hatte, als dem Blutmenschen entgegenzuspringen. Wenn es heruntersprang, wurde es zerfleischt. Der Unhold schlief vor dieser Vorrathstafel, sodaß der Gefangene bei der Flucht hätte über ihn hinwegsteigen müssen. Alle Kaffern weit und breit in der

Umgegend hatten. eine panische Furcht vor diesem nach ihrem
Aberglauben mit überirdischen Kräften ausgestatteten Kannibalen. Keiner von ihnen würde es je gewagt haben, einen
demselben zugehörigen Gegenstand zu stehlen oder gar den
Wütherich mit Waffen anzugreifen. Daher kam es, daß er
so lange sein verruchtes Leben fortsetzen konnte! Erst nach
dem Kriege von 1867/68 wurde sein Aufenthalt den Weißen
verrathen. Der neue englische Magistrat gab nach geschlossenem Frieden den Befehl, den Menschenfresser aus seiner Höhle
herauszuräuchern, aber kein Basuto konnte gefunden werden,
der es gewagt hätte, an einer so gefährlichen That sich zu
betheiligen. Das Merkwürdigste ist, daß der Unhold verheirathet war! Eine entsetzlich häßliche Frau, mit rothen
Augen und geschwollenem Gesicht, die er einst abfing, wurde
sein Weib. Hatte ihre abschreckende Häßlichkeit ihm den Appetit sie zu verspeisen vertrieben? Oder trieb ihn nur das
allen Kaffern gemeinsame Bedürfniß, eine Frauensklavin zu
haben, die ihm sein Essen kochte und bratete?

Die Höhle, worin dieser moderne Polyphem hauste, hat
den Namen Cannibals Cave beibehalten — Herr Finley
selbst hatte dieselbe erst im vorigen Jahre besucht.

Basutoland ist voll von Schlangen, und es gibt hier deren
die gefährlichsten und gefürchtetsten Arten. Die Kaffern fürchten die Schlangen schon deshalb, weil sie glauben, daß in
denselben die Seelen abgeschiedener Menschen wohnen, und
daß sie also beim Tödten derselben sich die künftige Feind-
schaft der letztern zuziehen.

Wird ein Kaffer von einer Schlange gebissen, so tödtet
er sie trotzdem sofort, aber er trinkt ihre Galle, schneidet sich
dann seine Wunde aus und saugt durch ein kleines Horn-
röhrchen das Blut heraus. Hiernach glaubt er sich schlangen-
fest und alle bösen Dämonen beseitigt. (Der Boer brennt
sich in der Regel die Wunde mit Pulver aus.)

Die folgenden Schlangengeschichten wurden mir von meinen schönen Samariterinnen mitgetheilt. Wenn dieselben auch
einigermaßen schauerlich klingen und theilweise selbst den Eindruck der Unwahrscheinlichkeit machen möchten, so setzten doch

beide Damen mit vollstem Ernste ihr Ehrenwort dafür ein, daß ich mich auf die Wahrheit und Genauigkeit des Erzählten ganz fest verlassen dürfe.

Die sehr giftige Puffotter ist außerordentlich häufig in Basutoland. Sie verfolgt gern Menschen und Thiere; da sie jedoch ihren Sprung nur nach rückwärts machen kann (wobei sie dann zubeißt und nicht leicht ihr Ziel verfehlt), so ist sie ungefährlich, solange man ihr nur von vorn beizukommen sucht. Sie hat ihren Namen davon, daß sie, wenn sie attakiren will, durch Aufrichtung der vordern Rippen ihres Rumpfes sich aufpufft und dann zugleich ein eigenthümliches Geräusch von sich gibt. Während alle andern Schlangen Eier legen (die nur Eiweiß ohne Eigelb enthalten), soll die Fortpflanzung der Puffotter, wie hierzulande allgemein geglaubt wird, auf eine ganz andere Weise vor sich gehen: Hunderte von kleinen Nattern fressen sich durch den Leib der Mutter hinburch, welche daher stets das Opfer ihrer Mutterschaft wird. (Dies Factum würde allerdings ein so sonderbares sein, daß ich persönlich dafür in keinem Falle einstehen will!) Die Puffotter wird nicht über 4 Fuß lang und ist etwa so dick wie ein gewöhnlicher ausgewachsener Aal. Ihr Leib ist mit bläulich und bräunlich schattirten dunkeln Schuppen bedeckt, der Bauch schneeweiß und der Rücken und Kopf mit zwei schönen gelbbraunen Streifen gezeichnet.

Die schwarze Ringhalsschlange ist ebenfalls eine der gefährlichsten Schlangen, — sie greift selbst ohne alle Anreizung an und verfolgt sogar Reiter stundenlang. Sie soll ihr Gift 30—40 Fuß weit speien; wo dasselbe hintrifft, da schwillt das Muskelfleisch an; trifft es ins Auge, so erblindet die betreffende Person. (Das klingt allerdings entsetzlich und überlasse ich die Verantwortung für diese Angaben meinen schönen Berichterstatterinnen.)·

Die Reifenschlange (Hoop Slang), jetzt sehr selten geworden, rollt sich windschnell in der Art eines Reifens vorwärts, indem sie den Schwanz in die Schnauze nimmt, und das einzige Mittel, der Verfolgung der schneller wie ein Pferd sich bewegenden Schlange zu entgehen, ist: stillzustehen und, sowie sie heranrollt, rasch auf die andere Seite zu springen. Die Schlange kann dann nur in einem Bogen umwenden, und der Angegriffene gewinnt so die Zeit, sich in den nöthigen Vertheidigungszustand zu setzen. (Auch dieser Bericht möchte wol manchen Ungläubigen unter meinen Lesern finden, und ich muß daher wiederholen: Relata refero!)

Die kleine Nelkenschlange (Pink Snake) ist nicht giftig. Sie wird in der Kaffernsprache auch Perlenschlange und der Kinderfreund genannt, da die Kinder eine sehr erklärliche große Vorliebe für das schöne bunte Thierchen haben. Es geht daher von ihr die Legende um, daß sie von den Kannibalen dressirt und zu Kindern gesandt wurde, um letztere in ihre Fraßhöhlen hineinzulocken. Die schöne, kleine, rothe Schlange erschien den Kindern wie eine Perlenschnur; dieselben hoben sie daher auf, um damit zu spielen. Die Schlange sprang ihnen aber von Zeit zu Zeit aus der Hand und flüchtete in der Richtung auf die Höhle des Menschenfressers hin. Vom Kinde wieder aufgehoben, wiederholte sie dies Spiel so lange, bis sie das arglose Wesen ganz an den gefährlichen Ort hingelockt hatte, wo der Tod seiner wartete. Die Knochen dieser reizenden kleinen Schlange werden von den Kaffern zu „Dollos" (Wahrsageknochen) und zu Sympathiemedicinen gebraucht.

Die Putsangane, etwa 2 Fuß lang, hält sich im Röhricht in Bergsümpfen auf und springt bis 10 Fuß hoch und dann aus der Höhe herab immer gerade auf den Kopf des Menschen, der ihr begegnet. Es tragen daher die Kaffern, die für ihren Hüttenbau Rohr schneiden, gern große flache und runde Steine auf dem Kopf, um sich gegen diesen bösen Springer zu schützen und ihm zugleich durch das harte Auffallen auf den Stein den Tod zu geben. Diese Schlange hat eine prächtige Haut: roth, weiß, gelb und grün.

Die Bandschlange (Thread Snake) ist ganz dünn, fast wie ein Zwirnsfaden und nur 1 Fuß lang; ihr Biß tödtet in einer Stunde und hat ein Schwarzwerden der Leiche zur Folge.

Zwei Arten von Nachtottern (Night Adder) sind äußerst

gefährlich. Sie sind ganz klein, etwa 7 Zoll lang, ungefähr
so dünn wie ein Bleistift, und von blaugrauer Farbe. Sie
greifen nur bei Nacht an; dann aber sind sie ganz wüthend,
und ihr Biß tödtet unfehlbar in einer halben Stunde, selbst
Pferde.

Die gelbe Schlange ist so breit wie ein Finger und
nicht giftig. Sie kommt sehr gern in die Kraals und Ställe
von Kühen, wo sie sich dann unter dem Euter derselben auf-
richtet und ihre Milch wegtrinkt. (Das letztere Factum hatte
ich schon vorher von Boers gehört.)

Eine sehr hübsche Schlange heißt die Nacht- oder Milch-
schlange; ihre Farbe ist kohlschwarz mit schneeweißen Streifen. Eine solche wurde vor drei Wochen bei Bloemfontein von
einem Reiter angetroffen. Sobald sie denselben sah, verfolgte
sie ihn, und er hatte große Mühe, sie mit einem abgebrochenen Zweige von sich und seinem Pferde abzuhalten. Am folgenden Tage passirte dieselbe Stelle ein Mann mit drei
Hunden und wurde von jedenfalls derselben Schlange atta-
kirt. Er hetzte seine Hunde auf sie, diese wurden aber von
ihr gebissen, liefen etwa noch 300 Fuß weit und fielen dann
todt nieder.

Die Pieka, eine enorme schwarze und metallschimmernde
Schlange mit einem hornigen Haken am Schwanze, ist sehr
selten. Eine solche wohnte in einer Höhle bei Motito mehrere
Jahre lang und hat vier Personen getödtet. Die Kaffern
pflegen sie auf eine merkwürdige Weise zu tödten. Sobald sie
das Erdloch, worin dieselbe wohnt, aufgespürt haben, bohren
sie darin ein scharfes Messer so ein, daß ein hinreichendes
Stück der Klinge heraussteht. Sowie nun die Schlange sich
aus dem engen Loche langsam herauswindet, muß sie die
Messerklinge passiren, welche ihr den Bauch der Länge lang
aufreißt und sie auf diese Weise bald tödtet.

Die Basutos behaupten einmüthig, daß es in ihren Bergen auch eine zweiköpfige Schlange gebe, die sehr giftig
sei, aber nur solchen Personen erscheine, die sich in großer
Noth befinden. Sie habe statt des Schwanzes einen zweiten
Kopf und könne sich mit gleicher Schnelligkeit vor- und rück-

wärts bewegen; dieser zweite Kopf habe aber keine Giftzähne und diene ihr auch nicht zum Fressen. Welches Factum mag wol dieser Legende zu Grunde liegen?

Es gibt auch eine Schlange mit Füßen. Dem Dr. Cooper, der vor 17 Jahren in Thaba-Nchu war und Naturalien für das londoner Museum sammelte, gelang es, eine solche bei Thaba-Bosigo zu erhalten.

Eins der besten Mittel für den Schlangenbiß soll das Eiweiß sein. Man soll nämlich auf die Bißwunde so lange frisches Eiweiß auflegen, bis dasselbe nicht mehr seine natürliche Farbe verliert; es wird so lange aufschäumen, als noch Gift in der Wunde ist. Zugleich soll der Gebissene auch inwendig Eiweiß in Wasser gerührt einnehmen.

Man glaubt gewöhnlich, daß das Gift, womit die Buschmänner ihre Pfeilspitzen einreiben, Schlangengift sei. Es ist jedoch nicht so, sie gewinnen es vielmehr von gewissen, von ihnen geheimgehaltenen Wurzeln, Zwiebeln und Würmern. Ein Gegengift gegen ihr Pfeilgift ist nicht bekannt; sie selbst aber curiren manchmal solche Wunden, indem sie dieselben aussaugen.

Der Biß eines Skorpions, der höchst brennend und schmerzhaft ist wie sein Stich, wird oft dadurch curirt, daß man Stärkeblau darauflegt.

Vom Puffaddergifte erzählte mir Herr Finley eine merkwürdige Geschichte, für deren Wahrheit er sich verbürgte. Eine Farm im „Eroberten Gebiete" war zu verkaufen, da deren Eigenthümer gestorben. Ein Boer kaufte sie, ein gesunder Mann, starb aber nach einer Woche. Die Farm kam wieder zum Verkauf, und auch der zweite Käufer starb nach ein paar Wochen. Das war denn doch sehr auffallend. Die Farm wurde ein drittes mal verkauft, aber — sollte man es glauben, auch der dritte Käufer, vorher so gesund wie die beiden andern, starb plötzlich ein paar Tage darauf. Man hatte vergebens die Farm zum vierten mal zum Verkauf ausgesetzt; dieselbe galt nunmehr bei allen Nachbarn als verhext, und kein Mensch wollte auf die 4000 Acker auch nur einen Penny bieten.

Endlich fand sich doch ein junger vorurtheilsfreier Mann,
der 50 Pfd. St. für die Farm offerirte. Alle Welt bewunderte seinen Muth und erwartete sein baldigstes Leichenbegäng-
niß. Derselbe lebt aber heute noch und hat mit dem billigen
Kaufe sein Glück gemacht. Er hatte genau das ganze Farmhaus untersucht und endlich den räthselhaften Zusammenhang
der vier Todesfälle gefunden. Der erste Farmer war nämlich infolge des Bisses einer Puffadder gestorben, auf die er,
ohne sie zu bemerken, im hohen Grase getreten hatte. Alle
seine Mobilien, unter anderm auch ein paar schöne neue Feld-
schuhe von gelbem Leder, gingen auf den neuen Käufer mit
über. Der Käufer probirte die Schuhe eines Tages und er-
krankte sofort, denn es war der abgebrochene Zahn der Schlange
in der Sohle stecken geblieben und die mikroskopische Quantität Gift, die sich noch darin befand, genügte immer noch,
um durch das Ritzen der Fußsohle und ihr Eindringen unter
die Haut dem arglosen Anprobirer das Leben zu nehmen.
Und dasselbe Factum wiederholte sich mit den beiden folgenden Käufern, von denen jeder ebenso ahnungslos die schönen
neuen Schuhe nicht hatte unbenutzt lassen wollen! — —

Der Missionar Daniels hatte ein sehr hübsches Kaffernmädchen in seinem Dienst gehabt, die schon mehrere Hei-
rathspartien ausgeschlagen hatte und zuletzt auch einen sehr
wohlgestalteten jungen Burschen zurückwies. „Du wirst in
einem Jahre sterben, erinnere dich an mich!" hatte ihr derselbe drohend bei seinem Abschiede zugerufen. Von da an
wurde das Mädchen krank, immer schwächer und schwächer,
und starb wirklich nach einem Jahre. Der refusirte Liebhaber
hatte ihr offenbar ein langsam tödtendes Gift beigebracht!

Wenn unter angesehenen Kaffern ein schwerer Krankheits-
fall oder eine lange chronische Krankheit vorkommt, so wird
zu den nächsten Verwandten des Patienten geschickt, um von
ihnen ein Rind zu holen, dessen Vorfahren nachweislich mehrere Generationen hindurch derselben Familie angehört haben.
Dieses Rind wird als eine Opfergabe für die Geister der
Vorfahren des Patienten getödtet, und zwar mittels eines bestimmten Speeres, der nur für gewisse bestimmte Zwecke, wie

z. B. zum Ausstechen von medicinisch benutzten Wurzeln gebraucht wird. Das Blut wird in einem Eimer oder irdenen
Topfe aufgefangen und in einer Hütte zum Genusse für die
Geister der Verstorbenen aufbewahrt; diese Hütte wird verschlossen gehalten. Mittlerweile werden eine große Anzahl
von Nachbarn aus den nächstliegenden Kraals zur Vertheilung
des Fleisches eingeladen. Männer und Weiber müssen sich
voneinander getrennt setzen und dürfen keinen Lärm machen
oder irgendwelche Confusion herbeiführen, damit die Geister
der Verstorbenen, deren Segen man zu erhalten wünscht, dadurch nicht unangenehm berührt werden. Mädchen werden in
die Berge geschickt, um gewisse Zweige, namentlich vom Oel-
baume, zu bringen, welche über das Fleisch gebreitet werden.
Das Fleisch wird nun unter die verschiedenen Gruppen vertheilt und dann gekocht. Kurz vor dem Verspeisen desselben
wird von jedem Theilnehmer am Mahle eine kleine Opfergabe erwartet; ein einziger Knopf oder eine Glasperle von
der Person, welches dem Einsammler eingehändigt wird mit
dem Worte „Camagu" (Ich bin), genügt, um die Gnade
der Geister herabzuflehen. Nun beginnt das Essen des Fleisches und dauert bis zum folgenden Tage. Alle Knochen
werden dann sorgfältig eingesammelt und in derselben Hütte,
wo das Blut aufbewahrt wird, in einen Haufen zusammen-
gelegt. Ueber diesen werden die Oelzweige, die über das
Fleisch ausgebreitet worden waren, gelegt und nebst einigen
mit daruntergemischten trockenen Holzstöcken angezündet; den
davon aufsteigenden Rauch hält man für den Geistern sehr
wohlgefällig. Die Asche wird gesammelt und über den Kraal
verstreut. Bleibt nun dieses althergebrachte Mittel, den
Geistern ein in Blutgeruch und stinkendem Rauche bestehendes
Festessen zu geben, ohne Erfolg und stirbt der Kranke dennoch
danach, so beruhigen sich die Verwandten damit, daß ihr ehrfurchtsvoll angebotenes Opfer von den erzürnten Geistern
nicht angenommen worden sei.

Die Basutozauberer (Baloi) scheinen magnetische Kräfte
zu ihren Zwecken zu benutzen, denn sie vermögen es, Personen
in einen gesunden tiefen Schlaf zu versetzen und ihnen dann,

ohne daß dieselben aufwachen, Wunden beizubringen. Es geht
auch unter den Basutos die Sage, daß die Baloi des Nachts
nackt herumstreifen, menschliche Cadaver ausgraben und aus
diesen eine Medicin zu bereiten wissen, womit sie ihre Feinde
zu beschädigen und zu tödten vermögen.

Die Liebe zum Hornvieh ist eine bei allen Kaffernstämmen
hervorragende Eigenschaft. Wenn ein Rind sich verlaufen
und verloren hat, hört man bei Kaffern leicht Exclamationen
wie diese: „Mein Gott mit der nassen Nase, warum hast du
mich verlassen? Du warst verloren, ich suchte dich und ich
ward umnachtet!"

Bei ihrer wohlklingenden, dem Italienischen ähnlich tönen-
den Sprache mit ausschließlich vorherrschenden Vocalendungen,
ist es den Kaffern leicht, solche Anrufungen poetisch zu um-
kleiden und sofort wohlgereimte Verse zu improvisiren, die
den verlorenen Liebling feiern und seine Rückkehr erflehen.

Die Betschuanen bilden die westliche Hälfte der großen
vom Zambesi bis zur Kapcolonie ausgebreiteten Kaffernnation
und sind der sanftere, friedlichere, lenksamere und leichter der
Cultur sich öffnende Theil derselben, während ihre östlichen
Brüder: die Matabele, Amaswazi, Zulus, Amakosa, Tam-
bukies, Amaponda u. s. w. viel energischer und begabter, aber
auch bedeutend wilder, widerspenstiger und europäischer Cultur
abgeneigter sind.

Die Betschuanen sind in viele kleinere Staaten und
Stämme zertheilt, haben aber die gemeinsame Tradition, daß
ihre Vorfahren in grauer Vorzeit weit, weit von Norden her-
gekommen seien, und zwar aus solcher Ferne, daß, wenn sie
nach Westen blickten, die Sonne ihnen auf die linke Schulter
schien, in demselben Maße, als sie ihnen jetzt auf die rechte
Schulter scheint. Diese Tradition malt sehr anschaulich ihre
frühern Wohnplätze auf der nördlichen Halbkugel.

Sie haben einen großen Schatz von Sprichwörtern;
Missionar Daniels hat deren schon über 350 gesammelt.
Auch circuliren unter ihnen bei der beliebten Abendunterhaltung am Feuer eine Menge von alten Geschichten und Fabeln,
die ihnen von ihren Vorfahren mündlich überliefert, wie

niedergeschrieben wurden und sich von Generation zu Generation forterben. Einige davon sind von Herrn Daniels niedergeschrieben worden und wurden mir von ihm erzählt. Als
einen Beitrag zur Kenntniß solcher betschuanischer Ueberliefe-
rungen will ich hier ein paar davon mittheilen.

1. Die zwei Löwenjäger.

Zwei Männer gingen aus, um zu jagen. Der eine von
ihnen sah einen Löwen unter einem Gebüsch im Schatten liegen.
Er kroch an ihn heran und hielt ihn am Schweife fest. (Aus
dem Zusammenhange der Geschichte möchte man schließen, daß
dem humoristischen deutschen Recept, einen Sperling zu fangen, indem man ihm Salz auf den Schwanz streut, in Afrika
ein ähnliches zur Seite stehe, einen Löwen zu fangen, indem man ihn am Schwanze festhält!) Der andere Mann rannte
weg und ließ seinen Gefährten allein, ungeachtet dessen flehender
Rufe, er möchte ihn doch nicht verlassen. Am andern Morgen kehrte der Ausreißer zurück, um zu sehen, was aus seinem Genossen geworden sei, und um wenigstens dessen Karroß und Speer aufzusuchen. Zu seiner Ueberraschung fand
er ihn noch immer in der alten Lage, den Löwen am Schweife
haltend. Der Gefährte rief ihm zu: „Komm, mein Freund,
komm und töbte den Löwen, er ist sehr ermattet." Diese
Worte gaben dem andern Courage, und er setzte sich in eine
stolze Positur und zielte mit seinem Speer, als wollte er den
Löwen töbten. Der erste aber rief ihm in diesem Augenblicke
zu: „Halt, warte ein bischen, Freund, ich sehe klar, daß du
nicht weißt, wie man einen Löwen todt machen muß; ich will
es dir zeigen — komm und tauschen wir die Plätze!" Der
zweite that dies und packte den Löwen am Schweife. Hierauf sagte ihm der erste: „Ja, so ist's recht, nun halte ihn so
fest, Freund, wie ich es that! Uebrigens, gestern ließest du
mich ja ganz allein am Schweife hängen, nicht wahr? Lebe
wohl, mein Freund!" Und er ging nach Hause. Den andern
überkam nach einer Weile der Schrecken, er ließ den Schweif

los und ergriff die Flucht. Da verfolgte ihn sofort der Löwe, schlug ihn mit der Tatze nieder und fraß ihn.

2. Der Affe und der Python (die Riesenschlange).

Ein Affe, der eines Tages zwischen den Felsen herumstreifte, bemerkte einen Stein, der in eigenthümlicher Weise auf einen andern gesetzt war. Er kratzte sich hinter den Ohren und dachte bei sich: „Was mag denn das bedeuten? ich muß doch einmal sehen!" Und er hob den Stein ab. Da plötzlich erhob sich vor ihm, drohend in die Luft emporsteigend, ein großer Python, zischend und schäumend vor Zorn. „O Himmel", sagte der Affe zu sich selbst, „wer hätte das gedacht!" und sprach nun zum Python: „Vater, wahrhaftig ich dachte nicht, dich stören und belästigen zu wollen! ich bitte dich tausendmal um Verzeihung!" Aber der Python war unerbittlich. Daß seine königliche Ruhe durch ein so miserables Geschöpf wie einen Affen gestört worden, war eine Beleidigung, die nur durch die Todesstrafe zu sühnen war; gemeines Volk muß gute Sitten lernen. Gerade diesen Augenblick passirte ein Fuchs vorbei. Der Affe, einen letzten Versuch, sich zu retten, machend, rief aus: „Vater, hier ist unser Vetter, der Fuchs, rufe ihn doch und laß ihn den Streitfall entscheiden!" Der Python willigte ein, und der Fuchs wurde gerufen. Eine weise Miene annehmend sagte er: „Seht ihr, ich kann unmöglich einen gerechten Urtheilsspruch abgeben, wenn ich nicht erst sehe, wie die Sache vor der Beleidigung stand. Der Python muß sich wieder niederlegen, darauf muß der Affe wieder den Stein auflegen, und erst dann werde ich sehen, was der eigentliche Stand der Thatsachen war." Der Python willigte ein und rollte sich zusammen. Bevor er sich aber ganz niedergeduckt hatte, gab der Fuchs dem Affen einen Wink, worauf dieser den aufgelegten Stein ergriff und mit ihm den Kopf der Schlange auf dem untern Steine zerschlug und zermalmte. Darauf sagte der Fuchs zum Affen: „Ich glaube, der Fall ist erledigt, Vetter! laß uns nun lieber gehen!"

3. Die Schildkröte und der Rehbock.

Eine Schildkröte hatte einen Streit mit einem Rehbock. Der Rehbock sagte verächtlich zu ihr: „Erbärmliches Ding, wie kannst du nur wagen, dich mit mir vergleichen zu wollen!" „Ja", antwortete die Schildkröte, „ich bin fähig, mit dir um die Wette zu rennen!" „Das wollen wir doch einmal sehen!" sagte der Rehbock, „fangen wir an." „Gut", entgegnete die Schildkröte, „aber heute habe ich keine Zeit, thun wir es morgen!" Nach dieser Uebereinkunft ging die Schildkröte zu ihren Genossinnen und bat sie, sich am folgenden Tage der ganzen Rennbahn entlang von Distanz zu Distanz aufzustellen. Am nächsten Morgen kam der Rehbock und sagte zur Schildkröte: „Nun, so rennen wir los!" „Vorwärts!" antwortete diese. Wie der Sturmwind brauste der Rehbock davon, die Schildkröte weit hinter sich lassend. Als er eine lange Strecke gelaufen war, hielt er an und fragte: „Wo ist nun das Geschöpf, das mit mir rennen wollte?" „Hier", antwortete eine Schildkröte, von dem Orte hervorkriechend, wo sie aufgestellt worden war. Auf sprang der Rehbock wieder, erstaunt und verwirrt, und rannte eine zweite weite Strecke. Dann hielt er wieder an und rief: „Wo ist nun das Geschöpf, mit dem ich rannte?" „Hier", antwortete wiederum eine andere Schildkröte. Außer sich vor Erstaunen und Verwunderung stürmte der Rehbock nochmals weiter und lief so rasend schnell, daß er zuletzt todt hinstürzte. Hieraus ergibt sich, daß nicht immer die festesten Knochen in einem Wettrennen gewinnen.

(Wem könnte die große Aehnlichkeit entgehen, welche diese Fabel mit der bekannten altdeutschen Geschichte vom „Swineegel und sine Fru" hat, die Gustav Süß so reizend in Plattdeutsch erzählt und illustrirt hat? Nur rennt dort der Hase unaufhörlich athemlos zwischen dem „Swineegel und seiner Frau" hin und her, während der Rehbock der Betschuanenfabel fortwährend in einer Richtung fortläuft; die Pointe und Moral der Geschichte ist aber ganz dieselbe. Hatten beide Fabeln etwa in grauer Vorzeit einen gemeinsamen Ursprung?

Dies scheint nicht unmöglich, wenn man an das einstige Wohnen der Kaffern auf der nördlichen Halbkugel denkt, wo sie
mit den alten Aegyptern, griechischen und phönizischen Handelsleuten in äußere Berührung gekommen sein mögen, von
denen auch vielleicht die alte deutsche Sage ihren Ursprung
gehabt haben kann.)

4. Wem gehört der Bock?

Es war Krieg im Lande. Ein blinder Mann und ein
Krüppel ohne Beine waren allein in einem verlassenen Kraal
zurückgelassen worden. Als der Krüppel den blinden Mann
sah, rief er ihm zu: „Wo gehst du hin?" „Ich weiß nicht,
wo ich gehe", war die Antwort, „meine Leute haben mich
alle verlassen." „Ja", sagte der Krüppel, „mich auch, aber
nimm dich in Acht, daß du nicht dort in das tiefe Loch fällst,
komme zu mir!" „Wie kann ich zu dir kommen", sagte der
Blinde, „da ich keine Augen habe?" „O, ich will dir die
Richtung zurufen, so wirst du mich sicher finden!" antwortete
der Krüppel. Und so kamen sie zusammen. „Nun", sagte
der Krüppel, „was sollen wir doch thun, da die Leute uns
verlassen haben?" „Ei was", antwortete der Blinde, „ich
will dich tragen und du mußt mich leiten, sodaß ich nicht in
die Löcher falle!" Und so machten sie es und gingen vorwärts durchs Feld (Steppe). Da sagte nach einiger Zeit der
Krüppel: „Ich sehe dort einen Trupp Geier, dort muß ein
todter Bock liegen!" So den blinden Mann leitend, führte
er denselben zu dem Platze, wo einige Geier sich am Körper
einer todten Antilope gütlich thaten. Dann fragte der Blinde:
„Wem gehört nun der Bock?" „Mir", sagte der Krüppel.
„Und warum denn?" fragte der andere weiter. „Warum?"
antwortete jener, „weil ich ihn zuerst sah!" „Wohl", sagte
der Blinde, „wenn du ihn mit deinen Augen sahest, könnten
deine Augen dich hierher gebracht haben, wenn du nicht meine
Beine gehabt hättest?" Worauf der Krüppel entgegnete:
„Und du, wenn du auch Beine hast, würdest du ihn ohne

meine Augen gesehen haben?" Nachdem der Streit so weit
gediehen war, stieg der Krüppel vom Blinden ab und ließ
ihn allein. Der Blinde tappte herum und rief aus: „Wo
bist du denn hin, Freund, wo bist du?" Aber der Krüppel
saß still und gab keine Antwort. Zuletzt sagte der Blinde:
„Was für ein elender Kerl du bist! du hast recht; da ich
keine Augen habe; wie könnte der Bock mir gehören? Wo
bist du, Freund? er gehört dir!" Auf dieses wurden sie wie=
der Freunde, kamen von neuem zusammen und verspeisten
beide gemeinschaftlich den Bock.

Gerade eine Woche vor meiner Ankunft hatte es sich zu=
getragen, daß von zwei jungen verwaisten Schwestern die
ältere die jüngere gemißhandelt hatte, infolge dessen die letztere
gestorben war. Das Verbrechen mußte nach Kafferngesetz
straflos bleiben, da die Frauen und Mädchen keine persön=
lichen Rechte haben, sondern nur als Eigenthum eines
Mannes, entweder ihres Gatten oder Vaters, gelten — die
Gesetze aber sind nur für die Männer da! Im vor=
liegenden Fall war nun kein Vater oder männlicher Ver=
wandter da, der wegen Eigenthumsverletzung eine Klage hätte
vor den Rath des Königs bringen können, und die Mörderin
mußte daher unbestraft bleiben!

Mrs. Finley erzählte mir von einer merkwürdigen Puppe,
Fingo Doll genannt, die bei den Eingeborenen eine große
Rolle spielt. Ein jedes Fingomädchen erhält, sobald sie mün=
dig erklärt wird, eine solche Puppe, welche sie so lange behält,
bis sie heirathet und ein Kind bekommt. Darauf gibt ihr
die Mutter eine neue Puppe, welche sie wieder bis zum zwei=
ten Kinde behält und so fort. Diese Puppen werden sehr
heilig gehalten und um keinen Preis möchte sich ein Mädchen
oder eine Frau davon trennen.

Die Polizei des Königs Maroka ist ausgezeichnet. Trunk
und Diebstähle kommen in seinem Lande niemals vor, denn
Schnapskneipen gibt es nicht, und Diebstähle würden sofort
entdeckt und bestraft werden. Alles, was auf den Straßen

9*

gefunden, wird gewissenhaft vor den Rath gebracht und von
diesem dem bald ermittelten Verlustträger ausgeliefert.

Grundbesitz können weder Weiße noch Schwarze im
Lande Marola's erwerben, da nach Kafferngesetz aller Grund
und Boden ausschließlich dem Könige oder Häuptling gehört.
Alle Häuser der Europäer sind daher nur als Niederlassungen auf die Dauer von des Königs Belieben zu betrachten.

Einen merkwürdigen Eindruck machte in Thaba=Nchu auf
mich ein Schwarzer, dem die Zunge wie ein zerrissener Lappen zum Munde heraushing. Er konnte nicht reden, war
aber, wie mir Herr Daniels sagte, sehr stolz auf seine freilich sehr unschöne Auszeichnung, denn bei einer Löwenjagd
hatte sich eine ihre Jungen vertheidigende Löwin auf ihn gestürzt, ihn umgeworfen und ihm mit einem Tatzenhiebe nach
dem Kopfe einen Theil seiner Zunge abgerissen und den übrigen Theil derselben dislocirt; noch im letzten Augenblicke
wurde jedoch die wilde Bestie von den übrigen Jägern durch
Assagayen getödtet.

Einer der vielen „Vettern“ des Königs lud mich eines
Tages ein, ihn zu besuchen, und stellte mir sein Pferd für
diesen Besuch zur Disposition. Ich machte von der ehrenvollen Einladung Gebrauch und verweilte ein Viertelstündchen
bei ihm. Da er mir nichts vorgesetzt hatte, so hielt ich es
für eine ganz natürliche Höflichkeit seinerseits, als er mich
einlud, mit ihm das „Hotel“ der Stadt zu besuchen, ein
Hotel, das, wie er sagte, nur für vornehme Leute bestimmt
sei. Als wir beim Hotel angekommen waren, fand ich dort
allerdings eine Hütte, die aber gerade so aussah wie jede
andere gewöhnliche Hütte, und nur zwei kleine leere Stuben-
räume enthielt, in deren einem ein Mann uns empfing, der
sofort eine große Flasche Schnaps herbeibrachte. Man trank
mir leutselig einige Schnäpschen zu, und ich hielt die Sache
für abgethan und wollte mich eben empfehlen, als der Bewohner der Hütte mich um die Bezahlung der sämmtlichen
neun getrunkenen Schnäpse freundlichst ersuchte. Lächelnd
über diese splendide Gastfreundschaft eines Königsvetters verließ ich das curiose Hotel.

Da es schnell bekannt geworden war, daß ich mich sehr für Giftschlangen interessirte, so wurde mir am Morgen meiner Abreise von Kindern eine noch ganz junge lebendige Puffadder gebracht, von der Länge eines Bleistiftes und der Dünne eines Telegraphendrahtes, mit zwei schönen gelbbraunen Streifen auf dem Rücken. Ich hoffte, ich würde das Thierchen lebendig mit nach Dresden bringen und dort dem Zoologischen Garten verehren können — aber leider starb es mir schon nach einem Tage. Ich habe es nun wenigstens in Spiritus gesetzt, um es mit nach Deutschland zu nehmen.

Eine wunderbare Erfahrung machte ich in Thaba-Nchu an einem armen blinden Manne, der alle Tage früh in das Missionshaus kam, um sich etwas Essen zu erbitten, das ihm natürlich nie versagt wurde. Dieser Mann wohnte auf einem eine halbe Stunde entfernten Berge und fand sich jeden Tag ohne irgendeine Begleitung, nicht einmal die eines Leithundes, ganz allein hierher. Er war stets rosiger Laune und freute sich jedesmal sehr, wenn Fräulein Lilli, die fertig die Betschuanensprache spricht, sich mit ihm unterhielt; seines fröhlichen Lachens war dann immer gar kein Ende. Wie wenig doch mancher Mensch zu seinem Lebensglücke braucht! Bettelarm und blind, und häßlich wie die Nacht, eine isolirte und zwecklose Existenz, — und doch immer heiter, fröhlich und lachlustig; ohne Sorge und Kummer, ohne Plane und Projecte in den Tag hineinlebend und sich von der Sonne anscheinen lassend — wahrlich, gegen diesen Kaffern war Diogenes noch ein Stümper! Aber was das Wunderbare ist, das ich bemerken wollte: dieser Mensch war schon mehreremal in seinem Leben ganz allein nach Bloemfontein gegangen! Er hatte blind einen Weg von funfzehn Stunden Länge gefunden, der für einen Sehenden nur schwer zu finden ist, da es ja gar kein eigentlicher Weg, sondern nur eine Richtung über die Steppe hin ist, die jeder Reiter oder Wagenführer nach eigenem Gutdünken verfolgt. Und dabei gibt es tiefe, zerrissene und vielfach verbogene Regenrinnen zu durchklettern, die einen Blinden doch so leicht von der richtigen Linie abbringen können! Und wol selten wird ein Mensch vorüber-

kommen, der im Falle der Verirrung den fehlenden Wanderer
auf den richtigen Weg zurückweisen könnte!

Dieser Blinde mit seinem wunderbaren instinctiven Orts-
sinn und Orientirungsgenie erinnert mich an ein Factum, das
mir in Gibraltar von einem Franzosen mitgetheilt wurde:
daß nämlich der beste Fiakerkutscher von Bona in Algerien
ein Blinder ist, welcher seinen Fiaker mit einer rasenden Geschwindigkeit durch die engsten und menschenwimmelndsten
Straßen der Stadt hindurchführt, ohne noch jemals einen
Unglücksfall verursacht zu haben! Der unglaublich fein ent-
wickelte Gehörsinn ersetzt ihm so vollständig die fehlenden
Augen, daß er dadurch in den Stand gesetzt wird, allen Gefährlichkeiten sicher aus dem Wege zu gehen.

Zwanzigstes Kapitel.

Culturzustand von Basutoland. — Eine ausnahmsweise Lichtseite der englischen Negerregierung. — Fortschrittselemente in Pflug, Schafzucht, Bekleidung, Ochsenwagen, Waarenimport. — Statistisches. — Jahresmeeting. — Reiseunfälle. — Gebadete Koffer. — Pariser Tänze auf einer Boersfarm. — Ankunft in Mequatling. — Paradiesisches Ausruhen. — Ein Basutoballet. — Rothwasserepidemie. — Die Transportochsen Südafrikas. — Kinderpantomimen. — Landstraßenhotels. — Nachtmahl in Bethlehem. — Farm der hamburger Brüder. — Ankunft in Harrysmith. — Wieder das unvermeidliche Nachtmahl. — Auction eines Hammels für 100 Pfd. St. — Proceß wegen Frauenraub. — Eine reitende Hebamme. — Der Gentleman-Sattler.

Nach vierzehntägigem Aufenthalte in Thaba-Nchu verließ ich am 30. März wieder das gastfreie Haus, wo ich so freundlich gepflegt worden war. Noch im letzten Augenblicke stopften die lieben Leute alle Taschen meines Wagens voll mit Hammelvierteln, Würsten, neubackenem Weißbrot, frischen und eingemachten Früchten, und die Trennung von so guten Seelen war mir recht schmerzlich.

Mein nächstes Ziel war die neuangelegte, mir vielfach angerühmte Stadt Ladybrand im „Eroberten" (vor 1865 den Basutos gehörigen) Gebiete, das sich unmittelbar im Osten an Marofa's Land anschließt. Von dort wollte ich dann Streifzüge in das geheimnißvolle Basutoland hinein machen, an dessen englischen Regenten, Herrn Griffith, ich vom Staatssecretär Höhne ein Empfehlungsschreiben erhalten hatte. Aber

leider war gerade eine Periode langer Landregen eingetreten,
wodurch die Wege grundlos und das Fortkommen für meinen
Wagen ein äußerst schwieriges wurde. Ueberhaupt ist Basutoland ein Land der fortwährenden Regen, und daher kommt
auch sein von allen Fremden bewundertes, frisches und herrliches, immergrünes Vegetationskleid. Das ganze Land liegt
6—7000 Fuß hoch überm Meere und hat daher ein äußerst
gesundes Klima. Seine Bewohner, die wegen ihrer Wildheit
und ihres bösen räuberischen Charakters früher von allen ihren
Nachbarn sehr gefürchteten Basutos, gehören zum Völker-
stamme der Betschuanen und sind seit dem Kriege mit dem
Freistaate von 1867/68 (worin sie 7000 Reiter und 13000 Fuß-
kämpfer gegen die Boers stellten und 2000 Krieger in den
verschiedenen Gefechten verloren) englische Unterthanen. Seit
diesem letzten Kriege, worin ihre Dörfer, ihre Ernten, ihre
Heerden von den Boers vernichtet und genommen wurden,
hat sich das Volk sehr schnell wieder erholt und zählt jetzt
128000 Köpfe. Der Flächeninhalt des Landes, circa 700
deutsche Quadratmeilen, wird von Jahr zu Jahr enger für
die rasch zunehmende Bevölkerung.

Basutoland ist dasjenige unter allen rein von Eingeborenen bevölkerten Ländern Südafrikas, das mehr als alle übrigen
in den letzten sieben Jahren auffallend Culturfortschritte gemacht hat. Seit es einerseits englische Magistrate und englische, militärisch organisirte, berittene Polizei erhalten hat,
andererseits aber von aller weißen Masseneinwanderung vollständig freigeblieben ist, da die englische
Regierung es den Basutos ausschließlich reservirt zu halten
beabsichtigt, hat dieses Negerland eine Menge nützlicher Cultur-
errungenschaften sich zu eigen gemacht, ohne daß zugleich seine
Bevölkerung infolge der zu dichten Berührung mit den niedern
Klassen der weißen Rasse, durch die jene überall rasch verdorben wird, gelitten hätte. (Das beste Beispiel für diese
letztere Behauptung bieten die Diamantenfelder, wo die von
Natur und bei sich zu Hause durchweg braven, ehrlichen und
verlaßlichen Zulus und Amakosa durch die zahllosen weißen
Schnapshändler und die sich ihnen aufdrängenden speculativen

weißen Käufer von gestohlenen Diamanten regelmäßig in wenigen Wochen total verdorben und zu Diamantendieben und
Säufern umgewandelt werden. Und unter diesen Umständen
wird dann die liberale negrophile englische Gesetzgebung mit
ihrer Gleichberechtigung ein Fluch für die weiße wie die
schwarze Rasse, während sie im Gegentheil dort, wo die
schwarze Rasse von den bösen Einflüssen der niedern und
unmoralischen weißen Volksklassen streng separirt gehalten
werden kann, wie z. B. in Basutoland und Kaffrarien —
wirklich die von ihr in der Theorie erwarteten Culturfortschritte zur Folge hat.)

Die wenigen Europäer in Basutoland sind meistens gebildete Leute und Gentlemen: Magistratspersonen, Missionare,
Polizeioffiziere und einige funfzig, nur in einigen Grenznieder-
lassungen lebende Shopkeepers. Von solchen Leuten darf ja
meistens erwartet werden, daß sie der schwarzen Masse mit
gutem Beispiel vorangehen und dieselbe nicht absichtlich für eigene
egoistische Zwecke verderben werden, wie es der weiße Schnapshändler, der weiße Diamantenkäufer niederer Sorte, der weiße
Dienstbote und andere Vertreter des weißen Pöbels so gern
thun. Die Schwarzen sind eben Kinder und als solche ein
Wachs, dem man jede beliebige Form geben kann. Alles kommt
darauf an, in was für Hände ihre Erziehung gelegt wird —
ob in die von Gentlemen, die es wohl mit ihnen meinen, oder
in die von verdorbenen und spitzbübischen Weißen niederer
Klasse, die immer suchen werden, sie für ihre Zwecke auszu-
beuten. Ebendeshalb sollte aber für solche Gegenden, wo
Weiße und Schwarze durcheinander zerstreut, wie in der
Kapcolonie, oder wo sie massenhaft zusammenwohnen,
wie auf den Diamantenfeldern, unbedingt eine Class
Legislation, d. i. wohlüberdachte Ausnahmsgesetze erlassen
werden, welche die Interessen der anständigen und besitzenden weißen Bevölkerung wenigstens in gleicher Weise
schützen könnten als die persönliche Freiheit und Unabhängigkeit der großen schwarzen Kinder. Bisjetzt schützen die seit
der Sklavenemancipation eingeführten einseitig negrophilen
Gesetze in solchen Gegenden von doppelter Bevölkerung neben

der wohlmeinend beabsichtigten Unabhängigkeit und Selbstän-
bigkeit des schwarzen Dienstboten hauptsächlich auch seine
Trägheit und Arbeitsscheu, seinen Ungehorsam, seine Unredlich-
keit, seine Trunksucht und seine Selbstüberschätzung.

Die langsame Revolution, die sich nach und nach in Basutoland (und ähnlicherweise in dem, auf allen Landkarten als „un-
abhängiges Kaffrarien" bezeichneten, factisch aber jetzt größtentheils von englischen Magistraten regierten, Küstenlande zwischen
der Kapcolonie und Natal) vollzieht, zeigt sich hauptsächlich
nach vier Richtungen hin: in dem allmählichen Verdrängen der
Feldhacke durch den Pflug, der Rinderzucht durch die Schafzucht, der Fellbekleidung durch europäisches Costüm, und
dem zunehmenden Bezuge von Ochsenwagen, von europäischen Fabrikaten und Waaren.

Diese vier Veränderungen haben eine viel größere Tragweite, als es auf den ersten Blick hin scheinen möchte. Was
zunächst die Verdrängung der Hacke durch den Pflug betrifft,
so repräsentirt sie allein schon in sich die Thatsache einer socialen Revolution, denn sie bedeutet nichts weniger als die
Verdrängung der Frauenarbeit durch Männerarbeit und
trägt mehr als alles übrige zur Verbesserung und Erhöhung
des gesellschaftlichen Standpunktes des weiblichen Geschlechts
bei, welches von ältesten Zeiten her bei allen afrikanischen
Wilden in einer so elenden Lage gehalten worden. Ein Kaffer
am Pflugschar vergißt den Sinn und verlernt die Gewohnheit für den Wurfspieß. Und außerdem wird er durch den
Pflug befähigt, viel mehr Land zu cultiviren als vorher, wodurch er wieder auch mehr bereichert wird und mehr Geld für
Vieh, Wagen, Kleidung und Waaren ausgeben kann. In
Basutoland waren 1875 schon nicht weniger als 2000 Pflüge
vorhanden, die einen Geldwerth von 200000 Mark repräsentirten. Und in den sämmtlichen unter englischen Magistraten
stehenden Locations und Reserves (d. i. ausschließlich den
Eingeborenen vorbehaltenen Districten) der östlichen Hälfte
der Kapcolonie, Kaffrariens und Basutolands zusammen waren, bei einer schwarzen Bevölkerung von einer
halben Million Köpfen, im Jahre 1875 schon wenigstens

13000 Pflüge vorhanden, während vor 20 Jahren sicher
noch kein einziger Pflug in eines Eingeborenen Besitz war.

Was den zweiten Punkt betrifft: die allmähliche Vermin-
derung der Rinderzucht zu Gunsten der Schafzucht, so bedeutet sie für die Eingeborenen gleichzeitig die Uebernahme von
mehr Arbeit und die Einnahme von mehr Gewinn, was
wieder einen großen volkswirthschaftlichen und gesellschaftlichen
Fortschritt in sich schließt. Die alte von seinen Vorvätern
ererbte Passion des Kaffern für Hornvieh ist im Weichen begriffen vor seinem Verlangen nach Gelderwerb, wofür ihm
unter den jetzigen afrikanischen Verhältnissen die Schafzucht
viel bessere Chancen bietet. Es kommen jetzt häufig Fälle vor,
daß Kaffern ihre früher so sehr verehrten schnellen Renn= und
Sattelochsen für einen feinwolligen Widder hingeben. Die Schafzucht hat zur unmittelbaren Folge die nothwendige Uebernahme
einer Menge von Arbeit: das Scheren, Waschen, Reinigen,
Sortiren und Verpacken der Wolle verlangt fleißige Leute; das
Abwiegen, Preisberechnen und Preishandeln macht den Schaf-
besitzer zum vorsichtigen und bedächtigen Rechner. Von Basutoland
allein wurden im Jahre 1873 schon 2000 Ballen Wolle exportirt,
und in Basutoland, Kaffrarien und den Locationen der östlichen Kapcolonie zusammen besaßen die halbe Million von Eingeborenen schon 1 Million Schafe; daneben eine halbe Million
Rinder, 62300 Pferde, 370000 Ziegen und 16000 Schweine.

Den dritten Punkt anlangend, die Annahme des europäischen Costüms, gehöre ich zwar zu denjenigen, die einen
Kaffern unvergleichlich schöner als „stolzen, prächtigen Wilden“
finden, mit prunkvollem Feder= und Karrossenschmuck, —
nichtsdestoweniger aber muß ich zugeben, daß das allmähliche
Verdrängtwerden der Felle von wilden Thieren und der ins
Kopfhaar gesteckten Federn durch die englische Wolldecke und
abgetragene europäische Kleidungsstücke und Hüte einen ent-
schiedenen Uebergang vom Charakter des kriegerischen Wilden
zu dem eines friedlichern und ungefährlichern Landesbewoh-
ners bezeichnet. Der Papierkragen, der jetzt massenhaft
von den Eingeborenen gekauft wird, und die allmähliche Annahme auch der übrigen Bestandtheile einer europäischen Toi-

lette ist jedenfalls das Zeichen eines großen Umschwunges
nicht nur des Geschmackes und Gefallenfindens, sondern auch
der ganzen seelischen Stimmung dieser frühern Wilden. Indem sie — im Anfange freilich sehr affenhaft und geschmack-
los — das Costüm der Europäer nachahmen, documentiren
sie das allgemeine Bestreben, auch im übrigen demselben ähnlicher zu werden, und das ist die hohe Bedeutung des Ver-
lassens der Tracht ihrer Vorfahren.

Noch hat die Annahme des europäischen Costüms eine andere unmittelbare Folge für den Schwarzen: er will sich nun
auch darin zeigen, und die Hauptgelegenheit in Südafrika
bietet hierzu der Besuch der Kirche, woraus wieder andere
nützliche Folgen für den ehemaligen Wilden hervorgehen. Für
seine europäische Kleidung braucht er auch noch einen Koffer
oder eine Kommode, um sie aufzubewahren, eine Bürste, um
sie zu reinigen u. s. w.; kurz, ein neues Bedürfniß zieht immer wieder andere nach sich, und um sie zu befriedigen,
braucht der Kaffer Geld, und dieses kann er wieder nur durch
Arbeit gewinnen.

Und nun zum vierten Punkte, dem fort und fort zunehmenden Ankaufe von Ochsenwagen und europäischen Waaren
und Fabrikaten. Der Ochsenwagen bedeutet für die Wilden
einen Uebergang zur Gewohnheit der Ortsveränderung, des
erweiterten Productenabsatzes und Handels und des Aufsuchens
entfernterer und besserer Märkte, um sein erbautes Korn und
seine Wolle abzusetzen und dafür europäische Güter nach Hause
zu nehmen. Im Jahre 1875 befanden sich im Besitze der
oben specialisirten schwarzen Bevölkerung 1700 Ochsenwagen
(mit Gespann zu durchschnittlich 14 Ochsen) in einem Werthe von
3 Millionen Mark. (Einzelne Wagen bester Sorte, wie sie
die Häuptlinge lieben, kosten für sich allein 3000 Mark!) Die
Eingeborenen von Basutoland haben auf ihren eigenen Wagen
im Jahre 1874 nicht weniger als 150000 Muid (= 450000
Bushels) Türkischen Weizen und Kaffernkorn eigener Production nach den Diamantenfeldern exportirt (im Werthe von
circa 4,500000 Mark). Ein solcher Export muß natürlich
zur Bereicherung des Landes jährlich einen sehr wesentlichen

Beitrag geben. Wie sehr infolge dessen schon die Lust, das
Bedürfniß und die Nachfrage für europäische Waaren gestiegen
sind, beweist die in den letzten Jahren erfolgte Eröffnung von
50 Kaufläden in Basutoland, wo ein paar Jahre früher nur
10 solche waren.

Nach einer ungefähren Schätzung beträgt der Werth des
jenen 500000 Schwarzen gehörigen mobilen Eigenthums wenigstens 100 Millionen Mark, und hierbei ist das der 250000
Schwarzen und Hottentotten, die nicht in Locationen, sondern
unter der weißen Bevölkerung zerstreut in der Kapcolonie
wohnen, und unter denen auch theilweise wohlhabende Wagen-
und Viehbesitzer sind, noch nicht mitgerechnet.

Noch auf einen fünften Umstand könnte hingewiesen werden, der auch mit ein Merkzeichen der großen in aller Stille
vor sich gehenden Revolution in der Culturstellung der Kaffern
ist: die Neigung der Wohlhabendern unter ihnen, von dem
primitiven runden Hüttenbau ihrer Vorfahren zu der viereckigen Hausconstruction der Europäer überzugehen. Dieser
Uebergang bedeutet die erwachende Vorliebe für solidere, sta-
bile und permanente Wohnplätze, und für comfortablere Häuslichkeit. Zugleich erfordert die Anlage von Stein- und Ziegel-
häusern, die immer mehr bei den Reichern in Aufnahme kommen, viel mehr geschickte und berechnende Arbeit und mehr
Geld, und spornt dadurch den Schwarzen, dessen Ehrgeiz nach
Besitz eines solchen europäisch-vornehmen Hauses gerichtet ist,
zu verdoppelter Arbeit und Thätigkeit an, um sich die dazu
nöthigen Geldmittel zu erwerben.

So sind denn die Basutos, diese ehemals so gefürchteten,
blutdürstigen und grausamen Viehräuber und Grenzunholde,
für die Boers des Freistaates jetzt ein friedliches, thätiges und
zufriedenes Nachbarvolk geworden. Eine solche günstige Cha-
rakterumwandlung eines ganzen Volkes darf als eine Lichtseite und als ein glänzender Erfolg für die englische Negerregierung angeführt werden, während Griqualand mit seinen
schaurigen Zuständen für dieselbe die dunkle Schattenseite
bietet. Aber der Unterschied zwischen beiden Ländern ist ja
auch groß: Griqualand ist voll von weißen Menschen aller

Klassen, von Schnapshändlern, diamantenlüsternen Speculanten, Diebshehlern und anderm weißen Pöbel, die alle ein egoistisches Interesse daran haben, die kindlichen, unmündigen Söhne der Wildniß zu verderben, sie zu Mithelfern ihrer Gemeinheiten und Verbrechen zu machen und zu Lumpen umzuwandeln. Basutoland hingegen hat sozusagen nur eine Aristokratie von Weißen, die es sich angelegen sein läßt, die schwarzen Naturkinder zu bilden, zum Guten zu leiten und zu veredeln. Freilich befürchte ich sehr, daß die zahlreiche periodische Basutoauswanderung zum Dienst auf den Diamantenfeldern durch die Rückkehr dieser sicherlich dort verdorbenen und demoralisirten Volkselemente ihrer Heimat nicht zum Segen gereichen wird.

Jedes Jahr findet jetzt eine große allgemeine Volksversammlung zu Maseru in Basutoland statt, bei welcher alle englischen Magistrate und sämmtliche Häuptlinge und Missionare erscheinen und wozu am 2. October 1874 5000 Basutos herbeigekommen waren. Die drei Hauptfürsten Molapo, Letsie und Masopha zogen feierlich mit langem Gefolge auf, während monotone Kriegsgesänge der Scene einen opernartigen Charakter gaben. Herr Griffith, als oberster Chef von Basutoland, leitete als Präsident die Versammlung. Die größte Redefreiheit und Ordnung herrschte. Einen merkwürdigen Eindruck machte, wie mir ein Missionar mittheilte, der dem Meeting beigewohnt hatte, die eigenthümliche Sitte der Basutos, bei sehr effectvollen Reden deren Endstrophe in allgemeinem Rufe zu wiederholen. So z. B. sprach einer der Häuptlinge zum Ende seiner Rede: „Wer der Regierung die Steuer nicht zahlen will, laßt uns ihn tödten!" „Laßt uns ihn tödten!" wiederholten in ohrenbetäubendem Geschrei 5000 leidenschaftliche Männerstimmen. Durch solche passionirte Exclamationen, die noch über die Erregtheit mancher Sitzungen der französischen Deputirtenkammer gehen, muß allerdings ein Basutomeeting einen sehr lebendigen Charakter erhalten.

Ich kehre nun zur Fortsetzung meiner Reise zurück. Das fortdauernde Regenwetter hatte alle Wege in Moräste verwandelt und mein Wagen schleppte sich nur langsam auf dem

lehmigen Boden vorwärts. Wir kamen nach einigen Stunden
aus dem Gebiete des Königs Maroka heraus und wieder auf
den Boden des Freistaates, und zwar denjenigen Theil desselben, welcher früher zu Basutoland gehörte und jetzt das Eroberte Gebiet heißt. Es ist dies der fruchtbarste District des
ganzen Freistaates, da er an den vegetationserfrischenden häufigen Regen Basutolands theilnimmt. Derselbe ist in lauter kleinere Farmen zu 1500 Morgen = 3000 Acres getheilt, welche
nach dem Kriege an die Soldaten des Freistaates unentgeltlich
ausgegeben wurden, mit der Verpflichtung zum eventuellen
Grenz-Militärdienst, nach Art der österreichischen Militärgrenze
und des kaukasischen Kosackenheeres.

Leider brach infolge des gräßlichen Weges schon am ersten
Tage meiner Weiterreise die Deichsel meines Wagens, sodaß
derselbe durch die unaufhörlich zu durchfahrenden tiefen und
steilen Regenschluchten nur mit Mühe bis zu einer Farm vorwärts geschleppt werden konnte, bei welcher ich ausspannen ließ.
Durch die Nachlässigkeit meines Dieners waren meine Lederkoffer sehr schlecht und theilweise verkehrt zu den Seiten des
Wagens aufgepackt und infolge dessen durch den endlos strömenden Regen vollständig mit Wasser angefüllt worden. Ich
mußte deshalb alles abladen lassen und die zu nassen Lappen
gewordenen Kleidungsstücke und Hemden u. s. w., welche beim
Ausringen ganze Cascaden ausströmten, in einem Schuppen
zum Trocknen aufhängen. Schöne buntfarbige seidene Shlipse
und Glacéhandschuhe waren vollständig verdorben, brillant
gebundene Bücher zu formlosen Teigen von zusammengekleb-
ten Blättern geworden. Ein Packet Chocolade war in eine
braune Tunke zerflossen und hatte einem Theile meiner Hemden das Ansehen von mit braunen Flüssen und Bergen mar-
kirten Landkarten mitgetheilt. Meine Stiefel und Schuhe
waren in weiche und gelatinöse Lappen umgewandelt; kurz
meine Koffer boten ein wahres Bild des Jammers und Elends.
Ich warf meinem Diener seine unverzeihliche Leichtfertigkeit
vor; darüber kam es zu einem Wortwechsel, der das Ende
hatte, daß ich ihn entlassen mußte. Ich zahlte ihm sein Geld
aus, und schon nach einer Stunde wanderte er in stolzem

Sinne zu Fuß nach Ladybrand ab, da endlich das Regenwetter nun aufgehört hatte.

Ich war nun allein auf die Dienste meiner beiden Hottentotten angewiesen; wie sich aber in Zukunft herausstellte, fuhr
ich dadurch in keinem Punkte schlechter. Wenn sie kein Geld
in die Hände bekamen, waren sie ein paar ausgezeichnete, immer dienstwillige und gehorsame Dienstboten; als solche hatte
sie mir ja auch der berliner Missionar Kallenberg in Pniel
empfohlen! Nur Geld durfte ich ihnen nicht geben (und das
verlangten sie gerade immer in den Städten und Dörfern,
die wir passirten, unter den mannichfachsten plausibeln Vor-
wänden), denn dann waren sie regelmäßig den ganzen Tag
jammervoll betrunken und zu keiner Dienstleistung zu gebrauchen. Ihr Gehalt betrug für einen jeden 10 Mark per
Woche und freie Beköstigung.

Die Farm, wo ich ausgespannt hatte, gehörte einem jener
Boers französischer Abstammung, die, obgleich sie einen glänzenden Namen des Faubourg Saint-Germain tragen, doch die
Sprache ihrer hugenottischen Vorfahren längst vergessen haben
und vollständig zu Holländern geworden sind. Aber das alte
Blut verleugnet sich trotzdem nicht! Es war der Familie ein
neuer Sproß zugewachsen, und zur Feier dieses freudigen Er-
eignisses hatten sich einige Nachbarn — das heißt, was hier
Nachbarn heißt, von vier bis zwölf Stunden Entfernung —
versammelt, unter denen die Schnapsflasche lustig herumging.
Da man nun ein paar civilisirte Kaffern gefunden hatte, von
denen der eine die Violine, der andere die Guitarre spielte,
so wurde ein kleiner Ball oder richtiger ein Männerballet
improvisirt, denn die wenigen vorhandenen Damen, ein paar
Schwestern der jungen Frau, verschwanden schnell hinter einem
Vorhange, als der Tanz seitens der Männer einen immer
wildern und leidenschaftlichern Charakter annahm. Und was
mußten meine Augen jetzt sehen? Einen urechten, wilden pariser Cancan, mit allen den Nuancen, den zitternden und schüt-
telnden Gesten, dem Beinaufwerfen und Imitiren idiotischer
Bewegungen, wie solche immer von den für Geld engagirten
männlichen Tänzern des Jardin Mabille so kunstvoll executirt

werden! Woher in aller Welt hatten diese südafrikanischen
Boers, die doch nie in Paris, noch überhaupt jemals in Europa
gewesen waren, diesen specifisch französischen Cancan gelernt? Es muß die Disposition dazu doch wol im Blute
liegen, und es erwacht das schlafende Talent, sobald der
Schnapsfusel das Blut in schnelleres Rollen bringt und Fiedel-
töne die Sinne erregen. Dann fängt es dem alten Gallier
an in allen Nerven und Muskeln zu zucken, sein altfranzösi-
sches Blut fängt an zu wallen und zu sieben, und ohne ihn
je gelernt zu haben, bringt der hünenhafte, 6¼ Fuß hohe
gewichtige Tanzbär den kunstgerechtesten Cancan zu Stande. Die
Körpergröße und Schwere nämlich ist von der einheimischen
holländischen Rasse fast auf alle diese ehemaligen französischen
Einwanderer auch mit übergegangen, theilweise wol infolge von
Verheirathung der Männer mit massiven holländischen Frauen,
theilweise durch die das Groß- und Starkwerden so sehr begünstigende klimatische Eigenthümlichkeit des Landes und die
allen Boers gemeinsame Gewohnheit, alltäglich dreimal sich
mit großen Quantitäten von in Fett gekochtem Hammelfleische
den Wanst zu füllen.

Nachdem meine zerbrochene Deichsel nur sehr nothdürftig
reparirt und in 30 Stunden meine wie aus dem Wasser gezogenen Kleider wieder getrocknet worden waren, ging es von
neuem weiter. Doppeltes Oil Cloth (Ledertuch), das ich auf
der Farm (mit welcher ein Kaufladen verbunden war) zu
kaufen Gelegenheit hatte und nun vorsichtig über meine Koffer
ausbreitete, ließen ein gleiches Misgeschick nicht wieder befürchten.

Es war der 1. April — also bei der Umdrehung der
Jahreszeiten unserm 1. October entsprechend. Die Sonne
leuchtete wieder von einem wolkenlosen Himmel herab. Die
Gegend war vollständig bergig geworden, voller Sandstein-
Tafelberge in den charakteristischen Formen des Königsteins
und Liliensteins in der Sächsischen Schweiz. Diese Bergform
wird von den Holländern ein Kranz genannt, weshalb man
öfters die Namen: Blaukranz, Rothkranz u. s. w. hört.

Den ganzen Tag wechselten die hübschen Landschaften, be-

lebt von zahlreichen Viehheerden, aber sehr menschenleer. Den
wenigen Farmern, denen ich begegnete, war das isolirte einsame Leben, das sie führten, an die Stirn geschrieben; alle
waren sehr ernst, wortkarg und in sich gekehrt und verriethen
nicht die mindeste Neugierde, zu erfahren, was wol „draußen
in der Welt" vor sich ginge. Freilich ist auch der Umstand
mit in Anschlag zu bringen, daß ich die holländische Sprache
nur unvollkommen radebreche. Ich habe sie nie lernen mögen,
weil sie mir nur wie ein verdorbenes, verhäßlichtes Deutsch
erscheint, und es mir außerdem stets an dem erfolgreichsten
Mittel, eine Sprache zu lernen, mangelte: einer hübschen jungen
holländischen Lehrmeisterin. Es lag daher für die von mir
heimgesuchten ernsten Farmer keine besondere Versuchung vor,
ihren Sprechwerkzeugen überflüssige Fatiguen zuzumuthen.

Am 2. April wurde die Gegend ganz prächtig: Berge und
Aussichten in herrlichster, stets neuer Abwechselung! Leider
aber konnte meine nur sehr unvollkommen reparirte Deichsel
der gebirgigen Romantik der Wege nicht widerstehen und brach
zum zweiten mal, und diesmal viel hoffnungsloser als das
erste mal. Ich gab daher, wenn auch sehr contre cœur,
meinen schönen Plan auf, das prächtige Basutoland, diese
südafrikanische Schweiz, zu besuchen, denn mein großer Wagen
war den Zufällen einer Alpentour nicht gewachsen. Und was
dann machen, wenn mitten im einsamen Hochgebirge das Fuhrwerk auf einmal so unbrauchbar wird, daß man damit nicht
mehr von der Stelle kann? Ein solches Land kann man nur
zu Pferde besuchen, oder höchstens in einem federleichten und
doch festgebauten zweiräderigen Karren. Ich entsagte also den
geträumten Herrlichkeiten und tröstete mich, wie man es in
der Regel in solchen Lagen thut, mit der eiteln Hoffnung,
vielleicht ein anderes mal später dieses Land, eins der interessantesten des Erdballs, besuchen zu können.

Mit Hülfe von Lederriemen banden meine Treiber die
in viele Stücke zerspaltene Deichsel nothdürftig zusammen,
und Schritt für Schritt ging's vorwärts, in der Hoffnung,
womöglich heute noch die ehemalige Missionsstation Mequatling
zu erreichen, wo wir hoffen durften, einen Baum für eine

neue Deichsel erlangen zu können. Ich ging zu Fuß voraus
mit dem flinken Snapp, meinem treuen Gefährten von den
Diamantenfeldern her (einem Mischling zwischen Jagdhund und
Pinscher), und erfreute mich eben recht an der schönen Landschaft und den malerischen Aussichten, als ich in der Ferne
an dem Fuße eines gerade wie der Königstein in Sachsen
geformten, aber viel höhern Berges ein stattliches hohes rothes
Haus freundlich herüberschimmern sah, das mir Isaak als
Mequatling bezeichnete.

Ein reiches Vegetationsgrün umgab das Haus und ließ
mich einen höchst anmuthigen Ruhepunkt erwarten, der mir
nach den bösen halsgefährlichen Wegen, die ich zurückgelegt,
um so einladender erschien. Und so kam es denn auch. In
einer kleinen Entfernung vom Hause angekommen, nachdem wir
einen prächtigen Wasserfall passirt hatten, sah ich zu meinem Erstaunen statt des erwarteten langrockigen Missionars einen in
Civil-Modetracht gekleideten Herrn mir entgegenkommen, in
dem ich sofort eine alte Bekanntschaft von den Diamantenfeldern her erkannte: Herrn Radloff aus Lübeck. Wir waren
sehr erfreut, einander so unerwartet wiederzusehen. Er theilte
mir nun mit, er sei seit einem Jahre verheirathet und habe
für 6000 Pfd. St. diese Farm gekauft, die jetzt aufgehört habe,
eine Missionsstation zu sein.

Als wir uns nach dem Hause begaben, ward ich ganz
überrascht von dessen wunderschöner Lage. Ein prächtiger
kleiner Wald von dunkeln Coniferen umgab es auf drei Seiten, und in unmittelbarer Nähe wurde es von dichten rund-
gewölbten Gebüschen von australischer Abstammung überschat-
tet, die mit zahllosen goldgelben Blüten überdeckt waren, sodaß man den Eindruck erhielt, als sei das Haus auf einen
goldenen Grund hingemalt. An der Vorderseite hatte es eine
schöne breite Terrasse, wozu eine stattliche Doppeltreppe hinauf-
führte. Man hatte von hier eine wunderbar schöne Aussicht
auf das grüne, bis in unabsehbare Fernen wie eine Landkarte
ausgebreitete Land, das halb mit einem Kranze von hohen
Felsenmauern umrahmt und hier und da von spitzigen und
zackigen steilen Bergen unterbrochen war. Im Vordergrunde

lachte ein kleiner sauber gehaltener Blumengarten mit mächtig
hohen Aloëstauden. Dieses gesammte freundliche und sonnige
Landschaftsbild, im Verein mit dem Gesange von Hunderten
von kleinen Vögeln, dem Zirpen der Baumgrillen, dem sanften
Rauschen des Windes in den Nadelbäumen und dem süßen
Geplätscher eines hinter dem Hause vorbeifließenden Baches,
machte auf mich einen ganz herrlichen Eindruck, und stundenlang saß ich, während Herr Radloff seinen Geschäften nach-
ging, verloren in die Bewunderung der prächtigen Scenerie und
das Anhören der mir so sympathischen Naturmusik der Vögel,
Grillen, Wellen und Blätter. Ich fühlte mich sehr lebhaft
an das unvergeßliche beglückende Paradies der Insel Madeira
erinnert und hätte Monate in dieser seligen Stille verträumen
mögen.

Herr Radloff hat sein neugebautes Haus mit für Südafrika ganz ungewöhnlichem Luxus ausgestattet; namentlich
wird immer die imposante Hausthür mit den bunten Glas-
einsätzen von seinen holländischen Nachbarn bewundert. Sein
Bruder ist ein angesehener Prediger in Bloemfontein, und er
selbst war erst in den letzten Tagen zum Mitgliede des Volksrathes des Freistaates gewählt worden.

Was mir eine außerordentliche Freude verursachte, war
eine Banane, die ich hinter dem Hause an einem kleinen
Fischteiche fand. Daß dieses delicate Tropenkind hier fortkommen konnte, sprach sehr für das warme Klima von Mequatling, welches es seiner von hohen Bergen umschlossenen
Lage zu verdanken hat.

Herr Radloff stellte mich seiner netten jungen Frau vor,
bewirthete mich mit einem famosen deutschen Mittagessen und
Rheinwein und machte mit mir einen Spaziergang zu dem
nahen Wasserfalle. Das Wasser braust hier über eine Höhle
hinweg, worin ein weißer Mann mit seiner Familie sich zeitweilig niedergelassen und häuslich eingerichtet hat. Wenngleich die Frau den sonderlichen Geschmack ihres Gatten nicht
theilt, will sie doch den ehelichen Frieden nicht einem voraussichtlich erfolglosen Streite opfern, und bleibt bei ihm in der
feuchten Nereïdenwohnung.

Das alte jetzt verlassene Missionsgebäude steht in kleiner Entfernung von Herrn Radloff's Hause und paßt mit seinen Holzkreuzen und Glöckchen ganz in das friedliche Landschaftsbild.

O wie wohl schlief es sich diese Nacht in dem comfortablen Zimmer, das mir Herr Radloff anwies! Noch lange blickte ich durchs Fenster in den dunkeln Wald hinein, durch dessen Laub die goldenen Sterne flimmerten, und lauschte mit Entzücken dem Rauschen von Wind und Wasser, bis mir vor Müdigkeit die Augen zufielen. —

Ein Zimmermann, der glücklicherweise auf Herrn Radloff's Farm lebte, machte mir eine neue Deichsel, wofür er mir nur den bescheidenen Preis von 6½ Mark anrechnete. Dafür war sie aber auch, wie sich bald herausstellte, um eine Elle zu kurz, weswegen mein Vorwärtskommen immer wieder von neuem verzögert wurde.

Am 3. April verließ ich das gastliche Mequatling und steuerte nun auf die Stadt Bethlehem los. Die hohen Gebirge des Basutolandes blieben immer zur Rechten. Von Zeit zu Zeit war die höchste Kette der Drachenberge in endloser zackiger Linie am Horizont hinlaufend zu sehen und machte dann in ihrem matten blauduftigen Lichte einen ähnlichen prächtigen Eindruck wie die Pyrenäen und die Alpen von weitem gesehen. Dann und wann wurde die Aussicht wieder von den nähern Bergen der Wittebergen (Weiße Berge) gesperrt, die mit ihren gewaltigen Sandsteinkränzen oft den Eindruck großer Bergfestungen machten, so regelmäßig und mathematisch senkrecht waren ihre Mauern aufgebaut. Riesenhafte Felsenblöcke waren mitunter über den Boden gestreut und zeugten von der Urgewalt der einstigen Erdrevolutionen.

Am folgenden Tage zeigte sich mir ein merkwürdiges Schauspiel. Eine Schar von Basutoweibern und Mädchen passirte den Weg. Da mir ihr Costüm, die Karossen mit den reichen Perlenstickereien, sehr gefiel, so rief ich sie an den Wagen heran, um ihnen kleine Geschenke von wohlfeilen Kattunstoffen zu geben, wofür ich wünschte sie tanzen zu sehen. Ich brauchte aber den Wunsch gar nicht erst auszusprechen, denn

fie waren über meine Geschenke so glücklich, daß sie ganz von
selbst anfingen zu springen und zu tanzen. Aber solch ein Ballet
hatte ich doch noch nicht gesehen! Die Frauen waren alle,
mit Ausnahme eines Perlengürtels mit herabhängenden Fransen
und einer kurz um die Lenden geschürzten Karrosse, vollständig
ohne Bekleidung. Einige davon hatten ihren ganzen Körper
mit Ockererde rothgefärbt. Als der Tanz nach und nach
wilder wurde, nahmen sie die Spitzen ihrer Brüste zwischen
die Finger, um sie festzuhalten (gerade so wie unsere Damen
bei der Quadrille das Kleid graziös zwischen die Finger nehmen und ein wenig aufheben), und drehten sich nun im windschnellen Tempo um sich selbst, dabei jubelnde Freudenschreie
ausstoßend. Wie wenig gehört doch dazu, um diesen großen
Kindern eine immense Freude zu bereiten!

Je näher ich Bethlehem kam, desto mehr Vorsichtsmaßregeln
gebrauchte ich für meine Ochsen. Es war nämlich das Gerücht
verbreitet, daß die Redwaterseuche von der Colonie Natal
in den Freistaat eingeschleppt worden sei, und daß in Harrysmith und Bethlehem schon Hunderte von Rindern dieser schrecklichen Epidemie erlegen seien. Der Weg war mit Ochsen-
kadavern völlig eingerahmt. Man kann ja überhaupt in
Südafrika nirgendwo reisen, ohne diesen Anblick im Felde
so außerordentlich häufig zu haben; Staub und Cadaver gehören recht eigentlich par excellence zu einer afrikanischen
Landschaftsscenerie! Bei jedem dieser Gerippe dachte ich: „Da
liegt schon wieder eins von den unglücklichen Opfern dieser
Rinderpest!" und die Angst, meine Ochsen zu verlieren, stieg
mit jeder Meile, die ich vorwärts kam.

Auf einer solchen langen Reise im Ochsenwagen attachirt
man sich förmlich seinen Zugthieren und studirt mit Wohlgefallen und Interesse ihre verschiedenen Eigenthümlichkeiten
und Charaktere, — denn auch Ochsen haben Charaktere, wenn
man den ursprünglichen Sinn dieses griechischen Wortes im
Auge behält. Ein geübter Ochsenführer wird, wenn er ein
Gespann neuer Ochsen gekauft hat, sehr schnell durch aufmerk-
same Beobachtung ihres Benehmens herausfinden, welche von
ihnen er zu den Leitochsen und welche er zu den Hinterochsen

(Achterochsen) zu nehmen und in welcher genau überlegten Reihenfolge er die übrigen zu placiren hat. Ich habe auf meiner ganzen Fahrt gefunden, daß den Ochsen viel mehr Verstand innewohnt, als man ihnen gewöhnlich zuzuschreiben pflegt. Beim Hinaufziehen an steilen Bergabhängen, bei Flußübergängen hatte ich öfter Gelegenheit, ihren zweckmäßigen Bewegungen meine volle Anerkennung zu zollen. Namentlich rühmen die Ochsentreiber an den Zuluochsen eine ganz besondere Intelligenz und Anstelligkeit.

So kommt es denn, wenn unterwegs ein Ochse krank wird, daß der Reisende es nicht unter seiner Würde findet, dem Patienten zu Liebe auszuspannen und an einem vielleicht ganz wüsten Orte mehrere Tage zu verweilen, bis der kranke Fuß oder das sonstige Nichtwohlbefinden desselben wieder gebessert ist. In Südafrika spielt der Ochse in den gesammten Bedürfnissen der Volkswirthschaft und des Handels eine so große Rolle, daß er hier, ich möchte beinahe sagen, einen viel höhern „gesellschaftlichen Rang" einnimmt als in Europa, wo er zur niedern Rolle eines localen Pflug- und Schlachtthieres degradirt ist. Mit welchem Stolze, welcher Lust sieht der Boer, der Kaffer auf sein geliebtes Ochsengespann! Welche Fancy-Preise (Phantasiesummen) ist er nicht bereit zu zahlen, um sie alle von Einer Größe, Einer Farbe zu haben! So sagte mir ein Boer, den ich nach dem Preise eines seiner achtzehn rabenschwarzen Ochsen fragte: solche Thiere hätten gar keinen Preis, und der Gedanke, ein solches einfarbiges Prachtgespann zu verkaufen, könnte ihn nie im Traume kommen. Für solche Fancy-Gespanne hat der Boer dann auch immer ein ganz eigenes Parade- und Luxusgeschirr mit schönen farbigen Verzierungen.

Was in der Regel den südafrikanischen Ochsen ein so schönes Aussehen gibt, sind ihre mitunter fabelhaft langen Hörner, die manchmal eine Länge von 4—5 Fuß haben. Freilich wären diese Thiere nicht zu spanischen Stiergefechten zu gebrauchen, da ihre Hörner (außer bei den Zuluochsen) nicht nach vorn, sondern nach den Seiten gerichtet sind.

Die Kaffern richten die Ochsen auch zum Reiten und

Lastentragen ab. Solche Sattelochsen, mit einem Ringe durch die Nase und mit einer ganzen Familie von Frau und Kindern auf dem Rücken, während der Mann zu Fuß geht und das Thier führt, begegneten mir öfter auf meiner Reise. Namentlich lieben die Kaffern einen schnellen Rennochsen und halten mit solchen gern ebenso passionirte Wettrennen als die Engländer mit ihren theuern Vollblutpferden.

Was das Reisen mit dem Ochsenwagen so bequem und billig macht, ist der Umstand, daß die Ochsen keiner besondern Fütterung bedürfen wie die Pferde. Sie sind überall zufrieden, wo es nur ein wenig Gras und Wasser für sie gibt. Und auch die hottentottischen Ochsentreiber sind in der Regel sehr leicht zu befriedigen. Man gebe ihnen alle Tage mehr Fleisch in den Kochtopf, als sie im Stande sind aufzuessen — und sie werden ihren Herrn allen Leuten, denen sie auf dem Wege begegnen, als einen guten Engel anpreisen und fortwährend fröhlich und guter Dinge sein.

Je näher ich also dem gefürchteten Bethlehem kam, desto besorgter wurde ich um meine gehörnten Pflegebefohlenen. Ihre Nasen wurden jeden Morgen mit Branntwein gewaschen und der Rücken und Hals mit Theer beschmiert, — ein Mittel, das von Einigen als Vorbeugungsmaßregel gegen die Seuche empfohlen wird, aber bei meinen Thieren zugleich die üble Folge hatte, daß das Fell an den Stellen, wo der Theer und das Joch in Berührung kamen, abgerieben wurde. (Die Ochsen in Südafrika haben nirgends Schieb-, sondern nur Zugjoche.) Ich will zu diesem Ochsenkapitel nur noch bemerken, daß die Hochachtung, worin dieses nützliche und unentbehrliche Thier, der eigentliche Träger und Verpflanzer der südafrikanischen Cultur, hier steht, sich schon in dem nobeln Namen äußert, womit ein jeder Ochse speciell beehrt wird; so hießen die meinigen: Moses, Maroka, Brand, Wacker, Petersen, Dingaan, Chaka und Panda.

Immer am Fuße der romantischen Weißen Berge hinfahrend, passirten wir am 6. April eine Schar Basutokinder, die sehr zuthulich waren und während meines Ausspannens recht hübsche Spiele neben meinem Wagen aufführten. Es waren meistens junge Mädchen von 7—12 Jahren und rechte „anständige“ Wilde, denn ihre Wildheit beschränkte sich nur auf ihre sehr spärliche Bekleidung; ihren Manieren nach waren sie jedoch scheinbar so wohlerzogen wie unsere aristokratischsten Pensionärinnen. Sie führten eine Art Geberdenspiel auf, das an die vorzüglichste Pantomime in einem europäischen Opernhause erinnerte. Hat sich diese Art von Spiel etwa von den alten Aeghptern auf dieses Volk vererbt? Ihre Tradition sagt den Kaffern, daß ihre Vorfahren vor undenklich langen Zeiten aus dem weiten, weiten Norden gekommen sind. Echt semitische jüdische Physiognomien findet man sehr häufig unter ihnen. Die altjüdische Sitte der Beschneidung, die sie haben, könnte auch darauf hindeuten, daß die Kaffern vor Jahrtausenden vielleicht im Norden als Unterthanen der ägyptischen Könige gewohnt haben und in dieser Zeit Gelegenheit gefunden haben mochten, mit den übrigen, theilweise semitischen Unterthanen derselben in Verkehr zu kommen, sich mit ihnen zu vermischen und theils altägyptische, theils semitische Gewohnheiten und Sitten von ihnen anzunehmen.

Die Gesten meiner kleinen hübschen Mimen waren so graziös und edel, daß ich die Vermuthung, dieselben möchten aus einer Zeit stammen, wo die Kaffern mit höher civilisirten Völkern in naher Berührung standen, nicht von mir weisen konnte. So z. B. bestand eine der Gesten darin, daß die Mädchen den Zeigefinger erst auf die Brust hielten und dann mit demselben nach verschiedenen Richtungen hin gleichsam Grüße durch die Luft nach unsichtbaren Wesen hin versandten, indem sie jeden der Grüße mit wechselnder Mimik, theils mit dem allersüßesten und lieblichsten Lächeln, theils mit furchtsamem, erschrecktem Blicke begleiteten. Dieses Geberdenspiel erinnerte mich sehr lebhaft an die Abbildungen von altägyptischen Tänzen, die ich in einem Werke über ägyptische Alterthumskunde gesehen hatte.

Am 8. April kam ich bei einem Hotel an, wo die englische Wirthin mich sehr liebenswürdig empfing und verpflegte. Diese kleinen Landstraßenhotels werden hier, wie in allen Colonien, zuweilen von sehr gebildeten Leuten gehalten, von

solchen, die ursprünglich mit großen, hochfliegenden Planen
aus Europa nach der Colonie ausgewandert sind und nach
einiger Zeit, nachdem sie vieles versucht und in wenigem einen
glücklichen Erfolg gehabt haben, zu dem beliebten Erwerbs-
mittel eines Hotels an einer belebten Landstraße greifen. Diese
Existenzart gibt immer ein gutes Brot, führt oft sogar zu
Reichthümern, und gewährt vor allem den an ein civilisirtes
Leben gewöhnten Garçons oder Familien die Gelegenheit zu
einem frequenten Verkehr mit Menschen, während ein einsames Leben in einem öden vergessenen Weltwinkel gewöhnlich
nicht im Geschmacke solcher Leute liegt. Man findet daher
unter solchen Land-Hotelwirthen nicht selten ehemalige Offiziere, Beamte und Kaufleute, und fühlt sich immer recht angenehm berührt, nach längerer Tour durch öde, menschenleere
Strecken zu einer so liebenswürdigen und gebildeten Wirthsfamilie zu kommen. In solchen Hotels findet man sich sofort
Mitglied eines gemüthlichen Familienkreises; der Wirth und
seine Familie speisen mit dem Fremden zusammen, nehmen
den Thee mit ihm u. s. w.; kurz man gehört zum Hause und
wird musterhaft verpflegt, insoweit dies unter den localen
Verhältnissen möglich ist.

Das Land wurde nun flacher, die Berge traten zurück,
und am 8. April abends 9 Uhr kam ich in dem Dorfe oder
Städtchen Bethlehem an. Es erinnerte mich freilich nur sehr
wenig an das herrlich gelegene Bethlehem des Heiligen Landes, mit dem ich es namentlich an diesem Abende gern ver-
tauscht hätte, denn in den einzigen beiden Hotels des Ortes
war kein Platz mehr zu finden, und ich hätte mich doch gern
wieder einmal in einem großen Zimmer einlogirt, des engen
Raumes im Wagen müde, der trotz alles sonstigen Comforts
doch namentlich beim Waschen, Kleidungswechsel u. s. w. sich
fühlbar machte.

Es war das Städtchen gerade überfüllt mit den frommen
Scharen der zum Nachtmahle (Abendmahl) versammelten
Boers, und nicht nur alle Häuser waren mit Gästen voll-
gepfropft, sondern auch noch ein eigenes Zelt- und Wagen-
camp war vor der Stadt aufgeschlagen. —

Zum Glück hörte ich hier in Bethlehem, daß das Gerücht, die Redwaterseuche sei bis hierher vorgedrungen, gänzlich unbegründet sei, was für mein Gemüth eine große Erleichterung war.

Bethlehem liegt schon bedeutend höher als Bloemfontein; es mag etwa eine Meereshöhe von 6000 Fuß haben, und des Abends und Morgens verspürte mein an das warme Klima gewöhnter Körper schon recht gehörig die schneidende Kälte der von den Hochgebirgen wehenden Herbstwinde.

Das Land steigt bis Harryfmith fortwährend an. Am folgenden Tage ging es wieder langsam weiter bis zu einer Farm mit Kaufladen, an deren Besitzer mir der Landdrost von Bethlehem ein Empfehlungsschreiben mitgegeben hatte und wo ich sehr gut aufgenommen wurde.

Am zweiten Abend ließ ich neben einer eleganten Farm ausspannen, die ebenfalls mit einem großen Kaufladen verbunden war und einem reichen Engländer gehörte. Ich befand mich infolge der immer zunehmenden Kälte, worauf ich in meiner tropischen Sommerkleidung (lauter leinenen weißen Blusen) nicht vorbereitet war, abends recht unwohl und empfand das lebhafte Verlangen, diese Nacht in einem warmen Hause zu schlafen. Ich bat daher den Kaufmann, mir zu gestatten, mein Eisenbett mit seinen Matratzen in seinem Hause aufzuschlagen. Er willigte ein, mir eine seiner Localitäten zur Disposition zu stellen, bot mir aber einen offenen Wagenschuppen an, wo der Zugwind von allen Seiten durchstrich. Als ich hierfür höflichst dankte, ließ er sich herbei, mir einen Platz in dem Wohnhause seiner Commis anzuweisen, was ich annahm. Meine Hoffnung auf Nachtruhe wurde aber schmerzlich enttäuscht, denn ich hatte mein Bett in demselben Zimmer aufschlagen müssen, welches den vier jungen englischen Commis als Versammlungsraum diente. Gerade aber diese Nacht schienen diese rüden lärmenden Burschen ausgewählt zu haben, um ihre Orgien zu feiern. Von einem Rücksichtnehmen auf den ermüdeten fremden Gast, den sie kaum grüßten, war gar keine Spur; das Lärmen, betrunkene Singen oder besser Gröhlen, Karten auf den Tisch aufschlagen, sich einander

prügeln und über Tisch und Bänke verfolgen dieser liebens=
würdigen, übrigens wol sämmtlich bereits dem Unmündigkeits=
alter entwachsenen Kaufmannsjugend endete nicht vor 3 Uhr
morgens. Ich bedauerte daher herzlich, die Gastfreundschaft
des „reichen Engländers", der sich übrigens um mich weiter
gar nicht mehr bekümmert hatte, in Anspruch genommen zu
haben.

Am folgenden Tage kam ich in ein besseres Quartier, ein
wieder mit Kaufladen verbundenes einsames Hotel der Herren
Jansen, zweier Brüder aus Hamburg, die hier recht gute Ge=
schäfte machten und aus deren reichhaltigem Kleiderlager ich
mich mit dem tiefgefühlten Bedürfnisse einer warmen Klei=
dung versah. Auch deutsches Bier (wiesbadener) war hier zu
haben, was für mich eine sehr werthvolle Acquisition war.

Am 12. April abends kam ich endlich nach Harrysmith,
der letzten, an der Grenze von Natal gelegenen Stadt des
Freistaates, die in den letzten Jahren durch den immer zu=
nehmenden Handelsverkehr von Port Natal nach dem Frei=
staate mächtig aufgeblüht ist. Die Stadt liegt über 6000 Fuß
hoch überm Meere (gegen 9 Stunden vom Drachengebirge),
und hat daher ein höchst gesundes, wenn auch im Winter recht
kaltes Klima. Ein mächtiger Tafelberg, ähnlich dem von
Capetown, erhebt sich im Norden der Stadt; auf seine stunden=
weite grüne Oberfläche lieben die Heerdenbesitzer der Umgegend
zu Zeiten der Viehseuchen ihre Thiere zum Weiden hinaufzutrei=
ben; dort oben bleiben namentlich die Pferde von der ge=
fürchteten Horse=Sickneß vollständig frei, weshalb ein solches
nahes Asyl ein großer Segen für die Gegend ist.

Zum Glück wußte man auch hier nichts von der viel=
besprochenen Redwaterepidemie, alle Journalnachrichten über
deren große Verbreitung waren also Zeitungsenten gewesen,
was mir im Interesse meiner braven Ochsen sehr lieb zu
hören war.

Harrysmith ist eine endlos ausgedehnte Stadt von ver=
hältnißmäßig nur wenigen Häusern; es dauerte eine volle
Stunde, ehe ich von den ersten Häusern der Stadt nach dem
Hotel kam. Merkwürdigerweise traf es sich, daß auch hier

wieder, wie in Bethlehem, gerade Nachtmahl gehalten wurde;
auch solenne Wettrennen sollten bei dieser Gelegenheit ein
paar Tage später stattfinden. Von den zahlreichen Besuchern
gab eine umfangreiche Wagenburg und Zeltlager in der Nähe
der holländischen Kirche Zeugniß.

Ich hatte einen Brief an den Landdrosten, der mich wegen
der Ueberfüllung des Hotels einlud, mich in den Räumlichkeiten des neuen Landdrostamtes häuslich einzurichten, was
ich mit Hülfe freundlichst mir geliehener Möbeln auch sehr
hübsch zu Stande brachte. Neben meinem Zimmer, in den
übrigen Räumen des Amtsgebäudes, fand ein Bazar, eine
Verlosung von allerhand eingesendeten Gegenständen zu Gunsten
der Kirchenkasse statt. Elegante Damen verkauften in eigener
Person, und abends fand sogar Promenadenconcert statt, wobei den geputzten Verkäuferinnen von den stämmigen Beaux
der Nachbarschaft in civilisirtester Manier die Cur geschnitten
wurde.

Einige Tage darauf fand zu gleichem Zwecke eine Vieh-
verlosung statt, und ein wohlhabender Boer nahm hierbei Gelegenheit, sein lebhaftes Interesse für die Kirche — und wol
auch gleicherweise seine Eitelkeit und Prunksucht — dadurch
zu bethätigen, daß er einen miserablen gewöhnlichen Hammel
in der „heiligen Auction" für die Summe von 100 Pfd. St.
(2000 Mark) erstand! —

Ich hatte mir die große Volksansammlung auch zu Nutze
machen wollen; ich wollte nämlich versuchen, ob ich unter den
zahlreichen anwesenden Boers nicht einen Kaufliebhaber für
meinen Wagen finden könnte, vorausgesetzt, daß der Käufer
mir gestatten würde, denselben noch bis Pietermaritzburg zu
benutzen und dann von da zurückzusenden. Ich wußte, daß
im Innern des afrikanischen Oberlandes alle Dinge um die
Hälfte theuerer sind als im Tieflande an der Küste (hatte man
mir doch in Bloemfontein schon 3000 Mark für den Wagen
geboten!) und hatte zum Zwecke des eventuellen Verkaufes den
Wagen wunderschön überlackiren lassen (was mich 55 Mark
kostete), ihm eine neue Deichsel gegeben (für 35 Mark), und
verführerische, weit sichtbare Verkaufsannoncen an Holzpfählen

ausgehängt. Als nun aber die bestimmte Stunde der Versteigerung
kam und der feiste Auctionator mit seiner Glocke einen Mordspectakel anfing und denselben geduldig eine halbe Stunde fort-
setzte, blieb dies leider ohne allen und jeden Erfolg, denn die
gerade stattfindende Kirchenauction nahm so vollständig die Aufmerksamkeit der zahlreichen geputzten Menge in Anspruch, daß
mein prachtvoller Wagen in seinem Brautschmucke ganz und gar
unbeachtet blieb. Und eine andere Zeit, als nach vollendetem
Sonntagsgottesdienste in der Kirche, konnte nach den üblichen
Gebräuchen der Boers nicht für die Auction gewählt werden.
Es war zum Theil auch meinen Ochsen zu Liebe gewesen, daß
ich den Versuch machte, meinen Wagen hier zu veräußern, da
ich von dem Hinabsteigen in das viel tiefer liegende Natal
mit Recht ernste Gefahren für ihr Leben befürchtete. So
mußte ich mich aber nun doch noch entschließen, mit ihnen die
Redwaterseuche zu riskiren.

Ich blieb acht Tage in Harrhsmith und hatte daher gehörige Muße, diese Stadt, die eine große Zukunft hat, kennen
zu lernen. Ich wohnte eines Tages der Magistratssitzung bei,
wo gerade ein höchst eigenthümlicher Fall verhandelt wurde.

Die Frau eines Kaffern, der es, wol der zu vielen, allein
auf ihre Schultern gehäuften, häuslichen Arbeit wegen nicht
mehr gefiel, die einzige Gattin ihres Mannes zu sein, hatte
eine Freundin von ihr, ein Mädchen, überredet, aus dem
Vaterhause zu desertiren und bei ihrem Gatten als zweites
Eheweib zu verbleiben. Der Vater des Mädchens verklagte
nun vor dem Landdrosten den erwähnten Ehegemahl auf Wieder-
herausgabe seiner ohne Erstattung irgendeines (in Vieh zu
berechnenden) Kaufgeldes in dessen Hause behaltenen Tochter.
Die Sache war soweit ganz einfach in ihrem Thatbestande,
aber was dem Falle eine solche Curiosität verlieh, wenigstens
in den Augen eines europäisch geschulten Juristen verliehen
haben würde, war der Umstand, daß die erste Gattin selbst
mit vor dem Landdrosten erschien und die Nothwendigkeit, daß
ihr Gatte unbedingt eine zweite Frau haben müsse, mit
zungengewandtester Leidenschaftlichkeit verfocht. Das Urtheil
des Magistrats lautete auf Behalten der zugelaufenen Gattin,

aber Erstattung einer entsprechenden Anzahl von Kühen als
Kaufgeld. —

Während meines Aufenthaltes in Harrhsmith sah ich öfters
eine steinalte Dame von athletischem Wuchse, in haarsträubend
kurzem Reitkleide, und mit blau umschleiertem Federhute auf
einem hohen Schimmel durch die Straßen galopiren. Auf meine
Frage, was diese sonderbare Erscheinung zu bedeuten habe,
wurde mir die Antwort: „Ei das ist ja unsere Hebamme,
Mrs. —; sie verdient sich eine Masse Geld bei den Boers-
frauen durch ihre geheimen medicinischen Kenntnisse." Weiter
unterrichtete man mich, daß auch ein deutscher Schneider hier
sei, der großen Zulauf als homöopathischer Doctor habe und
für jede Visite 1 Pfd. St. = 20 Mark nehme. — Ein richtiger promovirter deutscher Arzt (aus Hannover) war übrigens
auch seit einigen Wochen hier angekommen und hatte mit seiner
Frau ein Jahreslogis gemiethet. Die beiden vorgenannten
Persönlichkeiten werden von seiner Ankunft wenig erbaut sein!

Noch ein kleines Vorkommniß möchte ich erwähnen, welches
recht den behaglichen Zustand kennzeichnet, worin sich hier, wie
in allen neuen Colonien, der Handwerkerstand befindet. Um
meinen Wagen recht hübsch aufzuputzen, bedurfte ich auch eines
Sattlers, der einige Dutzend blanke rundköpfige Metallnägel
an den Seitenpolstern des Kutscherfitzes einzuschlagen hatte.
Ich schickte nach einem solchen und saß gerade bei meinem
Kaffee, als ein eleganter Herr mit fein aufgedrehtem Husaren-
schnurrbart und goldenem Augenglas sich anmelden ließ. Dies
war der Sattler; sein wunderschönes Reitpferd, das in Deutschland eines Regimentscommandeurs würdig gewesen wäre, stand
scharrend vor der Thür, und eine feine Cigarre rauchend,
fragte er nach meinem Begehr. Ich erklärte ihm meine Wünsche,
und nach einer Arbeit von einer Viertelstunde verabschiedete
sich der elegante Gentleman in der höflichsten Weise, indem
er für seine Arbeit mir nur 8½ Mark anrechnete.

Einundzwanzigstes Kapitel.

Nach achttägiger Ruhe brach ich am 21. April 1875 wieder von Harrysmith auf, um nunmehr der vielersehnten Colonie Natal zuzusteuern. Der Gedanke, nun endlich in dieses schöne Tropenland zu kommen, das mir von allen Seiten als ein wahres Paradies geschildert worden war, durchdrang mich mit der lebhaftesten Freude. Die Tropenländer bleiben doch — trotz aller ihrer großen Schattenseiten — das Herrlichste, was es in dieser Welt gibt, wenigstens für das Auge, und wer einmal in seinem Leben eines derselben zu sehen das Glück hatte, der begreift Humboldt's tiefwahren Ausspruch, daß derjenige, welcher einmal durch die Pforten dieses Paradieses geschaut hat, die Sehnsucht danach lebenslang nicht wieder los wird. Und zugleich freute ich mich darauf, die Zulus, diese prachtvolle, riesenhafte Rasse von Wilden, nun in ihrer eigenen Heimat kennen zu lernen. Sie und die Amakosa sind die

schönsten und intelligentesten Vertreter der gesammten Kaffern-
rasse, aber auch die energischsten, stolzesten, widerspenstigsten
und unbezähmbarsten.

Eine Zeit lang ging es noch immer bergauf; dann wechselte
das Auf- und Niedersteigen sehr häufig ab, was meinen Ochsen
viele Arbeit gab. Nachmittags passirte ich ein Chausseehaus,
wo ich einen Wegezoll von 2½ Mark entrichten mußte —
die erste derartige Institution, die mir in Afrika vorgekommen. Ich wollte diesen Abend bei einem Hotel ausspannen,
das mir als Smith's Hotel bezeichnet worden war. Das ganz
einsam stehende Hotel fand ich nun zwar schon, aber es war
darin todtenstill. Durch die verschlossene Glasthür des Par-
terresalons sah ich allerdings einen langen Tisch mit zahlreichen Tellern, Flaschen, Messern und Gabeln bedeckt, aber
Menschen waren nirgends zu sehen. Das Hotel war von
seinem Besitzer für einige Monate verlassen worden, da derselbe
eine große Reise machen wollte, und in diesem ehrlichen Lande,
das weder Räuberbanden noch Privatdiebe von Profession
kennt, hatten seine allen Blicken offenen Mobiliarschätze, obwol nur durch einen leicht zu beseitigenden Holzriegel von der
offenen Landstraße getrennt, durchaus nichts zu fürchten. Wenn
der Mann von seiner Reise zurückkommt, wird er alles an
Ort und Stelle wieder gerade so vorfinden, wie er es vor
einem halben Jahre verlassen hat. —

Das Wegezollhaus deutete an, daß die Straße von hier
an eine schwierige und fortwährend viele Reparaturarbeiten
erfordernde Kunstanlage darstellen würde, und das war auch
der Fall. Es begann jetzt die eigentliche Uebersteigung der
Cordilleren Südafrikas: der majestätischen Drachenberge,
und zwar an einer Stelle, die eine tiefe Einsattelung bildet
und De Beers-Paß heißt. Dieselbe liegt 5400 Fuß über dem
Meere.

Nachdem ich im Felde übernachtet hatte, brach ich frühzeitig wieder auf und wurde von Moment zu Moment mehr
überrascht von der immer großartiger werdenden Scenerie.
Ich stieg aus und ging zu Fuß, um das prachtvolle Natur-
schauspiel besser zu genießen.

Dichte Wolken umgaben mich auf allen Seiten und gaben mir ein Gefühl, als wandelte ich in himmlischen Gefilden. Dieselben zerrissen von Zeit zu Zeit hier und da in ihrer langsamen Wanderung und öffneten dann erhabene Aussichten auf prächtige hohe Felsenkuppen und grüne Thalbuchten. Als die Sonne sich erhoben, erstrahlte der ganze wogende Wolken- ocean in schönstem rosenfarbenem Lichte und zeigte in optischer Täuschung die Bilder meines Wagens und meiner Ochsen in riesigen blauen Schatten die Luft durchziehend. Eine feierliche und gehobene Stimmung kam über mich, wie ich sie ähnlich immer beim Uebersteigen unserer europäischen Alpenmauer, auf den Gotthard-, Simplon- und Splügenpässen empfunden hatte. Ein kalter Wind gab mir ein ähnlich erfrischendes Gefühl, als sei ich hier wirklich in die Alpen der Schweiz versetzt; Geier und Adler schwebten über mir in den Lüften, und die liebliche Musik von murmelnden Wasserbächen um- tönte mich auf allen Seiten.

Bei jeder Anhöhe, die ich hinaufsteigen mußte, dachte ich: jetzt kommt der höchste Grat, jetzt werde ich die Aussicht nach der andern Seite haben — aber fortwährend wurde meine Erwartung getäuscht.

Endlich aber, gegen Mittag, kam ich auf den höchsten Gipfel. Ich hätte einen Freudenschrei ausstoßen mögen über das wunder- bar schöne Panorama, das sich jetzt hier vor meinen Augen öffnete.

Da lag es wie eine Landkarte vor mir ausgebreitet: das Gelobte Land, das herrliche Natal, im glänzendsten Sonnen- lichte und von einem transparenten azurblauen Dufte über- flossen — mit seinen unzähligen, violette Schatten werfenden Bergkuppen, seinen schattigen, mit Bäumen angefüllten Thä- lern, seinen grünen Prairien und zahllosen silberblinkenden Wasserläufen — ein zauberisch schönes, entzückendes Bild süd- licher Landschaft, das in mir genau dieselben Empfindungen von Glück und Seligkeit wiedererweckte, die mich früher immer auf dem Gipfel der Alpen beim·ersten Erblicken der italienischen Tiefebene ergriffen hatten.

Weißliche Rauchsäulen drehten sich hier und da empor

gen Himmel, von den Grasbränden herrührend, welche die
Kaffern anzünden, um dadurch die Weide zu erneuern und
gesunder zu machen. Ein süßer, stiller Friede lag über das
weite imposante Landschaftsbild ausgebreitet. Es fehlte nur
noch das liebliche Glockengeläute der schweizer Viehheerden,
um mich vollständig auf die Höhe des südlichen Abhanges der
Schweizeralpen versetzt zu denken.

Und wie die Vegetation auf einmal wechselte und ein ganz
neues Klima anzeigte! In den nächsten sich gegen Osten hin-
untersenkenden Thalschluchten, wodurch sich die Straße hindurch-
krümmte und wand, war dieselbe zu beiden Seiten von dem
dunkeln Laube immergrüner, blumenbedeckter Gebüsche eingefaßt. Schöne Nadelhölzer nach Art der italienischen Schirm-
pinien bedeckten auf dieser Seite die Bergabhänge, und die
grünen Flächen der Bergwiesen waren mit Myriaden von
großen scharlachrothen lilienartigen Blumen überdeckt.

Lange stand ich in das Anschauen des köstlichen Bildes
verloren. Nachdem nun mein Wagen langsam auf den Zickzack-
krümmungen der Straße heraufgekommen und den Ochsen oben
ein wenig Ruhe gegönnt worden war, ging es wieder weiter,
nunmehr bergabwärts, hinein in das schöne Natal!

Wie warm hier die Sonne auf die Bergseiten brannte!
Es war nun vorbei mit den frostigen Schauern, die ich auf
dem Hochplateau in letzter Zeit so häufig empfunden hatte;
ich durfte wieder meine Sommerkleider und meinen indischen
Korkhut anlegen, und auch der weiße Sonnenschirm zeigte sich
von neuem nothwendig.

Mitten in allen diesen Herrlichkeiten belästigte mich freilich
immer der ängstigende Gedanke: Werden meine Ochsen die
Weide des Tieflandes vertragen? Denn das Land ist unbe-
wohnt genug, um im Falle eines Sterbens der Thiere mich
durch Nichtweiterkönnen in eine sehr fatale Lage gerathen zu
lassen. Allerdings ist die Abstufung von der Höhe des Passes,
5647 Fuß, zu der 2000 Fuß über dem Meere gelegenen Fläche
von Pietermaritzburg hinab nur allmählich, und tritt also auch
der Wechsel der Weidegräser nicht mit einem male und vollständig ein, sondern nur stufenweise; deshalb gab ich mich der

Hoffnung hin, daß meine gutgenährten und gesunden Thiere noch unangefochten bis in die Hauptstadt von Natal gelangen würden. Von da an freilich sie noch bis an die Küste benutzen zu wollen, würde die größte Thorheit gewesen sein.

Eine kleine grasgrüne Schlange, welche quer über der Straße im Sonnenschein lag und sich wärmte, zeigte mir an, daß ich nunmehr in dem Lieblingslande der Schlangen meinen Einzug gehalten hatte, als welches ja Natal weit und breit bekannt ist.

Ich ließ an diesem ersten Tage meines Eintrittes in Natal schon zeitig ausspannen, da ein hübsches Hotel an der Straße lag, das mir ein gutes Abendessen versprach. Von der Veranda desselben, die schon ganz aus jener Pflanze mit den blutrothen Blättern gebildet war, die in Natal so häufig ist, genoß ich einen herrlichen Rückblick auf die hohen überstiegenen Gebirge, die jetzt in orangefarbener Abendbeleuchtung, überwölbt von einem vom reinsten durchsichtigen Aethergrün durchleuchteten Himmel, hinter mir lagen. Dieses wundervolle Grün, von der Farbe einer gewissen Sorte von Türkisen, ist ja in allen heißen Ländern einer der Hauptreize des Himmels beim Sonnenuntergang und ist namentlich in der Sahara und in Aegypten schon so oft von europäischen Malern bewundert worden. (Man findet diese schöne zwischen Meergrün und Azurblau die Mitte haltende Farbe öfters auf den alten Sèvres-Porzellanen.)

Am folgenden Tage ging es immer weiter bergab. Die Seiten der Berge waren überall dünn mit schattigen Bäumen besetzt, menschliche Wohnungen waren aber nur selten zu sehen, und wo eine solche vorkam, da war sie immer von einem Bosket von Gumbäumen (Eucalyptus Globulus) umgeben, das dieselbe schon aus weiter Ferne sichtbar machte.

Der Blue-Gum-Baum ist einer der werthvollsten aus Australien nach Südafrika verpflanzten Bäume. Außer seiner bekannten Eigenschaft, die Sümpfe auszutrocknen und die Fiebermiasmen zu paralysiren, die ihn für die Malariagegenden der Küste ganz unschätzbar macht, gibt er auch ein werthvolles Nutzholz ab, das namentlich seiner Härte wegen zum Wagenbau sowie für Eisenbahnschwellen sehr geeignet ist. Dabei wächst der Baum ganz unglaublich schnell, erreicht eine Höhe von 2—300 Fuß und dient daher einer Landschaft ganz außerordentlich zum Schmucke. Aus der Ferne gesehen macht eine Gruppe von Gumbäumen mit ihren röthlichen abgeblätterten Stämmen und ihren dunkeln schmalen gekrümmten Blättern ganz den Eindruck unserer Kiefern. Da der Gumbaum erst seit etwa 30 Jahren in Natal eingeführt worden ist, so kann man hier natürlich noch keine solchen alten Riesenbäume sehen, wie solche im glücklichen Australien (der Colonie Victoria) das Auge des Wanderers durch ihren himmelhohen Wuchs entzücken.

Als Brennholz kommt das Holz dem der Eiche gleich. Die Wurzel des Gumbaumes hat die Eigenthümlichkeit, wenn der Baum gefällt ist, neue Schößlinge aufsteigen zu lassen, die in circa 14 Jahren schon eine außerordentliche Höhe erreichen und wie Pilze die Wurzel des alten Stammes umstehen: eine sehr werthvolle Eigenschaft in einem Lande, wo durch unvorsichtige Gras- und Buschfeuer so oft die Vegetation zerstört wird. Man pflanzt den Gumbaum mit großer Vorliebe überall in Natal an und rechnet den Werth eines zwanzigjährigen Baumes wenigstens 20 Mark. Alle 20 Jahre geschnitten, gibt eine solche Holzpflanzung für einen englischen Acker (bestanden mit 200 Bäumen) 4000 Mark Reinertrag, eine recht hübsche Bodenrente, die sich regelmäßig alle 20 Jahre wiederholt.

In der Jugend hat der Baum Blätter von ganz anderer Form als später; zerreibt man diese jungen Blätter zwischen den Fingern, so geben sie ein köstliches Arom. Deshalb athmet man auch in den Gumgebüschen eine so wohlriechende, balsamische Luft ein. Manche Leute sind der Meinung, daß die factische fiebervertilgende Kraft des Baumes von dieser Exhalation seiner jungen Blätter herrühre; andere glauben, es liege die Ursache in der austrocknenden Kraft seiner so rasch wachsenden und weit um sich greifenden Wurzeln, die gewissermaßen den feuchtigkeitsstockenden Boden ausschlürfen und austrinken und dadurch seinen Fieberaushauchungen in Zukunft vorbeugen.

In Algerien ist es schon gelungen, ausgedehnte Malaria-

gegenden durch Massenanpflanzung dieses Baumes gesund zu
machen. Würde derselbe sich nicht für die Pontinischen Sümpfe
bei Rom und die Moräste von Pästum empfehlen? Ich bin
überzeugt, daß der Baum den italienischen Winter noch ganz
gut aushalten würde, da ich am Bosporus im Garten eines
reichen Paschas einen solchen gesehen habe.

Meine Nachtruhe im Hotel wurde leider sehr durch einige
Transportreiter, wie es auf englisch heißt, die Treiber von
Ochsenwagen, gestört. Um Mitternacht fing ein Thürschlagen,
ein dröhnendes Stiefeltrapsen, ein betrunkenes Singen, Schreien
und Gröhlen an, als wenn ein wildes Heer seinen Einzug
gehalten hätte. Das sind die Schattenseiten südafrikanischer
Landstraßenhotels.

Am folgenden Morgen, den 23. April, setzte ich meine
Reise weiter fort. Land und Straße fand ich sehr menschen=
leer; weder Wagen noch Reiter begegneten mir, und Farm=
häuschen waren nur selten zu sehen. Die Vegetation wurde
von Stunde zu Stunde interessanter, je tiefer wir in der
Meereshöhe kamen.

Natal ist ein von der Natur sehr glücklich begabtes Land.
In seinem tiefliegenden, 4—7 Stunden breiten Küsten=
gürtel ist es ein reines Tropenland, wo Zuckerrohr, Kaffee,
Baumwolle, indische Gewürze prächtig gedeihen. Auf seiner
2—3000 Fuß über dem Meere gelegenen Hochfläche, die den
bei weitem größten Theil des 840 deutsche Quadratmeilen
umfassenden Landes einnimmt, finden sich hingegen alle Pro=
ducte der gemäßigten und subtropischen Zonen vereinigt —
die Eiche und die Aloe, Bäume von Madagascar und von
Norwegen, die Ananas und die Erdbeere, der Türkische Weizen
und das Korn von Deutschland. Und auf den Abhängen der
Drachenberge sind die vorzüglichsten Schafweiden, die den
australischen an Gesundheit und Nahrhaftigkeit gleichkommen.
Ueber dem ganzen mittlern Plateau des Landes wogen die
grünen Wellen eines endlosen Grasoceans, die den Prairien
am Missouri nicht an Ueppigkeit nachstehen.

Es herrscht hier beinahe ein ewiger Sommer; man kann
säen, wann man will, der Same geht jederzeit auf und wächst

und gibt Ernte zu jeder Jahreszeit. Der Generalfeldmesser von Natal hat es ausgerechnet, daß die natürlichen Gräser, die in dieser Colonie dem Boden jedes Jahr entsprießen, und die immer von Februar bis April abgebrannt werden, einen Nahrungswerth repräsentiren, welcher, verwerthet durch Vieh- zucht, hinreichen würde, um eine Anzahl von 12 Millionen Menschen zu ernähren. Durch vollständige Bearbeitung des gesammten, so überaus fruchtbaren Areals mittels des Pfluges jedoch könnten eine noch viel größere Anzahl Menschen hier ihr Brot finden!

Und wie viel Menschen leben jetzt darauf? Nur 18000 Weiße und 350000 Schwarze! Und trotz der großen Zahl der letz- tern gibt es, mit Ausnahme des tropischen Küstengürtels, der mit Hülfe importirter indischer Coolies bebaut wird, keine Arbeiter im Lande, wenigstens keine regulären, denn seit der Aufhebung der Sklaverei mit ihrer erzwungenen Arbeit gibt es auch keine freiwillige Arbeit der Neger mehr. Wenn sich auch ein kleiner Theil der 350000 Schwarzen im Lande von Zeit zu Zeit als Arbeiter an die Colonisten vermiethen, so ist ihr Arbeitsdienst doch nur wenig werth, denn bei der kleinsten Caprice, wegen des leisesten Vorwurfes, überhaupt jederzeit, wenn ihm die Lust dazu ankommt, läuft der Kaffer weg und nach Hause, und das sehr oft gerade dann, wenn Ernte, Saat oder Schafschur seine Dienste am nothwendigsten machen. Wie oft schon hat eine reife Ernte von Türkischem Weizen oder Kaffernkorn auf dem Grunde verfaulen müssen, weil durch das Weglaufen seiner faulen Dienstboten der Far- mer sich plötzlich aller Hände beraubt sah! Die Arbeit mit gemietheten Kaffern ist auf diese Art vollständig unsicher und unberechenbar. Es ist gerade, als ob der Farmer eine Anzahl von frei herumlaufenden Affen für seinen Dienst requirirt hätte, oder als wenn derselbe genöthigt gewesen wäre, seine arbeit- gewöhnten stetigen Ochsen laufen zu lassen und dafür flüchtige Antilopen vor den Pflug zu spannen.

Und an ein Wiedereinfangen des entlaufenen gemietheten Schwarzen ist nie zu denken, eine Bestrafung überdies in seinem entfernten Kraale ganz unmöglich, denn dieselbe würde mit solchen Umständlichkeiten, Zeit- und Geldverlusten verknüpft sein, daß kein Farmer je daran denken wird, den Flüchtling verfolgen zu wollen.

Im besten Falle bleibt der Zulu so lange bei seiner Arbeit, bis er sich genug Geld erworben hat, um eine Frau zu kaufen. Dann aber rennt er sicher weg, und lebt von nun an in Faulenzerei als Grand-Seigneur, denn es ist nunmehr seine arme Frau, die alle Arbeiten für ihn verrichten muß.

Dieser Mangel an Arbeitern ist der Fluch, der zeither immer auf dem ganzen Oberlande der Colonie Natal gelastet hat, und der an solchen Anomalien schuld ist, daß mit großen Kosten condensirte Milch in Zinnbüchsen aus der Schweiz, Butter aus Dänemark, Kartoffeln aus Irland, condensirte Gemüse und gesalzene Fische aus England, preservirtes Fleisch aus Australien und Bauholz aus Norwegen eingeführt werden, während das Land, wären nur Arbeitskräfte da, fernwohnende Völker mit den überflüssigen Producten seiner Milchwirthschaft, seiner Viehzucht, seines Getreidebaues, seiner Fischerei und seiner Holzcultur versorgen könnte. Das Futter für vier Pferde, d. i. in kleinen Haferbündeln, wird hier jedesmal in den Hotels mit 6 Mark angerechnet, in einem Lande, wo es beinahe nichts kosten sollte!

Es sind, nachdem schon im Jahre 1856 der erste Merino eingeführt wurde, heute noch nicht mehr als 300000 Schafe im Lande, während der wenig größere Oranje-Freistaat deren schon 6½ Millionen hat!

Am Abend des 23. April kam ich zu einem höchst angenehmen Hotel, „Zum Thautropfen" (Dew Trop) genannt. Es wurde von einem feinen englischen Gentleman gehalten, der hier mit seiner hübschen und gebildeten jungen Frau zusammenwohnte. Da auch die Schwester dieser letztern, ein nettes siebzehnjähriges Mädchen, gerade auf Besuch da war, so brachte ich hier unter Conversation, Pianospiel und Gesang einen recht vergnügten Abend zu. Auch das Souper, das mir von der liebenswürdigen Familie vorgesetzt wurde, hätte dem besten europäischen Hotel Ehre gemacht.

Die Abendunterhaltung drehte sich natürlich hauptsächlich

um die gefahrvolle Lage des Landes. Die Furcht vor einem allgemeinen Aufstande der Kaffern ist das Damoklesschwert, das über der Colonie schwebt und unausgesetzt alle weißen Familien als Schreckbild beunruhigt.

„Im benachbarten Ladysmith", erzählte mir die junge Frau, „wohnt seit einigen Jahren ein alter Mann mit seiner Tochter. Die letztere ist wahnsinnig und lebt fortwährend in der fixen Idee, ihr Bräutigam werde kommen, um sie zum Altar zu führen. Sie erhebt sich jeden Tag heiter vom Bette, schmückt und putzt sich, steckt sich Blumen ins Haar; gegen Abend aber wird sie unruhig und fängt an zu weinen und zu schluchzen."

Auf meine Frage, was denn an ihrem Wahnsinn schuld sei, fuhr Mrs. C. fort, mir Folgendes zu erzählen: „Der Vater des Mädchens war englischer Magistrat in einem Städtchen von Britisch-Kaffrarien. Seine bildhübsche und immer frohgelaunte Tochter war einem reichen jungen englischen Farmer verlobt, der sechs Stunden weit entfernt von ihnen wohnte. Da brach der Kaffernkrieg von 1850 aus. Infolge dessen wurde beschlossen, die Hochzeit zu beschleunigen, und der Bräutigam, der gerade zum Besuch bei der Familie war, begab sich auf den Heimweg, um sein Haus für die Ankunft der jungen Frau vorzubereiten und einzurichten. Beim Abschiede steckte ihm Fräulein Alice (so hieß die Braut) eine frischgepflückte Rose ins Knopfloch, und unter Hunderten von süßen Küssen trennte sich das junge Paar in der Hoffnung auf baldiges Wiedersehen.

„Der Bräutigam eilte auf raschem Pferde nach dem Hause seiner Aeltern, die mit ihm zusammenwohnten. Aber welche Ueberraschung wartete dort seiner!

„Beim Eintritt in das offen stehende Haus sieht er im ersten Zimmer seinen Vater mit zerschmettertem Schädel auf dem Boden, im zweiten seine Mutter gräßlich verstümmelt auf dem Bett liegen! Der Viehkraal ist leer, alles Vieh verschwunden! In namenloser Betrübniß und Seelenangst läuft er hin und her, er weiß nicht mehr, ob er wacht oder träumt, und er fragt sich, was er thun, ob er bleiben oder fliehen soll. Da ertönt rings um das Haus in großer Nähe das erschreckliche Kriegsgeheul herannahender Kaffernmassen! Er flüchtet sich, um sich vor ihnen zu verbergen, und die Kaffern zünden das Haus an und brennen es nieder.

„Ein Reisender, der drei Tage später vorüberkam, fand zu seinem Erstaunen an dieser Stelle, wo er früher das freund- liche Wohnhaus gesehen, jetzt nichts als den Schutt zusammen- gefallener Backsteinmauern und aufrecht stehende geschwärzte Schornsteine. Beim Herumsuchen im nahen Garten fand er unter einem Feigenbaume ein etwa siebenjähriges schwarzes Mädchen, das ihm unter Weinen und Schluchzen erzählte, was hier vorgegangen sei. Sie habe im Dienste der weißen Herrschaft gestanden und sei ganz allein der Metzelei ent- gangen, indem sie sich in den Busch geflüchtet und dort ver- borgen gehalten habe, bis die tobenden Wilden sich wieder entfernt.

„Der Reisende nahm das Kind zu sich aufs Pferd und ritt unverzüglich zu der ihm persönlich bekannten Familie der Braut, um sie von seiner schrecklichen Entdeckung in Kenntniß zu setzen. In welchen Jammer die Familie versetzt wurde, läßt sich denken. Es wurde sofort angespannt, und Vater, Mutter und Tochter begaben sich gemeinschaftlich nach der Ruine des Hauses, um wenigstens nach den Spuren des Bräutigams zu suchen, über dessen Verbleib das Kind keinerlei Auskunft geben konnte. Vielleicht war er der Schlächterei entgangen und lebte noch! Doch nein — nach kurzem Suchen fanden sie einen grausenhaft zerschlagenen Leichnam unter einem hinter dem Hause stehenden alten Ochsenwagen. Es war der Körper eines weißen Mannes; das Gesicht aber war so vollständig zerhackt und zermalmt, daß es nicht mehr zu erkennen war. Jedoch eine welke Rose steckte noch im Knopfloche, welche die Braut sofort als diejenige wiedererkannte, die sie ihrem Ge- liebten bei der Trennung gegeben hatte. Die Braut fiel wie leblos nieder — ein heftiges Nervenfieber brachte sie an den Rand des Grabes. Nachdem ihre jugendliche Natur die gefähr- liche Krankheit doch zuletzt überwunden, war die Aermste wahn- sinnig geworden und ist es noch heute, nachdem schon 26 Jahre

seit dem Schreckenstage vergangen sind! Sie starrt stunden=
lang die welke Rose an und fängt dann an zu weinen, daß
es einen Stein erbarmen möchte. Und dann auf einmal ist
sie wieder lustig, lacht und freut sich und spricht von der
nahen Zurückkunft des Bräutigams und der bevorstehenden
Hochzeit. Der Vater hatte nach ihrer Genesung vom Nerven=
fieber seine Stellung aufgegeben und war, um die Stätte so
trauriger Erinnerungen zu wechseln, mit seiner Tochter nach
Natal gekommen; denn nach Europa zu reisen erlaubten ihm
seine Mittel nicht."

Wahrlich, eine solche Geschichte (und wie viele andere ähn=
liche mögen noch sich zugetragen haben!) verdiente einmal in
einer der frommen Versammlungen von Negerfreunden in
Exeter=Hall mit der nöthigen Wärme vorgetragen zu werden,
um den immer und ewig nur das vermeintliche traurige Los
der Schwarzen bemitleidenden christlichen Herzen von wohl=
meinenden, rechtschaffenen und rechtliebenden englischen Ehren=
männern und edelgesinnten Damen es einmal ernstlich zu Ge=
müthe zu führen, daß ihre weißen christlichen Mitbürger in
den Colonien doch wol mehr Anspruch auf ihre Sympathien
und ihre Hülfe haben als die neucreirten „englischen Bürger"
von schwarzer Hautfarbe, und daß Milde und Toleranz
gegen den Wilden oft identisch sind mit Härte und Grausam=
keit gegen den weißen Mitbürger.

Am 24. April hatte ich die große Freude, zwei Zulus in
ihrem althergebrachten Kriegercostüm und mit ihren Lanzen,
Wurfspießen und Schilden auf der Landstraße daherwandern
zu sehen. Es waren zwei prachtvoll gewachsene, wie schlanke
Fichten in die Höhe geschossene junge Männer mit höchst in=
telligentem Gesichtsausdruck; beide vollständig nackt, die dünne
Taille mit Streifen von Leopardenfellen umgürtet, mit her=
culischer Schulterentwickelung, und das reiche üppige Wollhaar
(wodurch sich die Zulus so auszeichnen) mit einer Menge von
Adler= und Geierfedern durchsteckt, was ihnen ein höchst im=
posantes Aussehen verlieh. Fürwahr, königliche Wilde! Und
dieser Stolz, diese Vornehmheit in ihren Bewegungen! Es
ist bekannt, daß man einen Hottentotten so viel schlagen kann,

als man will, er wird sich höchstens hinterm Rücken durch
Gift rächen; ebenso wird im allgemeinen der größte Theil der
Kaffern dem Schlage eines Europäers nicht antworten. Man
wage es aber einen Zulu zu schlagen! Er schlägt sofort wieder
und rächt die Beleidigung leicht mit dem Tode des Weißen.
Schon in ihrem Gruße liegt ein entschieden stolzer, ich möchte

Zulukrieger mit Keule.   Zulukrieger mit Schild und Stoßlanze.

sagen: königlicher Charakter. Der Zulu grüßt nämlich mit
den Worten: „Saku bona!" (d. h.: „Wir sahen dich!"), während der weicher organisirte Betschuane beim Begegnen aus-
ruft: „Tumella!" („Seien wir Freunde!")

Daß der Zulu sich dem Europäer vollständig gleich dünkt,
sieht man aus seinem ganzen Benehmen gegen seine Lohn-
herrschaft. Er erlaubt sich dieser gegenüber gern ähnliche Frei-
heiten, wie in den nordamerikanischen Freistaaten, dem Para-

dieſe der Dienſtboten, der Gehülfe des Principals (denn die Worte „Herr“ und „Diener“ ſind ja dort ſo ſtreng verpönt!). Namentlich zollt er dem weiblichen Theile ſeiner Herrſchaft wenig Reſpect, wie die immer zunehmenden maſſenhaften Atten= tate der Zulubiener auf die jungen Frauen und Töchter ihrer Lohnherren beweiſen. Es iſt dieſe letztere Gewohnheit für alle Familien, in denen ſich Töchter befinden, geradezu eine Cala= mität geworden.

Die höher geachtete oder gefürchtete Stellung, die der ob= ſchon in den meiſten Fällen noch vollſtändig wilde und un= civiliſirte Zulukaffer in der Geſellſchaft von Natal einnimmt, zeigt ſich auch ſchon darin, daß er dem Weißen ſeine Sprache aufgenöthigt hat. Während z. B. in der Kapcolonie die Hotten= totten längſt vollſtändig die holländiſche und engliſche Sprache adoptirt, der in Berührung mit den Weißen ſtehende Theil der Kaffern wenigſtens eine von beiden genannten Sprachen radebrechen gelernt hat, fällt es dem Zulu gar nicht ein, die Sprache der Weißen erlernen zu wollen, und zwingt er hierdurch ſeinen Lohnherrn, nolens volens die ſeine zu er= lernen.

Und dieſe urkräftigen, ſtolzen, unbeugſamen und gewalt= thätigen Wilden ſind in der Colonie Natal in einer Ueberzahl von 350000 Köpfen vorhanden, einer verſchwindend kleinen Anzahl von 18000 weißen Coloniſten gegenüber, denen ſie in der großen Mehrzahl nicht dienen, für die ſie nicht arbeiten wollen und die ſie auf Befehl ihrer Häuptlinge jederzeit bereit ſein werden mit einem blutigen Kriege zu überziehen, welcher natürlich zunächſt die Niedermetzelung der geſammten, zerſtreut lebenden weißen Landbevölkerung von 10000 Köpfen zur Folge haben würde. Allerdings würden die 8000 in den Städten concentrirten Weißen mit Hülfe ihrer beſſern Feuerwaffen ſich wol eine Zeit lang vertheidigen können — aber auf wie lange?

In ganz Natal liegt nur ein einziges Regiment von 900 Mann engliſcher Linieninfanterie und eine kleine Truppe Artillerie! Hierzu tritt noch die ſchwache Miliz in den Städten, die Volunteers, die aber ſchwerlich mehr wie zuſam= men 2000 Mann zählen. Was würde nun eine ſolche Macht beim

Losbruch eines allgemeinen neuen Kaffernkrieges bedeuten, wenn dieser rasch um sich greifen und außer den 350000 Zulus von Natal noch die 500000 unabhängigen Zulus jenseit des Tugela, die 130000 Basutos und die 300000 Kaffern zwischen der Kapcolonie und Natal zur Theilnahme reizen würde?

In den Kaffernkriegen von 1846/47, 1850/51 und 1852 war es immer die wohlgelungene Politik der Engländer, ihre Feinde zu theilen und die alten Stammesfeindschaften zwischen Zulus und Amakosa, Zulus und Basutos u. s. w. geschickt für sich zu benutzen, die es ihnen möglich machten, den Krieg zu localisiren und auf einen verhältnißmäßig geringen Landestheil zu beschränken. Sollte diese Politik aber bei einem neuen zukünftigen Kriege einmal fehlschlagen, so könnte es sich ergeben, daß die ganze östliche Küste von Südafrika vom Tugela bis zum Keiflusse mit dem Blute der weißen Bevölkerung überströmt und die letztere bis auf wenige sich rettende Flüchtlinge ganz der Vertilgung anheimfallen würde. Und diese stete panische Furcht vor einem möglichen Kaffern-aufstande ist es, die wie ein in ein offenes Pulverfaß eingestecktes brennendes Licht den Schrecken aller weißen Colonisten bildet. Sie hängt wie ein Damoklesschwert über dem Lande und hält alle Geschäfte, alle Thatkraft und Unternehmungslust nieder. Und gerade zur Zeit meiner Anwesenheit war sie auf den höchsten Grad gestiegen, da wenige Monate vorher der vielbesprochene Aufstand des Häuptlings Langalebalele stattgefunden hatte, der zwar schnell und glücklich unterdrückt worden war, aber doch der weißen Bevölkerung die große, stets über ihr schwebende Gefahr einmal recht deutlich vor Augen geführt hatte.

Der große Ashanteebesieger General Sir Garnet Wolseley war eigens aus England hergesendet worden, um die Colonisten in ihrer panischen Kaffernfurcht zu beruhigen. Er war nach der Abberufung des Gouverneurs Sir B. Pine, dem die Provocation der erwähnten Auflehnung des Langalebalele zugeschrieben und der deshalb zur Verantwortung nach England beordert wurde, zum Gouverneur der Colonie ernannt worden und erst vor wenigen Wochen in derselben angelangt. Woher kommt es aber, daß sich jetzt eine solche ungeheuere Masse von Zulus in der Colonie Natal befinden?

Die ersten Nachrichten, die wir über Natal haben, sind vom Jahre 1683. Damals scheiterte das englische Schiff Johanna in der Nähe der Delagoa=Bai. Die Schiffbrüchigen fanden das Land von einem sehr zahlreichen gutherzigen Neger= volke bewohnt, das große Heerden von Vieh besaß. Die Engländer wurden freundlich aufgenommen und wanderten im Lande ohne Hinderniß umher; sie fanden die Neger überall als ein friedliches, indolentes, gastfreies und dienstfertiges, freundliches und heiteres Volk.

Von 1719 bis 1729 hatten die Holländer eine Küsten= niederlassung in Natal. Dann verschwindet Natal wieder aus der geschichtlichen Chronik, bis im Jahre 1816 der schreck= liche Zulukönig Chaka — der Dschingis=Khan und Attila Süd= afrikas — mit seinen unwiderstehlichen Zulukriegern von Nor= den aus in das friedliche, glückliche und wie ein Garten an= gebaute Land einfiel und dasselbe in einen endlosen Blutsee verwandelte. Ein Stamm nach dem andern der friedlichen Einwohner wurde durch ihn vernichtet oder über die Grenze getrieben; die Schlächterei dauerte vier Jahre lang. Die letzte Schlacht gegen die noch übrigen acht Stämme fand 1820 am Umzimkulußlusse statt; alle noch übrigen Männer, Weiber und Kinder der Natalkaffern wurden da vollends nieder= gemacht. Ganz Natal war in vier Jahren zu einem Kirch= hofe geworden, wüst und menschenleer! Noch heute sieht man in vielen Gegenden des Landes die Kraalbauten des verschwundenen Volkes.

Als im Jahre 1823 die englischen Offiziere King und Farewell ins Land kamen, fanden sie die ursprüngliche zahl= reiche Bevölkerung desselben vollständig verschwunden und das ganze Land in den Händen der Zulus. Diese beiden Eng= länder gründeten eine Niederlassung an der Stelle des heuti= gen Durban (Port Natal) und wurden 1828 vom Könige Chaka formell in ihrem Grundbesitze bestätigt.

Der Nachbar des blutdürstigen Chaka, der ebenso grau=

fame Dingaan, verwüstete 1832 die Ansiedelung von Port
Natal. Die weißen Ansiedler flüchteten während dieser Zeit
theils auf eine Insel in der Bai, theils auf das britische
Schiff Komet, bis die Zulus nach zwölf Tagen sich wieder
entfernt hatten.

Im Jahre 1838 rückten die Boers in Natal ein, besiegten
die Zulus und gründeten die Republik Natal mit der Hauptstadt Pietermaritzburg. Ihre Herrschaft dauerte aber nur
kurze Zeit, denn 1842 nahmen ihnen die Engländer das Land
mit Gewalt wieder ab, worauf die Boers meist wieder über
die Drachenberge zurückzogen und sich im heutigen Transvaal
niederließen.

In Natal waren, nachdem die Zulus von den Boers aus
dem Lande gejagt und über den Tugela zurückgetrieben worden waren, unter dem Schutze der englischen Colonisten an
der Küste nur etwa 10000 Schwarze übriggeblieben von der
frühern Bevölkerung von Hunderttausenden, die von den Zulus
theils getödtet, theils gefangen gemacht und theils vertrieben
worden waren.

Von den geflüchteten Natalkaffern hatte sich ein Theil
über die Berge in das unzugängliche Basutoland geflüchtet;
einzelne davon wurden hier, durch Hunger getrieben, zu Kannibalen! Andere hatten im Süden, in Kaffrarien und der
englischen Kapcolonie Zuflucht gesucht und gefunden und wurden dort Fingoes, d. h. Dienstsucher, genannt. Die englische Regierung überwies ihnen später einen Theil von Kaffrarien zwischen dem Fischflusse und dem Keiskamma. Die dort
noch heute in der Zahl von 80000 Köpfen wohnenden, sowie
die übrigen zahlreich über die ganze Kapcolonie zerstreuten
Fingoes sind die allerarbeitsamsten und civilisirtesten unter
den sämmtlichen Kaffern.

Ein Theil der Natalkaffern endlich war von den Zulus
nicht getödtet, sondern nur als Gefangene in ihrem Dienst-
trosse (als Träger) behalten worden. Sobald Natal nun englisch geworden war, fingen diese Gefangenen an, massenweise
über die Grenze (den Tugelafluß) zurückzufliehen nach dem
Lande ihrer Väter, das ja jetzt sicher für sie geworden war.

Zu ihnen gesellten sich zahlreiche Zulus, die entweder den
strengen Heirathsgesetzen oder verwirkten Strafen, oder überhaupt dem ganzen schrecklich despotischen und blutigen Regie-
rungssystem zu Hause entgehen wollten, sodaß seit dem Jahre,
wo die englische Flagge Ruhe, Sicherheit und Frieden über
das Land brachte, eine Masseneinwanderung von Zulus sowol
als eine Rückwanderung von gefangenen und geflüchteten ehemaligen Natalkaffern begann, die fortwährend in steigender
Progression zunahm, sodaß die schwarze Bevölkerung von
Natal in den Jahren

1843	10000
1848	50000
1857	120000
1865	200000
1872	280000
und 1875	350000 *)

betrug.

Von den heute in der Colonie wohnenden 350000 Kaffern
mag man etwa 100000 als zurückgekehrte Reste der frühern
Bevölkerung und die übrige Zahl von 250000 als reine
Zulus rechnen.

Wie hat sich nun die englische Regierung dieser Masseneinwanderung von Schwarzen gegenüber verhalten?

Sie hat gerade das Umgekehrte gethan von dem, was sie
hätte thun sollen. Statt die Boers aus dem Lande gehen
zu lassen, welche die besten Beschützer der Grenze gewesen
sein würden, hätte sie suchen müssen, dieselben im Lande zu
behalten, dafür aber der Ueberschwemmung des Landes mit
Unmassen von Wilden, die meist gar kein Recht auf dasselbe
hatten, einen Damm entgegensetzen sollen. Die Boers würden dieses letztere unbedingt gethan haben. Hätten sie das

---

*) Nach den officiellen Listen nur 308000; es ist jedoch notorisch,
daß die schwarzen Häuptlinge die Zahl ihrer Unterthanen immer weniger anzugeben lieben, als sie in Wirklichkeit beträgt, um an der Be-
steuerung etwas zu ersparen.

Land behalten, so würden sie nur einer gewissen Anzahl von
Schwarzen den Eintritt gestattet, diese aber nur unter der Bedingung aufgenommen haben, daß dieselben erstens keine öffentlichen Staatsländereien als Squatters und ohne Grundrente
zu zahlen in Besitz nehmen dürfen, zweitens zur Bebauung
oder zur Weide ein gewisses Areal nur unter der Bedingung
erhalten, daß sie für die nächsten Farmer alljährlich einen
gewissen Betrag von Arbeit zu leisten haben; drittens würde
von einer Boerregierung kein müßiger Schwarzer im Lande
geduldet werden, der, selbst für seine Person fortwährend
faulenzend, sich ausschließlich durch die Arbeit seiner Weiber
ernähren läßt, und endlich viertens würde das Unterthanenverhältniß der Schwarzen zu ihren Häuptlingen vollständig
aufgehoben und dieselben ausschließlich und unmittelbar der
weißen Obrigkeit unterstellt worden sein. (In der That hatten
die Boers, solange sie, von 1839 bis 1842, Natal besaßen,
die rückflutende Einwanderung von Schwarzen durch die weise
Bestimmung in Schach gehalten, daß auf jeder Farm zur
Hülfe des Farmers nicht mehr wie fünf Schwarze sich niederlassen dürften.)

Solche nothwendige Sicherungsmaßregeln für die weißen
Herren des Landes hätte ganz sicher eine Boerregierung getroffen! Die englische Regierung möchte wol gern jetzt ähnliche Beschränkungen der schwarzen Einwanderung einführen,
aber es ist zu spät! Sie hat die beste Zeit verstreichen lassen,
wo es noch möglich gewesen wäre, das eingedrungene fremdartige Volk zu unterwerfen und zu zähmen. Wollte sie heute,
bei der riesenhaft angeschwollenen schwarzen Bevölkerung von
350000 Köpfen, den nöthigen Schutz für die Weißen durch
gewaltsame Aufhebung der Polygamie, der Frauenarbeit und
der unumschränkten Gewalt der eingeborenen Häuptlinge erzwingen, so würde sie dadurch sofort einen allgemeinen Aufstand dieser wilden Massen provociren — und wo würde dieser
dann enden?

Wie die Sachen jetzt stehen, ist die Position der Colonie
die folgende, in der That sehr dornige: Das Land ist überschwemmt von Horden von Wilden, die nicht für den Weißen

arbeiten wollen, weder auf Farmen, noch auf Pflanzungen, noch an Eisenbahnen, sodaß die Regierung genöthigt ist, alljährlich für die Bebauung der Kaffee- und Zuckerpflanzungen und den Bau der projectirten Eisenbahnen Tausende von Indischen Coolies einzuführen. Jene Massen von Wilden haben für sich den größten Theil der fruchtbarsten Staatsländereien in Besitz genommen und berauben dadurch weiße Colonisten der Möglichkeit, dieselben zu bebauen. Unter dem Schutze der englischen Flagge führen sie, den ganzen Tag im Sonnenscheine liegend und rauchend, ein träges Faulenzerleben. Denn nur so lange arbeiten sie im Dienste des Weißen, bis sie sich genug erworben haben, um sich ein Weib und eine Kuh zu kaufen. Haben sie einmal diese beiden Schätze (und diese Zeit kommt sehr bald für sie durch die hohen Dienstlöhne), so hört ihre Arbeit von da an für immer auf. Nunmehr muß das Weib für sie arbeiten, was bald den Mann in den Stand setzt, ein zweites Weib zu kaufen u. s. w. Und je mehr Weiber er hat, desto mehr wächst sein Reichthum; Heerden, Weiber und Kinder vervielfältigen sich in steigender Progression.

Und dabei lebt diese ganze Masse von faulenzenden Negern in der strengsten patriarchalischen und despotischen Unterordnung unter ihre mit fanatischer Anhänglichkeit von ihnen verehrten angestammten Häuptlinge, deren Gewalt über sie eine vollständig unbegrenzte und absolute ist. Es wird hierdurch ein Staat im Staate gebildet, der zur Zeit eines Aufstandes für die englische Regierung und die gesammte weiße Bevölkerung die höchsten Gefahren in sich trägt. Theoretisch zwar sind alle die einzelnen Kaffernhäuptlinge unter die Regierungs- und Disciplinargewalt des „Secretärs für die Eingeborenen-Angelegenheiten", zur Zeit Herrn Shepstone, gestellt. Er wird als der Paramount Chief oder der oberste Regent der sämmtlichen Eingeborenen angesehen. Solange nun dieser Herr Shepstone in seinem Posten bleibt, mag noch alles gut gehen, denn er ist ein kluger Mann, kennt die Kaffern und ihre Sitten durch und durch und spricht ihre Sprache so fertig, daß die Zulus selbst von ihm sagen: „Er ist einer

12*

von den Unfern!" Er regiert fie nach ihren eigenen traditionellen Gefetzen (Kafir Law), welche jetzt in Kaffernfprache
in einem eigenen gedruckten Gefetzbuche gefammelt und regi-
ftrirt und dann zu eventuellen Aenderungen dem Natalparlament unterbreitet werden follen. Natürlich gibt Herr Shepftone
perfönlich fich nur mit den ganz allgemeinen Angelegenheiten
ab und verfieht hauptfächlich die Stelle eines oberften Richters,
indem er die Appellinftanz für Streitigkeiten unter den einzelnen
Häuptlingen vertritt. Nur fein überaus großer, perfönlicher
Einfluß war es, der fchon zweimal (1846/47 und 1850/51)
die Zulus von Natal an einer Theilnahme an den Kriegen
ihrer füdlichern Kaffernbrüder gegen die Engländer verhindert
hat. Aber wenn er einmal ftirbt — und er ift fchon alt —
wird man einen gleich gewandten und von den Kaffern ebenfo
hoch angefehenen und refpectirten Nachfolger für ihn finden?

Die Colonie Natal bietet alfo ein abfchreckendes Bild davon, wohin es führt, wenn eine Regierung in übertriebener
und falfch verftandener Humanität den unmündigen und unreifen Negermaffen alle ihre unbefchränkte Willensfreiheit be-
läßt und die Intereffen derfelben denen der eigenen weißen
Bevölkerung voranftellt. Die Colonie ift der großen Mehrheit
nach eine fchwarze Colonie geworden, ift ohne Arbeit und
muß die nothwendigften Lebensbedürfniffe, die fie taufendfältig
felbft auf ihrem überfchwenglich reichen Boden erzeugen könnte,
zu Theuerungspreifen aus fernen Ländern importiren. Eine
fchöne Frucht der englifchen Negeremancipation, Negerverhät-
fchelung und Negerbevorzugung! Wie nehmen fich dagegen
die Boerfreiftaaten aus mit ihren auf eine vernünftige Zahl
befchränkten fchwarzen Infaffen, welche durch weife zum Schutze
der weißen Farmer erlaffene Contract- und Vagabundengefetze
zu regelmäßiger Thätigkeit und nützlicher Arbeit gezwungen
find und die, wenn auch weniger hoch belohnt als in den
englifchen Colonien, doch dadurch zu beffern und nützlichern
Menfchen gemacht werden. Welche Freude ift es, in den
Freiftaaten diefe gehorfamen, refpectvollen, an Thätigkeit gewöhnten fchwarzen Dienftboten zu fehen, welche ebendeßhalb
auch viel mehr ihren Dienftherren, von denen fie durchweg in

deren eigenem Interesse gut behandelt werden, persönlich zugethan und anhänglich sind und gewöhnlich lebenslang bei ihnen
bleiben, was in den englischen Colonien nur noch in sehr ver-
einzelten Beispielen vorkommen dürfte.

In den Boerfreistaaten gilt der Grundsatz: Der Schwarze,
der nicht arbeiten will, soll auch nicht essen! und ein ausschließlich durch die Arbeit seiner Weiber und Kinder sub-
sistirender Negerseigneur würde kurzweg aus dem Lande ge-
wiesen werden. Zustände, wie sie in Centralafrika in ausschließlich von Schwarzen bewohnten Ländern ganz natürlich
sein mögen, die Uebertragung aller Arbeitsbürde von den
Männern auf die Frauen infolge der Polygamie, sollten nicht
in Colonien geduldet werden, die durch Kauf- oder Eroberungs-
recht und natürliche Superiorität den Weißen gehören und
bei einer Fortdauer jener Zustände fortwährend unter dem
Banne des Arbeitsmangels und des Stagnirens aller Unternehmungslust, Bodenproduction und Industrie verbleiben
müssen. Das in England in den frommen und wohlmeinenden Versammlungen der Exeter Hall so verpönte Wort „Class
Legislation" hat in afrikanischen Colonien seine größte Berechtigung. Eine gute Gesetzgebung für Kaffern muß Klassengesetzgebung sein, denn unwissenden und unerfahrenen, in jeder
Hinsicht noch unreifen Kindern gegenüber, wie die Kaffern es
noch sind, können nur ganz eigene und ganz besonders ihrem
gegenwärtigen Culturzustande und ihrer gesellschaftlichen Son-
derstellung angepaßte Specialgesetze angemessen sein. Kinder
brauchen Bonnen und Erzieher, und eine vernünftige Erziehung ist unvereinbar mit dem Princip, dem eigensinnigen
Kinde in allen Stücken den Willen zu lassen. Die allgemein
gleichförmige, die sämmtlichen Unterthanen als freie und mündige Bürger im Auge habende Gesetzgebung des englischen
Mutterlandes mit ihrer absoluten, rechtlichen, politischen und
socialen Gleichstellung aller Unterthanen ist bisjetzt gänzlich
unzeitgemäß für Massen von Wilden, die noch im Urzustande
der Menschheit leben und so tief unter der Bildungsstufe der
weißen Colonisten stehen.

Der Contrast nun, den die Natalcolonisten zwischen ihrem

Lande und den anstoßenden Boerrepubliken hinsichtlich der
Stellung der schwarzen Bevölkerung vor Augen haben, hat
eine politische Partei in der Colonie geschaffen, welche die
Trennung vom englischen Reiche und einen Anschluß an die
Boerfreistaaten auf ihre Fahne geschrieben hat. Der Wunsch
dieser Partei wird natürlich nie in Erfüllung gehen, aber er
ist bezeichnend für die politische Stimmung. Sich selbst überlassen, würden die Colonisten bei zeiten reine Wirthschaft mit
den Kaffern gemacht haben, indem sie dieselben einfach aus
dem Lande gejagt hätten, gerade wie man es in Nordamerika
mit den Indianern gemacht hat. Freilich hätte dies schon
vor 25 Jahren geschehen müssen, jetzt ist es dazu zu spät,
denn die Natalschwarzen haben sich schon zum größten Theile
mit Flinten bewaffnet, deren ihnen so viele durch die Arbeiter
auf den Diamantenfeldern zugekommen sind; sie sind daher
jetzt nicht mehr wie ein widerstandsloses Jagdwild auszu-
treiben.

Daß die Colonisten gegen die englische Regierung, der sie
in letzter Instanz ihre heutige gefahrvolle Lage zu verdanken
haben, sehr erregt und erbittert sind, läßt sich nach den mit-
getheilten Thatsachen leicht denken, und die Sprache ihrer
Zeitungspresse war gerade zur Zeit meiner Anwesenheit eine
fieberhaft erregte. Sie betrachten sich als die Stiefkinder und
Opfer einer herzlosen Mutterregierung, die den lieben fremden Negern zu Liebe ihre eigenen weißen Kinder zu einem
elenden und gefahrvollen Dasein verurtheilt hat. Dieses Gefühl ging durch das ganze Land, bildete das fast ausschließ-
liche Gesprächsthema in allen Hotels und machte sich in ohn-
mächtiger Weise in erbitterten und giftigen Zeitungsartikeln Luft.   .

Der „Natal Mercury" und der „Natal Wittness" ver-
traten die große Majorität der so denkenden Colonisten, und
nur der „Colonist", das Blatt des Bischofs Colenso, von
dem ich später zu sprechen haben werde, repräsentirte den
Standpunkt der in Natal zur Zeit noch so gut wie absoluten
Regierung und der negrophilen Priesterpartei, welche das Land
für die Schwarzen wünscht und geneigt ist, eher die Weißen

als die Schwarzen als unbefugte Eindringlinge anzusehen. Man kann sich denken, welche giftigen Schmähartikel in solcher aufgeregten Zeit diese sich gegenüberstehenden Journale aufeinander losließen!

Die Forderungen der Colonistenpartei an die Regierung sind hauptsächlich die folgenden:

1) Auflösung aller „Locationen" und „Reserven" für die Eingeborenen und Vertheilung der letztern über das ganze Land zum obligatorischen Abschlusse von Dienstcontracten mit den weißen Farmern und Pflanzern.

2) Beseitigung der Autorität der Stammeshäuptlinge und Unterstellung der gesammten schwarzen Bevölkerung unter weiße Magistrate.

(Da nach Kafferngesetz das Land nie persönliches Eigenthum der Individuen, sondern Gesammteigenthum des Stammes und somit dessen Repräsentanten: des Häuptlings ist, so fließen in dessen Taschen alle die Einnahmen, Mieth- und Tributgelder, die in civilisirten Staaten der Staatskasse zuzufließen pflegen. Und daher ihr Reichthum und ihre Macht! Verstopft ihnen diese Kanäle und leitet alle Steuern direct und unmittelbar in den Staatsschatz — und die Macht der Häuptlinge wird vorüber sein!)

3) Eine Erhöhung der Hüttensteuer, um das Doppelte. Dieser Punkt hängt zusammen mit

4) Auferlegung einer Weibersteuer. Jede Hütte bedeutet nämlich bei den Kaffern entweder eine Manns- oder eine eigene Frauenbehausung, da jedes Weib für sich und ihre Kinder eine besondere Hütte bewohnt.

Die Hüttensteuer betrug bisher jährlich 7 Mark für jede Behausung (während ein Weißer für das kleinste Wohnhaus jährlich 15 Pfd. St. = 300 Mark Steuer zu zahlen hat!) und brachte

| 1865 | 400000 Mark |
| 1874 | 600000 » |

ein. Sie sollte also auf 14 Mark erhöht, und außerdem

eine Steuer von 5 Pfd. St. (100 Mark) auf jede neue Ehe-schließung, d. i. jeden neuen Weiberkauf gelegt werden.

5) Einführung von Maßregeln zur leichten, schnellen und erfolgreichen Bestrafung von Viehdiebstählen.

(In jeder Colonie mit zahlreicher Eingeborenenbevölkerung ein sehr wichtiger Punkt! Die Schwarzen sind passionirte Viehdiebe und in dieser Kunst wahre Virtuosen.)

6) Erlassung von Gesetzen, um die Kaffern zwangsweise zur Arbeit am Baue der projectirten Eisenbahnen heranziehen zu können, da sie freiwillig nicht kommen in sol-cher Anzahl, als man sie dazu braucht.

7) Im Fall, daß Kaffernarbeitskräfte nicht genügend zu Gebote stehen, Import von chinesischen und indischen Eisen-bahnarbeitern durch Regierungsvorschuß.

(Auf der Erbauung von Eisenbahnen beruhen ja alle Hoff-nungen des Landes, da der so theure und schwierige Ochsen-transport bisher jeden größern Aufschwung der Agricultur und der Ausbeutung der Kohlen- und Kupferschätze der Colo-nie unmöglich machte.)

8) Gesetzliche Präcisirung des Rechts der Selbstvertheid-igung und Selbsthülfe der weißen Colonisten im Falle von Viehdiebstahl, Dienstbotendesertion, Dienstbotenunge-horsam.

(Dieser Punkt war es hauptsächlich, der früher so viele Boers aus der Kapcolonie über die Grenze trieb. Die eng-lische Regierung band ihnen die Hände auf den Rücken und überlieferte sie so widerstandslos allen Plünderungen und Chicanen seitens der Kaffern. Die ihnen dagegen versprochene Protection seitens der Regierung blieb aber aus! Kann sie also den Colonisten nicht schützen, so soll sie ihn wenigstens sich selbst schützen lassen. Hätte sie das früher zugelassen, so würden die drei blutigen Kaffernkriege an der östlichen Grenze der Kapcolonie viel rascher beendigt worden sein.)

Diese und andere nebensächlichere Punkte sind es, welche die Colonisten vor allem von der Regierung zu erlangen wünschen und von deren Bewilligung sie die Wiederherstellung eines vertrauensvollen und loyalen Verhältnisses zwischen ihnen

und der Regierung abhängig machen. Sie wollen nicht länger
auf dem Altare einer Pseudophilanthropie und negerverderben-
der Affenliebe und Negerverziehung sich opfern lassen und
für ihre Interessen wenigstens einer gleichen Berücksichtigung
sich erfreuen als die, welche ihre „schwarzen Brüder" genießen. Aber wie gesagt: es dürfte vielleicht zu spät sein
und nicht mehr in der Macht der Regierung liegen, allen
diesen Uebelständen abzuhelfen, denn 350000 Kaffern von der
energischsten aller Kaffernrassen, die noch dazu durch die
Dienstfertigkeit englischer und deutscher Waffenspeculanten in
den letzten fünf Jahren fast sämmtlich mit Schießgewehren
und Munition versorgt worden, sind ein Factor, mit dem
sich nicht mehr spaßen läßt.

Unter dem Drucke dieser unleidlichen Verhältnisse steht
der Grundbesitz in Natal in einem viel niedrigern Preise
als im angrenzenden Oranje-Freistaate und in der Transvaal-
Republik. Der Blick auf die kleine englische Truppenmacht
von 900 Mann Infanterie und das bischen Artillerie, die in
Pietermaritzburg, Estcourt und Greytown garnisonirt sind,
genügt nicht, um Kapitalisten das Gefühl der gehörigen Sicherheit zu geben und europäisches Kapital zur Anlage in Grundbesitz und Geschäftsbetrieb in diesem Lande zu verlocken.

Was das englische Militär betrifft, so muß die Colonie
dem Mutterlande die Kosten von dessen Unterhaltung jährlich
baar erstatten, und zwar nach dem sogenannten australischen
Satze, d. i. 800 Mark jährlich für einen Infanteristen und
1400 Mark für einen Artilleristen.

Ich kehre nun nach dieser langen Abschweifung, auf die
mich die Erscheinung der beiden schönen Zulukrieger brachte,
zur Beschreibung meiner Reise zurück.

Am Abend des 24. April hatte ich den Tugelastrom zu
passiren. Der Strom war beinahe so breit wie die Elbe bei
Tetschen und sehr reißend. Ich hatte daher große Bedenken,
wie wir da hinüberkommen sollten, denn mit einem leichten
Ochsenwagen durch solche wilde Strömung zu fahren, schien
mir wirklich ein tollkühnes Wagniß. Die Hottentotten mußten erst den Fluß durchwaten, um die Furt zu studiren. Da

ihnen nun das Wasser in der Mitte nur bis unter die Achseln
ging, so konnte die Durchfahrt riskirt werden. Dieselbe ging
also vor sich unter den nöthigen Vorsichtsmaßregeln; Johannes
mußte vorn die Ochsen führen und Isaak machte mit Peitsche
und Kehle einen Heidenlärm, um die Ochsen rasch durchs
Wasser zu treiben. Es war schon Dämmerung geworden und
in dem Halblichte erschien mir der große wilde Strom noch
viel gefährlicher, als er vielleicht war. Da, mitten im Strome,
hatten die beiden vordersten Ochsen (Leitochsen) das Unglück,
zu stürzen! Ich fürchtete, jetzt würde sich sofort der Wagen
durch den starken Strom umdrehen und mit demselben fort-
treiben. Solche Fälle mit daraus folgendem Ertrinken der
Insassen kommen ja in Südafrika so ungemein häufig vor!
Zum Glück aber brachte Isaak's knatternde Riesenpeitsche die
beiden Ochsen sofort wieder auf die Beine und die Gefahr
ging glücklich vorüber.

Bei dieser Gelegenheit will ich bemerken, wie die Kaffern
für sich allein die reißendsten Ströme zu passiren pflegen.
Sie sind Schwimmer in ganz eigener Manier; ihre Kunst
besteht nämlich im Wassertreten, nach Art eines Hundes. Sie
nehmen unter den linken Arm ihre cylinderförmig zusammen-
gerollte Rohrmatte, auf die sie auch ihre Kochtöpfe, Karrossen,
Waffen oder was sie sonst bei sich tragen, legen und mit der
Hand festhalten, und stürzen sich so in den Strom. Die
Matte wird sie wie ein Schwimmring oder eine Luftblase
immer über dem Wasser erhalten, und so rudern sie sich mit
dem rechten Arme in der größten Seelenruhe durch die tosenden Fluten nach dem andern Ufer hinüber.

Ich hatte, auf dem entgegengesetzten Ufer angekommen, nur
noch zehn Minuten bis zu dem aus zwei Hotels und zwei
Privathäusern bestehenden Dörfchen Colenso zu fahren, wo
ein comfortables deutsches Hotel mich aufnahm, dessen freundliche Wirthsleute, die Familie Schultz, mir ein wohlschmeckendes Abendessen bereiteten.

Colenso liegt 3336 Fuß über dem Meere, also schon
2211 Fuß niedriger als De Beers-Paß.

Eine Ueberraschung hatte ich hier. Herr Schultz zeigte

mir die Photographie des Fürsten Bismarck, mit der stolzen Be=
merkung, der Fürst habe dieselbe eigenhändig unterschrieben und
ihm per Post gesendet. Die Sache hing so zusammen. Herr
Schultz war in demselben Gymnasium erzogen worden, wie der
große Gründer unserer deutschen Einheit. Er theilte mir mit
sichtlichem Wohlbehagen mit, wie schon damals dieser „Otto
von Bismarck" von den Starken unter seinen Mitschülern
gefürchtet und von den Schwachen geliebt worden sei, da er
immer die letztern gegen die erstern in kräftigen Schutz ge=
nommen und dadurch den Stärkern Respect vor seiner Person
beigebracht habe. Nach dem Deutsch=Französischen Kriege faßte
sich Schultz ein Herz und schrieb an den Fürsten, ob er sich
wol seines alten Schulkameraden noch erinnere? und theilte
ihm einige alte Jugenderinnerungen von zusammen verübten
losen Streichen mit, die dem Gedächtnisse des Reichskanzlers
eventuell zu Hülfe kommen sollten. Ein paar Monate dar=
auf erhielt er vom Fürsten einen sehr freundlichen Brief nebst
dessen Photographie, worauf nun natürlich der afrikanische
Hotelwirth nicht wenig stolz ist und sie gern triumphirend
seinen vornehmern Gästen vorzuzeigen liebt.

Herr Schultz war ein heißblütiges Mitglied der patrioti=
schen Colonistenpartei; er entwarf mir ein Jammerbild von
der Lage des Landes und sah eine allgemeine Niedermetzelung
der Weißen voraus. Der neue Gouverneur Sir Garnet
Wolseley sollte in den nächsten Tagen auf seiner Inspections=
reise hier durchkommen und in Schultz' Hotel übernachten.
„Ich will ihm aber die Wahrheit, die ganze Wahrheit ins
Gesicht sagen! Wir Colonisten müssen, wir müssen endlich
unser Recht haben und uns selbst regieren dürfen, nach unserm
Geschmack und unsern Bedürfnissen!" Das waren die Re=
flexionen, womit Herr Schultz neben seinem guten Braten
und Weinen den berühmten Ashanteekrieger tractiren wollte,
wie er mir erklärte.

Herr Schultz theilte mir auch recht interessante Thatsachen
bezüglich der augenblicklichen Lage der Colonie mit. Als der
Executionskrieg gegen den Aufrührer Langalebalele vor andert=
halb Jahren begann, machte sich unter allen Kafferndienstboten

in den Häusern der Weißen eine große Aufregung bemerkbar. Sie wurden ungehorsam, widerspenstig; statt ihre Arbeit zu thun, kauften sie in den Läden Flinten, die sie den ganzen Tag putzten und probirten, und viele verschwanden zur Nachtzeit ohne Abschied und auf Nimmerwiedersehen. Es läßt sich leicht denken, welchen Eindruck solche Vorkommnisse auf die weit übers Land verstreuten, isolirten Farmerfamilien machen mußten!

Ich hatte diesen Tag, von Dew Drop bis Colenso, 17 englische Meilen (à 26 Minuten) zurückgelegt; es blieben mir nun noch bis zur Hauptstadt Pietermaritzburg:

22 Miles von Colenso	nach Bushman's River (Estcourt)
20 » » Bushman's River	» Mooi River
12 » » Mooi River	» Currie's Hotel
16 » » Currie's Hotel	» Howick (Umgeni)
14 » » Howick	» Pietermaritzburg

also gerade bequem fünf Ochsentagereisen.

Am 25. April früh überraschte mich Herr Schultz durch eine Rechnung, die — trotz des luxuriösen Abendessens und Frühstücks — in ihrer fabelhaften Billigkeit mir die billigen Rechnungen der Hotels in den kleinen sächsischen Städten wie Nossen, Reichenbach u. s. w. in freundliche Erinnerung brachte. Ich mußte geradezu annehmen, er habe mich nur zu seinem Vergnügen bewirthet; nun solche Wirthe läßt man sich zur Abwechselung ja gern gefallen!

Am Nachmittage dieses Tages überraschte mich ein schwerer Gewitterguß, und abends rollte mein Wagen in das tiefe Thal des Buschmannflusses hinab. Die ganze Gegend war hier mit weitverstreuten Villen geschmückt, die zusammen den Namen Estcourt erhalten haben. Dieser Ort liegt 3675 Fuß über dem Meere. Es dauerte in der Finsterniß eine ganze Stunde, ehe wir zwischen den vielverstreuten Lichtern und Seitenstraßen uns zurechtfanden; es schienen mir wenigstens drei Hotels hier zu sein, aber das mir anempfohlene Hotel Watson sollte ja am Wasser liegen, und so suchte ich weiter, bis ich endlich dasselbe ganz am andern Ende der Stadt fand. Das Hotel war, der hier stattfindenden Highcourtsitzung wegen, mit Gästen überfüllt, und ich mußte daher in meinem Wagen

übernachten. Dicht beim Hotel führt eine schöne steinerne
Brücke über den Strom. Endlich also kam ich nun wieder
in ein Land mit Brücken, seit beinahe vier Jahren hatte ich
keine solche mehr gesehen und war daher über dieses Cultur-
zeichen hocherfreut.

Nahe bei Estcourt mündet der Blaukranz-Spruit (Bach)
in den Bushman's River ein. Diese Stelle war vor 37 Jahren der Schauplatz einer schrecklichen Blutscene; die in Südafrika nie vergessen werden wird. Es wurde nämlich hier
Peter Retief, ein Anführer der Boers, mit 120 weißen Männern, 55 Frauen, 191 Kindern und 250 farbigen Dienstboten
(Hottentotten), zusammen also 610 Personen, von dem Zulu-
wütherich Dingaan heimtückisch und verrätherisch niedergemetzelt.
Der Blaukranzbach heißt noch heute davon der „Mordspruit".
Die Sache ging so zu.

Retief bildete mit seinem obengenannten Gefolge den Vor-
trab der Boers, die nach Natal einrücken wollten, um sich
dort häuslich niederzulassen. Er führte 25000 Stück Vieh
und 600 Wagen mit sich. Retief wollte mit Dingaan über
käufliche Abtretung des Landes Natal unterhandeln und hatte
diesen seine friedlichen Absichten vorher wissen lassen.

Dingaan lud ihn freundlichst ein, ihn mit seinen Leuten in
seinem Kraal zu besuchen; er wolle ihnen ein Freudenfest
geben und bei dieser Gelegenheit den Kaufcontract unter-
zeichnen.

Viele unter den Holländern trauten der Einladung nicht.
Namentlich einer davon, Maritz, beschwor Retief, ihn allein
mit nur zwei andern in den Königskraal gehen zu lassen,
denn drei Abgesandte, meinte er, könnten die Eifersucht des
Königs unmöglich reizen, und sollten sie dennoch getödtet werden, so würden doch wenigstens die übrigen nicht in Gefahr
kommen. Aber Retief entschloß sich trotzdem, begleitet von
70 Freiwilligen, der Einladung Folge zu leisten.

Er kam also am 3. Februar 1838 zum königlichen Kraal
und wurde ein paar Tage durch glänzende Festlichkeiten, Tänze
u. s. w. unterhalten. Auch die Boers wurden gebeten, „auf
ihren Pferden zu tanzen", welcher Einladung sie durch einen

Scheinangriff im Galop mit Losschießen ihrer Musketen zum allgemeinen Jubel der Zulus Folge leisteten.

Am 6. Februar früh wurde Retief vom Könige aufgefordert, zum Abschiedstanze und zur Unterzeichnung des Kaufcontractes wieder zum Kraal zu kommen; am Eingange aber sollten alle seine Leute ihre Waffen ablegen.

Leider folgte Retief dieser Aufforderung, in seiner ehrlichen, wahrhaftigen Natur dem Worte eines so mächtigen Königs vertrauend, und in der Meinung, es sei nur eine Schicklichkeitsrücksicht der Person des Königs gegenüber, und das Fest nahm seinen Anfang. Der freie Platz, wo dasselbe gehalten wurde, war ein von einem doppelten Cirkel von Gräben und hohem Dornbusch umgebener Hof, worin Tausende von Menschen Platz hatten. Innerhalb der Doppelfenzen war das ringförmige, aus Tausenden von Kaffernhütten bestehende Lager der Zulukrieger eingeschlossen.

Der König war sehr freundlich und liebenswürdig, und als die Tänze seiner Krieger eine Stunde lang gewährt hatten, verließ er die innere Verzäunung und begab sich nach seinen außerhalb derselben befindlichen Hütten, den Boers ein lautes „Glückliche Reise" zurufend. In diesem Augenblicke stürzten die Tausende von Zulus, die während ihres immer wilder und wilder werdenden Kriegstanzes die Boers in einem großen Kreise umringt hatten, wie wüthende Tiger auf die letztern, die alle in der Mitte des Kreises standen, los. Ein jeder einzelne der Boers wurde von 20—30 Zulus umringt, niedergeworfen, unter Mishandlungen auf dem Boden herumgeschleift, mit Stricken gebunden und dann sein Kopf mit ihren keulenartigen Knobsticks (kurzen Stöcken von sehr hartem Holze mit einem runden schweren Knopfe) zerschmettert. Nach dieser Bluthat erfüllte ein tausendstimmiges Freudengeheul die Lüfte, der König zeigte sich seinen Kriegern und dankte ihnen. Er hatte zu dieser Gelegenheit zehn seiner streng militärisch organisirten Regimenter, also 15000 Mann, um sich versammelt. Nach einer Stunde sandte er dieselben nach der wenige Meilen vom Königskraal gelegenen Stelle am Bushman's River, wo die übrigen Boers mit den sämmt-

lichen Frauen, Kindern und Dienstboten ihr Lager aufgeschlagen hatten.

Im Boerlager herrschte die größte Stille und Ruhe; die
Männer lagen plaudernd im Schatten ihrer Wagen, die
Frauen und Mädchen hantierten an den Kochfeuern und die
Kinder spielten und sangen, während die hottentottischen Dienstboten das Vieh weideten, das in Zahl von 25000 Stück auf
der Prairie zerstreut war. Da ertönte plötzlich wie ein Erd-
beben das vieltausendstimmige Geheul der schwarzen Krieger-
massen, die hinter einem waldigen Hügel, der ihre Ankunft
verdeckte, auf einmal wie Heerden höllischer Dämonen hervor-
brachen. Sie stürzten sich mit viehischem Blutdurst auf die
armen waffenlosen Opfer, und in einer halben Stunde waren
50 weitere weiße Männer, 55 Frauen, 191 Mädchen und
Knaben und 250 hottentottische Dienstboten theils nieder-
geschlagen, theils langsam zu Tode gemartert. Nur einem
einzigen, sehr schnellfüßigen Hottentottenjungen gelang es zu
entkommen und jenseit der Berge den dort wohnenden Boers
die schreckliche Mär zu verkünden.

Aber Dingaan sollte sich seiner schändlichen That und der
reichen Beute von 25000 Stück Vieh nicht lange erfreuen.
Ein Schrei nach Rache ging durch das ganze Land der Boers;
zwei Anführer, Piet Uhs und J. Potgieter, sammelten rasch
400 berittene Leute und zogen über die Berge nach Natal.
Am 11. April 1838 lieferten sie den in Stärke von 7000 Mann
sie erwartenden Zulus eine Schlacht, worin sie denselben zwar
600 Mann tödteten, aber doch zuletzt, von der Uebermacht
umringt, sich blutig durchschlagen und zurückziehen mußten.
Bei dieser Gelegenheit fiel der Anführer Uhs durch einen
feindlichen Speer und rief noch, als er vom Pferde sank, mit
lauter Stimme aus: „Schlagt euch durch, Jungens! mit mir
ist's aus!" Sein Sohn, ein zwölfjähriger Knabe, fiel
kämpfend an des Vaters Seite.

Im November sammelten die Boers wieder eine neue Macht
und zogen 900 Mann stark und mit einer Kanone von neuem
über die Berge, um ihre niedergemetzelten Landsleute zu rächen.
Pretorius führte sie diesmal an und lieferte Dingaan eine

Schlacht am Sonntag, 16. December 1838. Die Zulus
griffen in großen Massen an, wurden aber nach Verlust von
3000 Mann zurückgeschlagen.

Vier Tage darauf rückten die Boers vor den Königskraal
am Blaukranz-Spruit, wo ihre Landsleute hingeopfert worden
waren, fanden aber zu ihrer Ueberraschung den Kraal verlassen, die große Königshütte niedergebrannt, ebenso wie den
größten Theil der Stadt, und den Feind verschwunden.

Am folgenden Tage schlugen sie ihr Lager auf derselben
Stelle auf, wo ihre unglücklichen Brüder geblutet hatten.
Trotzdem, daß schon über zehn Monate seit der Blutthat verflossen waren, fanden sie noch schreckliche Spuren derselben
auf dem Boden. Gerippe und Knochen abgenagt von Geiern,
Hyänen und Schakals — Hirnschädel, alle zerschmettert und
zerbrochen — Kleiderfetzen — die Baststricke, womit die Opfer
geknebelt, und daneben Massen von Knüppelstöcken und großen
Steinen, womit sie zu Tode geschlagen und geworfen worden
waren — das alles lag massenhaft durcheinander. Ein Kaffer,
welchen man eingefangen und der nach seiner Behauptung —
aber nur als Zuschauer — der Blutscene mit beigewohnt hatte,
erzählte, daß ein Theil der Boers Taschenmesser bei sich gehabt und mit diesen sich noch wüthend vertheidigt und über
zwanzig von den Zulus niedergestochen hätten. Auch erzählte er,
daß es einem der Opfer, einem schlank gewachsenen, beinahe
7 Fuß hohen jungen Manne, gelungen sei, durch die Massen
der schwarzen Teufel hindurch zu entkommen und, wie ein
Löwe um sich herumschlagend, alle Zulus, die ihn fassen wollten, niederzuwerfen. Er konnte ganz fabelhaft schnell laufen,
schneller als alle die Wilden, und hatte schon, 2500 Schritte
weit gerannt, einen großen Vorsprung gewonnen, als er, am
Flusse angekommen, nicht mehr weiter konnte! Jetzt nahmen
ihn die Wilden von allen Seiten, wie eine Meute von Jagd-
hunden einen gehetzten Hasen in die Mitte und warfen ihn
mit Steinen todt.

Unter andern Dingen lag auch Retief's Koffer noch am
Zaune, freilich geplündert und vom Regen unbrauchbar gemacht, aber — wie merkwürdig! — unter den Papieren, die

noch darin lagen, war zwar der größte Theil vom Regen
zerwaschen und zerrissen, einige aber noch ganz wohl erhalten,
als wenn sie erst gestern beschrieben worden wären. Und
unter diesen letztern fand man noch ganz unversehrt den zwischen Retief und Dingaan abgeschlossenen Kaufcontract über
die Colonie Natal! Ich weiß nicht, was aus diesem Papiere
geworden ist, jedenfalls hätte dasselbe in einem für die zukünftigen Generationen anzulegenden historischen Museum der Boer-
freistaaten Platz finden sollen!

Dies ist die entsetzliche Tragödie, welche für alle Zeiten
dem Städtchen Estcourt am Bushman's River ein historisches
Interesse verleihen wird, da der Platz der Mordscene ganz
nahe bei der heutigen Stadt liegt. Werden sich in baldiger
Zukunft solche Schreckensscenen wiederholen, wenn alle die
wilden Massen, die Natal infolge englisch-christlicher Toleranz
in Beschlag genommen haben, einmal gegen die Weißen sich
erheben?

Am 26. April abends kam ich zu dem Hotel Mooi River,
an einem kleinen Flusse gelegen, der den Namen des „Schönen
Flusses" führt (4591 Fuß über dem Meere). Auch hier war
wieder eine stattliche Brücke über den Fluß gebaut, welche
nach der schönen Tochter des Gouverneurs, die sie eingeweiht
hatte, Alice-Brücke benannt worden war. Die Bewirthung
und Bedienung in diesem Hotel waren sehr mangelhaft, da
man jeden Augenblick die Ankunft des Gouverneurs Sir G.
Wolseley erwartete und daher für gewöhnliche Reisende keine
Zeit übrig hatte. Ich brach daher frühzeitig wieder auf. Wir
passirten unterwegs dann und wann einen Zulukraal, wohin
ich mich gewöhnlich begab unter dem Vorwande, um eine
Flasche Milch zu kaufen; die Schwarzen hatten aber nie welche
abzugeben. Sie scheinen alle Milch für sich selbst zu ver-
brauchen und sind wol die größten Milchtrinker von der Welt.
Ihre Passion ist aber nicht die süße, sondern die saure Milch
und das, was wir Quark nennen. —

Ein solcher Kraal besteht gewöhnlich nur aus wenigen Hütten, ein oder zwei Dutzend, und liegt in der Regel auf einem
Hügel oder Bergabhange. Die meist schön und schlank ge-

wachsenen, bis 6 Fuß hohen Männer pflegen zur Tageszeit
gesellig vor ihren Hütten zusammenzuhocken und rauchend den
Genüssen der Conversation sich hinzugeben, während die Frauen
emsig mit Arbeiten aller Art beschäftigt sind.

Die Hütten sind bei den Zulus wie bei den Korannas
von vollständig runder Form, während sie bei den Betschuanen
in eine Spitze auslaufen. Der Bau einer solchen Hütte ist
sehr einfach. Es wird ein Kreis markirt, dessen Durchmesser
ungefähr 10 Fuß beträgt, und darauf ungefähr einen halben
Fuß tief ein kleiner Graben gezogen. In diesen Graben werden Zweige eingesetzt, die man unten tief einrammt und oben
nach der Mitte zusammenbiegt. Dann werden andere Zweige
quer durchgezogen, sodaß ringsum ein Geflecht entsteht, welches
durch Lianen fest verbunden wird. Bis hierher ist alles Arbeit
der Männer, nun kommt die Arbeit der Frauen. Sie schleppen
auf ihren Köpfen riesige Bündel von Gras herbei. Sieht
man sie mit einem solchen wahren Heuschober auf dem Kopfe,
in der linken Hand die Sichel oder Erdhacke, in der rechten
eine mit kühlem Trunk gefüllte Wassermelone, und auf dem
Rücken noch ein kleines Kind, in die Karrosse gebunden, im
Gänsemarsche hintereinander herwackeln, so kann man nicht
umhin, einen Vergleich zwischen ihrer Stellung und der ihrer
amerikanischen weißen Schwestern anzustellen, die zuweilen so
lange im Bette liegen bleiben, bis ihr Gatte Feuer angemacht,
Kaffee gekocht und vom Bäcker frisches Brot geholt hat.

Die Weiber stopfen nun überall in die Zwischenräume
zwischen dem Zweiggeflechte kleine zusammengebundene Büschel
von Gras ein und stellen so eine gegen Sonnenschein, Wind
und Regen gleich schützende Wandung und Dach her. Natürlich ist es in der Hütte ganz dunkel; nur eine enge Oeffnung
wird zum Einkriechen offen gelassen. Inwendig wird der Boden mit der zerstampften Lehmerde der Termitenbauten bedeckt,
die, sobald man sie mit Wasser begießt und festschlägt, einen
so harten Grund wie eine Scheunentenne herstellt. In der
Mitte der Hütte läßt man eine Vertiefung, um hier die irdenen Kochtöpfe übers Feuer zu setzen; der Rauch zieht nur
spärlich durch die Eingangsöffnung ab, weshalb der Aufenthalt

in einer solchen Behausung, wenn Feuer brennt, des augen-
beißenden dicken Rauches halber für uns Weiße kaum erträglich ist.

Der Bau einer solchen Hütte ist in ein paar Tagen fertig
und wird unter steter Begleitung einer Art von Chorgesang
ausgeführt, dessen Takt die Arbeit der Hände begleitet. Das
Dach ist so fest, daß zwei Männer darauf stehen können ohne
durchzubrechen. Auch ist die ganze Hütte leicht vom Platze
zu nehmen und anderswohin zu setzen, da das ganze Geflecht
wie ein Korb zusammenhängt; nur das Gras muß dann heraus-
genommen werden. Eine papierdünne Matratze aus anein-
andergebundenem Schilfrohr und ein hölzernes Kopfgestell
nach Art des japanesischen Kopfkissens vollenden den häuslichen
Comfort einer Zuluhütte.

Es herrscht bei den Zulus zwischen Männern und Frauen
eine ganz bestimmte Theilung der Arbeit.

Die Frau hat alle Feldarbeit, acht Monate hindurch und
ohne Sonntagsunterbrechung, mit Hacke und Picke zu machen,
desgleichen Gras zuzutragen, die Kornernte einzutragen, Feuer-
holz und Wasser zu holen und die Küche und die Kinder zu
versorgen. Sie hat also recht eigentlich die Arbeiten eines
Ochsen, Esels und Pferdes und überdies die ganze Hausarbeit
auf sich, und es ist sehr natürlich, wenn unter solchen Umständen jede erste Frau wünscht, daß ihr Eheherr ihr bald-
möglichst eine zweite und dritte beigesellen möge, um ihre
Arbeit zu theilen und zu erleichtern.

Der Mann besorgt nur das erste Herstellen des Hütten-
gerippes, das Holzfällen, das Bauen der Feld- und Garten-
fenzen und die Aufsicht über das Vieh auf der Weide und im
Kraal; den Rest seiner vielen Zeit bringt er in Nichtsthun,
Besuchen und Schwatzen, Rauchen und Jagen, und in skandal-
süchtiger Gesellschaft von seinesgleichen zu. Auf Reisen müssen
die Frauen alles tragen: Matten und Kochtöpfe, Picken, Hacken
und Kinder, während der Mann hinter der langen Linie seiner
Lastträgerinnen stolz ohne jede Bürde einhergeht und nur seine
Waffen trägt. Ja zuweilen sitzt der Faulenzer hoch zu Roß

13*

und die schwerbeladenen Frauen und Mädchen müssen eilig
seiner galopirenden Mähre nachtraben!

Ihr Korn pflegen die Zulus nach der Ernte in unter-
irdischen Aushöhlungen zu verwahren, von der Form einer
großen Flasche, worin es sich bis zum Tage, wo es gebraucht
wird, sehr gut hält.

Zulus vor ihrer Hütte.

Das Hanfrauchen und Tabackschnupfen ist die größte
Passion der Zulus wie aller übrigen Kaffern. Jeder trägt
seine Schnupfbüchse (Eihlu) immer bei sich, entweder in einem
Lederbeutelchen oder im Ohre in einem durchgesteckten und
verstöpselten Stückchen Rohr. Nimmt er dieses heraus, so
sieht das große Loch im Ohrläppchen sehr widerwärtig aus.
Die Art und Weise, wie der Kaffer unter phlegmatischster und
komisch-ernster Wohlbedächtigkeit und Zeitvergeudung und unter
den Zeichen des süßesten Wohlgefühls den Schnupftaback in

seine geräumigen Nasenflügel einschlürft, ist für mich immer sehr amusant gewesen und wäre zur Darstellung in den münchener „Fliegenden Blättern" sehr geeignet.

Das Rauchen des wilden Hanfes (Dacha = Cannabis sativa) ist in seinen Wirkungen dem Opiumrauchen ähnlich, und geschieht mit Hülfe der sogenannten „Dreckpfeife", eines durchbohrten und mit einem Rohre versehenen Ochsenhornes, das inwendig mit Dacha gefüllt ist. Nachdem der letztere angezündet worden ist, geht das Horn im Kreise herum und jeder Gast nimmt einen Zug daraus, welcher ihm auf etwa fünf Minuten ein heftiges convulsivisches Husten zuzieht, das den Hauptgenuß bei der ganzen Procedur abzugeben scheint.

Eine höchst merkwürdige Mode bei den Zulus ist der Haarring, den die erwachsenen Männer tragen, wenn sie ihr Wollhaar kurz erhalten. Derselbe liegt wie ein Gürtel, ähnlich einer weichen schwarzen Wurst, um den Kopf herum und ist aus Rohr, Wachs, Gummi und dem eigenen Haar zusammengedreht — und so fest und steif, als wäre er von weichem Leder. Unterhalb des Ringes wird das Haar wegrasirt. Unverheirathete Männer dürfen den Haarring nicht tragen, lieben es aber, ihren fabelhaft üppigen Haarwuchs, der von $^1/_2$ — $^3/_4$ Fuß hoch steif und filzig auf dem Kopfe aufragt und denselben wie ein Heiligenschein aus schwarzer Wolle umringt, in alle möglichen bizarren Modeformen zu schneiden, sei es in vier steif aufragende Spitzen (die allerdings den Gebrauch eines europäischen Hutes vollständig unmöglich machen), sei es in Helmform. Viele lassen ihn auch in seiner ganzen üppigen Fülle stehen, wie er ist, und machen dann den Eindruck, als hätten sie eine kolossale schwarze Pelzperrüke auf, die einem Opern= und Theaterteufel sehr gut stehen würde.

Wenn die Männer ihr Kriegscostüm anlegen, so stecken sie in ihre Kopfwolle noch eine Krone von schwarzen Adlerfedern, die nach allen Seiten, wie die Stacheln eines Stachelschweines, herausstarren, und vervollständigen den unsäglich wilden Eindruck, den dieser Kopfschmuck hervorbringt, noch durch Halsbänder von Löwen= und Leopardenzähnen und durch um die Lenden gebundene Schwänze von wilden Thieren. Dazu

noch der lange ovale Schild von Ochsenfell (Isihlanga) und
eine Stoßlanze (Irua) — und das Kriegscostüm ist fertig.

Der Kriegstanz, begleitet von furchtbar dröhnendem, donner-
gleichem und monotonem Unisono-Baßgesang, beginnt mit
langsamen, ernsten und feierlichen Bewegungen und taktför-
migem Fußstampfen — nach und nach wird er immer rascher

Zulukaffer.

und wilder — bis er zuletzt zu einem unbeschreiblichen, wüthenden Durcheinander von brüllendem Schreien, rasendem Fußstampfen, tollen windschnellen Drehungen und grotesken Vor-
und Rücksprüngen wird, was zumal bei einer großen Anzahl
der Tanzenden — und im geisterhaften Mondscheine, wo
hauptsächlich immer diese Tänze abgehalten werden, vollständig
den Eindruck eines Haufens von losgelassenen Höllenteufeln
oder von Tobsüchtigen gibt. Ich sah diese Tänze so oft in

schönen Mondnächten auf den Diamantenfeldern, und jedesmal
boten sie mir ein unbeschreiblich fesselndes Schauspiel; nur
freilich fehlte dort immer der fürchterlich aussehende Krieger-
schmuck, der doch eigentlich nothwendig zu der großen theatralischen Wirkung des Tanzes gehört.

Die Frauen und Mädchen nehmen an dem Tanze nur
durch taktschlagendes Händeklatschen und Singen mit theil.
Eigene Frauentänze kennt ursprünglich das von der Cultur
noch unbeleckte Kaffernvolk gar nicht; ein solches Lastthier, wie
die Frau bei ihnen ist, hat nicht einmal das Recht zum Tanzen!
(Daß ich in Thaba-Nchu so viele tanzende Frauen sah, zeigt
daher den weit vorgeschrittenen Culturstandpunkt der Barolongs.)

Zulukaffer.

Die Frauen und Mädchen sind beim Arbeiten in Feld und
Haus nur mit einer um die Lenden gehängten Karosse bekleidet; bei feierlichen Gelegenheiten kommt noch eine über die
Schultern geworfene Karosse dazu. In der Jugend sind sie
oft wahre Bildhauermodelle in Anmuth und Eleganz des
Körperbaues und leichter und fester Haltung, welche letztere
durch die Gewohnheit, schwere Lasten auf dem Kopfe zu tragen,
sehr gewinnt. Aber die lebenslange harte Sklavenarbeit läßt

sie schnell altern, und dann dienen ihnen die endlos lang
herabhängenden Brüste (die sie oft über die Schulter hinüber
dem auf den Rücken gebundenen schreienden Kinde reichen)
keineswegs zum Schmucke. (Freilich finden die Kaffern selbst
diese hängenden Brustsäcke ihrer Frauen äußerst geschmackvoll!
So weise hat die Natur unter den verschiedenen Menschen-
rassen den Schönheitssinn variirt und modificirt!)

Die untere Hälfte ihres Kopfhaares rasiren die Frauen
sich ab und den übrigbleibenden Haarbusch färben sie gern
mit rother Erde. Den Hang, sich mit Perlenschnüren zu
schmücken, theilen die Zulufrauen mit allen Kafferinnen; aber
die Farbe der Perlen ist, wie die des Schnittes und der Farbe
unserer Frauenroben, einer ewig wechselnden Mode unterworfen. Jetzt war gerade eine gewisse Nuance von Blaßblau
dafür Mode, und die Händler, die noch alten Vorrath von
dunkelblauen Glasperlen auf Lager hatten, fanden solche seitdem vollständig unverkäuflich.

Die Kafferinnen verwenden die ihnen durch weiße Händler
zukommenden bunten Glasperlen nicht nur zu geschmackvoller
Aneinanderreihung für Arm- und Fußbänder, Colliers, Brust-
und Kopfschnüre, sondern wissen damit auch die reizendsten
und durch ihre Farbenzusammenstellung sehr harmonisch in
das Auge fallenden zierlichen Stickereien auf der nach außen
getragenen Lederseite ihrer Karrossen herzustellen, wodurch diese
anmuthigen Pelzmäntelchen bei vornehmen Häuptlingsfrauen
manchmal wirklich wie prunkvolle Königsmäntel erscheinen.
Der Werth, den die Kaffern auf solche Glasperlen legen,
zeigt sich auch schon darin, daß sie zur Benennung jeder verschiedenen Färbung der Perlen ein eigenes Substantivum gebildet haben; so heißen:

Glasperlen im allgemeinen	= Ubuhlalu
Rothe Glasperlen	= Umgazi
Große blaue »	= Amaqanda
Weiße »	= Etambo
Schwarze »	= Isitumani

Gelbe Glasperlen = Umtuci
Grüne   »   = Ibuma
Nelkenfarbene • = Imfibinga.

Auch Armbänder von zusammengeflochtenen wohlriechenden Kräutern sah ich bei einzelnen Frauen. Die Fußringe tragen sie bis zum Knie hinauf. Die Kinder laufen alle nackt, sind aber reichlich mit Perlen geschmückt, namentlich mit einem bunten Perlengürtel um die Hüften und mit Perlenschnüren um Hals, Arme und Beine.

Interessant in ihrer Art sind die Geldbeutel, ebenso die Schnupfbeutel der Kaffern. Das Silbergeld (denn Gold mögen die dummen Teufel nie nehmen, und wenn der Kaffer-dienstbote am Ende des Monats nicht seinen Lohn in baarem Silber empfängt, so rennt er lieber fort und läßt ihn im Stich) oder den Taback verwahrt der Kaffer in einem zu-sammengebundenen schmuzigen Stückchen Leder; dieses ist wieder in ein zweites größeres Stückchen eingelegt, dieses wie-der in ein drittes und so fort bis manchmal zu einem Dutzend von zusammengewürgten und zugebundenen Lederlappen. Dieses Bündelchen fackt er dann in ein größeres Bündel ein, welches er am Stocke trägt und worin er noch allerhand andere Cu-riositäten mit sich schleppt: sein Frisirzeug (denn er läßt sein Wollhaar durch einen Kameraden mittels eines feinen Röhr-chens fleißig ölen und einreiben), ein Messer, einen Taschen-spiegel u. dgl. Schätze.

Die Zulus sind übrigens in manchen Künsten der Civili-sation sehr wohl erfahrene Wilde. Es gibt unter ihnen Töpfer, Holzschneider, Korbmacher, Eisenschmelzer und Nähter, und sie haben Pickäxte, Hacken und Nähnadeln eigener Fabrikation. Sie brauen auch wie die übrigen Kaffern aus Kaffernkorn (Sorghum Caffrense = Guineakorn in Westindien = Durrha in Aegypten; einer Art Moorhirse mit mannshoher Staude, sehr ähnlich dem Mais und dem Zuckerrohr, mit einer dichten Rispe von hanfkorngroßen Samenkörnern) zwei sehr wohl-schmeckende, etwas berauschende Getränke: eine Art Wein und ein Bier. Das letztere, Leting genannt, fand ich höchst angenehm und kühlend, ähnlich dem russischen Kwaß. Es wird in gewaltig großen, sehr hohen und unten mit einem großen Bauch versehenen irdenen Töpfen (Inbeza) gebraut.

Die Holzschneidekunst der Zulus wird hauptsächlich auf große Löffel (Izinxembo), Kopfkissen (Isiquamelo) und große Töpfe (Isiquenge), auch auf hölzerne Speere und kurze Keulenstöcke (Kerries oder Knobsticks, Izindugo) angewendet. Durch vorsichtiges über das Feuer Halten geben sie gewissen Theilen der in das Holz eingeschnittenen Figuren eine dauernde schwarze Farbe, die sich wie ein künstlicher Lack ausnimmt.

Am 27. April vormittags passirte ich den von sechs raschen Pferden gezogenen Wagen des Gouverneurs. Der berühmte General, eine prächtige militärische Erscheinung, saß darin mit drei Begleitern, alle in Civil, aber den Kopf bedeckt mit sogenannten indischen Helmen, mit weißer Leinwand überzogenen Korkhüten in Helmform und inwendig mit doppelten Rändern, sodaß die Luft fortwährend über den Kopf hin circuliren kann. Diese Helme sind in allen Tropenländern sehr gebräuchlich und schützen gleich gegen Sonne und Regen, auch ähneln sie darin dem Schachthute eines Bergmanns, daß sie den Kopf sehr gut gegen auffallende Gegenstände, aufschlagende Zweige u. s. w. schützen. Aus China wurden deren viele nach den Diamantenfeldern versendet und dort von 12—20 Mark das Stück verkauft.

Nachmittags kam ich schon zeitig bei dem Hotel Currie an, wo die junge Wirthin, die ich an ihrer großen Lebendigkeit sofort als eine Irländerin erkannte, mich in Erstaunen setzte. Dieselbe war eine ganz allerliebste und noch sehr junge Frau und würde in jedem Lande zu den Schönsten ihres Geschlechtes gezählt haben. Erst seit einem Jahre verheirathet, hatte sie vor einigen Monaten das Unglück gehabt, beim Durchgehen der Pferde aus ihrem Wagen an eine Mauer geschleudert zu werden und dabei an drei verschiedenen Stellen das Bein zu brechen. Und bei einer Fahrt zum Arzte in der nächsten Stadt hatten sich die Brüche wiederholt und waren nun ganz unheilbar geworden! Die Aermste mußte nun ihren schönen Körper auf Krücken einherschleppen. Es wäre daher doch wol sehr natür-

lich gewesen, wenn ein so jugendliches, tanz- und springlusti-
ges Wesen, das nothwendig von natürlicher weiblicher Eitelkeit nicht frei sein konnte, infolge eines solchen Unglücksfalles,
der sie auf Lebenszeit verkrüppelt machte, in eine anhaltende
traurige und schwermüthige Stimmung versetzt worden wäre.
Aber das gerade Gegentheil von dem! Ich habe selten in
meinem Leben eine solche Lachlust, eine so sprühende Laune
und Fröhlichkeit gefunden wie bei dieser verkrüppelten Schönheit! Woher nahm sie doch alle diese unerklärliche Lustigkeit?
O glückliches altceltisches Blut dieser Töchter Irlands! Es
fließt ihnen wie Champagnerwein durch die Adern, und ihre
freudige Lebenslust ist nicht todtzumachen. So sehr mir
immer die niedern Klassen der Irländer, wie man sie
namentlich in den Vereinigten Staaten von Nordamerika in
so unangenehmer Art kennen lernt, widerwärtig waren (ein
Volk des Schnapsfusels und der Emeute!), so angenehm und
liebenswürdig fand ich gewöhnlich die vornehme und gebildete
Klasse derselben. Es ist eine eigenthümliche Mischung von
solidem Briten- und lebhaftem formgefälligen Franzosenthum,
die sie in der Gesellschaft sehr einnehmend und umgänglich
macht. Auch der elegante Gouverneur und tapfere General
Sir Garnet Wolseley ist ein Irländer.

Am 28. April nachmittags gelangte ich zu einer Station,
worauf ich mich schon lange gefreut hatte: dem Dorf und
Hotel Howick am Umgenifalle. — Ich habe schon manchen schönen Wasserfall gesehen, vor allem den großartigsten
von allen: den unbeschreiblich herrlichen Niagarafall, und
das sowol im Sommer als im Winter! Trotzdem aber oder
vielleicht gerade deshalb ist meine Freude, einen neuen Wasserfall zu sehen, immer eine sehr große, und meine Erwartung,
hier im berühmten Umgenifalle etwas Schönes zu finden,
ward auch nicht getäuscht. Der Fluß ist zwar noch klein,
etwa wie die Weißeritz bei Dresden, aber dafür stürzt er in
einem gewaltigen Bogensatze 320 Fuß tief in einen Felsen-
abgrund hinunter, was bei der reichen Buschvegetation seiner
Ufer und der steil-senkrechten Felsenwand ein prächtiges Landschaftsbild abgibt. Er war allerdings gerade für den Augen-

blick nicht sehr wasserreich); ich konnte mir aber leicht vorstellen, wie großartig das Schauspiel des Wasserfalles sein müsse, wenn große Regengüsse den Umfang des Flusses verzehnfacht haben.

Namentlich als ich am Abend in dichter Finsterniß sacht und vorsichtig mich auf den durch kein Geländer geschützten Felsenvorsprung begab, wovon man bei Tage die beste Ueber- sicht des Falles hat, machte das mächtige urweltliche Brausen und Donnern der Wasser in der Tiefe auf mich einen ganz schauerlichen und gewaltigen Eindruck.

Ich wollte am nächsten Morgen in den tiefen Abgrund hinabsteigen, um den Anblick des Falles von unten zu ge- nießen, aber der Hotelier rieth mir davon ab, da erstens der Fußweg hinunter sehr schlüpfrig, abschüssig und gefährlich sei, und zweitens Massen von Giftschlangen zwischen den Felsen- blöcken sich zu sonnen pflegten, auf deren eine ich leicht treten und dann sicher einen Biß von ihr abbekommen könnte. So verzichtete ich denn lieber auf den Ruhm, den Fall von allen Seiten gesehen zu haben.

Am 29. April mittags kam ich endlich in der Hauptstadt von Natal, Pietermaritzburg, an, nachdem ich von den Dia- mantenfeldern bis dahin mit meinem Ochsenwagen (exclusive der Aufenthalte) 22½ Reisetage gehabt hatte, nämlich:

von Kimberley	nach Bloemfontein	5	Tage
Bloemfontein	» Harrysmith	10	»
Harrysmith	» Pietermaritzburg	7½	»

Zweiundzwanzigstes Kapitel.

Schon von fern, von einem hohen Berge aus, worüber die Straße sich hinzog, öffnete sich mir die Aussicht auf eine außerordentlich groß erscheinende Stadt, deren Häuser weit über eine fruchtbare grüne Fläche hingesäet waren. Eine warme südliche Sonne beleuchtete das schöne weite Panorama und erhöhte den freundlichen Eindruck, den die Hauptstadt auf mich machte. Beim Näherkommen fand ich meine hohen Erwartungen bestätigt. Ich kam durch stattliche breite Straßen, bei einem großen steinernen Palast mit Thurm vorbei, der an eine italienische Stadt erinnerte, und ließ dann am andern

Ende der Stadt bei einem Boardinghause (von Mrs. Jones) ausspannen, das mir anempfohlen worden war.

Ich war so glücklich, hier ein prächtiges, großes und kühles Parterrezimmer miethen zu können, wovon ich nur einen Schritt in den schönen schattigen Park hinauszuthun hatte, um an dessen herrlichen subtropischen Gewächsen meine Augen zu erfreuen. Schmetterlinge von den wundervollsten bunten und metallglänzenden Farben gaukelten über den Blumen herüber und hinüber und zwischen den Aesten und Zweigen der Bäume hingen in ihren Netzen fabelhafte Spinnen von der Größe kleiner Vögel, deren fette Bäuche und unmäßig lange Beine in mir bei meinen Promenaden immer das beängstigende Gefühl erregten, als könne jeden Augenblick eins dieser gräßlichen Beester auf mich herabfallen, in welchem Falle ich, glaube ich, einen Schreckensschrei ausgestoßen haben würde.

Pietermaritzburg liegt nur 2000 Fuß über dem Meere, auf einem Landrücken und umgeben von Hügeln und Bergen, die im Westen und Nordwesten in hohen kahlen Ketten aufragen. Der kleine Buschmannsfluß läuft um die Stadt herum, und mehrere elegante Brücken überspannen denselben. Ueberall plätschern mit Stein eingefaßte Bachrinnen durch die Straßen und ermöglichen die Bewässerung jedes einzelnen Gartens. Die Gärten, die in den meisten Straßen jedes Haus umgeben, geben mit ihren kühlen Baumschatten und ihren voll bunter Blumen prangenden Verandas der Stadt ein äußerst freundliches und elegantes Aussehen. Die Häuser selbst, meist von rothen Ziegelsteinen aufgeführt, haben gewöhnlich den sehr hübschen englischen Villenstil und machen den Eindruck, sehr comfortable Wohnsitze zu sein.

In den Gärten sieht man schon eine Menge schöner, tropischer Bäume, auch Orangen- und Citronenbäume; der beliebteste Baum scheint aber der Gumbaum zu sein. Die Straßen sind mit stattlichen großen Syringas (Hollunderbäumen) eingefaßt, und hier und da am Wasser befinden sich auch Gruppen prächtiger Trauerweiden.

Der Stadtpark, der nahe meiner Wohnung jenseit des Flusses liegt, bietet herrliche schattige Spaziergänge und ist

alle Nachmittage voll von eleganten Amazonen. Wöchentlich
zweimal findet hier Militärmusik statt; es war für mich ein
unbeschreiblicher Hochgenuß, nach vierjährigem musikalischen
Fasten endlich nun wieder einmal die Ouverture zu „Wilhelm
Tell", den Krönungsmarsch aus dem „Propheten", eine Offen-
bach-Quadrille u. s. w. sehr gut aufgeführt zu hören. Ich
glaubte mich auf einmal wieder nach Europa versetzt, und die
eleganten Damen, die rothbäckigen Kinder in Bergschotten-
costüm, die auf- und abpromenirten, machten diese Illusion
fast vollständig. Im Park finden auch oft große Gesellschafts-
ballspiele statt, wobei zwei Parteien von jungen Männern
gegeneinander um den Sieg streiten, so z. B. das Offiziercorps mit den Civilbeamten, die Studirenden von höhern
Schulen aus verschiedenen Städten u. s. w. Die Ergebnisse
dieser Gesellschaftsspiele werden stets, gerade wie bei den Wettrennen, mit allen Details und Namen in den Zeitungen veröffentlicht.

Pietermaritzburg hat mehrere Freiwilligencorps, die neben
den hier liegenden Compagnien des 13. Infanterieregiments
und einiger Artilleriemannschaft bei feierlichen Gelegenheiten
immer mit aufmarschiren und sich dann in ihren schönen
neuen Uniformen von der Damenwelt gern bewundern lassen.

Eine solche Gelegenheit bot sich bei der Eröffnung des
Natalparlaments, die unter großem militärischen Gepränge
vor sich ging. Es marschirten dabei folgende Truppenkör-
per auf:

1) 2 Compagnien des 13. königlichen Linieninfanterie-
regiments, in rothen Waffenröcken und mit weißer Leinwand
überzogenen Helmen, bewaffnet mit Snidergewehren.

2) 16 Mann königliche (blaue) Artillerie mit 2 Kanonen.
(Sir Garnet hat von Woolwich eine Batterie leicht trans-
portirbarer siebenpfündiger Berg-Stahlkanonen kommen lassen,
wie solche im Ashanteekriege sich sehr bewährt hatten; dieselben tragen 6000 Fuß weit.)

3) 60 Mann Schützen von Maritzburg (Volontärs), in
dunkeln Uniformen, bewaffnet mit Enfieldbüchsen.

4) 40 Mann Carabiniers (berittene Jäger, Volontärs) in

dunkelblauen Waffenröcken mit gelben Kragen und hohen
Stiefeln.

5) 32 Studirende des Hilton-College, ein berittenes Corps
von sehr feschem Aussehen, wenn auch wol für ernsten Gebrauch etwas zu jugendlich.

Zusammen 328 Mann, nebst Fahnen, Musik und Tam-
bours, — allerdings ein recht hübsches militärisches Schauspiel
bietend, da die jungen Engländer ja im Durchschnitt sehr
schmucke und feine Leute sind, denen eine elegante Uniform
ganz besonders gut steht, — aber im Falle wirklich ernster
Gefahr doch eine lächerlich ungenügende Zahl zur Vertheidigung der Hauptstadt gegen etwa einbrechende Massen von
Hunderttausenden von Wilden.

Maritzburg hatte
1873 4864 Einwohner (3259 Weiße, 99 indische Coolies, 1506 Zulus)
1875 7467   „   (4313   „   250   „   2499 „)

und außerdem im letztern Jahre noch 405 Bewohner von
anderer Nationalität, darunter: 53 Chinesen, 74 Hottentotten,
63 Half-caste-men (Halbschwarze) von Sanct-Helena u. s. w.
Kafferndienstboten bekommen jetzt 15—20 Mark monatlich
nebst Beköstigung, was sie sehr rasch in den Stand setzt, sich
das Kaufgeld für Frau und Kuh zurückzulegen und sich dann
als „Frauenrentiers" auf ihre Bärenhaut zurückzuziehen.
Freie Coolies erhalten 30—50 Mark mit Beköstigung. Zur
Beurtheilung der Kosten des Lebens will ich auch die Marktpreise einiger Naturproducte mittheilen, wie sie gerade jetzt
hier gelten:

1 Pfund Butter........	2½	Mark
100 „ Kohle..........	6	„ (aus Natal)
1 Dutzend Eier........	2½	„
1 Ente	2¾	„
1 Gans.............	5½	„
1 Huhn.............	2	„
100 Orangen..........	2½	„
1 Dutzend Ananas	4	„
100 Pfund Kartoffeln	10	„
1 Dutzend Kürbisse	5½	„

1 Pfund Transvaaltabak 1½ Mark
1 Truthahn.......... 9   „

In den Hotels sind die üblichen Preise:

für Frühstück............... 2   Mark um 8½ Uhr früh
  „ zweites Frühstück (Lunch).. 2   „   „ 1   „ Mittags
  „ Hauptmahlzeit (Dinner) ... 2½ „   6½ „ Abends
  „ Bett............... 1½ „
eine Gabe Pferdefutter pro Kopf 1½ „
Pferdefütterung pro Kopf täglich 3½ „
  „   „   wöchentlich 21 „

Pietermaritzburg war nun endlich der Ort, wo ich meine
Hochlandsochsen um jeden Preis verkaufen mußte, denn sie
weiter nach Durban mitnehmen, hieß sie sicher durch Redwater
verlieren, und hier in Pietermaritzburg gaben die immer durch-
kommenden Transportführer, die nach den Freistaaten ziehen,
die beste Gelegenheit, sie gut zu verkaufen.   Ich fragte daher
einen Auctionator, ob ich sie gleich verkaufen oder erst ein
paar Wochen noch auf der Weide ausruhen lassen sollte. Er
meinte: verkaufen Sie dieselben um jeden Preis sofort, denn
der Fall kommt fortwährend vor, daß die Hochlandsochsen
hier schon in den ersten Tagen erkranken, und dann kann
ihnen kein Doctor mehr helfen, sie sind des Todes. — Ich
gab daher die Thiere am folgenden Tage in die allwöchent-
liche große Viehauction, wo sie mit Geschirr und Peitsche für
1440 Mark weggingen, nachdem ich ein paar Monate früher
1640 Mark dafür gegeben hatte. Ein Transportführer kaufte
sie, der nach dem Freistaate zog, und hoffe ich daher, daß
meine pflichtgetreuen und fleißigen Zugthiere wieder glücklich
in ihrem Vaterlande angekommen sein mögen.

Die Residenz des Gouverneurs, nahe der Citadelle gelegen, ist eine reizende Villa in gothischem Stile, umgeben
von einem herrlichen Garten. Auch die Bischöfe haben schöne
Behausungen. Es gibt nämlich zwei anglikanische Bischöfe
hier: einen von der Königin ernannten, der sich Bischof von
Natal nennt (jetzt der berühmte Negerfreund Dr. Colenso),
und einen von den Natalcolonisten gewählten Gegenbischof
(Macrori), der sich Bischof von Pietermaritzburg nennt. Außer-

dem ist auch noch ein römisch-katholischer Bischof hier, Herr
Jolivet (ein Franzose), dessen umfangreiches Bisthum auch
die Diamantenfelder umfaßt.

Bischof Colenso, ein übrigens sehr intelligenter Mann,
war eigens nach England gereist, um dort die große Langale-
balele-Agitation in Fluß zu bringen, welche zur Folge hatte,
daß Gouverneur Pine abberufen und der alte schwarze Zauberer und Schmeerbauch, der die ganze Colonie Natal so in
Schrecken gesetzt hatte, in ganz England wie ein heiliger
Märtyrer gefeiert und bedauert wurde. Dafür wurde Colenso,
als er von England zurückkehrte, in Natal mit den unge-
heucheltsten Zeichen des Abscheues empfangen. Kein Boots-
mann wollte ihn vom Dampfschiffe aus Land setzen, und in
der Stadt Durban wurden auf die Nachricht seiner Ankunft
die Läden geschlossen und schwarze Trauerflaggen aufgezogen.

Ich machte die interessante Bekanntschaft des Herrn Colenso
und hörte von ihm seine Darstellung der Langalebalele-
Affaire, nachdem ich von einem Herrn von der Regierung und
von verschiedenen Colonisten die ihrige gehört hatte.

Langalebalele war eier jener zahlreichen Häuptlinge, die
aus dem großen Zulukönigreiche jenseit des Tugela mit ihren
Stämmen die Flucht ergriffen und sich unter dem Schutze der
englischen Flagge im nordwestlichen Natal angesiedelt hatten.
Sein Stamm hieß der Hlubistamm und zählte im Jahre 1873,
nachdem er schon 25 Jahre in Natal verweilt hatte, 10000
Köpfe; derselbe besaß 10000 Stück Hornvieh und viele Schafe,
Ziegen und Pferde. Da die schwarzen Stammeshäuptlinge,
die über ganz Natal verstreut wohnen, seit der Bearbeitung
der Diamantenfelder so viele Schießgewehre daher bezogen,
so erließ die Regierung von Natal ein Gesetz an alle Chiefs,
daß alle Flinten zu registriren und zu versteuern seien und
jeder von ihnen demzufolge ein Verzeichniß der in seinem
Stamme vorhandenen Zahl an die Regierung einzusenden hätte.
Auch Langalebalele erhielt diese Aufforderung wie alle übrigen. Er ignorirte dieselbe jedoch vollständig, und trotz dreimal
wiederholter Citirung vor den nächsten britischen Magistrat
und nach der Hauptstadt erschien er nicht zur Verantwortung.

Herr Colenso entschuldigt diese Handlungsweise seines schwarzen Schützlings dadurch, daß derselbe durch die wiederholt an ihn gesandten Boten erschreckt und eingeschüchtert worden wäre und demnach eine zu große Furcht hatte, um sich persönlich dem britischen Magistrat zu stellen.

Es wurde nun (es war im October 1873) eine Truppe Volontärs aufgeboten, 55 Mann, die nach dem Kraale Langalebalele's aufbrechen sollten, um ihn mit Gewalt abzuholen. Durch ein „Misverständniß" (wie es gewöhnlich in solchen Fällen nachher heißt) kam es zu einem blutigen Rencontre zwischen diesen Volontärs und den Leuten Langalebalele's, in welchen fünf der erstern fielen.

Langalebalele, obgleich er bei diesem Treffen nicht gegenwärtig gewesen war, fürchtete doch zu sehr die Verantwortlichkeit, die man ihm persönlich für den Tod der fünf jungen Weißen aufbürden würde, und ergriff mit einigen Getreuen die Flucht über die Berge. Er wurde aber nach kurzer Zeit in den Gebirgen Basutolands, namentlich durch Mithülfe der Basutohäuptlinge, aufgegriffen und gefangen genommen, und dann nach sehr kurzem und summarischem Processe zur Deportation und lebenslänglicher Gefangenhaltung nach der kleinen Robbeninsel bei Kapstadt verurtheilt. Diese Insel dient bekanntlich der Kapregierung zur Internirung von politischen Verbrechern, sowie auch von Geisteskranken.

Die Nachricht von dem bewaffneten Widerstande der Hlubis und dem Tode von fünf weißen Soldaten hatte mittlerweile die ganze Colonie in fieberhafte Aufregung versetzt und die Regierung fürchtete mit Recht, daß, wenn sie in einem solchen unerhörten Falle Milde übte und nicht eine rasche summarische Bestrafung ins Werk setzte, dies von allen Kaffern als Zeichen von Schwäche und Furcht aufgefaßt werden und einen allgemeinen Aufstand aller Schwarzen — das stete Schreckgespenst der Colonie — zur Folge haben könnte, welcher die gesammte weiße Bevölkerung mit Vernichtung bedrohen würde.

Gouverneur Sir B. Pine ließ also alle verfügbaren Streitkräfte der Colonie, hauptsächlich Volontärs, berittene

Polizei und zur Hülfe genommene Eingeborene von andern, verlaßlichen Stämmen, gegen die Hlubis vorrücken und den ganzen Stamm mit Krieg überziehen. Zweihundert derselben wurden getödtet, ihre Hütten und Erntevorräthe verbrannt, ihr Vieh (9000 Stück Hornvieh und große Massen von Scha- fen, Ziegen und Pferden) in Beschlag genommen und 10000 Schwarze aus ihrem Lande gejagt, theils zerstreut, theils über die Grenze nach Basutoland gedrängt.

Gegen 1500 Weiber und Kinder waren nach diesem mit- leidslosen Strafgericht über den Stamm noch übriggeblieben und hatten weder Obdach noch Subsistenzmittel mehr. Diese wurden als Dienstboten (apprentices) über das ganze Land an solche Colonisten vertheilt, die sich zu ihrer Aufnahme bereit erklärten. Und solcher Offerten liefen 5000 bei der Regierung ein! Die heimische Peace Society, die Antislavery Society und die Aborigines Protection Society machten über dieses letztere Factum einen großen Lärm und legten es so aus, als hätten diese 5000 Colonisten billige Sklavenarbeit damit erlangen wollen.

Eine vollständig falsche Auffassung, denn in einem Lande, wo es für die weißen Ansiedler trotz der ungeheuern Menge der schwarzen Bevölkerung doch nur eine so ganz unzureichende Anzahl von Dienstboten gibt, sich zur Aufnahme von solchen bereit erklären, ist noch kein Beweis von Sklavenhaltergelüsten, sondern gegenüber der traurigen Lage der armen, hungernden, zurückgelassenen Frauen und Kinder eher ein Zeichen von Humanität und von dem Wunsche, an ihnen die nothwendig erschienene harte Behandlung ihrer Männer und Väter wieder gut machen zu wollen.

Natürlich war die Gelegenheit, aus der gewaltsamen Ver- treibung eines ganzen Volksstammes von britischem Boden, der grausamen Trennung der Frauen und Kinder von ihren Gatten und Vätern, dem „Raube" von 10000 Stück Horn- vieh u. s. w. politisches Kapital zu machen, für die heimischen negrophilen Gesellschaften von Exeter Hall zu günstig, um sie nicht vollständigst auszunutzen, und ein Sturm der Entrüstung brach in England los, der durch die Ankunft und die Reden

des Bischofs Colenso eine allgemeine Verbreitung über ganz
Großbritannien gewann. Der Gouverneur Pine wurde abberufen, Herr Shepstone nach London beordert, um die detaillir-
teste Auskunft über alles zu geben, und der Befehl ertheilt,
den vertriebenen Stämmen Langalebalele's und Putini's (letzterer ein befreundeter Stamm von 5000 Köpfen) die Rückkehr in ihre bisherigen Wohnsitze zu erlauben und ihnen ihre
Weiber und Kinder und das ihnen geraubte Vieh zurückzu-
erstatten.

Dieser rege Sinn für die Rechte des Schwachen und Un-
terbrückten, wie er sich bei dieser Gelegenheit wieder recht lebhaft in der öffentlichen Stimme des englischen Volkes aussprach, gereicht demselben zu hoher Ehre. Leider nur ist
dieselbe in vielen andern politischen Fragen, z. B. der sehr
nahe liegenden über die Annexion der Diamantenfelder nicht
zur Aussprache gekommen, was freilich hauptsächlich wol dem
nicht hinlänglichen Unterrichtetsein des englischen Publikums
über diesen Landdiebstahl zu Grunde gelegt werden muß.

Man wünschte nun in England auch, daß der alte Langalebalele die Erlaubniß erhalten solle, nach seinem Lande zurückzukehren. Allein gegen diese Zumuthung brach — und
mit Recht! — ein solcher Sturm des Widerstandes in der
Colonie aus, daß man auf das Project verzichtete und sich
darauf beschränkte, seiner zahlreichen Familie die Reise zu
ihm und das Verbleiben bei ihm zu gestatten. Der glückliche
Patriarch hat nämlich nicht weniger als 60 Weiber, 54 Söhne
und 68 Töchter!

Die Colonisten hatten nun allerdings sehr recht, sich der
Rückkunft Langalebalele's energisch zu widersetzen; denn erstens
hätte dieses Factum alle Furcht und allen Respect der Schwarzen vor der Natalregierung untergraben. Nichts ist gefährlicher den Kaffern gegenüber als eine schwankende, hin- und
herschwingende Politik! Und zweitens ist der alte fette Häuptling als einer ihrer „ersten Zauberer, Kenner geheimer Medicinen und Regenmacher" mit einem so großen und allgemeinen Ansehen ausgestattet, und flößt ihnen allen einen so
„heiligen Respect" ein, daß seine Wiederkunft von der ge-

sammten schwarzen Bevölkerung als ein Triumph über die weißen Colonisten würde aufgefaßt worden sein — ein sehr encouragirendes Beispiel für die Zukunft!

Welche spirituelle Gewalt diese schwarzen Häuptlinge über ihre Unterthanen haben, wird am besten durch die folgende kleine Geschichte illustrirt, welche mir die junge Mrs. Saint-George, eine Canadierin, die auch in meinem Boardinghouse wohnte, erzählte.

Sie sah im Park eine Negeramme, welche ein ihr anvertrautes allerliebstes weißes Kind liebkoste.

Es war gerade die aufgeregte Zeit von Langalebalele's Aufstand, und die beängstigendsten Gerüchte von einer allgemeinen „Sicilianischen Vesper", welche von den verbundenen schwarzen Häuptlingen gegen die weiße Bevölkerung angeordnet sein sollte, liefen von Haus zu Haus in Maritzburg herum. Familienväter dachten schon an eine Flucht an die Seeküste oder unter den Schutz der Citadelle, und alle Welt war fieberhaft erregt.

Mrs. Saint-George, die zärtlichen Liebkosungen der Negerin gegen das weiße Kind betrachtend, konnte es sich nicht versagen, dieselbe zu fragen: ob sie denn, im Falle es zu einer allgemeinen Ermordung aller Weißen käme, nicht wenigstens alles thun würde, um dieses kleine, ihrem Schutze anvertraute unschuldsvolle Wesen zu retten? Die Negerin antwortete: „Was könnte ich denn thun, Missis, wenn mir mein Inkosi (Häuptling) beföhle, das Kind zu tödten, so müßte ich es tödten!"

Und diese blinde Unterwürfigkeit unter die Befehle ihrer altangestammten Häuptlinge geht durch die ganze schwarze Bevölkerung!

Bei dieser Gelegenheit halte ich es für passend, einige Bemerkungen über die Sitten und Gesetze dieser großen schwarzen, heidnischen Einwohnerschaft einzufügen, welche jetzt wie ein gefährliches, nur oberflächlich äußerlich gezähmtes, aber innerlich noch wildes Raubthier erscheint, das man, als es noch klein und schwach war, in ein Haus unvorsichtig eingelassen, das sich nun aber darin vollständig eingewohnt hat und täglich mehr und mehr seiner Stärke und Kraft sich bewußt wird.

Die Polygamie mit ihrer natürlichen Folge: der Sklaverei der Frauen, ist die Basis, worauf alle gesellschaftlichen Einrichtungen der noch nicht zum Christenthum bekehrten Kaffern beruhen.

Viele Frauen zu haben ist die Eitelkeit des Reichen, wenigstens eine zu erlangen die Sehnsucht des Armen. Ein armer Mann ohne Frau ist verachtet und hat keine Stimme in der Kraalgemeinde.

Das Weib ist nach Kafferngesetz außerhalb der Staatsgesellschaft gestellt, denn die Gesetze sind nur für die Männer da. Es hat keine persönlichen Rechte, kein Eigenthum, sondern ist selbst stets das Eigenthum eines Mannes, sei es des Vaters oder von dessen nächsten männlichen Verwandten, oder des Bruders, selbst des Neffen, und bei Ermangelung aller männlichen Verwandtschaft des Stammeshäuptlings.

Eine Gattin kann daher nur gekauft werden, entweder von ihrem Vater oder ihren sonstigen männlichen Verwandten, und der Kaufpreis wird stets in Hornvieh verlangt. Billigere Frauen kosten 3, 5, 10 Kühe, theurere 20—30; die lebendige Waare hat eben sehr verschiedene Preise, je nach der Herkunft, der Schönheit, den Talenten des Mädchens.

Eines Tages fragte ich in Kimberley Yanniki, ein hübsches kräftiges Amakosamädchen, warum sie denn nicht den Umfuli, einen jungen Kaffern, der ihr sehr den Hof machte, heirathete, da sie ihn doch zu lieben scheine. Sie antwortete, sie habe ihn zwar gern, dürfe ihn aber nicht heirathen, da er nur zehn Kühe für sie zu bezahlen im Stande sei, während ihr Vater funfzehn fordere.

Ich meinte nun, es sei doch recht hart von ihrem Vater, wegen fünf Kühen mehr oder weniger dem Glücke seiner Tochter in den Weg treten zu wollen. Ich glaubte, mit diesen Worten eine ihr wohlgefällige Aeußerung gethan zu haben, Yanniki aber nahm es ganz anders auf. „Was!“ sagte sie erregt, „mein Vater sollte mich also wirklich für zehn Kühe hergeben, nicht wahr? Das fehlte gerade noch! Bin ich denn nicht mehr werth als Cilli, für die in voriger Woche der Tamboolie-Chief zwölf Kühe bezahlt hat? Ich bin hübsch, ich kann kochen, nähen, sticken, englisch reden; und bei allen diesen Vorzügen sollte mich mein Vater für lumpige zehn Kühe weggeben? O Herr, wie klein denken Sie von meinem Werthe! Nein, nein! mein Vater hat ganz recht, wenn er in diesem Punkte nicht nachgeben will; ja ich finde, er dürfte dreist zwanzig Kühe für mich fordern, denn ich bin es werth!"

Dieses interessante Gespräch zeigte mir, daß ein Kaffern-mädchen in einem hohen für sie verlangten Preise einen Ehrenpunkt sieht, und gab mir eine ganz neue Ansicht über diese Ehegeschäfte.

Aber der Kauf der Frauen hat zur Folge, daß junge Männer, weil´ sie in der Regel noch kein Vermögen haben, keine Frau nehmen können, während alte Männer, reich ge-worden durch die Arbeit ihrer Frauen und den Verkauf ihrer weiblichen Kinder, deren viel zu viele sich aneignen. Dem Vater liegt nur daran, möglichst viel Vieh für seine Töchter einzulösen, und er gibt sie daher fast ohne Ausnahme dem Meistbietenden hin, der in den meisten Fällen eben ein alter Mann sein wird. Möge derselbe nun körperliche und geistige Eigenschaften haben, wie er wolle, sobald er das höchste Ge-bot gemacht und bezahlt hat, wird ihm das Kind wie eine Sklavin nach seinem Kraal zugetrieben.

Es ist natürlich, daß für ein junges, hübsches, kräftiges und gesundes Mädchen allemal mehr Kühe verlangt werden als für ein weniger durch solche empfehlende Eigenschaften ausgezeichnetes; aber auch ebenso natürlich ist es, daß ein junger Mann selten einen so hohen Preis dafür wird zahlen können wie ein alter. Daher kommt es, daß, je älter ein Mann wird, er immer desto hübschere und jüngere Weiber bekommt, und daß sein Bestreben ihm leicht gelingt, infolge des fortwährenden Ersatzes seiner alternden Weiber (und das Altern geht bei der ihnen auferlegten harten Feld- und Haus-arbeit sehr schnell vor sich!) durch frisches, süßes, junges Blut sich selbst, nach seiner freilich einigermaßen anfechtbaren Meinung, eine ewige Jugend zu erhalten.

Eine traurige Folge dieses Mädchenhandels und dieser Töchterzüchtung nur mit dem Endzwecke einer hohen aus ihrem Verkaufe zu erzielenden Rente ist die große Zahl von erzwungenen Heirathen, denen sich die Kinder nur widerwillig unterwerfen. Das menschliche Herz ist ja in der Hauptsache überall dasselbe, bei den Kafferinnen wie bei den Deutschen und Engländerinnen, und ein junges Kaffernmädchen hat manchmal schon ihr Herz anderweitig vergeben, wenn sie von ihrem Vater einem abgelebten Greise verkauft wird, der schon ein paar Dutzend Frauen besitzt.

So kommt es denn manchmal, daß das verkaufte Mädchen die Flucht aus dem väterlichen Hause ergreift und sich irgendwo in einer Höhle, einem Sumpfe, oder Gebüsche, oder bei einem fremden Stamme verborgen hält. Was aber geschieht dann? Die ganze Familie, ihr Vater und ihre Brüder, sowie ihr Käufer machen mit Spürhunden Jagd auf sie. Findet man die Aermste, so wird sie fürchterlich gemishandelt und gemartert. Einen festgeschnürten Ochsenriemen um den Hals, die Hände auf den Rücken gebunden, so wird die Unglückliche nach dem Hause ihres Käufers geschleift, der die Mishandlungen weiter fortsetzt, bis sich endlich die widerspenstige Schöne ergibt oder sich durch Selbstmord aus seinen Händen befreit.

Es ist häufig vorgekommen, daß sich die armen Opfer der väterlichen Habsucht in von Krokodilen wimmelnde Seen und Flüsse gestürzt haben, nur um einem verhaßten ihnen aufgedrungenen Gemahle zu entgehen.

Uebrigens wird das Ehebündniß an sich gar nicht als sehr bindend betrachtet. So kann ein Mann seine Frau jederzeit wegen einer Bagatelle aus dem Hause jagen, und ebenso wird unter Umständen dem Weglaufen einer Frau kein Hinderniß entgegengesetzt, vorausgesetzt — und das ist eine Hauptsache — daß sie dann den vom Manne für sie gezahlten Preis in Kühen ihm zurückvergütet.

Es besteht bei den Kaffern noch die wol selten zu findende

Sitte, daß solche sich gegenseitig ihre Weiber für einige Zeit zur Dienstleistung und weitern ganz beliebigen Benutzung leihen, und wenn ausgezeichnete Fremde, wie Häuptlinge, auf Besuch zu einem andern Häuptling kommen, so wird ihnen von diesem für die ganze Zeit, solange ihr Aufenthalt dauert, eine seiner jüngsten und hübschesten Frauen, wie der landesübliche Ausdruck lautet: „um dem Gaste das Bett zu wärmen", zur Verfügung gestellt.

Das sind nun freilich Sitten, die wenig mit europäischen Begriffen von Frauenwürde übereinstimmen. Indessen die Kaffernfrauen finden darin nichts Ungehöriges oder Unbilliges; fehlt ja doch in der Kaffersprache das Wort Tugend ebenso wie das Wort Dankbarkeit.

Es gibt aber auch gewisse Fälle, wo wegen guter Gründe eine Frau ihren Mann ohne Rückzahlung des Kaufgeldes verlassen und zu ihrem Vater zurückkehren darf. Ueber die Gültigkeit dieser Gründe hat der Häuptling des Stammes zu entscheiden, und wenn sie von ihm anerkannt werden, kann der Vater seine Tochter dann zum zweiten mal verkaufen.

Da die Kafferinnen durchweg sehr robuste und kräftige Naturen besitzen — und wie könnte es bei dem schon so früh anfangenden Zwange zu harter körperlicher Arbeit anders sein? — so verursacht ihnen auch das Kindergebären nicht im entferntesten ähnliche Leiden und Beschwerden als unsern europäischen Frauen.

Die Mutter kommt, schwere Lasten auf dem Kopfe nach Hause schleppend, von der Feldarbeit heim, da fühlt sie auf einmal die Wehen, legt sich nieder — und nach ein paar Stunden ist alles vorüber. Zwei oder drei Tage darauf pickt und hackt sie wieder wie früher auf dem Felde! Vielleicht trägt auch die einfache und regelmäßige Nahrung zu dieser Leichtigkeit der Geburten mit bei. Die Kafferin genießt jahraus jahrein fast ausschließlich Korn- und Maismehlbrei und Milch, nur gelegentlich hat sie daneben an seltenen Tagen einmal Fleisch und Früchte (wie Kürbisse und Wassermelonen).

Die Kaffern haben merkwürdigerweise die semitische Sitte der Circumcision für die Knaben sowol als für die Mädchen;

nur die Zulus machen von dieser allgemeinen Kaffernsitte eine Ausnahme, seit ihr König Chaka dieselbe verboten hatte.

Nach der Heilung der Wunde haben die Knaben das erstaunliche Privilegium (allerdings nur für eine gewisse Anzahl von Tagen), jede beliebige verheirathete Frau von der Straße aufgreifen und sie vollständig als ihr Eigenthum gebrauchen zu dürfen, selbst, wenn es nicht anders gehen sollte, unter Anwendung von Gewalt. Ein ähnliches Recht freien Liebesgenusses haben die Mädchen nach ihrer Operation und wählen sich dann für die Dauer der Festzeit nach Belieben ihre Amants.

Durch solche Sitten wird natürlich schon frühzeitig aller Sinn für Scham und Anstand vernichtet und die Missionare haben bei ältern Leuten beiderlei Geschlechts nur wenig Chancen, eine so verdorbene Natur mit dem Gefühle christlicher Reinheit, Tugend und Entsagung zu erfüllen. Desto mehr Erfolg aber haben die Lehren der Missionare bei den Kindern, die ihnen schon in frühem Lebensalter übergeben wurden.

Es ist für die Kaffernmädchen Sitte, ihren Hochzeitstag in Thränen zu verbringen. Wer möchte leugnen, daß sie alle Ursache dazu haben, denn ihr Leben von da an ist eine absolute Sklaverei!

Ein Häuptling hat sich übrigens nach dem Grundsatze: Noblesse oblige, sehr fatalen Beschränkungen zu unterwerfen. So ist es unter seiner Würde, selbst im Lande auf die Brautschau herumzuvagabundiren und sich nach Belieben ein Schätzchen zur Frau auszusuchen. Es ist vielmehr Sitte, daß ihm von andern Häuptlingen oder vornehmen Rathspersonen Mädchen zugeschickt werden; diese dann zu refüsiren wäre eine Beleidigung, die der ganze betreffende Stamm rächen würde! Je älter und zugleich reicher nun ein hervorragender Häuptling wird, desto vornehmere und theuerere Mädchen werden ihm zugeschickt, die er ihrer Herkunft halber nicht unter seine frühern Frauen rangiren kann. Daher kommt es, daß der Häuptling zur „Großen Frau“, die ausschließlich der andern die eigentlichen Privilegien einer „regierenden Fürstin“

erhält, oft seine letzte und jüngste, weil vornehmste Frau, macht, und wenn ihm diese dann einen Sohn gibt, der als solcher der Erbe der Häuptlingswürde wird, so ist der junge Erb- prinz in den meisten Fällen der jüngste aller Söhne des alten Vaters. Dies ist ein Umstand, der bei dem Tode des Vaters gemeiniglich sehr üble Folgen nach sich zieht, da die in der Regel zahlreichen ältern Söhne sich alle zusammen gegen das bevorzugte, noch schwache und hülfsbedürftige Kind zu ver- bünden pflegen. Es sind dann die alten Räthe des Vaters, unter deren vollständigem Einflusse das Kind aufwächst, bis es mündig, d. h. 18 Jahre alt wird. Von da an sucht sich der junge Häuptling gewöhnlich gern die bevormundenden alten Räthe vom Halse zu schaffen, was früher durch An- schuldigung der Zauberei sehr leicht war, jetzt aber durch das strenge englische Verbot, jemand wegen Anklage auf Zauberei zum Tode zu verurtheilen, sehr erschwert worden ist. Soviel wie möglich umgibt sich aber der junge mündig gesprochene Häuptling allmählich mit neuen, ihm sympathischern und ge- fügigern jüngern Rathsherren.

Die Regierung eines Kaffernstammes ist nicht compli- cirt. Legislative, Executive und Justiz werden sämmtlich vom Häuptlinge und seinem Rathe verwaltet.

Die Justizpflege hat natürlich infolge der eigenthümlichen gesellschaftlichen Stellung der Frauen eine durch und durch von der unserigen verschiedene Basis. Das Erbschaftsrecht namentlich hat infolge dessen eine sehr originelle Form. Ein Weib erbt nie etwas, sondern wird geerbt, weil es selbst nur das Eigenthum seines Vaters oder seiner männ- lichen Verwandten, oder der männlichen Erben seines Gatten ist. Jedes Eheweib hat eine eigene Hütte und in der Regel auch einen eigenen Viehkraal zugewiesen bekommen. Stirbt nun ihr Gatte, so erbt der älteste Sohn einer jeden Frauen- hütte in solchem Falle den dazu gehörigen Viehkraal. Hatte der Vater aber keine Viehvertheilung bei seinen Lebzeiten unter- nommen, so erbt der älteste Sohn des vornehmsten Weibes alles Vieh des Vaters.

Die Kinder werden nicht von der Witwe geerbt, sondern von

den männlichen Erben des Baters, d. h. von ihrem Großvater oder Großonkel oder deren sonstigen nächsten Anverwandten, in Ermangelung deren aber von den männlichen Anverwandten der Mutter: also von deren Bater, Onkel oder Bruder. Nur wenn auch solche Anverwandte vollständig fehlen sollten, so werden die Kinder Eigenthum des Häuptlings; dasselbe findet mit der Witwe selbst statt.

Welch ein Unterschied in der neuen Stellung zwischen den holländischen Witwen in der Kapcolonie und den Kaffern- witwen! Im Kaplande wird die Frau nach dem Tode des Gatten gesetzlich die Erbin von drei Viertheilen seines ganzen Vermögens, und nur ein Viertheil bekommen die Kin- der, die also, wenn es der Mutter einfällt, wieder zu heirathen, in der Regel arm bleiben. Und bei den Kaffern bekommt die Witwe nicht einmal ein Schaf oder eine Ziege, sondern wird selbst die Sklavin ihres Schwiegervaters, Schwieger- onkels oder wieder ihres eigenen Vaters, Onkels, Bruders, oder gar des Häuptlings! Und seit vielen Jahrhunderten er- tragen diese armen Frauen geduldig und ergeben eine so elende Lage!

Läuft eine Frau vom Manne weg, so bleiben die Kinder des Mannes Eigenthum, und dies ist wol der Grund, warum ein solcher Fall nur selten bei Frauen, die Kinder haben, vorkommt, denn welche Mutter trennt sich gern von ihren Kindern?

Ehebruch wird nur durch ein Strafgeld (in Vieh) ge- sühnt, und zwar fließt dieses dem Häuptlinge zu, nicht dem Gatten. Verstümmelt ein Mann seine Frau, so hat der Häuptling das Recht, ihn mit einer Strafe zu belegen.

Die Strafjustiz ist nicht sehr verwickelt. Gefängnisse und Deportation gibt es nicht, sondern nur zwei Strafen: die Todesstrafe oder die Geldstrafe. Letztere ist immer nur in Vieh an den Häuptling zu entrichten, und in Ermangelung der Zahlungsfähigkeit des Uebelthäters durch dessen Vater oder sonstigen nächsten männlichen Anverwandten.

Mit der Todesstrafe wurden früher nur Zauberei, Hoch- verrath und mitunter auch Mord bestraft, welcher letztere aber in der Regel durch einen ansehnlichen Viehtribut an den Häuptling ausgeglichen wurde.

Die englische Regierung hat die wohlthätige Neuerung eingeführt, daß wegen einer Anklage auf Zauberei nie mehr die Todesstrafe stattfinden darf, und daß überhaupt jede Verurtheilung zum Tode, die früher stets unmittelbar nach erfolgtem Richterspruche executirt wurde, vor ihrer Ausführung dem Inspector des Native-Departement, Herrn Shepstone, unterbreitet werden muß, der sie jederzeit in eine andere Strafe verwandeln kann.

Alle übrigen Strafen sind nur Geld-, also in Vieh abzuzahlende Strafen. Die Vergehen werden entweder als Criminalfälle betrachtet, d. h. als Beschädigungen der Person oder des Eigenthums des Häuptlings (wie Hochverrath, Mord, Nothzucht, Mishandlung, letztere drei als Beschädigung des Eigenthums des Häuptlings, insofern seine Unterthanen als solches gelten), und zahlen dann eine bedeutend größere Strafe, oder nur als Civilfälle, d. h. als Beschädigungen des Eigenthums eines Unterthanen. Zu diesen letztern gehören nach juristischer Kaffernanschauung: Diebstahl, Eigenthumsbeschädigung, Ehebruch, Verführung von Frauen oder Mädchen. (Die Frauen werden hier eben immer ganz streng nur als Eigenthum eines Mannes betrachtet.) Zu den Civilfällen werden auch Ehestreitigkeiten, Ehescheidung und Flucht der Frau, Erbschaftsstreite, überhaupt Eigenthumsprocesse aller Art gerechnet. —

Die Criminalfälle werden sofort endgültig von dem Häuptlinge vor seinem Rathe entschieden. Da es bisjetzt noch kein geschriebenes Kaffernrecht gab, und erst für die nächsten zwei Jahre die Niederschrift eines solchen von der englischen Regierung angeordnet worden ist, so wurde bisher immer nur nach Präcedenzfällen entschieden, welche die Tradition sorgsam aufbewahrt hatte.

Der Angeklagte hat nach Kafferngesetz positiv seine Unschuld zu beweisen, nicht der Kläger dessen Schuld! Im englischen Gesetze ist's bekanntlich umgekehrt — ein großer

Segen für Unschuldige, aber auch zugleich in der Regel eine
prächtige Durchschlüpfegelegenheit für die Schuldigen.

Der Kläger wie der Beklagte haben ihre Verwandten als
Advocaten, d. i. Fürsprecher, zur Seite, die sich vor dem
Häuptlinge und seinem Rathe gegenseitig ins schärfste Kreuz-
verhör nehmen und dabei juristische Talente offenbaren, die
dem feinsten und scharfsinnigsten europäischen Advocaten Ehre
machen würden. Sie benutzen dabei blitzschnell jede kleinste
Blöße, die ihnen die Gegenpartei durch ausweichende Antworten, Fehler aus Versehen oder Vergeßlichkeit, oder durch
Unachtsamkeit, Verwirrung, geistige Schwerfälligkeit und Selbst-
widerspruch darbietet, und offenbaren sich bei solchen Gelegenheiten als geborene Disputanten. Und eine europäische Uni-
versitätsbildung sollte aus solchen hoffnungsvollen Talenten
nicht etwas Tüchtiges machen können? Wenn erst einmal
Schulen über das ganze Land verbreitet und der natürliche
Hang des Kaffern zur Faulheit schon von Kindheit auf durch
wohlthätigen Zwang zur Thätigkeit und zum Lernen gebrochen
sein, und wenn dann aus einleuchtenden Gründen der Zweck-
mäßigkeit die englische Sprache allgemein von den Kaffern gelernt werden wird, dann wird es mit der Polygamie und der
lebenslangen Bedienung des männlichen Geschlechtes durch das
weibliche, sowie mit der absoluten Herrschaft der eingeborenen
Häuptlinge für immer vorüber sein.

Was für offene Köpfe es unter den Kaffern gibt, hat man
Gelegenheit in der Lehranstalt Lovedale bei Alice in der Kapcolonie zu sehen, die von einem schottischen Missionar, Herrn
Stewart, gegründet worden ist. Die Kaffernknaben, die sich
zu Predigern und Lehrern ausbilden wollen, müssen dort
tüchtig Latein und Griechisch lernen und befriedigen in ihrem
Fleiße und ihren Fortschritten die höchsten Ansprüche. Es
ist mit der Lehranstalt ein praktisches Institut verbunden für
die Erlernung verschiedener Handwerke und Fertigkeiten, wie
Zimmern, Schmieden, Sattelmachen, Wagenbauen, Drechseln,
Tischlern, Buchdruck und Buchbinderei, sowie auch europäischer
Agricultur. Es erscheint in der Anstalt ferner eine eigene Zeitung, „The Kafir Express" („Isigidimi Sama-Xosa"), die

ausschließlich von Kaffern gedruckt und von Kafferncorrespon-
denten genährt wird, und ein eigenes Telegraphenbureau, worin
alle Telegraphisten Kaffern sind, verbindet die Schule mit der
Colonie. Dieser letztere Umstand spricht um so mehr für die
Capacitäten der Kaffernzöglinge, als dieselben es hier mit dem
schwierigsten Mechanismus, dem Drucktelegraphen, zu thun
haben. Die vornehmern Kaffernmädchen (Chiefstöchter), die
in dieser Anstalt erzogen werden, leisten namentlich im Gesang,
selbst im Pianofortespiel Vorzügliches.

Die Möglichkeit, etwas aus den Kaffern zu machen, ist
also gezeigt, und es würde sich hauptsächlich nur darum handeln, den Unterricht zunächst in Elementarschulen über das
ganze Kaffernvolk hin obligatorisch zu machen.

An der Küste gibt es, wie mir mitgetheilt wurde, mehrere
Kaffern, welche Besitzer von Dampfmaschinen und Zucker-
fabriken sind und sich sehr gut in Fällen, wo etwas in der
Maschinerie zerbricht, selbst zu helfen wissen. Einer derselben
hat sich sogar feine Visitenkarten in elegantester Form drucken
lassen.

In der Medicin haben die Kaffern von ihren Altvordern
die werthvollsten Kenntnisse übererbt bekommen. Obgleich ihnen
anatomische und physiologische Kenntnisse vollständig abgehen,
besitzen sie doch unfehlbare und wirkungsreiche Mittel gegen
eine Anzahl von bösartigen Krankheiten, und darunter solche,
die in Europa für unheilbar gehalten werden. Gegen Bandwurm, Dysenterie, Schlangenbiß, Vergiftungen haben sie unvergleichlich wirksame, rasch helfende Mittel.

Europäische Aerzte haben sich schon seit langer Zeit vergeblich bemüht, für Geld zu diesen medicinischen Geheimnissen
zu gelangen, aber stets ohne Erfolg, denn diejenigen Kaffern,
welche diese traditionellen Geheimnisse von ihren Vätern und
Großvätern übererbt erhalten, haben eine solche eifersüchtige
Aengstlichkeit, die geheime Kunst, die ihren Stolz ausmacht
und ihnen so viel Einfluß bei ihren Landsleuten gibt, nicht in
weiße Hände übergehen zu lassen, daß bisjetzt jedes Geld-
anerbieten weißer Doctoren von ihnen immer zurückgewiesen
worden ist.

Schon Dr. Fritsch in seinem vortrefflichen Werke: „Drei Jahre in Südafrika" (Breslau 1868), spricht (S. 207) von den ausgezeichneten Arzneimitteln, welche die Kaffern gegen verschiedene Krankheiten haben, und von ihrer Abneigung und gegenseitigen stillschweigenden Uebereinkunft, ihre geheimen medicinischen Kenntnisse keinem Europäer zu verrathen.

Der englische Advocat Frederick Boyle spricht in seinem interessanten Buche „To the Cape for Diamonds" (London 1873) von einer russischen Dame, die 1872 nach den Diamantenfeldern kam. Er schreibt über dieselbe auf S. 307 Folgendes:

„(21. Februar 1872.) Die große Neuigkeit in Hopetown ist die von einer russischen Fürstin, welche hier in einer Art von Menageriewagen gestern durchpassirte. Sie geht nach den Diamantenfeldern gerade wie jeder andere gewöhnliche Mensch. Russische Fürstinnen und russische Mysterien sind gleich gewöhnliche Dinge, und haben meistens wenig Anspruch auf Glaubwürdigkeit. Aber diese Dame, wer sie auch sein möge, ist eine räthselhafte Persönlichkeit. Um nicht zu demselben Gegenstande später zurückkehren zu müssen, will ich gleich hier erwähnen, daß sie einen Zeltstand in Dutoitspan ausnahm, wo sie in ihrem Wagen wohnte, mit einem Kammermädchen und einem schwarzen Diener, welche sie mit großer Ehrerbietung behandelten, und dort wohnt sie vielleicht noch jetzt, weder diggend noch Diamanten kaufend. Versehen mit einem eigenhändigen Briefe von Lord Granville, ergänzt durch eine Empfehlung des Generalgouverneurs Sir Henry Barkly, empfängt sie von seiten aller unserer Magistrate und Autoritäten die größten Ehren und Aufmerksamkeiten. Herr P. legt, wie mitgetheilt wird, die ihm übersandten hohen Instructionen so aus, daß sie von seiner Seite einen täglichen Besuch der Dame und seine Begleitung derselben auf einer Promenade erheischen. Die gewöhnliche Erzählung macht aus ihr eine Dame von sehr hohem Range, die aus Rußland für vier Jahre exilirt sei. Der Empfehlungsbrief des Ministeriums des Auswärtigen gibt gar keinen Schlüssel des Geheim-

nisses, und ebenso wenig glaube ich, daß die Autoritäten von
Kapstadt besser informirt sind als wir."

Ich kann Herrn Bohle Aufschluß geben über diese geheimnißvolle und von allgemeiner Liebe und Verehrung umgebene
Persönlichkeit, die stille und beobachtende Zuschauerin in einem
Lande blieb, wohin alle Welt nur gekommen war, um Geld
zu machen.

Die illustre Reisende kam nach Südafrika, da ihr englische
Aerzte für ihre gefährliche Brustkrankheit, wogegen alle in
Europa — in Montpellier, Nizza, Malaga und Malta —
bisher angewandten Mittel erfolglos geblieben, als letztes
Mittel einen längern und mehrjährigen Aufenthalt auf der
5000 Fuß überm Meere gelegenen Hochebene von Südafrika
anempfohlen hatten. Die wunderbar heilsame Luft dieses in
seiner Wirkung auf Brustkrankheiten so unvergleichlichen Hochplateaus der südlichen Halbkugel stellte denn auch wirklich
baldigst ihre erkrankten Lungen wieder her, und eine sehr natürliche Folge dieser Genesung war es, daß die Reconvalescentin
für das ihr außerordentlich zusagende Land, welches ihr das
theuerste aller Güter, die Gesundheit, wiedergeschenkt, eine
solche Liebe und Anhänglichkeit gewann, daß sie ihren Aufenthalt daselbst weit über das anfangs bestimmte Maß ver-
längerte, jedoch nunmehr suchte, denselben zu einem nützlichen
Zweck zu verwenden.

Sie hatte im Werke des Dr. Fritsch gelesen, was dieser
hervorragende deutsche Gelehrte über die geheimen Medicinen
der Kaffern sagt. Es war dadurch der lebhafte Wunsch in
ihr erwacht, zu versuchen, ob nicht ihr, einer Frau, das gelingen möchte, was bisher noch keinem Manne geglückt war:
den Wilden ihre Geheimnisse durch Güte abzugewinnen und
damit den zahlreichen Leidenden Europas neue, bisher unbekannte Heilmittel zuzuführen. Der Gedanke ergriff sie tief,
auf diese Weise zum Danke für die Wohlthat, welche ihr das
afrikanische Klima in Wiederherstellung ihrer Gesundheit erwiesen, auch ihrerseits ihr Scherflein zur zukünftigen Verbreitung von Glück und Genesung unter der Welt der armen
Kranken ihrer europäischen Heimat beitragen zu können.

Sprößling einer uralten fürstlichen Familie und Besitzerin einer großen Herrschaft im Innern von Rußland, — gewöhnt, infolge ihrer außergewöhnlich genialen Begabung und ihrer einnehmenden gesellschaftlichen Talente einen belebenden und tonangebenden Mittelpunkt der höchsten gesellschaftlichen Kreise europäischer Residenzstädte sowie gewählter Künstlerkreise ab-zugeben, — dazu auferzogen im größten Luxus und Comfort, und von äußerst delicater und zarter Körperconstitution — verschmähte Frau von Fraloff dennoch nicht das entbehrungs-reichste Leben, die äußersten Mühen und Beschwerden, um zu dem ihr vorschwebenden Ziele zu gelangen. Sie hielt es für eine gebieterische Pflicht, alle ihre natürlichen Neigungen für ein ruhiges, bequemes und müheloses Leben ihrem ernsten und großen Zwecke aufzuopfern. Zunächst machte sie es sich zur Aufgabe, die Sympathien und das Zutrauen der wilden schwarzen Naturkinder für sich zu gewinnen, und nahm zu diesem Zwecke wiederholt monatelang ihren Aufenthalt aus-schließlich unter ihnen. Durch kleine Geschenke, Pflege in Krankheiten, das Lehren europäischer Künste, Geschicklichkeiten und Fertigkeiten gewann sie fürs erste die Frauen und Kinder für sich und nachher durch diese die Männer, sodaß sie bald von allen wie eine Freundin und Wohlthäterin betrachtet und behandelt wurde, und die tiefe Kluft, die für gewöhnlich immer die Schwarzen von den Weißen trennt, zwischen ihr und ihren schwarzen Nachbarn vollständig verschwand. Diese Intimität benutzte sie dann, um sich entweder direct oder durch die Frauen der renommirtesten Kafferndoctoren die verschiedenen Wurzeln, Pflanzen und Samen zu verschaffen, welche von diesen vorzugsweise zur Heilung gewisser Krankheiten ange-wendet werden. Es gelang ihr auf diese Weise, einige Dutzend von werthvollen Kaffernmedicinen zu sammeln, welche sie nach Europa zu bringen und dort zur Prüfung den medicinischen Facultäten vorzulegen beabsichtigt.

Alle die hochstehenden oder sonst bedeutenden Persönlich-keiten von Südafrika, welche Gelegenheit hatten, dieser genia-len und inspirirten Frau näher zu treten, die sie mit so sel-tener Energie nach einem edeln und nützlichen Ziele streben

und dasselbe, im Drange, ihren Mitmenschen zu helfen, mit
solcher Zähigkeit durch alle Hindernisse verfolgen sahen, konn=
ten derselben ihre aufrichtige Sympathie und Bewunderung
nicht versagen. Und auch ich wünsche ihr von Herzen, daß
ihre standhafte Abnegation und Selbstaufopferung in der
Heimat die wohlverdiente Anerkennung finden mögen.*)

Um zur Kaffernjurisprudenz zurückzukehren, so gilt in ihr
das Princip, daß z. B. für eine gestohlene Kuh zehn zu erstat=
ten sind, wenn der Dieb sehr unverschämt auftrat; gewöhn=
lich werden aber mildernde Umstände angenommen und dann
die Strafzahlung ermäßigt. — Alle Gerichtsverhandlungen
sind öffentlich und mündlich, und die Abgabe des Richter=
spruches erfolgt sofort, ohne jede Verzögerung und Vertröde=
lung; auch die Strafexecution geht ohne Verzug vor sich. Das
Gesetz, daß, wenn der Angeklagte und Ueberführte zahlungs=
unfähig ist, die nächsten Verwandten zahlen müssen, ist sehr
hart; ein ehrbarer Vater kann so durch einen übel gerathenen
Sohn leicht ganz ruinirt werden.

Die collective Verantwortlichkeit der Gemeinden,
die sich im Kaukasus, in Turkestan und Algerien unter halb=
wilden Volksstämmen so bewährt hat, herrscht von alters her
bei den Kaffern. Kommt z. B. in einem Landdistrict ein
Mord oder ein Diebstahl vor, so muß der nächstgelegene Kraal

---

*) Um nicht wieder auf diesen Gegenstand zurückzukommen, will ich
hier erwähnen, daß Frau von Fraloff (Варвара Дмитріевна Фралова)
vom Präsidenten des Oranje-Freistaates sowie vom Könige Marota den
ehrenvollen Auftrag erhielt, persönlich Sr. Majestät dem Kaiser von
Rußland Geschenke dieser südafrikanischen Staatsoberhäupter zu über=
bringen, als Ausdruck von deren aufrichtiger Verehrung und Liebe zu
dem mächtigen Befreier von 40 Millionen Leibeigenen, dessen große
humane That ihm auch in dem fernen Südafrika alle Herzen zugewendet
hat. Infolge dessen wurde Frau von Fraloff nach ihrer Rückkehr nach
Rußland am 1. October 1875 vom Kaiser von Rußland auf seinem
Schlosse Livadia in der Krim empfangen, und hatte die Ehre, ihm
die afrikanischen Geschenke — bestehend in schönen Karrossen, Kaffern=
arbeiten, Photographien u. s. w. — persönlich zu überreichen, was Sr. Ma=
jestät viel Vergnügen bereitete.

die Strafe bezahlen, so unschuldig er auch an sich selbst sein möge. Die Folge dieser Einrichtung ist, daß die Spuren des Verbrechers fast immer schnell entdeckt werden, denn jeder Kraal will sich die gemeinsame Strafe ersparen und thut daher alles, um rasch den richtigen Schuldigen aufzufinden. Das ganze Land gleicht dadurch einem großen Polizeilager, wo ein Kraal immer sorgsam den andern überwacht.

Ich erwähnte schon, daß die Verfolgung der Zauberei dadurch von der englischen Regierung sehr eingeschränkt worden ist, daß dieselbe die Todesstrafe, die in frühern Zeiten stets darauf stand, speciell für diesen Fall streng verboten hat. Es wurde früher mit dieser Anklage der entsetzlichste Mißbrauch getrieben. Namentlich benutzte der Häuptling immer mit Vorliebe dieses leichte Mittel, um sich einen ihm persönlich verhaßten oder ihm auch nur unangenehmen Mann, vielleicht ein Mitglied seines Rathes, vom Halse zu schaffen, oder um einen reichen Mann, dessen Viehheerden er zu annectiren wünschte, aus der Welt zu bringen. Denn auf Zauberei stand im Verein mit der Todesstrafe stets zugleich die Einziehung des gesammten Vermögens des Verurtheilten zu Gunsten des Häuptlings.

Der Aberglaube der Kaffern in Bezug auf Zauberei und Hexerei ist grenzenlos. Alle ihre innern und äußern Kriege waren fast immer von ihren „Hexenmeistern" provocirt; so der blutige Krieg von 1850/51, der den Engländern 40 Millionen Mark kostete, durch den Zauberer Umlangeni. Auch das allgemeine Viehschlachten und Verwüsten ihrer eigenen Erntefelder, das im Jahre 1857 den Hungertod von 67000 Kaffern = 64 Procent der ganzen Bevölkerung von Britisch-Kaffrarien zur Folge hatte, war durch die Weissagungen und unvernünftigen Gebote des verderblichen Zauberers Umlakazi verursacht. — Die Macht, welche der Glaube an Zauberei noch heute unter den in gänzlicher Unwissenheit aufgewachsenen heidnischen Kaffern ausübt, darf übrigens uns moderne Culturmenschen nicht allzu sehr in Erstaunen versetzen, wenn wir daran denken, was für zahlreiche Opfer ganz derselbe Aberglaube nur erst noch vor 200 und 300 Jahren in unserm christlichen

Deutschland verschlungen hat! In keinem Lande der Welt
sind ja so viele „Hexen" lebendig verbrannt worden als gerade in unserm deutschen Vaterlande; die Zahl derselben darf
nach dem Zeugnisse des gründlichen und wahrheitsliebenden
Scherr getrost auf 100000 veranschlagt werden!! In Braun-
schweig wurden von 1590—1600 so viele der Zauberei be-
schuldigte Personen verbrannt, daß die Brandpfähle vor dem
Thore dicht wie ein Wald standen! In Henneberg starben im
Jahre 1612 22, in Offenburg in den vier Jahren von 1627
—1630 60, in der Grafschaft Reisse in den elf Jahren von
1640—1651 gegen 1000 Hexen den qualvollen Feuertod!! Die
Stadt Osnabrück ließ im Jahre 1640 80, ein Herr von Rantzow
auf einem seiner Güter in Holstein an einem Tage 18 Hexen
verbrennen! Balthasar Voß, der Hexenrichter von Fulda,
brüstete sich, daß er allein 700 Zauberer und Hexen hätte
verbrennen lassen und daß er das Tausend vollzumachen hoffte!
Und unter dieser Zahl waren nicht nur Erwachsene, sondern
auch zarte Kinder beiderlei Geschlechts inbegriffen gewesen!
Wir Deutschen haben also alle Ursache, ein wildes heidnisches
Volk, das noch auf einem viel tiefern Entwickelungsstand-
punkte steht als unsere damaligen Vorfahren, nicht allzu hart
zu beurtheilen.

Die Todesstrafe für die der Zauberei Angeklagten wurde
früher in den Ländern der Kaffern immer mit den ausgesuch-
testen Martern verbunden. So z. B. wurde der Aermste
nackt und mit Fett beschmiert neben ein Nest von schwarzen
Ameisen gelegt, dieses dann auf seinem Leibe zerschlagen, wodurch die Myriaden dieser bissigen kleinen Thiere ganz wüthend
gemacht wurden. Sie krochen ihm nun zu Tausenden in
Mund, Nase, Ohren und Augen und quälten ihn so langsam
zu Tode. In andern Fällen legte man dem Delinquenten
glühendheiße Steine auf den bloßen Leib. Oder man setzte
auf den nackt auf den Boden Hingelegten und Festgebundenen
ein Dutzend von Skorpionen, die man zum Beißen und
Stechen reizte (sowol der Biß als der Stich der Skorpionen
sind bekanntlich entsetzlich schmerzhaft) und verbrannte nachher
den Unglücklichen noch lebendig! Wieder eine andere Todes-

marter bestand darin, daß man erst den Aermsten festknebelte und dann, ohne ihn zu tödten, einzelne Theile seines Körpers, einen nach dem andern, über einem Feuer langsam braten ließ, bis zuletzt der ganze Körper geröstet und der dem gräßlichen Aberglauben Geopferte seinen langsamen Qualen erlegen war.

Wenn man sich die raffinirte Grausamkeit solcher Strafen vergegenwärtigt, so wird man allerdings leicht geneigt, über den Charakter der Kaffern ein sehr ungünstiges Urtheil zu fällen. Und in der That, ihre moralischen Eigenschaften betreffend wird ein solches durch die große Majorität aller weißen Colonisten, namentlich solcher, welche einen oder mehrere der Kaffernkriege von 1835, 1846/47, 1850/51, 1852, 1864/65 und 1867/68 (letztere drei gegen die Bajutos) mitgemacht haben, entschieden bestätigt. Die Kaffern schlichen sich meistens bei Nacht an die einsam stehenden Farmhäuschen der Weißen heran, brannten dann das Haus an und überschütteten die erschreckt aus den Betten gesprungene und flüchten wollende Familie mit einem Hagel von Speeren.

Ohne alle Bande natürlicher Zuneigung und Anhänglichkeit, unfähig eines Gefühles der Dankbarkeit (wofür ihm selbst das Wort mangelt), — ebenso unfähig eine gütige Behandlung seitens seines weißen Lohnherrn zu schätzen und zu würdigen und stets geneigt, solche für Schwäche und Furcht auszulegen; — durch Erziehung, Gewohnheit und natürliche Neigung ein Dieb; — von Natur blutdürstig, grausam und verrätherisch, und nur von Einer Leidenschaft beseelt: durch Anhäufung von vielem Hornvieh in seinem Kraal ein reicher und angesehener Mann und fähig zum Ankaufe vieler Frauensklavinnen zu werden — ist der noch uncivilisirte Kaffer als Nachbar dem Weißen ein nie Ruhe lassender diebischer Störenfried, und als Feind so gefährlich wie die wildesten nach blutigen Scalps lechzenden Indianer von Nordamerika.

Der grausame Charakter der Kaffern wird namentlich recht durch die Geschichte der Gründung der militärischen Monarchie der Zulus illustrirt, die dem blutdürstigen, aber intelli-

genten Wüthrich Chaka den Namen des Napoleon von Südafrika einbrachten.

Es war der Vorgänger Chaka's, Dingiswayo, welcher zuerst unter den Zulus eine reguläre stehende, in Regimenter
eingetheilte Armee schuf. Chaka, der Sohn Senzangaka's,
eines seiner Unterhäuptlinge, war ein Soldat dieser neuen
Armee. Als er nach dem Tode Dingiswayo's, dessen letztem
Wille zufolge, zum Könige der ganzen Zulunation ausgerufen
wurde, hatte er sich in frühern Kämpfen schon so von der
Wirksamkeit und Macht der neuen Militärorganisation überzeugt, daß er beschloß, einen Eroberungskrieg in großem Stile
zu beginnen und alle Kaffernvölker Südafrikas seiner Herrschaft zu unterwerfen.

Zunächst bestrebte er sich, aus seinen Zulus spartanisch
abgehärtete, alle Weichlichkeiten des Lebens verachtende rauhe
Krieger zu machen. Er verbot zu diesem Zwecke die uralte
Sitte der Beschneidung für die Knaben und die Verheirathung
mit allen ihren in diesem Lande der Frauenarbeit so ver-
weichlichenden Folgen für die Männer. Seine Soldaten durften
keine Kinder haben — Concubinen aber soviel sie wollten.

Er theilte seine Armee in Regimenter von je 1500 Mann,
deren jedes wieder drei Divisionen hatte: 1) die ältern Männer oder Veteranen, gewissermaßen die „alte Garde“ und nur
als Reserve, um den Ausschlag zu geben, in der Schlacht gebraucht; 2) die jungen Männer, die stets jede Schlacht beginnen mußten; 3) den Troß, d. i. die Träger der Bagage
und der Provisionen und die Treiber der Viehheerden.

Die Regimenter waren durch die Farbe der Schmuckfedern
und der Felle um ihre Lenden voneinander unterschieden und
wurden in befestigten Kraals logirt und zusammengehalten.
Wurde ein Kind in diesen Kraals gesehen, so tödtete man es
mitleidslos.

Für ein Regiment dienten immer zwei Kraals (jeder zu
750 Mann) bestehend in vier nebeneinander ringförmig den
großen Viehkraal umgebenden und hochumsenzten Hütten-
reihen.

Das fortwährend in Bereitschaft gehaltene stehende Heer

zählte 20 Regimenter, konnte aber erforderlichenfalls in wenigen Stunden auf die doppelte Höhe, also 60000 Mann, gebracht werden.

Zugleich führte Chaka eine ganz neue Kampfart ein, die noch nie unter den Eingeborenen von Südafrika gesehen worden war: das Fechten in geschlossener Phalanx und mit der Stoßlanze (Irua). Alle übrigen Kaffernvölker waren seit alter Zeit nur gewohnt, in zerstreuter Ordnung und mit Wurfspießen (Incusa) zu kämpfen — eine viel weniger erfolgreiche Fechtart, denn jeder Mann konnte nicht leicht mehr als fünf Wurfspieße bei sich führen. Sobald diese, die auf eine Distanz von 90 Fuß trafen, verschossen waren, blieben die Träger dann wehrlos. Chaka hingegen machte es seinen Soldaten zum Gesetze bei Todesstrafe, die Stoßlanze jedesmal aus der Schlacht zurückzubringen, sodaß sie also dieselbe nie aus den Händen lassen durften. Außerdem kam noch die größere Körperkraft der herculischen, meist 6 Fuß hohen Zulus hinzu, um die Stoßlanze zu einer viel tödlichern Waffe zu machen. Die Lanze der Zulus war kurz und hatte eine schwere, große Spitze; die Wurfspieße ihrer Feinde, leicht und dünn und durch die Distanz in ihrer Kraft geschwächt, gaben viel weniger gefährliche Wunden.

Einer solchen neuen Waffe und Fechtart, unterstützt durch die natürliche Kriegslust und Wildheit der Zulus, sowie durch eine vorzügliche Leitung unter dem Feldherrntalente des selbst über 6 Fuß hohen und herculischen, intelligenten, ehrgeizigen und kampfdurstigen Königs Chaka, war keiner aller der umwohnenden Kaffernstämme gewachsen. Die Folge davon war, daß in wenigen Jahren Chaka, ein Volk nach dem andern angreifend, besiegend und theils vernichtend, theils zerstreuend, sich zum Herrn aller südafrikanischen Länder von Limpopo bis zur Kapcolonie machen konnte.

Seinem blutigen Joche wurden das ganze heutige Transvaal, Natal, Basutoland und Oranje-Freistaat-Land unterworfen. Alle Feinde, die sich nicht gutwillig seiner Herrschaft unterwarfen, ließ er ausrotten, namentlich befahl er, alle Häuptlinge, deren er habhaft werden konnte, zu tödten. Er

wollte durchaus König aller Schwarzen von Südafrika
werden und nur die Weißen als ebenbürtige Nachbarn neben
sich dulden, weshalb er eine freundschaftliche Gesandtschaft zur
See von Natal aus nach Kapstadt an den englischen Generalgouverneur abgehen ließ.

Die Art, wie Chaka's wilde Scharen benachbarte feindliche Völker überfielen, war von allen Schrecken der schnellen
Ueberraschung begleitet. In der Nacht brachen plötzlich 20—
30 Regimenter von ihrem Lager auf, marschirten mit großer
Geschwindigkeit und nur mit wenig Bagage beschwert (die von
zahlreichen Trägern rasch fortgeschafft wurde) außerordentliche
Entfernungen weit und stürzten sich plötzlich wie ein Sturmwind auf den unvorbereiteten Feind, der, ohne Ausnahme von
Frauen und Kindern, niedergemacht wurde. Sein Vieh wurde
dann im Triumphe eingefangen und an die Offiziere und
Soldaten vertheilt.

Um den rauhen, kampflustigen und blutdürstigen Charakter seiner Krieger zu erhalten, ließ Chaka bei jeder feierlichen
Gelegenheit Blut fließen. An einem einzigen Morgen wurden
manchmal bei seinen Festen 800 seiner eigenen Unterthanen
oder Gefangenen niedergemacht! Als seine Mutter starb,
mußten auf seinen Befehl 1000 seiner eigenen Leute sich selbst
den Tod geben; die Sterbenden sangen noch das Lob ihres
wie göttlich verehrten satanischen Königs! Eine solche Pietät
geht noch über das altrömische Morituri te salutant Caesar!
Weiter ließ Chaka an demselben Tage noch 1000 frischmel-
kende Kühe tödten, und warum? Damit ihre Kälber ver-
hungern und auch ihrerseits fühlen sollten, was es sei, eine
Mutter zu verlieren!! Die Henker mußten unter seiner Aufsicht immer neue Qualen aussinnen, um den Tod ihrer Opfer
zu verlangsamen und das Vergnügen, ihren Todeskampf anzusehen, zu verlängern!

Da Chaka große Angst hatte, von einem Thronfolger um-
gebracht zu werden, so heirathete er nie und ließ alle Mädchen, die von ihm schwanger wurden, sofort tödten. Eines
Tages bekam er zu wissen, daß eines dieser Mädchen ent-

flohen sei und ihr Kind gerettet hätte; er ließ das Kind aufsuchen und tödtete es mit eigener Hand.

Die blutigen Eroberungskriege Chaka's fingen 1816 an
und hatten zur Folge eine Menge von Völkerwanderungen
und Völkerverschiebungen in Südafrika. Seine Zulus drängten ihre Nachbarn aus ihren Wohnsitzen, diese wieder ihre
nächsten Nachbarn und so fort, und alle diese Verdrängun-
gen waren von endlosem Blutvergießen begleitet. Wie viele
Hunderttausende von Menschenleben mag also die Existenz
dieses afrikanischen Attila gekostet haben!

Seine letzte große Armee wurde von einer Pestseuche im
Jahre 1828 vollständig vertilgt. Dies war auch das Todes-
jahr des Wütherichs selbst. Trotzdem nämlich, daß er so viel
Sorge getragen hatte, alle seine Kinder tödten zu lassen, um bei
seinen Lebzeiten keinen Thronerben zu haben, hatte er doch
seine beiden jüngern Brüder Dingaan und Panda am Leben
gelassen, und der erstere tödtete ihn am 14. September 1828
in seinem Kraal am Umvotiflusse im heutigen Natal, wo
Chaka's Grab noch heute auf einem Platze der neuangelegten
Stadt Stanger zu sehen ist.

Dingaan, der sich nun die Königskrone aufsetzte, besaß
alle Grausamkeit seines ermordeten Bruders, aber nicht dessen
Feldherrn- und Herrschergenie. Seine Regierung war eine
blutige Tragödie von Anfang bis Ende, und seine Mordlust
kannte keine Grenzen. Er verfolgte dieselbe Taktik, um keine
ihm gefährlichen Thronerben heranwachsen zu lassen, wie Chaka,
und ließ jede seiner Frauen, sowie sie schwanger wurde, tödten.
Nur eine einzige Ausnahme machte er von dieser Regel. Es
war ihm nämlich eine Frau zugeschickt worden, die so schön
war, daß er sich nicht entschließen konnte, sie ermorden zu lassen.
Er schickte sie daher nach der Tödtung ihres Kindes zu seinem
Bruder Panda, welchen letztern er für seine Person nicht für
gefährlich hielt.

Im Jahre 1838 ließ Dingaan den Boeranführer P. Retief
mit seinem Gefolge von 615 Personen ermorden, wie ich schon
bei Gelegenheit meiner Ankunft in Estcourt beschrieben habe.
Infolge der Racheschlacht, die ihm die Boers im December

1838 lieferten, wurde er aber aus Natal vertrieben und zog sich über den Tugela in das alte Zululand zurück.

Im Jahre 1839 revoltirte sein jüngerer Bruder Panda gegen ihn und flüchtete sich mit einem Theile der Zulunation unter den Schutz der Boer-Regierung nach der damaligen Republik Natal. Diese Regierung, nachdem sie seine Persönlichkeit und seine Intentionen bedächtig geprüft hatte, gab ihm den Rang und Titel eines „Fürsten der Emigrant-Zulus". Am 4. Januar 1840 erklärte die Boerregierung wieder Krieg gegen Dingaan und ließ ihren Commandanten Pretorius mit 400 Boers, im Verein mit 4000 Zulus unter Panda, nach Zululand einmarschiren. Dingaan wurde in einer heißen und lange Zeit unentschieden bleibenden Schlacht endlich geschlagen und zog sich über den Pongolofluß zurück. Hier unterwarf er sich das Volk der Amaswazi und hatte eben sich einen befestigten Kraal erbaut, als er von einem seiner Offiziere und einem Amaswazihäuptling meuchlings ermordet wurde. Er war 45 Jahre alt geworden.

Die Boers proclamirten nun Panda als König der Zulus und annectirten an die Republik Natal alles Land bis zu dem Umfolosiflusse und der Bai von Santa-Lucia, auch hatten sie 40000 Stück Hornvieh in diesem Kriege dem Feinde abgenommen.

König Panda war seinen beiden blutdürstigen Brüdern Chaka und Dingaan sehr unähnlich. Er war klein und fett, phlegmatisch und friedfertig, aber dabei intelligent und erhielt sich immer wohlweislich auf gutem und freundlichem Fuße mit seinen Nachbarn, den Engländern. Im Jahre 1842 hatten diese Natal den Boers abgenommen, und das Land zwischen dem Tugela und Umfolosi kam nun wieder an die Zulus zurück.

Die letztern waren durch die von 1816—1840 fortwährend geführten Kriege und auch durch Pestseuchen sehr geschwächt worden, und Panda, schon an sich friedlichen Charakters, verschonte sie mit neuen Kriegen. Er theilte nicht die Furcht seiner beiden Vorgänger vor Thronfolgern, sondern ließ alle seine Söhne die Freude des Lebens genießen. Da er aber keinen derselben zu seinem Nachfolger bestimmen wollte, so entstanden zwischen ihnen Eifersüchtelei und Streit, die 1856 in hellen Bürgerkrieg ausbrachen.

Am 2. December 1856 lieferten sich seine beiden Söhne Ketschwayo und Umbalazi am Tugelaflusse eine sehr blutige Schlacht. Die Metzelei war entsetzlich, eine Hälfte der Zulunation kämpfte gegen die andere, zuletzt unterlag die Armee Umbalazi's und wurde theils getödtet, theils in den Fluß getrieben.

Infolge dieses Sieges ließ nun Ketschwayo das ganze Land am Tugela von seinen Truppen durchziehen und alle Anhänger Umbalazi's nebst ihren Weibern und Kindern, die sich dorthin concentrirt hatten, niedermetzeln. Es sollen bei dieser allgemeinen mehrtägigen Schlächterei nicht weniger als 100000 Männer, Weiber und Kinder den Tod erlitten und der breite Tugelastrom von dem vielen Blute einige Tage lang eine deutlich sichtbare röthliche Färbung angenommen haben. Vier Söhne Panda's fielen in dieser Metzelei, darunter Umbalazi selbst.

Von 1856—1861 wüthete noch fortwährend der Bürgerkrieg zwischen den übrigen Söhnen. Der alte Panda hatte allen Einfluß verloren und wendete sich mit der Bitte um Intervention an die englische Regierung in Natal. Demzufolge begab sich Herr Shepstone 1861 mit ein paar Weißen und einem großen schwarzen Gefolge nach Zululand zu Panda und durch seinen Einfluß wurde, um den ewigen Streitereien zwischen den verschiedenen Söhnen ein Ende zu machen, Ketschwayo feierlich zum Thronerben ernannt.

Panda wurde immer kränklicher und starb am 18. October 1872 nach dreiunddreißigjähriger Regierung, nachdem er den Boers und Engländern während seiner ganzen Regierung ein friedlicher und gefälliger Nachbar gewesen war.

Ketschwayo sendete im Februar 1873 eine Gesandtschaft an den englischen Gouverneur von Natal mit der Bitte, ihn feierlich im Namen der Königin von England als König der Zulunation zu installiren.

Die Bitte wurde ihm gewährt, da es der englischen Re-

gierung passend und nützlich erschien, als Schutzmacht des
Zulustaates angesehen zu werden, und am 8. August mar-
schirte der „Zulukönig von Natal", Herr Shepstone, mit 110
Offizieren und Soldaten der berittenen nataler Volontär-
corps und 2 Kanonen, begleitet von einem Gefolge von 300
Natalzulus, über den Tugela in Zululand ein.

Es wurde ihnen von Ketschwayo reichlich Schlachtvieh
entgegengeschickt, und obgleich die Kraals, die sie zu passiren
hatten, von den Männern alle verlassen waren (da diese
sämmtlich nach der Hauptstadt befohlen worden), wurden sie
doch überall von den zurückgelassenen Weibern und Kindern
umringt, die ihnen Worte in diesem Sinne zuriefen: „Seid
gegrüßt und gesegnet, denn ihr bringt uns den Frieden und
die Ordnung, ihr befreit uns von der unaufhörlichen Todes-
furcht und werdet dafür sorgen, daß wir ernten können, was
wir gesäet haben!"

Sie passirten die norwegische Missionsstation zu Itshowe,
wo der Bischof Schreuder, der Land und Leute seit langer
Zeit vortrefflich kannte, dem Herrn Shepstone die werthvollsten politischen Aufschlüsse und Rathschläge mittheilte.

Ungefähr 22 deutsche Meilen waren nach Norden zu bis
zu dem projectirten Krönungsplatze der Zuluhauptstadt zurückzulegen. Am 17. August kam die Expedition bei dem Berge
Emtonjaneni an, wo vier Ruhetage gehalten wurden. Hier
öffnete sich eine prächtige Aussicht über das breite Thal des
Umfolosiflusses, worin die Hauptstadt der Zulus liegt. In
der Nähe dieses Berges befindet sich der alte Begräbnißplatz
der frühern Zulukönige vor Chaka's Zeiten. Der Bergrücken,
worauf er sich befindet, wird von dem ganzen Volke heilig
gehalten und ängstlich vor aller Profanation gehütet. Kein
Zweig wird je von einem der hier wachsenden Bäume abge-
brochen; kein Zulu wagt, mit seinem Wanderstabe den Boden
zu berühren; die alljährlichen Grasfeuer werden sorgfältig
von diesem Bergrücken abgehalten und Schlangen und Eidechsen
von verschiedensten und unbekannten Arten, darunter manche
von wunderbarer Größe, kriechen und wimmeln hier im Sonnenscheine durcheinander; kein Zulu wagt, sie zu stören und

zu beläftigen, denn in ihnen leben ja nach feinem Glauben die Geifter der längftverftorbenen Könige!

Zur Rechten war ein tiefer mit wildem Dickicht bewachfener Abgrund, in den einft eine Truppe Boers von ihrem verrätherifchen Führer, dem Zuluspion Bongoza, hineingelockt worden war und fich nur mit Mühe und großem Blutverlufte durch die fie auf allen Seiten umringenden Zulumaffen hatte wieder hindurchhauen können.

Am 24. Auguft ftieg die Expedition in das Thal hinab, überfchritt den Umfolofifluß und erreichte am folgenden Tage, nachdem fie wieder eine norwegifche Miffionsftation paffirt hatte und dabei durch Auf- und Niederziehen der norwegifchen Flagge begrüßt worden war, endlich den zur Krönungsfeierlichkeit beftimmten Platz. In einiger Entfernung von demfelben wurde fofort das Lager aufgefchlagen.

Am 26. Auguft machte Ketschwayo dem Herrn Shepftone in deffen Lager feinen erften Befuch, begleitet von 1500 Mann, fämmtlich ohne Waffen. Als er Herrn Shepftone die Hände fchüttelte, ließen die englifchen Kanonen ihren Gruß erdröhnen und die Mufik fing an zu fpielen, was auf das Gefolge des Königs fichtlich einen großen Eindruck machte. Während der Converfation wendete fich plötzlich der Wind; den ganzen Vormittag hatte ein heftiger Nordweftwind geweht und nun kam auf einmal ein Südoftfturm. Die Zulus waren hierüber hocherfreut und meinten, das zeige eine Zufammenkunft der alten Königsgeifter an und würde Frieden bringen!

Am nächften Tage erwiderte Herr Shepftone die königliche Vifite. Die Conferenz dauerte diesmal fünf Stunden und betraf die politifchen Beziehungen der Zulus zu Natal und Transvaal, die neuen Gefetze, die Herr Shepftone dem Lande bringen und die eine vollftändige Tafel von Grundrechten für die Zulus enthalten follten, die chriftlichen Miffionen und die Durchwanderung von Schwarzen durch Zululand, die in Natal Arbeit fuchen. Ketschwayo fprach fehr intelligent und lebhaft und redete Herrn Shepftone immer als „feinen Vater" an.

Am 1. September follte die Krönung ftattfinden, auf einem

Platze, der dreiviertel Stunde vom europäischen Lager entfernt lag. Die darzustellende Idee war diese, daß Herr Shepstone als Repräsentant der englischen Regierung den Prinzen
Ketschwayo gleichsam als einen Unmündigen aus den Händen
des Zuluvolkes erhalte und ihn, nachdem er ihn äußerlich
umgewandelt, als Mann und König ihnen zurückgebe. Es
war daher von den Engländern ein großes Zelt aufgeschlagen
und schön mit bunten Stoffen decorirt worden, worin ein
Thronsessel für Ketschwayo bereit stand. Zugleich erwartete
denselben darin ein schöner roth und goldener Königsmantel
und ein Kopfschmuck in veredeltem Zulugeschmacke.

Zu Mittag ordneten sich die sämmtlichen Europäer und
ihr schwarzes Gefolge in Procession und marschirten in den
Königskraal ein. Die brillanten Uniformen der Offiziere und
Soldaten gaben in der Abwechselung mit den Galacostümen
der norwegischen, deutschen (hannoverischen) und anglikanischen
Geistlichen ein sehr reiches Bild. Die Weißen nahmen den
vierten Theil eines Kreises ein; 150 Fuß entfernt von ihnen
füllten etwa 10000, meist junge, Zulus die übrigen drei Viertel
des Kreises aus. Die letztern wurden von ihren Offizieren, um
sie in Ordnung zu halten, reichlich mit Stockstreichen tractirt,
was sie sich ganz ruhig gefallen ließen.

Herr Shepstone begann nun die Festlichkeit mit einer in
Zulusprache gehaltenen Rede, worin er der versammelten
Zulunation den vom Könige Panda eingesetzten und von der
ganzen Nation zum Herrscher gewünschten Kronprinzen Ketschwayo im Auftrage der englischen Regierung als König übergab, und zugleich das folgende Grundgesetz für die neue
Regierung proclamirte:

1) Daß alles willkürliche und unnöthige Vergießen von
Menschenblut im Zululande fortan aufhören solle;

2) daß kein Zulu verurtheilt werden solle, ohne öffentliche Gerichtsverhandlung und öffentliches Verhör von Zeugen
für und gegen ihn, und daß er das Recht haben solle, an den
König zu appelliren;

3) daß kein Zulu mehr sein Leben durch die Todesstrafe
verlieren solle ohne vorherige Inkenntnißsetzung und Einstim-

mung des Königs, und ohne daß vorher eine ordentliche Gerichtsverhandlung und Appellation an den König stattgefunden haben;

4) daß für geringere Verbrechen die totale oder partielle
Vermögenseinziehung künftig die Todesstrafe ersetzen solle.

Einer der Räthe Ketschwayo's bemerkte hierzu, daß die
Ausübung der Zauberei im Volke die Ursache der häufigen
Todesstrafen gewesen sei, und daß manchmal Zauberer aus
Natal die Ankläger gewesen seien. Dies gab Herrn Shepstone Gelegenheit, die Uebel und das Unheil, welche diese
Betrüger hervorbringen, und die vom Natalgouvernement
gegen sie getroffenen Maßregeln zu erklären. Die Idee der
Zulus ist, daß, wenn die Zauberer unterdrückt werden, Hexenmeister und Hexen Flügel bekommen und dann viele Menschen verzehren werden. Herr Shepstone wies darauf hin,
daß die Strafbarerklärung und Unterdrückung der Zauberer
in der Colonie Natal nicht die Sterblichkeit der Bevölkerung
vermehrt hätte und es also ebenso wenig in Zululand thun
würden. Weiter zu gehen in Bezug auf den nationalen Aberglauben hinsichtlich der Zauberei hielt Herr Shepstone noch
nicht die Zeit gekommen.

Nachdem diese Proclamation den Zulus vorgelesen worden
war, wurde der Vorhang vom Zelte aufgezogen und der mit
dem neuen Krönungsmantel und königlichen Kopfschmucke angethane Ketschwayo dem Rathe und dem Volke als ihr neuer
König vorgestellt. Die Artillerie gab hierauf 17 Salut-
schüsse, die Volontärs feuerten ihre Gewehre ab und präsen-
tirten dann, und die Musik spielte einen Krönungsmarsch.

Die Proclamation, die nur von den Nächststehenden, dem
Rathe des Königs gehört worden war, wurde nun durch
Herolde unter dem ganzen versammelten Volke bekannt gemacht, welche Förmlichkeit eine halbe Stunde in Anspruch
nahm. Die Volontäre waren von ihren Pferden gestiegen und
hatten die Pferde zu je Vieren zusammengekoppelt. Als die
Proclamation nun dem im Kriegerschmucke versammelten Volke
kundgemacht worden war, erhoben die zehntausend Zulusolda-
ten ihre langen ovalen Schilde und schlugen, um ihren Bei-

fall auszudrücken, mit ihren Lanzen darauf. Der furchtbare
Lärm, den dies hervorbrachte, erschreckte die Pferde der Europäer im höchsten Grade, sodaß sie in allen Richtungen aus-
einandersprengten. Ein Trupp davon kam gerade auf das
königliche Zelt zugestürmt. Doch glücklicherweise wurden sie
schnell wieder eingefangen und beruhigt, was den Zulus eine
hohe Idee von der pferdebändigenden Gewalt der Engländer
beibrachte.

Am nächsten Tage machte Herr Shepstone mit seinem
Stabe von Offizieren und Amateurs dem Könige seine Ab-
schiedsvisite und erhielt von ihm einige schöne Elefantenzähne
und eine Heerde Ochsen zum Geschenk. Der König übergab
diese mit der höflichen Bemerkung, er wisse wohl, daß das
Geschenk nur ein kleines sei und in keiner Art das Maß der
Dankgefühle des Zuluvolkes ausdrücken könne; es bezeuge
mehr die Armuth des Volkes als die Größe seiner Dank-
verpflichtung. „Aber", fügte er hinzu, „es ist ja kein Handel
oder Verkauf, es ist nur ein Ausdruck unserer Freundschaft
für Euch und des Wunsches für Euere glückliche Heimkehr." Herr
Shepstone dankte ihm und ließ später, da kein britischer Be-
amter Geschenke für sich persönlich annehmen darf, dieselben
in Natal öffentlich zu Gunsten der Regierungskasse versteigern.

Ketschwayo schien eine hohe Idee von der Kunst des die
Expedition begleitenden Arztes Dr. Lyle gewonnen zu haben
und ließ sich von ihm verschiedene Recepte für sich und seine
Familie verschreiben. Er ließ aber, wie Herr Shepstone später erfuhr, alle diese Medicinen erst an einigen seiner Dienstboten probiren, ehe er deren Anwendung auf sich und seine
Familie riskirte.

Am 3. September ließ Herr Shepstone sein Zeltlager
wieder abbrechen und hatte bis an die Grenze mit seinem
zahlreichen Gefolge eine wahre Triumphreise. Der Weg war
zu beiden Seiten mit zahllosen Zulus, Alt und Jung, Männern und Frauen, eingefaßt, welche die Engländer oft lange
Strecken begleiteten, ihnen dankten, sie mit Segenswünschen
überhäuften und die neuen Gesetze, die sie dem Zululande
gebracht, hochpriesen. Am 19. September traf Herr Shep-

stone mit seinem Gefolge von dieser interessanten Expedition wieder glücklich in Maritzburg ein.

Ich habe diese Expedition deshalb hier so ausführlich beschrieben, weil sie ein recht anschauliches Bild der großen neuen Sittenveränderung und des Eindringens der Civilisation in das Zululand gibt, welches noch vor wenigen Jahren in der blutigen Handhabung seiner Regierung ganz den Aschantee- und Dahomeyreichen glich. Die Details habe ich von einem englischen Offizier, der an der Expedition theilgenommen hatte. Die Beziehungen der Colonie Natal zu dem Königreiche der Zulus sind seitdem fest geregelt und bestimmt. Der König der Zulus betrachtet die englische Regierung als eine Regierung höhern Ranges, was zur Folge hat, daß er alle aus Natal in sein Land flüchtenden Verbrecher oder Aufrührer ihr wieder ausliefert; dies geschieht jedoch seitens der englischen Regierung nicht, da sie eben als eine der seinigen übergeordnete Autorität gilt. Das Vieh aber, welches solche Flüchtige aus Zululand mit nach Natal bringen und das infolge des Ueberschreitens der Grenze seitens des Flüchtlings nach Zulugesetz dem Könige verfallen soll, wird jedesmal wieder nach Zululand an den König zurückgeschickt.

Ketschwayo wünschte den formellen Abschluß eines Schutz- und Trutzbündnisses für alle Fälle und erklärte, seine Armee stehe jederzeit der englischen Regierung zur Disposition. Dieses Anerbieten wurde für eventuelle Fälle mit Dank angenommen, jedoch hinsichtlich seiner Streitigkeiten die Prüfung der englischen Regierung vorbehalten. Und dieser Vorbehalt war sehr nothwendig, denn es ist wohlbekannt, daß König Ketschwayo nicht die friedlichen und freundschaftlichen Neigungen seines Vaters Panda für die Boers, die diesen zum König installirt hatten, geerbt hat. Er hegt gegen dieselben einen wahren Haß, und wenn er bisher die Transvaal-Republik noch nicht mit Krieg überzogen hat, so liegt die Schuld daran sicher nicht in seinem Nichtwollen, sondern nur in der Furcht, daß er ihren modernen Hinterladern und gezogenen Kanonen noch nicht gewachsen sei. Im Bunde mit England würde dies freilich anders sein, und England wird daher, im Falle

es einmal die Transvaal=Republik angreifen will und für
diesen Zweck einen Bundesgenossen wünschen würde, einen
solchen jedenfalls in den Zulus finden.

Der Grund des Hasses Ketschwayo's gegen die Boers ist
der langjährige Disput mit ihnen über ein streitiges Grenz-
gebiet, worauf beide Theile Anspruch machen.

Ueber die christlichen Missionen in seinem Lande äußerte
sich König Ketschwayo gegen Herrn Shepstone sehr freimüthig.

Zululand ist von einer großen Anzahl von Missionaren
zum Arbeitsfelde für ihre Bekehrungsbestrebungen gewählt
worden. Sie sind von drei verschiedenen kirchlichen Gemeinschaften: 1) die norwegischen unter Bischof Schreuder, die
schon vor 20 Jahren ins Land kamen; 2) die hannoverischen
unter einem Superintendenten und 3) die anglikanischen unter
Bischof Wilkinson.

Ketschwayo bedauerte es offen, daß diese Kirchenlehrer
von seinem Vorgänger ins Land eingelassen worden waren,
und hatte den Wunsch, ihre Zahl auf irgendeine zulässige
Manier zu beschränken. Alle einflußreichen Leute seines Volkes
hätten, wie er sagte, denselben Wunsch. Ketschwayo gab gern
zu, daß die Missionare persönlich gute Männer seien, aber
er sah nichts Gutes in ihren Lehren. Er meinte, dieselben
seien wol gut für weiße, gewiß aber nicht für schwarze Leute;
ein christlicher Zulu sei ein verdorbener Zulu, und er würde
viel darum geben, wenn diese ungebetenen Gäste gutwillig
sein Land verlassen wollten. Die Vortheile einer europäischen
Erziehung, des Lesens und Schreibens, und die großen Nachtheile der Unwissenheit erkannte er gern an und meinte, wenn
er hoffen könnte, alles im Gedächtnisse zu behalten, würde er
selbst noch heute gern anfangen, Unterrichtsstunden in europäischen Wissenschaften und Künsten zu nehmen; er bedauerte
aber sehr, daß die Missionare sich nicht auf die Verbreitung
solcher realistischen Kenntnisse beschränkten.

Der Umstand, daß es für einen Zulu gesetzwidrig ist,
das Christenthum anzunehmen, macht in der That die Bemühungen der Missionare hier beinahe ganz fruchtlos; mit

Gewalt sie vertreiben zu wollen ist aber durchaus nicht die Absicht des Königs.

Eins der Verlangen, die Herr Shepstone beim Könige durchsetzte, betraf die Errichtung einer gesicherten Durchzugsstraße für die zahlreichen Leute aus den nördlich von Zululand wohnenden Volksstämmen, die in Natal bei den Weißen Arbeit und Brot suchen wollen. Die Zulus des Königreichs selbst sind durch ihre strenge militärische Organisation verhindert, den Farmern und Pflanzern von Natal die so gewünschten und ersehnten Arbeitskräfte zu stellen; die im Norden von ihnen wohnenden Amatongas und Amaswazis jedoch scheinen bereit, Tausende von Arbeitern zu liefern, vorausgesetzt, daß ihnen eine sichere Durchzugsstraße geöffnet wird, worauf sie unterwegs mit Nahrung verpflegt und bei ihrer Rückkehr vor Ausplünderung durch die Zulus geschützt werden. Dieses Verlangen wurde Herrn Shepstone gewährt und eine Etappenstraße durch das Küstenland festgestellt, die unter die persönliche Aufsicht eines Engländers, des Herrn Dunn, gestellt werden sollte.

Das Königreich der Zulus ist nur dünn bevölkert im Vergleiche mit Natal, und die Zunahme seiner Bevölkerung ist einerseits durch die eigenthümlichen und sehr strengen Heirathsgesetze und andererseits durch die infolge derselben sehr gebräuchliche Flucht junger heirathslustiger Zulus über die Grenze nach Natal sehr gedämmt. Sowol die Knaben als die Mädchen sind in diesem, ein klein wenig an das ehemalige Preußen und Piemont erinnernden Militärstaate in numerirte Regimenter eingetheilt und dürfen nicht ohne Specialerlaubniß des Königs sich verheirathen, oder wenigstens nicht so lange, als ihr Regiment noch nicht die Vergünstigung einer allgemeinen Heirathserlaubniß erhalten hat. Caprice oder Staatsgründe verzögern manchmal ungebührlich lange die Ertheilung dieser Erlaubniß, und viele Jahre vergehen zuweilen, ehe sie gegeben wird. Daher gibt es Massen von unverheiratheten Männern und Mädchen, und jede Contravention wird mit den strengsten Strafen belegt. Wie würde sich Malthus (der, und mit Recht, unsere traurige und fortwährend in

furchtbarer geometrischer Progression zunehmende europäische
Massenarmuth hauptsächlich auf die allgemeine Heirathsfrei-
heit und die schrankenlose massenhafte Kinderproduction unserer
ärmsten Volksklassen zurückführt) gefreut haben, wenn ähnliche
Zulugesetze auch in den englischen Industriebezirken, in Belgien, im sächsischen Erzgebirge und in den schlesischen Weber-
districten obligatorisch eingeführt werden könnten!

Ketschwayo ist ein Mann von bedeutenden Fähigkeiten
und viel Charakterfestigkeit. Auf die kriegerischen Traditionen
und den militärischen Ruhm seiner Vorfahren ist er natürlich
nicht wenig stolz, und die Transvaal-Boers thun daher wohl,
wenn sie immer ein wachsames Auge auf ihn haben. In der
Zeit, als die Expedition des Herrn Shepstone zur Krönung
Ketschwayo's stattfand, hatte der Gouverneur von Natal schon
seit mehrern Monaten vorausgesehen, daß es für ihn nothwendig sein würde, den Häuptling Langalebalele Gehorsam
gegen die Regierung zu lehren; er hatte aber ausdrücklich die
Züchtigung desselben erst auf die Zeit nach der Rückkehr des
Herrn Shepstone verschoben, um dann einer passiven und
freundlichen Haltung des Zulukönigs versichert zu sein. Denn
wäre dem Verlangen der Zulus nach einer feierlichen Krönung durch den Vertreter der englischen Regierung nicht ge-
willfahrt worden, so hätte diese Weigerung leicht das Selbstgefühl und den Stolz dieses wilden Volkes beleidigt; dann
hätte bei der Strafexpedition gegen Langalebalele leicht die
ganze Macht des Zulustaates auf dessen Seite treten können und
eine allgemeine Niedermetzelung der Weißen durch die ganze Colonie Natal wäre in diesem Falle sicher vorauszusehen gewesen.

Ich bin durch den Bischof Colenso und seinen Schützling,
den vielbesprochenen Langalebalele, ganz von meiner Beschreibung der Hauptstadt Pietermaritzburg abgekommen und kehre
nun zu derselben zurück.

Die Gesellschaft der Stadt ist in zwei scharf getrennte
Hälften getheilt, die Partei der Rechten: die officiöse Welt,
die Geistlichkeit und das Offiziercorps, und die der Linken:
die handel- und gewerbetreibende Geschäftswelt und die von
Zeit zu Zeit hier anwesenden Farmer. Beide Elemente ver-

mischen sich nicht leicht miteinander. Außerdem besteht noch
die alte Kluft zwischen holländischer und englischer Gesellschaft,
die aber hier weniger zu bedeuten hat, weil der größte Theil
der Holländer das Land verlassen hat und also die große
Majorität der Bevölkerung jetzt rein englisch ist.

Das Offiziercorps spielt als solches kaum eine Rolle; es
verschwindet vollständig im Civil, denn es ist ja eine bekannte
Sache, daß nichts dem englischen Offizier belästigender und
ungemüthlicher ist, als sich in Uniform auf der Straße zu
zeigen. Sowie sein Dienst vorüber ist, bleibt er nicht fünf
Minuten länger im genirenden rothen Rock und Tschako, sondern
legt sofort wieder bequeme, ihm in allen seinen Gelüsten vollständige Freiheit belassende Civilsachen an. Diese Passion
für das Civilcostüm ist dieselbe bei den Offizieren der Flotte
wie der Landarmee, und hat für einen an die Uniforms-
koketterie und den Standesstolz deutscher Lieutenants gewöhnten deutschen Touristen geradezu etwas Unbegreifliches und
psychologisch Räthselhaftes. Ich fand dieselbe in Canada wie
in Malta und Gibraltar, in London wie in Kapstadt. Gegenüber der Unabhängigkeit und individuellen Freiheit, die den
englischen Offizieren das stete Civiltragen gibt, ist es hauptsächlich die tägliche Mess (das gemeinschaftliche Mittagessen
im Offiziersclub), die unter ihnen noch einen Rest von mili-
tärischer Kameradschaft und das Gefühl der Zusammengehörigkeit erhält.

Pietermaritzburg hat als Hauptstadt auch seine juristischen
Collegien: den Stadtmagistrat und das Appellationsgericht
(High Court) und infolge dessen auch eine Anzahl von rede-
fertigen Advocaten.

Herr Shepstone als höchster Chef der Zulus und zugleich
als ihr höchster Richter ist von einer Anzahl schwarzer Räthe
oder Minister (Indoonas) umgeben, die seinen Geheimen Rath
und sein Richtercollegium bilden.

Das Klima von Pietermaritzburg ist gesund; die häufigsten unter den Krankheiten sind Dysenterie und Rheumatismus.
Man sieht hier schon einzelne Palmen, welche die Nähe des
tropischen Küstengürtels verkünden. Für Pferde sind die

reichen Weiden der tiefliegenden Thäler ungesund, namentlich in der Zeit vom Februar bis Ende April, wenn das Gras in den Samen schießt und braun wird. Auch der Sommernachtthau wird für sehr ungesund gehalten. Die gewöhnlichen Natalpferde sind häßlich, aber sehr dauerhaft; in ihrem natürlichen Trippelschritt legen sie leicht dritthalb Wegstunden in einer Zeitstunde zurück. Zur Besorgung der Posten im Inlande werden nicht Postreiter, sondern Postläufer verwendet. Die Zulus sind als solche ausgezeichnet flink und ausdauernd, und durchschwimmen mit Leichtigkeit alle ihren Weg kreuzenden Flüsse. Während ein gutes Pferd täglich zweiundzwanzig Wegstunden zurücklegen und so, wenn gut gefüttert, durch fünf Tage aushalten wird, wird der Zulu als Läufer noch viel längere Zeit aushalten.

Ein großes Vergnügen gewährte es mir, in den anmuthigen Umgebungen der Stadt Entdeckungstouren zu machen und an jedem Tage neue hübsche Villen mit schönen subtropischen Gärten aufzufinden. Ich fand, daß man getrost Pietermaritzburg die Stadt der Rosen benennen dürfte, denn alle Wege, alle Gärten waren mit endlosen duftigen Hecken von Rosen eingefaßt, worüber unzählige glänzendschillernde Schmetterlinge flatterten. Das süße Aroma, welches diese herrlichen Blumen durch die ganze Atmosphäre verbreiteten, erinnerte mich einigermaßen an den Monat April in Sevilla, wenn die Luft dort so voll ist von Orangenblütenduft, oder an den Juni in Elbflorenz, wenn man auf allen dessen Gartenplätzen von süßem Hollunderparfum umweht wird.

Bei einem meiner Spaziergänge kam ich an einem stattlichen Gebäude mit großem Garten vorüber, welcher letztere mit zahlreichen Männern und Frauen angefüllt war. Schwarze Männer hielten an den Eingangsthüren Wache und belehrten mich, daß dies das Irrenhaus der Colonie sei. Es ging übrigens ganz still unter den im Garten theils ruhenden, theils auf- und abwandelnden Gruppen her und machte mir das Ganze den Eindruck eines gut verwalteten Instituts.

In einem der Gärten der nächsten Umgegend erregte eine herrliche Bambusgruppe meine Bewunderung. Eine graziösere

und zierlichere Pflanze kann es kaum geben. Wenn die schlanken, thurmhohen Rohre mit ihren feinen und dünnen silber-
schillernden Blättern im Winde hin- und herschwanken, so
machen sie einen ähnlichen eleganten Eindruck wie die vom
Seewinde gekosten breitgefiederten Fächer der Cocospalme.

Einen interessanten Anblick boten mir in allen Straßen
von Pietermaritzburg die schönen Männer der schwarzen Polizei, lauter prächtige herculische Zulus in einem sehr hübschen,
ganz für ihre Farbe passenden, uniformen weißen Costüm
(Bluse mit farbigen Rändern und kurze türkische Pantalons).
Es scheint das Princip befolgt zu werden, dazu immer die
schönsten und imponirendsten Leute auszuwählen, wie z. B.
auch in Neuyork bei den für Broadway und die aristokratische fünfte Avenue bestimmten Polizeidienern der Fall ist.
Als Standeszeichen haben sie hier noch ein Blechschild mit
Nummer am Arme und einen kurzen Knopfstock, dessen Berührung für einen fremden Menschen wie in England die
Bedeutung hat: „Du bist arretirt." Die schwarze Polizei
ist nur für die Schwarzen da und darf keinen Weißen arre-
tiren, eine in diesem Lande sehr verständige Maßregel. Für
die weißen Thunichtgute gibt es eine elegant nach Art der
londoner Constabler uniformirte weiße Polizei.

In den Straßen findet man oft Gruppen von diesen interessanten Zuluconstablern, die einander mit großer Bedächtigkeit
die Frisur herrichten, welche, wie es scheint, eine Haupteitel-
keit aller jungen Zulus ist. Mit einem Röhrchen, wohinein
durch eine Art kleiner Kaffeekanne mit langem dünnen Storch-
schnabel ein duftendes Oel eingegossen wird, wird jedes einzelne Haarbüschelchen ganz apart durchtränkt und gesalbt.
Man sieht die schönen schwarzen Riesen stundenlang bei dieser
Beschäftigung in der Sonne sitzen, und ich glaube, weder
Kanonenschüsse noch eine vorbeiziehende Militärmusikbande
würden sie von ihrer aufmerksamen Vertiefung in diese wichtige Arbeit ablenken.

Höchst erfreulich war mir der Umstand, daß es hier in
Maritzburg schon reichlich Bananen zum Dessert gab. Diese
köstlichen Früchte, die ich so lange hatte entbehren müssen,

werden massenhaft von indischen Coolies aus Durban hergebracht.

Gerade während meiner Anwesenheit in Maritzburg wurde das Natalparlament durch den Gouverneur in Person eröffnet — eine große Feierlichkeit, welche die ganze schöne Welt wegen der damit verbundenen militärischen Prunkentfaltung in große Aufregung versetzte. Die Verhandlungen des Parlaments waren natürlich bei der augenblicklichen Lage des Landes sehr erregt und bezogen sich hauptsächlich auf die ewige Native-Question und die projectirten Eisenbahnen.

Ich nahm während meines Aufenthalts in der Hauptstadt von Natal Gelegenheit, mich ein wenig mit der schönen wohlklingenden Sprache der Zulus bekannt zu machen, welche einen besondern Zweig der über die ganze Südhälfte von Afrika verbreiteten Bantusprache bildet. Um den mehr an das Spanische als an das Italienische erinnernden Wohllaut zu zeigen, den dieselbe infolge ihrer vielen volltönenden Vocale und Vocalendungen hat, mögen einige Zuluworte hier Platz finden.

Die Namen der Tage sind:		der Monate:	
Sonntag	= Isonto	Januar	= Undaza
Montag	= Umsumbuluku	Februar	= Umbasa
Dienstag	= Lobubili	März	= Uhlaba
Mittwoch	= Lobutatu	April	= Utuhlani
Donnerstag	= Lobune	Mai	= Untulikazi
Freitag	= Lobublanu	Juni	= Uncwaba
Sonnabend	= Umgqibelo	Juli	= Umpandu
		August	= Umfumfu
		September	= Inzibanhlola
		October	= Ulwezi
		November	= Umasingana
		December	= Umgcebelo

Die Schwerfälligkeit der Zahlwörter weist deutlich darauf hin, daß die Zulus in der Vergangenheit ihre Köpfe nicht viel mit Rechnen, namentlich Kopf- und Schnellrechnen, zu strapaziren die Gewohnheit und Gelegenheit hatten. Man höre:

```
 1 = Munyc
 2 = Mabili
 3 = Matatu
 4 = Mane
 5 = Mahlanu
 6 = Isitupa
 7 = Isikombisa
 8 = Ishiyangalombili (!)
 9 = Ishiyangalolunye
10 = Ishumi
20 = Amashumi mabili.
```

Zusammengesetztere Zahlen werden mitunter außerordentlich schleppend, so heißt z. B.:

```
 19 = Ishumi nashiyangalolunye
 29 = Amashumi mabili nashiyangalolunye
 90 = Amashumi ashiyangalolunye
900 = Amakulu ashiyangalolunye u. s. w.
```

Welche Silbenverschwendung im Vergleiche mit dem kurzen englischen: Nine, Nineteen, Twenty nine, Ninety u. s. w.

Dreiundzwanzigstes Kapitel.

Abreise nach Durban. — Eintritt in die Tropenwelt. — Pinetown. — Gartenscenerie. — Die deutsche Colonie Christiansburg. — Pastor Posselt. — Imamba-Geschichten. — Eine Giftschlange in der Schlafstube. — Die Boa auf dem Hühnerbaum. — Speculation der Kaffernväter. — Ankunft in Durban. — Marine-Villa. — Italienisches Landschaftsbild. — Verkauf meines Ochsenwagens. — Die ersten Chinesen. — Eisenbahnfahrt zum Point. — Leuchtthurm. — Handel und Schiffsverkehr. — Teatotallers. — Deutsche in Durban. — Kosmopolitische Gesellschaft. — Dr. Schultz und seine Familie. — Eine alte Bekanntschaft. — Bismarck-Cultus der deutschen Colonisten. — Der Botanische Garten. — Ein Dresdener. — Villas von Durban. — Der Glockenvogel. — Coolies. — Ausflug nach Umgeni. — Zwei Zähne für 6000 Mark. — Eine Vergnügungsfahrt nach Kapstadt. — Hohe Idee von meinem sächsischen Vaterlande seitens amerikanischer Geographen. — Dampfschiffspreise. — Mit Mühe und Noth an Bord. — Die neuesten Ereignisse in Griqualand, Natal und Kaffrarien. — Rückblicke auf Britisch-Afrika und Schlußreflexionen über die Humanitätsprincipien der englischen Nation.

Nach einem sechzehntägigen Aufenthalte in Pietermaritzburg brach ich am 15. Mai in meinem alten liebgewordenen Reisewagen, vor den aber diesmal Pferde statt der Ochsen gespannt wurden, nach dem Ziele meiner Sehnsucht: dem Tropenlande der Küste auf. Meine beiden Hottentotten hatte ich in Maritzburg ausgezahlt und verabschiedet und ihnen nebst einigen alten Kleidern und Wolldecken noch ein stattliches, sehr gutes, in Englisch geschriebenes Zeugniß mit beigefügtem großem Siegel übergeben, wovon sie ganz beglückt waren und schwuren, noch nie einen so guten „Baas" (Onkel, Lohnherr) gehabt zu haben. Mein glänzendes Zeugniß, worin ich alle ihre guten

Eigenschaften verdientermaßen gehörig rühmte, und dem künf=
tigen Herrn nur den freundlichen Rath ertheilte, ihnen kein
baares Geld in die Hände zu geben, wegen gewisser Gründe,
hatte ihnen sofort Dienst bei einem nach den Diamantenfel=
dern bestimmten Wagenzuge verschafft.

Meine gute Wirthin überraschte mich in ihrer übrigens
nur mäßigen Rechnung mit dem hochtrabenden englischen Titel:
The Right Honourable the Baron etc. und gab mir somit
den Schlüssel zu der so äußerst respectvollen und ehrerbietigen
Haltung und exquisiten Höflichkeit, womit sie mich die ganze
Zeit über behandelt hatte. Ich hatte für meine Fahrt nach
Durban im Royal Hotel vier Pferde nebst Kutscher gemiethet;
der Wirth dieses Hotels ist ein Deutscher von den Diamanten=
feldern, Herr Prüfer.

Die große Schnelligkeit, womit mein Wagen jetzt vorwärts
rollte, war mir etwas ganz Ungewohntes, und noch dazu ging
es fast fortwährend bergabwärts. Der Postkarren braucht nur
acht Stunden von Maritzburg nach Port Natal, ich aber nahm
mir natürlich mehr Zeit. Die Gegend ist im höchsten Grade
malerisch; herrliche Felsenpartien und hohe, in vielfachen Zid=
zackwendungen hinanzukletternde Berge wechseln fortwährend
mit weiten prächtigen Aussichten, buschbewachsenen Klüften und
breiten rollenden Prairien. Am ersten Abend übernachtete ich
im Halfway-House, welchen Namen (Halbweg=Haus) sehr viele
Hotels in Afrika führen. Das Futter für vier Pferde kostete
mir auf dieser Tour 13 Mark täglich, und bestand aus fein
zusammengebundenen Haferbündeln. Die ganze, für zwei Tage
Hin= und zwei Tage Rücktour berechnete Fahrt von Pieter=
maritzburg nach Durban kostete mir 240 Mark, also täglich
60 Mark für die Miethe und Fütterung von vier Pferden
und die Beköstigung des Kutschers. Gewiß theuer genug!

Am zweiten Tage bereitete mir die jede Stunde tropischer
werdende Vegetation eine außerordentliche Augenweide. Die
Landschaft wurde bedeutend bevölkerter, und die Häuser, woran
ich vorbeifuhr, waren von den prächtigsten Gärten umgeben.
Ganze Wäldchen von riesenblätterigem Pisang (Bananen) und
die regelmäßigen Reihen schmucker Kaffeeplantagen erschienen

und üppig wogende Zuckerfelder erfreuten das Auge mit ihrem
glänzenden und sonnenschimmernden Grün. Ich fühlte mich
ganz glücklich, daß sich mir nun wieder die Thore der paradiesischen Tropenwelt öffneten, deren glühendster Verehrer ich
mein Leben lang gewesen bin.

Am Mittag — es war ein Sonntag — kam ich nach Pinetown, einer weitzerstreuten Ortschaft von großer Ausdehnung, bestehend aus lauter einzelnen, von Gärten umschatteten
und in elegantem Baustile errichteten Villen. Ein wunderbar
schöner Baum, der in allen Gärten eine Hauptfigur spielte,
fesselte meine Augen; er erschien in seiner ganzen Laubober-
fläche vollkommen scharlachroth, was von den sehr großen
feuerrothen Blumen herkommt, womit er sehr zahlreich überdeckt ist. Es ist dies die sogenannte Mauritius- oder Mada-
gascarpflanze (eine Wolfsmilchart), die in Form eines hohen
baumähnlichen Strauches wächst und einen unvergleichlichen
Schmuck für Gärten abgibt. Ich ließ bei dem schmucken
Hotel Murray ausspannen, welches das beste von Pinetown
ist, und war hier freudig überrascht von der herrlichen Lage
und Aussicht, dem schönen Garten und einer reich mit bunten
tropischen Vögeln angefüllten Volière. Die schönen, prächtig
gefiederten Vögel, woran Natal noch vor kurzem so reich war,
werden durch die unersättliche Jagdlust, die hier alle Leute,
Groß und Klein, beseelt, Jahr für Jahr mehr vermindert
und ihrem Aussterben entgegengeführt. Theils ist es die kin-
dische Schießpassion, der jedes Ziel für die Jagdflinte gut ist,
theils die Lust, Exemplare für englische Museen oder heimische
Anverwandte zu sammeln, welche unter der hiesigen prächtigen
Vogelwelt so verheerend wüthet. Wie oft sah ich Rangen
von zehn bis vierzehn Jahren mit dem Jagdgewehr durch die
Büsche stöbern und ausnahmslos nach allem schießen, was in
den Lüften flatterte. Wie gern hätte ich diesen nichtsnutzigen
Buben mit meinem dicken Kaffernstocke eine unvergeßliche
Lection gegeben!

Pinetown ist hauptsächlich eine deutsche Colonie (sie führt
als solche speciell den Namen Christiansburg oder Neudeutschland) und wurde im Jahre 1850 von Herrn Bergtheil zum

Zwecke des Baumwollbaues angelegt. Die Colonisten, einige hundert an der Zahl, sind meist aus Norddeutschland, namentlich Hannover, gebürtig und befinden sich alle sehr wohl. Den Baumwollbau haben sie sämmtlich aufgegeben und cultiviren seitdem hauptsächlich Kaffee, Zucker und Mais.

Ihre Kirche liegt circa dreiviertel Stunde von Murray's Hotel und neben dieser wohnt auch ihr evangelisch-lutherischer Pastor, Herr Posselt aus Berlin. Ich ließ nach dem Essen wieder anspannen, um diesem einen Besuch abzustatten. Der Weg führte durch grüne Prairien und zuletzt durch eine tiefe steile Schlucht, jenseit welcher die kleine nette, von schattigen Bäumen umgebene Kirche stand. Es wurde hier gerade von deutschen Colonisten ein Picenick gehalten; einige davon waren in der dunkeln Uniform des Pinetown-Volontärcorps. Ein deutscher Picenick und deutsche Soldaten in einem afrikanischen Tropenlande — das war immerhin für mich etwas Ungewöhnliches. Ich redete daher einen der Volontärs an und hörte von ihm, daß ich bei Pastor Posselt viele Gesellschaft antreffen würde, denn es war ja heute der Pfingstsonntag und eine neue Orgel und Glocken waren von Deutschland gekommen, die nun alle Welt sehen wollte. Der Wagen hielt bald auf einer Anhöhe vor einem langen, aus nur einem Flur bestehenden Hause, welches von prächtiger Tropenvegetation und einem Bananenwäldchen umgeben war — dies war Herrn Posselt's Wohnhaus. Es war in der That eine große Gesellschaft beisammen und wurde gerade Kaffee, begleitet von deutschem Pfingstkuchen, herumgereicht. Herr Posselt ist ein schon älterer, aber noch rüstiger Mann und hat mit seiner großen Familie bequem Platz in dem comfortablen, mit großen luftigen Salons versehenen Pfarrhause. Er ist schon sehr lange in Südafrika und spricht fertig die Sprachen der Zulus und der Betschuanen. Erst ganz kürzlich war er von einem kurzen Besuche in der alten Heimat Berlin zurückgekommen. Er stellte mir verschiedene der deutschen Colonisten (aus Kassel und Hannover) vor und sagte, einige darunter hätten es schon zu einem bedeutenden Vermögen gebracht. Sie scheinen sehr in Frieden und Eintracht miteinander zu leben.

Herr Posselt ist einerseits Seelenhirt der deutschen Gemeinde, andererseits Missionar für die Kaffern. Von der
Bekehrung der erwachsenen Kaffern hielt er seinen Erfahrungen nach nicht viel, gute Resultate aber gibt nach ihm die
christliche Erziehung der ihm schon früh übergebenen Kaffern-
kinder. Da er die Eingeborenen durch langes Leben und Verkehren mit ihnen sehr genau kennt, so konnte er mir viel Interessantes über dieselben erzählen. Auch über das mich so
sehr interessirende Thema der Schlangen gab er mir sehr
fesselnde Mittheilungen, die ich hier in kurzem Auszuge wieder-
geben will.

Eine Schlange, welche die Zulus Imamba nennen, ist der
Schrecken aller Eingeborenen dieser Gegend. Sie hat eine
Länge von ungefär 10—15 Fuß und die Dicke eines Manns-
armes; ihre Farbe und Zeichnung ist gerade wie ein schwärz-
licher geäderter Marmor ohne Politur. Sie ist außerordent-
lich wild und kühn. Entgegen der Gewohnheit der meisten
Giftschlangen, bei dem Annähern eines Menschen zu entfliehen,
lauert die Imamba ausdrücklich auf ihn und greift ihn an.
Ihr Biß ist ein Todesurtheil ohne Rettung, und der stärkste
Mann pflegt ihm binnen einer halben Stunde zu erliegen.
Die Eingeborenen, welche gegen die Bisse anderer Schlangen so
gute Mittel haben, besitzen keins gegen das Gift der Imamba
und erschrecken daher selbst, wenn sie eine solche nur todt im
Grase finden.

Eine junge Negerin, die gerade ihren Erstgeborenen
nährte und in Diensten des Herrn Posselt war, hing eines
Morgens die Wäsche ganz nahe am Hause zum Trocknen in
der Sonne auf. Plötzlich hörte man sie laut aufschreien, mit
einem so durch Mark und Bein dringenden Schmerzenstone,
daß die ganze Familie des Herrn Posselt unter die Veranda
hinauslief, um zu sehen, was es gäbe. Ein trauriges Schauspiel bot sich ihren Augen. Die junge Frau lag der Länge
lang unbeweglich auf dem Boden — sie war todt. Im hohen
Grase sah man es rasch wie einen Blitz hinzucken — wie wenn
etwas Lebendiges darunter hinschlüpfte —; die wellenförmige
Bewegung der Grashalme pflanzte sich reißend schnell fort

und verschwand dann in der Ferne. Die Imamba hatte ein neues Opfer gefordert, und die junge Kafferin, noch vor zehn Minuten frisch, gesund und heiter, wurde als Leichnam in das Haus zurückgetragen.

Ein weißes Kind wurde von vielleicht derselben Schlange nahe bei der Mission in den Fuß gebissen, und die erschreckte Mutter sandte um schleunige Hülfe zu Herrn Posselt. Derselbe machte sich sofort auf den Weg, kam aber leider zu spät; das Kind war schon ganz angeschwollen und schwarz wie Kohle geworden und starb nach wenigen Minuten.

Ein kleiner Hund des Herrn Posselt, der sehr das Herumstreifen liebte, kam eines Tages nach dem Hause zurück und war ganz verändert in seinem Benehmen; er bekam Convulsionen, schüttelte krampfhaft den Kopf, stieß dann einen Schrei aus und sprang in die Luft, und fiel hierauf todt hin. Das Kind, das mit dem Hunde ausgegangen war, erzählte, daß derselbe, nach seiner Gewohnheit überall herumspürend, ein Loch in der Erde gesehen, hineingeschnüffelt und hierauf in panischem Schrecken die Flucht nach dem Hause genommen hätte.

Als Herr Posselt eines Abends nach dem Essen die Thür seiner nach dem Garten hinausliegenden Schlafstube öffnete, sah er in der gegenüberliegenden Ecke wie eine Säule von schwarzem Marmor an die weißgetünchte Wand angelehnt. Von Schrecken ergriffen schlug er die Thür wieder zu, denn es konnte nur eine Imamba sein, die sich eingeschlichen hatte und ihr Opfer erwartete. Die Schlange ist mit einer kolossalen Muskelkraft begabt und pflegt, wenn sie einen Menschen sich gegenübersieht, sich in ihrem untern Theile reifenförmig zusammenzurollen, den obern Theil ihres Körpers aber wie eine gerade Säule steif emporzustrecken. In dieser Stellung schnellt sie dann den Kopf zu blitzschnellem Bisse gegen ihr Opfer vor und verschwindet hierauf rasch und spurlos wie ein Wirbelwind. Das Ungethüm offen anzugreifen, wäre also sehr gefährlich gewesen, und Herr Posselt entschied sich dafür, durch das Fenster mit gutgezielten Schüssen seinem Leben ein Ende zu machen.

Herr Posselt ist übrigens der Ansicht, daß die Opfer der

Imamba wenig oder gar nicht zu leiden haben und daß ihr
Gift nach seinem Eintritt ins Blut unmittelbar und sofort
das Gehirn paralysirt. Diejenigen Personen, die nicht sofort
sterben, zeigen nämlich nach dem Bisse eine Schlaftrunken-
heit und absolute Gefühllosigkeit, welche bald in den Tod
übergeht.

Während die Imamba eine besondere Vorliebe für Menschen-
mord zu haben scheint, begnügt sich eine andere hier häufige
Schlange, die Riesenschlange (Python = Boa Constrictor)
mit weniger kostbaren Opfern.

Ein alter englischer Doctor, der in dieser Gegend lebte,
saß eines Abends unter seiner Veranda, um vor dem Schlafen-
gehen noch ein Journal zu durchblättern, als er plötzlich durch
einen Heidenlärm aus seinen Meditationen aufgeweckt wurde.
Der Spectakel kam aus der Gegend des Hühnerbaums. (In
Südafrika ist es nämlich nicht üblich, die Hühner des Nachts
in einen Behälter einzuschließen, sondern abgestorbene Bäume
mit abgehackten Zweigspitzen sind eigens für die Hühner zur
Nachtruhe und zur Sicherung derselben vor Schakals und
dergleichen Hühnerfleisch liebenden Thieren aufgestellt.) Der
Lärm, das Geschrei und Geflatter der Hühner wurde immer
toller — der Doctor nahm daher eine Laterne und begab sich
zum Baume, um zu sehen was es denn eigentlich gäbe. Er
fand die ganze Hühner-, Pfauen- und Trutengesellschaft in
größter Verwirrung und Aufregung auf dem Fußboden durch-
einanderlaufen; — alle hatten den Baum verlassen, worauf
der Doctor nun eine große Boa, halb um einen der Aeste
gerollt, bemerkte, die eben ein Huhn in ihren Leib hinunter-
würgte, wovon ihr noch der eine Flügel zum Rachen heraushing. Diese in hungerigem Zustande mit so kolossaler Muskelkraft begabte Schlange wird, wenn sie sich satt gegessen, so
phlegmatisch und schlaftrunken, wie es scheint infolge sehr lang-
samer Verdauung, daß dann ein schwaches Kind sich ihr ohne
Gefahr nahen und sie todtschlagen kann. Im vorliegenden
Falle war es daher für den Doctor ein Leichtes, sein Hühner-
volk von dem ungebetenen und gefährlichen Gaste durch einen
Pistolenschuß, der ihm den Kopf zerschmetterte, zu befreien.

Die Kinder der weißen Colonisten pflegen übrigens eine außerordentliche Furchtlosigkeit gegen die Schlangen zu haben und bringen oft die giftigsten derselben, die sie unterwegs durch Stockschläge getödtet haben, triumphirend nach Hause.

Eine merkwürdige Mittheilung machte mir Herr Posselt bezüglich einer Gewohnheit, die manche Kaffern-Familienväter haben, um sich die unverkürzte Rente aus dem Verkaufe ihrer Töchter zu sichern. Sie inoculiren nämlich dem Körper ihrer Töchter ein eigenthümliches, von ihnen sehr geheimgehaltenes Gift, welches zur Folge hat, dem Liebhaber, der ohne Vorwissen und gegen den Willen des Vaters des Mädchens sich mit dem letztern in ein praktisches Liebesverhältniß einläßt, eine schreckliche Krankheit mitzutheilen, wovon ihn kein Mensch wieder heilen kann als der Vater selbst, der sie ihm gab. Die Krankheit fängt mit einer allgemeinen, immer zunehmenden Schwächung an und geht dann in Aussatz über, sodaß ihm die Glieder allmählich verdorren und abfallen. Natürlich wird sich der angeführte Liebhaber jeder Bedingung unterwerfen, damit ihn der Vater von der schrecklichen Krankheit nur rasch wieder befreie, und ist dann allemal gern bereit, demselben den vollen für seine Tochter verlangten Preis in so oder so vielen Kühen zu bezahlen.

Am Abend, nachdem den fesselnden Erzählungen des Herrn Pastors ein schmackhaftes Abendessen gefolgt war, wurde dann noch die neuangekommene Orgel probirt, die sich mir aber nur als eine, allerdings sehr vollkommene, Drehorgel auswies, und nach diesem führte mich der Pastor in das mir bestimmte Schlafzimmer. Es war dasselbe, wo er vor ein paar Jahren den schauerlichen schwarzen Gast gehabt hatte, von dem ich oben erzählt. Es war daher wol begreiflich, daß ich mich nicht eher dem Schlafe überlassen wollte, als bis ich jeden Winkel des Zimmers sorgfältig untersucht und die Matratzen, Decken und Kissen meines Bettes um und um gewendet hatte. Als ich dann das Licht auslöschen wollte, überraschte mich ein ganz unerwarteter Anblick — wachte ich noch oder träumte ich? — Hoch oben auf dem Bücherrepositorium des Pastors blinkte mir ein preußischer Infanterieoffiziershelm mit seinen glän-

17*

zenden Metallbeschlägen entgegen! Wie in aller Welt kam
der nach Südafrika? Am folgenden Morgen löste sich das
Räthsel. Bei seinem Besuche in Deutschland im vorigen Jahre
war dem Pastor dieser Helm eines in der Schlacht bei Langen-
salza gefallenen preußischen Offiziers als Reliquie verehrt
worden, und er hatte denselben mit nach Natal genommen,
um den deutschen Colonisten seiner Gemeinde einen Gegenstand aus den vaterländischen Kriegen zeigen zu können.

Ueber einen Punkt war Herr Posselt sehr bitter zu sprechen:
die vollständige Unzulänglichkeit seines Jahrgehaltes von 1200
Mark — allerdings nur 60 Pfd. St.! — zur Ernährung einer
zahlreichen Familie! Ich suchte ihn — wie mir schien aber
ziemlich erfolglos — damit zu trösten, daß Missionare nach
Afrika ausgeschickt werden, nicht um irdische, sondern um
himmlische Schätze zu sammeln, die weder Motten noch Rost
fressen.

Am nächsten Morgen, nach einem kräftigen Frühstück, nahm
ich Abschied von dem deutschen Pastor und fuhr wieder nach
Murray's Hotel. Herr Murray war einer der ältesten Ansiedler der Transvaal-Republik gewesen und besaß dort noch
ausgedehnte Ländereien, die er eben unter den Hammer zu
bringen im Begriff war. Mein treuer Begleiter von den
Diamantenfeldern her, der Pinscher Snapp, hatte große Gnade
vor den Augen der Kinder des Herrn Murray gefunden, und
ich wurde gebeten, das Thier ihnen als Andenken zu überlassen.
Da Snapp sich nun schon in den ersten vierundzwanzig Stunden sehr an sie gewöhnt hatte, überließ ich denselben ihnen
mit Freuden, da eine lange Seereise und dann das Reisen
in Europa mit einem Hunde doch eine sehr belästigende
Sache ist.

Pinetown liegt nur 5½ Stunden von Port Natal und
nur noch etwa 500 Fuß über dem Meere, was aber klimatisch
immer noch gegen Port Natal einen wesentlichen Unterschied
ausmacht, sodaß die Einwohner dieser im Sommer von so
großer Hitze heimgesuchten Seestadt das höher gelegene Pinetown gern als Sommerfrische zu benutzen pflegen.

Von Pinetown ab fuhr ich durch die herrlichste tropische

Landschaft. Zucker-, Kaffee- und Baumwollplantagen wechselten anmuthig miteinander ab, und endlich öffnete sich auf
einer Bergkuppe die Aussicht über die blaue Fläche des Indischen Oceans, die mich mit jubelnden Gefühlen erfüllte.
Schmucke Villen, umgeben von prächtigen Gärten, wurden
immer zahlreicher auf beiden Seiten des Weges, und angekommen auf dem Sattel eines waldigen Bergrückens, sah ich
plötzlich die weite Bai von Durban (= Port Natal) in
glänzendem Sonnenlichte vor mir sich ausbreiten.

Die Afrikaner vergleichen diese Bai gern mit dem Meerbusen von Neapel, und in Bezug auf landschaftliche Schönheit
steht sie diesem allerdings kaum nach, wenn auch freilich hier
als Hintergrund der bedrohliche Vesuv mit seiner unheimlichen
Rauchwolke fehlt. Die weitverstreuten glänzenden Häuser
der Stadt Durban ziehen sich links an der Bai in großem
Halbcirkel herum. Schöne Gärten, Waldboskets und Wiesen-
flächen bringen ein reiches Grün in die Landschaft, welches
herrlich gegen die Bläue des weiten Meeresspiegels absticht.

Nach einer Viertelstunde rollte ich in die breiten stattlichen
Straßen der Stadt ein und nahm Quartier in der Marine-
Villa, einem feinen, von Mrs. Winder gehaltenen Boarding
House, das unmittelbar an der Bai gelegen ist und daher
eine sehr schöne, aussichtsfreie Lage hat. Ich war so glücklich, zwei Zimmer zu erhalten, die auf eine große und
breite Balkon-Veranda hinausgingen. Diese letztere bot einen
sehr geräumigen Platz zum Spazierengehen, namentlich aber
eine unvergleichlich schöne Aussicht über die Bai und ihre
villen- und palmengeschmückten Ufer. Ein solches Logis hatte
ich seit Sea Point bei Kapstadt nicht wieder gehabt, und
ich ergab mich daher mit voller Lust der Augenweide dieses
entzückenden Land- und Seepanoramas. Halbe Tage lang
saß ich fortan auf diesem herrlichen schattig-kühlen Balkon-
plätzchen, meinen Arbeitstisch mit Büchern und Zeitungen vor
mir, und konnte mich nicht satt sehen an dem zu jeder Stunde
des Tages seine Lichter wechselnden tropischen Landschafts-
bilde. Palmen, Pisanggebüsche, Orangenbäume und schar-
lachrothe Madagascarbäume überall, und elegante Villen mit

zauberischen Armidagärten anmuthig längs des Meeresufers
hingestreut, umrankt von üppigen Schlinggewächsen, die mit
goldenen, violetten und schneeweißen Blumen dicht übersäet
waren — es ist mir unmöglich, die Schönheit dieser Landschaft
zu schildern! Namentlich wenn am Abend die große goldene
Mondkugel hinter dem dunkeln waldigen Bergrücken der gegenüberliegenden Bluff aufstieg und dann ein zauberhaftes sanftes
Licht auf Meer und Gärten warf, wenn dann zugleich süße
balsamische Blumendüfte von den Gärten zu mir heraufstiegen,
und die langen vergoldeten Linien der Meereswellen sich in
regelmäßigem Takte am Ufer brachen — da ward es mir unendlich schwer, mich von meinem Balkon zu trennen, und ich
konnte mich in solchen bezaubernden Tropennächten nie entschließen, vor Mitternacht zu Bett zu gehen. Der Anblick
des Meeres gibt mir, wie wol jedem, der viel zur See gereist ist, wenn er denselben lange hat entbehren müssen, immer
eine Art fröhlichen Auferstehungsgefühls, Empfindungen voller
Wonne und Seligkeit, zumal wenn es ein tropisches Meer ist,
mit seinen glänzenden durch alle Farben wechselnden Licht-
reflexen und seiner transparenten grünkrystallenen Uferschat-
tirung. Und wie erfrischend, wie geistanregend und zugleich
appetiterweckend wirkt nach langer Entbehrung wieder der kühle
nasse Hauch der Seeluft! Und wie entzückend ist für den so
lange im Binnenlande Gereisten der Gedanke, daß hier nun
wieder die freie Wasserbahn offen liegt nach allen Welttheilen
— nach Indien, China, Europa! Es ist dasselbe behagliche
Gefühl, das einen überkommt, wenn man aus den Einöden
einer noch nicht mit Eisenbahnen gesegneten Gegend endlich
wieder auf den ersten Bahnhof kommt und nun das angenehme
Bewußtsein hat, zu jeder Stunde, wenn es einem beliebt, ein
Billet nach Wien, Paris, Lissabon oder Neapel nehmen zu
können.

Nun freilich, jeden Tag hatte ich gerade nicht die Chance,
von Durban auf der See weiter zu kommen, denn das Post-
dampfschiff nach Zanzibar, womit ich reisen wollte, geht zur
Zeit nur alle Monate einmal. Da ich erst am 17. Mai in
Durban angekommen war und mich einige Wochen an diesem

Marine-Villa. (Port Natal.)

schönen Punkte auszuruhen wünschte, so konnte meine Weiterreise nicht vor dem 21. Juni erfolgen. Auch hatte ich ja noch
meinen Wagen zu verkaufen und meine Reiseküche, Zelt,
Betten. u. s. w. zu verauctioniren, was unmöglich so übereilt
abgemacht werden konnte.

Mit meinem Wagen hatte ich freilich kein Glück, trotzdem
daß er am Auctionstage allgemein von den herzugekommenen
Herren bewundert wurde. Ich hörte von denselben Worte
fallen wie: „Indeed, a kingly waggon — it's worth its
150 Pounds!" („Wahrlich ein königlicher Wagen, er ist seine
3000 Mark werth!") — Doch waren gerade diejenigen Herren,
die ihn am meisten bewunderten, am wenigsten persönlich eines
Wagens bedürftig, und die übrigen Zuschauer und Zuhörer
bei der Auction leider ebenso wenig. Und so kam es, daß
das höchste Gebot für den eines Staatspräsidenten oder Generalgouverneurs würdigen Reisewagen, den ich noch dazu in
Maritzburg zum zweiten male hatte lackiren und mit lauter
frischen Polstern aufputzen lassen, nicht mehr als 60 Pfd. St.
war. Ich mußte daher noch froh sein, den Wagen eine Woche
später zu 70 Pfd. St. an einen Speculanten verkaufen zu
können, der ihn nach Transvaal mitnehmen und dann dort
verkaufen wollte. Eine hübsche Differenz mit dem mir im
Freistaate von einem Farmer gebotenen Preise von 150 Pfd. St.!
Im Oberlande ist eben alles viel theurer. Ein bei der Auction anwesender Franzose wollte mir allerdings den Wagen
zu 90 Pfd. St. abnehmen, aber nicht in baarem Gelde bezahlen,
sondern mir dafür eine Kiste Meißner und französisches Por-
zellan aufhängen — ein Tauschgeschäft, wofür ich denn höflichst dankte.

Ein großer Jubel herrschte gerade in Durban, als ich ankam. Es war mit dem letzten Poststeamer der erste Zug von
Chinesen eingetroffen, und bei den großen Hoffnungen, die
man mit Recht in der Colonie auf die künftige Masseinein-
wanderung dieses fleißigen Arbeitervolkes setzte, war die Freude
über die neuen Ankömmlinge eine allgemeine. Ich sah einige
davon in den Straßen: es waren sauber gekleidete, mit leichten
hellfarbigen Baumwollblusen und dergleichen Beinkleidern

angethane junge Männer, mit offenen, intelligenten Gesichtszügen; sie machten auf mich in jeder Hinsicht einen vortheilhaften persönlichen Eindruck. Ich ließ mich mit einem davon in
ein Gespräch ein und fragte ihn, wie ihm dieses Land gefiele; er
antwortete: „Oh, a very good country that! and a beauti-
ful one too!" Er meinte, viele Tausende von seinen Landsleuten würden hierher kommen, wenn nur erst eine Dampfer-
linie zwischen Natal und China würde hergestellt sein. Diese
Chinesen waren von Hongkong und trugen ihre Zöpfe rund
um den Kopf gewickelt und darüber europäische runde Hüte.
Nun, wenn erst ihrer 20000 hier angelangt sein werden, dann
wird der Bau der projectirten Eisenbahnen rasch vorwärts
gehen und dem ganzen Lande ein anderes Aussehen geben.
Wie die Sachen jetzt noch stehen, braucht ein mit Waaren be-
ladener Ochsenwagen von Durban nach den Drachenbergen
gerade soviel Zeit wie ein Dampfschiff von London nach
Japan!

Bisjetzt gibt es nur zwei kleine schmalspurige Eisenbahnen
im Lande, die zusammen nur $4\frac{1}{3}$ Stunden lang sind, die eine
von Durban nach dem Point, d. i. dem eine kleine halbe
Stunde entfernt liegenden Hafenetablissement, und die andere
nach Umgeni, einem Dorfe im malerischen Thale des Umgeni-
flusses. Das Gefühl, mich wieder einmal in einen Eisenbahn-
waggon setzen zu können, nach der langen Reise im Ochsenwagen, war natürlich ein sehr behagliches. Die Bahn zum
Point führt innerhalb der mit üppigem Strauchwerk bewach-
senen hohen Sanddünen hin, welche das Ufer des Meeres
außerhalb der Bai einfassen. Der Eingang der Bai vom
Meere aus ist sehr eng und kaum breiter als die Donau bei
Linz, und in kurzer Entfernung quer vor dem Eingange liegt
die berüchtigte Barre, auf deren hochliegendem Sandrücken in
stürmischer Witterung schon manches Schiff gescheitert ist.
Tiefer gehende große Schiffe können sie überhaupt gar nicht
passiren und müssen draußen auf der Rhede liegen bleiben.
Kommt daher einer der häufigen Südoststürme, so riskiren die
Schiffe draußen immer beim Zerreißen ihrer Ankerketten auf
die Barre getrieben zu werden, und es hat Tage gegeben, wo

Dutzende von großen Schiffen auf dieser gescheitert sind. An einer so gefährlichen Küste ist natürlich ein Leuchtthurm von nöthen; ein solcher erhebt sich denn auch auf dem jenseit der Bai, Durban gegenüberliegenden, bewaldeten Bergrücken, der Bluff. Sein Licht dürfte circa 300 Fuß über dem Meeresspiegel liegen und muß also sehr weit hinaus in die See sichtbar sein. Ich besuchte ihn eines Tages und ergötzte mich auf seiner „Laterne" an der wunderbar schönen Aussicht, die er nach allen Seiten bietet. Am Fuße der Bluff, nach der Seite des offenen Meeres hin, sind interessante Felsenhöhlen, worin die mächtige Brandung des Indischen Oceans ohne Unterbrechung ein und ausbraust, was dieselben zu sehr beliebten Ausflugs und Pickenicksplätzen für die Bewohner von Durban macht. Als ich hier am Ufer der offenen See herumspazierte, fand ich, daß in den Löchern und Spalten des felsigen Uferbodens während der Ebbezeit eine Menge Fische und sonstige Seethiere, Polypen u. s. w. zurückbleiben, deren Durcheinandergewimmel in den durchsichtigen Wasserbassins sehr amüsant anzusehen war.

Die ebenerwähnte Bluff ist übrigens zur Zeit noch ein wüstes Dickicht von niedrigem Urwald und Strauchwerk, und es sollen darin noch allerhand wilde Thiere, wie Leoparden, Schakals, Schlangen u. s. w., hausen. Während meiner Anwesenheit in Durban begegnete hier ein Jäger einer mächtigen, 12 Fuß langen und sehr starken Boa Constrictor, deren Tödtung ihm bei ihrem wilden Widerstande viele Mühe kostete. Später, wenn einmal Durban wird infolge des durch die neuen Eisenbahnen zunehmenden Handels eine große Stadt geworden sein, wird diese Bluff, welche die Fortsetzung eines die Stadt in Entfernung von einer halben Stunde im Halbkreise umringenden ähnlichen Landrückens, die Berea genannt, bildet, vermuthlich wie diese mit einer ununterbrochenen Kette von Villen geschmückt werden. Und dann wird sich fürwahr Durban mit den schönstgelegenen Städten der Welt: Konstantinopel, Lissabon, Neapel, RiodeJaneiro und andern kühn messen können, denn der es umschließende Bergkranz von eleganten Villen und Gärten, mit der Stadt und der weiten spiegelnden Bai in der Mitte, müßte ein ganz prachtvolles Schauspiel bieten. Die Berea selbst, die mich sehr an die Hügelreihe von Loschwitz und die Hoflösnitz bei Dresden erinnerte, ist schon jetzt über und über mit hellglänzenden Villen bedeckt, die aus dem grünen Waldesschatten überall herausschimmern, und ist neuerdings auch durch eine Omnibuslinie mit der Stadt verbunden.

Da der südliche Theil der Bai von Durban zur Zeit noch von Mangrovesümpfen umgeben ist, die natürlich im Sommer ungesunde Ausdünstungen von sich geben, so sind die ein paar hundert Fuß höher gelegenen Wohnungen auf der Berea wegen ihrer größern Gesundheit sehr gesucht und es sind deshalb auch schon Boardinghäuser dort etablirt worden. Der sumpfige Theil der Baiufer wird hoffentlich künftig durch Anpflanzung von Blue-Gum-Bäumen und Drainirung gesund gemacht werden, was freilich, ebenso wie die fortwährend nothwendige Ausbaggerung der Bai und des Kanals, der in dieselbe führt, eine gute Summe Geldes kosten wird.

Durban ist zwar noch kein Hamburg oder Bremen, denn es hat heute noch nicht mehr als 1000 Einwohner, es hat sich aber als Handelsplatz in den letzten fünf Jahren sehr bedeutend gehoben, wozu natürlich die große Ansammlung von Menschen auf den Diamantenfeldern von Griqualand und den Goldfeldern von Transvaal sehr bedeutend beigetragen haben. Im Jahre 1874/75 segelten in die Bai 196 Schiffe mit einem Gehalt von 69484 Tonnen und es betrugen:

	1866/67		1874/75	
der Import	263305 Pfd. St.		1,268838 Pfd. St.	
der Export	196875	»	733642	»
die Zolleinnahmen	29505	»	114769	»
der Küstenhandel mit				
Delagoa-Bai und				
Mozambique	6527	»	102001	»

Im Jahre 1874/75 repräsentirte also der gesammte Handel von Natal, Export und Import, einen Betrag von 2¼ Mil-

lionen Pfd. St., während im Jahre 1845 die Summe nur
500000 Pfd. St., also ein Fünftel davon, betragen hatte. Noch
im Jahre 1850 wanderten des Nachts Heerden von Elefanten
durch die jetzt so stattlichen Straßen, die nunmehr theilweise
von einer Pferdebahn durchzogen werden.

Durban hat einen sehr schönen, neu angelegten Stadtpark
in der Mitte der Stadt, der mit hohen Eisengittern umfaßt
ist und mit seinen tropischen Gewächsen recht malerisch sich
ausnimmt. Am nördlichen Ende desselben steht das Stadt-
haus, ein sehr imposantes Gebäude mit einem Thürmchen;
hier befindet sich auch das Postbureau. Ich war höchlich erstaunt, als ich einen Brief nach Rußland aufgab, worauf ich
natürlich die Adresse in Russisch geschrieben hatte, zu hören,
daß der Postmeister, der mich deshalb für einen Russen hielt,
mich auf Russisch anredete. Er war einer jener Liebhaber-
Linguisten, die aus reiner wissenschaftlicher Passion Sprachen
erlernen, die sie voraussichtlich nie in ihrem Leben zu sprechen
Gelegenheit haben werden. Ich sollte meinen, es dürfte an-
gemessener für ihn gewesen sein, dem sein Wohnsitz in der
Colonie Natal bestimmt war, sich lieber auf das Studium
der Zulu- und Betschuanensprachen zu werfen.

Durban hat, wie jede Stadt im englischen Afrika, natürlich sein vornehmes Royal-Hotel und noch verschiedene andere
und bescheidenere Gasthäuser. Das Leben ist nicht zu theuer,
denn ich mußte für Beköstigung bei Mrs. Winder täglich nur
7½ Mark bezahlen, freilich extra noch für meine zwei Zimmer mit Balkon, die es aber wol werth waren, 10 Mark
täglich.

Auch Durban bietet von Zeit zu Zeit militärische Schau-
spiele. Sind auch seine Volontärcorps freilich nicht sehr stark,
so tragen sie doch sehr schöne Uniformen, und das ist ja bei
solchen Freiwilligen die Hauptsache. Es hat deren drei:

1) Die Mounted Rifles (Chasseurs à cheval), in der
imponirenden Stärke von 37 Mann.

2) Die Royal Durban Rifles (Schützen zu Fuß), 50 Mann
mit 20 Spielleuten (!).

3) Die Durban-Artillerie, 25 Mann mit 2 Kanonen.

Von Zeit zu Zeit liegen Kriegsschiffe im Hafen, und dann fehlt es auf den Bällen in Durban nicht an bunten Uniformen, denn im Ballsaale trägt der so civilsüchtige englische Offizier ausnahmsweise immer noch seine, sonst außerhalb des Dienstes so streng verschmähte, Uniform. Freilich pflegt er zum Zwecke des Tanzes nicht die Galauniform zu tragen, sondern nur die Interims-Dreß, welche in einer kurzen rothen Jacke, einer sehr vielbeknöpften Weste und hoch hinaufgehenden engen schwarzen Beinkleidern besteht. In diesem Costüm sehen die oft sehr storchbeinigen Offiziere beinahe wie Schuljungens aus, da das kurze rothe Jäckchen doch eigentlich besser für Kinder paßt als für erwachsene Männer.

Durban hat natürlich auch seine Freimaurerloge und außerdem seine Loge der „Guten Templer", d. h. Mäßigkeits-vereinler. Von diesen letztern gibt es überhaupt jetzt in der Colonie Natal 10 Logen mit 1000 Mitgliedern. Ich habe diese Leute, denen ich meine höchste Achtung nicht versagen kann, stets aufrichtig bewundert, denn obgleich ich wahrlich kein Verehrer des Bacchus bin und mir niemals ein Räusch-chen antrinke, so scheint mir doch ein so absolutes Verbot, das bei der Aufnahme durch einen feierlichen Schwur erhärtet wird, niemals auch nur einen Tropfen Bier, Wein oder Branntwein zu sich zu nehmen, für die ganze Lebenszeit ge-radezu unausführbar zu sein. Wie machen sie es denn nur auf Reisen, in lustigen Gesellschaften, bei Bällen, Hochzeiten, Kind-taufen? Sogar auf den Schiffen der Kriegs- und Handels-marine hat diese Mäßigkeitsbewegung in großem Maßstabe um sich gegriffen, und es befinden sich auf vielen davon Logen von Guten Templern. Und auf der See, sollte man meinen, namentlich unter nördlichen Breiten, ist der zeitweilige Genuß von Grog doch eigentlich etwas ganz Unentbehrliches und durch den angestrengten Dienst in der rauhen Witterung Gebotenes! Die Schiffskapitäne loben übrigens die Guten Templer, die auf ihren Schiffen dienen, außerordentlich und bezeugen, daß dieselben besser alle Strapazen des harten See-dienstes aushalten als alle die Grog- und Rumtrinker! Ach, wenn man auf den Diamantenfeldern alle Weißen sowol wie

alle Schwarzen hätte zwingen können, good templars zu
werden! — Diese good templars haben, wie die Freimaurer,
geheime Zeichen und Worte, woran sie sich erkennen, und feiern
von Zeit zu Zeit, sich zu gegenseitiger Ermuthigung, große
Feste, wobei wesleyanische Prediger, oft auch Geistliche anderer religiösen Gemeinschaften, mit ihren Reden stets eine
Hauptrolle spielen. Einer der Chefs der Guten Templer, der
ehrwürdige Rev. Stott, ein achtzigjähriger Greis, wesleyani-
scher Missionar für die indischen Coolies in Natal, sagte mir,
er habe seit 60 Jahren keinen Tropfen spirituösen Getränkes
genossen, weder Bier noch Wein, weder Arak noch Rum, weder
Cognac, noch Liqueur, noch gemeinen Schnaps! Und gleichwol hatte er Reisen über ganz Indien und einen Theil von
Südafrika gemacht, ohne je die mindeste Versuchung zu fühlen, etwas anderes zu trinken als immer nur Thee und Kaffee!
Welche moralische Kraft und Zähigkeit liegt doch in diesen
Engländern, wenn sie sich einmal etwas fest vorgenommen
und in den Kopf gesetzt haben. Unter dem deutschen Volke
freilich dürfte dieser Teatotallerorden nie sehr viele Mitglieder
anwerben — vorausgesetzt, daß nicht die nicht unbillig erscheinende Statutenveränderung eingeführt würde, daß Bier
nicht zu den spirituösen Getränken zu rechnen sei. Denn wer
kann wol unser gesundes, erfrischendes und kräftigendes deutsches Bier mit dem erhitzenden, schnapsigen englischen Pale Ale
auf Eine Linie stellen wollen? Haben doch selbst die Bekenner
des Islams für ihr strenges, vom Propheten ihnen auferlegtes
Verbot des Trinkens von „Wein" sich Ausnahmegetränke vorbehalten, die sie — freilich theilweise in weniger zu recht-
fertigender Weise — als vom Gebote der Religion nicht berührt betrachten: Champagner, Raki, Mastix und andere Arten
von Schnäpsen — und Bier!

Einige der reichsten und angesehensten Handelsherren von
Durban sind Deutsche, so die Herren Dentzelmann, Wilhelm,
Adler u. a. Herr Dentzelmann ist zugleich deutscher Consul.
Ich war an ihn empfohlen und machte ihm daher in den ersten
Tagen meinen Besuch. Er hat große Magazine und treibt
lebhafte Handelsgeschäfte mit Delagoa=Bai, Mozambique,

Zanzibar und Hamburg. Seine junge Frau, geborene Ham-
burgerin, war eine der anmuthigsten Erscheinungen, die mir
seit meiner Abreise von London vorgekommen, und der sanfte
Zauber ihrer Persönlichkeit wurde durch eine gediegene litera-
rische Bildung, künstlerische Talente und persönliche Lebhaftig-
keit und Liebenswürdigkeit nicht wenig vermehrt. Ein eleganter Haushalt ist für Familien, die eine gesellschaftliche
Stellung einnehmen und daher auch solche repräsentiren müssen,
in Afrika unverhältnißmäßig theurer als in Deutschland. So
wurde mir von Freunden des Herrn Dentzelmann versichert,
daß ihm sein Haushalt allein, obgleich er sich durchaus keine
Extravaganzen erlaubte, jährlich 160000 Mark kostete! Nun
freilich, die Jahreseinkünfte eines großen afrikanischen Handels-
herrn sind auch ganz andere als etwa die eines deutschen Beamten oder Gelehrten, und derselbe würde wol selbst nicht
gern mit einem deutschen Minister tauschen!

　　Ein junges Ehepaar, das kein Kaiserthum zu vertreten
hat und daher in den Ausgaben für Reit- und Wagenpferde,
seidene Roben und Brillantenschmuck, pariser Hüte und indische Shawls, männliche und weibliche Dienerschaft, Diners
und Soiréen u. s. w. sich nach Belieben einschränken darf,
kann freilich auch bedeutend billiger in Port Natal leben. So
mein liebenswürdiger Freund Herr H. Wharton, ehemaliger
Seekapitän, bei dem ich mehrere sehr angenehme Abende zubrachte. Ein englischer Seekapitän hat in der Regel, ehe er
sich zur Ruhe setzt, schon verschiedenemal die Welt umsegelt,
und wenn er daher, wie in diesem Falle, ein aufmerksamer
Beobachter und guter Erzähler ist, so wird seine Unterhaltung
nie des Interesses ermangeln. Die Abende in diesem Hause
waren mir um so angenehmer, als des Kapitäns reizende
junge Frau, eine Genferin, in liebenswürdigster Weise das
Ihrige zu der kosmopolitischen Touristenunterhaltung beitrug,
indem auch sie schon ein paar Jahre in Sierra Leone in West-
afrika, in der Nähe der interessanten Negerrepublik Liberia,
gewohnt hatte. Habe ich recht verstanden, so war ihr Onkel
dort Gouverneur und wurde dann in gleicher Eigenschaft nach
den Secheleninseln versetzt. Das wohlklingende Französisch

einer feingebildeten Genferin berührte mich sehr angenehm
hier in Natal, und ich muß hinzufügen, daß ich überhaupt in
Durban öfter auf der Straße diese Sprache reden hörte, da
von den beiden, meistens von französisch redenden Pflanzern
bewohnten Inseln Bourbon und Mauritius häufig Personen
hierher zu Besuch kommen und einige derselben sogar sich hier
ganz als Pflanzer niedergelassen haben. Die Gesellschaft ist
überhaupt ziemlich kosmopolitisch in Durban. Bei einem Besuche des Magistrats, Herrn Dillon, lernte ich dessen Töchter
kennen, von denen die eine, die hübscheste, soeben aus einer
Klosterpension au saint coeur de Jésus bei Paris heimgekehrt war.

Im homöopathischen Arzte Dr. Schulz machte ich die
Bekanntschaft eines frühern Militärarztes im preußischen
Gardecorps. Er macht hier sehr gute Geschäfte und lebt
wie es scheint sehr glücklich im Kreise einer heitern und liebenswürdigen Familie. Seine Frau ist von portugiesischer Abstammung, aber aus Berlin gebürtig, und machte auf mich
trotz ihrer spanisch-maurischen Physiognomie den unverfälschten
Eindruck einer echten Berlinerin, welche sie auch ihrem sprühend-
lebhaften und immer heitern Geiste nach vollständig war.
Ihre Kinder sind von seltener Schönheit, wie es ja gewöhnlich die aus der Blutmischung zweier verschiedenen Nationali-
täten hervorgehenden Sprossen zu sein pflegen. Wem wäre
es nicht schon aufgefallen, was für reizende Kinder in der
Regel z. B. einem spanischen Vater und einer englischen
Mutter, oder einem deutschen Vater und einer italienischen
Mutter entspringen? Im vorliegenden Falle repräsentirten
die Kinder einen prächtigen südlichen Typus, trotz der blonden
Haare und blauen Augen ihres Vaters; namentlich die kleine
achtjährige Inez hatte ein ganz entzückendes Murilloköpfchen,
wie man es nicht lieblicher in den Kathedralen Sevillas und
Granadas würde antreffen können.

Die Kinder sind in den Colonien in der Regel viel früh-
reifer als bei uns; man pflegt daher oft zu sagen, daß es
z. B. in Amerika überhaupt gar keine Kinder gebe. Es vereinigen sich eben in den neuen Ländern immer verschiedene

Einflüsse, um die Kinder viel zeitiger selbständig und unabhängig zu machen als bei uns. Der kleinste Sohn des
Herrn Schulz, etwa sechs Jahre alt, war ein solches frühreifes
Exemplar. Bei einem gemeinschaftlichen Spaziergange begegnete uns ein etwa im gleichen zarten Alter stehendes Mädchen,
das mit einer Schiefertafel und Büchermappe an uns vor-
übereilte. Mein junger Begleiter zog cavaliermäßig den Hut
vor der kleinen gelockten Dame, die ihm seinen Gruß mit
Anmuth und Würde erwiderte. Auf meine Frage, wer denn
dies sei, erhielt ich zur Antwort: „Ach das ist so eine von
meinen alten Bekanntschaften, Miß S." Ich berechnete mir
unwillkürlich, wann wol der kleine Gentleman mit seinen
Bekanntschaften angefangen haben möchte!

Ein Pröbchen von Geistesgegenwart dieses jungen Colonisten und seines Schwesterchens erzählte mir ihre Mutter.
Eines Tages kamen beide ganz blaß nach Hause und konnten
nicht essen vor Aufregung. Auf die Frage, was es denn gäbe,
erzählten sie, ein Tiger (d. i. Leopard, der hier Tiger genannt
wird) habe sie bis an die Stadt verfolgt und sie hätten deshalb fortwährend rückwärts gehen müssen. (Denn es ist ja
bekannt, daß der Tiger nicht angreift, solange er mit den
Augen fixirt wird; sobald aber der Mensch ihm den Rücken
dreht, springt der Tiger auf ihn los und zerfleischt ihn.)

Dieser Knabe wurde von seinen Aeltern Bismarck genannt
und bildete sich nicht wenig auf diesen Namen ein. Ich hörte
vom Doctor, daß es überhaupt bei den deutschen Colonisten
Sitte sei, ihrem intelligentesten und am meisten Energie zeigenden Knaben diesen typischen Namen zu geben.

Ich glaube, daß es den genialen Schöpfer unsers neuen
Deutschen Reiches gewiß angenehm berühren würde, wenn er
wüßte, wie in dieser Weise sein Name fast ausnahmslos bei
allen überseeischen deutschen Colonisten gefeiert und verehrt
wird. Noch nie habe ich jenseit der Meere einen Deutschen gefunden — sei es vom Norden oder vom Süden —
der nicht mit Leib und Seele ein leidenschaftlicher Anhänger
der Bismarck'schen Politik gewesen wäre. Par distance, von
der Höhenzinne überseeischer Fernen aus gesehen, wird ja

deren consequent nationaler Charakter viel mehr hervortretend, während diese Wahrnehmung natürlich weit leichter solchen Leuten entgeht, die nie von zu Hause wegkommen und fortwährend bis an den Hals im wogenden Strome der wechselnden Parteimeinungen und Sonderinteressen des Heimatlandes dahinschwimmen.

Die wohlberechtigte und an sich gewiß höchst ehrbare und schätzenswerthe Anhänglichkeit an die engere Heimat läßt erklärlicherweise einen den Mittel- und Kleinstaaten angehörigen Patrioten leicht über einzelne, ihm unbefugt erscheinende, Einmischungen der berliner Centralgewalt in engere vaterländische Angelegenheiten sich verletzt fühlen. Er ist dann in seinem Aerger nur zu leicht geneigt, das Kind mit dem Bade auszuschütten und die großen und unsterblichen Verdienste zu übersehen und zu vergessen, die sich unser „eiserner" Reichskanzler um die Gesammtstellung der deutschen Nation im Auslande erworben hat, wofür demselben dagegen jeder viel im Auslande reisende oder dort ansässige Deutsche unbedingt zum tiefsten Danke sich verpflichtet fühlt.

Derselbe gescheite kleine Sohn des Herrn Schultz diente mir als gefälliger Führer nach dem Botanischen Garten von Durban, welcher auf dem Abhange der Berea, dreiviertel Stunde von der Stadt, gelegen ist und einen großen Raum einnimmt.

Welcher Genuß, in diesem Garten zu lustwandeln! Bäume und Sträucher aller Zonen sind hier nebeneinander zu sehen; für mich waren natürlich die tropischen die interessantesten. Da waren Kampherbäume, deren Blätter wie reiner Kampher, Nelkensträucher, deren Blätter wie Gewürznelken schmeckten; Pfeffer, Ingwer, Indigo, Baumwolle; Kaffee und Zuckerrohr; tropische Fruchtbäume von so vielen verschiedenen Sorten, daß ich mir sie unmöglich alle merken konnte; Palmen von centralafrikanischen, indischen und australischen Arten; Coniferen von afrikanischen, amerikanischen und europäischen Specien, darunter eine große Varietät von Araucarien; Schlingpflanzen mit prächtigen Blumen in allen Farben u. s. w. Eine wunderbar schöne Baumform, die mir noch unbekannt war, bildeten die Mauritius-Schirmakazien. Ihre allgemeine Form ist die der Pinien, das Laub aber so schwellend weich, so moosig und wellig und saftgrün, daß es einen ganz herrlichen, wahrhaft erfrischenden Eindruck auf das Auge macht. Von meinem Lieblinge, dem Madagascarbaume, gab es hier zwei Arten, die eine, die ich schon kannte, mit den riesigen feuer= rothen Blumen, und eine andere, mit gelben Blumen, die aber weniger schön ist. Der lateinische Name dieser Wolfs= milchart ist Pietosa pulcherrima. Verschiedene Arten von Euphorbien waren mir auch gänzlich neu.

In dem Director des Botanischen Gartens fand ich zu meiner großen Ueberraschung einen Dresdener, Herrn Wilhelm Keith, der mir mit großer Gewissenhaftigkeit und Genauig= keit die lateinischen Namen aller dieser fremdartigen Gewächse mittheilte. —

Um den Eindruck eines Botanischen Gartens zu haben, genügte es mir übrigens schon vollständig, durch die Straßen von Durban zu wandern, namentlich längs der Bai und in den dahin führenden Querstraßen. Alle Bäume, Sträucher, Blumen waren hier so exotisch, daß ich mich bei meinen oft wiederholten Spaziergängen daran gar nicht satt sehen konnte. Vor allem waren es die riesenhaften wilden Feigenbäume (Sycomorus Capensis), die mir imponirten. Sie gleichen gigantischen schwarzen Pilzen und werfen einen so dunkeln dichten Schatten, daß, wenn man aus dem grellen heißen Sonnenlichte unter einen solchen Baum tritt, man den Ein= druck hat, als sei es auf einmal ringsherum kühle Nacht geworden. Ein baumartiger Hybiscus mit gelben Blumen und großen Lindenblättern (Parritium tiliaceum), Schrauben= palmen (Pandanus utilis), niedere Fächerpalmen (Hyphaene), eine Cucurbita mit großen weißen glockenförmigen Blüten= kelchen sind in den Gärten sehr häufig, vor allem aber die herrliche Banane, dieser schönste Schmuck aller tropischen Land= schaften. Alle die zierlichen Verandas, welche die Villen ein= fassen, sind üppig umrankt von orangeblühenden Bignonien und andern Schlingpflanzen mit weißen, violetten und thee= rothen Blütentrauben. Umschimmert und umduftet von all diesem Grün und allen diesen Blumen, und nachtumschattet unter dem dichten Laube der das Licht der Sonne absperrenden kolossalen Sykomoren, machen diese kleinen Landhäuser daher sämmtlich den Eindruck von anmuthigen und versteckten Ruhe-plätzen naturliebender Einsiedler.

Es gibt übrigens auch einige sehr große palastähnliche Villen, die mit ihrer glänzenden Architektur und ihren präch-tigen Säulenportilen an italienische Palazzi erinnern; in einem solchen wohnte Herr Adler zur Miethe. Als er die Freund-lichkeit hatte, mich eines Tages zu Tische zu laden, wußte ich nicht, was ich mehr bewundern sollte: die Pracht des palast-artigen Baues oder die Lieblichkeit des Gartens mit seinen tropischen Pflanzen und seinem weiten Ausblicke auf die mit weißen Segeln bedeckte Bai; es war mir zu Muthe, als sei ich plötzlich an den Comersee oder den Lago-Maggiore versetzt.

Eines Abends, als ich von einem Besuche bei Dr. Schulz nach Hause ging — es war schon gegen Mitternacht — wurde ich plötzlich frappirt durch einen wunderbaren Ton, den ich hoch oben in den Lüften hörte. Ich stand und horchte, — aber nichts als das dumpfe taktförmige Brausen der Meeresbrandung war jetzt zu hören. Ich glaubte schon, ich hätte mich geirrt, und ging weiter, — da auf einmal hörte ich wieder denselben Ton, einen unbeschreiblich schönen, süßen Ton, gerade als ob jemand mit einer Messerklinge ein Weinglas oder ein feines silbernes Glöckchen sanft anschlüge, — einen reinen hohen Metallklang, ähnlich wie das gestrichene a eines Piano. Der Ton kam offenbar von den höchsten Aesten eines großen Feigenbaumes herab. Ich begab mich nun unter diesen Baum, um den Ur-sprung des Klanges zu entdecken, und fand, nachdem derselbe noch ein paar Dutzend mal sich wiederholt und immer seinen Platz gewechselt hatte, daß er von einem Vogel (den ich den Glockenvogel nennen möchte) herrühren müsse. Jemand, dem ich dieses Erlebniß erzählte, meinte zwar, es könne auch eine eigene Art von Nachtgrille gewesen sein; für eine Grille schien mir aber doch der Ton viel zu schön und zu ätherisch.

Dr. Schulz regte in mir nicht wenig die Lust an, eine Reise nach der nahen Insel Madagascar zu machen, wohin

man, freilich mit dem Umwege über Zanzibar, per Dampfschiff gelangen kann. Sobald das Postschiff von Durban in
Zanzibar angekommen ist, geht wenige Stunden darauf ein
anderes Dampfschiff von dort nach den Comorischen Inseln
und Nossi Beh ab, von wo aus stets Gelegenheit mit kleinen
Küstenschiffen nach Madagascar ist. Diese Insel ist so voll
von Herrlichkeiten und Naturschätzen, daß eine Reise dahin
allerdings ungemein lohnen müßte — aber — aber! Das
tödliche Fieber, das fast überall an den Küsten lauert und
dem schon so viele Missionare erlegen sind!

Was für mich höchst angenehm war: ganz nahe bei meiner
Wohnung konnte ich Seebäder nehmen.

Freilich kommt dann und wann einmal ein kleiner Hai-
fisch nach dem Badeplatz geschwommen, aber vor den kleinen
fürchtet sich kein Mensch, und für große ist, wie es scheint,
das Wasser nicht tief genug. Die kleinen Haifische werden
übrigens sehr gern gegessen. Eigenthümlich anzusehen war es,
daß, während zur Flutzeit die Meereswellen bis nahe an mein
Haus anschlugen, zur Ebbezeit der vom Meere verlassene
harte glatte Sandboden einen sehr bequemen Platz zum Spa-
zierenfahren und Reiten bot, sodaß z. B. früh elegante Equipagen rollten und Gruppen von Amazonen spazieren ritten, auf
derselben Stelle, wo nachmittags Boote segelten und Fischer
ihre Netze ins Meer warfen. Zur Ebbezeit war der Weg
von der Stadt nach dem Hafenplatz des Point durch die gerade Linie über die trocken gelegte Sandfläche um die Hälfte
abgekürzt und wurde deshalb stark von Wagen und Reitern
benutzt.

In den Straßen von Durban könnte man sich leicht nach
Ostindien versetzt fühlen, wegen der zahlreichen Menge indischer Coolies mit ihren großen Turbanen, die man immer
dort sieht. Die Köche und Kinderammen sind fast in allen
englischen Familien Coolies, die Lastträger, Eisenbahnbedienste-
ten, Obstverkäufer und kleinen Handelsleute ebenfalls. Ein
Coolie ist eben stets ein ungleich brauchbarerer, zuverlässigerer,
fleißigerer und gehorsamerer Dienstbote und Arbeiter als ein
Kaffer, und nur das Misverhältniß zwischen Angebot von

Coolies und Nachfrage nach Arbeitern zwingt noch viele Colonisten, Kaffern in Dienst zu nehmen.

In den letzten Tagen meines Aufenthaltes machte ich auf
der Eisenbahn einen sehr dankbaren Ausflug nach Umgeni,
einem im Thale des gleichnamigen Flusses gelegenen Dorfe.
Das zum Anbau tropischer Producte geeignete Land von Natal
zieht sich in der Breite eines Gürtels von 4—7 Stunden
Durchmesser längs der Küste hin und bietet in seinem un-
cultivirten Zustande einen mit niedrigem Gebüsche, hier und
da auch mit höherer Waldung, bedeckten rothen Sandboden.
Boas und Schlangen aller Art sind häufig in den Büschen,
und Alligatoren in den Flüssen. Bis vor wenigen Jahren
waren in den letztern auch noch Hippopotamen sehr häufig,
deren Fett bei den Boers als Zusatz zu dem trockenen zähen
Biltong (getrocknetem Antilopenschinken) sehr beliebt war; ihr
Fleisch soll wie Schweinefleisch schmecken. Jetzt sind diese
Thiere aber, wie die Elefanten, beinahe ganz aus Natal verschwunden. Für Pferde und Hochlandsochsen ist dieses Tiefland sehr ungesund; erstens sind die Weidegräser zu üppig
für sie und zweitens die Ticks (Zecken, Blutwanzen) eine
große Plage.

In diesem tropischen Küstengürtel, der den eigentlichen
Hauptreichthum der Colonie Natal bildet, macht ein Pflanzer
aus 20 Ackern Land mehr Geld als der Viehzüchter des Oberlandes aus seiner Farm von 6000 Ackern, vorausgesetzt, daß
ihm immer Arbeitskräfte genügend zu Gebote stehen, was aber
jetzt, seit die Massenimportirung von indischen Coolies eingeführt ist, von Jahr zur Jahr mehr der Fall und dies noch
reichlicher werden wird, wenn erst die Dampfschiffahrt zwischen
Durban und China eingerichtet sein wird.

Das erste Zuckerrohr in Natal wurde im Jahre 1849
angepflanzt, jetzt beträgt der Werth der Zuckerproduction schon
4 Millionen Mark jährlich. Der Natalzucker in seinem gelben
mehlartigen Zustande wird überall in Südafrika verbraucht
und auch ein Theil davon über See exportirt. Die Baumwolle gibt bei gehöriger Sorgfalt eine ganz ausgezeichnete
Qualität; anderswo ist sie eine jährliche, hier aber eine peren-

nirende Pflanze, die das ganze Jahr hindurch reift, haupt=
sächlich aber im Januar und März. Der Kaffee gibt eine
schöne Rente und wird stark exportirt; man baut Sorten, die
dem besten Java= und Riokaffee gleichkommen. Die Bäum=
chen beginnen schon im zweiten Jahre zu tragen und geben
später jeder circa 8 Pfund Beeren. Indigo wird eben=
falls viel gebaut; der Taback gibt jährlich zwei Ernten. Zu
dem Einfenzen der Pflanzungen (die dem Auge stets einen

Landschaft im Umgenithal.

sehr malerischen Anblick gewähren) pflegt man Cactus Opuntia,
Aloës, Mimosen, Granatäpfel=, Feigen= und Quittenbäume zu
nehmen.

Zu beiden Seiten der Eisenbahn, die eine Zeit lang längs
des Meeres hinläuft, gab es viel Schönes zu sehen. Herr=
liche große Euphorbienbäume ragten zahlreich wie hundert=
armige Candelaber eines Riesen=Rübezahl gen Himmel. Kleine,
recht heimisch und gemüthlich aussehende Pflanzerhäuschen
standen, umschattet von Gruppen von Gumbäumen, in der
Mitte ihrer pittoresken Pflanzungen, deren lange und gerad=

sinige Reihen von dunkeln Kaffeesträuchern oder glänzend
hellgrünen Zuckerstauden den wohlthuenden Eindruck von Ordnung und Regelmäßigkeit machten. Bewässerung wird überall
durch Schöpfräder und Röhrenkanäle vermittelt. In Umgeni,
wo der Blick in das weite fruchtbare und reich angebaute
Thal sehr wohlthuend war, überraschte mich ein großes Gebäude mit der Aufschrift: „Kaffeemühlen", und ein anderes,
bezeichnet: „Wollwäscherei." Eine lange Brücke führt hier
über den Strom, der zu beiden Seiten mit ziemlich hohen und
von Pflanzungen bedeckten Hügelreihen eingefaßt ist. Diese
Flußlandschaft erinnerte mich beinahe ein wenig an das Neckar-
thal bei Heidelberg mit seinen grünen Weinbergen.

In den Zeitungen las ich eines Tages ein eigenthümliches
Inserat, welches zeigt, wie hier ein Pflanzer seine Ernte los
wird. Ich las im „Mercury" die Annonce:

Zu verkaufen

eine Mealieernte (Türkischer Weizen). Offerten werden von
dem Unterzeichneten bis zum 18. Mai angenommen für den
Kauf der Millisernte, so wie dieselbe jetzt auf der Avoca-
pflanzung steht, neben dem kleinen Umhlangaflusse. Sie besteht in einer Sichelernte von circa 27 Ackern. Der Käufer
hat vom Tage des Verkaufes an alles Risico auf sich allein
zu nehmen und die Einerntung auf seine eigenen Kosten zu
besorgen. Bedingungen: $\frac{1}{2}$ in Baargeld und $\frac{1}{2}$ in einem
Wechsel von 3 Monaten zu zahlen. NB. Der Besitzer bindet
sich nicht, die höchste oder überhaupt irgendeine Offerte anzunehmen.   A. Cooley.

In solcher Weise müssen sich in einer Colonie, wo der
eine Pflanzer so glücklich ist Dienstleute zu haben und der
andere nicht, die letztern zu helfen suchen!

Im Garten vor meinen Fenstern standen zwei prächtige
Exemplare von Pandanus utilis, jener Palmenart, deren stachelige Fächerblätter wie in einer Schraubenwindung wachsen
und daher einen sehr merkwürdigen Eindruck machen. Diese
Palmenart ist den Pflanzern in der That, wie ihr Name schon
besagt, äußerst nützlich. Aus ihren faserigen und festen Blät-

tern werden nämlich die Bastsäcke gemacht, worin man den
Zucker und Kaffee zur Versendung packt. Diese Palme ge=
währt eine so hohe Nutzungsrente, daß Herr Dentzelmann die
Absicht hatte, eine große Farm zu kaufen und einzig mit dieser
Palmenart zu bepflanzen.

Beim Auctionator, der meinen Wagen vergebens ausge=
boten hatte, Herrn Benningfield, sah ich ein paar ganz kolos=
sale Elefantenzähne, die vom Zambesi gekommen waren und
wol zu den größten der Welt gehören mochten. Ich fühlte
große Versuchung, sie zu kaufen und dann zu Hause alle Leute
damit in ein respectvolles Erstaunen zu versetzen, jedoch stand
ich schließlich davon ab, da Herr Benningfield die Bagatelle
von 6000 Mark für die beiden Zähne forderte!

In den Colonien spielen die Distanzen viel weniger eine
Rolle als bei uns. Dies zeigte sich mir recht deutlich aus
einer Affiche an den Straßenecken von Durban:

„Vergnügungstour nach Capetown zu dem Herbstwettren=
nen. Preis hin und zurück 1. Kajüte 15 Pfd. St. (300 Mark)."

Eine vielleicht stürmische Seereise von wenigstens 6 Tagen
und auf eine Entfernung so groß wie von Dresden nach Nea=
pel blos wegen des so rasch vorübereilenden Schauspiels eines
Wettrennens jemand zuzumuthen, das würde wol einem
Dresdener oder Leipziger einigermaßen stark erscheinen, nament=
lich demjenigen, der sich der Annehmlichkeiten der Seekrank=
heit versichert halten kann. Aber zu welchen Opfern ist ein
Engländer nicht bereit, um einem Pferderennen, mit seinen
aufregenden und gewinnwinkenden Wetten, beizuwohnen!

Eines Tages nahm mich ein mir bekannter deutscher Herr
zu einem Abendthee bei einer amerikanischen Familie mit, die
erst kürzlich aus den Vereinigten Staaten hierher übergesiedelt
war. Nachdem ein wenig musicirt worden war, wobei mir
das Spielen des Yankee Doodle, Hail Columbia und Shoo
Fly rasch die Sympathien der anwesenden Jugend gewann,
sah ich einige illustrirte Werke durch, welche von der Familie
aus Amerika mit hierher gebracht worden waren. Es befand
sich darunter ein Schulatlas von Morse. Neugierig, zu wissen,
was dieser amerikanische Geograph denn wol über meine Hei=

mat zu sagen haben würde, suchte ich das Kapitel „Deutschland" auf. Sofort fiel mir unter den kurzen Paragraphen,
in welche das ganze Werk eingetheilt ist, der folgende in die
Augen: „Saxony stands on the head of the German States,
in agriculture, industry, mining and litterature." („Sachsen steht an der Spitze der deutschen Staaten in Ackerbau,
Gewerbfleiß, Bergwesen und Literatur.") Diese Anerkennung
der hohen Culturstellung meines engern Vaterlandes von seiten
eines gelehrten Yankee berührte mich sehr freudig und schmei-
chelte nicht wenig meinem sächsischen Selbstgefühle. (Nur
leider möchte ich fürchten, daß der amerikanische Professor in
einer künftigen Auflage dem obigen Paragraphen noch den
Zusatz wird beifügen müssen: „and in socialism", seitdem
diese uralte, jetzt aber wieder mehr als je an die öffentliche
Discussion getretene Lehre von der Verbesserung und Um-
gestaltung des Staates zu Gunsten der „enterbten Massen"
und der „Beglückung und Befriedigung aller Menschen" im
Königreiche Sachsen mehr leidenschaftliche Anhänger gefunden
hat als in irgendeinem andern Theile unsers Deutschen Reiches, und sogar mein liebes Elbflorenz, die königliche Residenz,
das Centrum so gediegener Bildung, durch einen Bebel im
Parlament vertreten ist, einen von jenen aufrichtigen, aber so
sehr sich selbst täuschenden, Schwärmern für unmögliche Ideale.)

Die Zeit meiner Abreise rückte heran. Mit Wehmuth erfüllte mich der Gedanke, meinen paradiesischen Balkon nun
bald verlassen zu müssen. O hätte ich ihn nach Europa mitnehmen können, mit dem ganzen entzückenden Bilde, das er
täglich meinen Augen bot, und den Blumendüften, die ihn
umwehten! Ich mußte mich damit trösten, sein Bild wenigstens in Photographie mitzunehmen, die in mir lebenslang die
schöne Erinnerung wach halten wird.

Die Dampfschiffcompagnien auf der Ostseite von Afrika
haben ganz andere Preise als die auf der Westseite. Während auf der letztern die ganze Reise von London nach Kapstadt (7000 englische Meilen) bei einer Dauer von 25—
35 Tagen nur 31 Pfd. St. (1. Platz) kostet, sind die Preise
auf der Ostseite (Distanz 7700 Meilen):

(1. Platz.)

Von Kapstadt nach Durban	6 Tage	11½	Pfd. St.
» Durban » Zanzibar . . . 11	»	31	»
» Zanzibar » Aden 9	»	30	»
» Aden » Suez 6	»	30	»
» Suez » Alexandria (Eisenbahn) 1	»	3	»
» Alexandria » Venedig 5	»	40	»

38 Tage 145½ Pfd. St.

Die Reise zwischen London und Kapstadt östlich um Afrika herum kostet also, wenn man noch die Reise von Venedig nach London (circa 7½ Pfd. St.) mit einrechnet, gerade fünf mal so viel als die um die Westseite, während die Zeit etwa um ein Drittel länger dauert. Dieser Unterschied der Fahrpreise kommt daher, weil auf der Westseite zwei Concurrenzgesellschaften sind: die Union-Linie und die Donald-Currie-Linie, die sich gegenseitig in den Fahrbeträgen auf das äußerste zulässige Minimum herabdrücken, während auf der Ostseite jede Concurrenz fehlt. Ein Platz von Durban nach London kostet auf der Westseite 1. Platz 38 Pfd. St. 17 Schilling, 2. Platz 26¼ Pfd. St. (bei 5—6 Wochen Fahrt, inclusive die Aufenthalte in Port Elisabeth und Kapstadt), während auf der Ostseite ein 1. Platz 141½ Pfd. St. (bei 5 Wochen Fahrt) kosten wird. Es ist daher natürlich, daß die Reise um die Ostküste herum für durchgehende Reisende zwischen England und Südafrika kaum je in Anwendung kommt und nur von localen Passagieren gemacht zu werden pflegt. Ich jedoch hatte es mir nun einmal vorgenommen, auch die Ostküste Afrikas kennen zu lernen, und gedachte möglicherweise noch von Zanzibar nach Ostindien zu gehen. Ich nahm daher einen Platz auf dem nach Zanzibar abgehenden Poststeamer Natal und begab mich am 21. Juni nachmittags an dessen Bord.

Es machte mir eine außerordentliche Mühe noch rechtzeitig aufs Schiff zu kommen. Der Agent hatte bekannt gegeben, dasselbe solle um 2 Uhr in See stechen. Ich mußte daher, um zeitig genug zu kommen, mit allen meinen Kisten und Koffern nothwendig mit dem letzten um 12 Uhr abgehenden

Eisenbahnzuge nach dem Point abfahren, da der nächste Zug
dann erst wieder um 2 Uhr abging. Ich hatte also um
11½ Uhr sechs Träger bestellt für meine zahlreiche Bagage.
Es schlug aber ½, ¾, endlich 12 Uhr, und kein Träger
war erschienen! Nun mußte ich mir sagen, daß meine Heimreise durch diese Trödelei der Träger um einen ganzen Monat,
d. h. bis zum nächsten Postschiffe verspätet werde, und war
natürlich sehr erregt darüber. Ein Deutscher gab mir jedoch
den Rath, es noch mit dem 2 Uhr-Zuge zu versuchen. Ich
that dies und kam, trotz des großen Aufenthaltes am Point
beim doppelten Aus- und Einladen meiner Kisten und Koffer,
doch noch zu glücklicher Zeit, d. h. eine Viertelstunde vor dem
Abgange des Schiffes an Bord. Nach der immensen Hetzerei
und Lauferei in der Sonnenglut, die ich den ganzen Tag gehabt hatte, that mir eine Flasche deutsches Bier, die ich dem
Herrn Dentzelmann zu verdanken hatte, sehr wohl und ich
warf nun einen letzten wehmüthigen Abschiedsblick auf die
mich umgebende, von purpur-orangenem Abendlichte übergossene
Bai von Durban. Um 5 Uhr setzte das Schiff sich in Bewegung und brachte uns, da es ein kleines Küstenboot von
nur 528 Tonnen war, leicht über die Barre hinweg. Rasch
entschwand nun die Küste unsern Augen, und als es dunkelte,
sah ich nur noch in weiter Ferne das rothe Licht des hochstehenden Leuchtthurms von Durban langsam verglühen.

Indem ich hiermit den Boden des britischen Südafrika
verlasse, möchten wol einige nachträgliche Bemerkungen über
die seit meiner Abreise dort vorgekommenen Ereignisse hier
noch Platz finden.

Die Revolution auf den Diamantenfeldern ist durch die
Ankunft britischer Reichstruppen unter General Cunnynghame,
durch die Abberufung des Lieutenant-Gouverneurs Southey
und seines Ministers Currie und die Ersetzung derselben durch
zwei neue Administratoren beendigt worden. (Diese Truppen-
execution kostete dem Lande einige 60000 Pfd. St.!) Später
wurde Major Lanyon zum Lieutenant-Gouverneur von Westgriqualand ernannt, diese Provinz aber zugleich an die Kapcolonie annectirt.

Die Diamantenfarm Voornitzicht ist endlich im Mai 1875 von der englischen Regierung ihren frühern Eigenthümern für eine Summe von 100000 Pfd. St. abgekauft worden, was unter den Diggers um so mehr Befriedigung hervorrufen mußte, als der große Proceß, den die Proprietors als test case (Versuchsklage) gegen den Digger Ling, wegen dreijährigen „unentgeltlichen Wohnens" auf dem Gebiete der Farm, vor dem High Court eingeleitet hatten, vom Lord Oberrichter gegen das freie Wohnrecht der Diggers entschieden worden war.

In der Colesberg Kopje, deren tiefste Claims im Jahre 1876 250 Fuß tief waren, hat man großartige Dampfpumpenwerke, die aus England verschrieben worden, aufgestellt, um sie von Wasser frei zu erhalten. Die Diamantengewinnung wird dadurch auf eine immer größere Tiefe ermöglicht und ein Ende derselben in immer weitere Ferne gerückt.

Daß die Diamanten, trotz der massenhaften Production, die nun schon seit sechs Jahren in den Dry Diggings anhaltend fortgedauert hat, noch bis auf den heutigen Tag immer noch recht anständige Preise behaupten, wird durch die Thatsache illustrirt, daß im Sommer 1877 in Dutoitspan ein weißer Stein von 52½ Karat gefunden wurde, für den der glückliche Finder den ihm angebotenen Preis von 60000 Mark ausschlug!! Der Kapitalwerth der Diamantenclaims in den Dry Diggings wurde noch im December 1877 auf 26,200000 Mark veranschlagt.

Dr. Bleek, der wackere deutsche Gelehrte und Kenner der südafrikanischen Sprachen in Kapstadt, ist leider am 17. August 1876 verstorben. Seine umfangreichen literarischen Arbeiten sichern ihm bei allen Deutschen Südafrikas ein bleibendes Andenken. — Der Held von Coomassie, Sir Garnet Wolseley, ist nach England heimgekehrt, nachdem ihm in Sir H. Bulwer ein Nachfolger als Lieutenant-Gouverneur von Natal bestellt worden ist. — Die Colonie Natal hat ein Eisenbahnanlehen von 1,200000 Pfd. St. aufgenommen, und die neuen Regierungsbahnen sind jetzt in rüstigem Bau begriffen, nachdem Sir H. Bulwer am 1. Januar 1876 feierlich den ersten Spatenstich gethan.

Nach mehrfach schwankenden, unentschiedenen und sich widersprechenden Regierungsmaßregeln, die ebendeshalb auf die eingeborene Bevölkerung einen übeln Eindruck machen mußten, ist die Native hut tax (Steuer auf die Hütten der Eingeborenen) am 1. April 1876 von 7 auf 14 Schillinge (pro Hütte) jährlich erhöht worden. Da bei Männern, die mehrere Frauen haben, jede Frau eine besondere Hütte erhält, so repräsentirt die Erhöhung der Hüttensteuer zugleich eine Erhöhung der Frauensteuer. Dafür aber ist die frühere „Ehetaxe", nach der ein Kaffer bei jeder neuen Heirath an die Regierung 5 Pfd. St. entrichten mußte, ganz abgeschafft worden.

Der hartköpfige König Ketschwayo hat erst letzthin wieder Beweise seiner ungebesserten Barbarennatur gegeben. Im September 1876 erließ er für die beiden Zuluregimenter Nhlouhto und Nglola (das eine aus jungen Burschen, das andere aus Mädchen bestehend) ein Heirathsgebot. (Vgl. Seite 245, Kapitel 22.) Viele der jungen Regimentsangehörigen beiderlei Geschlechts entzogen sich jedoch der ihnen aufoctroyirten unfreiwilligen Ehe, da ihnen eine freie Wahl nach Herzenswunsch dabei versagt blieb. Ketschwayo merkte den Betrug und ließ infolge dessen eine große Anzahl derselben mit dem Tode bestrafen und ihre Leichen zur Warnung quer über die Landstraßen legen.

Dieses Gerücht kam dem Gouverneur Bulwer zu Ohren. Derselbe sandte daher sofort einen Kurier über den Tugela, mit der Botschaft an Ketschwayo: er hoffe, daß das schreckliche Gerücht falsch sei. Die Antwort, welche der Zulukönig dem Kurier ertheilte, war wörtlich die folgende:

„Sagte ich jemals Herrn Shepstone, ich würde nicht tödten? Sagte er dem weißen Volke, ich hätte eine solche Verabredung getroffen? That er so, so hat er die Leute betrogen! Ja, ich tödte! Aber ich habe noch nicht angefangen damit, ich habe noch zu tödten! Es ist die Sitte unsers Volkes und ich werde nicht von ihr abweichen! Warum spricht der König von Natal zu mir über meine Gesetze? Gehe ich denn nach Natal, um ihm Vorschriften über die seinigen zu machen? Ich werde in keine Gesetze und Regeln aus

Natal einwilligen und den großen Kraal, den ich regiere, nicht ins Wasser werfen. Mein Volk wird aufhören zu gehorchen, wenn ich nicht nach Belieben meine Leute tödten darf, und obwol ich wünsche, die Engländer zu Freunden zu haben, so gebe ich doch nicht zu, daß mein Volk durch Gesetze, die jene mir senden, regiert werde. Habe ich nicht die Engländer um Erlaubniß gebeten, seit dem Tode meines Vaters Umpanda meine Speere zu waschen, und sie haben mit mir die ganze Zeit gespielt und mich wie ein Kind behandelt? Gehe zurück und sage den Engländern, daß ich nur nach meinem eigenen Gutdünken handeln werde. Und wünschen sie, daß ich in ihre Gesetze willige, so werde ich fortziehen und ein Wanderer werden, aber es soll, bevor ich gehe, zu sehen sein, daß ich nicht gehe, ohne gehandelt zu haben. Geh zurück, sage das den weißen Leuten und laß sie es wohl hören! Der König von Natal und ich sind sich gleich; er ist Herrscher in Natal und ich bin hier Herrscher."

Diese Antwort des Königs zeigt, mit welcher Gewissenhaftigkeit derselbe die bei seiner Thronbesteigung der Zulunation mit so viel Pomp verkündete neue Verfassung zu halten gesonnen ist. Voraussichtlich sind also wol bald neue Verwickelungen zwischen der englischen Regierung und dem unbändigen Zuluthrannen zu erwarten, die vermuthlich mit der gänzlichen Unterwerfung des Zulukönigreichs unter die britische Krone endigen werden.

Ein neuer Aufstand ist im Jahre 1877 unter den Stämmen des sogenannten „Unabhängig Kaffrarien" losgebrochen, indem die Galekas unter Krili, und die Gaikas unter Sandili, zwei im westlichen Theile von Kaffrarien wohnende und 40000 Krieger zählende Stämme der energischen Amakosakaffern sich gegen die englische Regierung in Waffen erhoben haben. Zunächst war dieser Aufstand gegen die treu zur englischen Regierung haltenden Fingoes gerichtet, welche gewisse Grenzdistricte im westlichen und nördlichen Theile von Kaffrarien innehaben. In den Städten und auf den Farmen der weißen Ansiedler im östlichen Theile der Kapcolonie ist dadurch von neuem eine jener ängstlichen Aufregungen her-

vorgerufen worden, wie sie sich dort bei jedem neu drohenden
Kaffernaufstand zu wiederholen pflegen. Hoffentlich wird es
den Engländern (die nun an ihren eigenen Colonien die unseligen Früchte des von so vielen europäischen Kaufleuten
ungestraft betriebenen Flintenhandels ernten) auch diesmal
wieder, wie bei dem Aufstande der Hlubis unter Langalebalele im Jahre 1873, gelingen, nach dem weisen Grundsatze:
Divide et impera die schwarzen Feinde untereinander zu
trennen und die Einen davon als Verbündete gegen die Andern zu benutzen. Denn bei einem einmüthigen Zusammenhalten aller Kaffernstämme, einer Verbindung der Galekas, Gaikas, Tambookies, Amapondas und übrigen Amakosastämme mit
den wilden und unbändigen Zulus würde es rasch um die Hand
voll weißer Ansiedler in Kaffrarien und Natal geschehen sein.

Daß der Aufstand diesmal wieder ein sehr ernster sein
muß, beweisen die (erst neuerdings noch im Februar 1878) in
England wiederholt anbefohlenen Einschiffungen von neuen
Truppen nach dem Kap. Hätten die Engländer zu allen Zeiten eine heilsame Strenge der übermäßig humanen Behandlung der Kaffern vorgezogen und die rücksichtslose Energie,
womit die holländischen Boers allezeit gegen die Schwarzen
vorgingen, sich zum Muster genommen, so wären dadurch
vielleicht mehrere der frühern blutigen Kaffernkriege, sowie
auch der neueste gegenwärtige, vollständig vermieden worden.

Indem ich nun meine Berichte über das britische Südafrika abschließe, sei mir nur noch eine kurze nachträgliche
Bemerkung über meine persönliche Anschauung der dortigen
Verhältnisse und der bisher von der Regierung befolgten
negrophilen Politik gestattet.

Ich habe bei meiner Besprechung der allgemeinen Lage
der Colonie Natal und überhaupt des Verhältnisses der schwarzen zu der weißen Rasse in den britischen Colonien nur allgemeine Uebelstände rügen wollen, welche die Folge einer
unrichtigen Auffassung des gegenwärtigen Culturstandpunktes
der Negerrasse sind. Ich bin jedoch, wie ich ausdrücklich hervorheben muß, weit entfernt, principiell die große und warme
Parteinahme des heimischen britischen Publikums für die

schwarze Rasse tadeln zu wollen. Dieselbe ist jedenfalls eine
der edelsten Aeußerungen des der Masse der Nation innewohnenden tiefen Humanitätsgefühls, und dieser Drang, den
Schwachen und Unmündigen zu beschützen und ihm beizustehen,
gereicht dem großen Publikum, das daheim seine menschen-
freundlichen Versammlungen in Exeter Hall hält, moralisch
zur höchsten Ehre. Wir Deutschen sind zwar gewohnt, uns
gern als das humanste Volk der Erde anzusehen, wenigstens
findet man sehr häufig in unsern Büchern und Zeitschriften
ein derartiges selbstgefälliges Brüsten, als wenn die Tugend
der Humanität unser eigenstes Monopol und Nationalerbstück
wäre. Und dennoch können wir in diesem Punkte noch manches von den bei uns als so gemüthlos und egoistisch ver-
schrienen Engländern lernen! Ich will nur auf ein einziges
Factum aufmerksam machen. Die englische Humanität, das
Mitleid mit dem Schwachen und Hülfsbedürftigen, erstreckt
sich nicht nur auf die Menschenwelt, sondern auch auf die
vernunftlose Thierwelt. Welcher deutschen Ständekammer ist
es bisjetzt noch in den Sinn gekommen, nach Vorgang des
britischen Parlaments ein Gesetz zur Einschränkung und Con-
trole der Vivisectionen vorzuschlagen und auszuarbeiten?
Und welcher deutschen Volksvertretung ist bis heute aus der
Mitte der Nation eine Petition zu gleichem Zwecke zugegangen,
wie die bekannte Petition for Mr. Holt's Bill an das englische Parlament? Während in England die Agitation gegen
diese empörendste aller Thierquälereien im großen gebildeten
Publikum eine ganz allgemeine geworden ist und eine eigene
große Gesellschaft zu deren unablässiger Bekämpfung sich gebildet hat, die „Society for protection of animals liable to
Vivisection" (London, S.W. Victoria Street Nr. 1), herrscht
in Deutschland hierüber unbegreiflicherweise die größte In-
differenz und Apathie, und die wenigsten Leute bei uns wissen
überhaupt, was es mit jener „wissenschaftlichen Experimen-
tirerei" für eine nähere Bewandtniß hat! Die Vivisectionen
sind bekanntlich jene gräßlichen „physiologischen Versuche" am
lebenden Thierkörper, die in unsern sämmtlichen Universitäts-
städten von Lehrern und Jüngern der Wissenschaft, von Mei-

stern und Stümpern alljährlich tausendfältig und in ungezählten Wiederholungen unbehindert ausgeführt werden, und
dies unter dem beschönigenden Deckmantel einer behaupteten
„wissenschaftlichen Nothwendigkeit". (Gerade die bedeutendsten Aerzte haben jedoch wiederholt die Vivisection als vollständig entbehrlich und überflüssig
und als nur zu Irrthümern führend erklärt!!) Jene
Operationen arten in ihren Einzelheiten meistens in eine so fürch-
terliche und lange andauernde Thierquälerei aus, daß jedes noch
nicht ganz abgestumpfte menschliche Gefühl sich im Innersten
empört fühlen muß über solchen brutalen Misbrauch der menschlichen Gewalt über die wehrlose Thierwelt, welche letztere doch
(wenigstens in ihren höhern Klassen) gleich uns selbst mit
Gefühlsnerven und Schmerzempfindung begabt ist. Nur dem
Umstande, daß die Greuel der Vivisection in ihren entsetzlichen Details der ungeheuern Mehrheit des gebildeten Publikums vollständig unbekannt sind, kann die Regungslosigkeit
zugeschrieben werden, worin sich dasselbe bis heute in Deutschland jener sittlichen Monstrosität gegenüber verhalten hat.
Wie viele nicht dem ärztlichen Stande angehörige Personen
gibt es denn bei uns, welche die Bedeutung des so häufig in
den Berichten über Vivisectionen vorkommenden Ausdrucks
kennen: „Das Thier wurde curarisirt und die künstliche Ath-
mung eingeleitet"? Das Curare ist jenes Pfeilgift der Indianer am Orinoco, welches, in das Blut eines thierischen
Organismus übergeführt, die Wirkung hat, das motorische
Nervensystem vollständig zu lähmen und das Thier bewegungslos und daher wehrlos, zu einem lebendigen Leichnam zu
machen, während seine Empfindungsnerven (und dies ist
das Gräßliche!!) intact bleiben! In diesem absolut gelähmten,
scheintobten Zustande muß nun das unglückliche, regungslos
daliegende Thier stundenlang, ja oft tagelang, die allerfürchter-
lichsten Qualen über sich ergehen lassen: stückweise Zerfleischung
bei lebendigem Leibe, Aufschneiden des Bauches, Amputation einzelner Glieder, Aufsägung des Hirnschädels, Ausbrennung einzelner Theile des Rückenmarks u. s. w., also Martern, wogegen die
Folterqualen eines Torquemada nur reines Kinderspiel waren!

Man lese in der vortrefflichen, überzeugenden und schlagenden
Schrift: „Die Vivisection, ihr wissenschaftlicher Werth und ihre
ethische Berechtigung. Von IATPOΣ" (Leipzig, J. A. Barth,
1877, Preis 2 Mark), deren weiteste Verbreitung über
ganz Deutschland dringend wünschenswerth wäre,
unter den Berichten über andere haarsträubende Experimente
z. B. auch über den folgenden Versuch eines „Professors der
Physiologie". Um die Grenzen der Anhänglichkeit des Hundes festzustellen, grub der wissensdurstige Herr seinem eigenen,
mit langjähriger Treue ihm anhänglichen Hunde erst die
Augen aus, zerstörte dann dessen Gehörwerkzeuge und peinigte
hiernach das arme verstümmelte Thier noch monatelang mit
allen nur erdenklichen Martern noch anderer Art. Und das
alles zu keinem andern Zwecke, als um für die Wissenschaft
das wichtige Problem zu lösen: „Wann denn wol ein Hund
aufhören werde, seinen Herrn zu lieben?" Das Resultat war,
daß selbst nach allen diesen teuflischen Quälereien das treue
Thier bis zu seinem Tode nicht aufhörte, seinem unmenschlichen Herrn die Hände zu lecken!! Und der Jahresbericht
der k. k. Krankenanstalt Rudolfstiftung zu Wien (für 1867)
belehrt uns (S. 172—183), daß Dr. Gustav Wertheim, k. k.
Primararzt, zum Zwecke eines wissenschaftlichen Journal-
artikels nicht weniger als dreißig Hunde bei lebendigem
Leibe langsam braten und absieden ließ!! Würde nun selbst
der größte wissenschaftliche Gewinn aus derartigen schändlichen
Versuchen resultiren (anerkanntermeise ist leider das Gegentheil der Fall), so wäre trotzdem solche jedem Minimum von
Menschlichkeitsgefühl hohnsprechende Barbarei moralisch ganz
unentschuldbar. Dergleichen durch den heiligen Deckmantel
wissenschaftlicher Motive geschützten, in Wahrheit aber die
Wissenschaft nur erniedrigenden und schändenden Experimen-
ten mit Hülfe gesetzlicher Vorschriften entgegenzutreten, ist in
Deutschland den Thierschutzvereinen leider ganz unmöglich. Denn
die Gesetzbücher des „ersten Culturvolkes der Erde" enthalten
nur einige ganz allgemeine Bestimmungen gegen die Thierquälereien des gewöhnlichen Publikums, aber keinen Paragraphen gegen jene alltäglich mehr überhandnehmenden, zu

vielen Tausenden vor sich gehenden und unendlich grausamern
raffinirten Martern in den privilegirten Folterkammern und
Versuchssälen unserer Universitäten und Thierarzneischulen.
In England hat infolge langer Agitation des großen gebildeten Publikums das Parlament endlich sich genöthigt gesehen,
ein Gesetz zu erlassen, das wenigstens eine Handhabe bietet,
um derartige verbrecherische Ausschreitungen wissenschaftlicher
Fanatiker zur Bestrafung zu ziehen und ihnen in Zukunft soviel als thunlich vorzubeugen. Ist auch das im Jahre 1876
zur Einschränkung und Humanisirung der Vivisection und zur
Beschwichtigung des öffentlichen Gewissens vom Parlament
erlassene Gesetz*) noch lange nicht befriedigend für den mit-
leidigen Thierfreund, so ist doch in ganz England gegenwärtig von neuem eine energische, von den besten Männern des
Landes geleitete Agitation im Gange, um dasselbe einer Revision zu unterwerfen und es dadurch wirksamer zu machen.
Daß England das einzige Land ist, wo bisjetzt eine derartige Agitation im großen gebildeten Publikum platzgegriffen
hat, erscheint mir als ein schlagender Beweis dafür, daß
die englische Nation hinsichtlich des Höhepunkts ihrer Humanität allen übrigen Völkern des Erdballs voransteht. In
Deutschland sind leider die zahlreichen Zeitschriften überfüllt
mit allen möglichen andern Stoffen; humane Bestrebungen
in allen möglichen andern Richtungen machen sich bei uns

---

*) Dieses Gesetz bestimmt unter anderm, daß alle ausnahmsweise
in dringenden Fällen zur Vivisection bestimmten Thiere während der
Ausführung der ihren Körper verstümmelnden Operationen unbedingt
chloroformirt werden müssen, damit den armen, langsam und bedächtig
zu Tode gequälten Geschöpfen wenigstens die entsetzlichen Schmerzen
erspart bleiben, deren Pein sie ohne diese künstliche Betäubung ihres
Nervensystems ertragen müßten. Ferner ist auch die Dauer der Versuche an jedem einzelnen Thiere auf eine gewisse Zeit beschränkt (den
Barbaren der Wissenschaft gegenüber ein äußerst wichtiger Punkt!!).
Das Minimum der Forderungen humaner Thierfreunde ist freilich auch
mit diesem Gesetze noch nicht erreicht: daß nämlich die hinsichtlich ihrer
Nervenempfindsamkeit uns so nahe stehenden Hunde, Pferde und
andere Hausthiere absolut von allen vivisectorischen Versuchen ein für allemal ausgeschlossen sein sollten!

geltend, nur die Vivisection scheint ein Noli me tangere zu sein, an das sich unter dem Volke der Philosophen und Schöngeister, der Denker und Pädagogen keine Feder heranwagt, vielleicht aus keinem andern Grunde als aus der ängstlichen Rücksicht, nur ja nicht bei diesem oder jenem titel- und ordengeschmückten Koryphäen unserer physiologischen Wissenschaft Anstoß zu erregen und dessen Gunst zu verscherzen.

In England sind es namentlich die Geistlichkeit und die große Gemeinschaft der gebildeten Frauen (die ja beide dort unvergleichlich mehr Achtung, Geltung und Einfluß im öffentlichen Leben genießen als bei uns), denen die erfolgreiche Agitation gegen jene sündlichen Ausschreitungen experimentirender Physiologen bisher hauptsächlich zu danken ist. Es wäre zur Ehre unserer Nation wahrlich zu wünschen, daß diese beiden Elemente endlich auch bei uns anfangen würden, in einer für die Volksveredlung so wichtigen Richtung zur Geltung zu kommen und das öffentliche Gewissen in einer Sache zu wecken, die, wie es bisjetzt scheinen möchte, von unsern zünftigen Gelehrten absolut todtgeschwiegen werden soll.*)

Um also von diesem Kapitel der Vivisection, welches sich bei der Besprechung der englischen Humanitätsprincipien unabweisbar meiner Feder aufdrängte, auf das ihm vorhergehende Thema zurückzukommen, wiederhole ich es nochmals, daß, trotz allem, was ich in den bisherigen Kapiteln meines Buches gegen die Negererziehung und Negerverhätschelung seitens der britischen Colonialbehörden zu sagen gehabt habe, ich dennoch im übrigen im vollsten Herzen mit den allgemeinen großen und edeln Menschlichkeitsprincipien sympathisire, welche ursächlich der negrophilen Politik der englischen Regierung als Ausdruck des tiefen sittlichen Gefühls der tonangebenden Klassen der englischen Nation zu Grunde liegen.

---

*) Auch Dr. Fleming's Preisschrift: „Die Vivisection. Ist sie nothwendig oder entschuldbar?" (Berlin, Th. Grieben, 1876, Preis 75 Pf.), möchte ich meinen geehrten Lesern dringend zur Lektüre und Weiterverbreitung anempfehlen. Desgl. Nr. 44 der Zeitschrift „Europa" (Leipzig 1877).

Vierundzwanzigstes Kapitel.

Die gefürchtete Seekrankheit, die ich in der Regel nach längerm Aufenthalte auf dem Lande immer wieder bekomme, stellte sich merkwürdigerweise diesmal nicht ein, trotzdem daß ich vier volle Jahre nicht wieder auf die See gekommen war und daß außerdem das kleine Boot ein „böser Roller" war, wie es ja in der Regel alle kleinen Schraubenboote sind.

Das Schiff war in seinem Vordertheile angefüllt mit schwarzen Deckpassagieren, Amatongakaffern, die nach Beendigung ihrer Dienstzeit in Natal nach ihren heimatlichen Kraals hinter der Delagoa-Bai zurückkehrten. Trotzdem daß das schönste Wetter und das Meer nur durch geringe Wellenschwingungen bewegt war, überließ sich doch unser ungezogenes Dampfbootchen den eigensinnigsten und unmotivirtesten Sprüngen und Capriolen. Jetzt glitt es jäh in ein Wellenthal

hinunter, als wenn es seine ausgespannten Segelflügel baden
wollte, dann richtete es sich beinahe kerzengerade auf sein
Hintertheil auf, als müßte es seinen durchnäßten Bauch wieder trocknen. Dabei schwankte und stolperte es wie ein Betrunkener durch die Wellen, legte sich bald auf die linke, bald
auf die rechte Seite und spie mit seinem langen und steifen
schwarzen Halse der über ihm lachenden Sonne ungestraft
seine wirbelnde und aschige Rauchwolke ins Gesicht. In den
Kajüten übte der wilde Wellentanz des Schiffchens seine bekannten üblen Rückwirkungen aus; die Flaschen, Teller und
Gläser tanzten auch ihrerseits auf den Tischen durcheinander,
und der nicht seefeste Theil der Passagiere beugte sich mit
kreideweißen Gesichtern und langgezogenen Jammertönen über
Bord, um den Tiefen des Indischen Oceans ihren Tribut zu
zahlen.

Unsere Diät war eine sehr einfache. Es waren in Durban eine Anzahl Hühner in Säcken (!) auf das Schiff gebracht und hier in enge, kaum Raum zum Flügelschlagen
lassende Käfigkästen zusammengepfercht worden. Die alte Erfahrung bewährte sich auch hier wieder, daß Thiere, die vor
ihrem Tode viele Qual und Plage erleiden mußten, stets eine
viel schlechtere und weniger wohlschmeckende Nahrung abgeben
werden als die, denen es bis zum letzten Augenblicke wohl
erging. Wie könnte man den Wohlgeschmack des fetten, saftigen und duftigen Bratens einer französischen Poularde mit
dem zähnezerbrechenden, holzartigen Genusse eines vertrockneten Schiffshuhns vergleichen wollen! Und nun gar eine
Schiffsente, eingesperrt in einem heißen Käfig und ohne
Wasser, um sich zu baden und zu ergötzen! Kann man den
trockenen strohartigen Braten einer solchen eingeschrumpften
mehrwöchentlichen Schiffsmärtyrerin dem einer festländischen
Ente, die noch bis zum letzten Augenblicke sich auf dem Wasser
eines Teiches tummeln durfte, auch nur annähernd an die
Seite stellen?

Wir waren nur sehr wenige Passagiere erster Klasse.
Der angenehmste für mich war ein junger, blonder, baum-
langer Engländer, der direct von England nach Natal heraus-

gekommen war und nun alle die Hafenplätze an der afrikanischen
Ostküste der Reihe nach mit dem Dampfschiffe besuchen wollte,
bis er an einem derselben in einem europäischen Handels-
comptoir eine Stelle gefunden haben würde. Es war ihm
im Grunde höchst gleichgültig, ob ihm ein solches Glück in
Delagoa-Bai, oder Mozambique, oder Zanzibar, oder gar
auf den Comoreninseln beschert werden würde. Der unge-
sundeste aller dieser Fieberorte schien ihm der vorzugswertheste
zu sein, da er mit dem Plane umging, sich sobald als möglich selbst zu etabliren, sowie er erst die Handelsverhältnisse
des Landes näher kennen gelernt haben würde, und dann an
einem recht fieberberüchtigten Orte weniger Concurrenten vorzufinden hoffte als an andern weniger für die Gesundheit be-
drohlichen. Für seine eigene Person befürchtete er keine Gefahr, da er sich einer eisernen und kerngesunden Natur erfreute.

Delagoa-Bai genießt nun seit beinahe vier Jahrzehnten
par excellence den Ruf eines fürchterlich lebensgefährlichen
Fiebernestes, wo es kein europäischer Nordländer länger als
höchstens 4—5 Jahre aushalten könne und dann ganz sicher
als Opfer des tödlichen „Delagoa-Fiebers" fallen müsse —
Grund genug, daß mein junger Reisegefährte, ein von riesiger
Unternehmungslust elektrisirter, echter Sohn Altenglands, zunächst mit besonderer Vorliebe sein Auge auf diesen gesegneten Küstenplatz geworfen hatte. Er rieb sich, indem er den
haarsträubenden Erzählungen eines an Bord befindlichen portugiesischen Händlers über die alljährlichen Verheerungen des
Fiebers unter den Kaufleuten dieser Bai zuhörte, ganz vergnügt die Hände und meinte: „I think, I've found my place!"
(„Ich denke, das wird wol der richtige Platz für mich sein!")

Am Morgen des dritten Tages nach unserer Abfahrt von
Durban, etwa um 7 Uhr, zeigte uns der Kapitän die blauen
Schatten von fernem Lande. Näher und näher kommend
sahen wir die Inselrücken von Inhak und Elephant Island
zu unserer Linken aufragen, und als wir sie passirt hatten,
wendete der Kapitän das Schiff nach Westen, und wir fuhren
nun direct in die berühmte Delagoa-Bai ein, die seit einigen
Monaten immer so lebhaft meine Gedanken beschäftigt hatte.

Es ist eine prachtvolle und gewaltig große Bai und erstreckt sich 9—14 Stunden lang von Norden nach Süden
und 10—11 Stunden breit von Westen nach Osten. Die
Insel Inhak ist 2½ Stunden lang und 1⅔ Stunden breit.
Als wir nun immer weiter auf dem ganz still und glatt gewordenen Wasserspiegel hineindampften, gewannen wir allmählich
mehr und mehr einen Gesammtanblick der weiten und herrlichen, im hellen Glanze der Morgensonne vor uns ausgebreiteten Bai. Wir alle waren ganz hingerissen von der Schönheit und der ungeheuern Geräumigkeit dieser unvergleichlichen
und zur Anlage einer großen Seehandelsstadt wie geschaffenen
Meerbucht. Wir näherten uns mehr und mehr dem nördlichen Ufer, welches als eine 200 Fuß hohe Wand gleich einer
Mauer die Bai begrenzt, und an demselben hinfahrend sahen
wir bald am westlichen Ende der letztern in niedriger Ufer-
lage eine Ansammlung von weißleuchtenden Häuschen und
dunklern Grasdächern erscheinen, über denen hier und da
einige Flaggen in die blaue Luft hinausflatterten. Dies war
die vielbesprochene portugiesische Niederlassung Lorenzo Marques, das künftige Liverpool, Neuyork und Hamburg des
südöstlichen Afrika — jetzt freilich noch eine sehr unansehn-
liche kleine Ortschaft, deren Aeußeres nur erst wenig seiner
großen Zukunft entspricht. Um 10 Uhr mochte es sein, als
unser Schiff durch einen Kanonenschuß seine Ankunft verkündete und seine Anker in die Tiefe rasseln ließ. Es dauerte
nicht lange, so waren wir von einer Menge von kleinen Booten umgeben, welche uns Besucher vom Lande brachten, theils
Postbeamte, theils Kaufleute und Neugierige. Mit Spannung
sah ich der Ankunft dieser Besucher entgegen. Ich erwartete
natürlich von den unglücklichen Personen, die durch Verhältnisse zum anhaltenden Aufenthalte in einer solchen Pesthöhle
verurtheilt waren, daß sie alle wie eingeschrumpfte, gallen-
farbige und fiebergelähmte Skelete aussehen müßten, und es
drängte mich mit meinen eigenen Augen von den gräßlichen
Einflüssen eines als so tödlich verschrieenen Klimas mich zu
überzeugen. Ich dachte zugleich mit einigem Unbehagen an
meine doch nicht zu umgehende Touristenpflicht, dieser von

einer so lebensgefährlichen Sumpf- und Fieberluft überlagerten Krankenstadt einen längern Besuch abzustatten und die mit bösen Miasmen und Todeskeimen überladene Atmosphäre mehrere Stunden lang in meine Lungen einathmen zu müssen. Wie viele Durchreisende sollten sich, nach dem allgemeinen Gerede, durch einen Aufenthalt von nur ein paar Stunden oder Tagen hier ihren Todeskeim geholt haben!

Wie groß war daher mein Erstaunen, als ich bei den an Bord kommenden Herren wider alle Erwartung ausnahmslos lauter lustige, frische und rothe Gesichter wahrnahm, und Körper so voller Lebenskraft und Energie, wie man sie nur in irgendeiner der gesündesten Städte des Erdballs wird vorfinden können! Statt vom gelben Fieber schienen sie in der That mehr von einem rosenfarbenen Fieber besessen, und allem Anschein nach mußte allen diesen kräftigen und so wohl aussehenden Gestalten das tödliche Delagoa-Bai-Klima ganz ausgezeichnet gut bekommen.

Das grelle Misverhältniß zwischen Erwartung und Wirklichkeit veranlaßte mich, bei den Herren Nachfragen über den gegenwärtigen Gesundheitszustand der Bevölkerung von Lorenzo Marques anzustellen. Die Herren sahen sich fragend an und einer, indem er seine rechte Hand bedenklich unter das feiste und glattgeschorene Kinn legte, antwortete mir mit düsterer Miene: „Das hiesige Klima ist nur für länger Acclimatisirte erträglich, d. h. für solche ausnahmsweise kräftige Naturen, die von den Hunderten durch die Pestilenz weggerafften Opfern noch übriggeblieben sind; für alle neuen Ankömmlinge aber ist die Luft dieser Bai ganz außerordentlich gefährlich und nur etwa zehn auf hundert entgehen dem Tode durch das Fieber."

Diese Aufklärung hatte zur Folge, daß mein Blick unwillkürlich den meines jungen englischen Reisegefährten suchte — seine Augen leuchteten vor Freude, während ich bei mir dachte: es muß doch wol eine besondere verschleierte Ursache den einstimmigen Behauptungen der hier ansässigen Kaufleute zu Grunde liegen! Und ich beschloß, dieser Ursache weiter nachzuspüren und zunächst an Land zu gehen. Ich nahm mit

dem Engländer ein Negerboot, und bald darauf waren wir beide
auf den Rücken von schwarzen Trägern, die uns schreiend und
ihre Dienste anbietend durch das für das Boot zu seichte
Uferwasser entgegengelaufen kamen, trockenen Fußes auf das
Ufer versetzt.

Ich bemerkte sofort zu meiner besondern Genugthuung,
daß sich die Pestluft von Delagoa=Bai nicht besonders von
der an andern gewöhnlichen Orten vorhandenen Luft unter=
scheide und den Lungen eine ebenso harmlose atmosphärische
Nahrung zuzuführen schien als jede andere; ja sie kam mir
sogar höchst frisch, belebend und balsamisch vor, da ein nörd=
licher Wind uns schöne Baum= und Kräuterdüfte zuwehte.

Durch eine von langen, niedrigen, steinernen Häusern mit
Grasdächern eingefaßte, sehr stille und öde, nur von wenigen
Negerinnen belebte Straße wurden wir zu einem Hause ge=
führt, welches uns als das eines deutschen Kaufmanns, des
Herrn Hoffmann, bezeichnet wurde. Auf unsere Anmeldung
beim Diener trat sogleich ein Gentleman heraus, welcher sich
uns als Herr Hoffmann vorstellte, und dem wir daher unsere
beiden Empfehlungsbriefe aus Durban übergaben. Die Er=
scheinung des Herrn Hoffmann lieferte wieder eine und zwar
die allerglänzendste Bestätigung meiner erst schüchtern gefaß=
ten, nun aber zur Gewißheit gewordenen Vermuthung, daß
eine allgemeine Verschwörung der Kaufleute der Delagoa=Bai
bestehen müsse, um allen Fremden das Klima so gefährlich
als möglich darzustellen und dadurch einer Ueberfüllung dieses
Platzes mit Concurrenten, die ihren bisher immensen Handels=
gewinn bedeutend herabmindern würden, vorzubeugen. Herr
Hoffmann hatte ein lachendes, frisches und rothes, breites
Vollmondsgesicht mit gemüthlichem, echt sächsischem Ausdrucke,
und dabei ein Bäuchlein wie ein Kapuzinerprior; er wäre
daher ganz speciell geeignet gewesen, als eine lebendige An=
nonce (à l'Américaine) für die Gesundheit der Delagoa=Bai
auf Reisen geschickt zu werden, um allen ängstlichen Gemüthern
ihre bangen Zweifel zu benehmen. Herr Hoffmann war un=
erwarteterweise ein ganz specieller Landsmann von mir, aus
Buchholz bei Annaberg in Sachsen, und hatte sich erst vor

kurzer Zeit mit einer hübschen und sehr niedlichen puppen-
haften Portugiesin aus Lissabon vermählt, die mir höchstens
zwölf Jahre alt zu sein schien. Er schien mit derselben sehr
glücklich zu leben und war eben im Begriff, sich ein großes
steinernes Haus zu bauen, in einer höchst günstigen Lage, weshalb Herr Hoffmann beim voraussichtlichen schnellen Anwachsen
des Platzes zugleich eine große Steigerung des Hauswerthes
in Aussicht nahm. Die Mittheilungen, welche mir Herr Hoffmann über die Handelsverhältnisse von Delagoa-Bai machte
und die mit denen, welche ich nachher von andern hier ansässigen Geschäftsleuten erhielt, vollkommen übereinstimmten,
gaben mir die Ueberzeugung, daß es nur wenige Plätze der
Erde geben könne, wo, wenigstens bisjetzt, ein Kaufmann sein
Kapital mit solchem Gewinn um- und umwendet, wie diesen.
Der Handel ist theils Import nach den 70 Stunden entfernten
Goldfeldern von Transvaal, theils Tauschhandel mit den in
einem weiten Umkreise im Innern des Landes wohnenden
Kaffernstämmen, den Amatongas, Amaswasis und Zulus. Die
Haupteinfuhr für diese schwarzen Völker bilden Schießbedürf-
nisse: Flinten, Blei und Schießpulver. Ein einziger Kauf-
mann von Durban verkaufte in den letzten drei Jahren hier
in Delagoa-Bai 7000 Flinten, alte ausrangirte europäische
Gewehre, die ihm selbst das Stück von Europa her bis
zur Bai nur 20 Mark kosteten, während er dafür von den
Kaffern für je eine Flinte jederzeit ein Stück Rindvieh erhielt, sodaß er im ganzen 7000 Rinder bekam, die er in Natal zu 100—120 Mark pro Stück verkaufte. (Sie wurden
natürlich zu Lande durch Zululand dahingetrieben.) Der
Bruttogewinn an diesem Geschäft betrug also 560—700000
Mark, und der Nettogewinn wird nur eine verhältnißmäßig
geringe Summe weniger betragen haben. (Ueber den unmoralischen Charakter dieses Handels mit Schießgewehren werde
ich später bei meiner Beschreibung von Zanzibar ausführlicher
zu reden Gelegenheit haben, wie ich solche auch schon früher
auf den Diamantenfeldern und in Natal öfter genommen habe.)

Bei solchem kolossalen Geschäftsgewinne ist es denn sehr
natürlich, wenn alle hier ansässigen Händler den neuen An-

kömmlingen und den Leuten in der Ferne das Hierbleiben respective Hierherreisen zu verleiden suchen, denn eine lebendige Concurrenz würde bald diesem commerziellen Paradiese ein Ende machen. Das Klima bietet natürlich den bequemsten Vorwand zu diesem Verscheuchungs = und Abschreckungssystem, und die durch zahlreiche, von Zeit zu Zeit an große Zeitungsblätter eingesandte Correspondenzartikel verfolgte Politik, Delagoa=Bai als ein Batavia, Saigon oder Neuorleans darzustellen, wo es nur wenigen auserwählten und löwenkräftigen Naturen vergönnt sei, die Früchte ihres Fleißes noch bei ihren Lebzeiten einzuheimsen, hat bisjetzt noch viele speculative europäische Kaufleute zurückgehalten, hier ihr Contor aufzuschlagen.*) Factum ist, daß allerdings der Platz, wo die bisherige Niederlassung Lorenzo Marques steht, der allerungünstigste ist, der nur überhaupt ausgesucht werden konnte. Er wurde bei der ersten Errichtung einer portugiesischen Handelsfactorei im Jahre 1544 mit Absicht auf einer auf drei Seiten von Sümpfen umgebenen Landzunge gewählt, weil diese Sümpfe zur Flutzeit mit Wasser bedeckt sind und daher den ersten Ansiedlern gegen die Angriffe der damaligen wilden und räuberischen Kaffernstämme der Küste einen werthvollen Schutz boten. Aber man hat nur einige Schritte bergan zu steigen und sein Haus auf der allmählich bis zu 200 Fuß ansteigenden Berea, d. i. dem hoch und luftig gelegenen Uferbergrücken aufzubauen, um dort eine gegen alle Bedrohlichkeiten des Fiebers vollständig gesicherte und gesunde Wohnung zu haben.

Diese Berea, die ganz derjenigen von Durban gleicht, umgibt das ganze nördliche Ufer der Bai mit einem hohen felsigen Rande, ist jetzt noch reichlich mit grünen Bäumen

---

*) Wen erinnerte dieses ängstliche Bestreben der Delagoa=Bai=Kaufleute, ihre Bai als ein kleines mare clausum für sich zu behalten, nicht an die uralte Eifersuchtspolitik der phönizischen Handelsleute, welche über die ihnen so hohen Gewinn bringende Englandsfahrt eben auch solche lügenhafte Gerüchte ausstreuten, um alle Concurrenten anderer Nationen von deren übertriebenen Gefährlichkeiten abzuschrecken!

bedeckt und daher zur Anlage von gesunden und eine prächtige
Fernsicht bietenden Villen wie geschaffen; auch ist schon ein
Plan für die neue auf den Höhen zu errichtende Stadt ent=
worfen und dieselbe bereits durch eine ansehnliche Anzahl von
Neubauten in Angriff genommen worden. Wenn dann etwa
eine Pferdebahn die auf der Höhe ausgebreitete Stadt mit
dem untenliegenden Geschäftsviertel verbinden wird, so werden
die Kaufleute nur bei Tage in dem letztern anwesend zu sein
brauchen, während sie am Abend nach ihren hoch und gesund
gelegenen Wohnungen zurückkehren und dort den gefährlichen
Nachtausdünstungen der Küstensümpfe vollständig entrückt sein
werden. Wenn man jedoch mit der Zeit auf dem tiefgelege=
nen Theile der Küste rings um die alte Niederlassung Lo=
renzo Marques herum ausgedehnte Anpflanzungen von Blue=
Gum=Bäumen anlegen würde, so ließe sich vermuthlich schon
hierdurch, wie die Erfahrung an so vielen andern frühern
Fieberorten gezeigt hat, die fiebererzeugende Malaria beseiti=
gen und selbst der tiefliegende Theil der Stadt zu einem ge=
sunden Aufenthaltsorte umwandeln. Eine vollständige Drai=
nirung der Umgebungen von Lorenzo Marques würde, wie
mir persönlich der Präsident der Transvaal=Republik, Herr
Burgers, mittheilte, etwa 60 Millionen Mark kosten und
freilich das allersicherste und am schnellsten wirkende Mittel
zur Herstellung eines gesunden Klimas sein. Eine solche Aus=
gabe darf man aber einem so armen Staate wie Portugal
nicht zumuthen; besäße England oder Deutschland die Bai,
so wäre es freilich etwas anderes.

Herr Hoffmann sagte mir, daß er nun schon seit fünf
Jahren in Lorenzo Marques ansässig und in dieser ganzen
Zeit noch nicht ein einziges mal krank oder selbst nur unwohl
gewesen sei.

Als er auf ein halbes Stündchen das Zimmer verlassen
hatte, um seine Post zu besorgen, unterhielt ich mich mit sei=
nem jungen Commis, Herrn Bernhard, auch einem Sachsen,
und sogar ganz speciellen Landsmann von mir, denn er war
ein Dresdener, der Sohn einer an der Frauenkirche wohnen=
den Steuerinspectorswitwe. Aus seinem Munde erklang nun

freilich ein ganz anderes Leumundszeugniß über das hiesige
Klima. Während Herr Hoffmann behauptete, sich noch nie
hier unwohl gefühlt zu haben, klagte Herr Bernhard sehr
über Fieber, Dysenterie und Bandwurm, woran er schon seit
seiner ersten Ankunft hier immer gelitten habe. Er meinte:
„Ja, mein Principal hat gut reden und kann Ihnen wol das
Klima hier als ein gefahrloses anrühmen! Wenn ich den
ganzen Tag so wie er von einer jungen hübschen Frau «ge-
buddelt» und gehätschelt würde, so würde auch ich mich wol
viel besser befinden; in Ermangelung einer solchen aufmerksamen und zärtlichen Pflege jedoch lernt man das Klima von
einer ganz andern Seite kennen. Ich muß in einem feuchten
kellerartigen Raume zu ebener Erde schlafen, um die Nacht
über die Vorräthe im Magazin gegen Diebe bewachen zu
können. Die nächtlichen Ausdünstungen, die ich da athmen
muß, sind ganz pestilenzialisch, und wenn ich nicht eine so
kräftige Natur hätte, so wäre auch ich gewiß längst am Fieber
gestorben. Ich sehe mit unsaglicher Sehnsucht dem Tage entgegen, wo mein mehrjähriger Contract zu Ende sein wird
und wo ich diese Pesthöhle wieder werde verlassen können.
O könnte ich doch gleich jetzt mit Ihnen nach meinem paradiesischen Dresden zurückkehren!" Ich bedauerte herzlich den
armen Landsmann, konnte ihm ja aber nicht helfen. So
pflegen eben in der Welt alle Dinge ihre zwei Seiten zu
haben! Daß übrigens die liebende Pflege eines so reizenden
und mignonhaften kleinen Wesens wie Herrn Hoffmann's
Gattin nicht wenig auf das körperliche Wohlbefinden seines
Principals einwirken mußte, war ich sehr geneigt auf Treu
und Glauben hinzunehmen, und ich selbst würde es nicht ver-
schmäht haben, an der Seite eines so schmucken und appetitlichen Weibchens mich für einige Zeit selbst am gefährlichsten
Punkte des Erdballs häuslich niederzulassen!

Herr Hoffmann erzählte uns, als er wiedergekommen war,
daß die Goldgräber von Leydenburg, wenn sie sich viele Monate lang in den heißen Claims mit harter Arbeit abgequält
haben, sich dann gern in Partien zu einem oder ein paar
Dutzend zusammenthun und eine gemeinschaftliche Spree (in

deutscher Studentensprache „Vergnügungsspritze") nach der
Delagoa-Bai zu unternehmen pflegen. Hier angekommen,
ergäben sie sich dann einem überreichlichen Spirituosengenuß,
der ja in jedem heißen Klima so besonders schädlich ist, und
es sei dann kein Wunder, wenn fast regelmäßig ein Theil derselben hier das Fieber bekomme und auf dem hiesigen Kirch-
hofe zurückbleibe. Diese Angabe dünkt mir allerdings sehr
wahrscheinlich, denn ich kenne ja von den Diamantenfeldern
her den ewigen und unlöschbaren Durst von Diggerkehlen,
der nota bene nur in geistigen Getränken Befriedigung zu
finden sucht. Eine solche lustige Diggercompagnie hatte vor
wenigen Monaten die ganze Garnison von Delagoa-Bai in
einen panischen Schrecken versetzt. Ein halbes hundert lustiger
Diggers marschirte in Reih und Glied zum Thore herein.
Auf die Forderung des Thorwachtpostens, ihm die Pässe ab-
zuliefern, erfolgte keine andere Antwort, als daß sie ihn
kurzweg beiseiteschoben und unbesorgt weiter in die Stadt
hineinwanderten. Die Schildwache gab dem nächsten Wacht-
hause ein Alarmsignal, und der Commandant des dortigen
Wachtpostens zeigte sofort beim Gouverneur an, daß eine
feindliche Truppe in die Stadt eingedrungen sei, vermuthlich
um darin die englische oder die republikanische Transvaalflagge
aufzupflanzen. Es liegen im Fort von Lorenzo Marques
120 Mann vom dritten afrikanischen Jägerbataillon: „Caza-
dores de Inhambane", in Garnison; die Gemeinen sind sämmtlich Schwarze und nur die Offiziere und Unteroffiziere Portugiesen. Diese ganze Mannschaft erhielt also unverzüglich
den Befehl zur Kampfbereitschaft und wurde ausgesendet, um
die Diggers zu cerniren und zur Uebergabe aufzufordern.
Die letztern thaten sich bereits im Hotel gütlich und sahen mit
Erstaunen die gegen sie ergriffenen umfangreichen militärischen
Maßregeln an. Schließlich wurden die friedlichen Beziehungen
zwischen der heißblütigen Invasionsarmee und dem königlich
portugiesischen Kriegsheere wiederhergestellt und die kaffeebraunen Truppen zogen sich beruhigt in ihre Kaserne zurück.

Es ist jetzt ein recht gutes Hotel in Lorenzo Marques, das
Hotel Real, welches von einem mit einer Engländerin ver-

heiratheten Portugiesen gehalten wird. Der französische Roth-
wein (claret) ist hier sehr billig und kostet nur 1 Mark die
Flasche, während dieselbe auf den Goldfeldern 5 Mark kostet!
Gewöhnliche Kafferndienstboten werden mit 10 Mark monatlich, bessere mit 15 Mark bezahlt und haben sich dabei selbst
zu beköstigen. Welcher Unterschied gegen die Diamantenfelder!
Das Tagelohn für die als Träger und Handlanger beschäf-
tigten Arbeiter beträgt für einen Mann 1 Mark, für eine Frau
50 Pfennige. Einem englischen Zimmermann, den Herr Hoffmann an seinem neuen Hause beschäftigte, mußte er 15 Pfd. St.
= 300 Mark per Monat zahlen, inclusive 5 Pfd. St., die
demselben für Beköstigung angerechnet wurden.

Lorenzo Marques hat jetzt 3000 Einwohner, die in 70
Häusern von Stein und 40 halb von Stein und halb von
Lehm aufgeführten Gebäuden wohnen. Die Stadt ist in
raschem Zunehmen begriffen, seit die Goldfelder von Transvaal entdeckt worden sind, da sie für dieselben den nächsten
Handelsstapelplatz abgibt. Wie sich seitdem der Handel gehoben hat, beweisen die folgenden Zahlen:

Der Import und Export zusammen betrug		Der Zollertrag	
1866	164550 Mark	1856/57	8859 Mark
1871	286095 »	1870/71	31137 »
1874	(war noch nicht in Erfahrung zu bringen)	1874/75	399000 »

Im Tauschhandel mit den Eingeborenen wird eine Flinte =
einer Kuh = 10 wilden Katzenfellen gerechnet. Die letztern
sind grauschwarz getigert und dienen den Zulus zur Bekleidung ihrer Hüftengürtel.

Nachdem wir ein Stündchen im gastfreundlichen Hause des
Herrn Hoffmann verweilt hatten, machten wir eine Fußtour
durch die Stadt und nahmen zunächst die Festungswälle in
Augenschein. Hier und da standen einige altmodische Kanonen,
die drohend ihre Mündung über den Wall hin richteten, be-
wacht von einer schwarzen Schildwache, die in ihrem Dienst-
eifer uns durch zornige Zeichen zu verstehen gab, daß ihrer

Inſtruction nach keinem Fremden ein Spazierengehen auf den
Feſtungswällen geſtattet ſei.

Es war gerade Ebbezeit. Da der Unterſchied zwiſchen dem
höchſten und niedrigſten Waſſerſtande bei Flut und Ebbe
hier 12 Fuß beträgt, ſo war ein weit vor unſern Augen aus-
gebreitetes flaches Terrain jetzt vom Waſſer entblößt und zeigte
uns nun recht deutlich den Grund der moraſtigen Beſchaffen-
heit der nächſten Umgebungen der Stadt. Es iſt hauptſächlich
bei Nacht, daß von dieſer periodiſch vom Meere überfluteten
und dann wieder verlaſſenen Fläche jene mephitiſchen Dünſte
aufſteigen, die den anhaltenden Aufenthalt in der alten, tiefliegenden Niederlaſſung von Lorenzo Marques ſo gefährlich
machen. Das eigentliche Delagoa-Bai-Fieber, eine ganz aparte
Species für ſich, hat erſt ſeit dem Jahre 1837 ſeinen Anfang
genommen, gerade wie das auf der Inſel Mauritius (Isle de
France) jetzt alle Sommer wüthende und namentlich bei ſeiner
periodiſchen Verpflanzung nach der Kapcolonie dort außerordentlich gefürchtete Mauritius-Fieber erſt ſeit der Einrichtung
der großartigen Zuckercultur auf jener Inſel entſtanden iſt,
indem alle neuangelegten Zuckerplantagen durch zahlloſe kleine
Berieſelungskanäle bewäſſert und infolge deſſen ähnliche un-
geſunde Sumpfflächen wie in den Reisfeldern von Bengalen,
Birma und Cochinchina hergeſtellt wurden.

Die Eingeborenen gebrauchen gegen das Delagoa-Bai-
Fieber eine hier wachſende Pflanzenwurzel, Namens Xibaca,
welche lebhaftes Erbrechen hervorruft. Auch iſt es eine alte
Erfahrung, daß ein kurzer Aufenthalt auf der ſchönen, an dem
ſüdöſtlichen Eingange der Bai gelegenen und 240 Fuß hohen
Inſel Inhak die vom Fieber befallenen Perſonen in der Regel
ſehr raſch wiederherſtellt.

Beim Durchſchreiten der ſtillen grasbewachſenen Straßen
ſahen wir hinter den Fronten der Häuſer recht intereſſante
Wohnungen der Eingeborenen, ſehr ähnlich den ſpitzdachigen
runden Betſchuanenhütten von Thaba-Nchu, aber rings umgeben von hübſch roth angeſtrichenen Säulchen, übrigens inwendig ebenſo dunkel und lichtlos wie jene. Es iſt merkwürdig, daß die hier und in der Umgegend anſäſſigen Kaffern

(Amatongas), wenn man sie nach ihrem Stammesnamen fragt, gewöhnlich zu antworten pflegen: „Nosoutros somos Portuguezes" („Wir sind Portugiesen"), was aber leicht aus der nunmehr schon über drei Jahrhunderte dauernden Landesherrschaft der Portugiesen zu erklären ist. Auch eine gute Anzahl von halbnackten gelbbraunen Indiern, Banyanen, fanden wir in kleinen grasgedeckten Hütten wohnen; sie sind sehr active Handelsleute und haben den Kleinhandel in den sämmtlichen Hafenplätzen der afrikanischen Ostküste von Delagoa-Bai bis nach Berbera (gegenüber Aden) in ihren Händen. Unter den bedeutendern weißen Kaufleuten gibt es hier nur Engländer, Deutsche und Holländer, aber merkwürdigerweise keine Portugiesen.

Wir sahen zum Thore eine lange im Gänsemarsch einherschreitende Trägerkaravane hereinkommen. Es waren ungefähr zwanzig Kaffern, deren jeder auf seinem Rücken einen großen und schweren Elefantenzahn schleppte. Hier in diesem Lande der Tsetsefliege ist der Waarentransport durch menschliche Träger der einzige bisjetzt mögliche und übliche gewesene; freilich ist derselbe sehr kostspielig. Ochsen, Pferde, Maulesel — nach einigen sogar auch der dickfellige Esel — fallen fast ausnahmslos sehr rasch als Opfer dieser bösen Stechfliege und sind daher jene in allen übrigen Ländern gebräuchlichen Transportmittel hier nicht verwendbar. Merkwürdigerweise thut der Biß dieser kleinen bienenartigen braunen Stechfliege, dem die robuste Natur eines dickfelligen Stieres erliegt, dem feinhäutigen Menschen absolut gar nichts und hat man daher bisjetzt immer nur die im Lande ansässigen Schwarzen als „Lastthiere" verwendet, was für dieselben zu einer reichen Einnahmequelle geworden ist.

Die Entfernung der Goldfelder von Lorenzo Marques beträgt 69 Stunden, wovon 26 Stunden auf das von der Tsetsefliege heimgesuchte Tiefland kommen. Die Hauptschwierigkeit für die Waarenimporteurs ist nun, sich zur rechten Zeit die gehörige Anzahl von Trägern zu verschaffen. Die Regierung thut ihr Möglichstes, um solche immer disponibel zu haben — zu 10 Mark pro Kopf bis zu den Goldfeldern —

aber ihre Vorkehrungen können dem immer steigenden Bedarf
nur zu einem kleinen Theile genügen. Auch muß sie vorsichtig
sein und die Träger nicht gegen ihren Willen gewaltsam re-
quiriren wollen, da diese sonst ihre nahen Wohnplätze verlassen
und weiter ins Innere ziehen würden, um sich den zu häufigen
Angriffen auf ihre persönliche Freiheit zu entziehen. Sie haben
dies schon öfter gethan und die Regierung dadurch zu einem
bescheidenern Verhalten gezwungen. Bei dem jetzigen Stande
des Transportwesens würde es daher sehr unweise sein, wenn ein
Händler, der nach den Goldfeldern zu ziehen beabsichtigt, mehr
Waaren mit sich nehmen wollte, als zehn Kaffern tragen können,
da er leicht lange würde zu warten haben, ehe er eine größere Anzahl von Trägern würde engagiren können. Die Abhängigkeit
von dem guten Willen der Kaffernträger ist auch sehr störend
unterwegs, und die Fälle sind nicht selten gewesen, daß im Falle
von während des Marsches vorgekommenen Streitigkeiten die
Träger ihre Last, bestehend in Branntweinkistchen oder ähnlichen Waaren, kurzweg auf dem Wege niedergelegt und ihrem
Miethsherrn Adieu gesagt haben, sodaß er sich nun in der
Mitte seiner Branntweinkisten allein befand, unter einer glühenden Sonne und in einem fieberaushauchenden Sumpflande!
Auch wenn der Händler unterwegs vom Fieber befallen und
dadurch unfähig zum Weitergehen wird, haben die Kaffern
die liebenswürdige Gewohnheit, ihn zu verlassen, und der arme
Teufel, unfähig sich mit Nahrung zu versorgen, muß dann
vor Hunger sterben, wenn nicht der Zufall einen Concurrenten-
händler vorbeiführt, der sich seiner annimmt und ihn pflegt.

Ein Herr Goddard hatte die Tour von Lorenzo Marques
nach den Goldfeldern mit sechs mit Branntweintönnchen beladenen Eseln versucht und 14 Tage dazu gebraucht. Er begegnete unterwegs einem Herrn Parson, der von einem nach
der Bai gekommenen Golddigger die vier Ochsen gekauft hatte,
mit denen dieser heruntergereist war. Herr Parson hatte sich
der Hoffnung hingegeben, daß seine neugekauften Thiere die
Rückreise nach den Goldfeldern glücklich bewerkstelligen würden,
da sie, infolge vorsichtigen Nachtreisens und aufmerksamer Be-
wachung mit Fliegenwedeln am Tage bisjetzt noch glücklich

dem Bisse der Tsetsefliegen entgangen waren (diese Insekten beißen nämlich nur bei Tage, bei Nacht aber schlafen sie). Aber jene Hoffnung hatte sich als eine Täuschung erwiesen, denn zwei der Ochsen fielen todt auf dem Wege nieder, der dritte lief weg und ließ sich von den Kaffern nicht wieder einfangen, sodaß Herrn Parson nur ein einziger übrigblieb. Der unglückliche Speculant mußte daher drei Viertheile seiner Ladung im Stiche und zahlreiche Branntweintönnchen längs des Weges liegen lassen, die wol später vorüberkommenden Kaffernträgern sehr willkommen gewesen sein werden.

Herr Goddard hatte eine große Schwierigkeit am Krokodilflusse, da seine Kaffern sich weigerten, die Esel durch diesen Fluß zu geleiten. Ein energisches Negermädchen, das ihn begleitete, half ihm jedoch aus der Noth, indem sie durch den gefährlichen Fluß hindurchschwamm und vom andern Ufer an einer langen Leine die Esel nachzog. Während des Regenwetters — es war gerade die Sommerregenzeit — entging Herr Goddard der fieberprovocirenden Gefährlichkeit des Reisens in nassen Kleidern nur durch ein beinahe ebenso gefährliches Auskunftsmittel: er zog nämlich seine sämmtlichen Kleider aus, rollte sie in ein Bündel zusammen und trug sie unter seinem Arme, während er in vollständig nacktem Zustande in dem strömenden Regen dahinwanderte.

Es wäre sehr zu wünschen, daß, solange die projectirte Eisenbahn von Lorenzo Marques nach Transvaal noch nicht fertig sein wird, ein Versuch mit Elefanten gemacht würde, um den so theuern und unverläßlichen Transport auf Menschenrücken zu ersetzen.

Der Versuch mit Kamelen ist leider misglückt. Schon Sir Samuel Baker hatte im nördlichen Aequatorialafrika üble Erfahrungen mit Kamelen gemacht, denn sie starben ihm alle. Auch im Oberlande der Colonie Natal bemühte man sich dieses „Schiff der Wüste" einzuführen, aber ohne Erfolg, denn der lehmige Boden erwies sich dort für die Kamele als ganz unzuträglich; sie fielen auf dem bei Regenwetter sehr schlüpfrig werdenden Boden leicht hin und verrenkten sich dann die Gelenke. Der sandige und steinige Boden zwischen Lorenzo

Marques und der ersten Bergkette, den Lebombobergen, die das von den Tsetsefliegen bewohnte Tiefland begrenzen, wäre allerdings an sich wol den Kamelfüßen ganz angemessen — weniger aber dürfte die dichte, feuchte Dünste aushauchende Buschvegetation dieses Tieflandes für die mehr für trockene Wüstenluft geschaffenen Thiere geeignet sein, und überdies hat leider ein von Herrn Sims in den letzten Monaten gemachter Versuch die üble Erfahrung gebracht, daß auch die Kamele dem Stiche der Tsetsefliege erliegen.

Für Elefanten ist gewiß das hiesige Klima sehr zuträglich, denn sie belebten ja in frühern Zeiten massenhaft dieses Tiefland und die „Elefanteninsel" in der Delagoa-Bai hat speciell von den zahlreichen Elefantenheerden, die sich früher dort tummelten, ihren Namen erhalten. Wenn man bedenkt, was für große Lasten ein einziges dieser Riesenthiere auf seinem Rücken tragen kann, so hat gewiß der Wunsch, daß ein Unternehmer es einmal mit ein paar eingeführten indischen Elefanten hier versuchen möchte, viel für sich.

Eine Fahrstraße, 8 Meter breit, ist von Lorenzo Marques in der Richtung nach den Goldfeldern hin angefangen und ein Theil davon, nebst Brücken aus Holz und Eisen, schon vollendet worden. Ein Unternehmer aus Natal hatte diese Arbeit auf Kosten der portugiesischen Regierung zum Preise von 25 Pfd. St. pro englische Meile (= 26 Minuten) übernommen. Aber da sein das Werk beaufsichtigender Ingenieur, Herr Gray, am Fieber starb (infolge von sehr mangelhafter Verpflegung), so ist die Arbeit wieder ins Stocken gekommen. Würde diese Straße erst fertig sein, so könnte man dann in vier Tagen von Leydenburg herunter an die Bai kommen, freilich immer unter dem Risico des Verlustes der Pferde. Es ist übrigens die Meinung der mit dem Lande seit lange vertrauten Leute, daß die Tsetsefliege durch Menschen ausgewohnt werden kann. Würde die dichte Buschvegetation durch Feuer zerstört, so würden mit den Elefanten, Rhinocerossen und Büffeln auch die unsern zahmen Hausthieren so schädlichen Tsetsefliegen verschwinden. Districte, die früher von Menschen bewohnt und dann von denselben verlassen wurden,

sind seitdem auch wieder von der Tsetsefliege eingenommen
worden. Dieselbe bewohnt übrigens nicht alle Localitäten,
sondern nur strichweise einzelne bestimmte Gegenden des Tieflandes, und ein Reisender, der diese Punkte ihres Vorkom-
mens aufmerksam studirt hat und überdies möglichst nur bei
Nacht reist, hat daher viel Chancen für sich, seine Zugthiere
am Leben zu erhalten. Infolge solcher Vorsicht kam der
Führer eines Ochsenwagens von den Goldfeldern nach neun-
tägiger Reise hier in Lorenzo Marques an, ohne einen einzigen
seiner Ochsen verloren zu haben!

Es würde vielleicht eine gute Idee sein, einen Tramway
(Eisenbahn) von der Bai bis an die Gebirge zu legen; hartes
Mangroveholz (Rhizophora) zu Schwellen würde der Uferrand der Bai massenhaft hergeben, und es könnte dann dieselbe Anzahl von Kaffern, die jetzt mit so großer Mühe auf
ihren Rücken die Waaren nach den Bergen schleppen, eine
zehnmal so große Masse von Waaren mit Leichtigkeit in Bahn-
waggons vorwärts ziehen bis zu der ersten Bergkette, wo das
Land, der Wohnbezirk der Tsetsefliege, aufhört und dann Ochsen
den Weitertransport übernehmen können. Auch durch Schifffahrt
könnte ein gutes Stück des Weges für die Träger abgekürzt
werden, wenn man einen Theil der in die Bai einmündenden
Flußläufe durch Beschiffung mit Booten nutzbar machen und
erst am Ende der schiffbaren Strecke eine Trägerstation er-
richten wollte, die freilich immer gut mit Leuten versorgt sein
müßte.

Es sind bisjetzt für den Trägertransport drei verschiedene
Routen von Lorenzo Marques nach den Goldfeldern benutzt
worden.

Die erste geht von der Bai direct nach Norden, überschreitet den Komati, folgt dann dem Sabieflusse und steigt
so allmählich die Kette der Drachenberge hinan. Sie ist
87 Stunden lang (200 englische Meilen), und ist von Ochsen-
karren in 10—12 Tagereisen zurückgelegt worden. Sie ist
aber weniger zu empfehlen als die beiden südlichern Routen,
weil sie einen breitern Gürtel des von der Tsetsefliege unsicher
gemachten Tieflandes durchschneidet.

Die zweite Route läuft erst am Tembeflusse aufwärts, steigt dann die Lebombokette hinan, folgt eine Zeit lang dem obern Laufe des Umzuti und überschreitet dann in einer Einsattelung die Kathlambakette, worauf sie in den transvaalischen District „Neuschottland" eintritt.

Die dritte Route, obgleich nicht die kürzeste, ist doch die leichteste. Sie läuft am untern Umzutiflusse hin und hat, wie die zweite Route, einen viel kleinern Theil des Tsetsefliegen-Tieflandes zu durchschreiten als die erste.

Es münden drei bedeutende Flüsse in die Delagoa-Bai ein, die alle drei eine gute Strecke ins Inland hinein schiffbar sind.

Erstens der Umkomogazi oder King George's River, auf der Nordseite. Er ist 130 englische Meilen (50 Stunden) weit aufwärts bei einer Tiefe von 12—18 Fuß schiffbar.

Zweitens der English River, der bei Lorenzo Marques auf der Westseite in die Bai mündet und aus drei Zuflüssen gebildet wird, von denen der Tembe der bedeutendste ist. Der letztere ist 60 englische Meilen weit schiffbar, und die von den Lebombobergen gebildete Transvaalgrenze nur noch 30 englische Meilen = 11½ Stunden von dem Endpunkte seiner Schiffahrt entfernt. Schiffe von 13 Fuß Tiefgang können auf ihm 19 englische Meilen weit gelangen; bis so weit dringt noch die Meeresflut vor.

Der dritte Strom ist der Umzuti River (Maputo), der auf der Südseite der Bai einmündet und 60 englische Meilen weit schiffbar ist (19 für Seedampfschiffe). Bei der Flutzeit ist er auf dieser Strecke 5 Brassen tief.

Der hohe Werth der Delagoa-Bai besteht hauptsächlich darin, daß sie auf der ganzen 220 deutsche Meilen betragenden Küstenstrecke vom Kap der guten Hoffnung bis nach Lorenzo Marques der einzige vollständig sichere Hafen ist, denn alle übrigen an der Küste von Süd- und Südostafrika gelegenen Häfen sind entweder nur offene Rheden oder haben durch Sandbarren gefährdete Einfahrten. Die Delagoa-Bai ist den Schiffen zu allen Jahreszeiten gleich zugänglich und groß genug, um die mächtigsten Kriegsflotten in sich aufzunehmen. Die beiden Winkel der Bai bei Lorenzo Marques und westlich von der Insel Inyak (Port Melville) sind tief genug für die größten Schiffe (bei Hochwasser 21 Faden und bei Ebbe 16 Faden tief), und wenn eine reichere Regierung als die portugiesische den herrlichen Hafen besäße, so würden rasch Piers, Docks und Kais entstehen und die bisjetzt so schwierige Ausladung und Befrachtung der Schiffe dann außerordentlich erleichtert werden. Bisjetzt fehlt es sogar an einer Landungsbrücke; alle Waaren müssen eine Strecke weit auf dem Rücken von Trägern durch das denselben bis an die Brust reichende Wasser nach den Booten getragen und in diesen dann nach den weiter draußen ankernden Schiffen geführt werden. Allerdings hat der neue Gouverneur, Senhor Augusto di Castilho, bereits den Bau einer Landungsbrücke, eines neuen Zollgebäudes und eines Regierungspalastes in Angriff genommen, und will auch in nächster Zeit auf der hohen Berea (auf Point Reuben) einen eisernen Leuchtthurm erbauen. Desgleichen will er auf einer Sandbank in der Bai (dem Cockburn Shoal) ein Leuchtschiff placiren.

Ich stellte mich dem Gouverneur vor; er ist ein noch junger und sehr gebildeter und liebenswürdiger Mann (wie ja fast alle portugiesischen Edelleute es sind). Er war bisher Kapitän in der Kriegsmarine und hat erst seit einigen Monaten seinen hiesigen Posten angetreten. Er sprach sehr fließend französisch und beklagte sich lebhaft über den fast vollständigen Mangel an Damen in der Gesellschaft von Lorenzo Marques, der für einen jungen, hübschen und eleganten, und dabei noch unverheiratheten Mann wie er allerdings doppelt empfindlich sein mußte. Sein Jahresgehalt beträgt 1 Million. Das klingt nun freilich pompös, ist aber doch nur sehr wenig, denn es sind weder Pfunde noch Dollars, nicht einmal Francs, sondern nur Reis, die bekannte portugiesische Diminutivmünze, von denen 1000 gleich 6 Francs sind, sodaß also auf 1 deutsche Mark deren 208 gehen. Sein Gehalt ist also nur 240 Pfd. St.; welcher Abstand gegen die Gehalte englischer Gouverneure von gleichwichtigen Niederlassungen!

Der Gouverneur von Lorenzo Marques steht direct unter den Befehlen des Generalgouverneurs von Mozambique.

Das Fort von Lorenzo Marques ist als Festung nur ein sehr elender Platz; es liegt tief am Wasser, am nördlichen Ufer des Englisch River, und wird daher von der hohen Berea aus vollständig beherrscht. Mit seinen 16 altmodischen Kanonen würde es einem mit modernen Geschützen armirten Kanonenboote keinen wesentlichen Widerstand entgegensetzen können. Die schwarzen Soldaten, die seine Garnison bilden, schienen mir vortrefflich den eigenthümlichen Chic der portugiesischen Soldateska zu imitiren, was wol hauptsächlich der Kunst des Garnisonschneiders zuzuschreiben war. Die kurzen kokettgeschnittenen kaffeebraunen Jacken, die weiten Pumphosen à la Française und die schief aufs rechte Ohr gesetzten französischen Mützen mit gerader Blende gaben diesen kohlschwarzen Kaffern, wenn sie Patrontasche und Seitengewehr um und die blitzende Bajonnetflinte in der Hand hatten, ein so fesches militärisches Aussehen, daß sie mit Ehren an dem königlichen Palaste in Belem hätten Wache stehen dürfen. Die Amatongas, Amaswasis und andere Stämme von Kaffern, aus denen diese „Jäger von Inhambane" rekrutirt werden, haben äußerlich eine große Aehnlichkeit mit den Zulus und Amakosas und sind meist ebenso schön und groß gewachsen wie diese.

Viele Klagen hörte ich über die große Schererei mit Reisepässen und Paßstempeln, denen hier die Reisenden von seiten der portugiesischen Regierung unterworfen werden. Der Reisende, der z. B. von Natal kommt und schon dort beim portugiesischen Consul einen Paß für 10½ Mark gelöst hat, findet, hier angekommen, daß dieser Paß nur für den Platz Lorenzo Marques Gültigkeit hat und daß er hier wieder für 10½ Mark einen neuen speciellen Paß für das Inland zu nehmen genöthigt ist. Die Schildwachen an den Thoren lassen keinen Reisenden hinaus, der nicht diese gehörig abgestempelten Reisepässe vorzeigen kann. Diese Paßschererei ist den Engländern um so verhaßter, als im ganzen übrigen Südafrika ein Reisepaß ein vollständig unbekannter Gegenstand ist. Was den Engländern noch weiter sehr lästig ist, ist die Bevormundung

der Kaufleute durch die Regierung. Sobald nur einer der
kleinen Kaffernhäuptlinge in der Umgegend irgendeinen Disput
mit der Regierung hatte, pflegte der vorige Gouverneur dann
immer gleich allen Waarentransport außerhalb der Thore
auf so lange zu verbieten, bis der Streit geschlichtet und die
Sicherheit des Handels wiederhergestellt war. Ein englischer
Händler ist nun aber gewohnt, alle seine Geschäfte auf eigenes
Risico auszuführen und dabei niemals von seiner Regierung
im mindesten genirt zu werden, da es dieser gänzlich gleich=
gültig zu sein pflegt, ob einer ihrer Unterthanen sich bei seinen
eigenmächtigen Speculationen den Hals bricht oder nicht. Die
unerbetene väterliche Fürsorge einer ängstlichen Regierung ist
daher ganz und gar nicht nach dem Geschmack des Engländers,
und er zieht es vor, daß er mit den Gewinnchancen auch das
Risico auf die eigene Rechnung zu nehmen habe.

Ueber die Rechtspflege in Lorenzo Marques wurde mir
nichts Gutes berichtet. Schulden auf dem Rechtswege einzu=
ziehen soll geradezu unmöglich sein. Denn erstens erstreckt sich
die Jurisdiction des Magistrats von Lorenzo Marques nur
auf Werthobjecte von nicht über 40 Mark; Ansprüche auf
größere Summen müssen in dem 220 deutsche Meilen ent=
fernten Mozambique, der Residenz des Generalgouverneurs,
anhängig gemacht werden, was natürlich einen endlosen Proceß
abgibt, denn bei der Seltenheit der alle Monate nur einmal
stattfindenden Communication und der vorher nothwendigen
Einholung von zahlreichen Stempelpapieren, notariellen Cer=
tificaten, Signaturen des Gouverneurs und seines Secre=
tärs u. s. w., hat der Schuldner in der Regel die Zeit, sich
ungestraft mit seinem Raube davonzumachen, ehe noch alle
jene zeitraubenden Formalitäten beendet sind.

Seit die portugiesische Regierung den Flintenhandel frei=
gegeben hat, ist auch der Handel mit den Eingeborenen im
Innern mächtig aufgeblüht, und große Massen von Fellen
werden seitdem ausgeführt. Die Kaufleute von Natal sind
sehr ärgerlich und aufgebracht gegen ihre Provinzialregierung,
daß nicht auch sie den Flintenhandel in das Innere vollständig
freigegeben hat. Es ist allerdings richtig, daß hierdurch Lo=

renzo Marques einen großen Vorsprung vor Natal gewonnen hat in specieller Beziehung auf diesen Handel, und Krämerseelen wird das Gewissenlose und Verbrecherische desselben unter den gegenwärtigen Verhältnissen Südafrikas nie in den Sinn kommen. Daß diese ungeheuern Massen von Flinten und Schießbedarf, die unausgesetzt durch weiße Speculanten an alle die wilden und halbwilden Kaffernvölker vertheilt werden, schließlich doch hauptsächlich gegen die weißen Colonisten zur Verwendung kommen werden, ist unzweifelhaft, und das Interesse der gesammten weißen Bevölkerung sollte von den localen Regierungen Südafrikas unbedingt nicht dem Geldsackinteresse einzelner rücksichtsloser Speculanten hintangesetzt werden. Wenn daher auch die portugiesische Regierung in Lorenzo Marques und die englische Provinzialregierung von Griqualand seit fünf Jahren alles thun oder wenigstens thun lassen, um die sämmtlichen schwarzen Völker Südafrikas vom Zambesi bis an den Keiskamma mit Schießgewehren zu bewaffnen, so hat speciell die Regierung von Natal eine ganz besondere Verpflichtung, diesem unmoralischen Handel alle möglichen Hindernisse in den Weg zu legen, gegenüber der riesigen Ueberzahl von 350000 Schwarzen gegen 18000 Weiße innerhalb ihrer eigenen Grenzen. Die beiden Boer-Freistaaten folgen der gleichen gegen die Bewaffnung der Eingeborenen gerichteten Politik; freilich kann dieselbe nur sehr unvollkommene Resultate liefern, solange nicht die sämmtlichen weißen Regierungen sie gleichförmig annehmen.

Die Delagoa-Bai war schon im Jahre 800, zur Zeit Karl's des Großen, den Arabern bekannt und wurde von ihnen Dugutha genannt. Vasco da Gama, der große portugiesische Seefahrer, entdeckte am 25. December 1497 die Küste des heutigen Natal und gab ihr diesen Namen zur Erinnerung an ihre Auffindung am ersten Weihnachtsfeiertage. Hierauf besuchte er die Delagoa-Bai (die er die Bai de Boa Pax, d. h. des guten Friedens, nannte), Quilimane und Mozambique. Von 1506—9 eroberten die Portugiesen die Küsten von Mozambique und Sofala und 1544 legten sie eine Factorei in der Delagoa-Bai an. Sie besetzten hier nicht nur die

heutige Bucht von Lorenzo Marques, sondern auch die Inseln
Inhak (Unhaca) und Elephant Island. Der Name Delagoa-
Bai wurde, im Zusammenhange mit dem Namen Algoa-Bai,
den damals die heutige Bai von Port Elisabeth erhielt, deshalb gegeben, weil in letzterer die von Lissabon nach Goa,
der Hauptstadt des portugiesischen Indiens, segelnden Schiffe,
in ersterer die von Goa nach Lissabon zurücksegelnden Schiffe
anzulegen pflegten. Die Factorei wurde von den Portugiesen
mit Fortificationen umgeben, jedoch im Laufe der Zeiten, infolge von Kriegen mit den Eingeborenen mehreremal wieder
verlassen und dann von neuem besetzt.

Es dürfte nur wenigen Leuten bekannt sein, daß die Delagoa-Bai zu Ende des vorigen Jahrhunderts fünf Jahre lang
(1776—81) sich im vorübergehenden Besitze der Oesterreicher
und also des damaligen Deutschen Kaiserreiches befand. Ein
in österreichischen Diensten gestandener Oberstlieutenant Boltz
aus Livorno, der sich als Kaufmann in Goa niederlassen hatte,
gründete in der von ihm ohne alle Bevölkerung vorgefundenen
Bai von Lorenzo Marques ein Kaufmannscomptoir und er-
richtete zu dessen Schutze eine Batterie. Die kaiserlich deutsche
Flagge, zu jener Zeit mit der österreichischen identisch, wehte
damals, also gerade vor einem Jahrhundert, volle fünf Jahre
lang in der Bucht von Lorenzo Marques und auf der Insel
Inhak, und zwei kaiserliche Schiffe: Prinz Ferdinand (mit
12 Mann Besatzung) und Conte de Proli (Kapitän Bathon),
schützten die Niederlassung. Als jedoch die wilden Kaffern die
Besatzung des erstern Schiffes tobtgeschlagen hatten und die
portugiesische Regierung die Oesterreicher zur Räumung des
Platzes aufforderte, nahm die kaiserliche Regierung eine andere
Auffassung der Niederlassung an und betrachtete dieselbe nur
noch als eine Privatniederlassung österreichischer Unterthanen.
Des Schutzes der kaiserlichen Flagge nunmehr ermangelnd, verließen die Oesterreicher im Jahre 1781 die Bai und die frühern Besitzer, die Portugiesen, zogen hierauf wieder darin ein.

Im Jahre 1817 etablirte sich in Lorenzo Marques eine
Walfischfangs-Gesellschaft, 1824 eine Handels- und Coloni-
sationsgesellschaft.

Im Jahre 1823 pflanzte Kapitän Owen, Commandant des englischen Kriegsschiffes Leven, die englische Flagge auf der Insel Inyak auf, indem er behauptete, das historische Besitzrecht der Portugiesen erstrecke sich nur auf die Bai von Lorenzo Marques im engern Sinne, d. h. die Bucht von Lorenzo Marques, während der südliche Theil der Delagoa=Bai, einschließlich der Inseln Inyak und Elephant Island, freies Eigenthum der Eingeborenen sei, denen er nun diese ihre Ländereien in aller Form abgekauft habe. Er durfte sich diese Auslegung des Besitzrechtes nur deshalb erlauben, weil die Benennung: Bai von Lorenzo Marques allerdings eine elastische war und ebenso für die ganze Delagoa=Bai als für die specielle Bucht von Lorenzo Marques gebraucht werden konnte. Thatsächlich aber war bisher immer die ganze Bai darunter verstanden und das Besitzrecht Portugals auf dieselbe unter diesem Namen von England in mehrfachen Verträgen, namentlich wieder 1817, anerkannt worden.

Im Jahre 1825 wurde ein englisches Schiff (Eleanor) von den portugiesischen Behörden in Lorenzo Marques mit Beschlag belegt, auf den Grund hin, daß es auf dem Tembeflusse Waaren eingeschmuggelt hätte. Kapitän Owen erschien jedoch alsbald und nahm das Schiff den Portugiesen mit Gewalt wieder ab, indem er behauptete, daß das südliche Ufer des Tembe in den von ihm den eingeborenen Häuptlingen für die englische Krone abgekauften Ländereien eingeschlossen gewesen sei.

Von dieser Zeit her stammt der Disput zwischen den Regierungen von Portugal und Großbritannien über die Delagoa=Bai, indem die erstere an ihrem historischen Besitzrechte über die ganze Bai festhielt, während die letztere die südliche Hälfte der Bai, mit Einschluß der Inseln Inyak und Elephant Island für sich in Anspruch nahm.

Ein dritter Anspruch erhebender, wenigstens auf einen Theil des Küstenrandes an der Delagoa=Bai, fand sich in den holländischen Boers der neugegründeten Republik Transvaal. Schon bei ihrer ersten Einwanderung in diesem Lande im Jahre 1835 ließ sich eine Truppe von Boers am Südufer der Bai nieder, verließ sie aber wieder, nachdem ein großer Theil

von ihnen vom Fieber hingerafft worden war. Nach der Gründung der Stadt Leydenburg im Jahre 1844 machten die Boers
einen neuen Versuch, Zugang zu der See durch eine Niederlassung an der Bai zu gewinnen, gaben aber auch diesmal
die Unternehmung wieder auf, nachdem Tausende ihrer Rinder
und Pferde den Stichen der Tsetsefliege erlegen waren.

Im November 1861 sendete der Gouverneur des Kaplandes
das Kriegsschiff Narcissus ab, um die britische Flagge zum
zweiten male auf der Insel Inhak aufzupflanzen; seit dieser
Zeit figurirte diese Insel in den englischen Amtsbüchern als
ein Annex an die Colonie Natal. Die portugiesische Regierung erneuerte ihren Protest; es blieb aber hierbei beruhen
wie bei ihrem ersten im Jahre 1825. Der Präsident der
Transvaal-Republik, Pretorius, erklärte im Jahre 1868, in
einer die Grenzen der Republik definirenden Proclamation,
daß das Uferland zu beiden Seiten des Umzutiflusses bis zur
Bai und zugleich ein kleiner Streifen des anliegenden Ufer-
landes der Bai zum Gebiete der Transvaal-Republik gehöre.
Sowol Portugal wie England protestirten sofort hiergegen,
und Gouverneur Woodhouse sendete sogleich ein Kriegsschiff
an die Mündung des Umzuti, um die englischen Besitzansprüche
auf die Südhälfte der Bai aufrecht zu erhalten. Im Jahre
1869 wurde ein Vertrag zwischen Portugal und Transvaal
abgeschlossen, nach welchem die Republik ihren Anspruch auf
den Besitz eines Theiles des Uferrandes der Delagoa-Bai
aufgab gegen das Versprechen von seiten Portugals, eine Fahrstraße von der Bai nach der Transvaalgrenze zu bauen und
die Producte Transvaals in den portugiesischen Küstenbesitzungen zollfrei zuzulassen. Im Jahre 1870 ließ der Generalgouverneur von Mozambique die Insel Inhak militärisch
besetzen, zog aber infolge ernstlichen Protestes des englischen
Ministers in Lissabon die Truppen wieder zurück. Im September 1872 kamen endlich die britische und die portugiesische
Regierung darin überein, die Streitfrage dem Schiedsgerichte
des Präsidenten der französischen Republik, Herrn Thiers, vorzulegen. Nach zwei Jahren traf das Urtheil des Schieds-
richters, jetzt vom Marschall Mac Mahon unterzeichnet, hier

ein, daß Portugal unanfechtbare historische Ansprüche auf den
Besitz der ganzen Delagoa-Bai habe, einschließlich der
Inseln Inyak und Elephanta, und somit hat denn nun Groß-
britannien sein vermeintliches Recht auf die Südhälfte der
Bai definitiv aufgeben müssen.

Ich fürchte, England wird künftig keine Lust mehr haben,
in ähnlichen Streitfällen sich wieder dem Ausspruche eines
Schiedsgerichts zu unterwerfen, da es nun schon in drei Fällen:
in der San-Juan-Frage durch den Deutschen Kaiser, in der
Alabama-Frage durch die Genfer Conferenz und in der De-
lagoa-Bai-Frage durch den Präsidenten der Französischen Republik, die Entscheidung gegen sich ausfallen sah. Der so
oft wiederholte Antrag des Präsidenten des Oranje-Freistaates,
den Disput über den Besitz der Diamantenfelder dem Schieds-
spruche des Deutschen Kaisers, oder des Königs von Holland,
oder des Präsidenten von Nordamerika, eventuell selbst des
Präsidenten der Schweizer Eidgenossenschaft, zu unterbreiten,
hat daher wenig Aussicht, von England acceptirt zu werden,
da die Entscheidung bei der Lage des Thatbestandes ganz unmöglich gegen den Freistaat ausfallen könnte.

Von der höchsten Wichtigkeit für die Zukunft der Delagoa-
Bai sowol als des Transvaallandes ist das in den letzten
zwei Jahren so vielfach ventilirte Project einer Eisenbahn-
verbindung der Bai mit der Transvaal-Republik. Erst durch
eine Eisenbahn nach der Bai, die dem mühseligen Trägertransport für immer ein Ende machen würde, könnte das reiche
Transvaalland das werden, was seine natürliche Bestimmung
zu sein scheint: die Kornkammer für ganz Südafrika und die
benachbarten Inseln, und eine unerschöpfliche Bezugsquelle von
Gold, Eisen, Blei, Kupfer und Steinkohlen für alle nähern
und ferner gelegenen Länder. Da das östliche Ende der großen
Steinkohlenfelder von Transvaal nur etwa 7 deutsche Meilen
von der Delagoa-Bai, reiche Eisenlager aber in unmittelbarer
Nähe der Kohlenfelder liegen, so wird hierdurch, sowie auch
durch den Ueberfluß an Bauholz, der Bau der Bahn sehr
erleichtert werden.

Die directe mathematische Entfernung zwischen Pretoria,

der Hauptstadt der Transvaal-Republik, und der Delagoa-Bai
ist 260 englische Meilen (= 56⅓ deutsche Meilen), woraus
mit den nöthigen Krümmungen der Bahn circa 280 englische
Meilen (= 60⅔ deutsche Meilen) werden dürften. (Die Entfernung von der Bai bis zu den Drachenbergen allein beträgt
120 englische Meilen.) Die ganze Strecke würde also nach
Vollendung der Bahn mit Leichtigkeit in 14 Stunden zurückzulegen sein. Die Herren Guzman (ein Deutscher) und Moodie
(ein transvaaler Bürger), welche im November 1874 von
der portugiesischen und der Transvaal-Regierung die Concession
zum Bau einer Bahn und zur Bildung einer Compagnie erlangt haben, aber natürlich erst warten müssen, bis sie das
nöthige Geld dazu durch Subscription und Actienausgabe
aufgebracht haben werden, haben bereits die nöthigen Vor-
arbeiten gemacht, aus denen sich ergeben, daß die Steigung
der Bahn nirgends, selbst beim allmählichen Hinaufsteigen auf
das Grenzgebirge der Lebomboberge, mehr als 3 Fuß auf 100
betragen und die einzige nennenswerthe Brücke nur eine Länge
von 60 Fuß haben wird. Jenseit des Lebombogebirges hat
die Bahn eine beinahe horizontale Ebene zu durchschneiden,
die bis Pretoria anhält. Von Klipstapel (ungefähr der halben
Distanz zwischen der Bai und Pretoria) bis nach Pretoria
wird die Bahn ein großes 6 deutsche Quadratmeilen ausfül-
lendes Steinkohlenbecken durchschneiden, welches aus vier über-
einanderliegenden Kohlenschichten besteht, von denen die schmalste
6 Fuß und die breitern 8—12 Fuß Dicke zeigen. Diese Kohlenschichten liegen im tiefeingeschnittenen Bette eines Flüßchens
offen zu Tage. Die Qualität der Kohle ist ausgezeichnet und
ist die letztere auch namentlich zum Schmelzen von Erzen
geeignet. Schon 50 englische Meilen (21⅗ Stunden) von der
Bai wird die Bahn auf ein zweites Kohlenbecken treffen, in
dessen unmittelbarer Nähe zugleich reiche Lager von Eisenerz
sich befinden. Aus diesem Grunde beabsichtigen die Unternehmer gleich an Ort und Stelle die Eisenerze zu Tage zu
bringen, zu schmelzen und dann das Eisen zu Schienen zu
verarbeiten; nicht nur die Bahnschienen für diese, sondern auch
für alle künftig noch anzulegenden südafrikanischen Eisenbahnen

würden also gleich hier an Ort und Stelle producirt und fabricirt werden können, wodurch der theure Import englischer Eisenbahnschienen gänzlich wegfallen würde.

Der König der Amaswazikaffern hat sich bereit erklärt, eine hinreichende Anzahl von Arbeitern für den Bau der Bahn für monatlich 5 Mark pro Kopf (nebst der Beköstigung) zu liefern. In Anbetracht solcher billiger Arbeitskräfte, der Kohlen- und Eisenlager, deren Eigenthumsrecht und Ausbeutung der Compagnie von den beiden Regierungen überlassen ist, und des zugleich ihr verliehenen Rechtes, alles nöthige Bauholz aus den unterwegs durchschnittenen Regierungswaldungen unentgeltlich zu entnehmen, glauben die Unternehmer den Bau mit 1000—2000 Pfd. St. pro englische Meile ausführen zu können. Müßten die Bahnschienen von England importirt werden, so würden sich die Kosten auf 3000 Pfd. St. per Meile steigern. Das Kapital, welches zusammengebracht werden muß, um die Bahn zu bauen, die Kohlen- und Eisenminen zu bearbeiten und die Eisenschienen zu fabriciren, wird von den Unternehmern auf 1 Million Pfd. St. veranschlagt. Die beiden Regierungen haben der zu bildenden Eisenbahncompagnie auch 7 Millionen Acker Land (800000 von seiten Portugals) zu beiden Seiten der Bahn, und für einen Zeitraum von 15 Jahren auch das Eigenthumsrecht auf alle darauf befindlichen Kohlen-, Erz- und Edelsteinlager zugestanden, mit alleiniger Ausnahme von Gold, Silber und Diamanten, worauf die Regierungen ihre Rechte sich vorbehalten. Die Bahn wird eine Spurweite von 3 Fuß 6 Zoll und nur ein einfaches Gleis erhalten. Sie soll mindestens in fünf Jahren vollendet sein, und für jede fünf englische Meilen, die vollendet sind, soll die Gesellschaft sofort als Zahlung eine gewisse Anzahl von Farmen überliefert erhalten (deren Gesammtsumme zuletzt die obenerwähnten 7 Millionen Acker bildet), die sie dann an Speculanten oder Farmer verkaufen kann, um sich auf diese Weise das baare Geld zum Weiterbau der Bahn zu verschaffen. Würde die Bahn schon in drei Jahren fertig werden, so soll die Compagnie dann noch eine Extravergütung von 60000 Pfd. St. in Landgrundstücken erhalten.

Wenn vollendet, wird diese Bahn eine lebenerweckende Ar-
terie für ein ungeheueres Territorium des südöstlichen Afrikas
werden, das weite und endlose reiche Hinterland der Agricultur, der Industrie und dem Handel erschließen und dasselbe
politisch und mercantilisch von England unabhängig machen.
Dem herrlichen und unerschöpflich reichen Transvaallande
wird sie eine fortwährend steigende Einwanderung zuführen
und die nun schon seit einem Jahrtausend im Schlafe liegende
prächtige Delagoa=Bai zu einem mit Schiffen angefüllten, von
reichen Magazinen und Handelsetablissements umschlossenen,
großen und berühmten Welthafen machen, wo unermeßliche
Massen von Gütern ein= und ausströmen werden und von wo
auch namentlich die zahlreiche Dampferflotte des Indischen
Oceans und der Südafrika umspülenden Meere ihre Kohlen=
vorräthe beziehen wird.

Fünfundzwanzigstes Kapitel.

Befürchtungen der Transvaaler. — Ihr Wunsch nach deutschem Schutz.
— Trügerische Nachrichten. — Günstiger Zeitpunkt für eine Acquisition
der Delagoa-Bai seitens des Deutschen Reiches. — Programm der anglo-
afrikanischen Nationalpartei. — Angestrebte Herrschaft derselben über
ganz Afrika vom Tafelberg bis zum Nil. — Die Folgen, welche eine
deutsche Erwerbung der Delagoa-Bai nach sich ziehen würde. — Naturschätze der Transvaal-Republik. — Korn, Eisen, Kohlen und Gold. —
Das Ophir der Bibel. — Die Ruinenstadt Zymbabye. — Sind alle
Schätze dieser Welt nur für die Angelsachsen da? — Der britische Bull-
bogge vor den Pforten des Paradieses. — Allmähliches Verdrängtwerden der übrigen europäischen Völker aus ihren Colonien durch die
Angelsachsen. — Missgunst gegen die deutsche Flagge und Furcht vor deren
Concurrenz. — Englische Zeitungsstimmen: „Times", „Standard",
„Daily Telegraph" und „Diamond News". — Der Historiker Froude
über Massenauswanderung und das Programm der „Diamond News".
— Bemerkenswerthes Urtheil des Admirals Sir Bartle Frere über die
Deutschen an der Ostküste von Afrika. — Wie leicht heute noch in Süd-
afrika ein „Neudeutschland" gegründet und aufgebaut werden könnte,
und wie unaufhaltsam dann dasselbe allmählich über ganz Süd- und
Mittelafrika sich ausbreiten würde. — Das neuentdeckte Congo-Gebiet. —
Hindus und Kaffern. — Volkswirthschaftliche Folgen unsers Mangels
an Colonialbesitz.

Für die Bevölkerung der Transvaal-Republik ist es natürlich nicht gleichgültig, in wessen Händen sich die Delagoa-Bai
befindet, denn dieselbe ist ja der einzige, natürliche und nächste
Zugang zur See, welcher der Republik offen steht. Am vor-
theilhaftesten wäre es natürlich für die letztere, wenn die Bai
ihr selbst politisch zugehörte, und wenn zukünftig die Republik

21*

einmal so viele Millionen Einwohner zählen wird, als sie jetzt Zehntausende hat, so wird der allgemeine Ruf der Transvaaler nach Erwerbung der Bai ebenso unwiderstehlich werden, wie früher der Ruf der Italiener nach Venedig und Rom oder wie derjenige der Montenegriner nach einem adriatischen Hafen. Aber solange die Transvaal-Republik noch so bevölkerungsarm und daher finanziell und militärisch so ohnmächtig ist, daß sie weder an eine käufliche noch eine gewaltsame Erwerbung der Bai denken kann, ist es für sie wenigstens höchst wichtig, daß eine befreundete Regierung diesen Schlüssel zu ihrem Binnenlande innehabe, nicht aber die englische, die den Boers zu allen Zeiten eine so unfreundliche und oft feindselige Haltung gezeigt und dieselben consequent immer nur als wie untreu und flüchtig gewordene ehemalige britische Unterthanen betrachtet und behandelt hat.

Es wurde daher der Entscheidung des Präsidenten der französischen Republik in Pretoria mit banger Spannung entgegengesehen, und als dieselbe endlich eintraf, war die Freude darüber, daß sein Schiedsspruch die englische Regierung von dem Besitze der Delagoa-Bai ganz ausgeschlossen hatte, unter den Transvaalern allgemein. Am liebsten freilich würden es dieselben sehen, wenn die Bai entweder dem Könige von Holland oder dem Kaiser von Deutschland gehörte; allein solange dies nicht der Fall sein kann, ist ihnen die portugiesische Regierung immer noch hundertmal lieber als die englische, da von ihrer Seite niemals (schon in ihrem eigenen Interesse) eine unfreundliche Behandlung der Boers zu befürchten steht. Vor allem wird und kann die portugiesische Regierung nie daran denken, der Transvaal-Republik gegenüber eine Annexionspolitik zu verfolgen, wie die, welche jetzt von den Heißspornen der englisch-südafrikanischen Zeitungspresse so dringend der englischen Regierung anempfohlen wird. Mit der täglich wachsenden Bedeutung der transvaalischen Goldfelder ist in den Kreisen englischer Politiker und Geschäftsleute, namentlich in Kapstadt, Port Elizabeth und Kimberley, allmählich der lebhafte Wunsch erwacht, dieselben dem schwachen holländischen Freistaate zu entreißen und dem britischen Welt-

reiche einzuverleiben. Das Organ der Regierung von Griqualand, die „Diamond News", schreit es laut in die Welt hinaus, daß es nunmehr Zeit sei, der unberechtigten, und nur
durch einen unbedachtsamen Fehler britischer Politiker geschaffenen Existenz dieser „ohnmächtigen holländischen Bauernrepubliken" (des Oranje-Freistaates und der Transvaal-Republik) ein Ende zu machen und die unermeßlichen, in ihrem
Boden verborgenen Schätze der energischsten, unternehmendsten
und thätigsten Nation der Erde zur Disposition zu_stellen.
Es fehlt nun leider nicht an bösen Antecedentien, nach denen
es durchaus nicht unwahrscheinlich erscheinen dürfte, daß England bei der nächsten besten Gelegenheit den Versuch machen
wird, auch die zukunftsreichen Goldfelder gewaltsam zu annectiren, so wie es vorher in tiefster Friedenszeit die Diamantenfelder an sich gerissen hat. Werden doch die englischen Re-
gierungsblätter in Südafrika nicht müde, fortwährend bis zum
Ueberdruß das Thema wiederzukäuen, daß die Boers heute
noch so gut wie vor ihrer ersten Auswanderung als britische
Unterthanen zu betrachten seien, die nur zeitweilig von der
Regierung in Capetown die Vergünstigung erhalten hätten,
unter gewissen Bedingungen eine autonome Selbstverwaltung
bei sich einzuführen. Daß die Transvaal-Republik durch die
Convention von 1852 und der Oranje-Freistaat durch die von
1854 von den officiellen Bevollmächtigten der englischen Regierung ausdrücklich als selbständige und unabhängige Staaten anerkannt worden sind, daß auch fremde Staaten wie
Frankreich, Spanien, Italien, Oesterreich, Deutschland, Holland, Belgien, Rußland und die Vereinigten Staaten von
Amerika dieselben in gleicher Eigenschaft anerkannt haben,
genirt jene Blätter nicht im mindesten. Damals waren ja
diese Territorien nur werthlose Wüsten und also für England
nicht begehrungswürdig („worth for nothing", wie der da-
malige englische Generalgouverneur an die londoner Regierung
schrieb); jetzt aber, nun dieselben durch den Fleiß, die Ausdauer
und die Thatkraft der Boers in blühende reiche Länder umgewandelt und Diamanten- und Goldminen ohne Ende innerhalb ihrer Grenzen erschlossen worden sind, jetzt macht Eifer-

sucht und Habgier jene gouvernementalen Journale ganz blind und gallig und suchen sie alle möglichen hinkenden Gründe einer gewissenlosen Speculantenlogik hervor, um ihre Annexionsgelüste in ein möglichst anständiges und schickliches Gewand zu kleiden. Einer Politik, die mit drei Kriegen gegen die Boers begann — die im ersten derselben (1842) ihnen die Republik Natal wegnahm — im zweiten (1845) und dritten (1848) sie nur den unbegründeten Klagen der nichtsnutzigen Griquas zur Liebe mit Feuer und Schwert überzog, und ihnen all ihr südlich vom Vaal gelegenes Land gewaltsam abnahm — die im Basutokriege von 1867 für die von den Boers schon vollständig geschlagenen Basutos im letzten Augenblicke intervenirte und hierauf deren Land als Schutzstaat den englischen Besitzungen einverleibte — die dann 1871 unter dem faulsten und ungerechtesten Vorwande gewaltsam die Diamantenfelder den Boers entriß und daraus die neue Provinz West-Griqualand bildete — die endlich seitdem fortwährend die eingeborenen westlichen Nachbarstämme der Boers in einer gärenden Aufregung gegen dieselben erhält und durch allerhand Intriguen die neue Provinz Griqualand nördlich durch Annexion von benachbarten Negerländern zu erweitern und so an der Westgrenze der Transvaal-Republik einen neuen englischen Staat wie einen Keil nach Norden vorzuschieben sucht, wodurch der künftigen westlichen Ausdehnung dieses Boerstaates eine unübersteigliche Grenzmauer entgegengesetzt werden würde — eine solche Politik, sage ich, hat ihre gehässige Boernfeindlichkeit nun schon seit 33 Jahren so beharrlich beibehalten, daß ihr in der That durch eine Annexion der Goldfelder, wo nicht der ganzen Transvaal-Republik, die Krone aufgesetzt werden würde. Zuerst hat die englische Regierung durch ihre unerträgliche Negerpolitik die friedliebenden und phlegmatischen Boers aus dem Lande ihrer Väter getrieben, dann dieselben den lieben Negern und den charakterlosen braunen Griquas zu Liebe fortwährend abgehetzt, chicanirt und tyrannisirt, ihnen unablässig mit Truppenexecutionen auf dem Nacken gesessen und sie unter ihr fremdes Joch zurückzuzwingen versucht. Und wenn nun endlich die Boers weit, weit in den Wildnissen

des innern Afrika ein Asyl vor den gehässigen Verfolgungen
ihrer ehemaligen unväterlichen Regierung gefunden zu haben
meinten, so verfolgte sie auch noch dahin der lange Arm ihrer
unversöhnlichen Gegnerin und nahm in allen Grenzdisputen
zwischen ihnen und den benachbarten Kaffernstämmen immer
consequent die Partei der theuern Schwarzen gegen ihre eigenen weißen Landsleute. Eine Regierung, deren Herrschaft in
Ostindien nur auf der Eroberung des Landes und auf der
gewaltsamen Unterwerfung von 246 Millionen heidnischen und
mohammedanischen Eingeborenen begründet ist, fließt fortwährend über von menschenliebenden und sentimentalen Phrasen, wo es sich um die vermeintliche Beschützung von Neger-
rechten gegenüber der langsam und stetig, aber nicht unter
britischer Flagge, vordringenden europäischen Colonisation
handelt, und möchte die unbebauten Ländereien, die fruchtbaren
Aecker des innern Afrika wie es scheint lieber noch für lange
Zeit todt und werthlos in den Händen fauler und nichts-
nutziger barbarischer Wilden liegen lassen, als sie der frucht-
bringenden Cultur durch fleißige weiße, aber nicht der britischen Regierung ihre Steuern zahlende Ackerbauer und Viehzüchter eröffnet sehen.

Im Grunde ist es wol hauptsächlich nur eine leicht erklärliche Eifersucht und Misgunst gegen die so auffallend schnell
vorgeschrittene Entwickelung ihrer ehemaligen Boerunterthanen,
welche die englische Regierung so gehässig und feindselig gegen
dieselben stimmt und sie eine so unnatürliche Stellung an der
Seite schwarzer Barbaren gegen die zähen Pionniere europäischer Cultur hat einnehmen lassen. Wie die Sachen nun jetzt
stehen, ist nach den Antecedentien der englischen Boerpolitik
fast darauf zu wetten, daß die britische Regierung mit wahrer
Lust die nächste ihr passend erscheinende Gelegenheit ergreifen
wird, um auch die reichen Goldfelder, wie früher die Diamantenfelder den Boers zu entreißen und dieselben als ein
neues Juwel der britischen Krone einzufügen. Hätte sie ein
paar Staaten mit tüchtiger Militärmacht sich gegenüber, so
würde ihr freilich nicht im Traume ein solches Annexions-
gelüst beikommen. Wenn z. B. die Boer-Freistaaten unter

dem Schutze einer starken auswärtigen Macht ständen, so
würde die englische Regierung nie einen Moment von der
allerhöflichsten, rücksichtsvollsten und schicklichsten Sprache gegen
dieselben abgewichen sein, während sie dieselben jetzt wie ein
grober Lohnherr seine untergebenen Arbeiter behandelt.

Das Gefühl der eigenen Ohnmacht und Hülflosigkeit ist
denn nach allem diesem unter den Bewohnern der beiden Frei=
staaten ein sehr vorwaltendes, und der Wunsch, sich unter den
Schutz eines mächtigen und stammverwandten Staates zu
stellen, namentlich seit der unerhört frechen gewaltsamen An=
nexion der Diamantenfelder durch die englische Regierung, ein
allgemeiner geworden.

Als im Jahre 1873 die Nachricht hier auftauchte, Preußen
hätte von Portugal die Delagoa=Bai angekauft, wurde sie
daher in den holländischen Bauernrepubliken mit großem Jubel
aufgenommen. Es ist auffallend, wie entschieden hier in Süd=
afrika der isolirte niederdeutsche Volksstamm für Deutschland,
sein stammverwandtes Mutterland, sympathisirt, während die
in Europa an unserer Seite wohnenden Holländer in ihrer
Furcht vor einer etwaigen künftigen Annectirung zu einem
großen Theile mit ganz entgegengesetzten Gefühlen auf dasselbe
blicken. Für den Preis eines festen und sichern Schutzes gegen
die Annexionslust der ihnen verhaßten englischen Regierung
würden die Bauern der beiden Freistaaten sich sehr gern der
deutschen Regierung unterordnen in der Form zweier Schutz=
staaten mit eigener möglichst freier Selbstverwaltung.

Dieses Gerücht vom Ankaufe der Delagoa=Bai durch
Preußen, nachdem es durch die ganze holländische Bevölkerung
der Freistaaten einen großen Jubel erregt hatte, wurde dann
leider von England aus dementirt. Es muß aber doch irgend=
ein Factum, vermuthlich ein wiederholtes Anerbieten, dem
Gerücht zu Grunde gelegen haben, denn die sämmtlichen süd=
afrikanischen Zeitungen durchlief wieder zwei Jahre später (im
Mai 1875) ein mit dem Dampfer American angekomme=
nes und angeblich vom britischen Gesandten in Berlin an die
Regierung in Downing Street gerichtetes Telegramm: „Trans=

vaal Government conferring with Berlin Government for protective alliance.“

Wie die Sache nun auch sei: die vorübergehende Besprechung dieses Falles in der südafrikanischen Presse hat hinlänglich gezeigt, wie die öffentliche Meinung dieses Landes ein solches Factum aufnehmen würde. Die eingeborenen weißen Afrikaner holländischen Stammes (Africanders), sowie die äußerst zahlreichen Deutschen waren einig in den Gefühlen der Freude und Befriedigung über die neue Nachricht. Bei Engländern jedoch wie bei Deutschen war darüber nur Eine Stimme, daß die Besitzergreifung der Delagoa-Bai durch Preußen (d. i. Deutschland) in kurzer Zeit die vollständige Germanisation der Transvaal-Republik und in fernerer Zeit die Germanisirung des größten Theiles von Südafrika zur gewissen Folge haben würde.

Es könnte in der That für eine solche Acquisition kein günstigerer Zeitpunkt gefunden werden als der jetzige. Durch die gesammte holländische Bevölkerung der beiden Freistaaten geht eine tiefe gemeinsame Abneigung gegen die englische Regierung, welcher es nach den oben angeführten zahlreichen Thatsachen wahrlich an guten Gründen nicht fehlt und welcher nur durch eine vollständige und andauernde systematische Schwenkung der englischen Politik eine Ende gemacht werden könnte. Statt durch freundnachbarliches Verhalten allmählich diese alte Antipathie zum Schweigen zu bringen, haben bisjetzt die Organe der englischen Regierung durch unhöflichen Schriftenwechsel und chicanöse Actionen gehörig das Ihrige gethan, um dieselbe fortwährend noch zu erhöhen und zu verstärken. Die „niederdeutschen“ Bauern wollen und bedürfen einer Schutzmacht und würden die stammverwandte deutsche Macht jeder andern vorziehen. (Ein bedeutsames Zeichen ist, daß die Transvaal-Republik jetzt auf drei Jahre einen preußischen Artillerieoffizier, Herrn Riedel, engagirt hat, um zur Vertheidigung des Landes ein nach preußischem Muster geschultes Feld-Artilleriecorps zu organisiren.)

Die griqualändische Regierungszeitung enthielt kürzlich folgenden Schlachtruf: „Hurrah! Old England for ever!

Annectiren wir Transvaal und die Goldfelder, kaufen wir
dann Portugal, den Sultan von Zanzibar und den Vicekönig
von Aegypten aus und vereinigen wir so zuletzt ganz Afrika
von dem Delta des Nils bis zum Tafelberge bei Capetown
unter der glorreichen britischen Weltflagge!"

Fürwahr, ein stolzes und hochfliegendes Programm! Großbritannien, sollte man denken, hat doch wahrlich schon genug
an seinem jetzigen immensen Weltreiche von 411479 deutschen
Quadratmeilen und seinen 284 Millionen Unterthanen, als
daß es nicht seinen germanischen Stammesbrüdern, seien es
nun Deutsche, Holländer oder Skandinaven, auch ein paar
Brotkrumen von seiner zum Brechen überladenen Tafel gönnen sollte! Ist es doch für mich bei meinen wiederholten
Zügen über die Meere ein immer und immer wiederkehrendes
und tief mich ergreifendes Gefühl des Unmuthes und Ver-
drusses, daß unsere, den europäischen Briten an Zahl so bedeutend überlegene und doch gewiß geistig nicht minder begabte Nation mit ihren unseligen, vom patriotischen und na-
tionalökonomischen Gesichtspunkte aus geradezu blödsinnig zu
nennenden, religiösen Bürgerkriegen im 16. und 17. Jahrhundert (vornehmlich dem Dreißigjährigen Kriege!) die günstige Zeit so vollständig hat versäumen müssen, in welcher
klügere und mehr an das Dieffeit als an das Jenseit denkende
Völker frischweg die zahlreichen neuentdeckten Länder unsers
Erdballs unter sich vertheilt haben, sodaß für uns hintennach
nicht einmal das kleinste Bröckelchen eines andern Welttheils
übriggeblieben ist! — —

Bisjetzt sind leider alle Schritte der niederdeutschen Bauern
von Südafrika, den ersehnten deutschen Schutz zu erlangen,
vollständig erfolglos geblieben, und es ist zu fürchten, daß
aus zu großen Höflichkeitsrücksichten für das befreundete England — oder aus Furcht vor der alle Meere beherrschenden
britischen Kriegsflotte? — der deutschen Nation wieder, wie
schon so oft in der Weltgeschichte, eine Chance entgehen wird,
welche sie binnen Einem Jahrhundert ganz sicher zu einer der
reichsten Nationen des Erdballs erhoben haben würde. Denn
es kann nicht der geringste Zweifel darüber obwalten, daß der

Erwerb der Delagoa-Bai durch Deutschland und die Uebernahme eines Schutzverhältnisses über die ein solches dringend
wünschenden stammverwandten niederdeutschen Freistaaten in
sehr kurzer Zeit, und dies einfach durch den regelmäßigen
Zuzug deutscher Einwanderung, die Entstehung eines Neudeutschlands in Südafrika zur Folge haben würde, dessen enge
geschäftlich-mercantilische Verbindung mit dem Mutterlande
außerordentlich auf die Bereicherung des letztern zurückwirken
und vermuthlich in spätern Zeiten den friedlichen politischen
Anschluß der allmählich germanisirten Freistaaten an das
Deutsche Reich nach sich ziehen würde.

Schutzmacht der Bauernrepubliken darf und kann aber
freilich nur diejenige Macht werden, welche die Delagoa-Bai,
den einzigen Hafenzugang zu denselben, künftig in Besitz nehmen wird. Diese Macht wird dann, wenn sie dem rückwärts
liegenden Binnenlande einen dauernden und stetigen Einwanderungsstrom zuzuführen im Stande ist, sicher die künftige
Herrin des Landes und die Besitzerin aller der ungezählten
Reichthümer werden, die hier noch der Hebung durch fleißige
Hände harren.

Daß die portugiesische Regierung nicht abgeneigt sein würde,
die Bai zu verkaufen, vorausgesetzt, daß ihr ein gehörig hoher
und annehmbarer Preis dafür geboten würde, ist nach gewissen Thatsachen, die mir an Ort und Stelle bekannt geworden sind, nicht zweifelhaft; es leuchtet ja auch ein, daß
das jetzige Portugal zu arm an Bevölkerung und Kapitalien
ist, um aus dem Besitze der Bai auch nur den zehnten Theil
des Nutzens zu ziehen, den eine geld- und volkreichere Macht,
wie England oder Deutschland, daraus gewinnen würde.

Der erste Schritt, den der neue Besitzer der Bai zu thun
hätte, würde natürlich die unverweilte Inangriffnahme der
Eisenbahn nach Pretoria, mit Verlängerung nach Potschefstroom und Bloemfontein, sein. Beide Eisenbahnen würden
leicht in 3—4 Jahren zu vollenden sein und dann eine ungeheuere Veränderung in allen südafrikanischen Verhältnissen
zur Folge haben. Solange als nur Portugal und Transvaal, beide zur Zeit an Bevölkerung und Kapitalien noch so

schwache und bedürftige Staaten, an dem Bau der Bahn direct interessirt sind, so lange wird die Beschaffung der dazu nöthigen Gelder sehr schwierig sein und daher die Sache sich in die Länge ziehen. Denn der reiche englische Kapitalienmarkt wird sich aus patriotischen Rücksichten auf die britischen Colonien (Natal und die Ostprovinz der Kapcolonie), welche durch die Delagoa-Bai-Bahn viel von ihrem Handel einbüßen würden, so lange diesem Bahnproject gegenüber unthätig verhalten, als Transvaal oder wenigstens die Bai noch nicht dem britischen Reiche einverleibt worden sind.

Nehmen wir nun einmal ein wenig näher die Folgen in Augenschein, die eine eventuelle Acquisition der Delagoa-Bai z. B. durch das Deutsche Reich, nothwendig und mit absoluter Gewißheit nach sich ziehen würde!

Die Transvaal-Republik ist der Garten und das Paradies von Südafrika, ein großes und weites Land voll der herrlichsten Naturschätze und steht in dieser Hinsicht in ganz Afrika unvergleichlich da. Die Fruchtbarkeit des Bodens wird weder vom Nildelta, noch von den Prairien des amerikanischen Westens oder den Schwarzerdedistricten des mittlern und südlichen Rußlands übertroffen. Die zahlreichen Flüsse und Bäche sind das ganze Jahr hindurch voll Wasser und ermöglichen dadurch fast überall die Bebauung des überschwenglich reichen Bodens. Wäre eine hinreichende ackerbauende Bevölkerung im Lande, so könnte die Transvaal-Republik schon in ihrer jetzigen Ausdehnung allein ganz Südafrika mit Getreide versorgen, und noch einen guten Theil ihrer Vorräthe nach Europa exportiren. Der mittlere, östliche und südliche Theil des Landes sind vorzüglich geeignet zum Weizenbau; der Weizen im District von Pretoria trägt gewöhnlich vierzig- bis funfzigfältig, und der leydenburger Weizen ist berühmt durch seine Schwere und seine weiße Farbe, weshalb eine Probe davon auf der letzten pariser Weltausstellung eine Preismedaille gewonnen hat. Im mittlern und nördlichen Theile des Landes gedeihen Kaffee, Thee, Baumwolle und Taback vorzüglich und geben dem Farmer, vorausgesetzt, daß ihm hinreichende Arbeitskräfte zu Gebote stehen, reiche Ernten. In

den tiefern Ländereien an den Ufern der Flüsse kommen auch
Zuckerrohr= und Reispflanzungen ausgezeichnet fort. Das
Gras auf den unabsehbaren natürlichen Prairien wird bis
7 Fuß hoch und eignet sich daher außer zur Unterhaltung
zahlreicher Viehheerden auch sehr gut zum Dachdecken. Gras=
dächer sind ja in warmen Ländern für Wohnhäuser immer
die kühlsten und angenehmsten. An Früchten ist das ganze
Jahr hindurch Ueberfluß, und jede Saison bietet hierin be=
sondere Gaumenfreuden. Aepfel, Birnen und Pflaumen —
Pfirsiche, Aprikosen und Nüsse — Feigen, Mandeln und Wein=
trauben schmücken die Tafel des Farmers im Sommer; Apfel=
sinen, Mandarinen und Citronen, Ananas, Bananen und
Loquatäpfel, Datteln und Guahaven im Winter. Dazu ge=
deihen hier auch alle europäischen Gemüse vorzüglich.

Gutes fruchtbares Land ist jetzt noch massenhaft zu 3 Pence
(25 Pfennige) bis 2 Schilling (= 2 Mark) pro englischen
Acker ($1^{6}/_{10}$ preußischen Morgen) zu haben und Ackerbauer mit
einem kleinen Kapital können daher dasselbe hier äußerst frucht=
bringend anlegen.

Das Klima der Republik ist eins der gesündesten der
Welt, infolge des Umstandes, daß das ganze Land ein Hoch=
plateau ist und 5—7000 Fuß über dem Meere liegt. Es
gleicht in dieser Beziehung den Hochplateaux von Mexico,
Centralamerika, Columbia und Ecuador. Wie es einer euro=
päischen, wenigstens ursprünglich aus Europa stammenden
Körperconstitution bekommt, zeigen die kernigen und gesund=
heitstrotzenden Hünengestalten der Boers, die auch in Trans=
vaal dieselbe äußere Erscheinung beibehalten haben, welche ihre
Brüder in der Kapcolonie und im Oranje=Freistaate aus=
zeichnet. Nur in einzelnen Lagen im nördlichsten Theile der
Republik, in tiefen Landstrichen an den Ufern der Flüsse, kom=
men Fiebergegenden vor; in solchen ausnahmsweisen Lagen
ist ja dasselbe aber auch in Deutschland, Frankreich und Ita=
lien der Fall.

Die Mineralschätze des Landes sind ganz unerschöpflich und
dürfte in dieser Beziehung kaum ein anderes Land der Welt
ihm gleichkommen. Kupfer, Zinn, Silber, Quecksilber, nament=

lich aber Eisen und Blei sind in ungeheuern Massen vorhanden.

Reiche Kupfererzlager gibt es im District Waterberg, am Sand-, Krokodil-, Elefanten- und Blyde-Flusse, auch 80 englische Meilen südwestlich von Delagoa-Bai an Umzuti und 20 Meilen südwestlich von Pretoria. Bisjetzt haben nur die Eingeborenen sie ausgebeutet, indem sie die Kunst verstehen, das Kupfer in Stangen und Blöcken herauszuschmelzen.

Bleierze sind überall durch das ganze Land hin reichlich vorhanden und Transvaal verspricht daher eins der bedeutendsten Bleiländer der Welt zu werden. Der Bleiglanz in der Nähe von Pretoria enthält 70—80 Procent Blei und daneben noch 5—6 Procent Silber. Der Bleiglanz von Mariko ist enorm reich; 1 Tonne davon gibt von $9\frac{1}{4}$— 31 Unzen Silber, während der gewöhnliche Silbergehalt dieses Erzes in Europa per Tonne nur 6—7 Unzen ist. Auch bei Pretoria und nordöstlich von Leydenburg liegen reiche Bleierze zu Tage.

Die Kobalterze Transvaals sind ebenfalls sehr werthvoll; Herr Whitehead hat aus den ihm zugehörigen Minen schon mehrere Sendungen von je 10 Tonnen per Ochsenwagen über die ungeheure Distanz bis Port Elisabeth geschickt, von wo sie nach England verschifft wurden. Eine Tonne von diesem Erze wurde mit 5000 Mark bezahlt.

Eisenerze liegen an vielen Orten zu Tage, mitunter als reiner Magneteisenstein. Die Eingeborenen wissen daraus in ihrer groben Manier ein vorzügliches Eisen zu schmelzen, das sie mannichfach für ihre Waffen und ihre agriculturistischen und häuslichen Bedürfnisse verwenden. Es sind vorzüglich diese massenhaften Lager von Eisenerzen, die im Vereine mit unermeßlichen Steinkohlenfeldern und reichlichen Bauholzbeständen den Bau und Betrieb von Eisenbahnen in diesem Lande sehr erleichtern werden, da die Eisenschienen und Bahnschwellen gleich hier am Orte gewonnen und fabricirt werden können und auch die Kohlen nicht erst eingeführt zu werden brauchen.

Steinkohlen von vorzüglicher Qualität sind in unermeßlichen und mächtigen Lagern in den Districten Pretoria, Nazareth, Wakkerstrom, Leydenburg und Utrecht vorhanden. Die bisjetzt untersuchten Kohlenbetten zeigen allein schon eine Ausdehnung von über $9\frac{1}{2}$ deutschen Quadratmeilen und genügen schon für sich hinlänglich, um der Transvaal-Republik eine großartige Zukunft als ein Fabrik- und Industrieland zu sichern und um zugleich die Delagoa-Bai später zu einer der wichtigsten Kohlenstationen für die Kriegs- und Handelsmarine auf der südlichen Halbkugel zu machen. Der östliche Rand der Kohlenfelder fängt schon 40 englische Meilen westlich von der Delagoa-Bai an, wird also mit der neuen Eisenbahn sehr schnell erreicht werden.

Braunsteinerz (bei Leydenburg), Zinn-, Quecksilber-, Nickel-, Wismuth- und andere Erze sind bisjetzt nur von Mineralogen aufgefunden, aber noch nie von Europäern ausgebeutet worden. Herr Guzmann fand am obern Limpopo (Krokodilfluß) 160 alte Schächte und Gruben, die für eine frühere dichte Bevölkerung dieses Landes Zeugniß ablegen und zugleich auf einen sehr hohen Culturgrad dieses längst verschwundenen Volkes mit Sicherheit schließen lassen. Er fand auf dem Boden dieser Schächte und Gruben sehr reiche Proben von Kupfer-, Zinn-, Silber-, Wismuth-, Kobalt-, Nickel- und Quecksilbererzen.

Aber der allerverführerischste Reichthum der Transvaal-Republik, welcher mehr als alle ihre andern Schätze bisjetzt die Augen der Welt auf sie gezogen hat, besteht in ihren unermeßlichen Goldlagern. Dieselben kommen theils in Quarzfelsen eingesprengt, theils in Alluvialablagerungen vor. Ein breiter Gürtel von Goldquarzfelsen zieht in südwestlicher Richtung durch die Districte Waterberg, Zoutpansberg (Maraba)*), Mariko und Rustenburg, und der Goldreichthum der leydenburger Berge und Flußrinnen ist ja in den letzten Jahren allgemein bekannt geworden.

---

*) Das von Herrn Button in Maraba bearbeitete Goldriff gibt einen Ertrag von 96 Unzen pro Tonne.

Die bisjetzt als goldhaltig erkannte Landstrecke im leyden=
burger District entspricht einer Längenausdehnung wie von
Berlin nach Wittenberg oder von Leipzig nach Dresden und
würde schon für sich allein mehrern Generationen von Gold=
gräbern volle Beschäftigung geben. Diese Gegend wird bei
theilweiser Benutzung der künftigen Eisenbahn nach deren Voll=
endung bequem in $2\frac{1}{2}$ Tagen von der Delagoa=Bai aus zu
erreichen sein. Nimmt man zu diesem Goldreichthume inner=
halb der heutigen Grenzen der Transvaal=Republik noch den
Umstand hinzu, daß in den im Norden an dieselbe angrenzen=
den Ländern diese goldhaltigen Gebirge sich bis zum Zambesi=
thale fortsetzen, und daß dort von ältern und neuern Reisen=
den (in den Landstrichen von Tatin, Makalaka, Mashona,
Mariko und im Lupatagebirge) wunderbar reiche Golderze auf=
gefunden und mitgebracht worden sind, so wird es hieraus
sehr erklärlich, wie Mauch auf die Idee kommen konnte, daß
man hier das alte fabelhafte Goldland der Bibel, Ophir,
vor sich habe, von dem schon König Salomo Gold für den
Tempel von Jerusalem bezog. Mauch entdeckte hier (in der
Breite von Sofala) mächtige Ruinen, die über einen Raum
von 2 Quadratmeilen ausgestreut sind, mit Mauern, 30 Fuß
hoch und 18 Fuß dick, und erbaut aus behauenen Granit=
quadern, die ohne Mörtel zusammengefügt sind. Die Ruine
eines Thurmes hatte 450 Fuß im Durchmesser! Die Stelle,
wo Mauch diese Ruinen fand, heißt Zymbabye und liegt unter
20° 14' südl. Br. und 31° 48' östl. L. (von Greenwich),
160 englische Meilen westlich von Sofala. Die architekto=
nischen Verzierungen an den Ruinen sind weder im arabischen
noch portugiesischen Stile, sondern scheinen auf phönizischen
Ursprung hinzudeuten. Erst seit vierzig Jahren ist in dieser
Gegend der Stamm der Makalaka angesiedelt. In nächster
Nähe dieser Ruinen fand Mauch zahlreiche alte Goldminen,
aus denen er viele schöne Goldquarzstücke mit sich nahm.

Unter diesen erst künftig noch an die Transvaal=Republik
zu annektirenden, heute aber noch außerhalb deren officiellen
Grenzen befindlichen Landstrichen befindet sich auch — unter
18° südl. Br. — die in alten Karten mit Monomotapa be=

zeichnete Gegend, deren fabelhafter Goldreichthum schon in den
ältesten Zeiten weitberühmt war und wo der goldreichste je
in Südafrika gefundene Quarz in zahlreichen Gängen und
Adern die Felsenformationen durchzieht. Es hat sich erst vor
kurzem eine englische Compagnie gebildet, die Hartly Hill
Gold Quarz Crushing Company, um mit der Ausbeutung
dieser Schätze den Anfang zu machen.

Es ist also nach allem diesem gewiß, daß hier in Trans-
vaal und seinen nördlichen Nachbarterritorien eins der reichsten
Goldländer der Erde vorliegt, dessen unermeßliche Schätze
einst die Taschen desjenigen Volkes füllen werden, das den
Muth und die Intelligenz haben wird, diese Länder in seinen
Besitz überzuführen. Wahrscheinlich wird dies das englische
Volk sein — bei baldigem Zugreifen (d. h. bei baldigem
Ankaufe der Delagoa-Bai und Einströmenlassen
deutscher Einwanderung) könnte sich aber jetzt noch die
deutsche Nation dieses Eldorado für die Zukunft
sichern! Und wahrlich, dieser jahrhundertelang bescheiden
und übersehen im Winkel gestandene und alle seine Zeit in
häuslichen Zwisten unnütz verloren habende Benjamin unter
den christlichen Culturvölkern dürfte wol die Vergünstigung
beanspruchen, daß der Rothschild unter Europas Volksstämmen,
der schon zum Herrn von mehr als dem fünften Theil der
gesammten Erdbevölkerung gewordene John Bull ihn endlich
auch einmal an den reichen Weihnachtstisch dieser irdischen
Welt herantreten und ihn auch für sich etwas von den da so
verlockend ausgebreiteten Geschenken und Schätzen herunter-
langen lassen sollte, die doch sicher nicht alle für einen einzigen
von den zahlreichen Stämmen der indoeuropäischen Rasse bestimmt waren! Wenn Deutschland nur ernstlich wollte, so
würden alle die unermeßlichen Schätze dieser reichen Goldländer, die fruchtbaren Aecker und gesunden Paradiese des
mittlern Südafrika in Zukunft sein ausschließliches Erbtheil
werden, ohne daß England im Stande wäre, es daran zu
hindern. Denn der germanische Kern, um den sich ein mäch-
tiges Neudeutschland herumkrystallisiren könnte, ist ja schon

in der frischen und urwüchsigen Rasse der niederdeutschen Boers vorhanden, was doch wahrlich ein Vortheil von unschätzbarer Tragweite ist!

England hat zur Zeit noch nicht Bevölkerung genug, um neben seinen ungeheuern indischen, australischen und amerikanischen Besitzungen auch noch die weite südafrikanische Welt gehörig bevölkern und colonisiren zu können. Aber trotzdem steht es wie der biblische Engel mit dem flammenden Schwerte vor der Pforte des südafrikanischen Paradieses und möchte allen Fremden mürrisch den Eintritt wehren. Südafrika soll vermuthlich noch so lange der Welt verschlossen bleiben, bis nach vielen Jahren die immer fortschreitende Uebervölkerung Englands im Stande sein wird, auch ihm eine hinreichende Zahl von Einwanderern zuzusenden.

Ein fetter Bulldogge, der eine mit Fleisch überfüllte Schüssel vor sich hat und, wenngleich selbst bereits übersättigt und vollständig incapabel, alle die noch übrigen fetten Bissen selbst zu bewältigen, dennoch alle hungerig herumstehenden magern Köter wegbeißt, um nur keinem außer sich allein die Freuden der Tafel zu gönnen — das ist ungefähr, wenn man ein Bild aus der Naturgeschichte wählen wollte, die Stellung, welche die englische Nation bisjetzt gegenüber den Bestrebungen anderer und ärmerer Völker, deren Concurrenz sie fürchtet, in Bezug auf Gründung von colonialen Niederlassungen in fremden Welttheilen eingenommen hat. Theils durch Eroberung, theils durch Kauf und Vertrag haben die Engländer und ihre angelsächsischen Milchbrüder, die Yankees, nach und nach den übrigen europäischen Völkern den größten Theil ihrer werthvollsten Colonien abgenommen: den Franzosen das ganze Mississippi- und Missourithal von Sanct-Paul und Sanct-Joseph bis Neuorleans, das Wasserbecken der großen canadischen Seen und die Insel Mauritius — den Holländern Neuyork, Demerara, die Kapcolonie und die Insel Ceylon, den holländischen Boers die Colonie Natal und die Diamantenfelder — den Spaniern und Mexicanern Florida, Texas, Neumexico und Californien — und die ungeheuere Insel Neuholland, für sich allein schon einen ganzen Welttheil, haben die Engländer ausschließlich ganz allein für sich in Beschlag genommen.

Kurz, es hat sich die angelsächsische Rasse bestrebt gezeigt, die Oberherrschaft über alle neuentdeckten und werthvollen Länder der Welt und den ausschließlichen Besitz des Handels mit denselben zu erlangen.

Als im Jahre 1848 die Flottenbewegung in Deutschland begann und der Ruf nach einer Kriegsflotte durch alle deutschen Gaue hallte, da erklärte die „Times" in zorniger Aufwallung, daß England eine neue schwarz=roth=goldene Flagge auf der See nicht anerkennen, sondern als eine Seeräuberflagge behandeln würde. Desgleichen entstand allemal ein großes Geschrei in der englischen und amerikanischen Zeitungspresse, als zu verschiedenen Zeiten unbegründete Gerüchte vom deutschen Ankaufe Cubas, Portoricos, der Philippinischen Inseln, der Insel Formosa und der Delagoa=Bai durch die Zeitungen liefen. England und Amerika geberden sich eben, als wäre die große schöne Welt nur allein für sie geschaffen und als hätten alle übrigen Völker Europas nicht das mindeste Recht zu neuen Colonieanlagen. Ohnmächtigen, eingeschlafenen und verarmten Völkern wie den Spaniern und Portugiesen und deren degenerirten überseeischen Abkömmlingen gönnen sie noch am ehesten ihre Colonialbesitzungen, da sie wissen, daß jene weder die Bevölkerung noch die Kapitalien und den nöthigen Unternehmungsgeist besitzen, um etwas Tüchtiges aus ihren Colonien machen zu können, und also von dieser Seite dem eigenen Handel und der eigenen Industrie keine bedenkliche Concurrenz droht. Aber sobald ihnen nur von fern ein ganz unverbürgtes Gerücht zu Ohren kommt, daß eine so rührige und intelligente Nation wie die deutsche daran denken könnte, für sich eine nur ganz geringfügige Colonialacquisition zu erstreben, dann entdecken sie gleich eine ungeheuere Gefahr und Concurrenz für ihren eigenen Handel darin und thun alles mögliche, um das vermeintliche Project von vornherein zu hintertreiben und im Keime zu ersticken.

Es ist in dieser Hinsicht interessant, einige der englischen

22 *

Zeitungsstimmen anzuhören, die sich zur Zeit des Gerüchtes über den Ankauf der Delagoa-Bai durch Deutschland vernehmen ließen.

Der „Standard", ein sehr anständiges und ehrenwerthes (torhistisches) Blatt, sprach sehr unumwunden und ehrlich das Geständniß aus, daß die Engländer ruhig und ohne Eifersucht eine große und hochgebildete stammverwandte Nation wie die deutsche an der Riesenaufgabe der Civilisation und Colonisation von Südafrika theilnehmen lassen dürften, da die Kräfte und die Bevölkerung Großbritanniens bei weitem nicht für eine so kolossale Aufgabe ausreichten.

Desgleichen wurde die Neuigkeit vom (ebenfalls torhistischen) „Daily Telegraph" mit Beifall begrüßt, der sich wie folgt darüber aussprach (am 31. December 1872):

„Ein solcher Anhaltspunkt ist genau, was preußische Staatsmänner wol wünschen dürften. Zunächst deuten die Anzeichen klar auf eine Eröffnung des dunkeln Continents, und diejenigen, welche nichts mit afrikanischen Ereignissen zu thun haben, werden allmählich finden, daß sie hinter ihrem Zeitalter zurückgeblieben sind. Sodann liegt es den deutschen Vaterlandsfreunden sehr am Herzen, ihre Kriegsflotte zu entwickeln, und zu diesem Zweck sind auswärtige Stationen nöthig. Die Delagoa-Bai würde in beiden Punkten eine erwünschte Erwerbung sein. Sie hat eine sichere, bequeme Rhede mit einem Fluß, welcher großen Booten 200 Meilen landeinwärts Zugang gewährt. Die Küste ist ohne Zweifel flach, morastig und ungesund während der Sommermonate; allein die Deutschen sind klug und werden schon in einiger Entfernung landeinwärts eine Erhöhung für ihre Niederlassung finden. Während die Portugiesen habgierig, träg und grausam waren, den Sklavenhandel begünstigten und das Land geschlossen hielten, würden uns die Preußen beistehen, den fluchwürdigen Menschenhandel auszurotten, und mit uns wetteifern, das reiche und weite Land zwischen den Flüssen Limpopo und Quilimane zu öffnen. In Delagoa wären sie die Nachbarn unserer Colonie Natal und hätten die Republik Transvaal hinter sich. Sie würden ohne Eifersucht unsererseits einen zunehmenden

Antheil an dem Handel erhalten, welcher entstehen wird in dem Maße, wie sich das Innere Afrikas erschließt. Mittlerweile sollte die Sache aber unser Auswärtiges Amt aufmerksam auf das machen, was in Zanzibar und im Osten überhaupt vorgeht. Vom Kaukasus bis zum Indischen Ocean sind Zeichen großer Veränderungen bemerklich, von denen England die erste Frucht und den Löwenantheil erhalten sollte."

Anders die „Diamond News", das enragirt chauvinistische Organ der Regierung von Westgriqualand. Sie sagte in einem Leitartikel vom 13. Mai 1873 unter der Ueberschrift „Unsere Zukunft" Folgendes:

„Nichts gibt uns mehr Befriedigung als die Beobachtung, daß der erste Schritt Preußens, sich in den Besitz der Delagoa Bai zu setzen, die englische Regierung endlich aus ihrem Schlafe aufgestört hat. Solange die Delagoa-Bai in den Händen der Portugiesen war und nichts gethan wurde, um dieselbe zu verbessern, zu befestigen und mit Docks zu versehen, konnten High Commissioners und Gouverneure sich die Finger wund schreiben, um die heimische Regierung zum Ankaufe dieses wichtigsten aller Häfen zu veranlassen; es blieb ohne jeden Erfolg. Aber jetzt, da wir das energische, unternehmungslustige Preußen seine Hand nach diesem Schatze ausstrecken sehen, ist die Nothwendigkeit einer sofortigen Acquisition dieser Bai für England handgreiflich geworden. Wir müssen uns rasch des Schlüssels versichern, welcher die ungeheuern Territorien des südöstlichen Afrika unserer Herrschaft überliefert und dessen Besitz über die ganze Zukunft Südafrikas entscheidet. Die Delagoa-Bai in den Händen Preußens würde ein solcher Rivale für unsere südafrikanischen Häfen werden, daß Capetown, Port Elisabeth und Natal dadurch in Bedeutungslosigkeit versinken würden. Es ist das leichteste Ding von der Welt, England zu beweisen, daß der Ankauf der Delagoa-Bai für es die rentabelste aller Kapitalanlagen sein würde. Es ist eine einfache Wahrheit, die heutzutage niemand mehr leugnen kann, daß «der Handel überall der Flagge folgt» und daß die Anlage von Colonien in reichen Ländern allemal die Bereicherung des Mutterlandes durch einen aus-

gedehnten Colonialhandel zur gewissen Folge haben muß. Die
hinter der Delagoa-Bai liegenden Binnenländer sind in allen
Beziehungen den reichsten Ländern der Welt gleichzustellen.
Sie sind das Kanaan, das Land der Verheißung von ganz
Afrika. Berichte von mineralischen Reichthümern, die uns
noch vor kurzem als fabelhaft und übertrieben erschienen, sind
durch die Entdeckungen der letzten Wochen als wahr erkannt
worden. Diese Länder würden ein ungeheueres Gebiet für
Emigration in großartigem Maßstabe erschließen und unserm
Unternehmungsgeist, unserer Industrie ein endloses neues
Arbeitsfeld eröffnen. Wir schließen mit dem lauten Mahn-
rufe an unsere heimische Regierung: Move fast! (haltet euch
dazu!) Setzt euch schnell in den Besitz dieses Hafens, ehe
es zu spät wird und das kühne erfolggewohnte Preußen die
kostbare Beute verschluckt!"

Unter dem 10. Juni 1873 schreibt dieselbe Zeitung wieder:

„Wir haben schon bei verschiedenen Gelegenheiten die Aufmerksamkeit unserer Leser darauf hingewiesen, wie sehr wünschenswerth die Acquisition der Delagoa-Bai und der sämmtlichen portugiesischen Territorien in Südafrika und ihre
Annexion an das britische Reich sei. O, könnten wir doch
die Augen der Reichsregierung öffnen und ihr im klarsten
Sonnenlichte die Thatsache zeigen, daß sie nur die Hand aus-
zustrecken braucht, um den Schlüssel zu einem halben Continent einzustecken! Ja, und zu einem Continent, der sich
nach den letzten tagtäglich einander drängenden Entdeckungen
als ganz beispiellos reich in mineralischen Schätzen erweist.
Die ungeheuern Binnenländereien, deren natürliche Seemündung die Delagoa-Bai bildet, sind in einer außerordentlichen
Ausdehnung productiv. Milliarden von Ackern in diesen
Territorien sind für den Pflug geeignetes Land, andere Milliarden sind die prächtigsten Viehzuchtsländereien der Welt.
Sie haben einen Ueberfluß an mineralischen Schätzen und
könnten eine Bevölkerung funfzigmal so groß (!) als die von
Großbritannien ernähren. — Portugal, einst die Herrin der
Meere, ist in eine vorzeitige Altersschwäche versunken, und
obgleich es Colonien von ungeheuerer Entwickelungsfähigkeit

besitzt, zieht es aus ihnen doch keine weitern Einkünfte, als
gerade genügend sind, um die spärlichen und armseligen Ge-
hälter einiger Abenteurer mit hochklingenden Titeln bezahlen
zu können, die ihre Stellung nur als ein Mittel benutzen,
um durch die Annahme von Bestechungsgeldern von Sklaven-
händlern oder gar durch geheime eigene Theilnahme am Sklavenhandel ihre elenden Jahrgehalte zu verzehnfachen. Es ist
keine große Scharfsicht nothwendig, um einzusehen, daß unter
solchen Umständen Portugals ostafrikanische Besitzungen geradezu werthlos für es sind und daß England nur einfach
sein Verlangen nach denselben auszusprechen brauchte, um sofort der Besitzer von Territorien zu werden, die in seiner
Hand Ophir und Golkonda verdunkeln würden.

„Was thun der High Commissioner und unser Lieutenant-
Gouverneur, um diese Sache der Aufmerksamkeit der Reichsregierung aufzudrängen? Wenn sie nichts thun, so sind sie
unwürdig der Stellungen, die sie bekleiden, und es wird bald
die Zeit kommen, wo, wenn es entdeckt würde, daß sie diese
Gelegenheit zur Bereicherung des Reiches haben ungenützt
vorübergehen lassen, die Welt über sie ausrufen würde:
Schande, Schande über euch! Wir sagen nicht, daß unsere
Regenten indifferent sind. Wir können das ja nicht wissen,
aber an das bekannte Shakspeare'sche Wort denkend:

> There is a tide in the affairs of men
> Which, taken at the flood, leads on to fortune!

und sehend, daß jetzt gerade wol diese Flutwelle in Bewegung
ist, welche die südafrikanischen Angelegenheiten vorwärts bringen könnte, sind wir von dem brennenden Verlangen eingenommen, daß dieselbe uns zum Glücke führen möchte!“

Unter dem 28. November 1874 schreibt dasselbe Blatt:

„Auf Seite 297 seines Werkes «The Colonies once
more» sagt unser großer Historiker Froude wie folgt:

„«Daß eine große Staatsemigration möglich und ausführbar ist, daß ihr keine unübersteiglichen Schwierigkeiten
entgegenstehen und daß, wenn ins Werk gesetzt im Verein mit
den Colonialregierungen, sie mehr wie alle andern Mittel die

Colonien an das Mutterland binden würde, das wird selbst
Lord Granville kaum bezweifeln wollen.   Die Ausdehnung
unserer Colonialterritorien ist so unendlich groß und die Reichthümer, welche dort nur auf die hebende Kraft menschlicher
Industrie warten, sind so unermeßlich, daß unsere Colonien
bei einer richtigen Organisation und Vorbereitung jetzt alljährlich wenigstens eine Viertelmillion Einwanderer empfangen
könnten.   Die Anzahl derer, für welche dort Arbeit zu finden
ist, würde stetig in geometrischer Progression zunehmen.   Die
Auswanderer würden bald ihre Familien nachkommen lassen
u. s. w.»

„Ja, wir stimmen mit vollem Herzen in diese Worte
unsers berühmten Historikers ein.   Es muß eine große Staatsemigration von England organisirt werden, und wenn
Afrika englisch werden soll in Herz und Seele, so
muß ein guter Theil der Viertelmillion Auswanderer alljährlich hierher gesendet werden!   Der erste
Schritt zur Anglisirung der Territorien im Norden des Oranjestromes muß mit einer Staatsemigration in die Länder der
Batlapins, Barolongs, Basutos und Nordbetschuanen beginnen.
Bevölkert zunächst diese reichen Länder gründlich mit englischen
Arbeitern, und Afrika wird dann politisch geeinigt und engli-
scher Nationalsinn darin vorherrschend werden.‟

Was für Fortschritte schon bisjetzt die Deutschen einzig
infolge ihres Unternehmungsgeistes und ihrer Activität und
ohne alle schützende Basis von eigenen Häfen und Niederlassungen an der afrikanischen Ostküste gemacht haben, davon
gibt eine Rede Zeugniß, welche der bekannte englische Admiral
Sir Bartle Frere im Jahre 1874 an die Studirenden der
Universität Edinburgh hielt.   Sir Bartle Frere commandirte
einige Jahre lang die ostafrikanische Flottenstation und hatte
daher reichlich Gelegenheit, die immer zunehmende Zahl und
die große Prosperität der deutschen Handelsniederlassungen
kennen zu lernen.   Er sagte wie folgt:

„Ich muß Sie nun auf die rastlosen Arbeiten einer Rasse
aufmerksam machen, welche letzthin sich ebenso groß im Kriege
als nach der Stunde des Sieges gemäßigt, verständig und ord-

nungsliebend erwiesen hat, ich meine die Deutschen. Sie sind
es, die in den letzten Jahren unter allen Nationen bei weitem die größten Fortschritte an der Ostküste von Afrika gemacht haben. Sie sind es, die Sie sich nicht weniger im
rastlosen Lernen und Streben nach Erkenntniß als auch im
friedlichen, aber energischen Arbeiten zum Muster nehmen sollten. Wir sehen ihren fortwährenden eclatanten Fortschritt
nicht nur an der Ostküste von Afrika, wo sie schon angefangen haben, unsern Handel zu verdrängen, sondern
auch entlang den Küsten von Indien, China und Japan
u. s. w."

Etwas Schmeichelhafteres könnte von den an der afrikanischen Ostküste und überhaupt in den östlichen Meeren angesiedelten deutschen Kaufleuten (die beinahe sämmtlich Hamburger sind) wol kaum gesagt werden, als diese Worte eines
englischen Admirals! Deren Activität selbst den jungen
Engländern und Schotten als Muster aufzustellen, hätte
ein in so hoher Stellung befindlicher Repräsentant der britischen Regierung gewiß nicht gewagt, wenn ihm nicht wirklich
die Fortschritte des deutschen Handels ganz enorm imponirt
hätten!

Um nun zur Transvaal-Republik zurückzukehren: ein solches Land, voll so unerschöpflicher Schätze, was würde es
werden, wenn es sich mit der Zeit mit deutschen Einwanderern
anfüllen würde? Welches Volk versteht das Colonisiren durch
Ackerbau besser als das deutsche? Pennsylvanien und der
Westen und Nordwesten der Vereinigten Staaten, die deutschen Niederlassungen in Südbrasilien und Britisch-Kaffrarien
und die Ackerbaucolonien im östlichen und südlichen Rußland
geben dafür glänzende Belege. Es würde sich hier in Transvaal die alte Erfahrung von Californien wiederholen: das
Gold zog erst die Bevölkerung ins Land, später legte sich die
neue Bevölkerung auf den Ackerbau, und jetzt gewinnt Californien viel mehr Gold durch seine Bodencultur als durch
seine Metallproduction.

Wenn nur ein kleiner Bach von dem constanten und
undämmbaren Strome der deutschen Auswanderung, der

bisjetzt fast ausschließlich den Vereinigten Staaten von Nord=
amerika zugute gekommen ist, nach Transvaal abgeleitet wer=
den könnte (vorausgesetzt natürlich, daß die Delagoa=Bai
deutsches Besitzthum würde), so würde in wenigen Jahren
das ungeheure Gebiet der Republik vorwiegend mit Deut=
schen bevölkert werden. Deutschland wie die beiden Boer=
Freistaaten würden beide in gleicher Weise dadurch gewinnen.
Die holländischen Bauern würden durch das Steigen ihres
Grundes und Bodens bald alle reiche Leute werden; die jetzt
übermäßig großen Farmplätze würden in kleinere Theile par=
cellirt werden und Hunderttausenden fleißiger deutscher Land=
leute Gelegenheit geben, sich eine freie und unabhängige Exi=
stenz zu gründen. Würde nun also infolge einer anhaltenden
deutschen Einwanderung in diesem Lande (das jetzt bei seiner
großen Ausdehnung von 5400 deutschen Quadratmeilen [also
gleich dem Königreiche Italien] nur von 40000 Weißen und
275000 Schwarzen bewohnt ist), allmählich ein numerisches
Uebergewicht der deutschen Bevölkerung über die holländische
eintreten, so würde dann die ganze Republik einen vollständig
deutschen Charakter annehmen und einen deutschen Präsidenten,
eine deutsche Regierung an ihre Spitze stellen. Ob dann
später durch Beschluß der Volksvertretung auch ein näherer poli=
tischer Anschluß an das deutsche Mutterland stattfinden würde,
dies würde wol wesentlich von der Disposition der deutschen
Reichsregierung und den von ihr gestellten Bedingungen ab=
hängen.

Zugleich ist in Betracht zu ziehen, daß ein hier entstehen=
des Neudeutschland mit der Zeit eine außerordentliche Ausdeh=
nung gewinnen könnte und sich durch allmähliche friedliche und
durch Kaufverträge zu bewirkende Einverleibung der Nachbar=
länder mit der Zeit leicht auf die acht= und zehnfache Größe
bringen ließe. Das weite Hochland zwischen dem obern Lim=
popo und Zambesi wird ebenfalls wie die jetzige Transvaal=
Republik von ungemein reichen Goldgebirgen und Steinkohlen=
lagern durchzogen, ist mit Ausnahme einzelner Localitäten
durchaus gesund und fruchtbar und würde sich ungemein zum
Anbaue im Großen von Baumwolle, Taback, Kaffee, Thee,

Indigo, Zuckerrohr, Mais, Reis und Körnern und Nüssen
aller Art eignen. Und die jenseit des Zambesi nördlich bis
zu den großen centralafrikanischen Seen und westlich bis zu
den portugiesischen Besitzungen von Congo, Angola und Benguela liegenden immensen Territorien, die gewiß nicht weniger
reich von der Natur begabt, aber jetzt noch vollständig unbe-
rührt vom Welthandel geblieben sind, würden sich alle im
bequemen Annexionsbereiche des in Transvaal gegründeten
Neudeutschlands befinden und einem spätern Vorschieben von
dessen Grenzen bis zu den großen Seen im Herzen von Afrika,
dem Tanganyka, Victoria und Albert Nyanza einerseits und
andererseits bis zu dem (in seinem obern Laufe zwar noch
unbekannten, aber nach Schlüssen der Analogie gewiß ähnlich
dem Nil und dem Niger reiche und fruchtbare Gegenden be-
wässernden) Congostrome keine wesentlichen Schwierigkeiten
und Hindernisse im Wege stehen.*)

---

*) Seit ich dies geschrieben, ist der Schleier, der seit Jahrtausenden
diese Gegenden bedeckte, endlich gelüstet und eine der wichtigsten geo-
graphischen Entdeckungen aller Zeiten gemacht worden. Der Congo,
dieser südafrikanische Marañon, wurde in seinem ganzen Laufe durch
den kühnen amerikanischen Reisenden Stanley erforscht und aufgedeckt.
Dieser unerschrockene Nachfolger Livingstone's sagt darüber Folgendes:
„Der Livingstone-Fluß" (wie Stanley den Congo künftig zu nennen vor-
schlägt) „ist der Amazonenstrom von Afrika, während der Nil dessen
Mississippi ist. Der Livingstone hat Wasser genug für drei Nile. Seine
Länge beträgt 650 deutsche Meilen, er ist also mehr als viermal so lang
als der Rhein. Obgleich der Nil für den Handel sehr nützlich ist, so
wird der Livingstone noch werthvoller sein. Der Lauf des Nils ist
häufig unterbrochen, allein der Livingstone hat alle seine Hindernisse
nur in zwei Abtheilungen. Die obere zwischen dem 25. und 26. Grade
besteht aus sechs großen Wasserfällen, welche jeder Schiffahrt ein Ende
machen. Dann kommt die untere Gruppe von 62 Wasserfällen. Sobald wir über diese gekommen sind, liegt halb Afrika vor uns, ohne
alle Hindernisse, und als eine reiche, dichtbewohnte Ebene. Kein Theil
von Afrika, mit Ausnahme von Ugoge, ist so reich bevölkert. Die gewöhnliche Bezeichnung «Dorf» ist eigentlich unrichtig für diese Menge
von Häusern in den Ortschaften. Es sind wirkliche Städte, oft an
manchen Plätzen zwei Meilen lang, mit einer oder zwei breiten Straßen zwischen Reihen von schön gebauten guten Häusern, viel besser als

Schon in ihrer jetzigen Ausdehnung könnte die Transvaal-Republik statt ihrer gegenwärtigen ärmlichen Bevölkerung von 315000 Köpfen leicht eine Einwohnerzahl von 20—30 Millionen ernähren, wenn ihr Boden erst überall vollständig in Cultur genommen wäre! Und in künftigen Jahrhunderten, nach allmählicher Erwerbung und Inculturnahme der ungeheuern nördlichen und nordwestlichen Territorien würde Platz für 80—100 Millionen offen werden!

Mit der Zeit würde natürlich auch das gesammte Zam-

---

irgendwo in Ostafrika. Die ganze große Ebene, welche der Livingstone bewässert, ist berühmt durch ihre ungeheuern Wälder, aus welchen riesige Quantitäten von Palmöl gewonnen werden könnten. Alles was Afrika hervorbringt, ist in diesem Stromthale in reichem Maße vorhanden: Baumwolle, Guttapercha, alle Arten Nüsse, Kopal, Palmenfrüchte und Oel, Elfenbein und noch viele andere Dinge. Mehr als 1100 englische Meilen (235½ deutsche) unterhalb und 875 Meilen (187½ deutsche) oberhalb der Fälle ist der Fluß schiffbar. Die großen Nebenflüsse auf beiden Ufern fügen der Länge der Flußschiffahrt noch 1200 englische Meilen (257 deutsche) mehr hinzu, sodaß deren Gesammtlänge 680 deutsche Meilen betragen wird.''

Im weitern Verlaufe seines Briefes aus Loanda (dd. September 1877) führt Stanley aus, daß England gemeinschaftlich mit Portugal so rasch wie möglich den Livingstone-Strom dem Handel eröffnen und unter ihre Souveränetät bringen sollten! Und Deutschland??? Der Besitz eines der werthvollsten Colonialreiche des Erdballs, eines dem Handel zu erschließenden Gesammtflußgebietes von 60000 deutschen Quadratmeilen winkt hier für die Zukunft derjenigen europäischen Nation, welche die Hand zuerst nach diesen Schätzen ausstrecken wird. Für coloniale Unternehmungslust liegt hier in der That ein unbeschränkter Spielraum offen. Ich fürchte jedoch, daß in Deutschland nur einige hamburger Kaufleute diese große neue Entdeckung für sich persönlich ausbeuten werden, sonst aber bei uns niemand daran denken wird, ein ausgedehnteres Colonisationsproject für Mittelafrika zu ersinnen, da in Deutschland die Furcht vor dem vermeintlich überall so bösen afrikanischen Klima eine sehr allgemein vorwaltende ist. Wir werden daher dieses Reich der Zukunft mit aller seiner verlockenden Beute wol den energischen Angelsachsen überlassen, die es nicht gewohnt sind, sich durch ähnliche Scrupel von der Ausführung von Planen abhalten zu lassen, die sie für ihr persönliches Interesse wie für ihre Nationalwohlfahrt als dienlich erkannt haben.

besithal bis an seine Seemündung von der weißen Bevölkerung des Binnenlandes zu erwerben sein. Dasselbe steht zwar jetzt unter portugiesischer Landeshoheit, aber mit Ausnahme von einigen Niederlassungen nahe der Küste nur ganz nominell. Portugal würde den ihm gehörigen Küstenstrich, der ihm selbst so wenig nütze ist, sicher für eine entsprechende Geldsumme abzutreten bereit sein. Das Delta des Zambesi selbst ist zwar durch die Ungesundheit der Niederlassung von Quilimane als ein gefährliches Fieberland verschrien. Es wird hiermit aber wol ungefähr dieselbe Sache sein wie mit der Delagoa-Bai. Die specielle Localität jener Niederlassung ist schlecht gewählt worden und es sind weiter oberhalb eine gute Anzahl von bessern und höher gelegenen Positionen vorhanden, die sich zur Anlegung von Handelsplätzen sehr gut eignen würden. Das Delta selbst ist keineswegs so ungesund; der englische Schiffslieutenant Hoskins, der 18 Monate lang hier zur Verhinderung des Sklavenhandels in den verschiedenen Flußmündungen des Deltas auf und ab kreuzte und dabei in den verschiedensten Jahreszeiten mit seinen Leuten oft 4—6 Wochen lang nur im offenen Boote zubrachte, hatte in dieser ganzen Zeit unter seiner 14 Mann betragenden Bootsmannschaft nur zwei Fälle von mildem Fieber! Auch die nahe liegende, an werthvollen Producten überreiche große Insel Madagascar würde mit der Zeit ganz sicher in den Anziehungskreis des neuen deutschen Colonialstaates von Südafrika gelangen und könnte dann für Deutschland das werden, was nun schon so lange Cuba für Spanien und Java für Holland gewesen ist. Statt ihrer jetzigen Bevölkerung von nur $2\frac{1}{2}$ Millionen könnte diese herrliche Insel, die doppelt so groß ist wie das Königreich Italien, eine solche von 50 Millionen ernähren, wenn sie erst vollständig in Cultur genommen wäre!

Welche unbeschränkten Zukunftsaussichten also für die Begründung eines deutschen Tochterlandes! Es könnte sich hier mit der Zeit ein deutscher Colonialstaat entwickeln, der in seinem Reichthume und seinen Einkünften mit dem englisch-ostindischen, jetzt zum Kaiserthume zu erhebenden Colonial-

reiche wetteifern würde. Die kolossalen Ausgaben für Ver-
theidigungskriege und gewaltsame Unterjochung zahlreicher
Völkerschaften, welche die Ausdehnung und Behauptung der
englischen Herrschaft in Ostindien so kostspielig machten, würden hier größtentheils wegfallen, da die so wenig zahlreichen,
armen, uncivilisirten Eingeborenenstämme des innern Afrika
sich an Widerstandskraft ja gar nicht mit den wilden, fana-
tischen und kriegerischen Mohammedanern Ostindiens messen
können und in ihrer Mehrzahl mehr den schwachen und auf
die Dauer ganz widerstandsunfähigen Hindus gleichen, deren
Hauptmasse sich ja immer willig der englischen Herrschaft
unterworfen hat. (Die einzige energische und kriegerische Rasse
des in Rede stehenden Theiles von Afrika, die Zulukaffern,
würde im Falle eines ernstlichen Krieges mit ihnen von ein
paar deutschen Regimentern leicht besiegt und zur Unterordnung gezwungen werden.)

Das deutsch-afrikanische Reich würde also in der Hauptsache ein Reich des Friedens werden — die unerschöpflichen
Naturschätze Südafrikas, die seit Jahrtausenden unausgebeutet
ruhten, würden endlich von fleißigen deutschen Händen gehoben
werden — viele Tausende von deutschen Bürgern würden
durch die Bearbeitung der reichen Goldfelder, Kohlenflöße,
Eisen- und Bleilager, der Kupfer-, Zinn-, Silber- und Queck-
silberminen Transvaals und der im Norden angrenzenden
Länder sich große Vermögen erwerben, Millionen deutscher
Landleute aber das üppig fruchtbare Land zu einem Garten
und sich selbst zu unabhängigen und wohlhabenden Männern
machen. Je mehr wohlhabende Bürger aber ein Staat zählt,
desto reicher wird der Staat selbst, da die Steuerkraft der
Gesammtheit durch den Reichthum der Einzelnen potenzirt
wird. Und da mehr als jemals heutzutage Reichthum gleich
Macht ist, so würde auch, bei einer nähern staatlichen oder
föderativen Verbindung des Deutschen Reiches mit seiner
Tochtercolonie, die Leistungsfähigkeit desselben für künftige
große nationale Unternehmungen, Kriege, Flottenausgaben u. s. w.
außerordentlich erhöht werden.

Außerdem würde auch der zwischen dem alten und dem

neuen Deutschland angeknüpfte Handel Hunderttausenden von deutschen Kaufleuten, Industriellen und Lohnarbeitern einen neuen Markt erschließen und ihnen dadurch einen erweiterten Spielraum für ihre Ernährung und Bereicherung bieten. Denn es ist eine alte historische Erfahrung, daß der Handel immer der Flagge folgt und daß die Handelsverbindung mit einer productenreichen Colonie allemal auch die Bereicherung des Mutterlandes zur Folge haben muß. Thyrus und Sidon im Alterthume — Venedig und Genua im Mittelalter — England und Holland in der Neuzeit bieten hierfür die glänzendsten Belege. Die Prachtpaläste, welche jene üppigen Handelsstädte schmückten, der großartige Nationalreichthum, dessen sich die englische und holländische Nation noch heute erfreuen, waren und sind hauptsächlich die Früchte und Errungenschaften ihres weit ausgedehnten Handels, gestützt auf die Basis eigener und productenreicher Colonien. Zählt man doch in der einzigen Stadt Amsterdam mehr Millionäre als im ganzen Deutschen Reiche zusammengenommen! Und in Neuyork, dem Centralpunkte des Reichthums der amerikanischen Nation, deren heutige Macht allmählich doch auch nur aus einer Menge von fortwährend nach Westen vorschreitenden Tochtercolonien emporgewachsen, ist der übliche Vermögensmaßstab, den man an die Leute legt, ein so gänzlich verschiedener von dem in unserm armen und colonielosen Deutschland gebräuchlichen, daß z. B. ein Mann mit einem Vermögen von 300000 Mark, den man bei uns schon zu den Reichen zählt, dort entschieden noch zu den Armen gerechnet wird; erst wer von 600000 Mark bis 1 Million Thaler (Dollars) besitzt, gilt in Neuyork für „well off" (wohl auf), wer von 1—10 Millionen besitzt, für „independent" (unabhängig) und erst wer mehr als 10 Millionen sein zählt, hat die Ehre, ein „reicher Mann" genannt zu werden! Und solcher Leute, die über eine Million Dollars haben, gibt es ja in Neuyork eine ganz erstaunlich große Menge!

Daß es in der Neuzeit nur Staaten von germanischer Grundbevölkerung sind, welche von ihren Colonien so großen Vortheil und Nationalreichthum eingeerntet haben (England,

Nordamerika und Holland), während die lateinischen Völker-
stämme: die Franzosen, Spanier und Portugiesen, nie gewußt
haben, ihre reichen Colonialbesitzungen vernünftig zu verwer-
then und sich dadurch dauernd zu bereichern — das beweist
eben, daß die germanische Raffe vor allen andern geeignet ist
zur Anlage und richtigen Ausnutzung von Colonien. Und zugleich wird hierdurch der Schluß nahe gelegt, daß die intelligente deutsche Nation, die auf allen Feldern des Wissens so
weit vorgeschritten ist, jedenfalls ihren Brudervölkern auch in
dieser Hinsicht nicht nachstehen und auch ihr ein natürlicher
Beruf zur erfolgreichen Gründung von eigenen colonialen
Zweigstaaten und Tochterländern innewohnen möge, zu deffen
Bethätigung in großem Maßstabe ihr bisjetzt leider nur die
Gelegenheit gefehlt hat, indem ihr die Territorien dazu vollständig mangelten.

Sechsundzwanzigstes Kapitel.

Unverantwortliche Lethargie des großen deutschen Publikums in Bezug auf die bisherige Zerstreuung und Verzettelung der deutschen Massen-auswanderung. — Constante Entnationalisirung unserer Auswanderer in Nordamerika und in allen angelsächsischen Colonien. — Der deutsche „Völkerdünger". — Persönliche Vortheile, welche die Vereinigten Staaten dem Auswanderer bieten. — Südamerika und die Monroe-Doctrin. — Wieviel sind denn schon Deutsche in Nordamerika? — Statistische Data über die deutsche Emigration. — Volkswirthschaftliche Nachtheile der bisherigen deutschen Auswanderung. — Zunehmende Verarmung des deutschen Volkes. — Wie der ganze Erdball allmählich mit englisch redenden Bevölkerungen überzogen wird. — Europäische, amerikanische und australische Volkszunahmeverhältnisse. — Zukunftsaussichten der englischen und der deutschen Sprache und Nationalität. — „The world is rapidly becoming English." — Drei Strauße aus einem Nest. — Ein constant verströmender Fluß neben Strömen, die sich in Meerbecken ansammeln. — List's und Roscher's pia desideria nach einer Germani-sation des Orients. — Unaufhaltsames Wachsthum der Bevölkerung und der politischen Macht unsers russischen Nachbarreiches. — Perspec-tive in die Statistik der Zukunft. — Wie von zwei Eichbäumen der eine Stammvater eines Waldes wurde, der andere aber kinderlos blieb. — Pangermanismus und Panslawismus. — Patriotische Wünsche. — Das afrikanische Riesenvolk und seine malerischen Reize und Schwächen. — Strandscenen. — Ein schwimmendes Billard. — Lebewohl an De-lagoa-Bai.

Ich kann bei Gelegenheit der Besprechung der Vortheile, welche gerade unter den gegenwärtigen Verhältnissen die Rich-tung eines compacten deutschen Auswandererstroms nach Trans-vaal für das deutsche Mutterland haben würde, es nicht unter-lassen, einige allgemeine Bemerkungen über deutsche Auswan-

derung und die jammervolle Zerstreuung und Verzettelung,
in welcher dieselbe anhaltend bisjetzt sich befunden hat, hier
beizufügen. Die Sache ist für unser Vaterland zu wichtig,
als daß sie nicht, wie oft sie auch schon von patriotischen
Schriftstellern angeregt worden ist, dem großen, über diesen
Punkt in eine vollständige Lethargie versunkenen deutschen
Publikum immer und immer wieder von neuem sollte mit
dröhnender Stimme in die Ohren gerufen werden — Gutta
cavat lapidem! Und wahrlich es thut noth, daß der Fels-
block deutschen Phlegmas, der nun schon seit beinahe zwei
Jahrhunderten dem deutschen Volke den Weg zum Nationalreichthum versperrt hat, den andere stammverwandte Völker
mit so viel Glück gegangen, endlich gesprengt, und daß der
deutschen Energie, die sich in andern Richtungen neuerdings
so glänzend bewährt hat, eine neue Bahn eröffnet werde, auf
der sie die fruchtbringendste Thätigkeit entfalten könnte: in
der Organisation und Centralisirung der deutschen Massenauswanderung und der endlich in die Hand zu nehmenden
Grundlegung zu neuen deutschen Tochterstaaten jenseit der
Meere.

Und niemand scheint mir mehr berufen, für diese Sache
seine Stimme zu erheben, als ein Deutscher, der lange Jahre
ferne überseeische Länder durchpilgerte und dem sich dort
überall die traurige Beobachtung aufdrängte, wie tief die
deutschen Interessen und die gesammte politische und gesellschaftliche Stellung des deutschen Elements in fremden Ländern darunter leiden, daß bisjetzt nirgendwo in der Welt es
den ausgewanderten Theilen des deutschen Volkes gestattet
gewesen ist, eigene Staaten zu begründen, in denen deutsche
Sprache und Sitte hätten fortblühen und die daher ein Ab-
bild des alten Mutterlandes in verjüngtem Maßstabe hätten
liefern können.

Freilich, der anhaltend im schönen Vaterlande wohnende
und ungestört alle die hohen Annehmlichkeiten seiner Cultur
genießende Deutsche fühlt ungleich weniger Gelegenheit und
Veranlassung, sich über die fortwährende Entdeutschung unserer
Auswanderer zu ärgern und zu echauffiren und über deren

politische und volkswirthschaftliche Folgen sich zu beunruhigen.
Gibt ihm doch der Blick auf die so gefestigt erscheinende Ord=
nung aller ihn umgebenden heimischen Verhältnisse, nament=
lich auf das unserm Reichsoberhaupte zu Gebote stehende,
prächtigste und imposanteste aller zeitgenössischen Kriegsheere
ein natürliches Gefühl von behaglicher Sicherheit, Befriedigung
und gemüthlichem Sichselbstgenügen, das durch keine dunkel=
schattigen Bilder von jenseit des Meeres in seinem wohlbe=
häbigen Gleichmuthe gestört wird. Man muß eben unbedingt
einmal selbst in die weite überseeische Welt hinausgekommen
sein, wenn Einem Auge und Sinn gehörig geöffnet werden
sollen über einen schweren und tief beklagenswerthen nationa=
len Krebsschaden, welcher dem lebenslang zu Hause bleibenden,
im trauten Familienkreise und „am Stammtische" unter zu=
friedenen Zechgenossen sein Dasein gemächlich verbringenden
Landsmanne kaum zu Bewußtsein zu kommen oder wenigstens
ziemlich unverständlich zu bleiben pflegt.

Unsere Auswanderer, die bisher hauptsächlich nach den
Vereinigten Staaten von Nordamerika und daneben noch in
kleinern Abtheilungen nach Südrußland, Algerien, Südbrasi=
lien, den La=Plata=Staaten, Südchile, Südaustralien, Neuseeland
und Britisch=Kaffrarien zogen, sind bisjetzt regelmäßig mit
ihrem gesammten Eigenthume und ihrer gesammten Produc=
tions= und Consumtionskraft dem deutschen Vaterlande voll=
ständig verloren gegangen. Sie wurden die Kunden
und Lieferanten fremder Völker und können dadurch unter
Umständen zugleich in die Lage kommen, direct die Kräfte
unserer Feinde gegen uns zu verstärken.

Was für eine Bereicherung an volkswirthschaftlichen Kräf=
ten und Nationalvermögen haben nun schon seit anderthalb
Jahrhunderten allein die Vereinigten Staaten von Nordamerika
aus Deutschland bezogen!! Innerhalb ihrer ungeheuern Terri=
torien hat sich die deutsche Emigration so recht eigentlich als reich
befruchtender Völkerdünger erwiesen und eine neue Bevölkerung
dort zum Wachsen gebracht, die sich in etwa fünf verschiedenen
Generationen zusammen nun schon auf wenigstens zehn Millio=
nen beläuft, die aber leider immer nur in der ersten Generation

deutsch zu bleiben pflegte, in den folgenden aber beinahe durchgängig amerikanisirt, d. h. entdeutscht worden ist. Nur selten
lernen die Kinder der eingewanderten Deutschen noch ihre alte
Muttersprache, und mit der Sprache ist auch die Anhänglichkeit und das Gefühl der Zusammengehörigkeit mit dem Mutterlande für immer verloren. (Einzelne Ausnahmen, wie die
Erhaltung des Deutschthums in einem Theile von Pennsylvanien, thun der Allgemeinheit der Regel kaum Eintrag.)

Dieselbe rasche Entnationalisirung zeigt sich bei den deutschen Auswanderern in Australien, Neuseeland, Kaffrarien, überhaupt in allen Colonien, die eine angelsächsische Grundbevölkerung haben. Das relativ weichere und biegsamere deutsche
Element geht dort überall verhältnißmäßig sehr rasch im härtern und kräftigern englischen Wesen unter.

Länger bewahrt sich dasselbe in den deutschen Niederlassungen unter weniger fortgeschrittenen und energischen, wie den
lateinischen und slawischen Rassen. Aber an die Gründung
einer großen, compacten, mächtigen und expansionsfähigen
nationaldeutschen Colonie ist ja in Rußland überhaupt gar
nicht, in Südamerika wenigstens nur unter besonders herbei-
zuführenden Bedingungen zu denken. Die politischen Staa-
tencomplexe lateinischer Volksrassen, die sich definitiv in dem
letztern Welttheile gebildet haben, würden nämlich nur dann
einen günstigen Boden für den Aufwuchs und die nationale
Entwickelung eines dorthin verpflanzten teutonischen Volksstammes abgeben, wenn erstens die Einwanderung in einem
ungleich größern Verhältnisse erfolgte als bisher, und zweitens
den Einwanderern wenigstens für ein Jahrzehnt der directe
Schutz des Mutterlandes zugewendet werden könnte. Es ist
aber durchaus unwahrscheinlich, daß die erstere Bedingung
sobald in Erfüllung gehen werde. An und für sich bieten
zur Zeit weder Südbrasilien, noch die argentinische Republik,
Uruguay, Paraguay, Bolivien und Patagonien den deutschen
Einwanderern unmittelbar eine solche Gesammtsumme von
verlockenden persönlichen Vortheilen dar, wie die Nordamerikanische Union mit ihren freiheitlichen politischen Einrichtungen, ihrem humanen Heimstättegesetz (das jedem armen Ein-

wanderer eine unentgeltliche Heimstätte von 240 Morgen Ackerland zusichert!), ihrer absoluten Religionsfreiheit, ihrer Militärdienstfreiheit, ihrem vorzüglichen öffentlichen Unterrichtsystem, der großen Anzahl der schon hier ansässigen Landsleute, der Schnelligkeit und Wohlfeilheit des Verkehrs, des immer offenen Absatzes und der fast unbeschränkten Consumfähigkeit, und endlich der so kurzen, bequemen und billigen Reise dahin. Unsere freiwilligen Auswanderer, die ja doch meistens den ungebildeten Ständen angehören, wandern ganz natürlich immer am liebsten den nächsten Ländern zu, wo sich ihnen die günstigsten Aussichten auf bequemes und rasches Gedeihen bieten. Ob künftig ihre Kinder deutsch bleiben oder entnationalisirt werden und ihre Sprache mit einer andern vertauschen, das ist ihnen in der ungeheuern Mehrzahl vollständig gleichgültig.

Es werden deshalb diese sämmtlichen südamerikanischen Territorien, obgleich sie an sich von Santa-Catharina an bis zur Südspitze von Patagonien, und überall hoch aufwärts in den auf diese Küstenstrecke ausmündenden Flußthälern, sich für die Besiedelung mit Deutschen ganz vorzüglich eignen und aus vielen Gründen den Vereinigten Staaten von Nordamerika weit vorzuziehen sein würden, für die deutsche Massenauswanderung gegenüber den letztern doch so lange eine verhältnißmäßig nur sehr untergeordnete Rolle spielen, als die Richtung der Auswanderung ausschließlich dem Impulse und dem Belieben der einzelnen Individuen überlassen bleibt, oder wenigstens so lange, als der Staat (das Deutsche Reich) sich nicht damit abgibt, d. h. nichts dazu thut, um den Emigranten die Anlegung von eigenen nationalen Colonien in andern Gegenden durch directe Unterstützung und Beschützung zu erleichtern und anlockend zu machen. Dies könnte ja aber durch das Inslebenrufen und die staatliche Beschützung von großen Auswanderungs- und Colonisationsgesellschaften so leicht geschehen!

Möglicherweise würde die von der Monroe-Doctrin beeinflußte Politik Nordamerikas jeder neuen Festsetzung einer europäischen Macht auf dem amerikanischen Continent alle möglichen Schwierigkeiten in den Weg zu legen suchen, da es eine in Fleisch und Blut aller Yankees übergegangene fixe Idee ist, daß ganz Amerika einmal unter dem „glorreichen sternenbesäeten Banner" vereinigt werden müsse.

Allein ich denke, jedes Volk hat das Recht, sich seine eigenen Ideale und seine eigenen patriotischen Zukunftsprogramme zu schaffen und ihnen zu folgen, und hätte es die deutsche Regierung nur einmal erst als ein eigenstes Lebensinteresse erkannt, der Nachkommenschaft ihrer gegenwärtigen Bevölkerung freien Platz und Spielraum in einem neuen Welttheile zu schaffen, so brauchte sie sich natürlich durch die Stimme amerikanischer Patrioten in ihren eigenen Plänen nicht behindern zu lassen. Denn man vergesse doch nie die alte Wahrheit: Blöde Naturen kommen nie zu etwas!

Wieviel sind denn nun eigentlich schon Deutsche in Nordamerika?

Diese Frage ist von verschiedenen Schriftstellern bisher sehr verschieden beantwortet worden, je nachdem dieselben nur die wirklichen Einwanderer oder auch deren in Amerika selbst vor sich gegangene Familienvermehrung im Auge gehabt haben.

Wappäus veranschlagte die Anzahl der im Jahre 1846 in Nordamerika wohnenden Deutschen auf nur 1½ Millionen, Löher jedoch auf beinahe 4. Der letztere nahm mit gutem Grunde an, daß zur Zeit der Losreißung der amerikanischen Colonien von England im Jahre 1776 schon 500000 Colonisten von deutscher Abkunft dort ansässig gewesen seien. Die Auswanderung von Deutschen nach Nordamerika begann ja schon im Jahre 1682, und bereits von 1729, noch mehr aber von 1755 her datiren schon Klagen von englisch-amerikanischen Colonialbeamten, die aus der fortschreitenden Ueberschwemmung des Landes mit deutschen Emigranten eine vollständige Teutonisirung der amerikanischen Colonien befürchteten!!

Diese halbe Million von deutschen Colonisten würde sich dann durch natürlichen innern Familienzuwachs in dem in Nordamerika erfahrungsgemäß stattfindenden Verhältnisse der

Verdoppelung in jeden 25 Jahren bis 1846 allerdings auf 4 Millionen vermehrt haben. Von 1776 — 1815, also beinahe während eines halben Jahrhunderts, trat dann ein Stocken im Zuflusse deutscher Einwanderer ein, und diese lange Pause genügte, um den bisher angesiedelten deutschen Stamm beinahe vollständig (mit Ausnahme von Pennsylvanien) zu entnationalisiren und zu „amerikanisiren", da der Zufluß angelsächsischer Elemente diese ganze Zeit über fortdauerte und dieselben dadurch eine ungeheuere Majorität erlangten.

Erst 1815 kam die deutsche Auswanderung wieder in Fluß und nahm nach und nach immer wachsende Verhältnisse an, sodaß sie z. B. im Jahre 1854 252000 Köpfe betrug! In den letzten Jahren ist sie allerdings wieder bedeutend zurückgegangen, jedoch offenbar nur aus vorübergehenden Ursachen.

Die deutsche Auswanderung betrug von 1815—1870

	nach Gäbler's Berechnung	nach Löher's Berechnung
	3,072000	3,429000
dazu von 1871—75	431000	431000
also zusammen	3,503000	oder 3,860000

Die wahre Ziffer dürfte vielleicht zwischen beiden Angaben in der Mitte liegen; nehmen wir daher an, die Gesammtzahl der Auswanderer hätte 3,680000 Köpfe betragen.

Also in den 60 Jahren von 1815—1875 betrug die Gesammtsumme der aus Deutschland ausgewanderten Personen 3,680000 Köpfe, von denen circa 90 Procent = 3,312000 ihren Weg nach Nordamerika nahmen. Von 1846—1875 allein betrug die Summe der deutschen Einwanderer in Nordamerika 2,805300 Köpfe. Folgt man der Rechnung von Wappäus, so würden zunächst die 1½ Millionen Deutschen von 1846—1875 sich durch den natürlichen Zuwachs der Geburten (nach dem Maßstabe der Bevölkerungsverdoppelung in jeden 25 Jahren) auf 3,480000 vermehrt haben, wozu nun die seit 1846 Neuzugewanderten mit 2,800000 kommen würden, deren erste Abtheilung auch schon theilweise wieder einen gewissen Kinderzuwachs seit ihrer Ansiedelung gehabt haben müßte, den ich mit 500000 Köpfen veranschlagen will, sodaß

sich die Gesammtsumme der 1875 in Nordamerika wohnenden
Menschen deutscher Abstammung auf 6,780000 Köpfe
herausrechnen würde.

Nach Löher's Aufstellung jedoch — und diese scheint mir
die richtigere — würde sie noch 4,520000 Köpfe mehr betragen, denn die schon 1776 in Amerika wohnenden 500000
Deutschen würden sich bis 1875 auf 8 Millionen durch eigenen innern Zuwachs und dann noch um die 2,800000 seit
1846 Zugewanderten und deren theilweisen Zuwachs von
500000 vermehrt haben, sodaß die Gesammtzahl der Nordamerikaner von deutscher Rasse (abgesehen von ihrer par-
tiellen Vermischung mit angelsächsischem Blute, indem die Ehen
zwischen deutschen Männern und Amerikanerinnen, und diejenigen zwischen angloamerikanischen Männern und deutschen
Mädchen sich gegenseitig wol ziemlich ausgleichen möchten) sich
1875 auf nicht weniger als 11,300000 belaufen würde.

Auf eine noch höhere Ziffer der zu Amerikanern gewordenen Deutschen kommt man, wenn man die Aufstellung unsers
gelehrten Raumer zu Grunde legt. Er berechnete die Zahl
der im Jahre 1844 in der Nordamerikanischen Union wohnenden Deutschen auf 4,886000 Köpfe. Diese würden sich
durch innern Zuwachs in 25 Jahren verdoppelt haben, also
bis zum Jahre 1869 auf 9,772000 angeschwollen sein. Hierzu
käme dann noch der innere Zuwachs von 1869—1875, circa
2¼ Millionen, sowie die neue Einwanderung von 1844—
1875 = 2,800000, sodaß die Gesammtbevölkerung deutscher
Abstammung in den Vereinigten Staaten im Jahre 1875 sich
auf circa 14—15 Millionen belaufen würde!

Nun freilich ist nicht zu vergessen, daß man die Gesammtheit dieser Amerikaner deutschen Blutes heutzutage ebenso wenig
mehr als zur deutschen Volksfamilie gehörig rechnen kann,
als wie die einst in Gallien eingewanderten Franken, oder
die Gothen, welche Italien und Spanien eroberten! Wenigstens zwei Drittel von diesen 7, oder 11, oder 14 Millionen
Abkömmlingen der deutschen Nation sind in Sprache, Sitten
und Nationalgefühl vollständig entdeutscht und amerikanisirt,
weshalb auch kein richtiger Yankee es jemals zugeben wollen

wird, daß unter den jetzigen 40 Millionen Einwohnern der Union das deutsche Element so reichlich vertreten sein könne.

Leider sind es nun ja nicht die ärmsten Bevölkerungs-klassen, die das Contingent der freiwilligen Auswanderer zu liefern pflegen, da denselben ja eben die Mittel dazu fehlen, sondern immer nur Leute, die sich schon ein kleines Sümmchen, einige Hunderte von Thalern erspart haben, mit denen sie ihr Glück jenseit des Meeres versuchen wollen. Die zurückbleibende Hauptmasse der Bevölkerung wird dadurch an Kapitalien und arbeitskräftigen Menschen ärmer und das Verhältniß der ganz Eigenthumslosen zu den Besitzenden im alten Heimatslande von Jahr zu Jahr immer ungünstiger.

Zugleich sind es meist lauter kräftige, unternehmungslustige und in den besten Jahren stehende Leute, welche auswandern, während alle Krüppel, Kränklichen und Schwächlinge, alle Bettler und Pflegebedürftigen im Vaterlande zurückbleiben müssen.

Es ist daher die jetzige deutsche Auswanderung sehr pas-send mit der jährlichen Aussendung eines Heeres von 100000 kräftigen und vollständig ausgerüsteten Soldaten verglichen worden, das nach dem Ueberschreiten der Grenze für immer dem Vaterlande den Rücken wendet und zu fremden Armeen übergeht.

In Amerika pflegt man erfahrungsgemäß anzunehmen, daß jeder deutsche Einwanderer im Durchschnitt ein Vermögen von 200 Dollars mit hinüberbringt. Die productive Arbeits-kraft eines jeden Einwanderers veranschlagen amerikanische Statistiker auf 1200 Dollars = 4926 Mark per Kopf. Wenn man nun die Erziehungskosten eines jeden Auswanderers bis in das 16. Jahr mit 150 Mark jährlich, also mit 2400 Mark per Kopf veranschlagt und vier Fünftel der auswandernden Personen als über 16 Jahre alt annimmt, so ergibt sich folgen-des interessante statistische Exempel:

In den letzten 60 Jahren wanderten 3,680000 Personen aus Deutschland aus (90 Procent davon nach den Vereinigten Staaten).

Die Erziehungskosten der Erwachsenen, also etwa vier Fünftel dieser Anzahl sind zu rechnen 2,944000×2400 = 7065,600000 Mark

Mitgenommenes Kapital von
2,944000 pro Kopf 200 Dollars. Rechnen wir aber selbst nur 150 Dollars
pro Kopf = 616½ Mark, so ergibt
dies 　　　　　　　　　　　　　　　1800,180000 　»

Materielle Arbeitskraft pro Kopf
1200 Dollars = 4926 Mark, wenn
nur von den männlichen Auswanderern,
etwa 55 Procent der Gesammtzahl, gerechnet, also von 2,024000 Personen 　9970,224000 　»

　　　　　　　　　Summa 18836,004000 Mark.

Ein amerikanischer Statistiker mit seiner Rechnungsmanier
würde also die Kleinigkeit von circa 19000 Millionen Mark
als den Betrag des volkswirthschaftlichen Werthes der deutschen
Emigration in den letzten 60 Jahren allein herausrechnen, um
welche Summe nach seiner Ansicht das Nationalvermögen der Vereinigten Staaten (resp. zu einem Zehntel auch das der andern
oben genannten Colonien) auf Kosten desjenigen des deutschen
Volkes zugenommen hätte. (Rechnet man die frühern
deutschen Auswanderer [von 1750 bis 1815] mit circa 500000
Köpfen hinzu, so würde die Summe des weggetragenen deutschen Nationalvermögens noch etwa um ein Siebentel höher
steigen, also auf circa 21527 Millionen Mark.)

Diese Zahlenaufstellung, die ich einem vielgelesenen Blatte
nachgerechnet habe, erscheint allerdings schon wegen der kolossalen Summe ein wenig ungeheuerlich, wird aber doch wol
in der Hauptsache richtig sein. Die in Geld veranschlagte
Arbeitskraft eines Mannes ist jedenfalls zugleich als eine
finanzielle Steuerkraft zu betrachten und bereichert als solche
den Staat, dem diese Arbeitskraft gewidmet wird; ebenso kommen die Erziehungskosten der Einwanderer in ihrer fort-
wirkenden Productivität ihrem neuen Adoptivvaterlande zugute.

Eine Auswanderung solcher riesigen volkswirthschaftlichen

Kapitalien würde nun durchaus nichts Nachtheiliges haben, wenn der ausgewanderte Theil des Volkes mit der im Mutterlande zurückgebliebenen Hauptmasse wirthschaftlich verbunden bliebe. Ein jeder Emigrant, der nach seiner Auswanderung in staatlicher oder wenigstens wirthschaftlicher Verbindung mit seinem Mutterlande bleibt, bereichert dasselbe unbedingt, während er ohne jene Bedingungen es ärmer macht.

Das erstere Verhältniß findet in allen englischen Colonien statt, indem die ausgewanderten Engländer ihrer Nation und ihrer Sprache treu bleiben und durch den Austausch ihrer Rohproducte und ihrer Agricultur- und Viehzuchtserzeugnisse mit den Fabrikaten und Manufacturwaaren des alten Heimatslandes, theils sich selbst bereichern, theils zum Wachsen des Nationalvermögens des alten Stammlandes betragen.

Abgesehen von den in Ostindien wohnenden Engländern, die ich als nicht in eigentlichen Colonien wohnend ausnehme, befindet sich jetzt eine weiße englische Colonistenbevölkerung von über 4 Millionen Köpfen in den nordamerikanischen (im Jahre 1801 nur 260000!), 2,400000 in den australischen (1801 nur 4000!) und circa 100000 in den afrikanischen Colonien (ungerechnet die holländischen Unterthanen der englischen Krone), was also zusammen eine Zahl von über 6½ Millionen Colonialengländern ergibt, welche, über so weit voneinander entfernte Länder zerstreut wohnend, eine Zahl von Bruderstämmen und Brudervölkern bilden, die alle durch politische Bande, patriotische Sympathien und geschäftliche Verbindungen an das alte Mutterland geknüpft sind, für die Blutcirculation des alten Staatsorganismus durch den regelmäßigen Abfluß, den sie dessen überflüssigen Säften gewähren, äußerst dienlich sind, fortwährend zu dessen Stärkung und Bereicherung beitragen, und bei ihrer steten, in geometrischer Progression vorwärts schreitenden, Bevölkerungszunahme aus eigener Kraft den Grundbau zu großen angelsächsischen Staaten der Zukunft legen, welche später einmal den ganzen Erdball mit englisch redenden Bevölkerungen umspannen werden.

Schon gegenwärtig wird die englische Sprache in allen

fünf Welttheilen von circa 86 Millionen Menschen gesprochen. Es wohnen

in Großbritannien (1877) 34 Millionen
in den britischen Colonien 7 » (eingerechnet die in Ostindien, Westindien, Süd-
amerika wohnenden Eng-
länder)
im Auslande 3 »
zusammen 44 Millionen Briten, zu denen nun noch (1877) 42 Millionen Nordamerikaner kommen, für welche ebenfalls die englische Sprache die allgemein herrschende Sprache geworden ist, der sich alle Einwanderer unterwerfen müssen.

In Großbritannien vermehrt sich die Bevölkerung aus eigenem innern Zuwachse durch den alljährlichen Ueberschuß der Geburten über die Todesfälle ungefähr alle 50 Jahre um 100 Procent, also auf das Doppelte. Dieses Verhältniß des Volkszuwachses konnte natürlich in verschiedenen historischen Perioden kein stationäres gewesen sein, da es von so vielen äußerlichen Umständen, namentlich von der veränderlichen Weite des Nahrungsspielraums eines Volkes abhängig ist. Je mehr dieser letztere sich erweitert, desto mehr zeitige Heirathen werden geschlossen und desto mehr Kinder wird es dann geben. So hat sich die Bevölkerung von Großbritannien
von 1651 bis 1751 nur um 1 Million vermehrt (von 6
auf 7 Millionen)
von 1751 bis 1851 um 14 Millionen (von 7 auf 21 Mill.)
von 1851 bis 1875, in nur 24 Jahren, aber schon um
12 Millionen (von 21 auf 33 Millionen),
also um 57 Procent! Würde der letztere Maßstab noch ein halbes Jahrhundert lang stationär bleiben, so würde die heutige Bevölkerung von 34 Millionen sich schon in 36 Jahren verdoppeln!

In den Vereinigten Staaten von Nordamerika sowie in den amerikanischen, australischen und südafrikanischen Colonien Großbritanniens pflegt jedoch diese Verdoppelung der Volkszahl schon in 25 Jahren vor sich zu gehen, hauptsächlich infolge des allgemeinen und außerordentlich frühen Heirathens,

der überaus großen Fruchtbarkeit der Ehen (welche die bei
allen nichtgermanischen Volksraffen herrschenden Verhältniß-
zahlen ganz erstaunlich übersteigt) und der geringen Sterblichkeit unter den Kindern, welche günstigen Verhältniffe unmittelbar aus der dort noch vorhandenen vollständigen Un-
eingeschränktheit und Unbegrenztheit des Nahrungsspielraums
resultiren. Die Bevölkerung der Vereinigten Staaten von
Nordamerika zählte:

im Jahre	1701	260000	Köpfe
»	1775	2,800000	»
»	1790	3,930000	»
»	1800	5,306000	»
»	1810	7,240000	»
»	1820	9,650000	»
»	1830	12,866000	»
»	1840	17,069000	»
»	1850	23,263000	»
»	1860	31,455000	»
»	1875	41,000000	»

(inclusive
5,000000 Farbige, aber exclusive 300000 Indianer).

(In den letzten 15 Jahren zeigt sich das Wachsthumsverhält-
niß verlangsamt, wol hauptsächlich infolge des vier Jahre lang
wüthenden großen und blutigen Bürgerkrieges, der auf beiden
Seiten circa einer Million kräftiger Männer das Leben kostete
und also einen großen Ausfall in der Familienvermehrung
nach sich ziehen mußte.)

In den vergangenen Jahrhunderten sind es hauptsächlich
große und lange anhaltende, und dazu oft sich wiederholende
Kriege, anderntheils furchtbare und verheerende Epidemien
gewesen, welche in der stetigen Volkszunahme der Nationen öftere
umfangreiche Unterbrechungen und Rückdämmungen bewirkten
und einer Ueberfüllung der Welt mit Menschen thätig ent-
gegenarbeiteten. So z. B. in der neuern Zeit der Dreißig-
jährige Krieg, welcher Deutschland so gewaltig entvölkerte,
und im Mittelalter die entsetzliche, unter dem Namen der
„Schwarze Tod" bekannte Pestseuche, welche von 1336—1349

ganz Asien, Europa und Nordafrika so fürchterlich verheerend
durchzog! Es klingt heute fast wie eine Fabel, ist aber durch
die besten historischen Autoritäten begründet, daß diese schreckliche Epidemie in China allein 13 Millionen, in Süd- und
Westasien gegen 11 Millionen, in Europa 25 Millionen (ein
Viertheil der gesammten damaligen Bevölkerung!), zusammen
also 49 Millionen Menschen dahinraffte!! In Babylon erlagen in drei Monaten 480000, in Kairo täglich 12—15000,
in Florenz zusammen 100000, in Venedig ebenfalls 100000,
in Siena 70000, in Neapel 60000, in Paris 80000, in
London 100000, in Wien 40000 Menschen dieser gräßlichen
Krankheit!

Bei dem ungleich vervollkommnetern Standpunkte der heutigen medicinischen Wissenschaft einerseits, und dem vorherrschend
friedlichen und mercantilisch-industriösen Charakter der angelsächsischen Völker andererseits, sind jedoch ähnliche gewaltige
Unterbrechungen in der Vervielfältigung speciell der angelsächsischen Bevölkerungen wol nur noch wenig in der Zukunft
zu befürchten. Es ist daher mit großer Wahrscheinlichkeit anzunehmen, daß in der Hauptsache die Bedingungen dieses
außerordentlichen innern Volkszuwachses, welcher die angelsächsischen Staaten vor allen übrigen des Erdballs auszeichnet,
noch für die Dauer mehrerer Menschengenerationen dieselben
bleiben werden. Und die kolossalen, von der angelsächsischen
Rasse theils jetzt schon eingenommenen, theils ihr in der Nachbarschaft zur Verfügung stehenden Territorien werden der Ausbreitung der Bevölkerung sicher noch für ein volles Jahrhundert einen unbeschränkten Spielraum belassen, und der
stationäre Zustand der Volkszahl, der bei allen ältern Nationen einzutreten pflegt, sobald ihr Land
hinreichend mit Bevölkerung angefüllt ist, dürfte
eben aus jenem Grunde für die angelsächsischen Bevölkerungen kaum vor einem Jahrhundert eintreten.

Nach menschlicher Voraussicht ist es also wahrscheinlich,
daß in hundert Jahren, im Jahre 1975:

die Gesammtnachkommenschaft der
    heutigen Bevölkerung Groß-
    britanniens   132 Millionen
die weiße britische Stammbevölke-
    rung seiner Colonien   112   "
die Bevölkerung der Vereinigten
    Staaten von Nordamerika 656   "
die gesammte englisch redende Be-
    völkerung des Erdballs also   900 Millionen Menschen
betragen wird! Eine glänzende Illustration zu dem Ausspruche,
den ich so häufig in den Colonien gehört habe: „The world
is rapidly becoming English!" („Die ganze Welt wird
reißend schnell zu einer englischen Welt!")

Es ist hierbei nun freilich selbstverständlich, daß der Ueberfluß des Bevölkerungszuwachses im europäischen Großbritannien unmöglich in seinem engen Vaterlande verbleiben
könnte, sondern durch Massenauswanderung fortwährend nach
den alten oder nach neuen Colonien abströmen und diesen
zugute kommen würde, ebenso wie der fortwährende Volkszuwachs der heutigen Vereinigten Staaten sich nicht innerhalb
deren heutigen Grenzen beschränkt erhalten, sondern naturgemäß die relativ noch so menschenleeren ungeheuern Territorien von Mexico, Central- und Südamerika, namentlich
Brasilien, mit der Zeit überfluten würde. In Nordamerika
glaubt ja schon heute jedes Schulkind an eine solche glorreiche
Zukunft des Sternenbanners („All America for the Ame-
ricans!")

Für solche meiner geehrten Leser, die etwa in solchen
Riesenzahlen nur eine lustige Rechenspielerei und Träumerei
erblicken und dieses lesend vielleicht den Kopf schütteln und
denken: „Bange machen gilt nicht!", möchte ich die Bemerkung
hier beifügen, daß in Nordamerika schon verschiedene, sehr bekannte und ernsthafte Schriftsteller die mathematisch begründete
und dem bisherigen Verhältniß der Volkszunahme entsprechende
Prophezeiung ausgesprochen haben, daß die Bevölkerung der
Vereinigten Staaten (und respective der aus ihnen zu bevöl-
kernden Neuländer) im Jahre 1900 78, im Jahre 1950

312 Millionen Menschen zählen werde u. s. w. Solche großartige Zukunftsaussichten kitzeln nicht wenig die Eitelkeit amerikanischer Patrioten, und man darf sich daher nicht wundern,
wenn dieselben manchmal in ihrer Rhetorik über das gloriöse
Zukunftsreich der Yankees den Mund etwas voll nehmen und
sich an dem Gedanken ergötzen, daß das amerikanische Volk
binnen zwei oder drei Menschengenerationen allen Nationen
der Alten Welt seine Gesetze vorschreiben werde. (Ein bekannter amerikanischer Schriftsteller sagt über diesen Punkt:
„Die am Horizont heraufziehende Wolke, die im Anfange nicht
größer erscheint als eine Menschenhand, wird in einer folgenden Generation den ganzen Himmel überdecken und dann das
Bild der ganzen civilisirten Welt umwandeln.") Es ist allerdings nicht abzusehen, warum das Verhältniß des amerikanischen Volkszuwachses ein anderes werden sollte, solange noch
hinreichende verfügbare Territorien für alle die neu hinzu-
kommenden Bevölkerungselemente vorhanden sein werden. Daß
eine solche Ansammlung von Menschen in Amerika überhaupt
noch Platz finden würde, und durchaus keine physische Unmöglichkeit bietet, darüber hat uns ein namhafter europäischer
Gelehrter beruhigt, welcher es ausgerechnet hat, daß der gesammte amerikanische Continent bei vollständiger Inculti-
nahme 3600 Millionen Menschen würde ernähren können!
Und heute zählt seine Gesammtbevölkerung nur erst 87 Millionen!

Welchen Contrast bildet nun gegen diese Summen in gleicher Wahrscheinlichkeitsrechnung die vermuthliche künftige Bevölkerungsziffer der deutsch und französisch redenden Staaten!

Die deutsche Sprache wurde im Jahre 1875 im Deutschen
Reiche, Deutsch-Oesterreich, Siebenbürgen, der deutschen Schweiz,
dem vlämischen Theile Belgiens, in Holland und Rußland,
von 59½ Millionen Menschen gesprochen — die französische,
in Frankreich und seinen Colonien, im wallonischen Belgien,
in Savoyen und der französischen Schweiz, von circa 40 Millionen.

Würde die in dem letzten Jahrzehnt stattgefundene Pro-
portion der Volkszunahme durchschnittlich der Hauptsache nach

dieselbe bleiben (abgesehen von eintretenden Perioden der Be=
schleunigung oder Verzögerung), so würde die Bevölkerung von

	bei einem jährlichen Zuwachs von				
Großbritannien	1,34 Proc.	sich in 52 Jahren verdoppeln			
dem Deutschen Reiche	1,18 »	» 62	»	»
Belgien	0,85 »	» 83	»	»
Rußland Holland der Schweiz	0,75 »	» 96	»	»
Italien	0,63 »	» 118	»	»
Oesterreich=Ungarn	0,57 »	» 123	»	»
Frankreich	0,54 »	» 131	»	»
Spanien	0,25 »	» 280	»	»
der Türkei	0,125 »	» 560	»	»

Die langsamere Zunahme der Volkszahl in Rußland ist der
dort so großen Kindersterblichkeit, die in Holland und der
Schweiz den dort üblichen spätern und daher kinderärmern
Ehen zuzuschreiben, diejenige Frankreichs theilweise den ab=
sichtlichen Beschränkungen, welche dort die Ehepaare zur Vor=
beugung einer unwillkommenen Familienvermehrung sich selbst
auferlegen — die von Spanien kommt hauptsächlich von der
großen alljährlichen Sterbeziffer, die der Türkei endlich von
der geringen Fruchtbarkeit der Ehen.

Nimmt man die Zeit der Bevölkerungsverdoppelung der
gesammten deutsch redenden Völker in Europa im Durch=
schnitt auf 75 Jahre an, was auch ungefähr dem in dem letzten
Jahrhundert stattgefunden habenden Bevölkerungszuwachs ent=
sprechen würde, so würde die Nachkommenschaft der 1875 deutsch
redenden 59 Millionen im Jahre 1975 auf circa 152 Mil=
lionen angewachsen sein.

Es ist jedoch offenbar, daß erstens das Zunahmeverhältniß
sich bei der nur ungleich langsamern Zunahme der Subsistenz=
mittel und des Nahrungsspielraums innerhalb der engen
Grenzen des alten Vaterlandes von Jahrzehnt zu Jahrzehnt
vermindern wird, da hier nicht eine Tabula rasa von anbau=
fähigen Territorien zur Disposition des Bevölkerungszuwachses

vorliegt wie in Amerika und den englischen Colonien, und
daß zweitens die reine Nothwendigkeit den entstehenden Ueberfluß der Bevölkerung, der sich im Vaterlande nicht ernähren
kann, fortwährend in constanter Massenauswanderung nach
dünner bevölkerten Ländern abführen wird. Und da ist es denn
wiederum sehr voraussichtlich, da kein teutonischer Staat außer
Holland Colonien besitzt (und auch dieses nur in zur Ansiedelung von Nordländern ungeeigneten Klimaten), daß diese
Massenauswanderung sich vorzugsweise den fremden amerikanischen und englisch-colonialen Staatenverbindungen zuwenden wird, wo dieselbe nach wie vor von der weit die Ueberzahl bildenden angelsächsischen Bevölkerung allmählich wird
aufgesaugt und entdeutscht werden.

Das deutsche Volk in seinen heutigen engen Grenzen gleicht
eben einem jungen Strauße, der etwa fortdauernd in einem
Hühnerkäfig gehalten werden sollte. Sein Wachsthum wird
durch die engen Käfigstangen gewaltsam unterdrückt, während
seine Nachbarn, die im Freien gehaltenen Strauße (i. e. der
russische und die englischen Volksstämme) den vollsten Spielraum haben, um sich zu kräftigen Riesenvögeln zu entwickeln.

Ebenso passend ließe sich die heutige Ausdehnung des
Deutschen Reiches einem eng ummauerten Teiche vergleichen,
aus dem fortwährend alles Wasser, das auf der einen Seite
einströmt, auf der andern wieder abfließt und überläuft, während die angelsächsischen und russischen Volksstämme für die
fortwährend aus dem Boden quellenden Ströme ihres Volkszuwachses jeder ein weites und ungeheuer ausgedehntes See-
becken offen haben, in dem ihre continuirlich neu zuströmenden
Menschenfluten unbehindert Platz zur Ausbreitung und Ansammlung haben und daher mit der Zeit riesig anschwellen und
große Meere ausfüllen werden, neben denen das in seiner
Räumlichkeit constant engbegrenzte Wohnbassin des deutschen
Volkes mit jedem Jahrzehnt kleiner und unbedeutender erscheinen wird.

Es würde also höchst wahrscheinlich, infolge nothgedrungenen
continuellen Abflusses der überzähligen Millionen durch Massenauswanderung, die deutsch redende Bevölkerung in Europa selbst

nach 100 Jahren schließlich wol schwerlich mehr als höchstens 80—90 Millionen betragen, und diejenige des eigentlichen heutigen Deutschen Reiches, wenn dasselbe bis dahin noch nicht durch friedliche Conföderation Deutsch-Oesterreich, die deutsche Schweiz, Holland und Vlämisch-Belgien an sich gezogen haben sollte, infolge des so engbegrenzten Nahrungsspielraums vielleicht nur 60, allerhöchstens 70 Millionen!

Nimmt man nun hiergegen die muthmaßliche Zahl der englisch redenden Bevölkerungen auf dem ganzen Erdballe nach der oben aufgeführten und in keiner Weise übertriebenen Berechnung im Jahre 1975 auf 900 Millionen an, die außerdem wol auch noch um einen großen Theil der spätern deutschen Massenauswanderung sich vermehren würden, so ist allerdings nach aller Wahrscheinlichkeitsrechnung nicht nur der künftige Sieg der englischen Sprache als Weltsprache über die deutsche und über alle andern europäischen Sprachen (mit Ausnahme der russischen) entschieden, sondern auch das allmähliche Herabsteigen der deutschen Nation von dem hohen politischen Standpunkte, den sie heute einnimmt, eine unvermeidliche Nothwendigkeit der Zukunft! Nur ein vollständiges Aufgeben ihrer traditionellen friedlichen Politik und das Einlenken in die Pfade einer erobernden Nation könnten dieses leidige Zukunftsprognostikon ändern und dem deutschen Volke durch Zuführung neuer Territorien, sei es in den dünner bevölkerten Theilen von Südosteuropa und Westasien, oder in Südamerika und Südafrika die nöthige Erweiterung des Nahrungsspielraums geben, welche es ermöglichen würde, daß sein alljährlicher so reicher Bevölkerungszuwachs innerhalb der Grenzen des Deutschen Reichsverbandes respective einer zukünftigen deutsch-nationalen Staatenconföderation verbleiben könnte.

Und in der That! Warum sollte denn eine Armee, die heute die erste und herrlichste der Welt ist, und für welche die Aufgabe nicht zu schwer sein würde, einen halben Welttheil zu erobern, die ferner der kapitalarmen deutschen Nation jährlich eine Riesensumme von 425 Millionen Mark kostet, immer nur dazu bestimmt sein, den engen käfigartigen Wohnraum,

24*

in den das heutige deutsche Volk zusammengepfercht ist, gegen
äußere Angriffe zu beschützen und zu bewahren? Warum sollte
sie denn nicht gleich der englischen und russischen Armee endlich auch einmal dazu verwendet werdet, um unsern Kindern
und Enkeln in der Welt Platz zu machen und in neuzuerwer-
benden Ländern deutsche Tochterstaaten zu gründen? Führte
der alte historische Titel der deutschen Kaiser nicht auch die
Worte „Mehrer des Reichs" in sich? Und sind mit der in
so „verbesserter Auflage" neuerstandenen Herrlichkeit des alten
Deutschen Kaiserreiches nicht auch dessen alte Ansprüche auf
eine gebietende Herrenstellung unter den Staaten des Erdballs
für uns wieder zu neuer Berechtigung erwacht?

Die Idee Friedrich List's, die nach ihm auch an unserm
gelehrten Roscher einen warmen Fürsprecher fand, daß der
europäische und kleinasiatische Orient recht eigentlich das geeignete Land für die zukünftige deutsche Massenauswanderung
sei und das natürliche Erbtheil der deutschen Rasse bilden
sollte, ist zwar an sich sehr verführerisch und anregend, verliert aber mit jedem Jahrzehnt mehr von ihrer Ausführbarkeit.
Sie würde namentlich eine vorherige vollständige freundschaftliche Verschmelzung des Deutschen Reiches mit Oesterreich durch
den Abschluß eines dauernden Bundesverhältnisses voraussetzen (die schöne alte „großdeutsche" Idee vom Achtzig-
Millionen-Reiche!), wodurch die österreichische Regierung in
den Stand gesetzt werden würde, dem deutschen Bevölkerungselement unter ihren vier Hauptvölkern eine herrschende Stellung und ein politisches Uebergewicht einzuräumen. Erst hiernach würde eine spätere gefahrlose Ausdehnung Oesterreichs
bis ans Schwarze Meer und eine Annexion Rumäniens, Bul-
gariens und Rumeliens ermöglicht werden, ohne welche an
eine kräftige Germanisation der heute so dünnbevölkerten türkischen Provinzen nie gedacht werden könnte. Aber dieses
große und stolze Project wird infolge der constant wachsenden
politischen und militärischen Macht des russischen Reichskolosses
und des dadurch begünstigten und geschützten Panslawismus
von Jahr zu Jahr schwieriger ausführbar.

Das russische Reich zählte in den Jahren 1722 14 Millionen

1742	16	»
1762	19	»
1782	28	»
1796	36	»
1812	41	»
1815	45	»
1835	60	»
1846	66	»
1851	68	»
1858	74	»
1875	92	»
(P. S. 1878	94	» *)

---

*) Nach der Zählung von Seelen

1870 betrug die Einwohnerzahl	des europäischen Rußland	65,704559
1872 » »	des Königreichs Polen	6,528017
1875 » »	des Großherzogth. Finnland	1,912647
1871 » »	der kaukasischen Provinzen	4,893332
1870—73 »	von Sibirien und Amurland	3,423579
1871 betrug »	der Provinz Turkestan	4,490213
	Summa	86,952347

Neuere Zählungen haben nicht stattgefunden. Es läßt sich aber nach den obigen Unterlagen die heutige Gesammtbevölkerung der russischen Monarchie annähernd berechnen, indem man in den vorherrschend christlichen Provinzen einen alljährlichen Zuwachs von 0,8 Procent, in den mohammedanischen aber nur von 0,2 Procent annimmt, welches Zunahmeverhältniß wenigstens in den letzten Jahrzehnten erfahrungsgemäß stattgefunden hat.

Die Volkszahl der einzelnen Theile des Reiches würde daher nach der Wahrscheinlichkeitsrechnung in folgendem Maße gewachsen sein:

Europäisches Rußland	1870—77	um	3,679200
Polen	1872—77	»	250000
Finnland	1875—77	»	306022
Kaukasische Provinzen			
(halb christlich)	1871—77	»	1,176000
(halb mohammedanisch)	»	»	294000
Sibirien	1873—77	»	1,095544
Turkestan (mohammed.)	1871—77	»	538824
Wahrscheinlicher Zuwachs			7,339590

Diese Tafel ist instructiv genug! (Zu dem Wachsthum der Bevölkerung haben freilich von Zeit zu Zeit Eroberungen und Annexionen viel mit beigetragen!) Jetzt beträgt der jährliche Volkszuwachs, d. h. der Ueberschuß der Geburten über die Todesfälle, durchschnittlich circa 0,75 Procent. Die Zunahme der gesammten Bevölkerung des russischen Reiches beläuft sich also jetzt alljährlich auf 705000, sodaß es, wenn keine Störungen entgegentreten, in 100 Jahren, im Jahre 1975, bei dem natürlich immer steigenden Verhältniß des Jahreszuwachses, vermuthlich 190 Millionen Menschen zählen wird! Diese 190 Millionen werden aber nota bene nicht, wie der deutsche Bevölkerungszuwachs, fortwährend nach fremden Ländern abströmen, sondern voraussichtlich auf den immensen, innerhalb der heutigen Grenzen der Monarchie liegenden Territorien beisammen und so dem Vaterlande erhalten bleiben. Das Zusammenhalten der Theile eines so großen und so ungeheure Distanzen umschließenden Reiches ist ja im Zeitalter der Eisenbahnen und Telegraphen und der großen stehenden Heere nicht mehr eine so unmögliche Sache, als es zu den Zeiten der macedonischen und der römischen Weltmonarchie, oder der Monarchie Karl's des Großen der Fall war, und die große sociale und religiöse Einheit der Hauptbevölkerungsmasse des russischen Reiches, der gegenwärtig 70 Procent der Gesammtbevölkerung bildenden „orthodoxen" Nationalrussen wird wol noch für lange Zeiten als fester Kitt für die übrigen, heute theilweise noch nicht assimilirten und daher eventuell noch centrifugalen, fremden Volkselemente im Reiche dienen.

Die Bevölkerung der russischen Weltmonarchie dürfte also am 1. Januar 1878 vermuthlich betragen: 86,952347
7,339590
————————
94,291937

sagen wir also in runder Summe 94 Millionen, da der orientalische Krieg schon einer großen Zahl von russischen Soldaten das Leben gekostet haben möchte. Und zu dieser Summe dürfte man noch breist die von Rußland abhängigen Bevölkerungen von Serbien, Bulgarien und Montenegro rechnen, da es der kaiserlichen Regierung wol allezeit leicht sein wird, dieselben für russische Staatszwecke in Mitverwendung zu ziehen!

Gegenüber einer solchen kolossalen Ansammlung von einerseits angelsächsischen, andererseits russischen Volkselementen — welche Rolle wird wol nach einem Jahrhundert unserer deutschen Nationalität vorbehalten bleiben? Numerisch wird sie sich in einer kläglichen Minderheit befinden — vorausgesetzt, daß bis dahin nicht ein kriegerischer Geist in ihr erwacht und eine künftige deutsche Regierung sich entschließt, sich durch „Blut und Eisen" Luft zu machen und dem unaufhaltsamen Volkszuwachse der Nation irgendwo neue Territorien gewaltsam zu eröffnen, sodaß derselbe nicht mehr sich gezwungen sehen müsse, dem engbegrenzten und nahrungsbeschränkten vaterländischen Staatenverbande für immer den Rücken zuzudrehen!

Ich möchte die kosmopolitische Verbreitung der angelsächsischen und der teutonischen Nationalität ein paar Eichbäumen vergleichen, die seit zwei Jahrhunderten jedes Jahr ihren reichen Eichelsamen auf den Boden niederfallen ließen. Der englische Stamm, obgleich ursprünglich viel schwächer als der deutsche, hatte den Vortheil, daß alle seine Eicheln im Boden keimten und als junge kräftige Bäume aufgingen. Infolge dessen ist jetzt nach zwei Jahrhunderten der altenglische Eichbaum von einem reichblühenden Kranze junger Eichenstämme umringt, in denen sich sein Geschlecht fortsetzt und die wieder ihrerseits fortwährend neue Stämme hervorbringen, sodaß das Wachsthum des jungen Waldes unaufhaltsam nach allen Seiten hin vorwärts schreitet. Der deutsche Stamm jedoch hatte das Unglück, auf steinigem Boden zu stehen, sodaß alle seine zahlreichen Eicheln fortwährend ganz unnützerweise auf den Boden fielen. Und dort, könnte man maliciös hinzufügen, wurden sie von den Schweinen aufgefressen, die dadurch schwer und fett wurden. Die letztere Vergleichung — wegen deren unästhetischer und nur durch das Gleichniß von der „Eichel" provocirten Form ich übrigens jeden Yankee höflichst und beschämt um Verzeihung bitte — ist gewiß nicht unpassend zur Bezeichnung des materiellen Gewinnes, welchen die deutsche „Völkerdüngung" so anhaltend den weiten Territorien des amerikanischen Westens zugeführt hat.

Wie die Sachen nun einmal stehen — dank dem Umstande,

daß das große, aber immer jammervoll zerrissene und daher schwache und flottenlose Deutschland jahrhundertelang sich nicht mit der Anlage von überseeischen Colonien befassen konnte — sind nun allerdings die Zukunftsaussichten der teutonischen Nationalität gegenüber denen der angelsächsischen und slawisch-russischen keineswegs glänzend und verheißungsvoll. Im Hinblick auf das unvergleichliche Riesenwachsthum der angelsächsischen Rasse bin ich für meine Person zwar gern bereit, mich mit der großen Idee des Pangermanismus zu trösten — sind ja doch Engländer, Amerikaner, Holländer, Skandinaven und Deutsche alle nur Zweige Einer germanischen Bruderfamilie! Weniger aber kann ich mich gegenüber dem slawisch-russischen Nachbar beruhigen, der uns wie ein gespenstischer Riese über den Kopf zu wachsen droht und in 100 Jahren, wenn nicht unvorherzusehende Ereignisse den jetzt nicht mehr thönernen, sondern eisernen Riesen vorher in Stücke zerschlagen, voraussichtlich über eine Kriegsfußarmee von über 5 Millionen Soldaten gebieten wird.*)

---

*) Freilich haben die Ereignisse des neuesten Invasionskrieges in der Türkei den Glauben an die Macht und kriegerische Leistungsfähigkeit des russischen Kaiserreiches mächtig bei uns erschüttert und wird daher für die nächsten Jahrzehnte unser deutsches Publikum nicht leicht mehr geneigt sein, sich mit dem „russischen Popanz“ bange machen zu lassen. Indessen man darf wol sicher annehmen, daß eben gerade diese innern Schäden und Mängel, welche bei dem russischen Kriegswesen neuerdings zu Tage getreten sind, die Anstoßbewegung zu einer durchgreifenden Reform und Regeneration desselben liefern werden, gerade wie der unglückliche Verlauf des Französisch-Deutschen Krieges von 1870/71 eine totale Neubildung der französischen Armee zur Folge hatte. Rußland hat schon in frühern Zeitperioden stets aus seinen Niederlagen gelernt und es später besser gemacht. Tröstete doch schon der große Peter I. nach den ersten Niederlagen gegen die Schweden seine Umgebung mit dem Worte: „Der Knabe Karl wird uns siegen lernen!“ Und wenige Jahre später war der Siegesstolz Karl's XII. überwunden!

Ist nun also auch in den nächsten Jahrzehnten für Deutschland noch nichts von seiten Rußlands zu befürchten — und am wenigsten solange der deutschfreundliche Kaiser Alexander II. dieses Reich beherrscht, da er in unwandelbarer Treue allezeit an dem engen Freundschaftsbunde festhalten wird, der ihn mit unserm Kaiser verbindet, so ist es doch eine

Wie schnell ändern sich die Machtkreise von Völkern! Dasselbe russische Volk, das zwei Jahrhunderte lang als Sklave das Joch der rohen Mongolen und Tataren tragen mußte, und das noch im Jahre 1611 seine Hauptstadt Moskau von Grund aus durch die übermüthigen Polen zerstört werden sah, hat seitdem beiden Nationen seinen Fuß auf den Nacken gesetzt und sie zu seinen unterthänigen Knechten gemacht. Seit einem Jahrhundert schwillt nun seine Menschenzahl im Verein mit den ihm unterthänigen Vasallenvölkern wie eine hinter Mauern aufgestaute Seeflut immer mehr und mehr zu einem Ocean an. Wird nicht eine Zeit kommen, wo dieser Ocean einmal seine Dämme und Mauern durchbricht, und könnte er dann nicht alles dahinterliegende Land mit allmächtiger Gewalt überfluten? Wol nur wenige Leute kennen bei uns die prophetischen alten Slawenlieder, die von einer künftigen „Befreiung des Slawenvolkes" vom Joche „des Türken, des Ungarn und des Deutschen" singen und die noch heute im russischen Volke fortleben!

Gegenüber der immer zunehmenden Bedenklichkeit der Nachbarschaft einer solchen Riesenmacht, für deren dauernd freundliche Haltung zu Deutschland doch keine ewigen Garantien vorliegen, ist mir daher die Idee der Gründung eines sicher gelegenen, großen, compacten und expansionsfähigen Neudeutschlands jenseit der Meere geradezu ein patriotisches Bedürfniß, da es der deutschen Nationalität für alle Zeiten einen mächtigen Stützpunkt gewähren würde. Und ich glaube, daß der Anfang dazu nur entweder durch Ankauf von großen Colonialterritorien in Südamerika, oder durch den, vermuthlich billigern, Ankauf der Delagoa-Bai in Südafrika gemacht werden könnte. Würde nur erst dieser Grundstein gelegt und dann ein con-

---

Möglichkeit der entferntern Zukunft, daß einmal unter einem der später folgenden Regenten die sogenannte altrussische, d. i. chauvinistisch-nationale und panslawistische Partei unter bessern Aussichten als den heutigen die Zügel der Regierung an sich reißen könnte, und dann bei Gelegenheit mit einer bedeutend verbesserten und zahlreichern Armee, und vielleicht in Verbindung mit dem ebenfalls militärisch regenerirten und revancheburstigen Frankreich, einen Eroberungskrieg gegen Deutschland vom Zaune brechen könnte!

stanter Auswandererstrom von jährlich 50—100000 Deutschen
dorthin gelenkt, so würden binnen einem Jahrzehnt schou
eine halbe oder ganze Million, in 20 Jahren 1—2 Millionen
Deutsche dort beisammen sein, die sich in Südamerika um die
schon dort bestehenden deutschen Colonien in Südbrasilien,
Patagonien und Südchile, in Südafrika um den festen soliden,
echt teutonischen Kern der Boer-Freistaaten herum sammeln
und dann in fortschreitender Entwickelung allmählich die Germanisirung einerseits eines großen Theils von Südamerika,
andererseits der gesunden und fruchtbaren Hochlandsterritorien
von Südafrika, vom Oranjestrom bis zum Aequator und von
den Drakensbergen bis zum Congo, bewirken könnten. Die
noch unbevölkerten Territorien der nördlichen Halbkugel
sind überall schon definitiv von Engländern, Amerikanern und
Russen in Beschlag genommen und für uns Deutsche auf alle
Zeiten verloren. Auf der südlichen Halbkugel aber wäre
es jetzt noch so leicht, durch käufliche Acquisition eines Terri-
toriums, das als Ausgangspunkt für künftige deutsche Staaten-
bildung dienen könnte, die nationale Macht unserer Rasse für
die entfernteste Zukunft sicherzustellen und unsere nothwendige
und unvermeidliche alljährliche Massenemigration dauernd vor
Entdeutschung zu bewahren.

Es wird Zeit, daß ich von dem unerschöpflichen Thema
abbreche, auf das mich der Wunsch der afrikanischen Boers
nach deutschem Schutze gebracht hatte! Ich konnte den Drang
nicht unterdrücken, meinen patriotischen Phantasien, denen doch
gewiß sehr bemerkenswerthe Thatsachen zu Grunde liegen,
ihren freien Lauf zu lassen, und ich wünschte nur, der große
„eiserne Staatsmann", der uns endlich ein nationales Reich
geschaffen hat — nach jahrhundertelanger vergeblicher Sehnsucht
der deutschen Nation — möchte einmal in einer seiner seltenen
Mußestunden einen Fernblick in die Zukunft des Volkes werfen,
das er für unsere Zeit zum ersten des europäischen Continents erhoben hat! Ein Entschluß von ihm könnte der bis
heute noch „kinderlosen" deutschen Eiche eine hoffnungsreiche
kleine Familie schaffen und der deutsche Eichenkranz dann auf
beiden Halbkugeln des Erdballs ewig grünen!

Nur ein paar Worte möchte ich noch über die nächsten
politischen Folgen eines eventuellen Ankaufs der Delagoa-Bai
durch Deutschland hinzufügen. Daß deshalb jemals ein Krieg
mit England losbrechen könnte, ist ganz undenkbar. England
ist ein zu guter Rechner und weiß, was die guten und freundlichen Beziehungen zu Deutschland für es werth sind, seit das
Deutsche Reich die erste Continentalmacht Europas geworden
ist. Die Zeit, wo die „Times" über die neue deutsche (schwarz-
roth-goldene) Seeflagge zu spotten beliebte, ist vorüber und England wird dem consolidirten und ruhmreichen neuen Deutschen
Reiche nicht mehr verweigern, was es dem damaligen räthselhaften Embryo einer noch unbewährten Weltmacht zu versagen
solche Lust zeigte. Ueberdies haben beide Reiche, das deutsche
und das englische, in ihrer europäischen Machtstellung so iden-
tische Interessen und sind durch natürliche Verhältnisse so sehr
auf eine permanente gegenseitige Allianz angewiesen, daß eine
solche doch nur untergeordnete Frage, wie die über den Besitz
der Delagoa-Bai, ganz gewiß nicht eine Trübung der gegenseitigen Beziehungen herbeiführen, sondern sicher mit einer
freundschaftlichen Verständigung der beiden aufgeklärtesten Regierungen Europas abschließen würde. Und außerdem würde
die Bai im Kriegsfalle sehr leicht durch Fortificationen und
weittragende Batterien auf der 200 Fuß hohen Berea, und
nebenbei durch Torpedos und ähnliche moderne Küstenverthei-
digungsmittel geschützt werden und dann so uneinnehmbar gemacht werden können wie die stärkste Festung der Welt. Auf
solche Anlagen versteht sich ja die deutsche Artillerie- und In-
genieurtruppe besser als irgendeine andere in der Welt. Und
was das Binnenland betrifft, so bedürfte es gar keines weitern
Schutzes, denn die 15000 Chasseurs à Cheval, die schon jetzt
die Boers im Nothfalle aufstellen können, genügen für sich
allein schon vollständig, um einer jeden fremden Macht alle
Eroberungsplane unmöglich zu machen. Ich muß übrigens
gestehen, daß ich wol gern den neugierigen Berlinern das
Vergnügen gönnen möchte, einmal eine Compagnie „Afrikanischer Garde" zur Wachparade aufziehen zu sehen. (Es würden
sich ja doch wol eine genügende Zahl von Freiwilligen zu einer

solchen finden.) Dieselbe würde in der Pracht ihrer Erscheinung, durch die kolossalen und breiten Hünengestalten der
jungen Boers an die alte Riesengarde des Königs Friedrich
Wilhelm I. erinnern und durch ihr imponirendes Aussehen die
elegante Tscherkessengarde in Petersburg und die stattlichen
Horse Guards in London in den Schatten stellen, zumal wenn
man die jungen afrikanischen Löwen zu Kürassieren drillen
wollte! Daß Südafrika eine solche Riesengeneration aufzieht,
ist nicht der kleinste Vortheil, den sein Klima bietet! Wie
schwächlich und storchenhaft nehmen sich die dünnhalsigen und
magern Yankees der Ostküste von Nordamerika gegen diese
urkräftigen und breitschulterigen „Africanders" aus! Freilich,
alles hat seine zwei Seiten, und artistische Liebhaber dürften
wol ein für allemal die feine und vornehme Erscheinung einer
sylphidenhaften jungen Amerikanerin oder eines europäischen
Balletschmetterlings dem massiven und elefantenhaften Körperbau einer breitköpfigen Boerfrau vorziehen. Doch Südafrika
hat bisher ja fast ausschließlich nur eine Bauernrasse aufgezogen; das Stadtelement war bisjetzt hier nur in einer sehr
kleinen Minorität vertreten. Südafrika hat daher in der
Creirung eines neuen germanisch-afrikanischen Menschentypus
wol noch nicht sein letztes Wort gesagt und wird hoffentlich
noch einmal eine besondere Charakterform von Frauenschönheit
hervorbringen, die sich zu derjenigen der gegenwärtigen Boerfrauen verhalten wird wie die Erscheinung einer Dame der
berliner oder wiener Aristokratie zu der einer pommerschen
Viehmagd oder eines westfälischen „Küchendragoners".

Ich kehre nach dieser politisch-nationalökonomischen Luftballonfahrt und ihrem vogelperspectivischen Blicke auf die
Statistik der Zukunft nun zur Erzählung meiner persönlichen
Erlebnisse zurück.

Nachdem ich mit meinem Gefährten meinen Rundgang durch
die Stadt Lorenzo Marques vollendet und mit ihm noch verschiedene englische, holländische und französische Kaufleute besucht hatte, bei denen er (aber leider vergebens) anfragte, ob
er in ihren Bureaux eine Anstellung erhalten könnte, wanderten wir zum Ufer der Bai zurück, wo jetzt auf einem weiten

sandigen Platze vor dem neuen Zollgebäude ein großes Neger-
camp meine Augen auf sich zog. Es waren auf unserm Schiffe
viel mehr schwarze Passagiere gewesen, als ich mir hatte träumen lassen. Nachdem sie sich alle ausgeschifft, sah ich, daß es
ihrer ein paar Hundert waren, die nun von einer Menge von
hier wohnenden Kaffern ihres Stammes besucht und umringt
wurden und sich mit Provisionen für ihren Weitermarsch ver-
sahen. Die Frauen und Mädchen hielten sich alle von den
Männern getrennt, und wenn ich an ihrem dichten Knäuel
vorüberschritt, machte mir das allgemeine Geschnatter und Gekicher dieses lustigen Schwarms viel Vergnügen.

Eine Gruppe von Frauen, die wahrscheinlich von irgendeinem der weißen Ansiedler einen schönen Bullenhals zum
Geschenk erhalten hatten und jetzt mit dem Zerschneiden desselben beschäftigt waren, trennten davon sorgsam die sehnigen
Theile ab und brachten dieselben den nächststehenden Männern,
da nach Kaffernsitte kein Weib die Rückensehnen des Rindes
essen darf. Es liegt diesem Gebrauche offenbar die Idee zu
Grunde, daß der Genuß dieser Sehnentheile männliche Kraft
und Tapferkeit verleihe und daher ein nur dem Manne gebüh-
rendes Vorrecht sei.

Eine komische und zugleich tragische Scene fesselte meine
Blicke in der Bai. Ein französischer Ansiedler hatte sich ein
großes Billard aus England verschrieben, das soeben solid
verpackt mit unserm Schiffe angekommen war und wovon
er sich viele Geldeinnahmen versprach. Da aber die neuproj-
ectirte Landungsbrücke noch nicht in Angriff genommen war,
so war der Transport der riesenhaften Holzkiste vom Schiffe
ans flache Ufer ein äußerst schwieriges Unternehmen. Das
große Boot, welches sie vom Schiffe empfangen hatte, konnte
der Seichtigkeit wegen nicht bis ans Ufer kommen und mußte
daher ein paar hundert Fuß weit vom Uferrande im Wasser
verbleiben. So wurden denn nun 30—40 Kaffern beordert,
das unförmliche Behältniß auf ihren Schultern durch das
Wasser bis aufs Trockene zu tragen. Aber nach ein paar
Schritten vorwärts rutschte ihnen die schwere Last von den
Schultern und das schöne und theuere neue Billard plantschte

ins Meer hinein, was für seine glatte grüne Tuchoberfläche jedenfalls sehr unvortheilhaft gewesen sein muß. Das ganze Geld für diese kostspielige Acquisiton möchte infolge dieses Unfalls wol ein weggeworfenes gewesen sein. Der Besitzer erging sich vergebens am Ufer in den aufgeregtesten Ausbrüchen seiner Indignation — das Unglück war einmal geschehen und nicht wieder gut zu machen.

Gegen 5 Uhr begaben wir uns wieder an Bord unsers Schiffes, das jetzt voll von Besuchern war. Unter den letztern befand sich auch der liebenswürdige Gouverneur de Castilho. Es ging lebhaft her in unserm Cabinensalon. Wir hatten nämlich drei neue Passagiere erhalten: den portugiesischen Consul auf den Goldfeldern, Graf Nellmapius (einen Polen), den Landdrost von Leydenburg und einen französischen Doctor der Medicin. Alle drei kamen direct von den Goldfeldern und hatten Plätze nach Mozambique genommen. Diese Herren wollten sich nun der genossenen Gastfreundschaft des Gouverneurs dankbar erweisen, der sie in seinem Hause so freundlich aufgenommen und verpflegt hatte, und der Champagner floß daher in Strömen. Natürlich kamen wir hierdurch sämmtlich in eine festlich erregte Stimmung, und in dieser angenehmen Laune dampften wir wieder auf der glatten Silberfläche der prachtvollen und unabsehbaren Bai nach dem Indischen Ocean hinaus. Noch lange weilte mein Blick sinnend auf dem hohen Uferberggürtel der Berea und vor meinen Augen schimmerte wie eine Fata Morgana das Zukunftsbild einer langen Reihe von glänzenden weißen Palästen und Villen, die künftig hier das Bestehen einer reichen Handelsstadt verkünden und deren flimmernder Lichterkranz des Abends dem herannahenden Schiffer bis in weite Ferne entgegenleuchten wird. Ich mache nicht Anspruch auf einen Prophetenblick, aber daß die Delagoa-Bai einer großen Zukunft entgegengeht, ist eine aus natürlichen Verhältnissen sich ergebende Gewißheit. Und welches wird die glückliche Macht sein, welche den hier seines neuen Besitzers harrenden Zauberschlüssel zu dem Besitze eines halben Continents aufheben wird?

Siebenundzwanzigstes Kapitel.

Am 23. Juni nachmittags waren wir also wieder aus der schönen Delagoa-Bai ins Indische Meer hinausgedampft und fuhren nun, des starken Seestromes wegen, der nahe der Küste von Norden nach Süden zieht, so weit vom Ufer ostwärts, daß dasselbe bald unsern Augen entschwand. — Trotzdem, daß die eigentliche Seekrankheit mich nicht ergriff, so litt ich doch auf der ganzen Reise bis Zanzibar an einer fortwährenden Unbehaglichkeit, verbunden mit dem Gefühle eines wüsten, drehenden und schwindelnden Kopfes, sodaß mir die baldigste Beendigung dieser Reise sehr wünschenswerth erschien. Das Meer war nicht gerade sehr erregt, dennoch gab das übermäßige Rollen und Schaukeln unsers Schiffchens vielen der Passagiere die Seekrankheit. Namentlich litt daran unser neuer Reisegefährte Graf Nellmapius, der am zweiten Tage

ganz kreidebleich auf Deck erschien und alle die drastischen
Phasen der abscheulichen Krankheit vor unsern Augen durch-
machen mußte. Seine beiden Genossen jedoch schienen „alte
Seewölfe" zu sein, denn sie lachten, scherzten und pafften ihren
Cigarrendampf in die Luft, als wenn sie ihr ganzes Leben
auf solch einer schwankenden Schiffsnuß verbracht hätten.
Während der fünftägigen Reise von Lorenzo Marques nach
Mozambique hatte ich reichliche Gelegenheit, ihren Berichten
von den Goldfeldern zu lauschen, auf denen der Consul und
der Doctor schon seit ein paar Jahren wohnten. Graf
Nellmapius ist einer der größten Claimbesitzer von Pilgrims
Rest und der Doctor sein Partner. Der letztere brachte aus
seiner Koje einen großen und schweren Sack aufs Deck herauf, der mit lauter Nuggets (Goldklumpen) angefüllt war.
Dieselben waren theilweise so groß wie eine Mannes-, andere
nur wie eine Kinderfaust, und boten eine prächtige glänzende
Erscheinung, da sie sorgfältig in Säure gereinigt worden
waren. Die drei Herren reisten nach Mozambique, um dort
von dem Generalgouverneur die Erlaubniß zum Betriebe von
Goldminen im Lupatagebirge zu erwirken, welches eine nördliche Fortsetzung der Drachengebirge von Natal und Transvaal bildet und von ganz fabelhaft reichen Goldquarzadern
durchzogen sein soll.

Der bösartige Charakter der umwohnenden Eingeborenen
hat bisher die Ausbeutung dieser Goldreichthümer durch Europäer noch immer verhindert. Gelingt es den Herren, ihre
Pläne zu realisiren, so werden sie hoffentlich nach einigen
Jahren sich als Millionäre aus dem Eldorado am Zambesi
nach Europa zurückziehen können. Die Nachrichten, die sie
mir über die leydenburger Goldfelder gaben, will ich hier in
Quintessenz mittheilen.

Die Goldfelder liegen 40 englische Meilen östlich von der
Stadt Leydenburg und sind nur auf sehr schwierigen Berg-
wegen zugänglich. Ochsenwagen können über diese steilen
Berge nur dann herübergebracht werden, wenn dieselben mittels Seilen gehalten und in dieser Weise nur ganz langsam
den Abhang hinuntergelassen werden. Von Leydenburg gelangt

man per Ochsenwagen in zwei Tagen nach den Goldfeldern.
Ein Fußwanderer legt die Strecke von Lorenzo Marques nach
denselben leicht in zehn Tagen zurück (160 englische Meilen).
Von den Goldfeldern nach den Diamantenfeldern ist die
Distanz 500 englische Meilen und von den letztern nach Port
Elisabeth 452 englische Meilen. Die gesammte Strecke von
Port Elisabeth nach den Goldfeldern wird mittels zweier
wöchentlichen Eilwagenlinien, zuerst von Port Elisabeth nach
Kimberley in fünf Tagen (ohne Nachtfahrt für 12 Pfd. St.)
und dann von Kimberley nach Leydenburg in sieben Tagen (für
20½ Pfd. St.), also zusammen in zwölf Tagen zurückgelegt.
Zur See aber gelangt man von Port Elisabeth in sechs Tagen
nach Lorenzo Marques und hat dann von dort die sehr mühselige Fußreise anzutreten. — Die Führer der langsamen
Ochsenwagen, die von Zeit zu Zeit von Kimberley nach Leydenburg abgehen, lassen sich von jedem Passagier 10 Pfd. St.
zahlen und gewähren ihm dabei 100—200 Pfd. St. Frei-
gewicht.

Die größte Ansammlung von Goldgräbern befindet sich
zu Pilgrims Rest (Pilgersruhe), wo jetzt circa 500 Diggers
auf einer Länge von drei bis vier englische Meilen im Bette
und zu den Seiten eines Baches graben. Die Gesammtmasse
von Gold, die hier gefunden worden, ist eine sehr große; der
Ertrag der einzelnen Claims aber war natürlich immer ein
sehr verschiedener. Es gibt drei Arten von Claims: 1) Creek
Claims, im Flußbette, 150 Fuß lang und 50 Fuß breit auf
jeder Uferseite; 2) Terrace Claims, 150 Fuß im Geviert,
terrassenförmig an den Uferabdachungen und Berghängen gelegen. Sie sind sehr reich, haben aber kein Wasser zu ihrer
Verfügung, da die Kostspieligkeit eines Aquäducts die finanziellen Kräfte eines einzelnen Diggers weit übersteigt. Wenn
sich aber eine Gesellschaft mit 10—20000 Pfd. St. zusammenthun wollte, so könnten alle diese reichen Claims vermittels
einer gemeinschaftlichen Wasseranlage nutzbar gemacht werden.
3) Die Riff Claims, die 250 Fuß lang der Goldquarzader im
Felsen folgen.

Die Arbeit in den Claims ist schrecklich mühsam, da hier

ebenso gigantische Felsblöcke auszuheben und zerkleinert weg-
zuschaffen sind wie in den Diamantendiggings am Vaalflusse.
Dieselben müssen theilweise mit Pulver zersprengt werden,
und schon verschiedenemal ist es vorgekommen, daß ein
Digger durch das plötzliche Abrollen eines solchen Blocks
getödtet wurde. Die Claims sind von 2—40 Fuß tief, je
nachdem das ihren Grund bildende Granitlager mehr oder
weniger in der Tiefe liegt. Die Diggers leiten das Wasser
durch sogenannte Sluice boxes (hölzerne Stromrinnen), die
oft bis 40 Fuß lang sind und in denen die wilde Strömung
den Sand, die Erde und Steinchen mit sich hinwegschwemmt,
während der schwere Goldsand und die Goldklümpchen sich am
obern Theile oberhalb kleiner Querrippen ablagern und liegen
bleiben. Es gibt Claims, welche für 40000, selbst 60000 Mark
Ertrag gegeben haben. Ihr Kaufpreis ist ungleich geringer
als der der Diamantenclaims in den Dry Driggings, da sie
ja bei ihrer beschränkten Tiefe viel rascher erschöpft sind. Derselbe schwankt zwischen 200 und 1500 Mark, für einen notorisch sehr reichen Claim sind aber auch schon 12000 Mark bezahlt worden. Die Claims werden auch in Halben und Vier-
teln verkauft.

Das Diggerglück ist, wie ich schon früher hervorgehoben,
ein sehr verschiedenes. Folgendes sind einige Beispiele davon:
Herr Morris fand mehrere Tage lang 4—18 Unzen Gold
täglich), ein anderer in einem Tage 17 Unzen, ein dritter an
einem Sonnabend Morgen innerhalb drei Stunden 13 Pfund
Gold! Zwei Diggers hatten in ihrer schlechtesten Woche
40 Unzen gefunden. Herr Nellmapius hatte bei einzelnen
Diggers einen angesammelten Vorrath von 1—2000 Unzen
gesehen. 1 Pfund Gold hat 12 Unzen und die Unze im
Durchschnitt zu 3 Pfd. St. 15 Schillinge (= 75 Mark) gerechnet
ergibt für das Pfund Gold einen Kaufpreis von 45 Pfd. St.
(= 900 Mark). Eine Unze zählt 20 Pennyweight (à 3 Mark
75 Pfennige). Die Banken zahlen an Ort und Stelle nur
3 Pfd. St. 12½ Schilling für die Unze, während die Diggers
sie nicht gern unter 3 Pfd. St. 17½ Schilling hergeben, weshalb die meisten, die es können, ihre Goldvorräthe an sich

halten. Das Finden von einer Unze täglich würde einer Einnahme von 22000 Mark im Jahre entsprechen, und man braucht also nur $\frac{1}{4}$ Unze täglich zu finden, um aus seinem Claim den gewöhnlichen Jahrgehalt eines Handelscommis in den Colonien herauszunehmen. Im allgemeinen möchte man mit Grund annehmen, daß die durchschnittlichen Funde aller Diggers zusammengenommen nicht über $\frac{1}{2}$ Unze täglich pro Kopf betragen, sodaß nach Abzug der theuern Arbeitskosten $\frac{1}{2}$ Pfd. St. täglicher Reinertrag verbliebe. (In Californien war die durchschnittliche Geldeinnahme der Golddiggers vor einigen Jahren 79 Pfd. St. jährlich pro Kopf, in Australien 88 Pfd. St.) Nicht über 10 Procent der Diggers finden täglich durchschnittlich mehr als 5 Unzen (wenn auch) manche Claims 10—12 Unzen täglich hergeben) die übrigen theilweise von $\frac{1}{2}$—5 Unzen täglich, während ein guter Theil auch ganz leer ausgeht oder höchstens seine Ausgaben wieder einbringt. Der Mangel an Wasser und an Transportmitteln, um den goldhaltigen Stoff der Bergclaims hinunter zum Bache zu bringen, ist bisjetzt die größte Schattenseite der Diggings. Es könnte ihr nur durch Wasseranlagen abgeholfen werden, die für den einzelnen Digger zu kostspielig sind. Würden aber solche Aquäducte hergestellt, so würden dadurch die sämmtlichen Terrassenclaims abbauwürdig werden und dann für verschiedene einander folgende Generationen ein reiches und lohnendes Arbeitsfeld abgeben. — Es sollte überhaupt kein Digger hierher kommen, der nicht wenigstens 50—100 Pfd. St. zu seiner Verfügung hat, er müßte denn als Lohnarbeiter sein Leben machen wollen, in welchem Falle er $3\frac{1}{2}$—4 Pfd. St. wöchentlich (und die Kost) verdienen wird, aber freilich bei sehr saurer und anstrengender Arbeit. Zwei Männer vermögen täglich 200 Eimer goldhaltiger Erde durchzuwaschen. Größere Goldklumpen (Nuggets) werden gar nicht selten in Pilgrims Rest gefunden; in der letzten Zeit wurden z. B. solche von 3, 4, 5, 8, 10 und $10\frac{1}{4}$ Pfd. St. in den Claims ausgegraben. — Sechs englische Meilen von Pilgrims Rest sind die Golddiggings von Mac Mac, wo mehr feiner Goldsand gefunden wird, während Pilgrims Rest

sich reicher an Nuggets erwiesen hat. Unterhalb Pilgrims Rest
sind die Blyde Fluß Diggings, die jetzt noch in ihrer Kindheit liegen, und 12 englische Meilen davon die Wasserfall-
Diggings, in reizender Gegend bei einem prächtigen Wasserfalle. Ueberhaupt sind Wasserfälle ein bedeutender Schmuck
der Landschaft dieser südafrikanischen Goldfelder. Der in drei
Abstufungen herabtosende Macheeka-Fall, der malerische Pic-
Nic-Fall, der eng von Felsen umschlossene Sabie-Fall, der
über 250 Fuß hohe Lisbon-Fall, vor allem aber der prachtvolle breite Mac-Mac-Fall bieten sämmtlich ganz entzückende
Landschaftsbilder und geben dem ermüdeten Digger Gelegenheit zu den herrlichsten Lustpartien. —

Das Leben in den Goldfeldern ist jetzt noch sehr theuer,
da der Transport von Gütern von der Küste her so kostspielig ist. Der Transport von jeden 100 Pfund Gewicht
kostete in der letzten Zeit von Port Natal her 2 Pfd. St.!
Die hauptsächlichsten Lebenspreise betrugen:

Für 1 Muid (196 Pfd. englisch) Türkischen Weizen . 60 Mark. — Pf.
 „ 1 „ Boermehl (Kafferukorn) 75 „ — „
 „ 1 Pfund Rindfleisch . . . . — „ 50 „
 „ 1 „ Hammelfleisch . . . . — „ 58 „

Die monatliche Claimlicenz kostet 5 Mark. Fast alle Gebäude von Pilgrims Rest sind aus Segeltuch auf Holzrahmen
errichtet, so die anglikanische und die wesleyanische Kirche, die
beiden Banken, das Postamt, das Magistratsgebäude, viele
Kaufmannsläden, die Musikhalle, Mrs. Hopkins Hotel, und
zwei Zeitungsbureaux (in denen die Zeitungen „Gold Fields
Mercury“ und „Gold News“ erscheinen). Ja sogar — was
würde man bei uns dazu sagen? — ein öffentlichen Vergnügungen gewidmetes Gebäude mit dem prunkenden Namen
„Alhambra-Palast“ und das Staatsgefängniß sind
nur einfache „Kartenhäuser“ aus Segeltuch! Eine Sodawasser-
fabrik und ein paar photographische Ateliers machen gute Geschäfte. Schwarze Arbeiter sind sehr gesucht, aber wenig zu
haben; sie verdienen monatlich 1 Pfd. St., inclusive Bekösti-

gung. Die Zulukaffern von Natal sind den hiesigen Kaffern
an Kraft überlegen und daher vorzugsweise gesucht. Im
Winter ist der Anblick der Landschaft trocken und verbrannt,
im Frühling und Sommer aber erscheint sie als ein lachendes
grünes Paradies. Feuchte, echt schottische Nebeltage sind,
ebenso wie tropische Stürme, im Sommer nichts Seltenes.
Mit der Regierung sind die Diggers im allgemeinen zufrieden, und dies ist ein sehr wesentlicher Unterschied zwischen den
Gold= und den Diamantendiggings. Allerdings fallen die beiden
Hauptgründe der Unzufriedenheit der Diamantendiggers: die
absolute Wehrlosigkeit gegen den durch die Regierungspolitik
so enorm begünstigten Diamantendiebstahl der Kaffern und
die Erdrückung mit Steuern und Abgaben, hier ganz weg,
denn Gold läßt sich nicht so leicht stehlen wie Diamanten,
indem die Sluice box nur alle Abende vom Besitzer selbst
entleert wird und tagsüber sehr leicht zu beaufsichtigen ist.
Auch hat sich die Regierung der Transvaal=Republik noch nicht
zu der unverantwortlichen Industrie der englischen erhoben,
an die Schwarzen Verkaufslicenzen für Diamanten oder Gold
zu ertheilen, nur um für die aus dem Staatssäckel zu füt-
ternde übermäßig große Beamtenzahl hinreichende Fonds zur
Verfügung zu erhalten. Und was Steuern und Abgaben
betrifft, so ist die Verwaltung der Transvaal=Republik gleich
derjenigen des Oranje=Freistaates auf so einfache und bescheidene
Verhältnisse basirt, daß eben nur die unumgänglich nöthigsten
Steuern erhoben werden, und die Zahl der auf öffentliche
Kosten zu erhaltenden Beamten ist auf das unentbehr-
lichste Minimum reducirt. Einige statistische Angaben, die ich
hier mittheilen will, legen dies deutlich dar. Der Präsident
der 5400 deutsche Quadratmeilen und 40000 weiße Einwohner
zählenden Republik erhält nur 1500 Pfd. St. (nicht wie der
Gouverneur der nur 800 deutsche Quadratmeilen und 8000
Weiße zählenden englischen Provinz Griqualand 3500!), sein
Minister, der „Regierungssecretär", 500 (in Griqualand 1000),
dessen erster Clerk 300, der Generalschatzmeister 400 (in
Griqualand 1000), der Oberpostmeister 300 (in Griqua-

land 600) Pfd. St. Die Einnahmen und Ausgaben der Republik waren in den Jahren:

1873/74 Einnahm. 59660 Pfd. St. Ausg. 52502 Pfd. St.
1874/75 " 59212 " " 67023 "

Welcher Unterschied im Ausgabenbudget: bei einer Gesammtbevölkerung von 40000 Weißen in Transvaal nur 67000 Pfd. St. und bei einer Bevölkerung von 8000 Weißen in Griqualand 78000 Pfd. St.!!

Von den weitern Mittheilungen des Consuls über das Transvaalland will ich nur noch bemerken, daß die Schafheerden meist aus Merinos bestehen, und ihr jährlicher Zuwachs 50—75 Procent beträgt — daß der Preis eines Schafes von 7½—10 Mark ist, und die Schur zweimal in 15 Monaten stattfindet, wobei jedesmal 1½—2 Pfund Wolle auf ein Schaf kommen. Leider sind keine weißen Schafhirten zu beschaffen wie in Australien; ein schwarzer Schafknecht erhält monatlich 5 Mark und die Kost. Ein Pfund Rindfleisch kostet im Innern des Landes 25, Hammelfleisch 41, Schweinefleisch 75 Pfennige. Von den periodischen Dürren der Kapcolonie ist Transvaal ganz frei. Die Steuerbelastung der Farmen beträgt nur 30—60 Mark für eine Farm von 600) englischen Ackern. Der Transport von Port Natal nach Potschefstroom oder Pretoria kostet je nach der Saison 400—800 Mark per Tonne (zurück nur die Hälfte), die Fracht von England nach Port Natal per Segelschiff 40 Mark, per Dampfschiff 120 Mark per Tonne.

Ich kehre nun zu meinem Dampfer Natal zurück.

Eine Seefahrt in diesen Meeren ist nicht so unterhaltend wie eine auf dem Nordatlantischen Ocean, da das Meer dort, zwischen England und Nordamerika, einer vielbesuchten Fahrstraße gleicht, auf der man Hunderten von Schiffen begegnet. Hier, im Kanal von Mozambique, sahen wir kein einziges Schiff und hatten daher das Gefühl, uns ganz vereinsamt auf unbesuchten und veröbeten Wassern zu befinden. Ich hätte wol gewünscht, daß wir etwas weiter östlich gefahren wären,

denn dann hätten wir etwas von der großen geheimnißvollen
Insel Madagascar sehen können, die so viele fabelhafte Naturseltenheiten in sich bergen und dabei die schönsten und malerisch-
sten Landschaften der Welt bieten soll. Ein englischer Missionar in Natal, der einmal an der Küste dieser Insel gewesen
war, erzählte mir von den versteinerten Rieseneiern, die man
dort gefunden hätte — so kolossal, daß nach der vergleichenden
Anatomie der solchen Eiern entsprechende Vogel die fünffache
Höhe eines Straußes gehabt haben müßte!*) Und weiter
berichtete er von einer gigantischen Species der in unsern
Gewächshäusern als „Fliegenfalle" bekannten Carnivoren-
pflanze, deren Blätter so ungeheuer groß und muskulös seien,
daß sie damit kleine Antilopen finge! Eine der niedlichen
Zwerggazellen nämlich, welche arglos über ein solches am
Boden hingebreitetes Blatt hinwegschreite, würde im Augenblick der Berührung plötzlich von den heftig wie ein Fang-
eisen zusammenklappenden dicken fleischigen Blättern gefangen
und eingeschlossen. Da nun die lederartigen Blätter wie zu-
sammengeleimt in dieser Lage verblieben und fest aneinander-
hielten, so habe das arme Thierchen nicht mehr die Kraft,
um sich von ihnen wieder loszumachen, und müsse ersticken,
worauf sich die mörderische Pflanze von den Säften des allmählich verfaulenden Thieres ernähre. Auf meine Frage,
warum sich denn die kleine Antilope nicht durch die Blätter
hindurchfresse, wurde mir die Antwort, daß sie in der erstickenden Umarmung dazu nicht mehr die Fähigkeit habe. Ein
sehr empfehlenswerthes Motiv für einen Dichter als Beispiel
für eine leidenschaftliche, brennende und tödtende Liebe — das
zarte, feingegliederte und delicate kleine Wesen unter den
wüthenden Umarmungen und Küssen eines liebestollen Pflanzen-
riesens verendend! — —

---

*) Die Nachbildung eines solchen Eies befindet sich im Zoologischen
Museum in Dresden. Es mißt 38 Zoll Länge und 30¼ Zoll Quer-
umfang. Sein kubischer Inhalt entspricht 8¾ Litern und enthielt so
viel Eiweiß und Dotter, wie 5⅓ Straußeneier oder wie 148 Hühnereier
zusammengenommen! Die Schale des Eies war über ⅛ Zoll stark.

Wann wird die seit Jahrtausenden dem großen Welt=
verkehre beinahe verschlossen gebliebene prächtige Insel Mada=
gascar endlich, gleich Japan, den Europäern eröffnet werden?
Die Franzosen haben seit Jahrhunderten sich vergeblich ab=
gemüht, den wenigstens theilweisen Besitz dieser Insel zu er=
langen, aber ohne nennenswerthen Erfolg. — Der Besitz
einiger Küsteninselchen und einer Bai am Nordende sind die
einzigen Früchte ihrer langen Mühen. Daß die große Masse
der Bevölkerung von Madagascar von australisch=malaiischer
Rasse ist und überhaupt die Insel in Hinsicht ihrer Land=
schaften wie ihrer Naturproducte die Eigenthümlichkeiten dreier
Welttheile: Afrikas, Südasiens und Australiens, in sich ver=
einigen soll, macht sie nur um so interessanter. Auf beinahe
11000 deutschen Quadratmeilen Flächeninhalt hat sie eine Be=
völkerung von nur 2½ Millionen, könnte aber ihrer Frucht=
barkeit zufolge bei vollständigem Anbau künftig vielleicht 40—
50 Millionen ernähren! Welch eine Chance also für eine
unternehmende Macht, welche diese Insel dem Weltverkehre
öffnen oder eventuell für sich acquiriren wollte! Die Küsten
freilich sind theilweise sehr ungesund, allein dies war ja auch
bei so vielen andern Ländern der Fall, z. B. bei Mexico,
Cuba, Java, Bengalen und Birma, ohne daß deshalb die
Inbesitznahme der höher und gesünder gelegenen Binnen=
ländereien durch europäische Mächte versäumt worden wäre
und für dieselben nicht reiche Früchte getragen hätte. Das
Innere von Madagascar soll ein ganz prachtvolles Bergland
sein. Norwegische Missionare wohnen an verschiedenen Punk=
ten der Insel.*)

Am 28. Juni näherten wir uns wieder der flachen Küste
des afrikanischen Festlandes und etwa um 10 Uhr vormittags
verkündete ein Kanonenschuß unsere Ankunft im Hafen von

---

*) Neuesten Nachrichten zufolge hat (im September 1877) der bri=
tische Consul in Madagascar es beim Könige der Howas, Ranavalo,
durchgesetzt, daß derselbe den sämmtlichen 300000 Sklaven in seinem
Lande die Freiheit geschenkt hat! Also humanistischer Fortschritt überall,
selbst auf dem als so wild verschrieenen Madagascar!

Mozambique. Mozambique ist eine kleine, als höchst ungesund, als eine wahre klimatische Pesthöhle verschriene Insel, die nur durch einen engen Kanal vom Festlande getrennt ist und ihre Existenz, wie alle Inseln an dieser Küste, unterseeischen Korallenbauten verdankt. Es ist darauf die Hauptstadt der sämmtlichen portugiesischen Besitzungen der ostafrikaschen Küste gegründet worden und befindet sich hier daher die Residenz des Generalgouverneurs und der obersten Regierungsbehörden. Der jetzige Generalgouverneur ist der General di Cavalho y Menezes. Er bewohnt ein sehr stattliches, ganz nahe am Landungsplatze stehendes, palastähnliches Gebäude. Dasselbe wird von einer prächtigen, thurmartig sich erhebenden und auf Säulen ruhenden Beduta überragt, von wo man eine weite Aussicht auf die See und die Umgegend hat und wo an den kühlen Abenden den Thee einzunehmen, sich vom frischen Seewinde anfächeln zu lassen und dann die süße Mondscheinnacht zu verträumen, ein hoher Genuß sein muß. Diese thurmähnlich die Wohnhäuser überragenden Beduten sind allen portugiesischen und südspanischen, überhaupt allen südlichen Seestädten eigenthümlich und tragen nicht wenig zu dem so ungemein poetischen und malerischen Anblick derselben bei. Wer erinnerte sich nicht mit Entzücken dieser eleganten, seewindumfächelten Thürmchen mit ihren herrlichen Vogelperspectiven in Lissabon, Madeira, Cadix, Malta und Beirut? Auch hier in Mozambique sind solche sehr häufig und mögen allerdings bei der ungesunden Morastluft dieser so tief gelegenen Stadt deren Bewohnern doppelt nützlich sein. —

Es dauerte nicht lange, so war unser Schiff von Booten umringt, von denen ein Theil Besucher vom Lande brachte, andere mit seltenen und prachtvollen großen Muscheln und schneeweißen Korallenbouquets, und wieder andere mit saftigen Tropenfrüchten von allen möglichen Arten angefüllt waren, die zu billigen Preisen zum Verkauf ausgeboten wurden. Was die uns besuchenden Gäste vom Lande betraf, so ging hier das Gegentheil meiner Erfahrung von Delagoa-Bai vor sich. Statt einer Anzahl von frischen, rosig blühenden Gestalten, die alle unisono und mit bekümmerten Mienen die Tödlichkeit

ihres Klimas beklagten, fand sich hier eine Gruppe von jäm-
merlich abgemagerten Fiebergerippen mit gallegelbgefärbter,
zusammengeschrumpfter Gesichtshaut ein, die auf unsere Fragen
nach dem Klima dasselbe mit sanftem Lächeln als ein ungefähr-
liches und zuträgliches rühmten, an das ein Fremder sich sehr
bald gewöhne! Es möchte nach diesem scheinen, als ob die
Leute von Mozambique neue Ansiedler bei sich zu sehen wünschten, während die Lorenzo-Marques-Leute sich um jeden Preis
fremde Einwanderung und Concurrenz vom Halse halten
möchten!

Der Hafen von Mozambique bot uns das Schauspiel
einer großen Ansammlung von sogenannten Dhows (Dhauen),
d. i. arabischen Segelschiffen mit einem Maste, hochaufragen-
dem Hintertheile und lang vorgestrecktem und aufwärts gerich-
tetem Schnabel. Je nach der differirenden Masten- und Segel-
stellung zählt man ihrer sieben verschiedene Arten. Mit Hülfe
dieser Dhauen hauptsächlich wird der Sklavenhandel an der
ganzen ostafrikanischen Küste von Delagoa-Bai bis nach dem
Rothen Meere betrieben, meistens von arabischen Kaufleuten
und Banyanen (Indiern von der Halbinsel Gudscherat). Ueberhaupt beginnt schon von dem südlichen Theile der portugiesischen Küstenbesitzungen an das arabische Volkselement unter
die Handel treibenden Klassen sich zu mischen; schon in Lorenzo Marques, mehr aber in Inhambane, Sofala, Quilimane und Mozambique befinden sich eine Anzahl arabischer
Kaufleute und von da an setzt sich dann die arabische Küsten-
bevölkerung als herrschende Klasse durch das Sultanat von
Zanzibar und an der ganzen Ostküste bis zum Rothen Meere
fort. Auch die zwischen Mozambique und der Nordspitze von
Madagascar gelegenen schönen Comorischen Inseln, die jetzt
alle Monate einmal von englischen Postdampfschiffen (von
Zanzibar aus) angelaufen werden, sind von arabischen Sul-
tanen beherrscht.

Ich habe mich stets außerordentlich für dieses große und
in der Weltgeschichte so ausgezeichnete Volk der Araber interessirt. Seit ich ihre Wunderbauten in Südspanien, die schlanke
Giralda und den Alcazar von Sevilla, die elegante Moschee

von Cordoba, und die prachtvolle Alhambra von Granada,
mit ihren entzückenden innern Höfen und ihrer Spitzen= und
Filigran=Architektur, gesehen — seit ich ferner die glühenden
Eingebungen der reichen arabischen Phantasie in ihren un=
vergleichlichen Märchenerzählungen (Tausendundeine Nacht u. a.)
bewundert, hatte dieses dichterische, ritterliche und hochsinnige
Volk meine ganze Sympathie gewonnen, und es war daher
eine große Freude für mich gewesen, als ein mehrmonat=
licher Aufenthalt in Syrien und Aegypten (so wie schon früher
ein zweiwöchentlicher in Tanger in Marokko) mir die Ge=
legenheit geboten hatte, mit arabischen Volkselementen in
nähere Berührung zu kommen.

Was für eine Rolle könnte doch diese Nation in der Welt
spielen, bei ihrer ungeheuern Verbreitung über ganz Arabien,
Syrien, Mesopotamien, Aegypten, Tripolis, Tunis, Algerien,
Marokko, einen großen Theil der Sahara und des Sudans,
und über die ganze Ostküste von Afrika bis nach Mozambique
hinunter! Daß die Lethargie, worin sie in den meisten
dieser Staaten und Landstriche jetzt versunken liegt, nicht ihr
natürlicher und unvermeidlicher Zustand sei, beweisen einer=
seits die ehemalige Glanzepoche der Khalifen Harun=al=Raschid
und Almamun in ihrer prächtigen Residenz Bagdad, sowie
die reiche Culturgeschichte des blühenden Reiches, das die
Araber später in Spanien gestiftet, andererseits die außer=
ordentliche Activität, womit dieselben noch heutzutage den
Handel an der afrikanischen Ostküste betreiben und bis weit
in das Innere von Afrika hinein, vom Nil bis zum Niger
und Congo und von Marokko bis zum Kap Delgado, ihren
herrschenden Einfluß ausgedehnt haben. Es fehlen dieser
Nation nicht die glänzendsten Geisteseigenschaften: natür=
liche Intelligenz, Lernbegierde, Tapferkeit, Ritterlichkeit, Gast=
freiheit und ein glühendes Gefühl für persönliche Freiheit
und für Familienehre, und sie wird in ihrem heutigen elenden
politischen Gesammtzustande nur erhalten theilweise durch ihre
in den letzten Jahrhunderten erstarrte und versteinerte und zu
einem Hemmnisse alles geistigen Fortschrittes gewordene mo=
hammedanische Religion, anderntheils durch das vollständige

Entbehren politischer Einheit und Einigkeit, eine Folge des totalen Mangels an dem, was wir „Gefühl fürs Vaterland" nennen. Zu allen Zeiten herrschte in diesen patriarchalischen Semiten der locale Stamm- und Kastengeist vor und ließ die Idee eines großen und allgemeinen arabischen Vaterlandes niemals in ihren Köpfen entstehen. Wird dieser Volksrasse, gleich den so lange durch ähnliche Stammesrivalitäten zerspaltenen deutschen und italienischen Völkern, in Zukunft auch einmal ein politischer Einiger, ein Bismarck oder Cavour, erscheinen, der alle ihre, über so immense Territorien verstreuten Stämme politisch zusammenbringen und ein arabisches Nationalreich, eine arabische Staatenconföderation gründen wird?

Auf der Ostküste von Afrika freilich folgen die Araber bisjetzt einer sehr wenig lobenswerthen Culturmission, indem sie die Hauptbeförderer des Sklavenhandels sind und die Gewalt, welche ihnen ihre höhern Culturmittel und ihre vollkommenern Waffen geben, hauptsächlich zur Unterjochung und Plünderung der schwächern Negervölker misbrauchen. Hierüber werde ich bei der Besprechung des Sklavenhandels im Kapitel über Zanzibar mehr Gelegenheit finden zu sprechen.

Ein halbes Stündchen, nachdem unsere Anker in die Tiefe gerasselt waren, nahm ich mit meinem englischen Freunde, der nun sein Glück in Mozambique versuchen wollte, ein Boot, um ans Land zu gehen. Wir landeten an einer bequemen Treppe vor dem Regierungspalast und befanden uns nach einigen Schritten auf einer ebenen und mit zierlichen Topfbäumchen geschmückten Terrasse, in deren Mitte ein kleiner sonnenschirmartiger Pavillon mit Notenpulten uns verrieth, daß hier, unmittelbar vor den Fenstern der Wohnung des Generalgouverneurs, öfters, namentlich an Sonn- und Festtagen, Militärmusik stattfinde. Wir ließen uns nun durch die trottoirbelegten und von echt tropischen, niedrigen und flachdachigen Steinhäusern eingefaßten Straßen nach den Bureaux verschiedener Kaufleute führen, welche wir sämmtlich in immens großen luftigen und kühlen Salons antrafen, die aber leider meinem Freunde auch hier keine Anstellung verschaffen konnten.

Banyanen-Feigenbaum in Mozambique

Dann überschritten wir einen öden grünen Platz mit einer Säule und Rundtreppe in der Mitte, die wol eine historisch monumentale Bedeutung haben mußte. Ueber den Garten= mauern sahen wir viele prachtvolle dichtbelaubte Banhanen= Feigenbäume sich gen Himmel erheben, die mit ihrem dunkeln schwarzgrünen Laube einen kohlschwarzen Schatten warfen und Riesen=Sonnenschirmen glichen, unter denen, im Vergleich mit den sonnenglühenden Straßen, eine auffallende, erfrischende Kühle herrschte. Ich fand diese finsterschattigen Baumkolosse so außerordentlich schön und wahrhaft majestätisch, daß ich ihnen zu Liebe mich versucht fühlen könnte, hier in Mozam= bique monatelang zu bleiben, nur um mich an dem herrlichen Anblicke dieser dunkeln Baumriesen recht satt sehen zu können. An Formenpracht, an imponirendem Umfange und an er= quickender Schattenkühle kommt ihnen meines Wissens keiner unserer europäischen Bäume gleich; nur ein tausendjähriger Eichbaum mit seinem Labyrinth von zackigen Aesten dürfte in seinem malerischen Effect und seiner Majestät mit ihnen verglichen werden. Sie unterscheiden sich jedoch von einem solchen sehr wesentlich dadurch, daß man wegen der Dichtigkeit ihrer Blätter beinahe gar nichts von den Aesten sieht und ebendeshalb der Baum fast wie ein gigantischer Pilz erscheint, dessen glatte halbkugelförmige Oberfläche mit einer weich und wellig schwellenden, graziösen Draperie von brillant=dunkel= grünem Laube überhangen ist.

Auch Cocospalmen ragten zahlreich aus den Gärten empor. Dieser schöne Baumschmuck, im Verein mit dem mir so sym= pathischen echt portugiesischen Baustil der Häuser und Kirchen, den dann und wann durch die Luft hallenden melodischen Tönen von Kirchenglocken, und der friedlichen Ruhe, der stillen Oede der im Sonnenglanze schlummernden und halb mit Gras überwachsenen Straßen ließen in meiner Seele von der Stadt Mozambique einen sehr poetischen, süß=melancholischen und elegischen Eindruck zurück.

In den Straßen sahen wir Neger von sehr ähnlicher Gesichtsform wie die Kaffern, gelbbraune Araber und Banha= nen, letztere oft halb nackt; dann und wann wurde auch von vier schwarzen Trägern ein eleganter Palankin vorübergetragen, worin der Länge lang ein weißgekleideter Europäer mit gelbem Fiebergesichte ausgestreckt lag, und an den Straßenecken lungerten hier und da schwarze oder gelbbraune Soldaten in weißen Jacken.

Zuletzt geleitete uns unser Führer, ein portugiesischer Soldat, zur Wohnung des englischen Consuls und verließ uns hierauf, entzückt durch eine kleine Silbermünze, die ich ihm in die Hand drückte, mit einem dankbaren Muito obrigado. Dieses letztere Wort brachte mir recht deutlich wieder die zahlreichen kleinen Kinder in Erinnerung, die ich einst am Seestrande von Cascaes bei Lissabon im Ufersande spielend fand und wovon jedes, als ich ihnen Früchte schenkte, mir mit ernster ritterlicher Verbeugung sein Muito obrigado (Sehr verbunden!) erwiderte. Es waren darunter ganz kleine, kaum dem Laufkorbe entwachsene Dingerchen mit noch grün fließenden Näschen, von denen die so ernst und würdig vorgebrachte ritterliche Dankesformel doppelt komisch klang. Aber die Portugiesen sind ja wol die höflichste Nation der Welt, und was ein Häkchen werden will krümmt sich bei zeiten. (Die Briefadresse: Al illustrissimo Senhor, mit der sich die gewöhnlichsten Leute, wie z. B. Droschkenkutscher und Lastträger, in Portugal tituliren, ist ebenfalls ein charakteristisches Merkzeichen dieser übertriebenen Höflichkeit, eines letzten Ueberbleibsels des alten lusitanischen maurenbekämpfenden Ritterthums.)

Im englischen Consul, Kapitän Elton, an den ich von Natal aus einen Brief hatte, machte ich die Bekanntschaft eines höchst liebenswürdigen und sympathischen und dabei sehr fein gebildeten, echten „englischen Gentleman". Seinem jugendlich frischen und eleganten Aeußern (er ist erst 25 Jahre alt) sieht man es nicht an, daß er schon so viel in seinem Leben hat durchmachen müssen. Er hat erst in Indien und dann in Natal als Offizier gedient und in ersterm Lande die arabische, persische und indische (Hindoostani) Sprache, in letzterm die Zulusprache gelernt, sodaß er mit den meisten Einwohnern von Mozambique in ihrer eigenen Sprache verkehren kann.

Die Zulusprache ist mit der Sprache der Mozambiqueneger nahe verwandt und überhaupt reicht ja der Stamm der schönen wohlklingenden Kaffernsprachen sehr weit nach Norden, bis zu den centralafrikanischen Seen hinauf. Ein genauer Kenner der Kaffern= und Betschuanenidiome, Herr Stevens, versicherte mir, daß er in allen den von Livingstone, Stanley, Burton und andern Reisenden in Aequatorialafrika genannten Orts= namen nur sehr geringe Veränderungen der ihm bekannten Kaffernsprache erkenne.

Herr Elton hat 1000 Pfd. St. Gehalt und bewohnt ein schönes Gebäude mit geräumigen luftigen Sälen, in denen er sich als echter Brite äußerst behaglich eingerichtet hat. Er lud uns zu einem reichlichen Frühstück ein, wobei uns wohl= dressirte junge Neger in langen bis auf die Füße herabwallen= den schneeweißen Hemden schnell und geräuschlos bedienten. Während der Frühstücksunterhaltung kam Herrn Elton plötzlich die glückliche Idee, uns auf dem Steamer nach Zanzibar zu begleiten. Der rasche Entschluß wurde ebenso rasch zur Aus= führung gebracht, und nach vollendetem Frühstück ging er mit uns und gefolgt von einem seiner Diener an Bord des Natal. Auf dem Wege zeigte er uns eine Sklaven=Dhau, die erst vor sechs Wochen vom britischen Kriegsschiffe Fliegender Fisch mit 45 Sklaven an Bord aufgebracht worden war. Die britischen Kriegsschiffe sind überhaupt an der portugiesischen Küstenstrecke von Ostafrika sehr thätig und senden ihre Boote zwischen die zahlreichen Uferinselchen in die verstecktesten Baien hinein, um Sklavenschiffe darin aufzuspüren, wozu sie von der portugie= sischen Regierung jetzt die Ermächtigung erhalten haben.

Unsere Reisegefährten von der Delagoa=Bai her, Graf Nellmapius, der Landdrost und der Doctor, hatten sich aus= geschifft und waren vom Generalgouverneur eingeladen wor= den bei ihm zu wohnen. Auch ein paar portugiesische Rei= sende hatten uns verlassen, sodaß unsere Passagierzahl jetzt sehr eingeschrumpft war. Nachmittags 3 Uhr lichteten wir wieder die Anker und bald war Mozambique, diese schöne und anmuthige „Pesthöhle", unsern Augen entschwunden. Meinen Empfehlungsbrief an die Herren N., ein großes deutsches

Kaufmannshaus, abzugeben, hatte ich leider nicht die Zeit gehabt. Auch in Mozambique, wie fast in allen großen Seestädten der östlichen Meere, sind die ersten und reichsten Kauf-
mannshäuser deutsche, Filiale von hamburger Firmen, die
speciell hier in Mozambique große Geschäfte in Goldstaub,
Elfenbein, Rhinoceroshörnern, Giraffenknochen und Fellen
machen. —

Ohne weder die Küste im Gesicht zu behalten noch irgend-
ein Schiff zu sehen, setzten wir unsern Curs jetzt direct nach
Norden fort und liefen, nach vier Tagen, am Abend des
2. Juli, in den Meerkanal ein, welcher die Insel Zanzibar
vom Festlande trennt. Bei allmählicher Annäherung bietet
die Stadt Zanzibar eine äußerst stattliche und brillante Erscheinung. Eine Reihe von schneeweißen Palästen leuchtet
weit in das Meer hinaus und erinnerte mich lebhaft an das
ähnlich in blendendem Glanze aus den dunkeln Meeresfluten
aufsteigende Cadix. Näher kommend fanden wir, daß eine
englische Kriegsflotte von fünf Schiffen hier vor Anker lag.
Als wir an deren einzelnen Schiffen: London, Thetis, Flying
Fish u. a. vorüberfuhren und die Flaggen derselben zur Er-
widerung unsers Grußes auf- und niederflogen, wurde Kapitän
Elton von den Offizieren jener Schiffe erkannt und mit don-
nerndem Hurrah und toastandeutendem dreimaligem Arm-
ausschnellen begrüßt, woraus wir auf seine große Beliebtheit
beim Offiziercorps der Flotte schließen konnten. Endlich
rasselten unsere Anker in die Tiefe, und ein an Bord unsers
Schiffes abgefeuerter Kanonenschuß verkündete der Stadt Zanzibar die Ankunft des allmonatlichen Poststeamers. Kapitän
Elton wurde sofort von dem Boote des britischen Generalconsulats abgeholt; wir übrigen Passagiere blieben jedoch der
späten Stunde wegen für diese Nacht noch an Bord. Noch
lange wanderte ich erregt auf dem Deck auf und ab; das Schauspiel der prächtig im Abendlichte herüberschimmernden echt
orientalischen Stadt, des geräumigen Hafens, der mit sonderbaren, in bunten Farben bemalten arabischen Dhauen angefüllt war, und der grünen Umgebungen mit ihren endlosen
Cocospalmenwäldern war ein überaus fesselndes und wurde

in seiner Schönheit nicht gemindert, als bei zunehmender
Dunkelheit die Fenster der großen Häuser am Ufer zu leuchten
anfingen und von den Spitzen der zahlreichen Masten der
größern Schiffe grüne, blaue und rothe Lichter erglühten,
welche sich zitternd in der dunkeln Meeresfläche wieder-
spiegelten.

Am folgenden Morgen um 11 Uhr hatte mir Kapitän
Elton ein Rendezvous im englischen Generalconsulat bestimmt. Ich ging aber schon um 8 Uhr an Land und benutzte die kühle Morgenfrische zu einem Spaziergange durch
die Stadt. Es umdrängten mich auf dem sandigen Ufer sofort einige mit langen weißen Hemden und rothen Fes be-
kleidete Negerjungen, die mir in gebrochenem Englisch ihre
Dienste als Führer anboten. Ich acceptirte den am schlaue-
sten aussehenden und überließ mich nun seiner willkürlichen
Führung durch die Stadt. Ich fand sofort, daß diese mit
allen orientalischen Städten die Eigenthümlichkeit theile, nach
dem Plane von wüst verschlungenen Darmwindungen gebaut
zu sein. Die europäischen Häuser, worin die Consuln und
die reichen Kaufleute wohnen, sind prächtige, palastartige und
umfangreiche Steingebäude und liegen fast sämmtlich dem
Meere entlang; diejenigen der innern Stadt haben die bekannte arabische Form fensterarmer und weißgetünchter Würfel
ohne Dächer. Alle Gärten und Höfe sind mit hohen Mauern
umgeben. An die innere Stadt schließt sich eine regellose und
unabsehbare Masse von dunkeln Hütten an, die aus mit Lehm
beworfenen Zweigen errichtet und mit Dächern aus Palmen-
fächern gedeckt sind und worin das niedere Volk gedrängt beisammen wohnt. Eine gekrümmte sehr lange und enge Straße,
in welcher viele Hunderte von kleinen Verkaufsläden sich befinden, bildet den Bazar der Stadt und wird fortwährend
von einem bunten Gewoge von Menschen durchflutet. Welches
Gewimmel von schwarzen, braunen, gelben und weißen Gesichtern, von orientalischen und afrikanischen Costümen, von
Kamelen, Eseln, frei herumlaufenden weißen Buckelochsen,
Hunden und Hühnern! Die Hauptmasse der zwischen 80- und
90000 Köpfe betragenden Bevölkerung von Zanzibar bilden

die Suahelis (Wassawahili), die ursprünglichen schwarzen
Eingeborenen dieser Küste und der dazu gehörigen Inseln. Sie
sind im Aeußern durchaus den Kaffern ähnlich, zu deren Völker-
familie sie ja auch gehören, haben aber den malerischen Vorzug vor diesen, daß sie nicht die europäische Tracht tragen,
welche alle Schwarzen so widerwärtig kleidet (weil dieselbe
bei ihnen gewöhnlich nur als Caricatur erscheint), sondern
das für sie unvergleichlich angemessenere und kleidsamere orientalische Costüm. Die Aermern tragen nur ein langes weißes,
vom Hals bis zu den Füßen burnusartig herabwallendes
Hemd (Nguo); die Vermögendern kleiden sich ähnlich den
Arabern und bedecken ihren Kopf mit einem Fes oder Turban.
Sie bekennen sich sämmtlich zur mohammedanischen Religion,
welche überhaupt für die kindlichen Negervölker ganz besonders
geeignet erscheint, da sie es mehr mit leichten äußerlichen Formen als mit schwierigen und Opfer auferlegenden moralischen
Geboten zu thun hat. Denn wie viel leichter ist es, gewissenhaft die alltäglich zu fünf verschiedenen Zeiten vorgeschriebenen
Gebete und Waschungen vorzunehmen, als sich den harten
Gesetzen der Selbstbeherrschung und Selbstbezwingung, der
Demuth und Entsagung, der Sittenstrenge und Selbstaufopferung zu unterwerfen, welche das Christenthum seinen aufrichtigen Bekennern auferlegt! Die fünf täglichen Gebete haben
jedes seinen besondern Namen:

    1) Magaribi, bei Sonnenuntergang
    2) Esha,   ein bis zwei Stunden später
    3) Alfajiri, vor Sonnenaufgang
    4) Athuuri, des Mittags
    5) Alasiri,   drei Stunden später.

Ich bemerkte unter den Suahelis viele schlanke und große
Leute; ihre Gesichter waren zwar in der Regel nicht schön, sahen
aber doch recht gutmüthig und freundlich aus. Es fiel mir
in den Straßen die außerordentlich große Zahl von blinden
Männern und von pockennarbigen Gesichtern auf. Die Nar-
ben der letztern waren oft so tief, daß man bequem eine Erbse
hätte hineinlegen können! Die Gesichtsfarbe der Suahelis

variirt vom tiefsten Schwarz bis zum hellsten Braun, da im
Laufe der Zeiten eine vielfache Vermischung mit arabischem
und, bei der großen Anzahl hellfarbiger Indier, wol auch mit
indischem Blute stattgefunden hat. Die Suahelifrauen sind
ebenso wenig wie die Männer hübsch von Gesicht, wohl aber
sehr schlank und elegant gebaut und von stattlichem Aussehen
infolge ihrer superben Büste, deren schöne Form jedenfalls
hauptsächlich von der auch hier herrschenden Sitte, alle Lasten
auf dem Kopfe zu tragen, herkommt. Hohe Schwanenhälse,
eine gerade und stolze Körperhaltung und ein edler aristo-
kratischer Gang sind die natürliche Folge dieses Gebrauchs,
während die bei unsern Bauerfrauen herrschende Sitte, ihre
Rücken mit schweren Körben zu belasten, das Rückgrat beugt
und eine gedrückte, plebejische Erscheinung und Haltung zur
Folge hat.

Die Suahelifrauen wissen sich sehr malerisch in lange
Stücke von Baumwollzeug (Kisuto, gewöhnlich von dunkel-
blauer Farbe) zu kleiden, mit denen sie dicht unter den Armen
eng und knapp den ganzen Leib umwickeln. Sie tragen die
Brust verdeckt, das Gesicht aber, obgleich sie doch Moham-
medanerinnen sind, ganz frei und unverschleiert. Um den
wolligen Kopf pflegen sie ein dunkelblaues Tuch (Ukaya) zu
rollen, welches um das Kinn mit einem Bindfaden befestigt
ist, von dem ein eleganter, bei jeder Kopfbewegung anmuthig
hin- und herzitternder Silberschmuck herabhängt. Ueberdies
hängt die Ukaya auf der Rückseite in zwei langen Tressen
bis auf den Boden herab; beim ersten Anblicke möchte man
diese beiden Tressen für natürliche und mit blauem Zeug um-
wickelte Haarzöpfe halten, wenn man nicht wüßte, daß der
wollige Negerkopf keinen solchen Haarschmuck hergeben kann.
Diese Imitation von Haarzöpfen bei den Suahelifrauen ist
ganz analog der Nachahmung der hohen Chignons seitens der
Kaffernmädchen, die in europäischen Häusern in Natal und in
der Kapcolonie dienen. Auch diese pflegen nämlich ihren Kopf
mit einem brennendrothen Tuche zu umwickeln und dann
unter dieses voluminöse Tuch weiche Stoffe zu stopfen, wodurch die Höhe des Kopfschmuckes vermehrt und eine größere

Aehnlichkeit mit einem europäischen Frauenkopfe hervorgebracht
wird. Die Negerinnen scheinen also, sobald sie mit weißen
Frauen — Europäerinnen oder Araberinnen — in Berührung
kommen, in ihrem kurzwolligen und männergleichem Kopfe
einen Schönheitsmangel zu empfinden, dem sie nun durch künstliche Mittel abzuhelfen suchen. Außerdem suchen die Suahelifrauen nicht nur durch vielfachen Schmuck von Perlen und
Metallringen um Arme, Waden und Füße, sondern auch durch
schwere und unförmliche silberne Ohrringe (oft zwei bis drei
zusammen in einem Ohrläppchen!), einen großen silbernen
Ring (Azama) durch die Nase und einen Metallknopf in einem
der Nasenflügel ihre persönlichen Reize zu erhöhen. (Ich bewunderte oft, wie ein dünnes Ohrläppchen und ein gleich
dünner Nasenflügel so unverhältnißmäßige Gewichte zu tragen
vermögen.) Dieser phantastische Schmuck gibt ihren Köpfen
nach europäischem Schönheitssinne freilich einen sehr wilden
Charakter, dieser letztere wird jedoch durch ihre gutmüthigen
Gesichtszüge und ihre ewig lachende Miene bedeutend wieder
abgemildert. Was überhaupt einem jeden frisch gelandeten
Fremden zunächst hier auffallen muß, das ist die allgemeine
Heiterkeit und Lustigkeit der eingeborenen schwarzen
Bevölkerung (d. i. der Suahelis und der vom Innern gekommenen Sklaven, denn die Araber und Indier sind im
höchsten Grade ernst und schweigsam). Die schwarze Einwohnerschaft von Zanzibar, hauptsächlich die Frauen und Kinder, machten auf mich in der That den Eindruck, das aller-
glücklichste Volk unter der Sonne zu sein; des Lachens und
Singens ist unter ihnen kein Ende und sie freuen sich fortwährend über alles und jedes. Es kommt in ihnen so recht
die echte und unverfälschte, sorglose und unbekümmerte Kinder-
natur der Negerrasse zum Ausdruck! Namentlich amusirte
mich ein eigenthümlicher, äußerst schriller und hochtöniger
Chorgesang, der von Banden von Frauen und Kindern an
solchen Stellen der engen Straßen aufgeführt wurde, wo der
Fußboden derselben mit neuem kalkigem (asphaltartigem) Stein-
kitt bestrichen worden war, der nun festgestampft werden mußte.
Das Stampfen des Bodens ging in regelmäßigem Takte,

entweder in langsamem Marsch= oder raschern Polkarhythmus
vor sich, mittels hölzerner Stampfer, die genau wie unsere
Stubenbesen aussehen, denen man die Borsten ausgezogen
hätte. Der Gesang, womit 30—40 Frauen und Kinder dieses
regelmäßige taktförmige Aufstoßen des Stampfers begleiteten,
wurde von einem eigenen Kapellmeister, dem einzigen Manne
in der Gesellschaft, in langem weißem Hemde geleitet. Er
sang immer jede einzelne Strophe erst vor, und zwar in der
höchst möglichen Fistelstimme, worauf die andern alle jubelnd
einfielen und die Strophe nachsangen. Das Allerlustigste aber
war die Freude, die man auf allen Gesichtern der alten und
jungen Sängerinnen glänzen sah, und die angestrengte Kraft,
mit der jedes Mitglied dieses straßenreparirenden Gesangver-
eins, namentlich die kleinen Jungen, eins das andere zu über-
schreien suchte. Ich mußte beim Anblick aller dieser ohrenbetäubenden Schreihälse mit ihren freudeleuchtenden Augen
unwillkürlich an das Wort Schiller's denken:

> Wo man singt, da laß dich ruhig nieder,
> Böse Menschen haben keine Lieder!

Freilich wird diese allgemeine Heiterkeit hier und da auch von
düstern Bildern unterbrochen. Hier passirt eine Reihe von
einigen zwanzig Gefangenen vorbei, die jeder einen schweren
Eisenring um den Hals haben und durch eine lange schwere
Eisenkette, die durch alle diese Halsringe hindurchgeht, in
langer Linie immer einer hinter dem andern aneinandergekettet
sind — dort schleicht ein Kind von höchstens sieben Jahren
durch die Straßen, nur ganz langsam mit den Füßchen von
der Stelle rückend, denn dieselben sind durch einen kurzen
schweren Eisenstab beinahe unbeweglich gemacht. Dieser Eisenstab verbindet zwei eiserne Ringe, die dem Kinde an den
Knöcheln um die Beine gelegt sind, sodaß es nur äußerst
langsam durch mühsames allmähliches Vorschieben der Füße
sich vorwärts bewegen und so sehr leicht von den in den engen
Straßen sich drängenden und stoßenden breitbeladenen Kamelen,
Buckelochsen und Lastträgern überrannt und hingeworfen werden
kann. Ein Kind in Ketten!! Welchen Sturm der Empörung

würde ein solches Bild in userm humanen Europa erregen! Diese armen, unglücklich aussehenden Sklavenkinder mit ihren schon tiefgerunzelten Stirnen und den schweren Eisenketten an den zarten Füßchen bieten eine recht traurige Erscheinung in den Straßen dieser Stadt. Sie waren wol fern im innern Afrika ihren Aeltern geraubt, dann an die Küste transportirt und hier an einen harten Herrn verkauft worden. Diesem hatten sie dann einmal zu entlaufen versucht, worauf zur Verhütung der Wiederholung eines Fluchtversuchs ihre weichen Füßchen in hartes Eisen geschmiedet worden waren! Die Engländer haben nun freilich den Sklavenhandel über See zum Verbrechen gestempelt und verboten; jedoch sie konnten ungeachtet dessen bisher noch nichts gegen die Hausklaverei thun, die viel zu sehr in die gesammten Verhältnisse und Gewohnheiten des Orients verwebt ist. Und solange diese besteht, hat ein Herr jederzeit das Recht, seinen Sklaven zu bestrafen oder selbst zu tödten, ohne daß die Justiz des Sultans sich in solche rein häusliche und private Angelegenheiten hineinzumischen hat.

Da die Suahelis die große Majorität der Gesammtbevölkerung von Zanzibar ausmachen, so ist auch ihre Sprache hier die vorherrschende, und wird sowol in den Familien des Sultans und der arabischen Großen, als auch von den Indiern, Persern und Europäern allgemein gesprochen oder wenigstens verstanden. Da sie zum Stamme der Bantusprachen gehört, deren Gebiet sich über den dritten Theil von ganz Afrika, nämlich über Mittel- und Südafrika vom 5. Grad nördl. Br. bis zum 33. Grad südl. Br., erstreckt, so ist sie den schönen Sprachen der Zulu- und Amakosakaffern sehr nahe verwandt und theilt deren außerordentlichen, an das Spanische und Italienische erinnernden, melodischen Wohlklang. Die Herren Krapf, von der Decken und Kersten haben schon früher fleißig die Wörter dieser Sprache gesammelt; ein Wörterbuch wurde von Herrn Steere, sowie auch von den hiesigen Vertretern des hamburger Hauses Oswald (Witt und Schultz) zusammengestellt; eine vollständige Grammatik der Sprache hat jedoch erst im Jahre 1870 der Missionar Wakefield verfaßt. Ihr Studium ist für alle künftigen Reisenden im südlichen Theile von Centralafrika ganz unentbehrlich, um so mehr, als die Suahelisprache die verbreitetste Handelssprache von Aequatorialafrika ist und ein Reisender auf der langen Strecke von der Ostküste bis zur Westküste überall Leute finden wird, die sie verstehen. Sie hat, wie sämmtliche Bantusprachen, die Eigenthümlichkeit, daß die Beugung der Wörter nicht, wie bei unsern europäischen Sprachen, durch Umänderung des Wortstammes oder Anhängungen an den Endsilben, sondern durch Voranstellung von Silben geschieht; auch kennt die Suahelisprache keine Artikel, kein Masculinum, Femininum und Neutrum. Die Zeitwörter werden durch vielfachste Umänderung zur Bezeichnung der mannichfaltigsten Modificationen der Grundbedeutung verwendet, sodaß in dieser Sprache oft ein einziges Wort denselben Sinn wiedergibt, der in unsern Sprachen nur durch zwei bis fünf verschiedene Worte detaillirt und nuancirt werden kann. An Zeitwörtern ist die Sprache sehr reich, an Adjectiven und Präpositionen aber arm. Ein paar kurze Phrasen mögen hier Platz finden, nur, um den Wohlklang der Suahelisprache zu illustriren:

Mimi hapa = Ich bin hier

Jambo sana! = Guten Morgen, guten Tag!

Nasikamoo! = Ich küsse (umarme) deine Füße!

Marahaba = Ich danke dir

Ati! = Hör' einmal!

Imependeza! = Wie hübsch ist das!

Sema mara ya pili = Ich verstehe dich nicht

Sikusikia! = Sage es noch einmal!

Bwana yupo? = Ist dein Herr zu Hause?

Was mich höchlich überraschte, war die Entdeckung, daß das Wort Kuß (und in welcher Sprache der Welt dürfte wol die Bezeichnung dieses süßesten Vergnügens, dieses beseligendsten Gefühlsreizes, welchen das irdische Dasein uns Sterblichen bietet, fehlen?) im Suaheli durch das Wort Busu wiedergegeben wird. Wer dächte hierbei nicht gleich an die gemüthliche Einladung des frischen tiroler „Bua" an sein „Schatzerl": „Kathi, gib mir a Busserl!" Wie in aller Welt kommen der nordländische, indogermanische Tiroler und der schwarze Sohn der Aequatorialsonne auf ein und dasselbe Wort zur Bezeichnung eines so zarten, platonischen Begriffes? Ich überlasse dieses etymologische Problem dem Scharfsinn unserer gelehrten vergleichenden Sprachforscher!

Die Suahelis bilden zwar, wie schon bemerkt, numerisch den Haupttheil der Bewohner der Stadt und der Insel Zanzibar, sowie überhaupt des ganzen Sultanats, nehmen aber gesellschaftlich nur einen untergeordneten und dienenden Rang ein. Die herrschende Klasse sind vielmehr die Araber, die daher auch ausschließlich die „vornehme Welt" unter der eingeborenen Bevölkerung repräsentiren. Ihre Herrschaft datirt schon seit dem Jahre 1698, indem zu dieser Zeit Sef, der Sultan von Oman, mit einer gewaltigen Kriegsflotte vor Zanzibar erschien und die Portugiesen daraus vertrieb.

Man sieht die Araber häufig auf Pferden oder Eseln reitend, zuweilen auch zu Fuß durch die Straßen sich bewegen. Ihre Gesichtsfarbe nuancirt infolge der zahlreichen Kreuzung ihrer ursprünglich weißen Rasse mit schwarzen Sklavinnen in allen Schattirungen von südeuropäischem Teint bis zu abyssinischem Rabenschwarz. Sie tragen lange, enge, um Brust und Hals mit Goldstickereien verzierte Kaftans und mächtig hohe Turbane. Als Zeichen ihres vornehmen Standes dient ihnen ein sehr langes und breites gerades Schwert mit einfachem oder reich mit Juwelierarbeit verziertem Horn- oder Holzgriff. Ihre Frauen sieht man nur selten in den Straßen; diejenigen, welche ich sah, ritten auf Eseln wie Männer, hatten einen höchst ungraziösen, weiten, mantelähnlichen Ueberwurf von schwarzer Seide (Jebwani) und dazu noch eine grausliche schwarze Maske (Barakoa) mit herabhängenden Fransen vor dem Gesicht, und verriethen überdies unter ihrer unförmlichen Umhüllung einen sehr in die Breite entwickelten Körperumfang. Jedenfalls gehörten sie wol sämmtlich bereits dem kanonischen Alter an und sind mir die anmuthigen Perlen der Harems, welche unsere europäische Phantasie so gewaltig zu reizen pflegen, leider vollständig unsichtbar geblieben.

Die Araber Zanzibars sind sehr tolerant und gehören verschiedenen religiösen Sekten an. Die Mitglieder der Sultansfamilie sind Abaditen. Die Moscheen in Zanzibar sind höchst einfach und zeichnen sich äußerlich nur durch die vor ihnen stehenden Brunnen aus, während der im nördlichen Orient so gebräuchliche Schmuck von schlanken, weithin sichtbaren Minarets hier ganz wegfällt. (Nur eine einzige von den 40 Moscheen, welche die Stadt zählt, besitzt ein Minaret.) Neben der Toleranz der Araber von Zanzibar wird auch ihre Gastfreiheit sehr gerühmt.

Der regierende Sultan, Seyyid Burghash bin Sayyid Sa'id, ist ein außerordentlich frommer Mann, ohne deshalb intolerant gegen Andersgläubige zu sein. Da er gerade jetzt, in Begleitung des britischen Generalconsuls Dr. Kerk, eine Reise nach England angetreten hatte, so mußte ich auf die Ehre, Sr. Hoheit vorgestellt zu werden, leider verzichten. Ich sah jedoch seinen Neffen, Seyyid Ali bin Su'ud bin Ali, welcher für die Dauer der Reise des Sultans die interimistische Regentschaft führt. Gegen distinguirte Fremde, die ihn besuchen, hat sich der Sultan immer sehr liebenswürdig bezeigt und mit großer Liberalität pflegt er allen gebildeten Europäern, die ihn darum ersuchen, die schönen Vollblutpferde seines Marstalls zu beliebigen Spazierritten zur Verfügung zu stellen. Auch gegen die englische Regierung hat er sich hinsichtlich ihrer Forderungen zur Unterdrückung des Sklavenhandels immer sehr gefügig und willfährig gezeigt. Die freundliche Gefälligkeit, mit welcher er bei jeder Gelegenheit den Wünschen des englischen Generalconsuls entgegenzukommen pflegte, haben das große Publikum in England sehr für ihn eingenommen, sodaß er bei seinem jetzigen Besuche dort mit einer für ihn außerordentlich schmeichelhaften Sympathie und einem wahren Paroxysmus von Enthusiasmus empfangen worden ist und in einer Art fetirt wird, wie solche Ehre nur selten einem England besuchenden Monarchen zutheil wird.

Die dritte Bevölkerungsklasse in Zanzibar sind die Perser und Beludschen vom Sultanat Oman (Maskat), das früher (bis 1856) mit dem Sultanat Zanzibar vereinigt war,

von welcher Zeit sich noch der Gebrauch erhalten hat, daß
die Leibgarde des Sultans von Zanzibar aus den Küstenländern des Persischen Meerbusens rekrutirt wird. Diese persischen Soldaten, ihrer Religion nach sämmtlich Schiiten, bieten eine wilde, unheimliche Erscheinung und scheinen ganz jenen
typischen Charakter zu haben, den in der Regel in allen Ländern der Welt gemiethete Landsknechte zu zeigen pflegen: treu
und unterthänig dem Herrn, der sie bezahlt, aber hart, thran-
nisch, stolz und grausam gegen seine Unterthanen, zu deren
Unterwürfigerhaltung sie angeworben worden sind.   Sie
tragen eine kurze dunkle Jacke, weiße türkische Pumphosen,
die bis auf die Füße herabfallen, und einen hohen, steifen,
einem schwarzen Blumentopfe gleichenden Fes.   Was ihren
schlauen Fuchsgesichtern eine sehr judenähnliche Erscheinung
gibt, sind ihre tief nach unten gekrümmten Nasen und die nach
vorn gekämmten langen Schläfelocken, die sie gerade wie die
polnischen Juden zu tragen pflegen.   Die meisten derselben
waren mit schönen, nach türkischer und chinesischer Mode lang
nach unten hängenden Schnurrbärten geschmückt.   Ihre Bewaffnung besteht in einer altmodischen Flinte und einem langen
Säbel als Seitengewehr.   Außer dieser nur einige Hunderte
von Köpfen zählenden regulären Leibgarde hat der Sultan
noch eine viel zahlreichere aus Persern, Arabern, Suahelis und
andern Negern zusammengesetzte irreguläre Truppe, welche mir
als ein Nonplusultra malerischer, aber am besten par distance
zu genießender baschi-bosukartiger Kriegergestalten erschien. Ich
kam auf meiner Frühwanderung auch zum Palaste des Sultans, dessen Gebäulichkeiten an einem freien Platze am Meere
gelegen sind. Längs des Grundes des Palastes laufen divan-
artige Steinbänke hin, die alle von jener wilden und pittoresken Soldateska besetzt waren. Ihre bunten Kriegercostüme
und ihre verschiedenartigen Waffen, die jeder nach seinem
eigenen Geschmacke trägt, erregten in mir beinahe die Illusion,
als sei ich etwa in das Kriegslager eines sarazenischen Feld-
herrn zu den Zeiten der Kreuzzüge zurückversetzt. Welche für
eine Opernvorstellung geeignete bunte Auswahl von Schwertern, Handschars und Bauchaufschneidern, Lanzen und Schil-

dern, daneben auch mittelalterlichen, reich mit Silberarbeit
verzierten Flinten und Pistolen, die jeden Sammler entzücken
würden! Ein kleines kurzes, aber breites Dolchmesser, dessen
stumpfe, reich mit Silber verzierte Scheide sich am Ende wie
die Tabackspfeife eines deutschen Studenten wieder aufwärts
krümmt, fiel mir namentlich durch seine Häufigkeit in den
Gürteln auf. Als ich diese mittelalterliche Soldateska mit
ihren finstern wild funkelnden Augen und überladen mit so
gefährlich aussehenden Mordinstrumenten in ernster, unheil-
drohender Schweigsamkeit beisammensitzen sah, da dachte ich
unwillkürlich: wie pikant müßte es doch sein, wenn diese interessante Truppe einmal an einem sonnigen Sommertage über
den dresdner Altmarkt marschiren könnte! Mit welchem panischen Schrecken würden da unsere biedern Obstweiber ausein-
anderstieben, und mit welcher mistrauischen Neugierde unsere
jungen Nähterinnen und Putzmacherinnen diese so grimmig
aussehenden Kriegergestalten anstaunen!

Der Sultanspalast selbst, erst im Jahre 1840 erbaut und
bezogen, ist eine Verbindung von hohen zwei- und dreistöckigen
Gebäuden mit sehr spärlichen Fenstern. Ein Theil desselben
ist mit niedrig ablaufenden Dächern bedeckt, ein anderer Theil
oben ganz flach und mit crenelirten Mauerzinnen umringt.
Ein verandaartig bedeckter und umgitterter, sehr geräumiger
Balkon nach der Seeseite hin dient als Empfangssalon für
hohe Gäste.

Neben dem Palast des Sultans befinden sich die Haupt-
wache und die Stallgebäude. Die erstere ist nichts weiter als
ein langer und schmaler und auf drei Seiten offener Holzschuppen, der einer Mauer entlang läuft und in welchem in
langen Reihen die einfachen Bettstellen der persischen Garde
stehen. Gegen Sonne und Regen ist dieselbe also geschützt,
nicht aber gegen den Wind. Ihre Waschtoilette des Morgens,
wenn dieselbe überhaupt für nöthig erachtet wird (worüber
mir keine Information zugegangen ist), können die Gardisten
nicht anders als vor den Augen des Publikums vornehmen,
welches auf dem anliegenden großen freien Platze fortwährend
vorüberschreitet. Dieser Schuppen oder vielmehr dieses Schup-

pendach bietet auch sonst für den ganzen langen Tag den
einzigen häuslichen Comfort dieser anspruchslosen Krieger, sodaß man immer und zu jeder Tageszeit sicher ist, dieselben
entweder auf der langen Steinbank am Palast oder auf ihren
Bettstellen im Schuppen à la Turca kauernd zu finden.

Gegenüber dem Palast am Meere in einem großen und
geräumigen offenen Holzschuppen sind in stattlicher Reihenfolge eine Anzahl von Hunderten von Kanonen von allen
Größen und Formen aufgestellt, die zu verschiedenen Zeiten
aus Europa gekommen und wol meist als Geschenke von der
englischen Regierung dem Sultan übersandt worden sind und
auf welche derselbe gewiß nicht wenig stolz ist. Es sind
darunter Riesen-Schiffskanonen, die beinahe an die große
Krupp'sche Kanone der pariser Weltausstellung von 1867 erinnern. Die persische Leibgarde ist hauptsächlich auf die Bedienung dieser Geschütze einexercirt und gibt sich dieser Arbeit
mit großem Gaudium hin, bei den zahlreichen Gelegenheiten,
welche die mohammedanischen Festtage, oder die Ankunft eines
englischen Kriegsschiffes, oder die Auswechselung von officiellen
Besuchen zwischen dem Sultan und seinen Ministern und den
europäischen Consuln oder Schiffscommandanten bieten. Die
gesammte stehende Landarmee des Sultans besteht überhaupt
nur aus 1000 Mann, mit welcher geringen Zahl er die Bevölkerung seiner 450 Stunden langen Seeküste und der dazu-
gehörigen Inseln in Ordnung und Unterthänigkeit zu erhalten
hat. Ein Eroberungskrieg eignet sich also schwerlich für diese
Armee, bei dem Umstande jedoch, daß das ganze Land des
Sultans hauptsächlich nur ein Küstengebiet ist, ist für ihn
seine Kriegsflotte die Hauptsache. Dieselbe zählt einige ganz
gute europäische Schiffe (deren eins den bescheidenen Namen
„König der Welt" führt) und wird von einem deutschen Admiral (einem Hamburger) commandirt.

Ich nahm auch flüchtig den Marstall des Sultans in
Augenschein und fand in einem großen Hofe, in den mich die
Thorwache ohne weiteres einließ, eine Anzahl theilweise sehr
hübscher weißer Pferde mit orangegelb gefärbten Schweifen
und Füßen frei herumlaufend, außerdem auch einen schönen

weißen abyssinischen Reiteſel, ein paar Kamele, einen Strauß und ein paar Affen. Rings um den Hof herum laufen Bogenarcaden, welche die eigentlichen Stallungen repräſentiren.

Die vierte Bevölkerungsklaſſe Zanzibars (oder Ugujas, wie es bei den Suahelis heißt) ſind die Hindi und Banyanen: Indier von Bombay und von der Halbinſel Gudſcherat, die eine vollſtändig europäiſche Hautfarbe und Geſichtsbildung haben und viel äußere Aehnlichkeit mit Türken oder Montenegrinern zeigen. Sie bilden ein im ganzen Orient weitverbreitetes Handelsvolk und ſind daher gewiſſermaßen als Indiens Phönizier oder Juden zu betrachten. Die Hindi ſind Mohammedaner (Sunniten), die Banyanen aber Buddhiſten. Sie ſind ſämmtlich Kaufleute, theils Groß=, theils Kleinhändler und Ladenkrämer. Durch ihre einfache ſparſame Lebensweiſe und ihre unermüdliche Activität pflegen ſie ſich mit der Zeit ein Vermögen zuſammenzuſparen, womit ſie dann gern nach Indien zurückkehren. Einzelne darunter haben ſich große Reichthümer geſammelt, und nehmen infolge deſſen eine ſehr angeſehene Stellung in der Geſellſchaft von Zanzibar ein. So iſt z. B. der Bankier und Finanzminiſter des Sultans Tarya Topan ein ſteinreicher Hindi, der ſo gut wie der geriebenſte europäiſche Börſenſpeculant zu rechnen verſteht. Auch der Zollhausinſpector und alle ſeine Beamten in den ſämmtlichen Küſtenſtädten des Sultans ſind Indier (Banyanen); die Steuererhebung iſt jenem oberſten Zöllnerchef vom Sultan in Pacht gegeben und bildet derſelbe mit ſeinen Unterbeamten gewiſſermaßen einen Staat im Staate.

Die europäiſchen Kaufleute pflegen ihre Kaſſenbeamten, Magazinaufſeher, Engros=Lieferanten und Detail=Abnehmer durchweg aus der Klaſſe der Banyanen zu nehmen. Neben ihrer Rührigkeit, Nüchternheit und Klugheit iſt es hauptſächlich die große Ehrlichkeit, durch welche ſich dieſe Indier den Kaufleuten für ſolche Aemter empfehlen und ſich denſelben geradezu unentbehrlich machen. Dieſe Redlichkeit geht ſo weit, daß jeder Diebſtahl in Zanzibar durch die Banyanen raſch entdeckt zu werden pflegt, indem dieſelben alle muthmaßlich geſtohlenen, ihnen von verdächtigen Perſönlichkeiten zum Kaufe angebotenen Waaren sofort bei den sämmtlichen europäischen Kaufleuten herumsenden, um die ursprünglichen Eigenthümer ausfindig zu machen. O, könnte man doch eine Anzahl von solchen heidnischen Banhanen nach den Diamantenfeldern übersiedeln an Stelle des dortigen nichtswürdigen Vereins von christlichen und jüdischen Hehlern gestohlener Steine!

Im Anfang hielt ich, ihres Aeußern wegen, auch alle die zahlreichen Lastträger, die ich in den engen Straßen unter ihren riesenhaften Lasten dahinkeuchen sah, für Indier, bis ich belehrt wurde, daß sie sämmtlich von Südarabien kommen. Sie tragen nach Art der armenischen Hamals von Konstantinopel die größten und schwersten, frachtwagenartigen Kolosse aus zusammengebundenen Kisten palankinmäßig aufgehangen in der Mitte zweier starken Stangen, deren Enden auf den Schultern von 10—20 athletischen Männern ruhen. Diese Leute mit ihren nackten und schweißtriefenden gelbbraunen Oberkörpern und ihren langen schwarzen Vollbärten pflegen sich das mühsame Schleppen ihrer gigantischen Lastenungethüme durch einen taktförmigen abgebrochenen Chorgesang zu versüßen und zu erleichtern. Wenn eine solche Trägerkaravane mit schwerem, dröhnendem, elefantenhaftem Tritt und unter dem unaufhörlichen Geschrei: Platz! Platz! durch die engen hühnersteigartigen Straßen trappst und ihr dann etwa noch ein Zug breitbeladener Kamele entgegenkommt, so riskirt der Fußgänger jedesmal überrannt oder an die Mauer der Häuser gedrängt und zerquetscht zu werden, wenn er nicht zeitig genug sich in einen der die Straßenseiten bildenden kleinen offenen Kaufläden hineinflüchten kann. Wie unter solchen Umständen die vielen langsam dahinschreitenden Blinden und die einzelnen an den Füßen eng zusammengeketteten Sklaven es möglich machen, die engen Straßen zu passiren, ohne öfters an die nächste Häuserwand angepreßt und zerrieben zu werden, ist mir ein Räthsel geblieben.

Außer diesen vier Klassen der Bevölkerung von Zanzibar gibt es hier noch zahlreiche Vertreter fremder Volksstämme: einzelne Parsikaufleute aus Indien (die von weißer Farbe sind, auf einer hohen Culturstufe stehen und der schönen

Religion Zoroaster's huldigen), eine große Anzahl von Mal-
gaschen, d. i. Malaien von Madagascar und den umliegenden Inseln, die ein ganz besonderes Stadtviertel (im Osten
der Stadt, jenseit der sogenannten Lagune) einnehmen, Negersklaven von allen möglichen Stämmen des innern Afrika, zumeist aus dem Lande der großen centralafrikanischen Seen,
und endlich die europäische Bevölkerung, die in ihrer Aristokratie durch englische, deutsche, amerikanische und französische
Kaufleute, in ihren niedern Klassen durch braune Portugiesen
vertreten ist. Diese letztern, deren Vorältern allerdings aus
Portugal gekommen, haben nach einer Reihe von Generationen
eine so dunkle Farbe angenommen, daß man sie leicht für
Hindus halten könnte.

Ich kam auf meiner Wanderung auch über einen dreieck-
gen Marktplatz, wo eine für mich höchst interessante bunte
Menschenmenge durcheinanderwogte. Theilweise auf kleinen
Tischen mitten in der Sonnenglut ausgelegt, theilweise von
ausrufenden Trägern in der Hand gehalten, gab es hier alle
möglichen Dinge zu kaufen: Haus- und Küchengeräthschaften,
Kleidungsstücke und Schuhe, Teppiche und Tischdecken, Waffen,
Körner und Früchte aller Art u. s. w. Namentlich zog eine
Anzahl Männer meine Augen auf sich, die große zweischnei-
dige und gerade Schwerter (Upanga) in den Händen hielten
und mit letztern der in die Höhe gehobenen nackten Klinge
eine fortwährend zitternde Bewegung gaben, um die Elastici-
tät und Geschmeidigkeit derselben recht ins Licht zu setzen.

Von Körnern, Gemüsen, Früchten, Nüssen und dergleichen
Bodenerzeugnissen der reichen Tropenwelt gab es auf diesem
Platze ein sehr buntes Durcheinander. Orangen, Mandarinen,
Citronen, Mangoäpfel, Papaven, Bananen, Wassermelonen,
Ananas, Feigen, Guavaäpfel, Chiromogas, Cocosnüsse, Ta-
marinden und Zuckerrohr lagen in leckern und appetitlichen
Haufen übereinandergethürmt, immer in kleine Portionen ein-
getheilt, deren jede mit einer der gebräuchlichen Kupfermünzen
(Pice oder Pesa, etwa ¼ Penny oder einem österreichischen
Kreuzer entsprechend) bezahlt wird.

Neben den vielen und mannichfach gestalteten Arten von

kleinen und sehr wohlschmeckenden Nüssen fiel mir namentlich
eine längliche weiße Wurzel auf, ungefähr von der Stärke
eines Aales, die in gurkengroße Stücke zerschnitten massenhaft verkauft wird und infolge des großen Nahrungsgehaltes
ihres wohlschmeckenden schneeweißen Mehles eins der Hauptnahrungsmittel des niedern Volkes bildet. Sie kommt von
der Mhogo-Pflanze, einer strauchartigen Wolfsmilchart, und
ist den Negern als Nahrungsmittel dasselbe, was den Süd-
seeinsulanern ihre Brotfrucht. In Südamerika wird diese
Pflanze Manioc oder Kassava genannt und bildet auch dort
ihres reichen Stärkemehlgehaltes wegen ein vorherrschendes
Nahrungsmittel der Creolen, Neger und Indianer. Um sie
fortzupflanzen, braucht man nur abgeschnittene Stengel in die
Erde zu stecken; nach 4—5 Monaten sind die 1—2 Fuß
langen mehligen Wurzelknollen schon eßbar. Unsere wohlschmeckenden Tapioca-Puddings haben wir dieser nützlichen
Pflanze zu verdanken.

Neben den Mhogo-Wurzeln nahm einen Hauptplatz in den
Vorräthen der Victualienbuden eine Körnerfrucht ein, in welcher ich sogleich das mir von Thaba-Nchu und Natal her so
bekannte Kaffernkorn wiedererkannte (Sorghum Caffrense).
Es führt hier den Namen Mtama, während es in Aegypten
Durrha, in Westindien Guineakorn genannt wird. Die Felder mit Kaffernkorn erscheinen dem Auge ganz ähnlich wie
Maisfelder, und ein hundertfältiger Ertrag des Samenkorns
ist ein ganz gewöhnlicher.

Auch Bataten und Yamswurzeln — der hier beliebte Ersatz für unsere Kartoffeln — sowie Bohnen und Erbsen fehlten nicht in dieser Ausstellung von Bodenerzeugnissen. Das
Hauptnahrungsmittel der Indier und Araber, der Reis, war
natürlich ebenfalls reichlich vertreten; er wird jedoch nicht hier
cultivirt, sondern von Indien und Madagascar bezogen.

In den zahlreichen dicht aneinandergedrängten kleinen
offenen Kaufläden, welche auf beiden Seiten der Bazarstraße
sich in langen Reihen hinziehen, sind die Körner- und Frucht-
vorräthe gleichfalls schon vorsorglich für den Verkauf in lauter
kleinen Kreuzerportionen vorbereitet und eingetheilt, indem

immer eine entsprechende Quantität davon in eine flachrunde aus Gras geflochtene Schüssel eingeschüttet ist. Dies sieht denn sehr sauber aus und der Vorübergehende sieht hieraus sofort mit einem einzigen Blick, wieviel Kreuzerportionen jeder einzelne Händler von einer gewissen Körner- oder Fruchtsorte noch übrig hat. Zugleich erweist sich aus diesem Gebrauche sehr deutlich, daß der Großhandel in diesen Ladenbüldchen seine Stätte noch nicht aufgeschlagen hat. Das herrschende Zahlungsmittel ist Kupfergeld, und wer daher einigermaßen bedeutende Einkäufe bei diesen Kleinhändlern zu machen hat, muß immer einen großen und schweren Sack von Kupfermünzen mit sich herumschleppen. Für den großen Handelsverkehr ist die landesübliche Münze nur in Silber, nämlich die indische Rupee (2 Mark), und wer eine Kaufsumme in englischem Golde zahlen wollte, würde darauf zehn Procent verlieren, da Gold zehn Procent höher im Curse steht als Silber. Die Dampfschiffspassagepreise und Hotelrechnungen thut also der Fremde wohl, nur in Silber zu bezahlen, und sein Gold lieber an die Banyanenbankiers zu verkaufen, die dasselbe ihm stets mit Begierde abnehmen werden. Auf dem benachbarten Festlande besteht die cursirende Kleinmünze in den Kauries, den bekannten kleinen Muschelchen, die auch von Zanzibar nach andern Punkten der Küste und des Innern ausgeführt werden.

Achtundzwanzigstes Kapitel.

Nachdem ich an dem augenverwirrenden und malerischen
Gedränge dieser neuen, an einen europäischen Opernaufzug
erinnernden Welt meinen Blick einigermaßen gesättigt und ein
Frühstück von Bananen, meiner süßen Lieblingsfrucht, eingenommen hatte, begab ich mich — denn es war unterdessen
11 Uhr geworden — nach dem englischen Generalconsulat, um
Kapitän Elton zu besuchen. Das Consulat, über dem eine
gewaltige britische Flagge in den Lüften wehte, ist ein prächtiges weißleuchtendes Palais mit herrlicher Seefronte. Das
Dach ist flach und mit crenelirten Mauerzinken umgeben und
bietet bei seiner köstlichen Aussicht und dem oben immer kühlenden Seewinde eine sehr genußreiche Promenade. Die wie
ein Ofen glühende freie Terrasse am Meere überschreitend,
wo aus Grün und Blumen hervor mich einige Papagaien und
Affen mit unverständlichen Zurufen begrüßten, trat ich in den

Palaſt ein. Ein Diener führte mich in den erſten Stock in
einen großen, ſchönen und luftigen Empfangsſaal, deſſen hohe
Fenſter eine entzückende Ausſicht nach der kornblumenblauen
See und der dort ankernden britiſchen Kriegsflotte boten.
Bald kam Kapitän Elton, der aber leider heute recht ſchwach
und elend ausſah; er hatte wieder einen ſeiner Fieberanfälle,
was bei ſeinem fortwährenden und mit ſo vieler anſtrengenden
Arbeit verknüpften Aufenthalte in dem ungeſunden Mozambique freilich nicht wundernehmen konnte. Seine Liebenswürdigkeit wurde aber durch ſein körperliches Leiden nicht um
ein Jota gemildert; er ſtellte mich ſofort dem Major Smith
von der Bombay-Armee vor, der während der Abweſenheit
des Generalconſuls Dr. Kerk (der den Sultan nach Europa
begleitet hatte) die Geſchäfte des Generalconſulats interimiſtiſch
verwaltet, und dieſer lud mich ſogleich zu einem ſybaritiſchen
Frühſtück ein, das unſerer in einem gewaltig großen und hohen,
bei offen ſtehenden Fenſtern prächtig kühlen und luftigen Speiſe-
ſaale wartete. Es war im Vergleiche zu der Ofenhitze der
Straßen ſo kalt in dieſem Saale, daß mich in meiner dünnen
weißen Leinwandkleidung ein ſtarkes Fröſteln ergriff, welches
jedoch durch die feurigen Weine des Conſuls und die ſchmack-
haften warmen Gerichte raſch beſeitigt wurde. Es nahmen
am Frühſtück noch der Viceconſul Herr Holmwood und ein
paar Kapitäne von hier ankernden engliſchen Kriegsſchiffen
theil. Die Unterhaltung drehte ſich hauptſächlich um den
Sklavenhandel und neuerdings gekaperte Sklaven-Dhauen —
eine Converſation, die in Zanzibar als eine überwiegende in
der officiellen Welt ebenſo natürlich iſt als wie in Kimberley
die über Diamanten und Diamantenpreiſe oder in Natal die
Unterhaltung über die Zucker- und Kaffeeernte und über den
fortwährend befürchteten allgemeinen Kaffernaufſtand. Der
Viceconſul gab mir eine intereſſante Proclamation, betreffend
das Verbot des Sklavenhandels, welche vom Landesherrn der
Halbinſel Gudſcherat, dem Rao von Kutch, an ſeine in Zanzibar
ſo zahlreich lebenden Unterthanen gerichtet und in fünf Sprachen: Engliſch, Arabiſch, Perſiſch, Hinduſtani und Gudſcherati,
gedruckt iſt. Sie lautet folgendermaßen:

Proclamation.

Maharadscha Dhiraj Mirza Maha Rao Shree Pragmulji Bahadoor, an alle Unterthanen von Kutch, die in Zanzibar wohnen: Es ist zu unserer Kenntniß gekommen, daß ihr in Zanzibar den Einkauf und Verkauf von Sklaven betreibt. Das ist eine ganz schreckliche Sache, und auf den Wunsch der ehrenwerthen englischen Regierung, diesem Handel ein Ende zu setzen, haben wir sowol als unser Vater schon früher Proclamationen erlassen. Ungeachtet dessen habt ihr dennoch nicht diesen abscheulichen Handel aufgegeben, was von euerer Seite sehr schlecht ist. Ihr erhaltet deshalb hiermit den Befehl, auf keinen Fall in diesem Handel zu beharren, und wenn ihr ihn noch betreibt, demselben nach Lesung dieser Proclamation zu entsagen. Der, welcher trotzdem den Handel fortsetzen oder andern zu dessen Fortsetzung behilflich sein wird, soll durch die ehrenwerthe britische Regierung streng bestraft und von derselben behandelt werden, als wäre er ein directer Unterthan der britischen Krone, welche Gewalt wir derselben ausdrücklich verliehen haben, und dieser Durbar wird all sein in Kutch gelegenes Eigenthum confisciren. Daher beherziget diese Warnung! Gegeben in Gegenwart Sr. Hoheit, diesen Montag den 1. Magsur Bud Summut 1929 des Bikram Era (entsprechend dem 16. December 1872).

Auf Befehl des ehrenwerthen Gouverneurs im Rathe

Bombay Castle, 2. Juli 1873.   (Gez.)   C. Gonne,
                                                Regierungssecretär.

Nota: Eine gleiche Proclamation ist von Sr. Hoheit dem Rao an seine Unterthanen im Sultanat Maskat erlassen worden.

Bombay Castle, 2. Juli 1873.   (Gez.)   C. Gonne,
                                                Regierungssecretär.

Als der Lunch vorüber war und nun der Kaffee aufgetragen wurde, kam ich mit einem der anwesenden Kriegsschiffskapitäne in eine sehr lebendige Unterhaltung über den Sklavenhandel. Der Kapitän drückte sich gegen mich ungefähr folgendermaßen aus: „Die britische Flotte thut alles, was in ihren Kräften steht, um den Sklavenhandel an dieser Küste zu unterdrücken. Aber die Längenausdehnung der ganzen afrikanischen Küste von Kap Gardafui bis zur Delagoa-Bai ist so ungeheuer groß, daß selbst eine zehnfache Anzahl von Kriegsschiffen den Sklavenhandel, der auf allen Punkten dieser Küste von arabischen und

portugiesischen Speculanten betrieben wird, vollständig zu un-
terdrücken unvermögend sein würde. Die Küste ist reich an
Baien und seichten Meerkanälen, die zwischen unzähligen kleinen
Inseln versteckt liegen und in welche unsere großen Schiffe
nicht einfahren können. Selbst wenn wir also eine genügende
Anzahl von Mannschaften dazu disponibel hätten, könnten wir
alle diese abgelegenen Verstecke nur durch kleine bewaffnete
Boote überwachen, die fortwährend in diesem Labyrinth von
Küsteninseln auf- und abfahren müßten. Die Sklavenhändler
sind aber durch zahlreiche Spione fortwährend ganz genau
darüber instruirt, wo sich in jedem Augenblicke die verschie-
benen britischen Kreuzer befinden. Nichts ist nun leichter, als
daß aus den nicht fern von der Küste an fortwährend wechselnden Orten unterhaltenen Sklavendepots auf das erste von
einem Spion gegebene Warnungssignal die dort unterhaltenen
Sklavenbestände in forcirten Eilmärschen nach einem in dem betreffenden Moment gefahrfreien Punkte der Küste dirigirt und
dort auf leichten, schnellen Dhauen — wenn es sein muß in
finsterer Nacht — eingeschifft werden. Und einmal auf hoher
See, kommen von hundert Dhauen achtzig unbemerkt von
einem britischen Kreuzer durch und landen später ihre lebendige
Waare an irgendeinem Punkte der Küsten von Madagascar,
Arabien, Beludschistan, Persien, Nubien oder Aegypten. Der
Profit der Verkäufer ist ein so kolossaler, daß er nie aufhören wird viele Hunderte von Unternehmern zu diesem gewinnreichen Geschäft anzureizen, und man müßte alle europäischen Kriegsflotten zusammen längs der ostafrikanischen
Küste stationiren, um vollständig den in so ungeheuern Dimensionen betriebenen Handel unterdrücken zu können. Auf der
Westseite Afrikas war dessen Unterdrückung viel weniger schwierig, da der Export von dort nur nach Westindien, Brasilien
und Nordamerika gerichtet war und nur in großen, viel leichter
zu überwachenden Schiffen vor sich gehen konnte. Hier aber
an der Ostküste ist der so massenhaft Negersklaven verbrau-
chende islamitische Orient zu nahe und zu gewinnverlockend
und wird der Export in viel kleinern Schiffen bewerkstelligt,
von denen fortwährend ganze Schwärme in See gehen, sodaß

die hier stationirte kleine englische Flotte mit einem Dutzend
von schwimmenden Bulldoggen verglichen werden könnte, die
etwa einen Schwarm von Hunderten von Wasservögeln hindern sollten in die See hinauszuschwimmen. Die Zahl der
auf dem Landwege vom Innern Afrikas nach der vom Sultan
von Zanzibar beherrschten Seeküste transportirten Negersklaven
betrug allein in einem Jahre, vom October 1873 bis October
1874, circa 100000 Köpfe!*) Davon wurden 32000 nach Pangani, 15000 nach Pemba, 16000 nach Gasi u. s. w. dirigirt.
Die Preise wechselten je nach verschiedenen Gegenden; junge
männliche Sklaven kosteten in Pangani per Kopf 20—25, in
Mombasa 25—30, besonders schöne und kräftige bis zu
50 Dollars. Weibliche waren etwa 7 Dollars billiger, aus-
genommen junge und hübsche, zu Concubinen geeignete Mädchen, die mit 40—70 Dollars jede bezahlt wurden. Das
Verhältniß der infolge ihrer Strapazen und übeln Behandlung mit Tode abgegangenen Sklaven betrug auf einigen dieser
Strecken nicht weniger als 75 Procent!"

Der Kapitän sagte weiter, und ganz speciell gegen mich
gewandt: „Was mehr als alle übrigen Ursachen zu der stets
zunehmenden und endlose Landstrecken entvölkernden Sklavenjagd im Innern von Afrika beiträgt, das ist der Engrosim-
port von Schießgewehren, der von europäischen Kaufleuten an
der Küste mit solchem enormen Profit in Gang gehalten wird
und dem sich namentlich auch viele Ihrer Landsleute, die

---

*) Nach einer Correspondenz aus Zanzibar von Mitte August 1877
soll der Sklavenexport von der Küste Zanguebar in den letzten Monaten
gänzlich lahm gelegt worden sein, infolge einer sorgsamen Cooperation
des Sultans mit dem englischen Generalconsul Dr. Kerk. Allein diese
Nachricht verräth deutlich, daß sie einer sehr optimistischen Feder ent-
sprungen ist, denn wer will für den „gänzlichen Stillstand" des Sklavenhandels die Beweise beibringen, bei der ungeheuern Länge einer nur in
so kleinen und unterbrochenen Abschnitten überwachten Küste? — Dieselbe Nachricht besagt auch, daß der Sultan jetzt ein Regiment von
500 Negern mit modernen Martini-Henry-Gewehren bewaffnet und durch
den englischen Marinelieutenant Matthews hat europäisch einexerciren
lassen; sogar eine Gatling-Kanone ist demselben beigegeben.

reichen deutschen Kaufleute auf der Küste von Delagoa-Bai
bis Zanzibar ergeben haben. Dieser Handel macht sie natürlich rasch zu Millionären, und wenn sie dann als solche nach
Hamburg zurückgekehrt sind und sich fürstliche Villen bei
Blankenese bauen, so treten sie dort in den Genuß einer höchst
ehrenvollen und angesehenen Stellung und kein Mensch fragt
danach, wie sie zu ihren Millionen gekommen sind. Und doch
klebt Blut, massenhaftes Blut an ihren durch den «unschuldigen Flintenhandel» zusammengehäuften Schätzen!*) Denn
die zahllosen kleinen Häuptlinge im Innern Afrikas gebrauchen
diese unaufhörliche Flintenzufuhr (die ihnen allerdings nicht direct
von den Europäern, sondern durch die Vermittelung arabischer
Zwischenhändler zukommt) ausschließlich nur zur Führung
innerer Kriege, um sich gegenseitig Sklaven abzunehmen und
diese dann den von der Küste kommenden arabischen Händlern
zu verkaufen. Die Häuptlinge, welchen es gelungen, die meisten
Flinten sich anzueignen, überfallen, einen nach dem andern,
alle ihre schwächern Nachbarn, die nur mit Bogen und Pfeilen
sich wehren können. Auf jeden lebendig gefangenen Sklaven
gibt es natürlich 5—10 Todte, sodaß, um 100000 Sklaven
bis an die Küste zu bringen, das Binnenland von einer halben
oder ganzen Million entvölkert wird! Meinem Wunsche nach
sollte unsere englische Regierung den Handel mit Schießgewehren nach dem Innern der directen Theilnahme am Sklavenhandel gleichstellen und die betreffenden Landesregierungen veranlassen, die ehrenwerthen Speculanten, die sich damit befassen,
welcher Nation sie auch angehören mögen, durch ihre Consuln
mit den strengsten Strafen zu belegen."**)

Ich hatte den erregten Kapitän ruhig ausreden lassen, da
ich vollkommen seine Meinung theilte und mich schon auf

*) Vgl. meine Bemerkungen hierüber im 24. Kapitel bei Gelegen-
heit meines Besuches von Delagoa-Bai.

**) Die europäischen Kaufleute haben ihre Flintendepots in Baga-
moyo (gegenüber der Insel Zanzibar auf dem Festlande gelegen) und
theils hier, theils bei den Zwischenhändlern in Unjanjembe kaufen die
arabischen Sklavenhändler ihre Bedürfnisse an Feuerrohren und Munition regelmäßig ein.

den Diamantenfeldern so oft geärgert hatte, wenn ich jeden
Sonnabend den massenhaften Flintenverkauf an heimkehrende
Schwarze vor sich gehen sah und dies unter den Augen der
für die Negerrasse in allen andern Richtungen (und das zum
großen Nachtheil ihrer weißen Unterthanen) so übermäßig
zärtlich besorgten und väterlichen englischen Regierung. Aber
nach dem Grundsatze „Audiatur et altera pars!" führte ich
dem Kapitän, nicht beschönigend, aber entschuldigend, einige der
Gründe an, welche die Händler mit Schießgewehren, zugleich
eifrige Verfechter des Freihandelsprincips, für die rechtliche
und moralische Zulässigkeit ihrer Speculationen anzuführen
pflegen.

„Der Handel", sagen diese Herren, „kennt in der ganzen
Welt keine sentimentalen moralischen Rücksichten. Geschäft ist
Geschäft und hat nur den Einen Zweck: Geldmachen! und
das so rasch als möglich! Denn das menschliche Leben ist
kurz und die Zeit zum Genusse eines durch Aufopferung der
besten Mannesjahre erworbenen Vermögens so beschränkt!
Soll also ein Kaufmann, der auf 10 oder 15 Jahre allen
Freuden und Genüssen der Heimat entsagte, um in einem
weit entlegenen und mit einem tödlichen Klima behafteten
Lande zu leben, sich hier nur ängstlich auf solche Geschäfte
beschränken, die ihm nur 20—50 Procent Gewinn geben, wenn
er im Flintenhandel 4—500 Procent machen kann? Der
kolossale Import von Opiumgift, den die englische Regierung
von Ostindien nach China betreiben läßt und dem zu Liebe
sie sogar, weil derselbe ihr eine so hohe Einnahmerente abwirft*), einen Krieg mit dem Reiche der Mitte nicht scheute —
ist er etwa moralischer als unser Flintenhandel? Und der
massenhafte Import von Kriegsmaterial, Kanonen, Flinten und
Pulver, nach Frankreich, den sich beim Kriege zwischen Deutschland und Frankreich zahlreiche englische und amerikanische Speculanten erlaubten und dadurch den Widerstand Frankreichs noch

---

*) Im Jahre 1870 bezog die englisch-indische Regierung allein aus
dem Verkauf von Opium, dessen Cultur bekanntlich von ihr monopolisirt
ist, nicht weniger als 240 Millionen Mark!!!

um mehrere Monate in die Länge zogen, ist er nicht viel straffälliger als unser Flintenimport in Länder von thierisch dahinvegetirenden Wilden, welche, absolut gezwungen durch die Uebervölkerung ihrer infolge der allgemeinen Unsicherheit nur wenig angebauten Länder, fortwährend in Hungerfehden miteinander liegen und daher so wie so lebenslang keine andere Beschäftigung kennen, als nur immer sich gegenseitig zu bekriegen und sich einander so viel Leute zu tödten oder als Sklaven abzunehmen, als nur immer möglich, und diese letztern dann an die Händler von der Küste zu verkaufen! — Kommt es denn nun nicht ganz auf Eins heraus, ob diese nun einmal vollständig unvermeidlichen und unhemmbaren Kriege zwischen ihnen nur, wie früher, mit Bogen und Pfeilen, oder wie jetzt, mit Schießgewehren ausgefochten werden?"

Es läßt sich nicht leugnen, diese Selbstvertheidigung der Flintenhändler hat einigen Anschein von Logik und ist geeignet, ein wenig kitzeliges und erregbares Gewissen vollständig über den Punkt der Immoralität des Geschäfts hinwegzubringen. Und wie gern und leicht läßt nicht eine menschliche Seele sich beruhigen in allen solchen Fällen, wo ihr Interesse und ihre Wünsche eine solche Beruhigung erheischen!

Der Kapitän, den sein Dienst für fünf Jahre auf der ihm keineswegs zusagenden Station von Zanzibar festhielt, mochte wol ganz besonders gegen alle directen und indirecten Beförderer des Sklavenhandels gereizt sein, weil dieselben die Ursache waren, daß er hier fünf kostbare Jahre seines Lebens freudlos verlieren mußte. Er ließ daher meine zur Entschuldigung der deutschen und fremdländischen Flintenimporteurs vorgebrachten Gründe wenig gelten. Den Vergleich mit dem englischen und amerikanischen Waffenimport in Frankreich fand er unpassend, da hier intelligente und mündige Völker gegeneinander in Krieg gestanden hätten; solchen gegenüber sei ein Waffenhandel (sowenig er denselben auch sonst in Schutz nehmen wolle) sicher ein weniger unmoralisches Geschäft als gegen eine uncultivirte, noch in ihrer Kindheitsperiode liegende und weiser Bevormundung bedürfende Negerbevölkerung, deren blutdürstige Triebe durch die massenhafte Zuführung schrecklich

wirkender Zerstörungsmittel verzehnfacht und deren Selbst-
ausrottung durch die infolge derselben wüthenden und zehnmal blutiger gewordenen Kriege außerordentlich beschleunigt
werde.

Und ich denke, die neuesten bekannt gewordenen Nachrichten
bestätigen hinreichend diese letztere Thatsache. Das Sklaven-
jägerterrain des innern Afrika erstreckt sich über einen Flächeninhalt so groß wie ganz Europa und umfaßt drei getrennte
geographische Hauptregionen: das westliche, das östliche und
das südliche Territorium.

Das erste (westliche) bilden die Staaten des Sudan;
sein Hauptmarkt ist Kuka, von wo die Sklavenkaravanen
nördlich nach Murzuk und von dort östlich nach Kairo dirigirt
werden. In Kuka kostet ein Knabe 15—30 preußische Thaler,
ein Mädchen 30—60, ein alter Mann, ein altes Weib oder
ein Kind 3—10 Thaler. Jeden Montag ist großer Sklaven-
markt, welcher allwöchentlich mit 5—6000 Sklaven versorgt
wird. Zahlreiche von Arabern geführte Karavanen bringen
von hier einen Theil der Sklaven nach Norden, durch die
brennende Wüste 200 deutsche Meilen weit nach Murzuk, der
Hauptstadt des türkischen Vasallenstaates Fezzan. Die alljährliche sogenannte Große Karavane allein führt circa 4000
Sklaven nach Murzuk. Was diese unterwegs auszuhalten
haben, das zeigt die von G. Rohlfs wahrgenommene „Knochen-
straße" durch die Wüste! „Zu den beiden Seiten der Straße",
sagt dieser berühmte Reisende, „sehen wir unzählige gebleichte
Skelete liegen, die von den unterwegs gefallenen Sklaven herrühren. Selbst ein Mann, der den Weg von Bornu nach
Murzuk nicht kennt, braucht nur der Spur der vielen rechts
und links liegenden Menschenskelete zu folgen, um den Weg ganz
sicher zu finden." Im Sudan sind die Lieferanten der Sklavenhändler die eingeborenen Herrscher selbst; es ist dies ihre
hauptsächlichste Einnahme. Da dieselben selbst sich zum Islam
bekennen, so betrachten sie die ihnen unterworfenen oder benachbarten heidnischen Negervölker als vogelfreie Leute und organisiren daher alljährlich mehreremal Sklavenjagden en gros,
bei welchen sie ihre Offiziere und Soldaten durch einen regel-

mäßigen Antheil an der Beute speciell für das Einfangen von
Negern zu interessiren pflegen. Bei Gelegenheit dieser Sklavenjagden werden ungeheuere Territorien verwüstet und vollständig
entvölkert. Sämmtliche Negerdörfer, welche die Raubbande
durchzieht, werden von derselben niedergebrannt, alle die Neger,
welche Widerstand leisten oder sich nicht zu Sklaven eignen,
mitleidslos niedergemacht, und der Rest nach Kuka zum Markt
transportirt. In Murzuk lassen die türkischen Beamten, die
vom Händler für jeden Sklaven 10 Francs Gratification erhalten, die Sklavenkaravane bei Nacht ein und von dort wird
dieselbe nachher nach Kairo — wiederum eine Wüstenreise von
250 deutschen Meilen! — dirigirt. Der Rest, welcher lebendig
in der ägyptischen Metropole ankommt, erzielt dort einen so
hohen Preis, daß alle die zahlreichen Abgänge, die unterwegs
durch den Tod erfolgten, durch den verbleibenden Geschäfts-
gewinn reichlich aufgewogen werden. Infolge der steten innern
Kriege in den Ländern des Sudan, die einzig zum Zwecke des
Fanges von Sklaven unternommen werden, beträgt die Menge
der von dort alljährlich nach Murzuk und von dort weiter
nach Aegypten transportirten Sklaven mindestens 15000, während sicher wenigstens die vierfache Anzahl von Negern in den
verschiedenen Kämpfen auf dem Platze bleiben. Welche fortdauernde Entvölkerung des innern Afrika durch diesen Massen-
mord und die gezwungene Massenauswanderung!

Das zweite Haupterritorium des afrikanischen Sklavenhandels liegt so recht im Herzen Afrikas. Es umfaßt das
Thal des obern Nil, die Länder der Schelluks, Denkas,
Djurs u. s. w. Hier sind unter die arabischen Sklavenhändler
auch Europäer, der Abschaum unserer Rasse, gemischt, die
unter der täuschenden Benennung von Elefantenjägern kleine
Expeditionen für Sklavenjagd organisiren, wozu sich immer
einige Hundert zusammenthun. Seit den letzten 20 Jahren
hat sich hier die Menschenjagd in demselben Maße ausgebreitet
wie im Sudan. Man kann sich eine Vorstellung von solchen
Expeditionen machen, wenn man erfährt, daß eine einzige solche
Jagd im Jahre 1864 den Unternehmern nicht weniger als
8000 Sklaven in die Hände lieferte.

Vom obern Nil werden die Sklaven auf dem Wasserwege nach Chartum geschafft, wo die bestochenen ägyptischen Beamten sie ohne Schwierigkeit einlassen. Die lange Reise, während welcher die Sklaven zusammengekettet und wie Vieh in engen Booten zusammengepfercht sind, kostet immer viele Opfer, welche unterwegs von den Blattern und von der Pest hinweggerafft werden. Solcher Sklavenjägerexpeditionen gehen alljährlich am obern Nil einige zwanzig vor sich. Jeder Anführer wählt sich einen gewissen Landstrich aus, in dessen Mitte er ein befestigtes Lager anlegt, von dem aus dann die Menschenraubzüge nach den einzelnen Negerdörfern, meistens durch plötzliche Ueberraschung und Ueberfall bei Nacht, eine nach der andern in aller Ungestörtheit ausgeführt werden.

Sir S. Baker schätzt den persönlichen Antheil, der nur auf jeden der zwanzig Anführer dieser Expeditionen allein kommt, auf 450 Sklaven, außerdem erhalten die sämmtlichen einzelnen Bewaffneten noch jeder seinen besondern Antheil an der lebendigen Beute. Man muß die Sklaven, welche auf solche Weise jährlich am obern Nil eingefangen und von dort nach Chartum gebracht werden, auf wenigstens 30000 veranschlagen, und die Zahl der gesammten Opfer dieses unmenschlichen Raubkrieges auf mindestens die fünffache Anzahl. Von Chartum werden die Sklaven nach dem türkischen Hafen Massauah am Rothen Meere geschafft, von wo sie sich nach verschiedenen Gegenden von Arabien und Aegypten vertheilen. Ein großer Theil der aus dem Suban vom obern Nil exportirten weiblichen Sklaven wird auf den beiden großen Messen, die alljährlich in Tanta (im Nildelta) stattfinden, an die dort aus allen Gegenden der islamitischen Welt zusammenströmenden Händler verkauft, welche die zahlreichen Harems der Paschas und Kaimakams fortwährend mit „frischer Waare" zu versehen haben. Die ägyptische Polizei drückt ihre Augen zu und verhindert nur den öffentlichen Verkauf dieser Sklavinnen.

Das dritte große, und das allerwichtigste Territorium der Sklavenjäger bildet das große Plateau von Centralafrika, zwischen den großen Aequatorialseen und dem Zambesi. In diesen weiten Regionen wüthen die Speculanten in Menschenfleisch mit größerer Energie und Grausamkeit als irgendwo anders; sie sind fast sämmtlich Araber und der ewige Krieg zwischen diesen arabischen Eindringlingen und den eingeborenen Negern hat daher hier ganz den Charakter eines reinen Rassenkrieges angenommen, der von beiden Seiten mit ausgesuchter Grausamkeit geführt wird. Bei der Herzlosigkeit und dem gänzlichen Mangel an Gemein- und Nationalgefühl der Negerhäuptlinge ist es den arabischen Händlern leicht geworden, einem großen Theil der zahllosen kleinen Negerfürsten in ihr Interesse zu ziehen und sie fortdauernd zu gegenseitigen Kriegen anzureizen, um einander Sklaven abzunehmen und dieselben dann ihnen, den Arabern, zu verkaufen. Diese vielen kleinen Negerkönige sind indirect die besten Kunden für die weitherzigen und geldhungerigen europäischen Flintenimporteure. Die arabischen Händler beziehen nämlich von den letztern gegen Lieferung von Elfenbein und andern Artikeln europäische Schießgewehre und Munition und bezahlen dann hiermit wenigstens theilweise die ihnen von den Negerhäuptlingen gelieferten Sklaven. So kommt es, daß alle jene kleinen Negerfürsten von Jahr zu Jahr mehr Kriegsmaterial zur Fortsetzung ihrer Verwüstungskriege in die Hände geliefert bekommen und der Vertilgungskrieg aller gegen alle im Innern von Afrika fortwährend größere Dimensionen angenommen hat. Wenn man bedenkt, daß diese systematische Entvölkerung, hauptsächlich erst seit den letzten 20 Jahren zwischen dem Albert Nyanza, dem Victoria Nyanza, dem Tanganyka- und dem Nyassasee auf einer Oberfläche von 20000 deutschen Quadratmeilen vor sich geht, und dies gerade in den fruchtbarsten Gegenden, welche früher als der Garten von Afrika bezeichnet worden sind, so wird das Uebermaß von Elend, das der Sklavenhandel auch über diesen Theil von Afrika gebracht, recht in die Augen springend. Im Jahre 1851 besuchte der große Livingstone die Gegenden zwischen dem Tanganyka- und dem Nyassasee. Er fand eine zahlreiche und gutmüthige Bevölkerung vor, die friedlich dem Landbau und der Viehzucht lebte und in ihrem schönen und gesunden Klima auf ihrem fruchtbaren Boden eine ruhige und glückliche Existenz führte, wes

halb Livingstone den Plan faßte, unter diesen wohlwollenden
Menschen eine englische Colonie zu gründen. Zehn Jahre
später (1861 und 1863) kam er wieder in dieselben Gegenden;
aber wie fand er sie jetzt verändert! Er erkannte sie kaum
wieder, der Sklavenhandel war in der Zwischenzeit bis hierher
vorgedrungen. Die Getreidefelder und Fruchtgärten waren
verschwunden, die zahlreichen Dörfer niedergebrannt, die Einwohner auseinandergetrieben, weggeführt, getödtet. An un-
zugänglichen Plätzen, in Waldgebüsch, Morästen und Felsen-
einöden hielten sich die spärlichen Reste der ehemaligen Bevölkerung, die sich hatten flüchten können, versteckt und lauerten
in diesen Hinterhalten den kleinern Arabertrupps auf, um
dieselben, wenn thunlich, in der Nacht zu überfallen und den
Tod ihrer Brüder an ihnen zu rächen. Das ganze Land war
wie übersäet mit verstümmelten Leichen; die Flüsse selbst
schwemmten massenhaft Leichname ans Ufer. An den Aesten
der Bäume waren Frauen und Greise aufgehangen, die den
eilig vorwärts getriebenen Sklavenkaravanen aus Erschöpfung
nicht hatten folgen können, zur Warnung und Abschreckung
der übrigen, welche noch laufen konnten!

In Kazeh (Taboro, Unjanjembe), 50 deutsche Meilen vom
Tanganykasee und 90 Meilen von der Ostküste entfernt befindet sich der Hauptsklavenmarkt dieses Theils von Afrika.
Am Nyassasee ist der übliche Preis, den die Sklavenhändler
zahlen, für einen Mann 20 Yards (= 17½ Meter) Kattun,
für eine Frau oder ein Kind 12 Yards. Zu Kinyani am
Tanganykasee pflegt der Preis für einen Mann zwischen 16
und 24 Yards zu schwanken. Am schlechtesten pflegen die
eingeborenen Verkäufer selbst ihre lebendige Waare zu behandeln. Westlich vom Tanganykasee haben dieselben die
Sitte, ein Stück Holz wie eine Trense in den Mund ihrer
Sklaven zu legen, deren Hälse in schwere Holzgabeln zu stecken
und die Hände ihnen auf den Rücken zu schnüren. Auf diese
Art gesichert werden die Aermsten außerdem noch durch einen
Strick, der ihnen sämmtlich um die Hälse geschlungen ist, an-
einandergefesselt, während der Sklaventreiber das Ende des
Strickes um seinen eigenen Leib befestigt hält. Auf diese Art

wird freilich jedes Entlaufen unmöglich gemacht. Die arabischen Sklavenhändler sind erst seit den letzten acht Jahren bis
Nhangwe am Lualaba (Congo) vorgedrungen, welches schon
ganz im Centrum von Aequatorialafrika liegt (unter 4° 20'
südl. Br. und 26° 30' östl. L. von Greenwich), und werden
sich nun jedenfalls bestreben, ihren entvölkernden Menschenhandel von hier aus weit über das ganze Flußgebiet des Congo
hin zu verbreiten. — Von Kazeh sucht der arabische Neger-
händler mit seiner Sklavenkaravane so rasch als möglich nach
den verschiedenen Einschiffungsplätzen an der Seeküste zu kommen, um der vielen Hinterhalte, wo die wüthend gemachten
Eingeborenen auf die vorbeiziehenden kleinern Karavanen lauern,
sobald als möglich hinter sich zu haben. Es werden also angestrengte Eilmärsche gemacht; diejenigen unter den gefesselten
Sklaven, welche trotz der auf sie herabregnenden Peitschenhiebe
nicht mehr vorwärts können, überhaupt alle Kranken und
Schwachen werden mitleidslos in der Einöde zurückgelassen
oder durch Keulenhiebe getödtet. Auch hier bezeichnen daher,
wie zwischen Kuka und Murzuk, Tausende von menschlichen
Gerippen die verschiedenen Wege von Kazeh nach der Küste.
Je näher der Händler der Küste kommt, desto mehr sucht er
den Rest seiner Karavane zu schonen. Die auf dem weitern
Wege Erkrankten und Entkräfteten werden den noch Stärkern
auf den Rücken geladen und ihrer Ernährung nun mehr Aufmerksamkeit zugewendet. Der ganze Zug wird aus hintereinander her vereinzelt marschirenden kleinen Gruppen gebildet
— eine traurige, schwankende Procession von abgemagerten Ske-
leten, bis er endlich an der Küste ankommt, wo der übrigge-
bliebene Rest der Sklaven in dunkle, enge, unreine Schiffsräume
verladen wird, in deren fauliger Luft gekettet und zusammen-
gedrängt noch ein guter Theil der armen Opfer an Krankheiten
dahinstirbt.*) Und dennoch ist bei der Landung des nach allen

*) Auf zwei kürzlich erst aufgebrachten Dhauen war die Sterblichkeit
unter den zusammengepferchten Sklaven (meist Kindern von 4—14 Jahren!) so groß gewesen, daß innerhalb zehn Tagen von 200 Gefangenen
nicht weniger als 78 hatten über Bord geworfen werden müssen, nach-

diesen Leiden noch übriggebliebenen Restes von Sklaven in den islamitischen Ländern der Gewinn bei deren Verkauf noch immer ein so großer, daß er alle Kosten der Unternehmung deckt und daneben noch einen großen Gewinn abwirft!

Livingstone nimmt an, daß die Anzahl von Sklaven, welche schließlich die Küste erreicht, nicht mehr als den fünften Theil der Gesammtzahl von Negern repräsentire, welche dem Menschen- raubhandel im ganzen alljährlich zum Opfer fallen; in solchen Gegenden, wo ein energischerer Widerstand geleistet werde, sei es sogar nur etwa der zehnte Theil. Bei ihren Ueberfällen auf die Negerdörfer pflegen die Sklavenjäger alle erwachsenen Männer, welche Speere tragen, zu tödten und deren zersetzte Körper stückweise an Bäumen aufzuhängen, um der harmlosern Bevölkerung der Weiber und Kinder einen rechten Schrecken einzujagen. Die ungeheure Mehrzahl der gemachten Sklaven sind daher Weiber und Kinder. Bei den oben angegebenen Ziffern eines jährlichen Sklavenexports von 15000 Köpfen aus dem Sudan, 30000 aus dem obern Nilthale und 100000 vom Plateau von Centralafrika würde sich hiernach die jähr- liche Entvölkerung Afrikas durch den Sklavenhandel mindestens auf $5 \times 145000 = 725000$ Köpfe belaufen. Da aber die beiden ersten Ziffern entschieden zu niedrig sein dürften und wir der Wahrheit wol näher stehen werden, wenn wir sie verdoppeln, so würde dann die Gesammtzahl der jährlichen Opfer des Sklavenhandels sich auf 950000 Köpfe stellen, mit welcher Annahme auch die Schätzungen des Admirals Sir Bartle Frere, der fünf Jahre lang die Flottenstation an der Ostküste commandirte, und des katholischen Missionspriors in Zanzibar übereinstimmen, indem dieselben den jährlichen Menschenverlust Afrikas durch den Sklavenhandel auf eine Million veranschlagen. Freilich vertheilt sich diese jährliche

---

dem der anhaltende Hunger sie vollständig entkräftet gehabt hatte! Ka- pitän Sullivan in seinem Buche: „Dhow Chasing in Zanzibar Waters" („Jagden auf Sklavenschiffe in den Gewässern von Zanzibar"), schildert in lebhaften Farben die Leiden, welche die armen Neger noch zuguter- letzt auf den Sklaven-Dhauen durchzumachen haben.

Entvölkerungsziffer auf ein immenses Territorium, das so groß ist wie ganz Europa und eine Bevölkerung von circa 80 Millionen Negern enthält.

Und wo fließt dieser fortwährend erneute Menschenstrom hin, der nun schon seit einem Jahrtausend regelmäßig das innere Afrika entvölkert? Ausschließlich nach den Ländern des Islams! Der Islam, diese welthistorische Schöpfung des Araberthums, gab zuerst dem afrikanischen Sklavenhandel seine ungeheuern Dimensionen, und heutzutage sind die Abnehmer der regelmäßigen Sklavenausfuhr ausschließlich nur die mohammedanischen Länder Afrikas und Asiens: Aegypten, Tripoli, Tunis, Marokko, Arabien, die europäische und asiatische Türkei, Persien, Beludschistan und Afghanistan. Denn der Export nach den europäischen Colonien von Amerika ist durch die englische Kriegsflotte schon seit längerer Zeit vollständig unterdrückt worden. Wenig arbeitsam für sich selbst, empfinden die Muselmanen mit jedem Jahre mehr das Bedürfniß, andere Arme für sich arbeiten zu lassen. Das Verlangen nach Sklaven steigert sich von Jahr zu Jahr in diesen vertrockneten und stationären Staatsgesellschaften, deren Bevölkerung so langsam zunimmt, daß dieselbe durch eigenen innern Zuwachs erst in einem halben Jahrtausend sich verdoppeln könnte! Welcher Contrast mit den Yankees und englischen Australiern, deren Volkszahl sich jetzt alle 25 Jahre verdoppelt und die also in einem halben Jahrtausend sich vermillionenfachen könnten, wenn dies nicht infolge des Mangels an Platz und Nahrung auf unserm Erdplaneten überhaupt eine physische Unmöglichkeit wäre.

Gegenüber der Negerrasse haben die dem Islam huldigenden Völker des Orients überhaupt bisjetzt eine recht traurige Culturmission offenbart. Sie scheinen für sich selbst nur noch zum Kriege, zur Gewaltregierung, zur Plünderung und Erpressung geeignet zu sein und sind für alle arbeitsamern ihnen unterworfenen Völker zu einem Fluche geworden. Je mehr ihre eigene Lebenskraft hinschwindet, desto mehr scheinen sie das Bedürfniß nach Auffrischung und Unterstützung durch eine gesündere und urwüchsigere Rasse zu fühlen. Und die fort=

währende Zuführung von neuem Negerblut ist ihnen nothwendig, weil im Orient die Neger sich nicht durch Geburten
zu vermehren pflegen. Schon die zweite Generation ist selten,
die dritte kaum zu finden. Dazu noch die in der Türkei und
in Aegypten herrschende Sitte der Castration so vieler Negerknaben, um Eunuchen für die zahlreichen Harems zu gewinnen
— eine Operation, die einem nicht geringen Theil der ihr
unterworfenen Kinder das Leben kostet!

Was eine der schlimmsten Seiten des Sklavenhandels ist,
ist die durch ihn bewirkte Perpetuirung des innern Kriegs-
zustandes, eines unaufhörlichen Bürgerkrieges in den schönsten
und fruchtbarsten Ländern von Afrika. Der Gewinn, welchen
er den Landesfürsten wie den Kaufleuten bietet, ist ein so ungeheuerer, daß damit kein anderer Handel, kein anderer Zweig
menschlicher Thätigkeit concurriren kann. Die Eingeborenen
haben gar kein Interesse mehr, den Boden zu bebauen, weil
sie die Früchte ihrer Arbeit nicht zu ernten hoffen dürfen, und
fremde Kaufleute, die in andern Gegenständen als in Menschenfleisch handeln wollen, können sich in diese Gegenden gar nicht
hineinwagen, da sie von den erregten Negerstämmen für
Sklavenhändler angesehen und ermordet werden würden.

So ist denn jeder Möglichkeit des Eindringens von Cultur
und Civilisation in den ungeheuern Territorien der Menschenjagd ein Riegel vorgeschoben, und der versteinerte, erstorbene
Zustand des innern Afrika, der nun schon so lange andauert,
wird und kann nicht eher gehoben werden, als bis es einer
großen und kraftvollen civilisatorischen Macht gelingen wird,
sich im Herzen von Afrika festzusetzen und dem Sklavenhandel
von innen heraus seine Nahrung zu entziehen, indem sie die
gesammten socialen und politischen Zustände des afrikanischen
Binnenlandes umändern, die Negervölker von den gegenseitigen
Vertilgungskriegen mit Gewalt entwöhnen und sie zur friedlichen Gewinnung von Bodenerzeugnissen durch Landescultur
und Arbeit anregen und anhalten würde.

Der große Reisende Cameron sagt im zwölften Kapitel
seines Reisewerkes „Quer durch Afrika“ (London und Leipzig

1877) bei Gelegenheit der Schilderung der durch den Sklavenhandel entvölkerten Gegend von Liowa:

„Wenn man den gegenwärtigen Zustand noch länger an-
dauern läßt, so wird sich das Land bald völlig in Dschungeln
und Wildnisse verwandeln und für Handelsleute und Reisende
immer unzugänglicher werden. Daß man an diese Möglichkeit überhaupt nur denken kann, ist ein Schandfleck der ge-
rühmten Civilisation des 19. Jahrhunderts. Und sollte England, mit seinen nur die Hälfte der Zeit arbeitenden Fabriken
und dem Elende in den Industriebezirken, die Gelegenheit vorübergehen lassen, einen Markt zu eröffnen, der Tausenden aus
der arbeitenden Klasse Beschäftigung zu geben vermöchte, so
würde das immer ein unerklärliches Räthsel bleiben. Doch
wollen wir hoffen, daß die angelsächsische Rasse keiner andern
Nation den Vorrang gönnen wird, wenn es sich darum handelt, Tausende, ja Millionen von Mitmenschen aus Elend und
Erniedrigung zu befreien, die fast unfehlbar ihrem Schicksal
verfallen werden.‟

Der Wunsch, daß England dieser humanen Aufgabe sich
unterziehen möge, welche zugleich neben ihrer ethisch-moralischen
Seite noch eine sehr vortheilhafte mercantilische und politische
Seite hat, ist für einen patriotischen Briten sehr natürlich.
England hat im Süden Afrikas, in Basutoland und Kaffrarien einen kleinen Anfangsversuch gemacht, die Negervölker
zur Arbeit zu erziehen, und nicht ohne Erfolg. Es hat aber
bei seinem ungeheuern indischen Reiche und seinem immensen
amerikanischen und australischen Colonienbesitze zu wenig Hände
übrig, um dem innern Afrika davon rasch genug so viel zuwenden zu können, daß dessen Culturverhältnisse dadurch bald
eine durchgreifende Veränderung erfahren könnten. Eine so
volkreiche Macht wie Deutschland wäre wol eher in der Lage,
diese Riesenaufgabe mit Hoffnung auf Erfolg aufnehmen zu
können, und zwar in allmählichem und stufenweisem Vorschreiten, in der Art, wie ich im 25. Kapitel bei Gelegenheit der
Besprechung der Delagoa-Bai angedeutet habe. Deutschland
hat Hände im Uebermaß für eine solche Arbeit zur Verfügung!
Und dazu ist es ja die Nation der Denker und Lehrer, der

Philosophen und Pädagogen, und also vor allen andern dazu
geeignet und berufen, die physische und geistige Rettung einer
verlassenen und verlorenen Rasse zu übernehmen!

Es würde recht wohl thunlich sein, zunächst am Küsten-
rande und dann allmählich immer weiter nach dem Innern
Afrikas vorschreitend, an verschiedenen günstig gelegenen Punkten ein dünnes Netz von deutschen Ansiedelungen zu begründen.
Dieselben müßten natürlich untereinander und mit der Küste
in steter Verbindung erhalten werden. Denken wir uns nun
eine solche Reihe von Handelsniederlassungen, die dabei zugleich als Lehr- und Schulstationen dienen und gewissermaßen
ein Versuchsfeld darstellen könnten, worauf die Samenkerne
christlicher Cultur auszustreuen wären. Nach und nach würde
hier eine größere Anzahl von intelligenten Negern anzusammeln
sein, die von den Ansiedlern in der Cultur werthvoller Landes-
producte, in europäischen Handwerken und Künsten u. s. w.
unterrichtet werden müßten. Selbstverständlich wäre für den
kräftigen Schutz der kleinen Colonien durch Blockhäuser und
verschanzte Lager mit bewaffneter Bemannung Sorge zu tragen.
Diese zerstreuten Niederlassungen würden die Kerne abgeben,
um welche sich mit der Zeit kleine Culturdistricte von Eingeborenen gleichsam herumkrystallisiren könnten, indem angegriffene und verfolgte oder sonst culturfreundliche Häuptlinge sich zu ihrem eigenen Schutze gern in deren Nähe niederlassen und nach und nach den kleinen Friedensstaaten eine
immer größere Bevölkerung zuführen würden. Was für
eine mächtige Anziehungskraft die Nähe eines friedliche und
gesicherte Zustände bietenden Culturstaates mit einer humanen
Regierung auf die Eingeborenen afrikanischer Despotenstaaten
ausübt, das haben wir ja bei der Colonie Natal gesehen,
die Jahrzehnte hindurch durch Massen von freiwilligen Einwanderern aus dem benachbarten Königreiche der wilden Zulus
förmlich überschwemmt wurde. Eine ähnliche Erscheinung
möchte also wol auch auf den zerstreuten Culturinseln im innern Afrika sich zeigen, immer vorausgesetzt natürlich, daß
denselben durch hinreichende Schutzmaßregeln eine respectgebie-
tende Stellung gesichert bliebe. Allmählich würden so die

benachbarten kleinen Negerfürsten neue Mittel kennen lernen, um sich ihre nothwendigen Bedürfnisse durch ehrenhaften Handel und Bodencultur zu verschaffen und um sich auch ohne Sklavenfang und Sklavenverkauf eine reiche Jahreseinnahme zuwenden zu können. Dieses Cultursystem dürfte um so mehr Erfolg haben, je rascher durch Beschlagnahme aller wichtigen Punkte auf der Küste und durch Etablirung von befestigten Posten an derselben die ganze Küste in die Hände einer europäischen Culturmacht gelangen würde. Der theilweise Ankauf der portugiesischen Küstenbesitzungen an der Ostküste wäre zu diesem Zwecke sehr anzuempfehlen, damit die bisher blos nominelle Küstenherrschaft eines christlichen Culturvolkes endlich in eine effective umgewandelt würde. An gesund und günstig für Niederlassungen gelegenen Punkten ist ja auf der portugiesischen Ostküste kein Mangel. Nur eine Macht, welche an der Küste festen Fuß faßt und dieselbe wenigstens theilweise in ihren Besitz bringt, kann sich überhaupt darauf einlassen, das innere Afrika der Cultur eröffnen und den Sklavenhandel gründlich ausrotten zu wollen. Ist freilich, wie ich fürchten muß, in Deutschland keine Disposition für die Ausführung einer derartigen Culturmission vorhanden, so ist die einzige Nation, welche dieselbe übernehmen kann, die britische. Die Früchte, welche dieselbe davon ernten wird, werden unermeßliche Reichthümer sein. Im Schatten der zerstreuten „Freiheitsbäume", die aus den Kernen der kleinen im Innern Afrikas angelegten Handelsniederlassungen hervorwachsen werden, wird nach und nach ein junges Afrika mitten in dem alten abgestorbenen Continent entstehen, von dem sich die Segnungen der Cultur und Civilisation allmählich in immer weitern Umkreis ausbreiten werden. Friedliche Arbeit und Bodencultur werden dann die immensen Territorien Centralafrikas zu einem blühenden Paradiese umwandeln, wo heute wie blutige Vampyre nur die Sklavenhändler und Menschenjäger hin- und herziehen, hinter sich nichts als Haß und Mord, Verwüstung und Leichen, Elend und Verthierung zurücklassend, ein Land des Jammers und endlosen Blutvergießens. Und sollten große Territorien schon so weit ent-

völkert sein, daß sie einer Masseneinwanderung von Arbeitskräften dringend bedürftig wären, so würde außer den übervölkerten Districten Europas auch leicht das übervölkerte China
zur Beihülfe herangezogen werden können. Welch ein reiches
Frucht- und Kornland würde eine organisirte chinesische Masseneinwanderung dann aus den fruchtbaren Gefilden des innern
Afrika machen und welches zur Nachahmung reizende Beispiel
würde dieses fleißige und friedliche Bienenvolk der Arbeit den
in Indolenz und Nichtsthun versunkenen Negervölkern vor
Augen halten!

Die Unterhaltung mit dem englischen Marinekapitän hat
mich wieder in die Gefilde meiner patriotischen Wünsche und
Zukunftsträume verlockt und ich kehre nun zu der mit reichem
Silberzeuge, Blumenbouquets und feinen Weinen bedeckten
Frühstückstafel des britischen Generalconsuls zurück.

Ich erzählte den Herren von dem traurigen Anblick, den
ich in den Straßen der Stadt gehabt hätte, nämlich eines
Kindes in Ketten. Wie ist es möglich, sagte ich, daß solch
ein Schauspiel unter den Augen von Ihnen, dem britischen
Generalconsul und Agent of Her Majesty, sich zeigen darf, da
Ihnen hier doch eine so gewaltige Uebermacht zu Gebote steht
und es nur eines Winkes von Ihnen bedürfte, um solche Vorkommnisse ganz unmöglich zu machen? Der Consul lächelte
und antwortete, daß er sich in landesgesetzliche Einrichtungen
wie die der Haussklaverei nicht einmischen könne und dürfe.
Es sei natürlich, daß nicht alle Negersklaven sich bei ihren
Herren wohl und glücklich fühlen könnten, daß daher Flucht-
versuche nichts Seltenes seien und namentlich den englischen
Schiffscommandeuren schon viele Unannehmlichkeiten aus dem
Zuschwimmen flüchtiger Haussklaven erwachsen seien. Indessen
der Schutz, den ein englischer Commandant nach seinem Ermessen an Bord seines eigenen Schiffes, das als britischer
Grund und Boden gilt, einem weggelaufenen Sklaven zuwenden könne und dürfe, sei auf dem Lande, in dem un-
bestreitbaren Bereiche der Gerichtsbarkeit des Sultans, vollständig unzulässig. Es komme nun z. B. öfter der Fall vor,
daß ein Araber als einziges Eigenthum nur einen störrischen und

arbeitsunluftigen Regerssklaven besitze. Wenn der letztere nun
etwa schon mehreremal seinem Herrn wegzulaufen versucht
habe, so sei es dann sehr natürlich, daß dieser den künftigen
Fluchtversuchen seines Dieners durch Anlegung von Bein-
schienen und Ketten vorzubeugen suche. In eine solche rein
häusliche Angelegenheit könne nun er, der britische Generalconsul, unmöglich sich einmischen, selbst wenn der so am Entlaufen gehinderte Hausssklave nur ein schwaches und hülfloses
Kind sei.

Nachdem wir dem reichlichen Frühstück Genüge gethan
hatten, zeigte mir der Kapitän einige Photographien, welche
ein Offizier vom Flying Fish aufgenommen hatte und die
sämmtlich auf den Sklavenhandel Bezug hatten. Eine der
interessantesten zeigte eine kleine lebendige Sklavenladung, die
erst neulich einer arabischen Dhau abgenommen und dann
von dem britischen Kriegsschiffe an die nächsten Missions-
anstalten abgeliefert worden war, da sie größtentheils aus
Knaben bestand. Die Vertheilung war dabei nach den löb-
lichen Principien toleranter Gleichbegünstigung so erfolgt, daß
der anglikanischen Mission die eine Hälfte, der römisch-katholischen die andere Hälfte zugewiesen worden war.

Eine halbe Stunde nach dem Frühstück erschien, um dem
Generalconsul und dem Kapitän Elton seinen Besuch zu machen,
ein prächtig costümirter Orientale in langem und feinem
weißen Haik und mit reich mit Goldfäden durchwirktem weißen
Turban. Es war ein indischer Bankier (Hindi), und daher
von vollständig weißer Gesichtsfarbe und Mohammedaner,
Djaffa, der Sohn des in London abwesenden Bankiers des
Sultans, Tarya Topan, den Kapitän Elton hatte zu sich
bitten lassen, um mit ihm in meinem Interesse zu sprechen.
Dieser reiche junge Indier, schon verheirathet und von ziem-
lichem Embonpoint, hatte vollständig das Benehmen eines
europäischen Gentleman und sprach fertig englisch. Kapitän
Elton fragte ihn, ob er wol so freundlich sein würde, mir
die, eine halbe Stunde von der Stadt prächtig am Meeresufer
gelegene Villa seines Vaters, die jetzt zufolge des letztern Abwesenheit in Europa leer stand, für einen Monat zur Woh-

nung zu überlassen, was der liebenswürdige Indier sofort
mit großer Höflichkeit bewilligte. Ich war dem Kapitän Elton
für diese außerordentliche Gefälligkeit und Liebenswürdigkeit
um so dankbarer, als ich bei meinem Frühgange durch die
Stadt die Auffindung eines angenehmen Logis als ein Ding
der Unmöglichkeit gefunden hatte. Die einzigen beiden Hotels
der Stadt, das eines Franzosen und eines Deutschen, waren
gerade infolge der gleichzeitigen Ankunft von drei verschiedenen
Steamers, von Aden, von Natal und von den Comorischen
Inseln, vollständig überfüllt und in dem einen mir nur noch
ein Schlafplatz auf einem Billard offerirt worden, nach dessen
Genusse es mich keineswegs gelüstete. Und außerdem gewährte mir das generöse Anerbieten die verführerische Aussicht, eine Zeit lang eine echte arabisch-indische Villa bewohnen
und eine pikant neue Erfahrung über „Landleben auf der
Insel Zanzibar" machen zu können.

Das Landhaus war aber nur mit Möbeln, nicht mit Betten, Kochgeschirren, Hausutensilien aller Art versehen — sollte
ich nun alles Nothwendige für einen nur einmonatlichen Aufenthalt neu kaufen? Auch dafür wußten meine gefälligen
Wirthe Rath. Kapitän Elton bat den Viceconsul Herrn
Holmwood, mir eine Matratze, Bett- und Tafelwäsche, Silber-
zeug, Küchengeräthe, Lampen und Leuchter, Waschbecken und
Krüge, Teppiche und Tischdecken, kurz alles, was nur möglicherweise in einer kleinen Hauswirthschaft gebraucht werden
kann, zu leihen und nach der Villa hinauszusenden. Und
nicht genug mit aller dieser splendiden Liebenswürdigkeit, sogar auch noch zwei schwarze Diener wurden vom Viceconsul
für die ganze Zeit meines Aufenthaltes in der Villa vollständig und ausschließlich zu meiner Verfügung gestellt! — Wo
in der Welt wird man noch eine so großartige und in wahrem
Uebermaße gefällige Gastfreundschaft finden? Auch belehrte
mich Kapitän Elton, wie ich am besten mich mit dem Essen
einzurichten haben würde; ich solle dasselbe jeden Mittag aus
dem französischen Hotel holen lassen, bei der nur halbstündi-
gen Entfernung und der heißen Lufttemperatur würde es noch
hinreichend warm draußen auf der Villa ankommen. Mir

noch den sehr werthvollen Rath ertheilend, daß ich mir mein Trinkwasser nicht von einem der nahen Brunnen, sondern nur von der dreiviertel Stunde entfernten Mtoni-Quelle holen lassen sollte, und mir für den nächsten Morgen die Zusendung zweier Boote mit Ruderern und Trägern versprechend, verabschiedete sich Kapitän Elton von mir, um seines Fieberanfalles wegen sich wieder zu Bett zu legen.

Es war schon Nachmittags 4 Uhr geworden. Ich begleitete nun den Viceconsul Herrn Holmwood in sein nahe gelegenes, mit einem schönen kühlen Hofe und einer inwendig ringsherum laufenden Veranda versehenes Haus, wo ich den Kaffee einnahm und Zeuge einiger interessanten orientalischen Visiten war. Dann stattete ich noch dem Herrn Jenssen, dem deutschen Consul und zugleich Vertreter des hamburger Hauses Oswald und Comp. (oder wie sie auch sich zu schreiben belieben O'Swald und Comp.), in seinem gegenüberliegenden palastähnlichen Hause einen Besuch ab. Es ist dieses eins von jenen großen hamburger Häusern von „Merchant Princes", die über ungeheure Mittel gebieten und daher von Jahr zu Jahr mehr und mehr ihre Millionen vervielfältigen. Es hat eingeborene Agenten in allen Hauptplätzen des gegenüberliegenden Festlandes, verschiedene Dampfschiffe und sogar ein eigenes kleines Kriegsschiff, das schützend seinen Handelszwecken dient. Das Hauptgeschäft des Hauses besteht im Export von Elfenbein, Kopalgummi, Gewürzen und Droguen, Cocosnüssen und Oel u. s. w. und im Import von allerhand europäischen Culturerzeugnissen; ob es auch „in Flinten macht", ist mir nicht speciell bekannt geworden. Das Hauptgebäude des Hauses ist ein stattlicher weißer Palast mit Seefronte und hat eine herrliche Aussicht auf den schiffcerfüllten Hafen; seine ebene Oberfläche ist mit einem großen Holzdach überwölbt und bietet daher eine den ganzen Tag über schattige und kühle Promenade mit weitem prächtigen Rundblick. Die Salons im ersten Stock sind außerordentlich geräumig und bei immer offen stehenden hohen Fenstern sehr kühl und luftig; ein lebensgroßes Oelbildniß des regierenden Sultans zog in einem dieser eleganten Säle meine Aufmerksamkeit auf sich. Die Herren

in dem Comptoir zu ebener Erde durften sich über Tropen=
hitze in ihrem kühlen Arbeitszimmer wahrlich nicht beklagen;
sie gingen der europäischen Landessitte zufolge sämmtlich in
Jacken und Pantalons von schneeweißer Leinwand einher.

Ich kann übrigens an dieser Stelle die Bemerkung nicht
unterlassen, daß es für die Interessen des Deutschen Reiches
im allgemeinen wie deutscher Unterthanen im besondern be=
deutend vortheilhafter sein würde, wenn an einem so wichtigen
Centralverkehrspunkte wie Zanzibar statt eines bloßen kauf=
männischen Consuls ein von der Regierung expreß hierher
gesandter und honorirter Berufsconsul placirt würde. Denn
es sind in den letzten Jahren Schwierigkeiten vorgekommen, in
denen deutsche Unterthanen schwer darunter zu leiden gehabt
haben, daß kein energisch ihre Rechte wahrender und durchsetzen=
der kaiserlicher Vertreter sich hier befand, indem ein in seinen
Geschäften an den Platz gebundener kaufmännischer Consul
natürlich eine Menge ängstlicher Rücksichten zu beobachten hat,
durch welche ein Berufsconsul sich nicht behindern zu lassen
braucht.

Vom deutschen Consul begab ich mich wieder an Bord,
um mein letztes Mittagessen und Nachtlager auf dem kleinen
Steamer zu verbringen. Dampfschiffe nach Beendigung einer
Reise und vor Beginn einer neuen sind in dieser Zwischenzeit
immer ein sehr ungemüthlicher Aufenthalt. Das lärmende
Ausladen der Waaren ist keineswegs angenehm und das Ein=
laden von Kohlen für die neue Reise, infolge dessen das ganze
Deck mit einer dicken Kruste von schwarzem Kohlenstaube über=
zogen wird, ist namentlich widerlich und unausstehlich. Ich
fand meinen englischen Freund noch an Bord vor; auch hier
in Zanzibar hatte ihm das Glück nicht gelächelt, denn er
hatte keine Stelle in einem Kaufmannshause finden können.
Er war sich nun noch nicht klar darüber, ob er sich jetzt nach
den Comoreninseln wenden oder mit dem Steamer Natal
nach Delagoa=Bai zurückkehren sollte, um sich dort sofort auf
eigene Faust zu etabliren. Am Abende erfreute ich mich wie=
der an Bord der schönen Rundsicht auf Hafen und Stadt und

begab mich dann zu meiner letzten Nachtruhe auf dem kleinen
bösen Steamer in meine Koje.

Am nächsten Morgen, dem 4. Juli, um 9 Uhr erschienen
am Schiffe zwei Boote, ein zierliches kleines mit vier und
ein breites und großes mit acht Ruderern, die mir das britische Generalconsulat sandte, um mich und mein Gepäck nach
der Shamba (d. i. Garten, Gartenvilla) Tarya Topan überzuführen. Bald war mein Gepäck eingeladen, viele entgegen-
gehaltene Hände mit Trinkgeldern befriedigt (ein großer Misbrauch bei solchen entferntern, von kleinen Steamers versehenen Linien) — und meine Boote setzten sich mit plantschendem
Ruderschlage in Bewegung. Wir fuhren längs den stattlichen
flaggenüberwehten Steinpalästen der Consuln, der großen
Batterie, dem Sultanspalast vorüber und näherten uns nach
einem halben Stündchen außerhalb der Stadt wieder dem Ufer,
wo ein großes und einsames weißangestrichenes Haus von zwei
Etagen und auf jeder Seite vier Fenstern Front, überdeckt
mit einem Dache von getrockneten Palmenblättern, dicht am
Meere stand. Es war rings wie eine Festung mit Mauern
umgeben und hatte zur Seite einen ebenfalls hochummauerten
schattigen Garten, der in lieblichem glänzenden Grün über
das spiegelnde Wasser herüberleuchtete. Hinter dem Hause
sah ich eine große Anzahl von Palmenhütten der Eingeborenen
und weiterhin einen dichten tropischen Wald von Mangobäumen und Cocospalmen, auf dessen grünem Hintergrunde
der weiße Steinbau sich prächtig hervorhob. Ein alter Araber,
der Wächter des Hauses, und die beiden vom englischen Consulat mir zur Verfügung gestellten schwarzen Diener empfingen mich schweigsam und respectvoll am Ufer und brachten
rasch mein Gepäck auf die Steinterrasse vor dem Hause.
„Das also ist eine echte arabisch-indische Villa und hier soll
ich eine Zeit lang den orientalischen Schloßherrn spielen!"
dachte ich bei mir und trat voll Spannung durch die mächtige knarrende Hausthür mit ihren dicken braunen Flügeln
und mit einem unförmlich großen Riegelschlosse in das Innere
ein. Trotzdem, daß die Möbeln im ganzen nur spärlich vertheilt waren und einen gewissen Charakter von Schwerfällig-

keit und massiver Alterthümlichkeit zeigten, machte doch der innere Bau der Villa selbst auf mich einen sehr reichen und
prächtigen Eindruck. Zu ebener Erde empfing mich ein
großer marmorgetäfelter Saal, auf dessen beiden Seiten breite
Marmorbänke hinliefen, die während der Anwesenheit des
Herrn mit weichen bunten Teppichen belegt werden und dann
als Divans für seine Gäste dienen. In den Ecken waren
Marmorbecken mit Springbrunnenröhren angebracht, die aber
leider jetzt wasserlos waren. Da die Fensteröffnungen dieses
Parterresaales bei Tage immer offen stehen und nur bei Nacht
durch inwendige eiserne Läden geschlossen zu werden pflegen,
so strich fortwährend die frische Seebrise hindurch, und dieser
erfrischende Luftzug im Verein mit dem kälteausströmenden
Marmorboden und den murmelnden Springbrunnen in den
Ecken mußte den Aufenthalt in diesem Empfangssaale selbst
an den heißesten Tagen zu einem äußerst angenehmen und
kühlen machen. Zu beiden Seiten dieses großen Saales befanden sich zwei längliche ebenfalls mit Marmorboden versehene Zimmer, die mit Sofas und alterthümlichen ungeheuern Lehnstühlen reichlich versehen waren; auch ein paar
riesengroße runde Tische mit kostbar geschnitzten Rändern und
Füßen dienten diesem Gesellschaftszimmer zu weiterm Schmuck.
An diese Zimmer schlossen sich zur Seite noch kleinere Räumlichkeiten für Küche und Dienerschaft an. Zum ersten Stock
führte eine Steintreppe und öffnete sich mir hier wieder ein
großer länglicher Salon, dessen Fußboden aus prachtvollem
und schönpolirtem Alabastergetäfel in schachbretartigen weißen
und schwarzen Vierecken zusammengesetzt war. Die Wände
bestanden auch hier wie überhaupt in allen Zimmern des
Hauses aus glänzend polirtem und daher Abends bei Lichter-
glanz prächtig spiegelndem und schimmerndem Marmor, sodaß
man sich fast in eine katholische oder griechische Kirche hätte
versetzt glauben können. Die Decken waren in allen Zimmern aus mit schönen bunten Farbenmustern, grün, braun
und roth, bemalten hölzernen Querbalken gebildet, die abwechselnd hervor- und zurücktraten, wie man es ähnlich in
vielen unserer alten deutschen Schlösser findet. Ueber den

Die Livingstone bei Zanzibar.

großen Flügelthüren lenkten arabische Sprüche, vermuthlich
aus dem Koran, die Augen auf sich, die sorgfältig ins Holz
eingeschnitten waren. Zu beiden Seiten dieses Mittelsalons
befanden sich (auf der Seeseite) wieder zwei längliche Zimmer, in deren jedem eine kolossale, für einen Riesen Goliath
sehr geeignete hölzerne Bettstelle mit Himmelbaldachin stand;
rückwärts entdeckte ich zu meiner Freude auf der einen Seite
ein reizendes Badezimmer mit zwei kleinen Fensteröffnungen,
mit Marmorbädern im Fußboden, in welche saubere Trepp-
chen hinabführten, und Springbrunnenbassins in den Ecken.
In die Mauer eingelassene Wandschränke mit Etagèren dienten
in allen Zimmern statt unserer Kommoden und Secretäre zur
Aufbewahrung von allerhand Gegenständen. Der sehr große
runde Tisch im Salon des ersten Stocks repräsentirte ein
wahres Meisterwerk chinesischer Holzschneidekunst: sein Rand
war wie ein feines Spitzenmuster durchbrochen und zerfranst
und sein gewaltig dick ausgeschweiftes Bein mit allerhand
eleganten Arabesken verziert. Die Fenster waren im ganzen
Hause wie überhaupt in allen nicht europäischen Häusern
Zanzibars ohne Glas und Rahmen, nichts als hohe bis auf
den Fußboden hinabreichende und mit senkrechten Eisenstäben
vergitterte länglich-viereckige Maueröffnungen, was dem ganzen
Hause einen gefängnißartigen Anblick gab, der mir speciell
in diesem Punkte allerdings nicht ganz zusagte. Man konnte
jedes Fenster durch inwendig angebrachte schwere eiserne Läden
verschließen und dann dem Sonnenlichte, dem Regen und
Wind oder der Nachtluft vollständig den Eintritt wehren.
Durch Oeffnen oder Schließen der Fensterläden zu den verschiedenen Tageszeiten und auf den verschiedenen Sonnenseiten
hatte man es in seiner Gewalt, die Temperatur der Zimmer
ganz nach Belieben zu reguliren. Auf der jedesmaligen Sonnen-
seite geöffnet ließen die Fenster hier eine äquatoriale Wärme
einströmen, auf derselben verschlossen ließen sie dem kühlen
Monsunwinde, der unausgesetzt durch die andern Fenster
einzog, die Freiheit, die Zimmer zu einer wonnig-kühlen Temperatur abzukühlen, welche, unterstützt durch die marmornen
Wände und Fußböden, inwendig die Frische eines Eiskellers

herstellte, während draußen die Atmosphäre im Sonnenfeuer
wie Ofenluft zitterte und vibrirte.

Die Reinigung der Zimmer war sehr erleichtert durch die
sanfte Neigung der Fußböden nach einer Seite hin; es genügte demzufolge, ein paar Eimer Wasser über die Alabaster-
fläche hinzugießen, worauf dieses alle Unreinigkeiten hinweg-
schwemmte und durch eine Röhrenmündung in der Ecke nach
außen abführte.

Den angenehmsten Theil des Hauses bildete jedoch für
mich die Dachetage. Dieselbe bestand eigentlich nur in einer
glatten Dachterrasse mit Seitenmauern und Gitterfenstern,
welche von einem hohen und sehr lückenhaften Palmenblätter-
dache überwölbt wurde. Es lag hier vor den sechzehn Fensteröffnungen nach allen vier Weltgegenden hin ein so wunderbar
schönes Panorama ausgebreitet, und war dabei der Aufenthalt hier oben durch den fortwährend von irgendeiner Seite
her einströmenden Wind so außerordentlich kühl und erfrischend,
daß diese Dachterrasse ein wahres Ideal von tropischem Landaufenthalte darbot. Augen und Lungen konnten sich hier gleich
ergötzen, erstere an der entzückenden Vogelperspective und dem
Fernblicke in das grüne Palmenparadies der Umgegend, letztere im Genusse der herrlichen frischen Luft, die entweder von
der See kam, und dann den kühlen Wasserhauch des Oceans
mitbrachte, oder vom Lande, und dann mit süßen Blumendüften überladen war. Nach Osten genoß man von hier einen
weiten Fernblick auf einen Wald von Cocospalmen und dunkeln
hohen und buschigen Mangobäumen, innerhalb dessen zahlreiche Orangegärten und Pflanzungen von Gewürznelken, Indigo, Sesam, Cacao, Zuckerrohr u. s. w. eingeschlossen lagen.
Gegen Norden plätscherten die langen Wellenlinien des Meeres
ans sandige flache Ufer; im Westen und Süden lag die Stadt
Zanzibar im hellsten Sonnenglanze ausgebreitet mit ihren
flachen weißen Häuserwürfeln, zahllosen mit Palmenblättern
gedeckten dunkelbraunen Hütten und hier und da von hoch
emporragenden schlanken Palmenbäumen oder von dickstämmi-
gen Baobabs malerisch unterbrochen.

Das Meer spülte nur zur Zeit der Flut bis an die Ter-

rasse meiner Villa heran, während es zur Ebbezeit weit zurück-
trat und dann ein selten unterbrochener Zug von Eingeborenen
hier über den flachen Sand hinwanderte, der reich an ab-
wechselungsvollen Bildern war. Es wurde hier in der Nähe
eine Anzahl von rundbauchigen arabischen Schiffen gebaut,
die bei Flutzeit im Meere schwammen und bei Ebbezeit auf
dem Trockenen standen, zu beiden Seiten gestützt auf hölzerne
Pfosten. In der Entfernung von etwa einer halben Stunde
an einer Einbuchtung des Meeres im Nordosten schimmerte
ein umfangreicher weißer Steinbau über den Wasserspiegel
herüber: Bet el Ras, ein stattliches Sommerpalais des frühern
Sultans, wo derselbe seinen Harem hatte unterbringen wollen,
aber nie dazu kam, da er gerade zur Zeit der Vollendung
des Baues vom Tode hinweggerafft wurde.

An mein Haus stieß auf der Landseite ein kleiner hoch-
ummauerter Hof mit ebenerdigen Seitengebäuden für die Dienerschaft, der zugleich auf eine sehr belebte Straße der Vorstadt
hinausging, wo täglich von Sonnenaufgang bis Untergang
Tausende von Eingeborenen vom Lande nach der Stadt herein-
und zurückströmten.

Aber die herrlichste Beigabe meiner Villa war der hoch-
ummauerte Garten, der sich auf der Westseite ihr anschloß.
Das Vergnügen, welches mir dieses kleine tropische Paradies
bereitete, kann ich nicht beschreiben. Es kam mir wirklich vor,
als sei ich hier in einen Feengarten unserer Opern versetzt.
Welch ein Blühen, Duften und Leuchten von Blumen von
allen Farben und Formen! Welche reichvariirten Schattirungen von Blättergrün, durch welche das Licht der Tropen-
sonne golden strahlend hindurchbrach! Welche dichte und
schwarze Schatten unter den Mangobäumen — welches Hin-
und Hergeflatter von im herrlichsten Gold- und Silbermetall-
glanz schimmernden Schmetterlingen überall zwischen den schönen und brennendgefärbten Blumen! Es war ein wahrer
Augenschmaus, in diesem lieblichen Garten zu lustwandeln
und sich an seinen echt tropischen Naturgenüssen zu ergötzen.
Und diese Musik von Singvögeln und Baumgrillen, die namentlich des Morgens und Abends hier erschallte — wie sym-

pathisch war sie meinen Ohren! Es würde mir schwierig sein
zu entscheiden, welcher von den menschlichen Sinnen hier mehr
Genuß fand: ob der Gesichtssinn durch die Pracht und Schönheit der Baumformen, der Blumen und Blüten, der Schmetterlinge und Käfer — oder der Geruchssinn durch den süßen
Duft der Aushauchungen von Laub und Blumen — oder der
Gehörsinn durch das Rauschen der Meereswellen, den leisen
Vogelsang und das tausendfache Zirpen der Baumgrillen —
oder endlich der Geschmackssinn durch die reiche Auswahl von
süßen und saftigen Tropenfrüchten, welche der Garten bot:
Orangen, Bananen, Papaven, Guajaven, Ananas, Loquatäpfel, Melonen und Cocosnüsse. Die verschiedenen, aber alle
sehr anmuthsvoll gewachsenen Arten von Palmen bildeten mit
den dunkellaubigen Mango- und Orangenbäumen und den
mannichfaltigen Sorten von blühenden Sträuchern ein ganz
reizendes buntes Durcheinander.

Nachdem ich mich flüchtig in meinem neuen tropischen
Königreiche orientirt hatte, richtete ich mich in den Zimmern
des ersten Stockes häuslich ein, indem ich den Salon zu
meinem Speisezimmer und den östlich daran stoßenden Raum
zu meinem Schlafzimmer machte. Meine beiden Neger zeigten
sich als ein paar gutgezogene und wohldressirte Diener. Der
eine, ein sehr hübscher und flinker junger Mensch von circa
18 Jahren, war ein Galla, ein interessantes Exemplar dieses
tapfern und schönen Volksstammes, welcher die weiten Regionen zwischen den großen centralafrikanischen Seen und den
abyssinischen Hochgebirgen einnimmt. Schon als Kind war
derselbe von einem Sklavenhändler eingefangen und dann
einmal gelegentlich von einer englischen Kriegsschaluppe befreit worden. Der zweite war etwa 30 Jahre alt und ein
Suaheli. Beide trugen im Gürtel schöne gekrümmte Dolchmesser mit Sammtscheiden und mit geschmackvoller Verzierung
in getriebenem Silber. Die schwierigen Namen meiner beiden
Diener mir zu merken, mußte ich zu einem mnemotechnischen
Mittel meine Zuflucht nehmen. Der Galla hieß Watidju,
der Suaheli Pulati; ich behielt diese beiden fremdartigen Namen dadurch leicht in meinem Gedächtniß, daß ich beim ersten

dachte: What eat you? (Was essen Sie?) und beim zweiten:
Poux-Lady (Läuse=Dame). Das Costüm beider war das
landesübliche reinliche und schneeweiße lange Hemd, das vom
Halse bis auf die Füße herunterfällt.

Was die schöne Villa mir noch besonders interessant
machte, war der Umstand, daß sie vor dem Kapitän Elton,
der sie ihrer gesunden Lage wegen gemiethet hatte, lange Zeit
von dem großen Livingstone bewohnt worden war. In länd=
licher Ruhe und in denselben Zimmern, in denen ich jetzt
meinen Aufenthalt genommen, hatte sein reger Geist die Pro=
jecte zu seinen wiederholten Reisen ins Innere von Afrika
ausgebildet, die Details seiner Zukunftspläne ausgearbeitet,
sowie auch die Erfahrungen seiner bereits vollendeten Reisen
zu Papier gebracht.

Auch ich führte nun eine Zeit lang ein liebliches und mir
unvergeßliches Stillleben in dieser reizenden Gartenvilla. Der
Viceconsul Holmwood hatte mir einige interessante Bücher
über Zanzibar und Centralafrika geliehen (unter andern zwei
Werke unserer berühmten deutschen Afrikareisenden Schweinfurth
und Rohlfs: „Im Herzen von Afrika" von Schweinfurth und
„Reise von Tripoli nach Kuka" von Rohlfs), und so konnte
ich mich denn jetzt nach langer Zwangspause wieder einmal
meiner alten Lieblingspassion: der Lektüre spannender Bücher
inmitten eines entzückenden und heiter stimmenden Naturpara=
dieses, hingeben. Tage, Wochen und Monate verrinnen unter
solchen Verhältnissen ja so rasch wie Stunden, und den Ka=
lender und seine Zeiteintheilung pflegt man dann beinahe zu
vergessen!

Schon früh öffnete ich meine schweren Fensterladen und
sofort flutete das Licht der Morgensonne wärmend in mein
über Nacht immer sehr kühles Schlafzimmer herein. Unter
den Fenstern meiner Schlafstube war ein dichtes Gebüsch von
hohen Sträuchern, die mit Tausenden von großen sammt=
artigen und scharlachrothen Blumen mit sehr langen Staub=
fäden bedeckt waren. Zahlreiche bunte Schmetterlinge in allen
Farben des Regenbogens schwirrten und schaukelten wie Licht=
funken und Diamantensterne über diesem reichen, luftigen

Blumenteppiche auf und nieder. Gegenüber auf einem der
großen und dickbuschigen schwarzgrünen Mangobäume schienen
mir am ersten Tage Hunderte von gelben Früchten ähnlich
den Orangen zu hängen; aber bald schwand mein Irrthum:
bei einem plötzlichen Geräusche lösten sich alle diese gelben
Körper vom Baume los und umflatterten denselben in wirrem
Gezwitscher; es waren lauter kleine citronengelbe Vögel, welche
diesen Baum zu ihrem gemeinsamen Hauptquartier ausgewählt
hatten.

Nachdem ich auf der Steinterrasse vor der Villa meinen
Kaffee eingenommen und mich dabei am erfrischenden Seewinde und am Blicke auf das in der Morgensonne so schön
herüberglänzende Zanzibar erlabt hatte (was mich immer
lebhaft an den „Blick auf Genua“ in Schiller's „Fiesco“ erinnerte), begab ich mich mit meinen Büchern in den Garten
und ließ hier meinen langen chinesischen Lehnstuhl an den
Rand eines schönen länglich viereckigen steinernen Wasserbassins setzen (ähnlich dem im Löwenhofe der Alhambra in
Granada), welches von Palmen, Mangos und süßduftenden
Jasminsträuchern anmuthig überwölbt war und in seinem
krystallgrünen durchsichtigen Wasser ein reizendes schattiges
und verstecktes Bad darbot. Hier las ich nun den ganzen
Vormittag und ließ die wunderbaren Bilder und Scenen
centralafrikanischen Lebens an meiner Seele vorübergleiten,
dabei mit innigem Behagen die von süßem Blumendufte ge-
würzte Gartenluft einathmend und dem Flüstern des Windes
in den Palmenkronen, dem Plätschern der nahen Meereswellen
und dem einschläfernden Massengezirpe der Baumgrillen lau-
schend. Was mein Entzücken vollendete, war, daß jeden Morgen und Abend in dem dichten schattigen Labyrinth der
Jasminzweige ein kleines graues Vögelchen sein leises Morgen-
und Abendlied sang, dessen Melodien in allen ihren Nuancen
genau den Gesang des norddeutschen Rohrsperlings wieder-
gaben. Alles, was recht lebhaft an die süßen Tage der Kindheit erinnert, bereitet uns in spätern Lebenstagen immer eine
unendliche Freude. Ich, der ich meine früheste Jugend in
einem von schilfigen Teichen umgebenen Hause verbrachte und

dort so oft mit innigem Vergnügen dem bald leisen, fried=
lichen und empfindungsvollen Gezwitscher, bald freudvoll auf=
jubelnden Geschrei unsers gelben Rohrsperlings zugehört hatte,
ward hier unter dem Aequator durch den ganz ähnlichen
Gesang eines mir unbekannten kleinen Vogels so lebhaft in
das Paradies meiner Kindheit zurückverfetzt, daß ich nicht
müde wurde, mit wonniger Wehmuth dem kleinen Sänger
zu lauschen und meine Phantasie längstentschwundene Scenen
meiner frühesten Jugend wieder durchträumen zu lassen.

Während ich so an meinem arabischen Wasserbassin saß —
lesend, denkend und träumend — pflegte der Gärtner zu
kommen und vor mir süße Bananen, Cocosnüsse, Orangen
und Papaven hinzulegen. Von den Bananen (im Suaheli
Ndizi genannt) gibt es hier ein halbes Dutzend von Sorten
von verschiedenem Geschmack. Die Orangen von Zanzibar
(Machungwa) sind außerordentlich schön und weithin bis
Arabien und Persien berühmt, wohin sie massenhaft exportirt
werden. Blüten und Früchte schimmern silberweiß und golden
nebeneinander das ganze Jahr hindurch aus dem dunkeln
Laube hervor. Auch die kleinere, süßere Sorte der Mandarinen
(Kangaja) ist hier reichlich vorhanden. — Die Papaven
(Mapapayi) haben einen etwas weichlichen Geschmack, halb
wie Melonen und halb wie Erdbeeren, dabei ein rosenrothes
Fleisch und einen erdbeerartigen Parfum. Das Bäumchen,
das sie liefert, sieht aus wie eine kleine graziöse Palme, seinen
Namen Melonenbaum führt es, weil die Frucht allerdings
äußerlich einer fünfkantigen Melone gleicht.

Die „Milch" der frischen Cocosnüsse war für mich ein
höchst erfrischendes, kühles und angenehmes Morgengetränk
und schmeckte etwa wie ein aromageschwängertes Zuckerwasser.
Man rieth mir davon nicht zu viel zu trinken, da ich dann
davon leicht das Fieber bekommen könnte; ich halte dies jedoch
für eine ungerechte Verleumbung des gesunden Getränks.

Zuweilen erschien am Rande meines Wasserbassins eine
riesige, beinahe krokodilartige Eidechse von der Größe eines
Pinscherhundes, die mich am ersten Tage durch ihren plötz=
lichen unerwarteten Anblick unmittelbar neben mir nicht wenig

erschreckte, an deren friedliche und harmlose Promenade ich
mich aber sehr bald gewöhnte.

Wenn die Sonne dann höher gestiegen war und nun den
Garten wie ein türkisches Badezimmer durchwärmte, begab
ich mich unter den Thorweg, der von dem ummauerten Gebiete meiner Villa auf die menschenwimmelnde Straße hinaus-
führte, und verbrachte hier, bequem in meinem Lehnstuhl hingestreckt, ein Stündchen in der Anschauung des bunten und
malerischen Gedränges. Welche Variationen von Costümen
und Gesichtern! Welch eine Sammlung von prächtigen Sujets
für einen Maler von Porträts oder Genrebildern! Es wurde
einem hier so recht die große Bevölkerungszahl der Umgegend
von Zanzibar einleuchtend, denn der dichte Strom der Passan-
ten blieb von früh bis Abend, mit nur wenig Unterbrechung
in den heißesten Mittagsstunden, derselbe. Eine endlose Procession, zu Fuß und zu Pferd, zu Kamel und zu Esel — ge-
schwätzige Frauen und Mädchen mit Lasten auf dem Kopfe
und in graziösem Bogen die stützende Hand darunter haltend
— freundlich blickende Landleute, die auf hurtig trippelnden
Eselchen ihre Gartenproducte zur Stadt schafften — ernste
und schweigsame Araber und Banyanen auf Pferden oder
Eseln reitend — Kamele mit mürrischen und müden Gesichtern, in langsamem phlegmatischem und schwerem Tritt dahin-
schreitend und durch die vor- und zurückgehende Bewegung
ihres langen Halses eine dumpfe schwermüthige Glocke in
Bewegung setzend — und sehr selten einmal ein weißgekleideter Europäer, der einen Spazierritt in die Umgegend machte.
Gegenüber dem Thorwege war ein Ziehbrunnen, der den ganzen
Tag von wassertragenden Negerinnen umlagert war. Eine
jede derselben trug einen langen Bambus quer über die
Schultern, an dessen beiden herabgebeugten Enden die Wasser-
eimer aufgehangen waren. Welches Geschnatter und Geflüster,
Gelache und Gekicher unter diesen ebenholzfarbigen Wasser-
nymphen! Was für eine Unzahl von hochinteressanten Neuig-
keiten hatten sie sich jeden Morgen zu erzählen! Von diesem
Wasser zu trinken hatte mir aber Kapitän Elton ausdrücklich
widerrathen, denn es würde einem jeden Europäer, der nicht

daran gewöhnt iſt, ſicher das böſe Fieber geben, das ſchon
eine ſo große Anzahl unſerer Landsleute in Zanzibar hinweg=
gerafft hat. Zuweilen begab ich mich auch nach vorn auf die
Meerterraſſe vor meiner Villa und ſah mit Behagen dem
allmorgendlichen Baden einer Heerde Kamele im Meere zu.
Sie wurden von den Treibern erſt ſämmtlich bis an den
Bauch ins Waſſer getrieben und dann von denſelben gemein=
ſchaftlich eins nach dem andern hergenommen und feſtgehalten,
und nun die langen zottigen Hälſe und die rauhen Rücken
mit Waſſereimern überflutet und mit Bürſten abgerieben.
Den Kamelen ſchien die ganze Procedur entſchieden nicht zu
behagen, denn ſie gaben ihrem Misvergnügen durch nicht mis=
zudeutende unmuthige und grunzende Kehltöne lebhaften Aus=
druck, und dann und wann ſprangen ſie plötzlich auf, ſchlugen
zornig mit den Hinterfüßen aus, und plantſchten mit nieder=
gelegten Ohren und plumpen ſchweren Tritten eiligſt aus dem
Waſſer heraus ans Ufer, ihren erboſt nachlaufenden und
ſchreienden Treibern reichlich das ihnen zugedachte Seebad
durch rückſichtsloſe Beſpritzung zurückerſtattend. Und dann
warfen ſie ſich gern auf den weichen trockenen Sandgrund
nieder und wälzten ſich voll Wonne darauf herum, die vier
knorrigen Beine ſteif in die Luft emporhaltend und mit dem
Buckel vergnügt im Sande wühlend — eine Freude, welcher
dann durch die Prügel der erbitterten Treiber, deren ganzes
Baden, Waſchen, Bürſten und Reiben nun umſonſt geweſen
war, ein raſches Ende gemacht wurde.

Wenn unter dieſem Zeitvertreibe die Mittagsſtunde heran=
gekommen war und die Sonne nun wie ein Feuerherd vom
Himmel herunterbrannte, begab ich mich hinauf in die kühlen
alabaſtergetäfelten Zimmer meiner Villa und ſetzte mich hier
in den immer wehenden kalten Zugwind zwiſchen zwei ein=
ander ſchräg gegenüberliegende Fenſter. Dieſer Zugwind um=
gab mich trotz der draußen brennenden Ofenglut mit einem
köſtlich friſchen Luftſtrome und konnte ich alſo in ſeiner Kühle
meine Lektüre hier ruhig fortſetzen. Von Zeit zu Zeit warf
ich dabei einen Blick durch das vergitterte Fenſter, konnte mich
aber nie recht an dieſe abſcheulichen Eiſengitter gewöhnen, da

sie mir immer das Gefühl gaben, als sei ich in einem Gefängnisse eingesperrt! So kam die Essenszeit heran. Um 2
oder 3 Uhr Nachmittags erschien einer von meinen Dienern
mit dem Essen, das mir Herr Charles, der Inhaber des französischen Hotels (von den Engländern French Charley genannt),
alltäglich heraussandte. Nach dem Essen hielt ich eine ein-
stündige Mittagsruhe und machte hierauf einen Spaziergang
in die Umgegend, der etwa zwei Stunden lang dauerte und
welchem dann bei Sonnenuntergang ein Bad in der See vor
den Mauern meiner Villa folgte. Bei Ebbezeit wimmelten
hier auf dem sandigen, vom zurücktretenden Meerwasser verlassenen, Boden Milliarden von schnellläufigen krebs- oder
crevettenartigen Thierchen durcheinander, die bei der Annäherung eines Menschen oder Thieres sofort in den zahllosen
kleinen runden Löchern verschwanden, mit denen der weiche
Sandboden wie ein Sieb durchbohrt war. Nach Sonnenuntergang blieb ich, um nicht die Nachtluft einzuathmen, welche
von vielen Leuten hier für sehr gefährlich gehalten wird, in
meinen Zimmern, mit Lektüre beschäftigt, und nahm dann
um 9 Uhr mein frugales Abendessen ein. Dieses bestand
aus einer in Leinwand eingenähten deutschen Cervelatwurst,
welche ihrer riesenhaften Länge wegen nie ein Ende nehmen
wollte, nebst schönem Weißbrote und wohlschmeckender preser-
virter dänischer Butter. Hierzu mundete mir eine Flasche
ausnahmsweise gutes englisches Bier ganz vortrefflich und
versetzte mich daher jeden Abend in eine sehr befriedigte
Stimmung, worin ich dann stillvergnügt dem mohnbekränzten
Morpheus in die Arme sank.

Gänge nach der Stadt und in die Umgegend unterbrachen
angenehm dieses poetische Stillleben. Ging ich zur Stadt, so
hatte ich, mochte ich auch so früh gehen als ich wollte, immer
einen brennenden Ocean von Licht und Sonnenglut zu durchschreiten und kam, nachdem ich die lange Madagascarstadt
durchschritten hatte, immer in Schweiß gebadet im europäischen Viertel an, wo ich in den kühlen Salons des Vice-
consuls Herrn Holmwood mich ausruhte und in der Regel
von ihm oder vom Generalconsul zum Frühstück eingeladen

wurde. Kapitän Elton ging schon nach drei Tagen mit dem Steamer Natal nach Mozambique zurück, nachdem er mir auf einem, vom Sultan dem Viceconsul Holmwood geschenkten prächtigen arabischen Vollblutrappen in meiner Villa noch einen Abschiedsbesuch gemacht und sich erkundigt hatte, ob ich noch über irgendeinen Mangel zu klagen hätte. (Das herrliche Pferd, das er ritt, zeigte seine vornehme Abkunft außer durch seine schöne und stolze Erscheinung auch darin, daß es wie ein enfant gaté behandelt werden mußte; nicht plebejische Hafer- und Gerstennahrung durfte ihm geboten werden, sondern nur Reis, Datteln und Zuckerrohr!) Ich trennte mich mit schmerzlichen Gefühlen von diesem liebenswürdigen und gefälligen Manne, in dem ich einen der reinsten Vertreter des unvergleichlichen Typus eines „englischen Gentleman" kennen zu lernen Gelegenheit gehabt hatte, und konnte leider nur mit großer Unsicherheit mich mit der Hoffnung trösten, daß ich ihn vielleicht später noch einmal in meinem Leben wiedersehen würde, da ja das heimtückische Küstenklima von Aequatorialafrika seine Feindseligkeit gegen europäische Constitutionen zu allen Zeiten so häufig documentirt hat.*)

Das Klima von Zanzibar speciell ist, wie das von Mozambique, bekanntlich sehr übel verrufen. Viele Reisende haben die Stadt eine der gefährlichsten Pest- und Fieberhöhlen der afrikanischen Aequatorialküsten genannt. Der geringste Verstoß gegen die Regeln der Diät zieht leicht tödliche Folgen nach sich. Die französische Fregatte Berceau, die in Zanzibar Trinkwasser einnahm, verlor hier 90 Mann von ihrer Mannschaft! Fünf englische Briggs, die gleichfalls sich hier mit Wasser versorgten, verloren zusammen 125 Mann! Das hier stationirte französische Kriegsschiff Ducouëdie mußte, um seine Mannschaft permanent auf 125 Mann zu erhalten, von den

---

*) Laut Nachrichten, die im November 1877 in Europa eintrafen, befand sich Kapitän Elton Ende August in Livingstonia am südöstlichen Ufer des Nyassasees. Daß diese Nachricht überhaupt so rasch bei uns eintreffen konnte, zeigt uns einen sehr günstigen Fortschritt des Communicationswesens in diesem bisher so unwegsamen Theile von Afrika.

Flottenstationen von Bourbon und Madagascar nach und nach 226 Mann sich zusenden lassen! Commodore Nourse vom Schiffe Andromache ging mit fünf seiner Offiziere an Land und schlief mit denselben nur eine einzige Nacht in einer eine kleine Strecke vom Ufer entfernten Villa. Alle sechs starben an den folgenden Tagen am Fieber! Der Marinekapitän Guillain, der von 1846—1848 die hier stationirte französische Flottenabtheilung commandirte, sagt von Zanzibar: „Zwischen 8 Uhr Abends und Sonnenaufgang am Lande bleiben, heißt sich einem nicht nur sehr wahrscheinlichen, sondern ganz sichern Tode exponiren." Von 44 Europäern, die sich in Zanzibar niedergelassen hatten, waren nach drei Jahren nur noch vier übrig! Der Aufenthalt im Innern der Insel zumal soll allen Europäern sichern Tod bringen. Es ist nun allerdings ein einigermaßen beklemmendes Gefühl, an einem Orte sich aufzuhalten, wo die leichteste Unvorsichtigkeit, sei es eine unbedeutende Erkältung oder der geringste Verstoß gegen die Diät, ein zu reichliches Fruchtessen u. s. w. so leicht und rasch tödliche Folgen nach sich zieht. Der nächtliche Landwind von den Mangrovesümpfen, die nebelartig aufsteigenden Ausdünstungen des feuchten Bodens nach Regengüssen sollen namentlich die Ursachen schnell entstehender tödlicher Krankheiten sein, und außerdem ist es vorzüglich das Trinkwasser, das schon Tausenden von Europäern das Leben gekostet hat. Hätte ich nicht von Kapitän Elton die freundliche Anweisung erhalten, nur Wasser von der gesunden Mtoni-Quelle zu trinken, so würden auch meine Gebeine vielleicht den melancholischen und uneingehegten Kirchhof bereichert haben, der sich auf der Südseite der Stadt lang am Meeresufer hinzieht und auf dessen Grabsteinen ich unter vielen andern europäischen Namen auch den eines österreichischen Consuls in Aden las. — Die meisten Schiffe pflegen jetzt ihre nothwendigen Wasservorräthe auf der Insel Nossi Beh bei Madagascar oder auf den Sechelleninseln einzunehmen und entgehen dadurch dem tödlichen Fieber und der Dysenterie, die früher so vielen Matrosen nach dem Wassereinnehmen in Zanzibar das Leben gekostet hat.

Es sind freilich nicht alle Jahreszeiten gleich ungesund in

Zanzibar. Der Monat Juli, in dem ich da war, und der December sind die gesundesten Monate. Zanzibar hat zwei Sommermonate: Februar und September, zwei Winter=monate: December und Juli, und zwei Regenzeiten: vom April zum Juni und vom October zum November. Diese letzten beiden Saisons gelten als die gefährlichste Fieberzeit, namentlich soll dann der Abendthau verderbenbringend sein. Die Luft ist in dieser Zeit schwer und feucht, mit Elektricität überladen und daher das menschliche Gehirn einschläfernd und ermattend. Die Spiegel laufen an, das Eisen überzieht sich mit Rost, Lederschuhe zerfallen an der Luft in eine gelatinöse, verschimmelte Masse, die Dächer lassen das Regenwasser in die Häuser ein, die Möbeln in den Zimmern „schwitzen“, die Pianosaiten verrosten, die Tinte schimmelt und die Wäsche sowie die menschlichen Haare fühlen sich ganz naß und schwammig an. Der Regenfall ist ein sehr starker; während er in Mitteldeutschland 20, in Frankreich 25, in England 32, in Kalkutta 56, in Bombay 76 Linien betrug, war er in Zanzibar 167 Linien! Man zählt hier ungefähr 100—130 Regentage im Jahre; die Jahreszeiten sind aber in diesem Punkte sehr unregelmäßig; es kommen sehr trockene Jahre vor, und wieder solche, wo die Sonne sechs Wochen lang ganz unsichtbar bleibt. — Was jetzt im Juli die Luft sehr angenehm machte, war der constant wehende erfrischende Monsun. Es regnete allerdings öfter bei Tage und bei Nacht, manchmal sehr heftig, aber die danach im schnell wieder erschienenen Sonnenlichte aufsteigenden weißen Nebeldämpfe, die ich als so tödlich gefährlich hatte schildern hören, übten auf mich nicht den geringsten ungünstigen Eindruck. Ueberhaupt befand ich mich während meines ganzen einmonatlichen Aufenthaltes in Zanzibar immer vollkommen wohl und bin daher auch hier wieder auf meine schon so oft gemachte Erfahrung zurück=gekommen, daß ein Europäer, der vorsichtig und regelmäßig lebt, kein unreines Trinkwasser zu sich nimmt, und sich sonst vor Diätfehlern und Erkältungen möglichst in Acht nimmt, in in den für ihre Gesundheitsgefährlichkeit berüchtigtsten Gegen=den des Erdballs sich bei dauernder Gesundheit erhalten und

die Einflüsse eines bösen Klimas auf sich unschädlich machen
kann. Auch die Offiziere der hier liegenden englischen Flotte,
die Herren vom englischen Consulat und die Beamten des
deutschen Hauses Oswald schienen sich hier alle ganz wohl zu
befinden; sie haben allerdings sämmtlich sehr gesunde Wohnungen, was jedenfalls ein Haupterforderniß für das Gesund-
bleiben ist, die Offiziere auf ihren Schiffen, die andern Herren
in ihren luftigen, kühlen, weiten und geräumigen Steingebäu-
den am Seeufer.

Was mich recht angenehm berührte bei diesem exotischen
Landaufenthalte, war der Umstand, daß unser gemüthlicher
deutscher Sperling auch hier in meinem tropischen Garten
sein munteres Wesen trieb. Wo ich auch hingekommen bin
in der Welt, überall habe ich diesen immer aufgeräumten und
lustigen heimatlichen Vogel wiedergefunden. Am meisten, fand
ich, wird ihm von den Menschen in Neuyork der Hof gemacht, wo für ihn speciell in den hohen Bäumen der Parks
und Squares reizende und zierlich bemalte Holzhäuschen mit
den einladenden Aufschriften: Sperlingshotel, Sperlings-
Clubhaus, Sperlingsheim u. s. w. aufgehangen sind und die
kleinen emsigen Insektenvertilger auch regelmäßig im Winter auf
Kosten der Stadt gefüttert und im Frühlinge mit Baumwoll-
klümpchen zu ihrem Nesterbau beschenkt werden. (Es ist hauptsächlich unser deutscher Landsmann, Herr Kampfmüller in
Brooklyn bei Neuyork, welcher sich um die Einführung unsers
Sperlings in Nordamerika verdient gemacht hat und der
neuerdings sich auch bemüht, unsere Lerche und Nachtigall sowie den deutschen Laubfrosch in Amerika einzuführen und zu
acclimatisiren.) Auch nach Australien sind von Leipzig einige
Hunderte von Pärchen vor einigen Jahren exportirt worden,
um auch diesem fernen Welttheile die Segnungen dieser un-
ermüdlichen würmer- und raupenvertilgenden Vogelmagen zu-
zuwenden. Ich glaube sicher, auch bei einer Reise nach Island,
Grönland und Sibirien würde ich dort den kleinen intelligenten graubraunen Landsmann wieder antreffen.

Neunundzwanzigstes Kapitel.

Trotz der herrlichen gesunden Lage und des häuslichen Comforts meiner Villa und der Naturgenüsse ihres reizenden Gartens, waren doch auch gewisse Unannehmlichkeiten mit diesem isolirten Landleben verbunden, die mich nach vierzehn Tagen veranlaßten, die schöne Wohnung aufzugeben und in die Mitte der Stadt zu ziehen, wo der Wirth des deutschen Hotels, Herr Falmon aus Danzig, mir ein Logis anbot. Erstens war nämlich das Essen, welches mir der Wirth des französischen Hotels alltäglich hinausschickte, ganz außerordent-lich schlecht und bestand gewöhnlich in lederzähem, ganz ge-schmacklos zubereitetem Fleisch und harten trockenen Gemüsen. Zweitens war die Distanz von der Stadt, obgleich nur eine halbe Wegstunde, doch in diesem Klima eine sehr störende, denn bei der Sonnenglut, worin ich immer den Weg nach der Stadt zu Fuß zu machen hatte, kam ich jedesmal so furchtbar in Schweiß und Ermüdung, daß ich alle Lust verlor, überhaupt nach der Stadt zu gehen, und mir daher nun sagen mußte: „Wenn du hier wohnen bleibst, so wirst du von der Stadt nur sehr wenig zu sehen bekommen." Gleichwol war dies aber doch wünschenswerth, da ich wol schwerlich erwarten durfte, jemals in meinem spätern Leben wieder hierher zu kommen! Endlich drittens, und das war der Hauptpunkt, fühlte ich mich mit meinem vielen Golde nicht recht geheuer in der so isolirt außerhalb der Mauern der Stadt gelegenen Villa. Oefters, wenn ich des Abends in der Finsterniß nach meinen Negern rief, antwortete mir in den weiten hallenden Räumen nur ein leeres Echo. Die Diener waren in die Stadt gegangen, und dem Ueberfalle einiger Räuber oder sonstiger Spitzbuben hätte in solchen Stunden meines Alleinseins nicht das kleinste Hinderniß im Wege gestanden. War nun auch ein solcher Ueberfall gerade nichts Wahrscheinliches, so lag er doch im Bereiche der Möglichkeit, und einige Europäer hatten mir von mehrern ähnlichen Raubanfällen erzählt, wobei sich der Mangel einer Polizei in dieser Stadt sehr fühlbar herausgestellt hatte. Ich dachte also: besser bewahrt als beklagt! und zog nach vierzehntägigem süßen Stillleben in dieser schönen Gartenvilla, welche dauernd den Namen „Villa Livingstone" führen sollte, hinein in die Stadt, in das Hôtel de l'Europe, das auf der Straße Nazi Moja, ganz nahe bei dem öffentlichen Kirchhofspromenadenplatze von Nazi Moja (d. h. ein Cocosnußbaum), gelegen ist. Nun freilich, hinsichtlich des häuslichen Comforts war der Umzug aus den fürstlichen alabastergetäfelten Sälen der indischen Villa in die von weißgetünchten Lehmwänden eingeschlossenen, engen und heißen, bauernhausartigen Räume des „Hotels" entschieden, wie ein Sprung vom Rücken des Elefanten des Großmoguls auf den kleinen Esel eines seiner Diener! Auch die Luft war an Frische, Reinheit und aromatischen Beigaben nicht mit derjenigen der Villa zu vergleichen — ich war hier nunmehr

mitten in den übeln Gerüchen einer engen Straße der innern
Stadt! Aber auf der andern Seite befand ich mich nun viel
näher allen Leuten, die ich zu besuchen Lust hatte, fühlte mich
hinsichtlich meiner Geldschätze bedeutend sicherer und wurde
von Herrn Falmon und seiner Frau, einer genuesischen Jüdin,
mit einer ausgezeichneten und schmackhaften Küche verpflegt,
was ja doch auch ein nicht zu unterschätzender Vortheil war.
Dazu hatte ich eine im ersten Stocke nach der Hofseite zu
liegende Veranda zu meiner alleinigen Disposition, nebst
langen chinesischen Armstühlen und Divankissen, sodaß ich auch
hier den ganzen Tag die freie Luft genießen konnte.

Herr Falmon hatte früher in Delhi in Ostindien ein
Hotel innegehabt und wußte daher gut mit Engländern um-
zugehen. Sein Hauptgeschäft bestand im Ausschenken von
Spirituosen an die häufig sein Haus besuchenden Mannschaften der englischen Kriegsflotte und in der Lieferung en gros
von Champagner, Rhein- und Bordeauxweinen u. s. w. an
die Offiziercorps der Kriegsschiffe.

Meinen Diener Watidju behielt ich noch während meines
ganzen Aufenthalts in Zanzibar bei, da Herr Falmon nur
zwei monatlich gemiethete Haussklavinnen eines nebenwohnen-
den Arabers zur Bedienung seiner Gäste hatte. Es erschien
mir eigenthümlich, daß diese schwarzen Sklavinnen — Sali-
meni und Taussi waren ihre Namen — ihrem arabischen
Herrn so anhänglich waren, daß sie um keinen Preis im Hause
des Herrn Falmon übernachtet haben würden, sondern regelmäßig jede Nacht unter dem Dache des Arabers zubrachten
und dann am nächsten Morgen zu ihrem Tagewerke ins Hotel
zurückkehrten. Sie waren ein paar sehr interessante Exemplare von kohlschwarzen Sklavenmädchen, stammten aus den
Gegenden am Tanganykasee und trugen um Ohren und Kinn
einen höchst sonderbaren mit glänzenden Metallplättchen verzierten Schmuck.

Der weite arabische Kirchhof nahe bei meinem Hotel, in
dem eine große Masse von mit steinernen Turbanen geschmückten Grabsteinen unter Büschen und Sträuchern herumstehen,
bot in seiner Mitte ein für mich höchst interessantes Naturbild.

Es stand nämlich hier ein großer Baobab (Mbuyu) — ein Exemplar jener Riesenbäume, die in Guinea und in Central-afrika einen von allen Reisenden so viel bewunderten Schmuck der Landschaft bilden. Ich sah deren mehrere in Zanzibar (einen ganz nahe beim Sultanspalast in einem alten Kirch-hofe). Diese sämmtlichen Exemplare hatten einen unverhält-nißmäßig und unförmlich dicken kegelförmigen Stamm, aber eine nur sehr wenig umfängliche Verzweigung mit hellgrünen handförmigen Blättern. Sie repräsentirten daher diese be-rühmte Baumgattung der Adansonias (Affenbrotbäume) nur unvollkommen. Kein Baum der Welt gibt, der Form seines ungeheuern Stammes wegen, so den Eindruck des Klumpigen, Massigen und Aufgedunsenen. Der fahle, graue und glatte Stamm ist oft unten so breit, als seine ganze Höhe beträgt und hat zuweilen sogar einen Umfang bis zu 150 Fuß, bei einer Höhe von 60 Fuß! Die Aeste sitzen daran wie Keulen und von ihren dicken Stümpfen verästelt sich unmittelbar ein ganz feines Gezweig. Ein Durchmesser des Stammes von 30 Fuß soll auf ein Alter des Baumes von 5000 Jahren schließen lassen (nach der Anzahl seiner Jahresringe), ein Durchmesser von 2 Fuß zeigt ein solches von 30 Jahren an.

Ich machte während meines Aufenthalts im Hotel Fal-mon nun alle die Besuche, die ich vorher wegen der großen Entfernung meiner Wohnung von der Stadt unterlassen hatte. Zunächst in der französischen römisch-katholischen Mission, die dem Jesuitenorden zugehört. Vater N., der Prior, empfing mich sehr höflich und erzählte mir vieles Interessante über Land und Leute. Das Hauptetablissement der Mission liegt gegenüber auf dem Festlande in Bagamoyo. Ich hätte gern dort einen Besuch gemacht, unterließ ihn aber, weil ich dazu eine eigene Dhau hätte miethen und dann allerhand Reisenothwendigkeiten, Betten, Kochgeschirr u. s. w. wieder einkaufen müssen, nachdem ich mir doch in Natal all diese beschwerliche Bagage kürzlich erst vom Halse geschafft hatte. Vater N. meinte, die Mission sei von dem Gedanken, er-wachsene Mohammedaner und Heiden zu bekehren, infolge der Erfolglosigkeit ihrer Bemühungen ganz abgekommen; es würden

jetzt nur noch Negerkinder von ihr aufgenommen und chriſt-
lich auferzogen. Ich hatte Gelegenheit, eines Sonntags dem
Gottesdienſte in der römiſch-katholiſchen Kapelle neben dem
Hauſe des Herrn Holmwood beizuwohnen und war überraſcht,
den Chorgeſang der jungen Neger von einem Harmonium und
von Poſaunen und Trompeten begleitet zu hören, welche In-
ſtrumente ſämmtlich von Negerknaben geſpielt und geblaſen
wurden.

In den Hülfsprieſtern des Priors lernte ich zu meiner
Ueberraſchung ein paar Elſäſſer kennen, gute ehrliche Häute,
die mir aber zu Jeſuiten zu paſſen ſchienen, wie etwa ein
deutſcher Scheunendreſcher zu einem Geſandtſchaftsattaché.
Sie befanden ſich hier übrigens ganz wohl und führten mich
in heiterſter Stimmung auf dem mit einem Holzdache über-
wölbten, im übrigen offenen platten Dache herum, wo ſich
mir eine hübſche Ausſicht auf die nächſte Umgebung bot.
Auch dieſe Elſäſſer — ebenſo wie ihr Landsmann, jener pro-
teſtantiſche Miſſionar, den ich in Bethulia im Oranje-Frei-
ſtaate angetroffen — optirten in ihrer Geiſtesunklarheit für
Frankreich. „Nous sommes nés Français, nous mourerons
Français!“ ſagten ſie mit Pathos im wohlklingendſten Franzö-
ſiſch, und fuhren dann wieder fort, unſere ſchöne deutſche Mutter-
ſprache mittels ihres groben alemanniſch-ſchweizeriſchen Bauern-
dialekts zu mishandeln. Nun, ich ſuchte deshalb keinen Streit
mit ihnen; abſolute philoſophiſche Toleranz gegen alle reli-
giöſen und politiſchen Glaubensbekenntniſſe iſt nun einmal
eine meiner Haupteigenſchaften, vielleicht einer meiner Haupt-
fehler, und denke ich gern mit Friedrich dem Großen, daß
man doch jeden „nach ſeiner Façon“ ſelig werden laſſen möge.

Einen zweiten Beſuch machte ich in der engliſch-proteſtan-
tiſchen (anglikaniſchen) Miſſion, die dreiviertel Stunde von
der Stadt in reizender Gegend am Meere liegt. Der Weg
dahin führt von dem Nazi Moja-Platze, an dem ſchönen, mit
einer Säulenhalle geſchmückten indiſchen Tempel vorbei, zunächſt über den europäiſchen Begräbnißplatz, wo gewöhnlich
frei herumlaufende Kamele und Ziegen zu weiden pflegen, und
dann ſüdlich am Meere entlang. Es iſt dies eine äußerſt

angenehme Promenade, welche ich später fast täglich wiederholte, da das abwechselnd violett und tief dunkelblau schillernde
Meer Einem immer zur Seite bleibt und seine langen Wellen-
mauern zur Flutzeit fortwährend eine Menge der reizendsten
und buntesten Muscheln und von weißen und rothen Korallen
ans Ufer spülen, die man dann bei der Ebbe nur aufzulesen
braucht. Die umliegenden kleinen Inseln sind lauter Korallenbauten und ein Liebhaber kann sich dort mit der Axt die
prachtvollsten Riesenbouquets und der feinsten Spitzenarbeit
gleichende Korallentafeln von beliebiger Größe heraushauen.
Freilich müssen dieselben dann einige Wochen lang an der
Sonne getrocknet werden, damit die Polypen darin absterben
und verfaulen.   Diese Trocknung wird man wohlthun, so
fern als möglich von seinen Wohnzimmern vorzunehmen, da
der von den faulenden Polypen exhalirende Pestgeruch Einem
leicht das Fieber zuziehen kann. Eine Spazierfahrt nach diesen Koralleninselchen soll übrigens einen hohen Genuß gewähren, da man unter den klaren transparenten Fluten einen
unterseeischen Feengarten erblickt, von dem Tausende von bunten lebendigen Korallenblumen in den entzückendsten und zartesten Farben zitternd heraufleuchten.

Die Mission liegt auf einer kleinen waldigen Anhöhe und
hat daher eine herrliche Aussicht auf das Meer. Ein junger
Priestercandidat führte mich herum und zeigte mir die zweckmäßigen Anstalten zum Lernen verschiedener Handwerke (Zim-
merei, Drechslerei, Holzschneiderei u. s. w.), die Schlafsäle
der Negerkinder, ihre Gartenbeete u. s. w.   Dann führte er
mich auf das platte Dach, wo man eine weite herrliche Fernsicht hatte.   „Dort hinter den bewaldeten Hügeln", sagte er
mir und zeigte nach Osten, „liegt die Frauenmission, ebenfalls
eine anglikanische Anstalt — dort werden junge Negermädchen
von englischen «Schwestern» erzogen." Ich hätte auch dieser
Anstalt gern einen Besuch gemacht, allein ich hätte noch eine
Stunde laufen müssen und die untergehende Sonne mahnte
zur Heimkehr. Die beiden englischen wie auch die jesuitische
Missionsanstalt erhalten ihre Zöglinge in den durch englische
Kriegsschiffe befreiten Sklavenkindern und scheinen in bester

Eintracht miteinander zu leben. Ein paar der englischen Schwestern sah ich öfter auf Eseln durch die Stadt reiten, wo sie täglich ihre Einkäufe machten.

Es ist ein neues, großes, zweistöckiges, englisches Missionsgebäude in Bau auf einem Grunde innerhalb der Stadt, welcher der Mission zum Geschenke gemacht worden ist. Ich stieg mittels Leitern auf diesen Bau hinauf und auf dessen plattes Dach und fand, daß das letztere zwar eine herrliche Aussicht nach allen Seiten bot, daß aber das neue Haus unmittelbar am Rande der „Lagune" (Ngambo), eines breiten, aber sehr seichten Meeresarmes steht, der nur bei Flutzeit voll Wasser ist, bei Ebbe aber sich in einen üble Dünste exhalirenden Morast verwandelt. Die Lage ist daher eine sehr ungesunde und wird, fürchte ich, der das Haus künftig beziehenden Missionsgesellschaft manches Leben kosten.

Bei einer meiner Promenaden durch die Stadt passirte ich an einem Hause vorbei, an dessen Thür mich ein Mann in indischem Costüm freundlich grüßte. Als ich deshalb einen Moment stehen blieb, lud mich derselbe ein, in das Haus einzutreten, was ich auch gern that. Er war ein Parsi, ein Mitglied jener auf einer so hohen Culturstufe stehenden Religionsgesellschaft der „Feueranbeter" und war erst kürzlich von Bombay angekommen, um hier ein Handelsgeschäft und ein Hotel zu gründen. Da ich die Absicht hatte, von Zanzibar über Aden nach Bombay zu gehen und dort über den Preis gelber Diamanten genaue Erkundigungen einzuziehen, so interessirte mich die Bekanntschaft dieses Parsi um so mehr, und ich lud ihn ein, mich zu besuchen. Das that er denn auch. Nach einer mehrstündigen Conversation mit ihm war ich erstaunt, in diesem Indier so viele historische, philosophische und geographische Kenntnisse vorzufinden. Sesostris, Nebukadnezar, Cyrus, Darius u. s. w. waren ihm ganz geläufige Namen; über die mannichfaltigen Arten von Beeinflussung der Menschen durch die verschiedenen Religionssysteme sprach er ohne alle Voreingenommenheit und nur wie ein ganz unparteiischer Philosoph. Er sah in unserer hochentwickelten christlichen Religion nur ein Kind älterer Religionslehren,

namentlich auch seiner eigenen, der Zoroaster'schen, die er seiner=
seits für die erhabenste und ehrwürdigste aller Religionen
hielt. Er kannte genau die Culturverhältnisse aller europäi=
schen Staaten und richtete an mich viele wißbegierige Fragen
über das Leben und Treiben in Berlin und Wien u. s. w.
Die Parsi zählen unter sich die reichsten Kaufleute Indiens
und werden selbst von den Engländern als social ebenbürtig
angesehen und in der Gesellschaft sozusagen al pari ange=
nommen. Sie sind ja auch von ganz europäischer Gesichts=
farbe, nur haben sie ihr orientalisches Costüm noch nicht ab=
gelegt. Einer der reichsten Parsis von Bombay, berühmt durch
seine großartigen wohlthätigen Stiftungen à la Peabody, ist sogar
von der Königin von England zum Baronet des Vereinigten Kö=
nigreiches ernannt worden, eine Ehre, die wol einem schwarzen
Hindu oder Kaffern trotz aller Schwärmerei der Engländer
für deren Menschenrechte nicht so leicht erwiesen werden möchte!

Mein Parsi besuchte mich öfter, begleitete mich als Führer
durch die Straßen, da er schon die Sprache der Eingeborenen
sich zu eigen gemacht hatte, und gab mir bei meiner Abreise
Empfehlungsbriefe an mehrere seiner Religionsgenossen in
Bombay mit, die ich aber leider infolge der Aenderung mei=
nes Reiseplans später nicht die Gelegenheit hatte abzugeben.

Die Matrosen der englischen Flotte kehrten häufig in den
untern Räumlichkeiten meines Hotels ein und gaben sich dann
bei starker Consumtion von Spirituosen erregten und sehr un=
melodischen Rundgesängen hin; ihre unsympathischen Schnaps=
stimmen ließen sich dann bis zu meinen obern Räumen sehr stark
vernehmen und störten wesentlich meine Ruhe. Allein die armen
Teufel, welche die humane Politik Englands zur Unterdrückung
des Sklavenhandels jedesmal fünf Jahre hier in diesen Wassern
festhält, haben ja während dieser langen Zeit so wenige Ver=
gnügungen und Zerstreuungen, daß man ihnen das rasch vor=
überfliegende heitere Stündchen, welches ihnen der Schnapsfusel
bereitet, wol gönnen darf. Ich bezweifle übrigens nicht, daß es
auch auf der Flottenstation von Zanzibar Logen von „Good
Templars" oder Teatotallers gibt. — Die Offiziere unter=
hielten sich alle Nachmittage mit dem Criquetspiel auf einem

weiten und sandigen Platze, der unmittelbar vor der Stadt neben der Lagune und dem europäischen Kirchhofe gelegen ist. Ein paar große Zelte waren dort aufgeschlagen, in denen für die vornehmern unter den zuschauenden Gästen Stühle gestellt und Erfrischungen bereit gehalten wurden.

Eines Morgens donnerten zahlreiche Kanonenschüsse und verkündeten die Ankunft des Admirals Macdonald mit seiner Flying squadron (fliegenden Flottenabtheilung) von den Comoreninseln. Weitere Kanonenschüsse an demselben Nachmittage wurden zwischen den englischen Schiffen und den Uferbatterien ausgewechselt und verherrlichten den Besuch des Admirals beim Bruder des Sultans. Am folgenden Tage erdröhnten fortwährend wieder ähnliche Salven, da der Admiral die Gegenvisite des Sultans sowie die Besuche aller hier residirenden Consuln erhielt. Auch ich machte dem Admiral meinen Besuch und fand in ihm einen kurzen und wohlbeleibten, in der französischen Sprache wohlgeübten Mann, dem das Klima der tropischen Meere physisch sehr wohl zu bekommen schien. Er bekleidet neben dem Admiralsrange noch eine in der britischen Aristokratie hochgeltende Würde; er ist nämlich Häuptling eines der schottischen Clans, was zugleich das hohe Alter seiner Adelsfamilie documentirt (Chief of Clanranald). Ein Kenner kann es nach den Farben des Umschlageplaids sofort unterscheiden, welchem Clan ein in seine Nationaltracht gekleideter Bergschotte angehört. Es sind zwar bei allen Clans dieselben Farben üblich, aber bei jedem in einer andern Zusammenstellung und Reihenfolge.

Ich wurde von dem Offiziercorps des mächtigen Dreideckers und permanenten Stationsschiffes London zu einer theatralischen Abendunterhaltung eingeladen, welche die Mannschaften der hier liegenden englischen Flotte zu Ehren der Ankunft des Admirals veranstaltet hatten. Ein Boot des Kriegsschiffes holte mich Abends 7½ Uhr von dem Platze vor dem englischen Consulat ab. Die Fahrt ging eine halbe Stunde lang auf den dunkeln, vom silberklaren Lichte des Vollmondes überglänzten Wogen dahin. Als wir uns dem schwarzen Schiffskoloß, einem Dreidecker der guten alten

Zeit, näherten, machte die von dem erleuchteten Schiffsunge-
heuer herabtönende rauschende Musik der Militärbande einen
feenhaften Eindruck. Die Schiffstreppe, die ich hinaufsteigen
mußte, erschien mir wie eine zum vierten Stock eines Hauses
hinaufsteigende Leiter.

Es waren an Bord wol gegen hundert Offiziere der
Flotte und Gäste vom Lande versammelt, die sämmtlich in
das übliche Gesellschaftshabit der Tropenländer: schneeweiße
Leinwandjacke und weiße Halsbinde, und schwarze Beinkleider
und Weste gekleidet waren, sodaß ich in meinem Frack eine
ganz vereinzelte Figur spielte. Vom Admiral bis zum jüngsten Midshipman hatten alle Offiziere ganz genau das näm-
liche weiße und schwarze Costüm; die Uniform anzuziehen,
könnte ja bei solchen Gelegenheiten keinem englischen Offizier
einfallen. Auch zwei Damen waren zugegen — mit Ausnahme der englischen Missionsschwestern die einzigen europäischen Damen von Zanzibar. Die eine, die Frau des französischen Consuls, war eine junge und schöne Brünette aus
Beirut und sprach daher fertig arabisch, was derselben bei
ihrem hiesigen Aufenthalte sehr dienlich sein muß. Auch
einige aristokratische Araber von stolzer Haltung und in malerischen Costümen, geschmückt mit großen langen Schwertern
und schön verzierten Dolchen, waren unter den Gästen. Das
oberste Deck des Schiffes war mit Hülfe von übergespannten
Segeln in einen großen Theatersalon verwandelt worden.
Im Parterre saßen mehrere Hunderte von Matrosen und
Soldaten auf Bänken, auf dem dahinter sich erhebenden Quar-
terdeck waren vorn einige Fauteuils für den Admiral, die
beiden Damen und die distinguirten Gäste vom Lande, und
dahinter ein Dutzend Stuhlreihen für die Offiziercorps der
verschiedenen Schiffe aufgestellt. Gegenüber war eine kleine
Bühne mit Vorhang errichtet, worauf von jungen Matrosen
und Soldaten drei kleine Stücke aufgeführt wurden, das
erste ernsten und dramatischen, die andern beiden launigen
und komischen Inhalts. Ich bewunderte die schönen Ritter-
costüme, die glänzenden Stahlrüstungen und goldblinkenden
Helme mit Straußenfedern in dem ersten Stücke, und schien

es mir danach, als wenn die Schiffsmannschaften schon vor
ihrer Abreise aus England sich für solche theatralische Vorkommnisse gehörig vorbereitet hätten. Die Frauenrollen wurden natürlich ebenfalls durch Matrosen gegeben; ein junger,
hübscher und glattgesichtiger Seesoldat spielte sehr täuschend
erst eine Art Jungfrau von Orléans und dann eine junge
Dame mit prächtigem Chignon und Schleppkleid und hätte
sicher nicht ermangelt, in den Herzen der zahlreichen bärtigen
Zuschauer süße erotische Gefühle zu erregen, wenn sein Geschlecht denselben allen nicht als zweifellos masculin bekannt
gewesen wäre.

Während der Zwischenacte wurden von Soldaten Champagner, „B. and S.“, und Portwein unter den Gästen des
ersten Platzes herumgegeben, und den beiden anwesenden
Damen von Hunderten von eleganten Offizieren mit Passion
der Hof gemacht.

Was mich während der Vorstellung einigermaßen störte,
war das unbedeutende und langsame Hin- und Herschwanken
des Schiffes, welches aber trotzdem hinreichte, um in meinem
Kopfe fatale träumerische Reminiscenzen der Seekrankheit zu
erwecken.

Gegen Mitternacht war die Vorstellung zu Ende; die zahlreichen unten auf dem Wasser schaukelnden Boote der verschiedenen Kriegsschiffe brachten mit langgezogenem und melo-
disch-rhythmischen Ruderschlage die Gäste theils ans Land,
theils auf die übrigen Schiffe zurück, und hatte ich auf dieser
Nachtfahrt noch recht Gelegenheit, die glänzende, weit ins
Meer hinausschimmernde Frontfaçade des europäischen Con-
sularviertels im silberweißen Mondlichte zu bewundern und
dann bei der langen Rückwanderung durch die todtenstillen
Straßen das interessante Bild „Zanzibar bei Nacht“ zu betrachten.

In den hellen Mondnächten fand ich auch hier in Zanzibar meine Erfahrung von Südafrika wiederholt, daß die
Neger sich dann gern nächtlichen Tanz- oder Gesangesfestlich-
keiten hingeben; es schallte dann immer von dem nahen Nazi-
Moja-Platze ein wahrer Mordspectakel herüber, der nach

11 Uhr damit sein Ende nahm, daß freudentolle Banden von schwarzer Jugend in ihren langen weißen Hemden durch die Straßen, unter meinen Fenstern vorbei, tanzten, unter dem lauten Geschrei Horréh! Horréh! was vermuthlich das englische Hurrah repräsentiren sollte, das sie oft von den englischen Matrosen gehört haben mochten.

In einer dieser Mondnächte passirte auch unter Cymbal- und Tamburintönen ein Hochzeitszug unter meinen Fenstern vorüber. Ich erblickte eine lange Procession von Suaheli- frauen und Mädchen. Einzelne derselben stießen abwechselnd ganz fabelhaft hohe Fisteltriller aus, die sehr genau wie das Wiehern eines Pferdes klangen. Braut und Bräutigam tru- gen schwarze Masken vor den Gesichtern, von denen glänzen- der Metallschmuck herabhing. Nachher auf ihrem Rückwege trugen alle Frauen mit Reis gefüllte Graskörbe auf ihrem Kopfe, die sie als Geschenk von den Hochzeitsgebern erhalten hatten.

Was in diesen Nächten von Zanzibar mir noch besonders schön erschien, war der blutrothe Glanz des Planeten Mars, der jetzt heller als ein Fixstern erster Größe erschien und mit Venus an Glanz wetteiferte.

Jeden Dienstag gab das Musikcorps des Admiralschiffes ein Concert auf der Seeterrasse vor dem Gebäude des eng- lischen Generalconsulats; leider nur fehlte dabei der Haupt- reiz aller derartigen Unterhaltungen: das Revuepassirenlassen anmuthiger und graziöser Modeshlphiden.

Was mir in meinem neuen Logis äußerst lästig wurde, waren erstens die langbeinigen Stechmücken — genau dieselbe Sorte, wie im leipziger Rosenthale — denen mein hier und da durchlöcherter Bettvorhang leider Eintritt auf den süßen Weidegrund meines Körpers gewährte, und zweitens die Amei- sen — eine kleine schwarze Sorte — welche Zugang in meine Koffer gesucht und gefunden hatten und hier nun mitleidslos alles auffraßen, was noch von Zucker, Wurst und Käse darin vorhanden war. Alle meine Versuche, den Rest meiner in Leinwand eingenähten gothaer Cervelatwürste vor diesen Räu- berbanden zu hüten, waren vergebens. Ich legte sie in das

oberste Fach eines in die Mauer eingeschlossenen Wandschran=
kes — nach einer Stunde schlängelte sich ein dicker schwarzer
Streifen von kleinen sechsbeinigen Läufern an der Wand hin=
auf nach jenem Platze. Ich hing die Würste dann mittels langer
Bindfaden an Nägeln in der Decke meines Zimmers auf —
am nächsten Morgen waren Streifen wie von einem ausge=
flossenen Tintenfasse an der Decke hingemalt und die Bind=
faden schienen aus lauter Ameisenleibern zu bestehen; die
Würste natürlich waren wieder voll davon. Welche feinen
Geruchsorgane müssen doch diese Thierchen haben, daß sie so
rasch den Weg nach dergleichen verborgenen Schätzen auf=
finden!

Auch in meinem jetzigen Wohnhause hatte ich wieder Ge=
legenheit, das Factum festzustellen, daß arabische Architekten
niemals eine gerade Linie herstellen können: alle Mauern,
Wände, Decken, Treppen u. s. w. bilden ausnahmslos ge=
krümmte Linien. In alten Zeiten, in ihren Prachtbauten in
Granada, Cordova und Sevilla haben die Araber das Bauen
freilich besser verstanden.

Eines Abends saß ich auf einem Lehnstuhl hingestreckt
im Thorwege meines Hotels und hörte dem englischen Kander=
welsch der immer davor lungernden jungen arabischen Frem=
denführer zu, welche hier die englischen Seeleute abzupassen
pflegten, denen sie sich als Guiden aufzudringen suchten. Die
jungen Araber und Neger haben meist ein gutes Sprachtalent
und lernen unsere europäischen Sprachen in der Regel sehr
rasch. Da trat mit deutschem Gruße ein Herr ein, der sich
mir als den Kapitän eines hier vor Anker liegenden ham=
burger Schiffes zu erkennen gab. Seeleute haben in allen
Ländern das gemein, daß man mit ihnen sehr schnell bekannt
wird; selbst die Seeleute der zugeknöpftesten Nation der Welt,
der englischen, machen hiervon keine Ausnahme. Wir saßen
also bald bei einer Flasche Pale Ale zusammen und erzählten
einander von unsern Reisen. Ich fragte den Kapitän, ob
denn die Annäherung an diese so korallenriffreiche Küste für
ein Schiff nicht sehr gefährlich sei. Er antwortete, daß er
für seine Person dieselbe ganz gefahrlos finde, denn ohne

fortwährend die Seekarte zu studiren, sehe er es ja sofort an
der Farbe des Meerwassers, wo der Grund für sein Schiff
tief genug und wo er es nicht sei. Aber bei Nacht? fragte
ich weiter. „Dann gehen wir langsam und fühlen uns sachte
mit dem Senkblei vorwärts." Die Sache war in der That
nach den Worten des Kapitäns einfach genug; mir jedoch wollte
es trotzdem nicht recht einleuchten.

Meine Nachmittagsspaziergänge über Land waren entweder
nach der englischen Mission hin gerichtet, indem ich auf dem
Wege dahin am Ufer Muscheln und Korallen suchte und dann
in einem kleinen Meeresarme ein erfrischendes Bad nahm,
oder nach dem endlosen Orangen-, Mango- und Cocospalmen-
wald auf der Ostseite der Stadt. Die Bäume hingen hier
alle so übermäßig voll von Früchten, daß es eine wahre Lust
war, dieselben anzusehen.

Die Orangenbäume namentlich konnten die Last ihrer
Früchte kaum tragen, und die Wege, welche durch ihre Pflanzungen hindurchführten, bildeten förmlich dunkelgrüne, reich
mit Goldlichtern durchblitzte Tunnel, in denen man über sich
und von den Seiten so viele von diesen herrlichen süßen
Früchten (Machungwa) pflücken konnte, als man Lust hatte.
Die Mangobäume (Miembe) imponiren durch ihre umfangreichen Formen und durch die prachtvolle Fülle ihres dichten dunkeln Laubes; sie ähneln darin den Banhanen-Feigen-
bäumen, nur daß diese letztern mehr nach der Breite, jene
aber mehr nach der Höhe ihre Laubmassen ausbreiten. Die
Früchte des Mangobaumes sind eine große Delicatesse und
haben ein äußerst zartes und saftiges Fleisch.

Zum Export dienen von den vielen Sorten von Früchten
und Gewürzen, die auf dieser reichen und fruchtbaren Insel
wachsen, hauptsächlich nur die Orangen, die Cocosnüsse, die
Gewürznelken, der Sesam, der rothe Pfeffer und die Muskatnüsse.

Die Gewürznelkenpflanzungen (Garofuu) geben pecu-
niär den höchsten Ertrag; sie sind erst seit einem halben Jahrhundert hier in Aufnahme gekommen und verbreiten über die
ganze Insel aus ihren zahllosen dunkel- und rosenrothen

Blütenkelchen einen köstlichen Duft. Nicht nur die Blüten-
knospen, sondern auch die Stengel und Blätter dieses lorber-
artigen Baumes, den man nicht höher wachsen läßt als 15
—20 Fuß, haben einen sehr gewürzigen Geschmack. Der
Sesam ist eine werthvolle Oelpflanze, aus deren Körnern
ein Oel gepreßt wird, das einen sehr feinen Geschmack hat
und nie ranzig wird. Der rothe Pfeffer wird von einem
Strauche gewonnen, der am besten in den steinigen innern
Theilen der Insel fortkommt; die Muskatnüsse geben gleich
den Gewürznelken einen sehr hohen Gelbertrag.

Hoch aber über alle übrigen Bäume und Pflanzungen erhebt sich die königliche Cocospalme (Mnazi), deren Früchte
zugleich einen der werthvollsten Exportartikel der Insel abgeben. Welcher Baum auf der ganzen Welt könnte wol mit
dieser Palme hinsichtlich der Vielseitigkeit seiner Benutzung
verglichen werden? Sie liefert dem Küsten- und Inselbewohner
beinahe alles, was derselbe für sein einfaches Leben braucht:
seine Nahrung, sein Getränk, Baumaterial und Mobiliar,
seine Boote, Segel, Ruder, Taue und Netze, ja sogar theilweise seine Bekleidung! Aus dem Stamme oder der jungen
Blütentraube wird der wohlschmeckende und berauschende Palm-
wein (Tembo) gewonnen, woraus weiterhin durch Destillation
oder Gärung auch Arak (Zarambo), Zuckersyrup (Asali)
und Essig fabricirt werden. Das Holz des Stammes liefert
dem Küstenbewohner das Gebälk zum Bau seiner Hütten,
sowie die Planken, die Masten, die Steuer, Ruder und Segelstangen für seine Boote. Auch fertigt man daraus schöne
Rinnen für Wasserleitungen. Das Holz alter Bäume gibt
außerdem ein sehr werthvolles Nutzholz für Drechsler und
Kunsttischler ab (Porcupine Wood) und nimmt sich in seiner
Orangefarbe mit schwarzen Linien bei eleganter Politur wunderschön aus. Die Blätter (Makuti) dienen zur Verwendung
beim Hausbau in mannichfachster Art, theils zusammengefloch-
ten zur Herstellung der innern und äußern Wände und Zäune,
theils zur Dachdeckung. Ein solches Palmenstrohdach läßt
keinen Regen durch und hält das Haus immer frisch und kühl.
Weiter werden aus den Blättern, sowie auch aus den Wurzeln

Körbe, Säcke, Taschen, Wannen und Gefäße in allen Formen,
Kinderwiegen und Hängematten, Fackeln und Sonnenschirme
u. s. w. geflochten. Die jungen Blätter (Shaba) geben als
sogenannter Palmkohl eins der wohlschmeckendsten und gesundesten Gemüse; sie dürfen aber nur von solchen Bäumen genommen werden, welche der Sturm umgebrochen hat, da nach
ihrer Entfernung der Baum unfehlbar eingeht.

Was nun die Frucht, die Cocosnuß, betrifft (von denen
ein einziger Baum im Durchschnitte 120—150 jährlich liefert, im Gewicht von 15—18 Pfd. pro Stück), so wird auch
sie zu den mannichfachsten Zwecken verwendet. Zunächst gewinnt man von den jungen Nüssen (Dafu) durch Anbohren
das herrliche, gesunde und erfrischende Getränk der Cocosmilch
(Maji); eine einzige Nuß gibt davon ein halbes gewöhnliches
Bierseidel voll. Ist die Nuß älter (Nazi), so ist ihre Milch
nichts mehr werth, dafür aber dann um so mehr die eigentliche weiße Nußsubstanz (Kopra = Kavu), die erstens ein sehr
wohlschmeckendes Nahrungsmittel und zweitens ein werthvolles
Material zur Bereitung von Brenn- und Speiseöl (Mafuta),
Stearin und Seife liefert. Der Rückstand der für solche
technische Zwecke ausgepreßten Nüsse (Chicha) dient dann
noch als ein ausgezeichnetes Viehfutter, das namentlich Schweine
und Federvieh schnell fett macht; daneben ist er auch ein vorzüglicher Gartendünger und wird außerdem unter Zuthat von
Pfeffer zu einem guten Curriepulver verarbeitet. Die harte
Schale der Nuß (Makumbi) hat ebenfalls einen hohen Werth,
sie dient einerseits zum Ausschnitzen von allen Arten von Ge-
fäßen, Bechern, Tassen, Schöpflöffeln, Feldflaschen, Schachteln
und Dosen, Kämmen u. s. w., und eignet sich namentlich für
den Drechsler zur Verfertigung von allerhand solchen Luxus-
gegenständen, wie man sie aus Elfenbein, Horn, Bernstein
oder Guttapercha herzustellen pflegt — andererseits wird aus
ihrer faserigen Umhüllung durch Rösten, monatelanges im
Seewasser Liegenlassen und dann Zerschlagen, Klopfen und
Trocknen jener werthvolle Cocosbast (Coir) gewonnen, der
wieder für sich allein in einer Menge von verschiedenen Richtungen seine Verwendung findet. Derselbe liefert dem Küsten-

bewohner das elastische Flechtwerk für seine Bettstellen, Matten und Teppiche, und grobe, sehr haltbare Gewebe, aus welchen letztern der Fischer sich eine Kleidung anfertigt, während seine Segel, seine Bindfaden, Netze, Stricke und Taue ebenfalls aus diesem Cocosbaste fabricirt werden. Diese Coirtaue sind ebenso haltbar, aber viel leichter und elastischer als die von Hanf geflochtenen und werden daher selbst von europäischen Schiffern sehr gern als Ankertaue verwendet. Sie faulen nie und werden deshalb auch zum Zusammennähen der kleinen Fischerboote benutzt, die in den Korallenmeeren bei dem häufigen Aufrennen auf Riffe nie Schaden nehmen, während ein europäisches zusammengenageltes Boot in solchen Fällen sofort in Stücke zerschellen würde. Auch unverwüstlich haltbare Säcke, eine eisenfeste Packleinwand, Fußabstreicher, Besen und Maurerpinsel, Scheuerwische, Filter u. s. w. werden aus diesem Cocosbaste verfertigt. Als Werch dient er zum Verstopfen der Schiffslecke und durchlässiger Dächer und Seitenwände und gibt zugleich ein gutes Polsterungsmaterial für Sofas und Divans, Stühle, Ruhekissen und Sättel ab. Aus der verkohlten Cocosschale fertigt man ein gutes Zahnpulver. Zur Erzeugung von 6 Pfund Coir ist die Rinde von ungefähr 40 Nüssen erforderlich. Was aber noch neben allen diesen so zahlreichen technischen Verwendungen der Cocospalme in meinen Augen einen nicht genug zu schätzenden Werth gibt, das ist ihre prächtige und vornehme äußere Erscheinung; als Schmuck und Zierde der Landschaft hat sie wol wenige Bäume ihresgleichen, und wer lange unter Cocospalmen gelebt hat, dem wird es nicht leicht an andern Orten, wo sie nicht vorhanden ist, auf die Dauer gefallen können.

Nicht ohne Mistrauen durchschritt ich bei meinen Spaziergängen durch die grünen Pflanzungen die hohen Graswellen; zu meinem Glück begegnete ich aber niemals einer Schlange oder sonst einem bösartigen oder giftigen Thiere. Das ganze Innere der Insel, soweit ich sehen konnte, machte auf mich den Eindruck eines zusammenhängenden Waldes, in dessen üppiges Grün hier und da weißglänzende Shambas (Gartenvillen) eingestreut liegen. Im ganzen ein prächtiges tropisches

Landschaftsbild voll von glänzenden Farbenlichtern und dunkeln
Schattirungen! Zahlreiche enge Fußwege schlängeln sich im kühlen Baumschatten durch diesen grünen Ocean von Laub und
Zweigen. — Bei einem dieser Spaziergänge außerhalb der Stadt
verirrte ich mich dermaßen zwischen Gärten, Höfen und Hütten,
daß ich schon befürchtete, die Nacht würde hereinbrechen und
ich dann, ohne Waffen, allen Accidents einer „Nacht in Zanzibar" preisgegeben sein. Jedoch ich fand mich doch schließlich noch zurecht, beschloß aber, mich künftig nicht wieder ohne
Ariadnefaden, d. i. ohne meinen Galadiener Watidju, in
dieses regellose Labyrinth von arabischen, indischen, malaiischen und Negerwohnungen hineinzuvertiefen. Im Innern
der Stadt konnte mir ein Verirren nicht so leicht passiren,
da einige verschieden gefärbte Ziegen, die an gewissen Straßenecken regelmäßig zu liegen pflegten und kaum je ihren Ruhe-
platz veränderten, mich so gut wie die gemalten Straßen-
namen in unsern Städten orientirten.

Meine verschiedenen Wanderungen durch die Umgebungen
der Stadt Zanzibar gaben mir ein sehr anschauliches Bild von
der bedeutenden Bevölkerungsdichtigkeit der gleichnamigen Insel,
die allerdings durch die große Fruchtbarkeit und die Möglichkeit, jährlich zwei bis drei Ernten von Früchten, Körnern und
Wurzeln einzuheimsen, sehr befördert wird. (Man denke z. B.
an die enorme Ernährungscapacität einer Bananenpflanzung,
welche auf gleicher Bodenfläche vierzigmal mehr Menschen ernähren kann als eins unserer Kartoffelfelder, und zwanzigmal
mehr als ein Weizenfeld!) Die ganze Insel umfaßt 29 deutsche Quadratmeilen, worauf 250000 Einwohner leben mögen
(sodaß also circa 8600 Menschen auf die Quadratmeile kommen)! Sie bietet durchweg eine reiche fruchtbare Ebene, mit
Ausnahme des Innern, wo sich bis zu einer Höhe von circa
100 Fuß ein steiniger und unfruchtbarer Hügelrücken erhebt.
Große Riesentausendfüße, länger als meine Hand und so dick
als mein Daumen, fand ich öfter auf dem Wege, theils
lebendig, theils nur in der abgestorbenen Form der hornigen,
von Fleisch entleerten Panzerröhre ihres Leibes; dieselben sehen
zwar ganz erschrecklich aus mit ihren unzähligen Beinen, sind

aber trotzdem ganz ungefährlich. Mein Gala Watidju nahm dieselben gemüthlich mit seinen Fingern vom Boden auf, um sie mir näher zu zeigen. Auch die fabelhaft gestaltete grüne Mantis, den Hottentotten-Gott von Südafrika, fand ich hier und da in den Büschen sitzen. Eine gewaltig große Schnecke sah ich häufig über den Weg kriechen; sie schleppte ein großes spitzes, weiß und braun gestreiftes Gehäuse mit sich einher, welches ganz einer der spitzigen Seemuscheln glich. Grab= monumenten begegnete ich häufig mitten in den Gärten, da der Mohammedaner gern (wie der Chinese) die Asche seiner verstorbenen Familienmitglieder innerhalb seines eigenen Bo= dengrundes behält. Ein sprechendes Zeichen seines treuen Familiensinnes und seiner bis über den Tod hinausgehenden Anhänglichkeit an seine nächsten Anverwandten!

Es ist die allgemeine Sitte aller schwarzen Eingeborenen, gewisse allmorgentliche Leibesbedürfnisse immer im Freien zu befriedigen. Naturvölker pflegen ja überhaupt mehr als wir verfeinerten Europäer dem Grundsatze „Naturalia non sunt turpia" zu huldigen. Dieser unästhetische Gebrauch könnte bei dem gedrängten Zusammenstehen so vieler menschlichen Wohnungen recht gesundheitsschädliche Folgen nach sich ziehen (da hier nicht die so rasch austrocknende und verhärtende Luft der nordafrikanischen Wüste oder des südafrikanischen Plateaus zur Beseitigung der übeln Exhalationen zu Hülfe kommt), wenn nicht die zwanglosen Naturfreunde die weise Vorsicht gebrauchten, den sandigen Meeresstrand oder das Ufer der „Lagune" für ihre Verrichtungen zu wählen. So kommt denn alle sechs Stunden die Flut und wäscht den weißen Ufer= sand wieder vollständig rein und sauber. Infolge jener, mit umständlichen Waschungen verbundenen Unsitte (die auch den aus ihren Fenstern schauenden, am Meeresufer wohnenden Europäern des Morgens keine sehr anmuthende Aussicht bietet), war es für mich bei Ebbezeit immer ein einigermaßen schwie= riges Unternehmen, einen propern Platz für ein erfrischendes Meerbad aufzufinden. Die Meerflut steigt hier in Zanzibar 12—16 Fuß über den Ebbespiegel empor und ist es daher kein Wunder, wenn die im Osten die Stadt beinahe ganz

umspannende Lagune bei Hochflut eine schöne glatte Wasserbahn für Segelboote abgibt, während ihr bei Ebbezeit mephi-
tische Pestgerüche entsteigen, die den Umwohnern alle wechselnde
sechs Stunden das gerade Gegentheil von der gewürznelken-
duftigen Atmosphäre der umliegenden Pflanzungen bietet.

Eines Tages bot mir auf der Straße ein Neger ein
prächtiges kleines Stück Kopal (Sandarusi) an, in dem ein
grillenartiges Insekt wie lebendig in einem transparenten
goldgelben Wasser schwamm. Das Stück gefiel mir so,
daß ich fortan bei allen indischen Kopalhändlern Nachforschun-
gen nach ähnlichen Stücken anstellte und mir nach und nach
eine Sammlung von einem halben Hundert dieser prächtigen
Naturseltenheiten zulegte, die ich aus vielen Tausenden von
Stücken sorgfältig heraussuchte.

Der Kopal ist ein bernsteinähnlicher Körper von ehemali-
gem Pflanzenharz, das nach und nach im Laufe der Jahrhunderte und Jahrtausende die Härte eines Steines gewonnen
hat und nun vom Drechsler in alle möglichen Formen geschnitten werden kann. Er wird am Festlande, der Insel
Zanzibar gegenüber, von 10—30 Fuß tief aus dem Boden
gegraben. Diese alten Kopallager sollen einst vor Urzeiten
durch die Ausschwitzungen der Valeria indica entstanden
sein und sind dann infolge von Erdrevolutionen in den Tiefen der Erde ähnlich den Kohlenlagern begraben worden.
Die Kopalgräbereien (Copal Diggings) sowie der bedeutende
Exporthandel mit Elfenbein, Früchten und Gewürzen werfen
dem Sultan durch den auf die Ausfuhr gelegten Zoll einen
schönen Gewinn ab, der ihm, im Verein mit der ihm von
der britischen Regierung ausgesetzten jährlichen Entschädigungs-
rente einen hinreichenden Ersatz für die verlorenen frühern
reichen Einnahmen aus dem Zoll für exportirte Negersklaven
bietet.

Der Kopal, der in mehr oder weniger dicken horizontalen
Schichten unter der Erde gefunden wird, und sich durch seine
gänsehautartige Oberfläche auszeichnet, wird in Zanzibar das
rohe Pfund mit circa 1 Mark bezahlt. (35 Pfund roh kosten
8 Dollars = 36 Mark.) Bevor man denselben aber nach

Europa ausführt, wird er erst in kochendem Wasser mit Soda
ausgewaschen und gereinigt. In Europa wird daraus der
schönste unserer Wagenlacke verfertigt, der außerordentlich brillant und haltbar ist. Man findet Kopallager nicht nur an
der Ostküste von Afrika im Sultanat von Zanzibar, sondern
auch an der Westküste in den portugiesischen Besitzungen von
Angola und Benguela und auf der Insel Madagascar. Ich
besitze unter meinen mitgebrachten Stücken ganz reizende Exemplare; die in dem bernsteinartigen Körper eingeschlossenen
Thierchen sind um so interessanter, als sie Exemplare von
Insektenspecien sind, die vor Jahrtausenden existirt und sich
in ihren brillanten Farben so frisch und unbeschädigt erhalten haben, als warteten sie nur auf den Moment, in
dem man ihnen ihr durchsichtiges goldenes Gefängniß öffnen
und sie wieder in die freie Luft hinauskriechen und fliegen
lassen würde. Löst man solch ein Kopalstück in einer
Säure auf, so findet man die Jahrtausende alte Mumie des
Thierchens noch ganz weich und kann ihre Beinchen hin- und
herbewegen. Die am häufigsten vorkommenden Insekten sind
eine kleine Biene, eine noch kleinere mit rothen Beinchen und
langen zierlichen Fühlfäden — wunderschön goldfarbige, me-
tallisch grün schillernde und schwarze Fliegen — braune, gelbe
und karminrothe Spinnen mit kurzen und mit langen Beinen
— chocoladenbraune und krebsrothe Grillen — goldglänzende
Motten mit wunderbar fein geäderten Flügelchen — braune
Käferchen und baumwanzenartige Thiere. In einem meiner
Stücke befindet sich eine Spinne, die gerade im Begriffe steht,
auf eine Fliege loszugehen und sie aufzufressen. Sie hatte
dieselbe schon in ihre ausgebreiteten Fangarme eingeschlossen,
als der erstickende Harzstrom über sie beide dahinquoll, um das
Bild der tödlichen Umarmung der spätesten Nachwelt aufzubewahren. In einem andern Stücke besitze ich zwei kleine
Fliegen, die sich — man könnte meinen, im Vorgefühl ihres
Todes — einen Abschiedskuß zu geben scheinen. Auch habe
ich ein Stück mitgebracht, worin inwendig ein kleines Wasserbassin sich befindet, in welchem beim Schütteln das vor Jahrtausenden hineingekommene Regenwasser noch heute hin- und

herfluret. Was den Anblick der in Kopal eingeschlossenen Insekten so besonders schön macht, ist der Umstand, daß sie durch
eine sie umgebende Luftschicht wie mit einem feinen Gold-
oder Silberpanzer umschlossen erscheinen. Solche Kopalstücke
mit bunten Insekten darin würden sich, wie ich meine, ganz
vorzüglich für die erfindungsreichen Bijoutiers des pariser
Palais-Royal eignen, um, glattgeschliffen, in Broschen, Ohr-
gehänge, Collierschlößchen und Armbänder eingeschlossen zu
werden — solcher Schmuck würde sicher bei unsern Mode-
grazien reißenden Absatz finden.

Wer mit Elfenbein (Pembe), dem zweiten Hauptausfuhr-
object von Zanzibar, handeln will, muß zunächst, wie bei den
Straußenfedern, erst die zahlreichen mannichfaltigen Sorten
desselben kennen lernen, die alle sehr verschiedene Preise haben.
Bei einem Handel, bei dem ich zufällig gegenwärtig war,
wurden 53 Pfund Elfenbein mit 90 Dollars bezahlt. Bei
der kolossalen Verfolgung, welcher das schöne und edle Geschlecht der Elefanten seit Jahrtausenden ihrer herrlichen Zähne
wegen ausgesetzt ist, möchte man sich verwundern, daß sie
nicht schon längst ausgestorben sind; im Herzen von Afrika
schwärmen aber noch ungeheure Heerden dieser Riesenthiere
umher und wird der schöne Stoff für Billardkugeln, Fächer
und Stockgriffe daher sobald noch nicht ausgehen.

Im Jahre 1875 wurden von Zanzibar ausgeführt:

Elefantenzähne	für	925000	Maria-Theresia-Thaler
Orseille	»	148900	»
Kopal	»	214000	»
Gewürznelken	»	722500	»
Sesam	»	96000	»
Häute	»	205000	»
Andere Waaren	»	199400	»
Summa		2,510800	Maria-Theresia-Thaler.

Der Export= und Importverkehr betrug in demselben Jahre:

		Import	Export
		Maria-Theresia-Thaler	
mit	England	335400	656100
»	Nordamerika	398000	767500
»	Deutschland	774787	432200
»	Frankreich	59200	144000
»	der Schweiz	110500	—
•	Indien, Orient, Südafrika	1,090500	511000
	Summa	2,768387	2,510800

Fremde Schiffe liefen 1875 ein:

84 englische (darunter 42 Kriegsschiffe von 35950 Tonnen)	63050 Tonnen
13 deutsche	5370 »
10 amerikanische	5950 »
6 französische	3200 »
4 norwegische	2450 »
9 türkische	2250 »

u. s. w., zusammen 131 Schiffe von 85250 Tonnen. Die Steuern sind vom Sultan für jährlich 900000 Mark verpachtet.

Die Zeit meiner Abreise rückte allmählich heran und es überlief mich ein gelinder Schauer, wenn ich an den Trubel dachte, den mir mein zahlreiches, in Zanzibar wieder um zwei Korallen= und Muschelkisten vermehrtes Gepäck auf der Weiterreise verursachen würde. Am 27. Juli traf der Postdampfer Umballah von Aden ein, ein Schiff der British=India Steamship Company, das am 31. Juli wieder nach Aden zurückkehren sollte. Ich bezahlte beim Agenten der Compagnie einen Platz 1. Klasse nach Aden mit 30 Pfd. St. in Rupien (auf das Durchzählen meines hingereichten Ledersäckchens mit seinen inliegenden 300 Silberrupien verzichtete der vielbeschäftigte Agent) und fuhr dann an Bord, um mir die beste Cabine auszusuchen. Das Schiff war ein bedeutend größeres als der Natal und seine Bedienungsmannschaft bestand ausschließlich aus Hindus; nur die Offiziere, Bootsleute und Schiffsbeamten waren Engländer.

Nachdem ich von den Beamten des britischen Generalconsulats mich verabschiedet und ihnen herzlich für die außerordentliche mir erwiesene Gastfreundschaft gedankt hatte, begab
ich mich am 31. Juli vormittags bei einem strömenden Regen an Bord des Dampfers. Mein Wirth, Herr Falmon,
begleitete mich und dirigirte mit glücklicher Strategie meine
Trägerkarawane durch enge Nebenstraßen hindurch, ohne daß
dieselbe die Aufmerksamkeit der Douanenbeamten erregte, sodaß
ich von dem Trubel nochmaligen Kistenöffnens oder Bak-
schischzahlens verschont blieb. Auf dem Schiffe angekommen,
fiel es keinem Menschen von der Schiffsmannschaft ein, meinen Bootsleuten beim Ausladen meiner Kisten auch nur die
geringste Hülfe zu leisten, was zur Folge hatte, daß eine
große Kiste, die schon halb von dem Boote heraufgezogen war,
in der Luft plötzlich ihrer zu großen Schwere wegen den
Stricken, mittels deren sie von oben festgehalten wurde, ent-
glitt und in das Boot zurückplumpste. Ebenso leicht hätte sie
auch in das Meer fallen können, da das Boot von den Wellen
fortwährend 5—6 Fuß hoch auf- und niedergehoben wurde.
Gleicherweise wäre mir selbst persönlich beinahe ein sehr fata-
les Malheur passirt.

Meine neue Umhängetasche, die ich erst bei der Abreise
von Natal gekauft hatte, war von dem vielen Golde, das sie
tragen mußte, so strapazirt, daß einer der Metallringe, an
denen sie vom Umhängeriemen gehalten wurde, plötzlich los-
brach, und dies gerade in dem Augenblick, als ich die schwankende enge Schiffstreppe hinaustieg! Die Tasche fiel sofort
nach unten und wäre mit all ihrem reichen Inhalte in den
Tiefen des Meeres versunken, wenn ich sie nicht noch im letzten Augenblicke hätte an dem andern Ringe festhalten können,
der zum großen Glücke noch unversehrt war. (Ich habe seitdem mir es wohl hinters Ohr geschrieben, nie wieder Geld-
taschen zu tragen, bei denen der Tragriemen nicht um die
ganze Tasche herumgeht, wodurch ein solches Sichloslösen
eines der Metallringe ungefährlich gemacht wird.) Es wäre
in der That einer der übelsten Unfälle gewesen, die einem
Reisenden passiren können, an der Ostküste von Afrika auf

einmal all sein Reisegeld zu verlieren!! So freundliche und
liebenswürdige Gesichter die meisten Menschen, mit denen man
in geschäftliche Berührung kommt, Einem machen, solange man
die Taschen hübsch voll Geld hat, so widerlich zugeknöpft und
ungenirt grob pflegen dieselben lieben Leute zu werden, sobald
jener Talisman in Wegfall gekommen ist. Ich kann hiervon
um so mehr ein Liedchen singen, als ich einmal früher in
Konstantinopel habe drei Wochen lang ohne Geld leben müssen
und in dieser Zeit die interessantesten Erfahrungen über menschliche Liebenswürdigkeit zu machen Gelegenheit hatte.

Am Bord des Umballah erwartete mich eine sehr lebendige
Scene. Ein Dutzend indischer Männer und Frauen hatten
auf dem Schiffe Plätze nach Aden genommen, um dann von
Aden mit dem nächsten Postschiffe nach Bombay zu gehen.
Beinahe die gesammte indische Colonie: Hunderte von weißen
und überreich in Nase und Ohren, an Armen und Füßen
mit Gold- und Silberschmuck überhangenen Banyanenfrauen
und Kindern hatten den nach Indien zurückkehrenden Landsleuten das Geleit aufs Schiff gegeben und das Deck war nun
von diesen in die buntesten Stoffe gekleideten Indierinnen so
vollgedrängt, daß beinahe kein Apfel hätte zum Boden fallen
können. Alle diese Gäste wollten natürlich etwas vom Innern
des Schiffes sehen, und um es ihnen sämmtlich möglich zu
machen, arrangirten die Schiffsoffiziere eine regelmäßige Kreis-
promenade durch den großen Salon der ersten Cabine. Die
lange Procession von schneeweiß und scharlachroth, froschgrün,
violett, hell- und dunkelblau gekleideten feueräugigen Frauen,
Mädchen und Kindern umströmte nun die lange Speisetafel
in der großen Cabine, warf neugierige und erstaunte Blicke
in die sämmtlichen anliegenden Privatcabinen und stieg dann,
gesättigt vom Anblicke alles dieses ungewohnten marinen Luxus,
wieder zum Oberdeck hinauf.

Nachmittags 4 Uhr, nachdem endlich das Schiff sich von
seinen vielen Gästen entleert hatte, lichteten wir die Anker und
setzten uns in Bewegung. Bald entschwand die stattliche weiße
Häuserfront der Stadt unsern Augen, aber noch zwei Stunden lang fuhren wir in nördlicher Richtung langsam längs

der Küste der Insel Zanzibar hin, deren reiches Grün von
Mangobäumen, Cocospalmen und Gartenpflanzungen durch
zahlreiche weißglänzende arabische Landhäuser (sämmtlich mit
den landesüblichen gefängnißartigen Gitterfenstern) malerisch
unterbrochen war.

Das Hineinsteuern in die offene See war diesmal für
mich mit besondern Widerwärtigkeiten verknüpft. Die eigentliche Seekrankheit, die mich auf meinen Reisen von Neuyork
nach Liverpool, von Southampton nach Kapstadt und von
Natal nach Zanzibar vollständig verschonte, stellte sich diesmal
als sehr ungebetener Gast wieder bei mir ein. Dazu wurde
die Hitze von Tag zu Tag unerträglicher; alles Holzwerk auf
dem Schiffe fühlte sich wie glühendes Eisen an. Wie spurlos
hatte ich auf dem Atlantischen Ocean die Tropen passirt —
und welche niederdrückende Geduldsprobe war es diesmal!
Hatte der lange Aufenthalt in einem heißen Klima meine Leber
afficirt und mich dadurch mehr für die Seekrankheit disponirt?
Die ganze nur durch 5 Tage Aufenthalt in Aden und
Aegypten unterbrochene dreiwöchentliche Seereise (25 Tage
insgesammt) von Zanzibar nach Konstantinopel wurde für
mich durch Seekrankheit und unausstehliche Tropenglut zu
einer höchst unbehaglichen Leidenszeit. Zum Schlimmsten der
Seekrankheit kam es freilich nur dreimal, aber des Uebel-
befindens, der permanenten Blutcongestionen nach dem Kopfe,
des Apetitmangels war kein Ende. Ich möchte nicht ein zweites
mal wieder die Reise nach Südafrika um die Ostseite Afrikas
herum machen, da dieselbe doch auf der Westseite in den großen Schiffen der Union Line so ungleich angenehmer ist —
und dies für nur den vierten Theil des Passagepreises!

Wir hatten außer den Indiern noch eine Anzahl malaiischer
Passagiere an Bord, die ebenfalls wie jene weiß von Gesichtsfarbe, aber in europäisches Costüm gekleidet waren. Sie
kamen von Kapstadt, wo ja eine so große malaiische Colonie
sich befindet, und waren auf einer religiösen Pilgerfahrt nach
Mekka begriffen. Eine Pilgerreise von Kapstadt nach Mekka!
Ein Weg von 1100 deutschen Meilen — nur, um am Grabe
des Propheten zu beten! Wahrlich, diese Leute haben eine

große Glaubenskraft in sich und sind wol um dieselbe zu beneiden! Die Gesellschaft bestand aus dem malaiischen Oberpriester von Kapstadt, dem Imam Saïbo — seinem zwölfjährigen, pfiffig aussehenden Enkelsohne, der auf die Koranschule in Mekka gebracht und dort zum Theologen ausgebildet werden sollte — der siebzehnjährigen Enkeltochter des Imam, Noella, einem prächtigen Exemplar von malaiischer Frauenschönheit — einer Freundin von ihr und circa 20 jungen Malaien zwischen 20 und 25 Jahren. Die letztern trugen zu ihrem europäischen Costüm schmale rothe Turbane oder besser gesagt, bloße Kopftücher. Als Mekkapilger waren diese Malaien während ihres mehrtägigen Aufenthaltes in Zanzibar Gäste des Sultans gewesen und noch bei der Abfahrt unsers Schiffes waren der Bruder und ein Neffe des regierenden Sultans, gekleidet in rosenfarbene Kaftans, an Bord gekommen, um denselben glückliche Reise zu wünschen und ihnen Geschenke von Reis, Hühnern und Rosenöl mit auf den Weg zu geben. Mekkapilger erfreuen sich freilich in allen mohammedanischen Ländern einer großen Unterstützung durch alle Gläubigen, namentlich wenn sie auf der Rücktour begriffen sind; alle Welt reißt sich dann in den von ihnen berührten Städten um die Ehre, sie beherbergen und pflegen zu dürfen, und überschüttet sie mit Geschenken, indem man von ihnen zum Danke beglückende Segenswünsche erwartet. Ich erinnere mich, schon in Vámbéry's „Reisen in Turkestan" über diese Fetirung der Mekkapilger Erstaunliches gelesen zu haben. Auch in Mekka selbst werden sie auf Kosten der türkischen Regierung beherbergt und verpflegt. Der Umstand, daß alle diese Malaien nur holländisch untereinander sprachen, war mir aufgefallen, und als eine große Welle über Bord schlug und die beiden Mädchen bis auf die Haut durchnäßte, bot ich ihnen galant ein paar trockene Decken an und wurde hierdurch näher mit ihnen bekannt. Ein Reisender sollte es sich immer zum strengsten Grundsatze machen, alle Leute, mit denen der Zufall ihn zusammenführt, sei es im Eisenbahncoupé oder auf dem Deck eines Dampfers, auf einem Fährboote oder unterwegs in einem Zeltkamp, allemal ausnahmslos anzureden.

Was für zahlreiche interessante Mittheilungen und Erfahrungen wird ihm die stetige Beobachtung dieser Regel zuführen! Man sollte sich in dieser Hinsicht nie den zugeknöpften, schweigsamen Engländer zum Muster nehmen, der von einer sechsmonatlichen Tour nach dem Continent leicht nach Hause zurückkehrt, ohne auch nur ein einziges mal mit einer andern Person als mit Hotelkellnern und Führern gesprochen zu haben, sondern den gesprächigen, mittheilungsbedürftigen Sachsen, Thüringer und Schwaben, der gegen sein schönes unbekanntes Vis-à-vis im Post- oder Eisenbahnwagen glauben würde sich einer Unhöflichkeit und eines Mangels an Bildung schuldig zu machen, wollte er ihr nicht durch möglichst anregende und erheiternde Conversation die Zeit zu verkürzen suchen, oder den amerikanischen Zeitungsreporter, der gewohnt ist, alle Passagiergefährten auf Eisenbahnen und Dampfschiffen als werthvolle Quellen von hundertfältiger Belehrung und Neuigkeitsmittheilung für seine zu schreibenden aufregenden Correspondenzen aufzufassen und auszunützen. Die Unterhaltung mit diesen unansehnlichen Malaien, zu der ich ohne die unhöfliche große Welle wol gar nicht gekommen sein würde — welche werthvollen südafrikanischen Geheimnisse enthüllte sie mir! Aufklärungen, die ich wahrlich hier während einer Tour über den Indischen Ocean nicht zu finden erwartet hätte!

Es fiel mir sofort nach einer kurzen Conversation mit den Malaien auf, wie erstaunlich gut dieselben über die in der letzten Zeit meines Aufenthaltes in Kimberley vorgekommenen größern Diamantendiebstähle unterrichtet waren. Sie kannten z. B. genau die Namen der in den Diebstahl und den Verkauf des großen achtzigkarätigen Steines des Herrn Wilson verwickelten Personen; sie wußten wo und für wie viel und an wen dieser Stein verkauft worden war. Sie verriethen mir, daß Sadhl, der Sohn des großen malaiischen Pferde- und Wagenvermiethers Dolly in Kimberley, der aus dem Einkaufe und Vertriebe gestohlener Diamanten sein Hauptgeschäft mache, jenen Stein von dem ungetreuen schwarzen Diener des Herrn Wilson für 40 Pfd. St. gekauft und dann an einen gewissen, mir wohlbekannten reichen Herrn in Dutoits-

pan für 80 Pfd. St. verkauft habe. Auch George Commons,
den Dieb meiner eigenen Diamanten, kannten diese Leute sehr
wohl, und ohne zu argwöhnen, daß ich selbst, der ich ihnen so
ruhig zuhörte, das Opfer der Dieberei jenes Strolches gewesen
war, thaten sie mir ganz offen kund, an wen Commons meine
Steine verkauft habe, und für welchen Preis! Kurz, ich fand,
daß diese jungen Malaien, welche wie ich direct von Griqualand kamen, in alle Geheimnisse der großen Diebsorgani-
sation und des Diebshandels auf den Diamantenfeldern vollständig eingeweiht waren und offenbar active Theilnehmer in
dieser großen, zur Beraubung der weißen Diggers organisirten Spitzbubenverbindung gewesen sein mußten. Vermuthlich wollten sie die an ihren Händen haftenden unmoralischen
Flecken nunmehr durch ein mehrwöchentliches Beten am Grabe
des Propheten wieder rein waschen! Ich bemerke ausdrücklich,
daß weder der Imam noch seine schöne Enkelin einen directen
Antheil an diesem Diamantendiebsgeschäfte zu haben schienen,
denn Noella, deren Sympathie ich durch kleine Geschenke vollständig gewonnen hatte, erzählte mir immer nur solche Dinge,
die ihr von den ihren Vater begleitenden jungen Malaien
unter dem Siegel der Verschwiegenheit anvertraut worden
waren. Eigenthümlich war ein Anerbieten, das mir die junge
Malaiin machte. Sie offerirte mir — offenbar, um mir
ihre Erkenntlichkeit für meine Theilnahme an ihrer Person zu
beweisen — wenn ich nach Kapstadt zurückkehren würde, mir
dann die sämmtlichen Personen im Dorfe Weinberg bei Kapstadt bezeichnen zu wollen, welche eine Art von Lohnkutscher-
geschäft nach den Diamantenfeldern betreiben und hauptsächlich
vom Vertriebe der dort gestohlenen Steine leben. Durch Mithülfe dieser Leute und durch Theilnahme an ihrem so ungeheuer lucrativen Geschäfte würde ich, wie Noella mir treu-
herzig versicherte, mir sehr rasch ein großes Vermögen zu-
sammenhäufen können!! Ich dankte der guten Noella für ihre
wohlmeinenden Winke, und sah in ihren treuen, aufrichtigen
Augen, daß sie wirklich keine Idee von der moralischen Ver-
werflichkeit eines solchen Handels haben konnte! Zugleich
bewies sie mir durch ihre offenen Enthüllungen, daß sie

keinerlei Mistrauen gegen meine Person hatte und nament=
lich für ihre Reisegefährten aus ihren Geständnissen keinerlei
üble Folgen befürchtete. — Wie leicht doch in fernen Ländern
durch kleine Zufälligkeiten nähere Beziehungen unter Menschen
sich herstellen, die nach ihrer Herkunft, ihrer Vergangenheit
und ihren grundverschiedenen Lebenskreisen durchaus nicht für
eine gegenseitige Annäherung geschaffen scheinen! Der einzige
Umstand, daß wir beiderseitig von den Diamantenfeldern
Südafrikas kamen, stellte rasch zwischen mir, dem europäisch=
christlichen Culturmenschen, königlich sächsischen Unterthanen
und dresdener Bürger — und einer mohammedanischen Ma=
laienfamilie eine Art intimer Landsmannschaft und vertrau=
lichster Familiarität her!

Uebrigens hatte ich auch schon in Zanzibar durch Herrn
Falmon eine interessante Thatsache in Bezug auf die Stolen-
stone-business (das Geschäft mit gestohlenen Steinen) auf
den Diamantenfeldern von Griqualand erfahren. Es war
sechs oder acht Wochen vor meiner Ankunft ein mit dem
Dampfer von Natal kommender portugiesischer Reisender in
Herrn Falmon's Hotel abgestiegen, der ein paar Tage, bis
zum Abgang des Dampfers nach Aden, dort geblieben war.
Dieser Herr hatte Herrn Falmon eine alte blecherne Zucker=
dose gezeigt, die bis zum Deckel mit großen und kleinen
Diamanten angefüllt war. Auf die Bemerkung des Herrn
Falmon, daß ihn diese Steine doch sehr theuer gekommen sein
müßten, hatte der Portugiese mit listigem und lustigem
Schmunzeln und Kopfschütteln geantwortet: „O nein, im
Gegentheil, sehr billig! Das sind ja alles gestohlene Steine,
die ich von meinen Agenten auf den Diamantenfeldern be=
zogen habe!" Da haben wir sie, die unmittelbaren Folgen
englischer Negerbeglückung in Griqualand, die dem schwarzen
„Menschen und Bruder" den Erlaubnißschein zum Verkaufen
von Diamanten nicht versagen zu dürfen meint, da un=
möglich, ja beileibe nicht eine „Klassengesetzgebung" geduldet
werden dürfe!

Das schnurgerade Vorrücken des Schiffes gegen Norden
ließ jetzt jeden Tag den Himmelsglobus am Horizont ver=

ändert erscheinen und demonstrirte recht deutlich, wie klein
doch und wie zusammengeschrumpft heutzutage der Erdball
durch die Dampfcommunicationen geworden ist! Von der
südlichen Himmelssphäre verschwand jeden Abend ein neues
Segment, und von der nördlichen erschien dafür ein neues
entsprechendes. Das Südliche Kreuz sank immer tiefer am
südlichen, der heimatliche Große Bär stieg immer höher am
nördlichen Himmel empor und gab mir mehr als alles an=
dere das Gefühl, daß ich mich nun wieder meiner deutschen
Heimat täglich mehr und mehr nähere.

In einem unserer Schiffsoffiziere lernte ich den heitersten
und zufriedensten Seemann kennen, der mir bisjetzt noch vor=
gekommen war. Er gestand mir mit den lustigsten Augen
von der Welt ein, daß er noch nie in seinem Leben sich mehr
als höchstens fünf Minuten unglücklich gefühlt hätte. Er
war zwar erst 27 Jahre alt, hatte aber schon die ganze Welt
gesehen, da es bei ihm Princip war, nie mehr als drei Reisen
mit ein und demselben Schiffe zu machen. So hatte er denn
schon in allen möglichen Dampfschiffscompagnien als Fourth,
Third und Second Officer gedient, in Nordamerika und
China, in Ost= und Westindien, am Kap der guten Hoffnung
und Kap Horn, in der Nordsee und im australischen Archipel,
und fungirte jetzt als First Officer auf dem Umballah. Der
junge Mann war ein Weltumsegler von Passion, und in
seiner Lebensphilosophie ein größerer Weiser, als mir seit
lange in der Welt begegnet war.

Der Kapitän des Umballah, ein wortkarger, aber sonst
freundlicher Mann mit großem kohlschwarzen Vollbarte, hatte
in Zanzibar einen reizenden Madagascaraffen (Maki = Lemur
Mongous) gekauft, den er seiner in Aden wohnenden Frau
als Geschenk mitbringen wollte. Das Thier glich halb einem
Fuchse, halb einem langgeschwänzten Affen und hatte dazu ein
reizend weiches, zobelartig feines, röthliches Fell und an jedem
Fuße 5 richtige Finger. Unterwegs ließ der Kapitän es von
seiner Kette los. Augenblicklich war das Thier auf der höch=
sten Mastspitze oben und durch keine Lockung zum Wieder=
kommen zu bewegen. Den ganzen Tag über schlief es nun

entweder oben auf dem Mastkorbe, oder es flog mit fabelhafter
Sicherheit und Behendigkeit wie ein Seiltänzer auf den zwischen den Masten in der Luft schwirrenden Seilen und Tauen
hin und her, und nur des Nachts in der stillen Dunkelheit
kam es aufs Deck herunter, um die für dasselbe dort hingelegten Orangen und Bananen zu verspeisen. Nur einem
unvorsichtigen Mittagsschläfchen zwischen den beiden Segeln
des doppelten Sonnendaches über dem Hinterdeck, wobei das
Thierchen es vergessen hatte, seinen Schwanz zu sich hinauf-
zuziehen, war es zu verdanken, daß der Kapitän am letzten
Tage vor der Ankunft in Aden den lang wie eine Klingel-
schnur herabhängenden Schwanz ergreifen und so das Thier
wieder einfangen konnte, worauf es durch eine Kette gesichert
wurde. Diese Mongus sind in ihrer Heimat die größten und
passionirtesten Schlangenvertilger. Sie sind gegen die Bisse
der Giftschlangen vollkommen unempfindlich, und zwar, wie
mir von einem Naturforscher in Natal versichert wurde, infolge
des Umstandes, daß sie eine in Natal Cambi genannte Pflanze
fressen, welche das Gegengift gegen das Gift aller Schlangen
enthält. Hat der Mongus von dieser Pflanze etwas zu sich
genommen, so greift er mit Löwenmuth die kräftigste Giftschlange an — sperrt man ihn aber mit einer solchen z. B.
in einem Zimmer ein, wo er also keine Gelegenheit hat, sich
durch den Genuß jener Pflanze vorher unverwundbar zu
machen, so weicht er der Schlange scheu und furchtsam aus,
läuft voller Angst im Zimmer herum und sucht auf jede
Weise der gefährlichen Nachbarschaft zu entrinnen!

Von Zeit zu Zeit sahen wir die Küste; dieselbe zeigte
aber nichts als sonnig herüberglänzende und verbrannte hohe
Sanddünen ohne eine Spur von Grün oder Wasser. Zuweilen erschienen malerische Gruppen von schwarzbraunen
Felsen, vor denen die anschlagende weiße Brandung hoch sich
aufbäumte. Auf einer dieser Felsengruppen bemerkten wir
eine Ansammlung von steinernen festungsartigen Gebäuden,
die wol irgendeines arabischen Räuberhauptmannes oder Pi-
raten Meerburg sein mußten. Ich dachte unwillkürlich daran,
welchen Empfang würde einer von uns Passagieren dort wol

finden, wenn er infolge von Schiffbruch, Feuer an Bord oder einem ähnlichen Unfalle allein in einem Boote dort landete! Wir begegneten auf der ganzen Reise von Zanzibar nach Aden nicht einem einzigen Schiffe.

Am 6. August passirten wir die romantischen hohen Felsenmauern des Kap Gardafui (Ras Asir) und änderten nun unsern Curs von Norden nach Westen. Am 8. August in der Morgendämmerung erhoben sich vor uns die prächtig geformten, überaus malerischen Küstengebirge des südlichen Arabien, und um 7 Uhr früh warfen wir auf der Rhede von Aden Point, eine Stunde von der Stadt Aden, Anker. Der Gedanke, nun wieder einmal in einer asiatischen Gegend zu sein, erregte mich und ich ging um 8 Uhr morgens voller Neugierde ans Land. Auch hier mußten die landenden Passagiere eine Strecke weit auf dem Rücken von Arabern durch das Wasser getragen werden, da die Boote der Seichtigkeit des Uferwassers wegen nicht bis ans Land gelangen konnten. Eine junge und hübsche französische Dame, die mit ihrem Gemahl von Mayotte kam, war seit Zanzibar unsere Reisegefährtin gewesen. Beide Gatten hatten sich aber aus Anlaß der bösen Seekrankheit auf der ganzen Reise nicht ein einziges mal auf Deck oder an der Speisetafel sehen lassen. Jetzt endlich wurden sie wieder sichtbar. Die junge Frau vertraute sich nur mit großer Aengstlichkeit dem menschlichen Reitpferde an, welches sie durch die flutenden Wogen ans Land tragen sollte. Hatte sie nun in ihrer Aengstlichkeit dem jungen Araber, dessen Hals sie mit ihren Beinen krampfhaft umklammert hielt, zu sehr die Gurgel zugeschnürt, oder war derselbe über einen unebenen Gegenstand auf dem Grunde des Wassers gestolpert — genug, plötzlich schlug er um und legte seine schöne Bürde der Länge lang ins Wasser nieder. Nun, solche harmlose Scherze muß sich ein Reisender oder eine Reisende schon gefallen lassen; ich sollte im übrigen meinen, das kühlende Bad könne der von der Seekrankheit und der heißen Cabinenluft echauffirten Dame nur wohlgethan haben.

Ein bildhübscher junger Neger vom Stamme der Somali, aus Berbera, hatte sich sofort nach unserm Ankerwerfen auf

dem Schiffe eingestellt und vertheilte an die Passagiere Em-
pfehlungskarten des Hôtel be l'Europe. Er war wirklich,
hinsichtlich seiner edeln feinen Gesichtszüge, der schönste Neger,
den ich je gesehen habe. Ich möchte überhaupt schließen, da
ich in Aden noch sehr viele andere von solchen hübschen
Schwarzen sah, daß die Somali und die Galla wol die schönsten Negerstämme Afrikas sein müssen.

Unser Joseph — so hieß der junge Somali mit dem freundlichen Mädchengesichte — geleitete uns, die durchnäßte Schöne,
ihren besorgten Gemahl und mich in ein schneeweiß in heißem
Sonnenglanze herüber schimmerndes plattbachiges Gebäude,
welches sich mit seinen im ersten und zweiten Stock durch
neun Säulen gestützten Berandas und seiner Fronte von elf
hohen Bogenfenstern schon äußerlich als ein Hotel kenntlich
machte, auch wenn die auf dem Dache mit mannshohen weißen
Buchstaben auf schwarzem Grunde angebrachte Riesenfirma
Hôtel be l'Europe gefehlt hätte. Im geräumigen innern Hofe
desselben saßen auf Lehnstühlen Damen in hellen Sommer-
kleidern und weißgekleidete Herren. Das Hotel repräsentirte
ein Stück von „dem schönen Frankreich", denn die Gäste, die
Wirthsfamilie und die Bedienung waren sämmtlich Franzosen
und das elegante französische Sprachidiom herrschte ausschließlich
im ganzen Hause. Auch die Table-d'hôte bot uns reichliche
culinarische Genüsse, wie es ja bei einer französischen Küche
nicht anders zu erwarten war. In einer Volière tummelten
sich zahlreiche bunte Vögelchen herum; weiße, grau und rothe und
grün und rothe Papagaien schaukelten sich unter der Veranda
in großen Ringen hin und her und erfüllten die Luft mit
ihrem Geschrei, auch Affen fehlten nicht. In einem großen
Zimmer lagen auf einem mächtigen Tische Hunderte von illu-
strirten Journalen und Modebildern durcheinander; auch noch
ein Verkaufsmagazin und ein photographisches Atelier befanden sich in demselben Gebäude. Die corpulente Aufwartefrau,
die mein Zimmer unter ihrer Obhut hatte, war eine biedere
Elsässerin. Von allen „Franzosen", die man im fernen Auslande findet, scheinen wirklich fast die Hälfte regelmäßig Elsässer zu sein, die freilich seit der gewaltsamen Abtrennung

ihrer Provinz vom französischen Staatskörper mit mehr Leidenschaft als je vorher Franzosen zu sein vorgeben. Es hat dieses raffinirte Kokettiren der im Auslande wohnenden Elsässer mit der französischen Nationalität auf mich stets einen ähnlichen widerwärtigen Eindruck gemacht, wie in Nordamerika die Abneigung so vieler ungebildeten Leute deutschen Ursprungs, sich an öffentlichen Orten Deutsche zu nennen und deutsch zu sprechen — gerade als wenn in beiden Fällen die französische und die „amerikanische" Nationalität eine vornehmere Nationalität von Herren und Gentlemen, die deutsche aber mehr eine solche von Domestiken und Plebejern repräsentire, mit der man sich bei Leibe nicht brüsten dürfe, und die man so viel als möglich im Interesse seiner persönlichen Geltung verbergen müsse! Hat der vollständige Mangel an deutschen Colonien und Besitzungen in fremden Welttheilen nicht einen wesentlichen Antheil an diesem sich der deutschen Nationalität Schämen, das man so häufig im Auslande bei ungebildeten Leuten deutscher Abstammung findet?

Nachdem ich mich in meinem großen auf die sonnenglühende Straße gehenden Zimmer ein wenig auf dem Bett ausgeruht hatte, ging ich wieder an Bord des Umballah, um mein Gepäck auszuschiffen und Abschied vom Kapitän und vom „immer glücklichen" ersten Offizier zu nehmen. Nachdem ich wieder ans Land gekommen und mich dort nach der Table-d'hôte, die von lauter von Mayotte, Bourbon, Nossi Beh und Sainte-Marie gekommenen oder dorthin bestimmten Franzosen besetzt war, ein Stündchen ausgeruht hatte, setzte ich mich ein wenig unten vor das Haus. Hier hatte ich nun eine sehr lebhafte Ueberraschung. Ein Zug von etwa drei Dutzend Arabern in prächtigen orientalischen Costümen schritt am Hotel vorbei, vor dessen Porticus ich saß; darunter befanden sich ein Greis, etwa 25 junge Männer, ein Bube von 12 Jahren und zwei dichtverschleierte Mädchen, die eine in rosaseidenem, die andere in blauseidenem Jaschmack. Ich setzte sofort meinen goldenen Kneifer auf die Nase, um die interessanten orientalischen Schönheiten, die ihrem leichten und anmuthsvollen Gange nach noch der blühendsten Jugend angehören mußten, zu lorgnettiren. Wie

erstaunte ich aber, als die geheimnißvolle verschleierte Araberin
im rosenfarbenen Seidenmantel vor mir stehen blieb und mir
heimlich kichernd die Hand drückte, mir leise auf englisch die
Worte zuflüsternd: „Kennen Sie denn Noella nicht mehr?"
Ja, in der That, es war die schöne Noella, die, nunmehr auf
dem heiligen Boden Arabiens angekommen, unter den bigoten
Muselmanen dieses Landes unmöglich ihr europäisches Costüm
und ihr Offentragen des Gesichts beibehalten konnte und sich
unter dem hülfreichen Beistande der Priesterfamilie, an die
sie und ihre Gefährten in Aden empfohlen waren und die sie
jetzt begleiteten, in eine Vollblut-Orientalin umgewandelt hatte.
Die menschliche Natur ist nun einmal so organisirt, daß alles
Fremdartige, Geheimnißvolle und Neue dem Geiste schöner,
verlockender und anziehender erscheint als das Gewohnte, Bekannte und Altbackene. Wenn Noella mir auch auf dem
Schiffe in ihrem europäischen Costüm immer als ein hübsches,
sympathisches und liebenswürdiges Mädchen erschienen war,
so hatte sie doch weiter keinen tiefern Eindruck auf mich gemacht und ich hatte mich daher ohne große Schwermuth von
ihr getrennt. Jetzt aber, da sie mir in dem theatralischen,
poetischen und geheimnißvollen Costüm einer Türkin oder Araberin wiedererschien, kam sie mir vor wie eine ganz neue
Person, wie eine poetische Gestalt voll süßen und unwiderstehlichen Reizes, und ich hätte ich weiß nicht was darum gegeben, hätte ich die aus einer unscheinbaren Raupe plötzlich
zu einem so lieblichen und farbenschillernden Schmetterling
entpuppte junge Orientalin, die mir nun wie eine jener poesie-
umschwebten orientalischen Prinzessinnen aus Tausendundeine
Nacht erschien, auf ihrer weitern Pilgerreise nach Mekka begleiten dürfen. Doch solche pia desideria konnten leider bei
der Gesammtlage der Dinge nicht in Erfüllung gehen und
ich mußte mich mit wehmüthigem Händedruck von der mir
jetzt so prächtig und begehrenswerth erscheinenden Opernfee
auf Nimmerwiedersehen trennen. —

Ich war erst seit so wenigen Stunden in Aden und fand
doch den hiesigen Aufenthalt schon so unerträglich, daß ich mit
Schrecken daran dachte, hier längere Zeit zubringen zu müssen.

Herr Nedeh und sein Bruder, die Hoteliers, meinten, ich
müsse 14 Tage lang hier bleiben, da das französische Messa-
gerie-Postschiff nicht eher von Bombah hier eintreffen werde
und sie mir mit keinem andern Schiffe zu gehen rathen könnten; das fällige englische Postschiff sei übrigens schon gestern
nach Suez abgegangen. Wie aber, dachte ich, soll ich einen
zweiwöchentlichen Aufenthalt in diesem Backofen aushalten?
Hinter dem Hotel erhob sich die schief aufsteigende schwarze
Gebirgswand, alles todtes, ödes, verbranntes Gestein ohne
ein Atom von Grün — die Hitze, die davon auf das Hotel
zurückprallte, war furchtbar und der gänzliche Mangel eines
erfrischenden Zugwindes im höchsten Grade erschöpfend. Dazu
war die ganze Atmosphäre infolge eines vom Binnenlande
kommenden Staubsturmes so dick mit feinem Staube angefüllt,
daß man bei jedem Athemzuge sich die Lungen voll heißen
Sand sackte; auch die Augen wurden davon sehr angegriffen
und das ganze Nervensystem überdies mächtig von der mit
Elektricität überladenen Ofenluft afficirt. Die sämmtlichen
Hotelgäste lagen wie paralhsirt und nach Luft schnappend auf
langen Sofastühlen im Hofe und einer klagte dem andern
die Unerträglichkeit dieses Klimas. Auf den Balkon tretend,
sah man, wie der erhitzte Sand in dicken, gelben, aus Norden
kommenden Wolken über das Hotel hinwegqualmte und weiter in das Meer hinaustrieb. Ging man auf den freien
Platz vor dem Hotel, so wurde man schnell über den ganzen
Körper kohlschwarz angerußt. Es lagen dort nämlich die
ungeheuern Kohlenvorräthe für die hier anlegenden Postdampfer aufgestapelt; der heiße Wind trieb aus diesen haushohen Kohlengebirgen mächtige Wirbelwolken von Kohlenstaub
und Ruß auf, die dann dick in der Luft hin- und herwogten.
Der Name „The Coal hole of the East" (das Kohlenloch des
Ostens), den die Engländer Aden zu geben pflegen, ist daher
wirklich sehr bezeichnend. Eine wahre Staub- und Gluthölle,
wie solche für zum Fegfeuer verurtheilte arme Seelen recht
geeignet erscheinen möchte! — Vergebens warf ich mich in der
Nacht auf meinem breiten französischen Bette hin und her;
an erquickende Schlafruhe war bei der glühenden und ersticken-

den Temperatur der Luft in den durchhitzten Zimmern gar
nicht zu denken! Die Staubstürme von Aden scheinen sich von
denen Griqualands nur durch die Farbe zu unterscheiden —
die einem glühenden und qualmigen Sandocean ähnelnde Luft
erscheint hier schwefelgelb, dort aber trübroth.

Am folgenden Morgen erhob ich mich schon um 6 Uhr,
um eine Promenade zu machen. Es war draußen im Freien
wenn auch nicht kühl, so doch wenigstens eine noch erträgliche
Temperatur. Ich wanderte daher erst am Ufer hin und stieg
dann eine lange steile Felsentreppe hinauf auf ein Plateau
vor einer Villa, wo ich eine weite Aussicht erwarten durfte.
Es war auch in der That hier oben ganz hübsch; auf dem
blauen Seespiegel schaukelten sich zahlreiche Schiffe, und von
der See her wehte ein frischer Wind, der in der Tiefe sich
gar nicht fühlbar gemacht hatte. Ein großer Salon, nach
Art eines unserer „Wintergärten", war mit Topfpflanzen,
Sträuchern und Blumen vollgestellt; es schien mir dies die
öffentliche Promenade von Aden vorstellen zu sollen, die künstlich den traurigen Mangel an Grün in dieser Gegend ersetzen
sollte. Ich promenirte noch zwei Stunden lang weiter und
sah mir die zahlreichen steinernen Kasernengebäude an, in
denen es von englischen Soldaten in Leinwandjacken, die unter
den Verandas ihr Frühstück einnahmen, durcheinanderwimmelte.
Eine traurige Garnison — dieses Aden — und mit Recht
von allen englischen Offizieren als Garnisonsort gefürchtet!
Nachdem ich zwischen den glühenden Häusern und Felsen hinreichend mich umgesehen hatte, kehrte ich zu dem „Garten-
salon" zurück und trat nun in das ganz nahe dabei gelegene
Comptoir der Peninsular and Oriental-Dampfschiffahrts-
gesellschaft ein, welches von einem Parsi aus Bombay versehen
wird, um zu fragen, wann denn eigentlich das englische Postschiff von Bombay nach Suez hier ankommen würde. (Denn
in dieser Saison noch nach Indien zu gehen, dieses Project
hatte ich infolge der schauerlichen, Haut und Hirn verkohlen-
den Augusthitze, die hier in Aden meine Lebensgeister paralysirte, rasch wieder aufgegeben!) Welches war aber meine halb
freudige, halb peinliche Ueberraschung, als mir der phleg-

matische brillenäugige Parsi die kurze Antwort zuwarf: „Der englische Postdampfer ist heute Morgen um 5 Uhr hier angekommen und geht um 11 Uhr in See nach Suez!" Also mein französischer Hotelwirth hatte mich zum besten gehabt, indem er mir weisgemacht, daß kein englisches Dampfschiff nächstens zu erwarten sei — er hoffte mich auf diese Weise noch 14 Tage länger schröpfen zu können! Leider war es schon 9½ Uhr — ich hatte also nur noch anderthalb Stunden zu meiner Disposition, wenn ich mit dem englischen Dampfer fortzukommen wünschte! Beim ersten Ueberschlagen schien es mir eine Unmöglichkeit, alle die nothwendigen Geschäfte, die ich noch vor mir hatte, in dieser haarsträubend kurzen Zeit besorgen zu können, denn erstens mußte ich in der Sonnenglut einen Weg von 25 Minuten nach Hause zurücklegen, dort das Geld zur Bezahlung des Schiffsplatzes aus meinem Koffer nehmen, dann nach dem Dampfschiffsbureau die halbstündige Distanz zurückeilen, dort in Rupien den Passagepreis von 30 Pfd. St. aufzählen — das Hinlegen und Durchzählen von 300 Rupien kostete auch noch einige Zeit — dann zum dritten mal die halbe Stunde weit nach dem Hotel zurückkehren, hier meine aus den Koffern genommenen Sachen einpacken, Träger besorgen — dies konnte auch leicht eine halbe Stunde in Anspruch nehmen — dann die Rechnung bezahlen und verificiren, und endlich zwei Boote miethen, um nach dem eine englische Meile weit draußen auf dem Meere liegenden Schiffe zu gelangen. Allein auf der andern Seite grinste mich die gräßliche Nothwendigkeit an, noch 14 Tage länger in diesem Höllenorte zu bleiben, wenn ich nicht mit diesem Schiffe fortkommen könnte! Ich jagte daher die Treppe hinab, rannte athemlos auf der sonnenglühenden Straße nach dem Hotel zurück, riß einen Beutel mit Rupien aus meinem Koffer und stürzte wieder die Treppe hinunter. Zum Glück stand gerade ein Miethwagen vor der Thür, ich warf mich hinein, schrie dem Kutscher zu: „Zum Peninsular and Oriental Office! Rasch! Bakschisch!" und fort flog der Wagen zum Bureau des Parsi. Ich warf hier den Inhalt meines Rupiensackes auf den Tisch und zählte in fieberhafter Eile die Silbermünzen in Reihen von je zehn

Stück hin. Als hierauf der indische Clerk des Parsi die hin-
gebreitete Summe bedächtig und mit einer mir unerträglichen
pedantischen Langsamkeit überzählte, fehlten nach seiner Rechnung noch 3 Pfd. St.! Wiewol ich nun ganz sicher war,
daß ich volle 300 Rupien, also 30 Pfd. St. hingezählt hatte,
von denen der Clerk, als ich mich zur Beantwortung einer
Frage einen Augenblick nach dem Agenten umgewandt hatte,
30 Stück schnell abgestrichen haben mußte, so zahlte ich doch
die 3 Pfd. St. nach, nur um nicht die kostbare Zeit mit einem
voraussichtlich fruchtlosen Disput zu verlieren. Mit der
tröstlichen Versicherung des Agenten, daß ich wol jedenfalls
zu spät zum Schiffe kommen und daß dann mein Billet für
das nächste in 14 Tagen kommende englische Postschiff seine
Gültigkeit behalten würde, stürzte ich wieder nach meinem
Wagen, der mich rasch ins Hotel zurückbrachte. Einpacken,
die Rechnung bezahlen (dieselbe war — natürlich aus eiligem
Versehen — auf zwei statt auf einen Tag ausgestellt), Träger
aus der Nachbarschaft zusammenrufen, zwei Boote miethen —
alle diese Geschäfte wurden binnen 20 Minuten besorgt. Ich
hatte jetzt nur noch 15 Minuten übrig, denn es war schon
dreiviertel auf 11 Uhr, und überdies lag das Dampfschiff
eine halbe Stunde weit in der See draußen! Aber ich hoffte
auf einen mir günstigen Zufall, der die Abfahrt des Steamers
ein wenig verspäten würde. Die Träger keuchten also eilig
mit meinen schweren Kisten über eine lange Strecke bis nach
dem Seeufer. Hier nahm ich in einem leichten Boote Platz,
um vorauszufahren und möglichst rasch an Bord zu kommen
— das andere Boot, mit meiner Bagage, sollte unter Joseph's
Leitung schnell nachkommen. Mit den Trägern gab es leider
noch einen Disput wegen der Bezahlung. Sie verlangten
eine unerhörte Summe; ich bot die Hälfte davon, die noch
immer zu viel war — diese Scene kostete wieder 5 Minuten.
Endlich wurden die Boote im Augenblicke der Abfahrt noch
von ein paar schwarzen Zollhausbeamten angehalten, welche
durchaus die Kisten öffnen und durchstudiren wollten! Das
fehlte mir gerade noch! Ich warf ihnen indignirt ein großes
Silberstück zu und stieß selbst mit einem Ruder die beiden

Boote vom Ufer ab. Es war nun schon 11 Uhr; ich sah in der Ferne den Dampf rasch aus den Schornsteinen des Schiffes emporwirbeln und mußte hiernach schließen, daß das Schiff sich schon in Bewegung setzte. Die Post, die immer das allerletzte ist, was an Bord gebracht wird, war schon seit einer Viertelstunde vom Lande abgefahren worden — es war also in der That nur sehr wenig Chance übrig, daß es mir noch gelingen würde, an Bord zu kommen. Dennoch aber mußte nach so vielen strapaziösen Vorbereitungen wenigstens der Versuch gewagt werden. Es begann nun eine aufregende und wilde Jagd nach dem Schiffe. Mein Boot flog wie ein Pfeil voran — leider kam das Bagageboot nur sehr langsam nach, trotz der leidenschaftlichen Zeichen und Winke, die ich seinem Führer unausgesetzt gab. Es war eben zu schwer, um meinem leichten Canot so rasch zu folgen. Endlich, nach einer halben Stunde, war ich in meinem Boote an dem schwarzen rauchenden Schiffskoloß angelangt. Die langen Falltreppen waren schon aufgezogen und es wurden soeben die Anker gelichtet; auf meinen lauten Ruf „Passenger for Suez!" wurde jedoch die Treppe wieder heruntergelassen und schweißüberströmt und mit fieberisch klopfendem Pulse kletterte ich sie hinan.

Ich hatte das beinahe Unausführbare durch Ueberanstrengung doch möglich gemacht und war gerade noch im letzten Augenblicke des Abfahrens an Bord gelangt! Aber wo war mein Bagageboot? Es war noch weit entfernt und brauchte wenigstens noch 10 Minuten, um heranzukommen. Der Gedanke durchblitzte mich plötzlich: sollte der Neger Joseph die günstige Gelegenheit benutzen und mit all meinem Gepäck umkehren, nachdem er mich an Bord des Steamers wußte und mein Boot zum Lande umkehren gesehen hatte? Das wäre eine schöne Geschichte gewesen! Aber in der Welt ist ja alles schon dagewesen! Warum könnte nicht auch mir noch ein solches Pech passiren? Der Kapitän wollte nicht länger warten; ich bat ihn, nur noch 10 Minuten sich zu gedulgigen — wenn diese verflossen, so möge er meine Bagage in Stich lassen. Er bewilligte dies und glücklicherweise kam das Boot in dieser Zeit richtig an — die Sachen wurden rasch mit dem

Krahn auf Deck gewunden, ich warf Joseph 1 Pfd. St. für ihn und die sechs Ruderer ins Boot hinunter, und in demselben Augenblicke setzte sich die Schraube des Riesenschiffes Deccan in Bewegung und wir steuerten nach Westen vorwärts.

War das eine Hetzerei, eine Jagerei in der sengenden Tropenglut gewesen!! Ich erinnere mich in meinem Leben nur Einer ähnlichen Scene, die an aufregendem Reize mit dieser hätte verglichen werden können: meine Ausschiffung vor Gibraltar. Es war ein schauerlicher Seesturm, die haushohen schwarzen Wogen dröhnten und donnerten in kochender Wuth durcheinander, dabei war es Mitternacht und rabenschwarze Finsterniß, und ein strömender Platzregen überschwemmte das schrecklich hin= und herschaukelnde Schiff von oben, während die Wogen es unaufhörlich von unten überschlugen. Auf dem Schiffe polterte alles Bewegliche wild durcheinander; sämmtliche Passagiere waren schwer seekrank. Und in einer solchen Höllennacht mußten sich mitten auf dem tobenden Meere die für Gibraltar bestimmten Passagiere auf kleinen Nußschalen von Booten ausschiffen, die, am Vordertheile mit Laternen versehen, vom Lande gekommen waren, um die durch eine blaue Rakete signalisirten Passagiere abzuholen. Es waren junge und alte spanische Damen unter den Passagieren — welches Geschrei! welche Angst, sich den jeden Augenblick in der Finsterniß 8—10 Fuß auf= und niederfliegenden Booten anzuvertrauen, die durch Stricke an die Schiffstreppe gehalten wurden! Es schien wirklich ein Löwenmuth dazu zu gehören, in dem kurzen Augenblicke, wo das Boot momentan unter der Treppe sich befand, in den schwarzen Abgrund hinabzuspringen — denn im nächsten Augenblick tanzte die Laterne des Bootes wieder in einer Tiefe von 10 Fuß unter dem Treppentritte. Wie leicht war da ein Fehlsprung möglich, und wie gering war die Chance, im Falle des Hinunterstürzens in das empörte Meer rasch genug in der Finsterniß bemerkt und gerettet zu werden!! Und dann die Ausschiffung des Gepäckes! Erst das mühselige Aufsuchen desselben bei schwachem Laternenlichte unter den Hunderten von Koffern, Kisten und Fässern,

die im schwarzen Schiffsraume hin= und herrollten! Und das
alles mit seekrankem Kopfe, unter fortwährendem Erbrechen
und unter den groben Flüchen der müden, abgehetzten und
ungeduldigen Matrosen! Dann das Hinunterlassen der Koffer
an Stricken und Hineinfallenlassen derselben ins Boot, das
gerade in dem günstigen Moment erfolgen mußte, wenn nicht
alles ins Meer plumpsen sollte! Ach, in solchen Augenblicken
verwünscht man seine Reisepassion und beneidet die begnüg=
same und ruhige Existenz jener immobilen Menschen, welche
nie von ihrem häuslichen Heerde sich entfernen, gleich lebens=
lang in ihrem Bauer wohnenden Vögeln, und ihr enges hei=
misches Nestchen dermaßen mit anmuthigem sympathischem Fe=
derschmuck ausgekleidet haben, daß es ihnen schöner dünkt als
alle Paradiese der lebendigsten Reisephantasie!

Nun, glücklicherweise war für diesmal der „Drasch", wie
man in Sachsen sagt, d. i. die strapaziöse und fiebererregende
Hetzerei der Einschiffung vorüber, und mit Triumphgefühl sah
ich nun zurück auf das an meinen Augen vorüberziehende
Panorama von Aden, wo ich dem gewinnsüchtigen Eigenthümer
des Hôtel de l'Europe ein solches Schnippchen geschlagen hatte.
Nur Eins that mir leid, daß ich mein Empfehlungsschreiben
des Generalconsulats von Zanzibar an den Gouverneur von
Aden nicht hatte abgeben und keinen Besuch der eine Stunde
entfernten Stadt Aden hatte machen können, die mir gewiß
den Anblick einer sehr interessanten Bevölkerung geboten haben
würde.

Bis zum letzten Augenblicke war unser Schiff von merk=
würdigen schüsselartigen Bootchen — ähnlich kleinen Wasser=
tönnchen — umschwärmt gewesen, in deren einen ausgehöhl=
ten Kürbis nicht viel an Geräumigkeit übertreffenden Höhlung
kleine Somaliknaben saßen, die mit einem kleinen Ruder sich
rasch vor= und rückwärts bewegten und auf das Zuwerfen
von kleinen Silbermünzen speculirten, welche einzelne Passa=
giere vom hohen Schiffsrande aus in das Meer hineinschleu=
derten. Die schwarzen Jungens folgten dem Sprunge der
Silbermünze mit Falkenaugen und tauchten ihr sofort in die
grüne krystallene Tiefe nach; nach 10—20 Secunden waren

sie wieder an der Oberfläche mit der Münze zwischen den
Zähnen. Diese Somalikinder sind ganz allerliebste Erscheinungen und haben so feingeschnittene, intelligente Köpfchen, so
vornehm modellirte, beinahe griechische Nasen, daß man versucht sein möchte, sie nur für schwarzgefärbte Europäer zu
halten. Die unflätige Negerschnauze, die übermäßige Entwickelung des Unterkiefers, welche den Negerköpfen gewöhnlich ein so niederes und thierisches Aussehen gibt, fällt bei
ihnen fast ganz weg. Die Kinder sind auf den Märkten im
Somalilande sehr billig und zu Zeiten von Hungersnoth,
wie man mir sagte, manchmal ganz umsonst zu haben. Die
Europäer in Aden, welche Diener brauchen, pflegen sich daher
Kinder von der gegenüberliegenden Somaliküste kommen zu
lassen, die sie dann (freilich nicht mehr unter der Benennung
von Sklaven) zu den Verrichtungen von Hausdienern abrichten.
Im Hôtel de l'Europe befand sich ein Dutzend von solchen
Kindern; darunter war ein hübscher Junge, den ich gefragt
hatte, ob er mich nach Europa begleiten wollte? Er hatte
dies für Ernst genommen und lief im letzten Augenblicke an
meiner Seite mit, um mich an Bord des Dampfers zu begleiten, sodaß ich große Mühe hatte, ihn wieder durch ein
kleines Geldgeschenk los zu werden. Ich hörte, daß schon
mehreremal europäische Reisende solche aufdringliche hübsche
Negerknaben, die gern mit nach Europa wollten, mit sich aufs
Dampfschiff genommen hätten, daß aber in mehrern Fällen
die Kinder, denen es schließlich auf dem Schiffe nicht gefallen
mochte, plötzlich zum Entsetzen ihrer neuen Pflegeältern oder
Lohnherren mitten im Meere über Bord gesprungen und dem
stundenweiten Lande zugeschwommen seien. Sie schwimmen
wie die Fische und sie werden daher wol in allen Fällen
unversehrt am Lande angekommen sein, da es Haifische im
Rothen Meere entweder nicht zu geben scheint, oder dieselben
wenigstens von Schwimmern nicht gefürchtet werden, da sie
nur stillliegende Gegenstände attakiren sollen.

Noch will ich schließlich bemerken, daß der französische
Hotelier mir lebhaft seine Noth hinsichtlich der Verprovian-
tirung seines Hotels klagte. Nichts, auch gar nichts sei in

diesem verbrannten „Kohlenloche" zu haben, und alles Fleisch, Geflügel, Gemüse und Früchte müßten von Bombay und Zanzibar mittels Dampfschiffes herübergebracht werden. Unser Schiff Umballah hatte selbst eine große Ladung von Orangen von Zanzibar nach Aden gebracht, und da ein Theil davon schlecht verpackt gewesen und daher verdorben war, so waren diese über Bord geworfen worden, sodaß das Schiff zuletzt inmitten einer aus Orangen gebildeten Insel festzuliegen schien. Die Somalijungens, welche das Schiff umschwammen, pickten mit entzückten Mienen Hunderte von diesen Früchten im Meere auf und schienen ihrerseits dieselben noch sehr schmackhaft zu finden.

Dreißigstes Kapitel.

Eine schwimmende Stadt. — Pracht der Peninsular and Oriental-Schiffe. — Comfort und Ofenglut. — Eine zugeknöpfte Gesellschaft, die aber im Hembe sehr aufgeknöpft wird. — Lichttäuschung am Sinai. — Reminiscenz einer Rettung von zwölf Seeleuten auf dem Atlantischen Ocean. — Ankunft in Suez. — Confusion bei der Ausschiffung. — Der Suezkanal. — Das Project zur Verwandlung der Sahara in ein Binnenmeer. — Ueberland-Expreßzug. — Wiedererlangung eines desertirten Koffers. — Mondscheinfahrt durch die Wüste und das Nildelta. — Ankunft in Alexandria. — Italienische Eindrücke. — Civilisationsstudien junger Araber im Café chantant. — Einschiffung nach Konstantinopel und Lebewohl an Afrika. — Konstantinopel, Odessa, Kiew, Moskau und Petersburg. — Russische Eindrücke und Charakter des russischen Volkes. — Verhältniß zwischen Kaiser und Volk. — Besuch der kaiserlichen Schlösser. — Die Zimmer des Zaren und der Cäsarewna. — Ein Polarwinter. — Erkrankung in einem russischen Dorfe. — Rückreise nach Deutschland. — Glückliche Wiederankunft in Dresden.

Nachdem ich durch eine Flasche Pale Ale meine erschöpften Lebensgeister wieder aufgefrischt hatte, begann ich mich in meiner neuen Heimat umzusehen. Es wurde mir sofort klar, daß der Deccan das kolossalste Schiff sei, worauf ich bisjetzt eine Reise gemacht hatte. War er auch noch kein Great Eastern (denn er hatte 3000 Tonnen), so war er doch ungleich größer als alle Schiffe, in denen ich den Atlantischen Ocean zwischen Havre und Neuyork, Neuyork und Liverpool, und Southampton und Kapstadt durchfahren hatte. Er schien mir vollständig eine schwimmende Stadt zu sein und sein Deck war von ganz immenser Länge und Breite. Auf einem so ungeheuern Schiffe war kaum die Seekrankheit noch möglich, da es zu kolossal groß ist, als daß einzelne Wogen dasselbe einseitig erheben und niederfallen lassen könnten. Bei einer Seebewegung und Wogenhöhe, wovon das Schiffchen Natal wie ein Ball auf- und niedergeflogen sein und wie eine Schaukel hin- und hergerollt haben würde, zog der Deccan in majestätischer Ruhe wie ein Riesenschwan auf dem Wasser dahin, ohne daß sein Deck die leichteste Neigung auf die eine oder andere Seite verrathen hätte. Herrliche Schiffe für Damen, diese großen Schiffe der Peninsular and Oriental Company! Auf der Ausfahrt befinden sich an Bord dieser fürstlichen Schiffe gewöhnlich einige Hunderte von jungen Damen, die in Indien reiche Männer suchen wollen, und dann geht es immer äußerst lustig auf diesen Schiffen her. Seekrankheit gibt es kaum, brillante Ballsoiréen aber alle Abende, und dabei culinarische Tafelfreuden und einen Comfort und Luxus in den Cabinen, daß eine solche Reise nach Indien nur ein fortdauerndes Freudenfest bieten würde, wenn nicht Ein Umstand einigermaßen behindernd in den Weg träte: die entsetzliche Hitze während der Passage des Rothen Meeres. Jedoch die für Indien bestimmten Passagiere mögen sich hierüber wol trösten, indem sie diese Glut als eine nützliche Vorbereitung für das Klima ihrer neuen Heimat, des indischen Tropenlandes, ansehen dürfen.

Als ich mich zuerst auf dem Deck umsah, war ich einigermaßen überrascht von der außerordentlichen Schweigsamkeit, die hier zwischen fast sämmtlichen Passagieren herrschte. Man merkte es schon hieraus deutlich, daß das Schiff nicht aus England, sondern aus Indien kam und daß es nicht angefüllt war mit jugendlich übermüthigen, hoffenden und heitern Personen, die einem Ziele des Glücks, des Reichthums, des Avancements zureisten, sondern mit theils gesättigten und nun ruhebedürftigen, theils unbefriedigten und gebrochenen, zumeist wol aber leberkranken Existenzen. Jeder Passagier schien nur für sich sein zu wollen und saß lang hingestreckt auf seinem eigenen, mit seinem Namen bezeichneten Lehnstuhle, den er selbst sich aufs Schiff mitgebracht hatte. Diese Stühle sind aus Bambus oder Holz mit Rohrgeflecht hergestellt und meist zum

Zusammenklappen eingerichtet. Ganze Trupps älterer Damen
mit blauen Schleiern und Brillen auf den Nasen waren in
die Lektüre von Romanen vertieft und schenkten der prächtigen
Gebirgsscenerie am arabischen Ufer nicht die mindeste Aufmerksamkeit. Hörte man doch hier und da noch eine kleine
schläfrige Unterhaltung, so handelte es sich immer um Erlebnisse und Verhältnisse in Ostindien, China und Japan;
es kam mir hierdurch sehr lebhaft zum Bewußtsein, daß ich
von dem afrikanischen Nebenstrome nunmehr auf den großen
Hauptstrom des englisch-indischen Weltreiches eingemündet war.
Und in der That war das ganze Schiff schon ein Stück indischen Bodens, denn die ganze Mannschaft von über 100 Mann,
die es bediente, waren schwarzbraune Hindus mit bunten Turbanen — die Küche vollständig indisch, die Früchte des Desserts
desgleichen, und über der langen Speisetafel gingen während
der Essenszeit fortwährend die bekannten indischen Punkahs
hin und her, d. i. mächtige wol 100 Fuß in ihrer Gesammtlänge habende Riesenfächer in rothem Stoffe, die mittels
Schnuren durch am Boden kauernde Hindus in steter Bewegung erhalten wurden und allerdings die Hitze im Speisesaale
sehr erheblich abminderten. Die Speisetafel war überladen
mit fürstlichem Küchenluxus; viermal täglich rief die große
Schiffsglocke die Passagiere zum Essen zusammen. Aber
was halfen uns alle die leckern Schüsseln, die sich auf den
Tischen drängten? Es fehlte fast uns allen infolge der Tropen-
hitze vollständig am besten Erfordernisse für den Genuß einer
so reichen Tafel: am Appetit, und nur die kühlenden indischen
Früchte und Süßigkeiten des Desserts fanden eine allgemeine
Abnahme. Das Schiff hatte nur Passagiere erster Klasse,
und es bestand daher keine aristokratische Gliederung zwischen
den verschiedenen Schiffsräumen. Die Ladies waren sämmtlich
in der prachtvollen hintern Hälfte des Schiffes untergebracht,
wo jede ihr geräumiges, reich mit Sammtsofa, Goldleisten,
Spiegelglas und großen luftigen Fenstern versehenes Zimmer-
chen hatte. Der Rest der Herren, welcher nicht mit in der
hintern Hälfte des Schiffes Platz fand, war im Vordertheile desselben untergebracht, wo die einzelnen Cabinen weniger

luxuriös eingerichtet waren. Zwei endlos lange Gänge führten
wie in einem großen Hotel von dem vordern Schiffstheile
nach dem hintern, oder, wie ich lieber sagen möchte, verband
die beiden dichtbevölkerten Stadttheile miteinander. — Wir
durchfuhren noch am selben Abend die berühmte Straße Bab=
el=Mandeb, wo die Gebirgsgruppirung der Ufer eine äußerst
malerische war, und traten nun in das Rothe Meer ein. Das
Rothe Meer!! Ein jeder, der einmal das Schicksal hatte,
dasselbe in den Sommermonaten, im Monat August wie ich,
zu durchfahren, weiß was das sagen will!! Es ist bekannt,
daß Todesfälle infolge der Hitze auf der Durchfahrt dieses
Meeres zur Sommerszeit gar nichts Seltenes sind. Die ent=
setzliche Sonnenglut machte den Aufenthalt in allen Theilen
des Riesenschiffes jetzt fast gleich unerträglich. Man wußte
nicht wohin man sich vor den unbarmherzigen Pfeilen des
Sonnenungeheuers hinflüchten sollte. Alles Holzwerk fühlte
sich wie glühendes Eisen an — die Kopfkissen waren wie aus
einem Backofen gezogen — weder zum Essen noch zum Schlafen,
weder zum Lesen noch zum Sprechen hatte man Lust — man
hätte nur den ganzen Tag sich unter die Douchen in den
Badezimmern stellen mögen, die daher sehr fleißig von allen
Passagieren benutzt wurden. Am unerträglichsten heiß war es
bei Nacht in den Cabinen; die sämmtlichen Herren schliefen
daher jede Nacht auf dem großen geräumigen Hinterdeck. Um
9 Uhr Abends wurde dasselbe für die Promenade der Damen
unmöglich, denn von allen Seiten schleppten die Stewarts die
Schlafmatratzen aufs Deck herauf und belegten das ganze
Verdeck mit Hunderten von Betten, auf denen allmählich die
männlichen Passagiere halb entkleidet, d. h. im Hemb und in
leinenen Unterbeinkleidern sich niederlegten und im kühlenden
Nachtwinde dem Morgen entgegenschliefen. Diese Nächte auf
dem Deck gewährten mir eine herrliche Erfrischung; in meiner
Cabine hätte ich infolge von deren eingeschlossenen, zuglosen
Luft und Backofenhitze beinahe wol ersticken müssen. Aber
oben auf Deck, wie war es da so schön und frisch! Der
Nachtwind, in dessen stärksten Zug ich mich immer zu legen
suchte, umfächelte meinen erhitzten Körper mit seinen köstlich

kühlenden Schwingen; das Segeldach war bei Nacht aufgerollt und daher der prächtig glänzende Sternenhimmel den Augen offen, und die mächtige Maschine des Dampfers mit ihrem an-muthigen Polkarhythmus trug nicht wenig dazu bei, um die müde Seele sanft einzuschläfern und sie in einen erquickenden Schlaf zu versenken. Die armen Damen waren weniger gut daran; sie mußten in der heißen Cabine bleiben und erleich-terten sich die Schwüle der Nacht nur dadurch etwas, daß sie ihr Nachtlager auf dem langen und breiten Speisetische unter den Skylights (Lichtfenstern) aufschlugen, wodurch bei geöff-neten Fenstern immer etwas von dem kühlen Nachtwinde in den heißen Salon einzubringen vermochte. — Der Kapitän des Schiffes hatte über seinem Bett eine eigene Punkah, welche durch die Dampfmaschine des Schiffes Tag und Nacht in unaufhörlicher luftfächelnder Bewegung erhalten wurde — in der That eine äußerst comfortable und gesundheitszuträgliche Vorrichtung!

Am Morgen vor Sonnenaufgang wurden wir Deckschläfer in ungemüthlicher Art durch das alltägliche Waschen des Decks aufgeweckt und von unserm reizenden Nachtlager schonungslos vertrieben. Dieses Waschen ging mittels langer Schläuche vor sich, welche durch die Dampfmaschine mit Meerwasser gespeist und wodurch das Deck und alle darauf befindlichen Gegenstände gleichwie durch Feuerspritzen mit Strömen von Wasser überflutet wurden. Die zahlreiche indische Schiffsmannschaft machte sich darauf an ein fanatisches Reiben und Scheuern des über-schwemmten Bodens, dessen Lärm alle Schläferinnen unten in den Kajüten nothwendig aufwecken mußte. Die männlichen Passagiere vertheilten sich nunmehr theils in die verschiedenen Badecabinets, theils gingen sie in Hemd und Unterbeinkleidern und barfuß auf Deck auf und ab spazieren, ihre Morgen-cigarre rauchend und mit Vergnügen die frische Morgenluft ein-athmend. (Manche Swells hatten für diese halbnackte Morgen-promenade sich mit einem ganz eigenen sehr propren und koketten Costüm, entweder schneeweiß oder buntgestreift, vor-gesehen, welches elegante Négligé für die kühlen Nächte und Morgen wol im heißen Indien Sitte sein muß.) Diese zwei-

stündige Morgenpromenade en négligé, bei welcher selbst der
Kapitän des Schiffes, ein kurzer dicker Mann, es nicht unter
seiner Würde erachtete, in schneeweißem Nachtcostüm und barfuß ernst und gravitätisch das Deck auf= und abzuschreiten,
schien für alle Herren das Hauptvergnügen des ganzen Tages
zu sein. Um 8 Uhr mußte jedoch das Deck „salonklar" sein,
d. h. alle Herren durften von da an nur in voller Toilette
auf demselben erscheinen, denn nun hatten die Damen das
Recht aufs Deck zu kommen, und welcher Gentleman möchte sich
wol den keuschen Augen einer Lady im Nachtcostüm präsentiren?

Mir waren diese Schlafnächte auf Deck auch deshalb sehr
angenehm, weil sie außerordentlich das Anknüpfen von Bekanntschaften erleichterten, welche ohne dieselben sich wol nie gemacht
haben würden. Denn im Morgennéglégé, oder als Schlafnach-
barn, waren alle diese stolzen, steifen und zugeknöpften reichen
angloindischen Nabobs und Civilians ganz andere Wesen als
später in Full Dress. So verschlossen, schweigsam, mürrisch,
selbstgenügend und unzugänglich sie später bei aufgestiegener
Sonne sich zeigten, so aufgeknöpft, gemüthlich, mittheilsam und
humoristisch waren sie des Nachts und des Morgens im Hembe,
und keiner derselben nahm es dann übel, wenn ihn ein fremder
Mitpassagier anredete, ohne ihm zuvor in aller Form vorgestellt worden zu sein.

Ich machte also bei dieser Gelegenheit der gemeinschaftlichen Nachtruhe Bekanntschaft mit meinen nächsten neben
mir ausgestreckt liegenden Nachbarn: einem Kaufherrn aus
Birmah in Hinterindien, einem desgleichen aus Shanghai
in China, einem dritten aus Nangasaki in Japan und einem
aus Surabaya auf Java. Sie waren sämmtlich bei näherer
Bekanntschaft ganz liebenswürdige Leute, und dasselbe Interesse, das sie mir als aus so entfernten Gegenden kommend einflößten, schien auch ich, als von den ihnen so
fernen afrikanischen Diamantenfeldern kommend, für sie zu
haben. Sie erzählten mir von ihren kühlen luftigen Wohnungen in jenen Tropenländern, den dortigen Landschaften,
der Ausdehnung ihrer Geschäfte und viele andere interessante
Dinge. — Als ich eines Morgens in der Cabine auf dem

Piano den Marsch aus dem „Tannhäuser" spielte, setzte sich ein
noch ziemlich junger Mann zu mir, der auch gern und nach
dem Gehör spielte, und fing mit mir eine Unterhaltung an.
Er stellte sich mir als einen britischen Magistrat aus Ostindien vor, der nicht weniger als zwei Millionen von Einwohnern in seinem Gerichtssprengel hatte. In welchen großen
Verhältnissen bewegt sich doch alles in einem so gewaltigen
Reiche wie dem englisch-indischen! — Indische Privatdiener
und Ayas (Ammen) gab es eine ziemliche Anzahl auf dem
Schiffe, und die Wohlhabenheit der meisten Passagiere wurde
hinreichend dadurch illustrirt, daß Eischampagner das ge-
bräuchlichste Getränk bei Tische war. — Wenn nur nicht die
entsetzliche Hitze gewesen wäre, welchen Genuß würde dann
das Reisen auf einem so großen und prächtigen Meerfahrzeuge
bereitet haben! Schiffe sahen wir alle Tage, namentlich
Dampfschiffe, die von Suez kamen; das Rothe Meer erschien
mir als eine förmliche Heerstraße, auf der man alle Stunden
fremden Reisenden begegnet. Eins der vorbeifahrenden Schiffe
war die Peninsular and Oriental Mail für Bombay; es war
gerade Mittag, seine Segel hingen schlapp herunter, kein kühlendes Lüftchen wehte, auf dem Deck sah man nichts als der
Länge lang ausgestreckte schlafende Gestalten. Das Schiff
machte beinahe den Eindruck eines bewegungslos dahinschwim-
menden, von der glutausströmenden Sonne gebratenen und
gerösteten Cadavers auf uns.

Vom Lande bekamen wir leider nichts als ferne blaue
Schatten oder hier und da einmal eine todte, verbrannte Felsen-
insel zu sehen. Eines Abends um 9 Uhr — wir befanden uns
schon gegenüber dem Sinaigebirge — sahen wir am Lande,
dem wir auf eine halbe Stunde nahe waren, eine blaue Rakete
aufsteigen; es befand sich hier auf einem Felsen ein Leuchtthurm mit englischen Lichtwärtern. Unser Kapitän nahm sofort
infolge dieses Signals an, daß sich die Wächter dieses Thurmes
in Noth befinden müßten, und ließ gegen das Ufer steuern.
Ein Boot wurde ins Wasser niedergelassen und an Land gesendet, um sich nach den Bedürfnissen der Leute zu erkundigen.
Wir Passagiere waren alle sehr erregt; einige glaubten, Räuber

hätten die Thurmwärter überfallen, andere meinten, dieselben
hätten wol keine Nahrungsmittel mehr, wieder andere muth-
maßten, sie litten an der Cholera — kurz wir alle sahen mit
größter Spannung der Rückkunft des Bootes entgegen, das auch
schließlich mit der Nachricht zurückkam, in dem Thurme sei
alles All right (Alles wohl) und das ganze Signal nur Folge
eines Misverständnisses gewesen.

Die Aufregung, die uns sämmtliche Passagiere bei dieser
Gelegenheit ergriffen hatte, vergegenwärtigte mir lebhaft eine
ähnliche Scene der Erregung der gesammten Schiffsbevölkerung,
deren Zeuge ich im Jahre 1869, in der Zeit der Aequinoctial-
stürme, auf dem Atlantischen Ocean gewesen war. Ich war
Passagier auf dem hamburger Dampfer Westphalia, Kapitän
Schwensen, den ich in Havre, um damit nach Neuyork zu
gehen, bestiegen hatte. Die ganze Reise war nur Ein anhaltender entsetzlicher Sturm ohne jede Unterbrechung; das
Schiff ward fortwährend von riesenhaften Wogen erbarmungs-
los hin- und hergeschleudert und der größte Theil der Passagiere war fortwährend seekrank. Da entdeckte eines Morgens
der Mann im Mastkorbe (Seeleute haben ja Augen wie Adler)
in der Ferne ein Schiff mit Nothflagge, d. h. die Flagge war
nur zu halber Höhe aufgehißt. Viele Kapitäne von Postdampfschiffen würden sich nun in ihrer Eitelkeit, eine möglichst
kurze Reise zu machen, um so etwas gar nicht gekümmert
haben; anders aber Kapitän Schwensen. Er ließ sogleich die
Westphalia nach jener Richtung hinsteuern und nach einer
Stunde hatten wir das unglückliche Fahrzeug vor uns. Es
bot einen jammervollen Anblick, die Masten waren sämmtlich
zerbrochen und lagen über Bord, verwickelt in ein wirres
Durcheinander von Tauwerk, das mit den Segelstangen und
Segeln gleichfalls neben dem Schiffe im Wasser schwamm.
Die Nothflagge war eine englische. Obgleich die See nun
ganz entsetzlich hoch ging, so ließ Kapitän Schwensen dennoch
ein Boot mit acht Matrosen und einem Offizier hinunter.
Die sämmtlichen 800 Passagiere, auch die seekranksten, waren
jetzt so mächtig erregt über den kühn gewagten Versuch, die
Mannschaft jenes Schiffes zu retten, daß der Schiffsrand

und die übrigen über demselben hängenden Boote mit dichten
Reihen von aufs höchste gespannten Zuschauern besetzt waren,
ja sogar auf die Strickleitern kletterten viele hinan, um
besser sehen zu können. Unser Boot war, sobald es aufs
Meer hinabgelassen worden war, sofort in dem kochenden
und wüthenden Durcheinandergewirbel von himmelansteigen-
den schwarzen Wogen und tiefgähnenden schaumigen Wellen-
abgründen spurlos verschwunden. Alle Welt glaubte es verloren — doch nein, dort erschien es wieder auf dem Gipfel
eines schaumgekrönten Wellenberges — jetzt war es wieder
weg — die Angst um die Leute im Boote war an unserm Bord
jetzt ebenso groß wie die um die Mannschaft des unglücklichen
fremden Schiffes. Mit furchtsamem Blick folgten wir alle der
Spur des sich immer weiter entfernenden Bootes; sobald es
wieder von den schnellsten und schärfsten Augen siegreich eine
Welle besteigend entdeckt wurde, erschallte auf unserm Schiffe
immer ein allgemeines Freudengeschrei. Endlich nach etwa
zehn Minuten war das Boot glücklich an der Seite des noth-
leidenden Schiffes angelangt. Ich sah mit meinem Opern-
gucker, daß auf dem Deck des letztern zwölf Leute versammelt
waren, die unserm Boot ein Tau zuwarfen. Nun zogen sie
dasselbe an sich heran und sprangen, nachdem sie verschiedene
mit Effecten beladene Säcke hineingeworfen hatten, zuletzt selbst
hinein. Das Boot war nun mit 21 Leuten beschwert und
unsere Angst, daß dasselbe nunmehr erst recht umschlagen und
untergehen könnte, war jetzt ärger als je. Die Spannung
wurde immer größer, je mehr sich das Boot unserm Schiffe
wieder näherte, und als dasselbe nun endlich herankam und
aufgehißt werden sollte, da erhob sich unter den 800 Passagieren ein solches Bravorufen und Händeklatschen, daß selbst
das Heulen des Sturmwindes und das Tosen der Wogen dadurch momentan übertäubt wurde, und Hunderte von Händen
halfen, um das Boot in wenigen Augenblicken heraufzuziehen.
Ich selbst mußte mir gestehen, daß ich, trotzdem ich in der
bangen halben Stunde wegen des entsetzlichen Schlingerns und
Rollens unsers Dampfers mich hatte mehreremale sehr stark
erbrechen müssen, bei dieser aufregenden Scene auf hoher See

doch mehr Freude und gehobene Stimmung gefühlt hatte, als das
schönste und poetischste Drama einer Hofbühne mir hätte bereiten können. Gegenseitige Hülfsleistung in Seestürmen läßt
bei der so sichtbaren großen eigenen Lebensgefahr, in die sich
die Rettenden begeben, eine solche Handlung der Humanität
und menschlichen Bruderliebe in einem schönern und verführe-
rischern Lichte erscheinen, als in so vielen weniger dramatischen
Lagen, wo doch vielleicht ebenso viel Kaltblütigkeit und Todes-
verachtung entfaltet wird. Ich muß schließlich noch beifügen,
daß wir das verlassene Schiff, dessen innerer Raum bei der
Ausschiffung seiner Mannschaft schon hoch mit Wasser angefüllt war, nach zwei Stunden nicht mehr, selbst mit dem
Fernrohre, am Horizont entdecken konnten; es war offenbar
kurz nach der Rettung seiner Mannschaft in die Tiefen des
Meeres versunken.

Nach sechs Tagen seit unserer Abreise von Aden, am Morgen
des 15. August sahen wir die Stadt Suez vor uns liegen. Ein
kleiner Dampfer kam vom Hafen heraus, um unsere Passagiere abzuholen und dieselben zum Eisenbahnhofe zur Beförderung nach Alexandria zu bringen. Das schwere Gepäck der
nach England oder Italien durchgehenden Passagiere sollte auf
dem großen Dampfschiffe bleiben, welches letztere auf dem
Suezkanale nach Port Said und von da nach Alexandria zu
gehen bestimmt war, um dann dort seine alten Passagiere
wieder aufzunehmen und mit ihnen weiter nach Brindisi und
Venedig zu gehen. Ich jedoch, der ich in Alexandria nicht
wieder den Deccan betreten, sondern dort ein Dampfschiff nach
Konstantinopel besteigen wollte, mußte hier in Suez natürlich
all mein Gepäck an mich nehmen. Das Ueberladen des zahlreichen, den Hunderten von Passagieren zugehörigen, kleinen
Gepäcks vom großen auf den kleinen Steamer gab nun Anlaß
zu einer gräßlichen Confusion. Erst hieß es, die hintere Treppe
solle zum Ausladen benutzt werden; in kurzer Zeit war dieselbe daher von einem wüsten Chaos von Hunderten von Koffern, Hutschachteln, Packeten und Reisesäcken umlagert. Dann
wurde die Ordre umgeändert und die Vordertreppe zum Ausladen bestimmt, und nun begann eine überstürzte Schlepperei

durch die endlosen langen Gänge im Innern des Schiffes nach
der Vordertreppe hin. Ein wildes und eiliges Corps von
einander stoßenden, schiebenden und drängenden arabischen
Trägern packte ohne Unterschied und Ordnung alle die zahlreichen Colli auf ihre breite Rücken und lief damit nach
dem kleinen Schiffchen, das neben dem Deccan wie ein eben
erst aus dem Ei gekrochenes Entchen neben einem ausgewach-
senen Schwane auf dem Wasser lag. Mir unter dieser heil-
losen Drängerei und Verwirrung Rechenschaft zu geben, ob
meine sämmtlichen acht Colli richtig in des neue Schiff über-
geladen worden seien, war bei der allgemeinen Eile und Hetzerei
und dem wüsten Uebereinanderthürmen des Gepäcks auf dem
neuen Schiffe ein Ding der Unmöglichkeit. Die Verwirrung war
um so ärger, als verschiedene Offiziere verschiedene Ordres gegeben hatten. Der eine sagte mir, ich müsse meine sämmtlichen
Koffer und Kisten aufs andere Schiff hinübertransportiren, widrigenfalls dieselben mit nach England gehen würde; der andere
meinte, mein großes Gepäck müsse auf dem Deccan bleiben und
ich hätte es dann in Alexandria von Bord abholen zu lassen, da
der am nächsten Abend nach Alexandria abgehende Indische
Ueberland-Schnellzug nur verpflichtet und disponirt sei, das
Handgepäck der Through Passengers (d. i. der von Indien
kommenden und nach England oder Italien durchgehenden
Passagiere) mitzunehmen, aber nicht das große Gepäck von
Local Passengers, d. i. von unterwegs nur stückweise mit-
reisenden Passagieren (wie ich einer war, da ich nur von
Station Aden bis Suez mitreiste). Das kleine Dampfboot
läutete schon zum zweiten mal seine Abgangsglocke; da sah
ich noch drei von meinen Koffern und Kisten an der Hinter-
treppe stehen und bemerkte zugleich, wie einige Matrosen sich
eben anschickten, dieselben wieder in das Magazin des Deccan
hineinzuschieben und einzuschließen. Ich nahm, da ich keinen
der eilig vorüberrennenden Träger veranlassen konnte, sich
dieser drei Stücke anzunehmen, den leichtesten meiner Koffer
selbst auf den Rücken, während ich die andern beiden, an-
einandergebunden, mit dem rechten Arme vorwärts schleifte,
um nur noch zeitig genug auf den kleinen Dampfer zu kommen.

Natürlich war ich infolge dieser Anstrengung in der brennenden
Lufttemperatur wie in Schweiß gebadet und sehr erschöpft,
als ich auf dem kleinen Boote ankam, das nun sofort seine
Dampfpfeife und sein drittes Läuten ertönen ließ und dem
Ufer zusteuerte. Bei dieser Gelegenheit gab ich mir wieder
das heilige Versprechen, nie wieder mit so vielem Gepäck zu
reisen, sondern die große Masse desselben allemal einem Spe-
diteur zu übergeben. Der Umstand, daß dasselbe, als Passa-
giergepäck auf die Schiffe genommen, unentgeltlich mitgeht
und auch so leichter die Douanen passirt, hatte mich veranlaßt,
meine sämmtlichen 800 Pfund Gepäck bisher auf Schiffen
immer direct mit mir zu nehmen.

Als ich den ägyptischen Boden betrat, fühlte ich mich wieder
in einem alten wohlbekannten Lande, da ich einige Jahre zuvor
in Kairo eine halbe Wintersaison verbracht hatte. Suez hat
eine sehr hübsche Lage am Meere, das, beiläufig bemerkt, obgleich es den Namen des Rothen Meeres führt, mir doch
nur immer in einer intensiv türkisblauen Farbe erschien.
Suez hat eine gesunde schöne Wüstenluft und eignet sich daher
ebenso gut zum Aufenthalt von Brustkranken wie Kairo und
das neuerdings als Luftcurort aufgekommene Ismaïla. Es
hat seit der Vollendung des Suezcanals einen mächtigen Aufschwung genommen, und hübsche Häuser, die durch den, aus dem
Nil hergeleiteten Süßwassercanal mit gutem Wasser versorgt
werden, schießen überall auf wie die Pilze. Für den Reisenden,
welcher weiter her aus Indien oder Südafrika kommt, hat die
Stadt schon ein vollkommen italienisches Gepräge, wozu die
zahlreichen, mit grünen Sträuchern und Blumen verzierten
Balkonen an den saubern Würfelhäuschen und die grünen Ja-
lousien derselben nicht wenig beitragen.

Das Hotel, wo wir die Zeit bis zum Abend-Expreßzuge
nach Alexandria zubrachten, hatte einen prächtigen marmor-
getäfelten und mit Topfpalmen und vielen Blumensträuchern
gezierten Hof mit zwei sprudelnden Springbrunnen, und bot
uns neben seinem kühlen Schatten auch ein Kaffeehaus mit
den neuesten europäischen Zeitungen (über welche letztern ich
natürlich sofort mit Leidenschaft herfiel) und zwei reichliche

und geschmackvolle Mahlzeiten. Eine Promenade durch die
Stadt zu machen, war bei der Hundstagshitze nicht einladend;
ich setzte mich daher unter das große Eintrittsthor und verbrachte hier die Zeit mit der Lektüre der neuen Zeitungsblätter, von Zeit zu Zeit meinen Blick nach dem unweit des
Hotels vorbeiziehenden großen Kanal hinschweifen lassend.
Den tiefliegenden Wasserspiegel desselben konnte ich freilich
nicht wahrnehmen, wohl aber sah ich hier und da hohe Schiffs-
masten und Dampferschornsteine langsam scheinbar durch die
gelbe sonnenglänzende Wüste dahingleiten, welche deutlich die Lage
dieses gewaltigen meerverbindenden Riesenkanals andeuteten.

Es ist interessant, daß seit der Vollendung des Kanals die
Gewässer des Mittelländischen Meeres um beinahe $3\frac{1}{2}$ Zoll
gesunken sind und daß außerdem das Klima der Landenge von
Suez seitdem feuchter geworden ist infolge häufigerer Regen.
Diese letztere Beobachtung läßt die kühnsten Schlüsse machen
in Bezug auf die Folgen, welche die projectirte Umwandlung
eines Stückes der in gewissen Theilen tiefer als das Niveau des
Meeres liegenden nordafrikanischen Sahara in einen Binnensee
mittels eines Seewasser zuführenden Kanals *) nach und nach
auf das Klima und die Fruchtbarkeit von ganz Nordafrika
äußern würde.   Vorausgesetzt die Ausführbarkeit dieser Unternehmung, würde dieselbe jedenfalls nur dann gelingen, wenn
ein ganz gewaltig starker Meeresstrom in die Wüste hinein-
geleitet werden könnte, denn ein unzulänglicher würde auf
seinem Laufe bald von den Sonnenstrahlen aufgesogen werden.
Das theilweise Versiegen der Wassermassen des Oranje-River
in den Sandwüsten, die dieser mächtige südafrikanische Strom
auf seinem untern Laufe durchzieht, gibt ein gutes Beispiel
hierfür.   Welche Folgen würde aber die Schaffung eines
Meeres inmitten der heutigen Sahara für Süd- und Mittel-
europa haben? Die häufigen Südwinde würden dann nicht mehr

---

*) Das bekannte englische Project Mackenzie's, Glover's u. a., in der
Nähe des Flusses Delta beim Kap Bojador den längs des Seeufers
hinlaufenden Hügelrücken zu durchstechen und durch diese Rinnen die
Fluten des Oceans in die tieferliegenden Theile der Sahara hineinzuleiten.

als Luftströmungen voll trockener Hitze, sondern mit feuchten
Dämpfen beladen aus Nordafrika herüberwehen, wodurch die
Regenmasse in Italien und Deutschland sich sicher vermehren
würde. Außerdem würde die Schneelinie der Alpen, die ja
in alten Zeiten tiefer war als heutzutage, wol wieder wesentlich
herabgedrückt und unsere Sommer infolge dessen wahrscheinlich
bedeutend abgekühlt werden. Schließlich würde also eine Ausführung dieses großartigen und originellen Projects wol Nordafrika zum außerordentlichen Gewinn, den europäischen Nach-
barländern jedoch vermuthlich sehr zum Nachtheil gereichen!

Auch anderweitig haben die Anlage des Suezkanals und
die damit verbundenen Arbeiten dem gesammten Terrain der
Landenge großen Vortheil gebracht, da nicht nur längs des
See- und Süßwasserkanals infolge der nun hergestellten Be-
wässerungsmöglichkeit zahlreiche Gärten und Villas entstanden,
sondern auch die schon aus dem Alterthum her bekannten sogenannten Bitterseen durch die neue Wasserzuführung neuerdings
so fischreich geworden sind, daß das Recht der Fischerei in ihnen
jetzt für sich allein für 880000 Mark jährlich hat verpachtet
werden können! — Sachverständige Ingenieure sprechen die
Meinung aus, der Suezkanal, dieses gigantische Werk menschlicher Arbeit, werde sowol in der Breite verdoppelt als auch
noch nach unten vertieft werden müssen; auch würden die Ein-
fassungswände in Zukunft mit Steinbau zu versehen sein.
Eine solche Arbeit würde natürlich noch kolossale Geldopfer
verschlingen! Die Gesammtkosten des Kanals haben sich bisjetzt auf 377,415934 Mark belaufen. Dieses Kapital ver-
zinste sich im Jahre 1876 bei einem Einnahmeüberschuß von
10,787414 Mark (Einnahme 24,583141 Mark, Ausgabe
13,795727 Mark) auf 2^{86}_{100} Procent. Im Anfange hat der
Vicekönig von Aegypten etwa 2 Millionen, theils in baarem
Gelde, theils in Lieferung von Arbeitskräften, zu den Kosten
beigetragen; infolge des Ausbruches der Cholera jedoch wurde
das System der Zwangsarbeit verlassen und nun bezahlte
Lohnarbeit eingeführt. — Der Kanal ist auf dem Grunde
meistens 70 Fuß breit; die Uferwände steigen zu beiden Seiten
treppenartig auf, sodaß oben die Wasserbreite 100 Fuß be-

trägt. Die Tiefe ist in der Mitte 27, an den Seiten 10—
12 Fuß. Schiffe, die über 25 Fuß Tiefgang haben, können
den Kanal nur mit Schwierigkeit passiren; der Great Eastern
z. B. muß daher auf die Kanalfahrt verzichten. Alle 6 englische Meilen befindet sich eine Einbiegung zum Answeichen,
bei deren jeder sich ein Wachthaus befindet. Jedem Schiffe ist
vorgeschrieben, in nicht weniger als einer Stunde von einer
Station zur andern zu dampfen. Auch dürfen die Schiffe im
Kanal nicht aneinander vorbeifahren, sondern das eine muß
in der nächsten Einbiegung warten, bis das andere vorüber
ist. Der Kanal wird fortwährend durch fünf Dampfbagger-
maschinen von Versandung freigehalten. Bei rascher Fahrt
dauert die ganze circa 43 Wegstunden betragende Tour durch
den Kanal etwa 15 Stunden. — Ich erinnerte mich, als ich
hier so geschäftig die buntbewimpelten Schiffe scheinbar mitten
durch die Wüste hindurchziehen sah, recht lebhaft an die mit
Feuer und Begeisterung ausgerufenen Worte des großen Lesseps,
welche ich bei einer Conferenz, die derselbe zur Zeit der pariser
Weltausstellung von 1867 über den damals noch unvollendeten
Suezkanal abhielt, zu hören Gelegenheit gehabt hatte: „La
France l'a commencé, la noble œuvre, son honneur de-
mande qu'elle la finisse, pour le bien du monde entier,
et elle la finira!!" Herr Lesseps sprach diese Worte mit
so leuchtenden Augen und so hinreißender Begeisterung, daß
das ganze anwesende Publikum davon elektrisirt in ein stür-
misches Beifallsrufen ausbrach.

Wie enorm die Landgrundstücke am Kanal gestiegen sind,
geht aus der Thatsache hervor, daß eine sehr enge Landzunge
bei der neuen Stadt Ismaila (in der Mitte des Kanals),
welche dem Lord Palmerston einst für nur 16000 Mark an-
geboten worden war, jetzt von englischen Kapitalisten für
520000 Mark angekauft worden ist!

Im Jahre 1874 betrug die Tonnenzahl der den Kanal
zur Durchfahrt benutzenden Schiffe 2,423000 Tonnen (à 20
Centner). Davon kamen

   1,797000 Tonnen (= 74 Proc.) auf englische   Schiffe
     222000   »   (= 9 ») » französische   *

106000 Tonnen (= $4^4/_{10}$ Proc.) auf holländische Schiffe
  84000 » (= $3^5/_{10}$ ») » österreichische »
  63000 » (= $2^6/_{10}$ ») » italienische »
  50000 » (= 2 ») » spanische »
  39000 » (= $1^6/_{10}$ ») » deutsche »

und der Rest (3 Procent) auf 11 Schiffe anderer Nationen
(der Türkei, Aegyptens, Portugals, Griechenlands u. s. w).
Der so außerordentlich geringe Procentsatz der deutschen Schiffe,
trotz der großen Ausdehnung, die der deutsche Handel an den
Küsten von Ostindien, China, Japan, Zanzibar und Mozambique gewonnen hat, ist auffallend und zeigt, daß der Umweg
über die Meerenge von Gibraltar nach dem Rothen Meere
und die Zahlung des hohen Kanalzolles (ein großer Dampfer
hat circa 15000 Mark zu zahlen!) für die norddeutschen Schiffe
nicht als vortheilhaft genug befunden worden ist, um dafür
den alten directen Seeweg ums Kap der guten Hoffnung aufzugeben. Von der obigen Zahl von 2,423000 Tonnen kamen
509447 Tonnen auf Post- und Handelsdampfschiffe, indem
24 regelmäßige Dampfschiffahrtslinien mit 234 Dampfern den
Kanal benutzen. Von dieser Dampferflotte gehören den verschiedenen europäischen Staaten:

England	152	Steamer mit	350273	Tonnen
Frankreich	18	» »	112624	»
Holland	15	» »	36585	»
Oesterreich	18	» »	29227	»
Italien	10	» »	15218	»
Rußland	8	» »	13433	»
Deutschland	8	» »	11386	»
Spanien	5	» »	10751	» *)

---

*) Ueberhaupt ist der Kanal seit seiner Eröffnung bis Ende 1876
schon von 7584 Schiffen benutzt worden, die zusammen eine Last von
13,521758 Tonnen führten; davon kamen auf

England	5317	Schiffe mit	9,550431	Tonnen
Frankreich	561	» »	1,639938	»
Oesterreich	394	» »	589604	»
Holland	222	» »	452115	»

In aller Seelenruhe sah ich langsam die Dreimaster und Rauchfänge durch die sonnige gelbleuchtende Wüste dahinziehen und dachte an die Hunderttausende von Arbeitern, die zusammen mit vereinten Kräften dieses Riesenwerk des Kanals vollbracht haben. Daß bei der ersten sich zeigenden Nothwendigkeit England sich des Besitzes des Kanals für alle Zeiten versichern wird, ist eine ausgemachte Sache, und hat es, wenn man die Tonnenzahl seiner den Kanal benutzenden Schiffe in Anschlag nimmt, sechs= bis achtmal mehr des handelspolitischen Interesses an dieser Meerverbindung als Frankreich, das doch gleichwol der Erbauer des Kanals gewesen ist.

Bei der Abfahrt von Suez hatte ich wieder einigen Trubel mit meinem Gepäck. Einer meiner Lederkoffer war nicht auf=

Italien	339	Schiffe	mit	381443 Tonnen
Spanien	105	»	»	188056 »
Deutschland	143	»	»	174598 »
Aegypten	130	»	»	114174 »
Türkei	143	»	»	113335 »
Rußland	62	»	»	104616 »
Schweden und Norwegen	67	»	»	97739 »
Dänemark	36	»	»	47931 »
Portugal	27	»	»	28649 »
Nordamerika	11	»	»	19310 »
Belgien	9	»	»	17400 »
Andere Nationen	18	»	»	11419 »

Die Zahl der den Kanal benutzenden Seeschiffe ist von 486 im Jahre 1870 (mit 435911 Tonnen) alljährlich stetig gestiegen, sodaß sie im Jahre 1874 1264 Schiffe mit 2,423672 Tonnen, im Jahre 1875 1494 betrug (mit 2,940708 Tonnen). Im Jahre 1876 war die Zahl der Schiffe vermindert, aber die Tonnenzahl erhöht (1457 Schiffe mit 3,072107 Tonnen). Die Größe der durchpassirenden Schiffe ist seit 1870 von einem Tonnengehalt von 897 auf 2108 Tonnen im Durchschnitt gestiegen. Die Zahl der durchgehenden Seeschiffe betrug:

	Englische.	Französische.	Holländische.	Italienische.	Oesterreichische.	Spanische.
1874	898	87	53	62	61	27
1876	1090	89	60	51	53	26

	Deutsche.		Russische.	Türkische.	Andere Nationen.
1874	31 (mit 39842 Tonnen)		7	15	23
1876	27 » 41302 »		14	15	32

zufinden. Ich glaubte schon, derselbe sei auf dem Deccan
geblieben, als ich nach vielem erhitzten Hin- und Herlaufen
den Vermißten in dem schon verschlossenen Bagagewaggon des
Expreßzuges wiederfand, um dessen nochmalige Oeffnung ich
den Bagagemeister ersucht hatte. Der Koffer war schon als
Gepäckstück für London registrirt worden und kam ich daher
gerade noch zur höchsten Zeit, um ihn für mich zu retten. —
Mit Mühe erlangte ich noch einen Platz in dem Expreßzuge,
alle Coupés waren, in Gesellschaften von je sechs Personen, an
die indischen „Durchpassagiere" vergeben und keiner derselben
hatte Lust, einem „Localpassagier" seinen Platz abzutreten.
Da ich jedoch an meinem Rechte der Beförderung mit dem
Ueberland-Expreßzuge festhielt, indem auch ich doch sechs Tage
lang ein Passagier des Peninsular and Oriental-Schiffes gewesen war, also die Vergünstigung der raschern Beförderung
mit dem angloindischen Nachteilzuge auch mir zukam, so erlangte ich es doch noch im letzten Moment, daß ein Wagen
ausschließlich für mich und mein Gepäck angehängt wurde und
ich mit dem um 7 Uhr abgehenden, die 224 englische Meilen
bis Alexandria in 10 Stunden zurücklegenden „Overland-
Expreßzuge" mitfahren durfte. (In dieser zehnstündigen Fahrt
waren 1 Stunde 40 Minuten Aufenthalt auf den Stationen
inbegriffen.)

Es war diese kühle Nachtfahrt im prächtigsten Mondscheine
eine höchst romantische und aufregende Tour. Der Zug stürmte
in den ersten vier Stunden der Fahrt in toller Eile durch die
Wüste dahin. Der die stille Einöde flimmernd überwölbende,
nunmehr schon vollständig nordische Sternenhimmel stimmte
recht harmonisch in seiner feierlichen Ruhe zu dieser schlafenden
kirchhofsartigen Landschaft. Um 11 Uhr, nach der Station
Abu-Hamed traten wir in das reiche, grüne und fruchtbare
Nildelta ein. Im silberbläulichen Lichte des Mondes brauste
der Zug auf zahlreichen Brücken über verschiedene Haupt- und
Nebenarme des Nils dahin. Palmengruppen, zahllose hell-
schimmernde Häuser und dunkle Hütten spiegelten sich in den
Fluten des alten heiligen Stroms. Als die Frühdämmerung
herankam, entzückte mich das Anschauen der nun aus dem

Halbdunkel hervortretenden charakteristischen Nilbilder. Zahlreiche Karavanen von langsam hintereinander herschreitenden Kamelen bewegten sich auf den Straßen. Die spiegelnden Kanäle waren mit einer Menge von schwerbeladenen Fahrzeugen bedeckt, die theils durch malerische Segel, theils durch am Ufer nebenherlaufende Zugthiere in Bewegung gesetzt wurden. Schachbretartig voneinander abgetheilte Fruchtfelder und Gärten lagen in endloser Ausdehnung auf allen Seiten in frischen grünen Färbungen ausgebreitet und wurden durch zahlreiche Schöpfräder aus den Kanälen bewässert. Im Verein damit boten Landhäuser und Hütten ohne Zahl dem Auge überall die lachendste landschaftliche Scenerie, welche durch lange Reihen von wie Schildwachen aufrecht dastehenden Flamingos noch mehr belebt erschien. Endlich gegen 5 Uhr Morgens verkündete das häufigere Erscheinen von stattlichen hohen Gebäuden das Herannahen des „afrikanischen Paris", und bald fuhren wir nun in den langen Schuppen des Bahnhofs von Alexandria ein.

Mit Verdruß hörte ich, daß ich hier würde meine Bagage der Revision der Douane unterziehen müssen, da die Zollfreiheit der „Durchpassagiere" der Overland Mail sich nicht mit auf die „Localpassagiere" erstrecke. Ich machte es jedoch durch ein anständiges Trinkgeld, das ich an einen der Eisenbahnbeamten spendete, möglich, ohne diese lästige zeit- und geldraubende Förmlichkeit mit meinem Gepäck nach dem Hotel Abbat durchzuschlüpfen, wo ich mich sofort aufs Bett warf, um ein paar Stunden von den überstandenen Strapazen auszuruhen. Nach 10 Uhr ging ich aus und unternahm eine Wanderung längs des großen Boulevard, der vollständig die Eindrücke des Lebens und Treibens einer großen südeuropäischen Stadt wiedergibt. Ich hatte überhaupt nach vierjähriger Abwesenheit von Europa hier in Alexandria fortwährend das Gefühl, als wäre ich hier nun schon in einer Stadt Unteritaliens angekommen. Die vielen kleinen Kaffeehäuser und Restaurants mit italienischen Kellnern, die italienischen Firmen und Annoncen in den Straßen erhöhten diesen Eindruck. Die italienische Sprache ist überhaupt die weit-

verbreitetste unter der ganzen europäisch=christlichen Bevölkerung
im türkisch=ägyptischen Orient, und hätte Italien nicht, ähnlich
wie Deutschland, das Unglück gehabt, jahrhundertelang in
zahlreiche und sich gegenseitig fortwährend misgünstig befeh=
dende Staaten zerrissen gewesen zu sein, so würde wol heut=
zutage nicht nur seine Sprache, sondern auch seine politische
Herrschaft eine im westlichen Orient vorherrschende sein, und
namentlich Tunis, Tripolis und Aegypten als italienische
Provinzen und Tochtercolonien umfassen. Was Aegypten be=
trifft, so wird es allerdings nunmehr bei dem wol bald be=
vorstehenden Zerfall des türkischen Reiches jedenfalls für Italien
ebenso wie für Frankreich zu spät sein, die Hand auf dieses
für beide Mittelmeerstaaten so günstig gelegene Land zu legen,
da der britische Löwe sich diese Beute jetzt nimmermehr ent=
reißen lassen wird.

Staub und Hitze waren jetzt — im Augustmonat — ganz
schauerlich in den Straßen von Alexandria; trotz alledem war
es mir ein sehr behagliches Gefühl, nach so langer Zeit wieder
einmal vor einem Kaffeehause an einer belebten Promenade
im Freien sitzen und mein Glas „Bock" trinken zu können.
Das letztere Wort, welches die Franzosen für den deutschen
Begriff „Lagerbier" aufgebracht haben, will nun allerdings nichts
weniger als ein Glas münchener Bockbier bezeichnen! Man
muß von der warmen, jungschmeckenden, bierartigen Tunke,
welche einen so hochtönenden Namen führt und der man jetzt
in allen Kaffeehäusern in den Uferländern des Mittelmeeres
begegnet, schon eine gehörige Anzahl von Gläsern trinken, um
dadurch in eine ähnliche angenehme Stimmung zu gelangen,
wie die, in welche uns ein einziges Seidel münchener Bock
versetzt.

Die zahlreichen Photographenfenster, die ich in großen
Städten immer mit besonderer Vorliebe zu studiren pflege,
zeigten mir hier in Alexandria so wenig Schönes, daß ich mich
zu keinerlei Einkäufen versucht finden konnte.

Am Abend ging ich in ein großes, glänzend erleuchtetes
Café chantant am Boulevard. Verführerisch costümirte junge
und alte Französinnen, Italienerinnen und Deutsche (letztere

der Sprachbetonung nach sämmtlich aus Oesterreich und Böh=
men) gaben hier schlüpfrige Lieder und Tänze zum besten,
welche von einer ohrenbetäubenden trompetenschmetternden Musik
begleitet und bei denen manche Gesangsstrophen vom ganzen
Publikum im Chor wiederholt wurden. Der Saal war voll
von Europäern aller Nationen und von auf= und abprome=
nirenden übermäßig geputzten Damen, sodaß man über den
eigentlichen Charakter des Etablissements nicht lange in Zweifel
bleiben konnte. Auch junge arabische Efendis in langen Kaf=
tans und mit großen Turbans saßen ernst und schweigsam vor
ihren Bockgläsern und waren offenbar hierher gekommen, um
sich mit den Culturblüten moderner europäischer Großstadt=
Civilisation näher bekannt zu machen.

Nach einem zweiundeinhalbtägigen Aufenthalt in dem, in
dieser Saison der Hundstage keineswegs einen angenehmen
Aufenthalt bietenden Alexandria begab ich mich an Bord des
für Konstantinopel bestimmten Oesterreichischen Lloydampfers.
Mein Gepäck schlüpfte mit Hülfe eines anständigen Bakschisches
ziemlich ungeschoren durch die Douane hindurch und bald be=
fand ich mich nun — den Bestimmungen des Seerechtes nach
— auf österreichischem Grund und Boden, d. h. auf einem
österreichischen Schiffe, was mir ein so eigenthümlich anhei=
melndes Gefühl gab, als sei ich nun schon halb zu Hause im
lieben Dresden. Ich mußte dem sonnigen lichterfüllten Him=
mel und den durchsichtigen farbenreichen Horizonten Afrikas,
die vier Jahre lang mein Auge erfreut, nunmehr Lebewohl
sagen und versank darüber in eine ernste, schwermüthige Stim=
mung. Wird mein Fuß jemals diesen geheimnißvollen Welt=
theil wieder betreten, in dem noch so viele Räthsel ihrer Lö=
sung harren und der in seinem Innern so wunderbare Extreme
von Anziehendem und Abstoßendem, von lichter Schönheit und
finstern Schrecken, von lachender primitiver Kindlichkeit der
menschlichen Natur wie von entsetzlichster blutdürstiger Wildheit
derselben vereinigt? Aus einer nur für wenige Monate beab=
sichtigten Tour war eine Abwesenheit von vierundeinviertel
Jahren, und die Sehnsucht nach dem lieben Vaterlande nach
so langer Zeit natürlich eine äußerst lebhafte geworden. Mit

gemischten Empfindungen von Wehmuth und Freude hörte ich
daher am 18. August Nachmittags die Schraube des Lloyd-
dampfers sich in Bewegung setzen; bald rückte das prächtig
belebte Bild des Hafens von Alexandria mit seinem malerischen Mastenwalde in immer weitere und weitere Ferne, und
noch lange schaute ich sinnend nach der Küste des sonnenglühenden Welttheils zurück, der so lange mein Wohnort gewesen war.

Und hiermit sind meine „Vier Jahre in Afrika" zu Ende.
Da ich von Alexandria nicht direct nach Dresden zurückreiste,
sondern mich noch sechs Monate lang unterwegs in der Türkei
und Rußland aufhielt, so würde ich gern den freundlichen
Leser, der das Wohlwollen hatte, bis hierher meiner Führung
durch die Länder des ewigen Sommers zu folgen, nun auch
noch um seine weitere Begleitung durch die eisigen Steppen
des Nordens während eines echt polaren Winters bitten.
Allein die weitere Reisefortsetzung würde erstens nicht in den
Rahmen eines „Vier Jahre in Afrika" betitelten Werkes passen
und zweitens dieses letztere jedenfalls in seinem Umfange zu
sehr anschwellen lassen. Ich verspare mir daher die eingehende
Schilderung meiner weitern Rückreise eventuell für ein eigenes
kleineres Werk, das etwa den Titel führen würde: „Vom Nil
zur Newa", und von dem ich hoffe, daß es als Pendant zu
dieser afrikanischen Reise auch seinen wohlwollenden Leserkreis
finden werde.

Nur einige kurze Bemerkungen über meine Rückreise mögen
mir hier noch gestattet sein.

Nach einer herrlichen Fahrt durch den Griechischen Archipel
— dieses entzückenden und so hochpoetischen sonnigen Insel-
meeres — gelangte ich in mein liebes altbekanntes Konstantinopel, in dessen paradiesischen Umgebungen ich vierzehn mir
höchst wohlthuende Ruhetage verbrachte.

Konstantinopel ist für mich reich an romantischen Erinnerungen aus meinem Vorleben. Hier war es, wo meine

dreiwöchentliche türkische Kriegsgefangenschaft im Juni 1855
ihr Ende erreichte, die ich einem irrigen Verdachte des Genera-
lissimus der türkischen Donauarmee verdankte. Derselbe glaubte
nämlich steif und fest, in mir einen jungen russischen Spion
eingefangen zu haben. So oft ich daher seitdem nach Konstantinopel zurückgekehrt bin, glitten alle die dramatischen Einzelheiten meines Kerkerlebens und meines Transports durch
eine berittene Escorte von Baschi-Bosuks von Silistria nach
Konstantinopel immer wieder als Dissolving views an meiner
Seele vorüber und reproducirten bei solcher Rückschau in mir
von neuem die seligen Gefühle, die mir damals meine schließliche Befreiung aus der Gefangenschaft gebracht hatte.

Ich fand Konstantinopel seit meinem letzten Besuche im
Jahre 1868 sehr verändert und der Aufstand in der Herzego-
wina warf schon den düstern Schatten des blutigen Gespenstes
der orientalischen Frage über das ganze Land, die ja so bald
darauf lichterloh aufflammen sollte. Ich bewunderte die prachtvolle und zahlreiche kaiserliche Kriegsflotte, die in so impo-
santer Reihe im Bosporus vor Anker lag und deren schmucken
und eleganten Schiffen leider weiter nichts fehlt als die Hauptsache: geübte und tüchtige Seeleute!

Am 9. September betrat ich, zum ersten mal in meinem
Leben, in Odessa den Boden des „Heiligen Weißen Rußland"
und wurde durch die hier wehenden eisigen Nordostwinde sofort
ernsthaft daran erinnert, daß es nun Zeit sei, die leichte afrikanische Reisetoilette mit einer dichtern nordisch-russischen zu
vertauschen.

Von Odessa reiste ich nach dem prunkvollen Kiew, das
mir mit seinen zahlreichen, unvergleichlich schönen goldenen
Kuppelthürmen außerordentlich imponirte und in dessen malerischen baumreichen Umgebungen mich nach so langem Entbehren einer heimatlichen Naturscenerie die herrlichen Laub-
färbungen eines nordischen Herbstes in die freudigste Erregung
versetzten.

Hierauf begab ich mich nach der alten Kaiserstadt Moskau,
deren bloßer Name schon im Herzen jedes echten Russen stolze
und patriotische Gefühle hervorruft, und von da nach zwei-

wöchentlichem Aufenthalt nach Petersburg, der prächtigen
neuen Hauptstadt des russischen Kaiserreiches. Hier blieb ich
längere Zeit, um mich zunächst etwas in russische Gesellschaft
und Sitten einzuleben.

Hochinteressant waren für mich die Besuche, die ich an zwei
aufeinanderfolgenden Tagen den Lustschlössern der kaiserlichen
Familie in Peterhof und Zarskoje-Selo abstattete. Infolge besonderer Verwendung erfreute ich mich der Vergünstigung, dieselben in allen ihren Einzelheiten sehen zu können. (Die kaiserliche Familie war nach der Krim übergesiedelt, um dort bis
Mitte November zu bleiben.) Ich muß gestehen, daß ich am
Abend nach diesen Excursionen wie berauscht war von all den
Herrlichkeiten, die ich dort gesehen! Ein solches entzückendes
Ensemble von prächtigen und überreich möblirten und dabei
doch so wohnlichen und anheimelnden Zimmern, von geschmack-
vollen Verandas, Balkonen, künstlichen Wasserfällen, herrlichen
Statuen, malerischen Aussichten und Fernblicken, daß man
lebenslang davon träumen möchte! Wie muß das alles erst
im Sommer aussehen, wenn reicher Blumenschmuck alles noch
mehr verschönt und mit Leben umkleidet! Wenn ich glaubte,
unter den zahlreichen Palästen nun den schönsten gesehen zu
haben, da kam immer noch ein neuer hinzu, dem ich nunmehr
den Preis des Schönsten zuerkennen mußte. Die Aussicht von
den Zimmern des Cäsarewitsch in Peterhof (früher die Zimmer des Kaisers Nikolaus) über das Meer nach Kronstadt und
Petersburg hin ist unbeschreiblich schön.

Ach, wenn solche hochgeborene Prinzen und Prinzessinnen
den Sinn für derartige sie umgebende überreiche Natur- und
Kunstschönheiten sich immer frei und offen erhalten könnten
und ihre Seelenruhe nicht so vielen störenden Einflüssen und
Aergernissen ausgesetzt wäre, die uns andere Menschenkinder
nicht berühren, — wie glücklich, wie selig müßten sie doch in
solchen irdischen Paradiesen leben können!

Nachdem ich an allen diesen zauberischen Schönheiten meine
Augen geweidet hatte, war es mir als müßte ich dieselben nun
schließen, um die köstlichen Eindrücke nicht durch den Anblick
gemeiner und alltäglicher Gegenstände wieder verwischen zu

lassen und die Erinnerung an diese herrliche Märchenwelt recht
lange frisch in meiner Seele bewahren zu können. Was mich
am meisten interessirte, waren die Wohnzimmer des Kaisers
und die der Cäsarewna in Zarskoje-Selo. Im Wohnzimmer
des Kaisers hätte ich die überaus zahlreichen an den Wänden
aufgehangenen Photographien stundenlang studiren mögen; auf
seinem Schreibpulte entzückte mich namentlich ein herrliches
Lichtbild der Cäsarewna (Prinzessin Dagmar), worauf mir
dieselbe wie eine jugendliche Schönheit ersten Ranges erschien.
In eine feierliche und gedankenvolle Stimmung versetzte mich
das Bewußtsein, mich hier in demselben Raume zu befinden,
welchen der Beherrscher der umfangreichsten Monarchie der
Welt alle Jahre während der Sommersaison zu bewohnen
pflegt. Es war vielleicht gerade dieser Schreibtisch hier vor
mir, an dem der edelste und menschenfreundlichste Zar, der
je über Rußland herrschte, sinnend oft bis tief in die Nacht
gesessen und seinen großen Plan zur Befreiung von 40 Millionen Leibeigenen durchgedacht hatte! Das Band, welches im
russischen Reiche die Nation mit ihrem Kaiser verknüpft, ist
noch das alte, treue, ideale Familienverhältniß längstver-
gangener patriarchalischer Zeiten, das sich in dem jüngstent-
wickelten der europäischen Völker noch in alter Reinheit und
Frische erhalten hat und nicht wenig durch den Umstand begünstigt wird, daß der Kaiser zugleich das oberste Haupt der
russischen Kirche ist. Es ist ein Factum, daß jeder russische
Bauer zu seinem Zaren aufsieht wie zu einem Vater und
Beschützer, ein Gefühl, das namentlich in Zeiten großer politischer Erregung immer zum lebendigsten Ausdruck kommt.
Es waren mir während meines kurzen Aufenthalts in Rußland schon so viel schöne und edle Charakterzüge des jetztre-
gierenden Kaisers zu Ohren gekommen, daß ich hier in den
Räumen, in denen so viele Anzeichen auf sein öfteres und
längeres Hierwohnen hindeuteten, mich doppelt ergriffen fühlte.
Ich hatte das Gefühl, als stünde ich inmitten eines Tempels,
in welchem der Schutzgeist des größten Reiches der Welt still
und unermüdlich schaffte und waltete, und es war mir, als
müsse er jeden Augenblick eintreten und sich auf diesem reich-

verzierten Lehnsessel vor mir niederlassen. Der schöngeschnitzte
Schreibtisch war reich mit Papieren, Briefcouverts, Federn u. s. w.
überdeckt, gerade als ob der Kaiser ihn erst ein paar Augenblicke zuvor verlassen hätte. — Aehnliche Gefühle hatte ich
freilich nicht in den luftigen, umfangreichen Prachträumen des
Sommerpalastes des Sultans an den „Süßen Wassern", den
ich kurz zuvor besucht hatte, empfinden können. Wies dort
alles — die kühlen, mit mildem Dämmerlicht erfüllten hohen
Säle, die weichen bunten Teppiche, die ringsherum laufenden
schwellenden breiten Seidendivans und die zahlreichen sprudelnden Springbrunnen auf süßes Ausruhen und üppige
Schwelgerei in weichlichen Sinnengenüssen hin, so erinnerte
hier in diesen Wohnräumen vielmehr alles an die ernsten Be-
schäftigungen eines arbeitenden Philosophen, eines gekrönten
Denkers, eines Beherrschers, Erziehers und Befreiers von
Nationen. — In einem der an das sehr große Wohnzimmer
des Kaisers stoßenden Seitensalons war ich überrascht, denselben ausschließlich dem Ruhme der preußischen Armee gewidmet zu finden. Die sämmtlichen Wände waren nämlich von
oben bis unten mit den Porträts aller Mitglieder des preußischen Königshauses, denen der sämmtlichen preußischen Minister und Generale und mit Darstellungen aus dem öster-
reichisch-preußischen und deutsch-französischem Kriege geschmückt.
Es war mir als Deutschem ganz speciell erfreulich, hier in
dieser Bildersammlung die Sympathie des Kaisers für unser
neues Deutsches Reich so deutlich ausgesprochen zu sehen, zumal
ich kein ähnliches der Glorie der französischen Armee geweihtes
Zimmer vorfand. — Und nun die Wohnzimmer der schönen
Cäsarewna! Welcher entzückende Comfort vereinigt mit kaiserlicher Pracht und Eleganz und dazu welche köstliche und beglückende Gartenaussicht! Herrliche grünumwachsene Blumen-
lauben theilten einzelne Ecken der Salons als reizende Boudoirs
ab, in denen schwellende Seidenpolster zur Ruhe einluden.
Mit erregtem Gefühl betrachtete ich auch den schönen Flügel,
auf dessen spiegelnden Elfenbeintasten die kleinen Hände der
schönen Erbin der Kaiserkrone auf- und abzufliegen pflegten!
     Reich befriedigt von diesen herrlichen Ausflügen kehrte ich

nach Petersburg zurück. — Nachdem ich die vier Meilen
weit ausgedehnten Parkanlagen von Peterhof, Zarskoje=Selo,
Pawlowsk und auf den Inseln gesehen, mußte ich mir sagen,
daß wol kaum eine zweite Stadt der Welt ihren Bewohnern
im Sommer den gleichen unentgeltlichen Genuß von so um=
fangreichen und prächtigen öffentlichen Gartenanlagen bieten
wird als wie Petersburg. Im Sommer finden in allen
diesen Parks täglich öffentliche Gartenmusiken statt, die von den
Musikcorps der 19 Garde= und Cavalerieregimenter aufgeführt
werden, welche in und um Petersburg ihre Garnison haben.

Nach der Beendigung meines Aufenthalts in Petersburg
folgte ich einer Einladung aufs Land, auf eine Herrschaft
zwischen Moskau und Astrachan, die in einer jener gesegneten
Schwarzerde=Districte liegt, deren Anblick jeden deutschen Land=
wirth mit Gefühlen des Entzückens erfüllen würde. Und hier
war es, wo ich nun vollständig in die Geheimnisse und Ori=
ginalitäten einer russischen Existenz eingeweiht wurde, denn es
überfiel mich hier der Winter. Und was für ein Winter!
Die ältesten Leute wollten sich hier keiner ähnlichen Kälte seit
dem Jahre 1812 erinnern! Jede Woche hörte man von zu
Tode gefrorenen Menschen; eisige Schneestürme fegten wüthend
dahin über das weite mit einem schneeweißen Leichentuche be=
deckte Land, und das hölzerne Haus, worin ich wohnte, war
monatelang unter kolossalen Schneewehen beinahe vergraben
und von der übrigen Welt abgesperrt.

Der schroffe Uebergang von der Glut des Tropenklimas
zu einem der kältesten russischen Winter, von Zanzibar nach
Moskau, zog mir eine schwere Erkältungskrankheit zu. Infolge
derselben war ich einen Monat bettlägerig und einige Tage
lang selbst so gefährlich krank und von Krämpfen gepeinigt,
daß nach dem Popen gesandt wurde, um mir das heilige
Abendmahl zu verabreichen. Ich erwähne dies hier nur, um
ein Beispiel zu geben, wie tolerant die russischen Priester im
allgemeinen sind. Obgleich ich ein Protestant bin, zögerte der
langbärtige, in seinem Costüm und mit seinen fliegenden Haaren
an einen Heiligen oder Apostel der ersten Christenheit erin=
nernde Priester keinen Augenblick, mir die letzten Tröstungen

der Religion zu bringen. Ueberhaupt habe ich über das russische Volk den Eindruck mit nach Hause genommen, daß dasselbe viel besser ist, als es sich viele Leute bei uns zu Hause vorzustellen pflegen, und daß eine hohe Begabung und zahlreiche Keime der höchsten christlichen und humanen Cultur in ihm schlummern, die jedes Jahr mehr und mehr erwachen und sich in stetigem Wachsthum entwickeln und nach aller Voraussicht die russische Nation in ihren nächstfolgenden Generationen zu einer der gebildetsten und cultivirtesten Europas erheben werden. Der Grundcharakter des Volkes ist ein durchaus guter und achtungswerther, seine geistige Begabung läßt nichts zu wünschen übrig und bedarf nur der Entwickelung durch zahlreiche Schulen und Lehranstalten. Und was wird in dieser Beziehung in Rußland jetzt alles von der Regierung gethan! Es ist der letztern wirklich durch und durch Ernst damit, die gesammte Nation so rasch als möglich auf eine höhere Culturstufe zu erheben!

Ich hatte auf meinem Krankenlager eine recht schwere Leidenszeit durchzumachen. Mehrere Monate lang mußte ich theilweise das Bett, sonst aber wenigstens das Zimmer hüten, und hörte in dieser ganzen Zeit beinahe nichts anderes als das Heulen und Brausen des Sturmwindes in den entlaubten Bäumen des das Haus umgebenden Parks, das Anschlagen dichter Schneeflockenwolken an die mit dicken Eisblumen überzogenen Fensterscheiben und das häufige kurzgehämmerte Gebetläuten der grünkuppeligen Dorfkirche.

Endlich war die größte Kälte vorüber und ich konnte die Heimreise antreten, zu welchem Zwecke ich mir ein dickes echt russisches Wintercostüm zulegte, das in einer Schafwollweste, einem Pulushubul und einem Bärenpelze, nebst dicken Filzstiefeln bestand. Trotz der kolossalen Schneewehen, die in Rußland manchmal wochenlang allen Eisenbahnverkehr unterbrechen, gelangte ich in meiner warmen Einpackung ohne Unterbrechung nach Moskau und von da nach Warschau. Hier empfing mich schon ein ganz bedeutend milderes Klima und hätte ich mich, nach der Gesammtheit der äußern Eindrücke, die in

34*

der alten Polenhauptstadt auf mich wirkten, beinahe schon in eine deutsche Provinz versetzt glauben mögen.

Von Warschau brachte mich der Eilzug in 15½ Stunden nach Berlin und von da (am 1. März 1876) in vier Stunden nach Dresden. Welche süßen Gefühle mich bei der Wiederankunft in meiner lieben Vaterstadt nach so langer Abwesenheit ergreifen mußten, kann sich jeder denken, der gleichwie ich beinahe fünf Jahre lang vom Vaterlande getrennt und so weit davon entfernt jenseit der Meere hat leben müssen! Nachdem ich mich so lange schon nach dem herrlichen Elbflorenz vergeblich zurückgesehnt, war nun der süße Traum der Rückkehr zur schönen Wirklichkeit geworden! Mit welcher Wonne sah ich die vom Lichte der Abendsonne purpurn gefärbten lieblichen Weinbergshügel der Hoflößnitz, Wackerbarthsruhe, den Jakobstein, das Spitzhaus und das Paradies am Fenster meines Coupé vorüberziehen und mit welchem pochenden Herzen rollte ich ein Viertelstündchen später in einer altgemüthlichen dresdener Droschke über die Elbbrücke, wo mir von links meine liebe Brühl'sche Terrasse, rechts das malerische flaggengeschmückte Italienische Dörfchen und geradeaus der edle und anmuthsvolle Bau der katholischen Kirche alte Freundesgrüße zuwinkten.

Als ich auf der altstädter Seite angelangt war, begann gerade das Abendläuten der katholischen Hoflirche. Die so unbeschreiblich süßen und sympathischen Töne dieser melodischsten aller Abendglocken, denen ich so oft in meiner Kindheit andächtig und mit Entzücken gelauscht hatte, weckten in meiner Seele eine Welt von schönen und wehmüthigen Erinnerungen an längstentschwundene Zeiten, und voll von diesen bewegten Gefühlen langte ich in meinem Hause auf der Amalienstraße an. Als ich in dessen heimische Räume eintrat und nun um mich herum alle meine altbekannten Hausfreunde: Möbel, Bücherschränke, Bilder und Instrumente, noch so unverändert an ihrem alten Platze vorfand, genau so, wie ich sie vor fünf Jahren verlassen hatte, da überkam mich ein Gefühl, als hätte ich mich von denselben überhaupt gar nie getrennt gehabt und als sei mein fünfjähriger Aufenthalt in fremden Zonen nur ein Traum gewesen — ein Theaterstück, das flüchtig wie ein Rausch an

meiner Seele vorübergezogen. Nur am nächsten Morgen, als
ich meine Geschwister und Verwandten aufsuchte, wurde mir
die Länge der Zeit meiner Abwesenheit wieder recht in Erinnerung gebracht, denn meine Nichten, die ich als rosige Kinder
verlassen hatte, waren zu schmucken Jungfrauen, meine kleinen
spiellustigen Neffen zu fleißigen Gymnasiasten herangereift.
Leider ach! fehlte auch Einer aus der Familie, der seiner Aeltern größte Freude gewesen war und dieselben zu den höchsten
Hoffnungen berechtigt hatte — ein Sturmwind hatte den mit
den herrlichsten Blüten beladenen jungen Baum plötzlich um-
geknickt.

Und so schließe ich denn den Bericht über meinen Pilgerzug
nach den Diamantenfeldern Südafrikas, der mich für so lange
Zeit dem Vaterlande entfremdet hatte. Auch bei meiner dies-
maligen Rückkehr von fernen überseeischen Reisen bestätigte sich
mir von neuem die wiederholt gemachte Erfahrung, daß nach
mehrjähriger Abwesenheit in der Fremde das Vaterland, die
Heimat dem Rückkehrenden in hundertfacher, neuverjüngter
Schönheit und Poesie wiedererscheinen und daß große und
lange Reisen den Sinn und die Empfänglichkeit für die tausend
kleinen Reize und Freuden immer offen und wach erhalten,
welche die Heimat mit ihren zahllosen Culturherrlichkeiten einem
empfänglichen Gemüth so überreichlich bietet und für deren
Genuß das anhaltende monotone Zuhauseleben, ohne Wechsel
und Veränderung, viele Menschen infolge der alltäglichen Gewohnheit so sehr abstumpft und indifferent macht.

Einunddreißigstes Kapitel.

Nachschrift.

Neueste Ereignisse in Südafrika. — Kaffernkrieg. — Abkommen zwischen England und dem Oranje-Freistaat. — Annexion der Transvaal-Republik. — Lord Northcote und englische Staatsmoral. — Ein Beispiel zur Nachahmung für Rußland. — Mein Memorandum an die deutsche Reichsregierung und die Antwort des Fürsten Bismarck. — Englisches Go ahead und deutsche Bescheidenheit. — Uebersicht der Volkszunahme in den europäischen Staaten. — Deutscher Kindersegen und unaufhaltsames Wachsthum unsers Proletariats. — Dessen nothwendiges Abströmenlassen durch Auswanderung. — Südamerika und die Vortheile, welche es der deutschen Auswanderung bietet. — Die deutschen Ackerbaucolonien in Rußland. — Der Pauperismus und seine das Deutsche Reich bedrohenden Gefahren. — Englische Auswanderungsgesellschaften. — Die uns bevorstehende socialistische Revolution. — Recapitulation. — Ein Weiser des Meyer'schen „Conversations-Lexikon". — Verunglückter Anlauf eines teutonischen Bruderstammes zur See- und Weltherrschaft. — Eine Diener- oder eine Herren-Nation? — Die Zukunftsprogramme der drei um die Weltherrschaft sich bewerbenden Nationen. — Rolle der deutschen Nation ihnen gegenüber. — Ein Erlebniß in Baltimore. — Fernblick in die Zukunft unserer Nation. — Schluß.

Seit ich dieses Buch niedergeschrieben, haben sich in Südafrika wichtige Ereignisse zugetragen.

Was ich vorausgesagt und was jeder denkende Colonist voraussehen konnte, ist eingetroffen. Der in so großem Maßstabe betriebene und so einträgliche Waffenhandel der weißen Kaufleute mit den schwarzen Völkern des Binnenlandes, der massenhafte Import von Schießgewehren, Pulver und Blei haben begonnen, ihre bittern Früchte zu tragen. Die Schwarzen,

an und für sich begünstigt durch ihr ungeheueres numerisches
Uebergewicht, dessen sie sich mit jedem Jahre mehr bewußt
werden, fühlen jetzt ihre Kräfte verzehnfacht durch die unge=
zählten Massen von Feuergewehren, welche ihnen der Gewinn=
durst zahlreicher weißer Händler fortwährend zukommen ließ,
ohne daß es der englischen Colonialregierung eingefallen wäre,
diesem schändlichen Handel, der kaum besser und moralischer
ist als der von England mit so ungeheuern Kosten verfolgte
Sklavenhandel, die mindesten Schwierigkeiten und praktischen
Hindernisse entgegenzustellen.

Ernste Friedensstörungen in der Transvaal=Republik waren
die unmittelbaren Folgen dieser leichtsinnigen und sorgenlosen
Laissez-aller=Politik englischer Staatslenker. Die Boers
konnten es nicht hindern, daß die theils auf ihrem Gebiete,
theils an ihren Grenzen wohnenden schwarzen Häuptlinge von
der Küste her ihre ganze Bevölkerung haben mit Feuergewehren
ausrüsten können, sodaß die geringe Zahl von weißen Farmers
nun auf allen Seiten von Heeren von wohlbewaffneten schwar=
zen Kriegsvölkern umringt sind, denen es bisjetzt nur an der
nöthigen Einigkeit und Führung fehlte, um das weiße Element
in diesem isolirten Binnenlande vollständig zu ersticken und
zu vertilgen. Für einen großen Staat mit stehendem Militär
würde nun allerdings trotzdem die Situation eine ziemlich ge=
fahrlose sein, denn z. B. ein einziges permanent hier liegendes
preußisches Infanterieregiment würde genügen, um die schwarze
Bevölkerung von ganz Transvaal, Zululand und Natal im
Zaume zu halten. Aber für einen militärlosen Bauernstaat,
dessen periodisch aufgerufene „Commandos" zu verschiedenen
Jahreszeiten, zur Zeit der Saat, der Wollschur und der Ernte,
absolut nach Hause entlassen werden müssen, ist die Gefahr in
der That eine sehr große, und dessen spärliche Bevölkerung
jederzeit mit grausamer Vernichtung und Ausrottung durch
jene Wilden bedroht.

Zunächst war es der im Jahre 1876 ausgebrochene Auf=
stand des Häuptlings Sekokuni, im nordöstlichen Theile der
Transvaal=Republik, welcher durch die Dimensionen, die er
annahm, und die Energie, mit der er unterhalten wurde, dem

ganzen Volke der Transvaal-Republik sowol als der Colonie
Natal wieder recht greifbar ihre gefährliche Gesammtlage vor
Augen führte, nachdem schon ein paar Jahre früher die kurze
Aufstandsepisode von Langalebalele so viele Befürchtungen in
derselben Richtung geweckt hatte.

Zwar wurde Sekokuni nach einem mit wechselndem Kriegs-
glück geführten Feldzuge endlich durch den deutschen Anführer des Transvaal-Commandos, den tapfern Hauptmann
von Schlickmann (der hierbei an der Spitze seiner Leute einen
schönen Soldatentod fand) unterworfen und mußte sich im
December 1876 zum Friedensabschluß bequemen und von neuem
seine Unterordnung unter die Republik anerkennen, dazu auch
2000 Stück Rindvieh Buße zahlen; allein schon kurze Zeit
darauf, als der boerfeindliche Zulukönig Ketschwayo seine
alten, nie aufgegebenen Ansprüche auf alles Land östlich von
den Drachenbergen wieder aufwärmte und mit einem Heere
von 40000 flintenbewaffneten Zulus Miene machte, dasselbe
mit Gewalt wieder an sich zu reißen, auch die nordöstlichen
Grenzkaffern: die Amaswasis zu gleicher Zeit eine drohende
Haltung gegen die Republik annahmen, da wurde auch Sekokuni wieder aufsässig und schickte sich von neuem an, die ihm
benachbarten Boerdistricte mit Krieg zu überziehen.

Die Kosten, welche die großen Ausgaben für diesen neuesten
Kaffernkrieg der Transvaal-Republik auferlegten, waren für
die numerisch so schwache (nur 40000 Köpfe betragende) Farmer-
und Hirtenbevölkerung des Landes sehr drückend, um so mehr,
als infolge der halbjährigen Dauer des Krieges der Handel
und der Export des Landes vollständig lahm gelegt waren,
und viele Boers blieben daher im Rückstande mit der zu diesem
Zwecke ausgeschriebenen Kriegssteuer.

Diesen günstigen Zeitpunkt der allgemeinen Gedrücktheit und
Unzufriedenheit über die gefährliche Gesammtlage des Landes
benutzte nun die englische Regierung in sehr geschickter Weise,
um den lange gehegten Plan der Annexion Transvaals endlich durchzuführen.

Der soeben mit solcher Mühe von den Boers unterdrückte
Kaffernaufstand, und der neue, noch viel gefährlichere, bevor-

stehende Krieg mit der mächtigen und schrecklichen Nation der Zulus, lieferten den herrlichsten Vorwand, um die Einverleibung der Transvaal-Republik für einen Act der politischen Nothwendigkeit zu erklären, unter der vorgeschobenen Verpflichtung einerseits des Schutzes der „armen, unterdrückten, in Sklaverei gehaltenen" Kaffern, andererseits der Sicherung der eigenen Colonien gegen das ansteckende Lauffeuer eines um sich greifenden allgemeinen Aufstandes sämmtlicher Kaffernvölker. Der englischen Partei in den Städten und auf den Goldfeldern wurde daher das mot d'ordre gegeben, beim Volksrathe in Pretoria mittels Petition den sofortigen Eintritt der Republik in die von Lord Carnarvon geplante „südafrikanische Conföderation unter britischer Flagge" zu verlangen.

Nach dem klugen Princip „Divide et impera" war erst vor kurzem die große Erregung, die im benachbarten Oranje-Freistaate immer noch von der gewaltsamen Losreißung der Diamantenfelder her bestand, durch einen Vertrag beruhigt worden, welcher dem Freistaate einige kleine territoriale Concessionen machte und ihm eine Entschädigung von 90000 Pfd. St. gewährte, außerdem auch noch eine Subsidie von 15000 Pfd. St. für eine von Bloemfontein nach Port Elisabeth neu anzulegende Eisenbahn zusicherte. Präsident Brand selbst hatte während seiner Anwesenheit in London, wo er im Mai 1876 als Gast der Königin mit seiner Familie sehr ehrenvoll aufgenommen worden war, in directen Verhandlungen mit Lord Carnarvon einem solchen friedlichen Austrage des alten Disputs die Hand geboten, und es war daher von ihm zu erwarten, daß er nach solcher Liebenswürdigkeit seitens der britischen Regierung nun wol für längere Zeit gut Freund mit derselben bleiben und es unterlassen würde, durch eine doch so wie so schließlich ziemlich aussichtslose active Unterstützung der nationalen Partei in der Transvaal-Republik seine neuhergestellten guten Beziehungen zu einer so unendlich an Macht überlegenen und jetzt so entschieden hier in Südafrika auf dem Wege ihrer Interessen vorgehenden Nachbarregierung von neuem in Frage zu setzen.

Trotz der unleugbaren Vortheile, welche der Anschluß an die vorgeschlagene südafrikanische Conföderation in so manchen

Richtungen hin dem Lande versprach, und trotz des größern Schutzes gegen einen allgemeinen Kaffernkrieg, der von ihm erwartet werden durfte, war jedoch diese Conföderationsidee, eben wegen der englischen Flagge, die dann über dem Lande wehen würde, im Volke von Transvaal so unpopulär, daß die Petitionen, die beim Volksrathe für den Anschluß an die Conföderation einliefen, nur 236 Unterschriften trugen, diejenigen dagegen aber 2326! Die englische Partei betrug also nur ein Zehntel der gesammten Landesbevölkerung!

Um der englischen Regierung den Vorwand zur Intervention zu benehmen, war die Zeichnung eines Nationalanlehens in Gang gesetzt worden, durch dessen angesammelte Gelder man hoffte, sowol die bereits aufgelaufenen Kriegskosten decken, als auch den noch künftig zu erwartenden die Spitze bieten zu können. Viele Boers hatten, um nur die Unabhängigkeit ihres Landes zu retten, ihre Farmen hypothecirt, wodurch schon eine Summe von 15000 Pfd. St. zusammengebracht worden war. Da, mitten im Frieden mit der Republik (gerade wieder so wie bei der Annexion der Diamantenfelder!), überschritt der englische Bevollmächtigte, der uns schon von Natal her bekannte „Zulukönig" Sir Theophilus Shepstone (im December 1876) mit einer Escorte von 25 berittenen Gensdarmen die Grenze der Republik! Mit seiner kleinen Armee, nicht mächtig an Zahl, aber gewaltig durch die Fahne, welche sie deckte, marschirte derselbe direct auf die Hauptstadt Pretoria los. Da kein Boer es gewagt haben würde, in der augenblicklichen bedrängten Lage des Landes dem Vertreter einer so überlegenen Großmacht einen bewaffneten Widerstand entgegenzusetzen (um so weniger, als es schnell in der Republik bekannt geworden war, daß die Südgrenze derselben, der District von Newcastle, in den letzten Tagen vom 13. britischen Linieninfanterieregiment besetzt worden war), so langte Herr Shepstone unbehindert in Pretoria an und erklärte dort kurz und bündig, daß er gekommen sei: einestheils um eine Untersuchung über angeblich von den Boers gegen Kaffern begangene Greuel einzuleiten (!!), anderntheils um Ordnung im Lande zu schaffen und durchgreifende Maßregeln

zur Sicherung der englischen Nachbarcolonien gegen einen
möglichen allgemeinen Kaffernaufstand zu veranlassen. Hiernach richtete sich Herr Shepstone mit seiner Mannschaft sofort
häuslich in Pretoria ein, miethete Wohnungen für längere
Zeit und sandte an den Volksrath eine officielle Botschaft,
des Inhalts, daß derselbe zwischen der unbedingten Annahme
der englischen Conföderationsvorschläge oder der Annexion der
Republik an das britische Reich zu wählen habe.

Nachdem wiederholte Verhandlungen mit dem Volksrathe
keine Lösung im Sinne des Herrn Shepstone gefunden hatten,
vollzog dieser am 12. April ohne weiteres die formelle Annexion, indem er die Transvaal-Flagge von den Amtsgebäuden
herunter und die britische an ihrer Stelle aufziehen ließ. Zu
gleicher Zeit veröffentlichte er eine Proclamation folgenden
Inhalts: Das Land, welches am heutigen Tage von der britischen Regierung übernommen werde, solle ein abgesondertes
Gouvernement bilden, die Einwohner sollten im Besitze vollster
legislativer Vorrechte verbleiben, die holländische Sprache werde
neben der nunmehrigen englischen Amtssprache als eine gleich-
berechtigte fortgelten, die jetzigen Gesetze blieben vorläufig (!)
ungeändert, gleiche Gerechtigkeit würde Weißen und Schwarzen
zutheil werden, doch nicht gleiche bürgerliche Rechte. Alle
Eigenthumsrechte würden geachtet werden; alle Beamten, die
den Willen und die Fähigkeit hätten, verblieben in ihren
Stellungen.

Ueber den Inhalt dieser schönen Proclamation war also
keine Klage zu führen; freilich zeigt uns aber vielfache historische Erfahrung, daß alles auf die spätere Ausführung des
so freigebig jetzt Versprochenen ankommt! Es verstand sich
von selbst, daß einem zähen, mit solcher Liebe an seiner Unabhängigkeit festhaltenden und in republikanischer Gesinnung
aufgewachsenen Volke wie den Boers bei einer solchen gewaltsamen Wegnahme ihrer Landesoberhoheit alles mögliche Schöne
und Liebenswürdige versprochen werden mußte. Die freundschaftliche und versöhnende Proclamation — im Verein mit
der momentan so niedergedrückten finanziellen und geschäft-
lichen Gesammtlage des Landes und der wirklich allgemein

gehegten Befürchtung eines großen Krieges mit den wilden
und unbändigen Zulus, die 40000 Mann stark und sämmtlich
mit Feuergewehren bewaffnet an der Grenze standen — hatte
zur Folge, daß das gesammte Volk von Transvaal sich wider=
standslos in die ihm aufoctroirte britische Unterthanenschaft
fügte und die ganze Opposition sich nur auf einen Protest
seitens des Präsidenten und des Volksrathes beschränkte, der
von zwei eigens zu diesem Zwecke nach Europa und Nord=
amerika abgesandten Deputirten des letztern an alle die Re=
gierungen, welche früher die Transvaal=Republik anerkannt
haben, feierlich überreicht werden sollte, was freilich keine
weitern praktischen Folgen für das Transvaal=Volk haben
wird.*) (Diesem Protest haben sich seitdem auch sehr ge=
harnischte Proteste in Holland angeschlossen, die von den Uni=
versitäten Utrecht und Leyden ausgingen, und einer dergleichen
der holländischen Einwohnerschaft von Kapstadt.)

Etwas anders könnte wol freilich der Erfolg sein, den
dieser, ein würdiges Nachspiel zu der frühern, vom Ministe=
rium Gladstone executirten, Aneignung der Diamantenfelder
bietende neue Gewaltact des gegenwärtigen Toryministeriums
in andern Richtungen haben wird.

Den Worten des Lord Northcote gegenüber, die derselbe
im Juni 1877 bezüglich der befürchteten russischen Annexionen
in der Türkei aussprach: „Es handelt sich vor allem darum,
im Angesicht Europas das Völkerrecht und die darin geltenden

---

*) Nachdem im Mai 1877 1000 Mann englische Truppen in Pre=
toria eingerückt sind, ist im Juli Herr Shepstone von der Königin zum
Lieutenant=Gouverneur der Provinz Transvaal ernannt worden. Seine
Sehnsucht nach einer viceköniglichen Stellung, die ihn früher einmal
veranlaßt hatte, die Herstellung eines „kaffrischen Königreichs" (native
Kingdom) in Natal vorzuschlagen (mit ihm selbst als Vicekönig an der
Spitze), ist also nun erfüllt! Auch in seinem Gehalt ist er, wie voraus=
gesehen werden durste, bedeutend anständiger gestellt, als es Präsident
Burgers war. Der letztere erhielt nur 1500 Pfd. St. jährlich, während
Herr Shepstone 3000 Pfd. St. bezieht; daneben bekleidet noch einer seiner
Söhne das Amt eines secretary for native affairs mit einem Gehalt
von 800 Pfd. St.

Principien von Ehre und Treue aufrecht zu erhalten", braucht jetzt die russische Regierung nur mit stillem Lächeln die Annexion Transvaals entgegenzuhalten, und fürwahr, eine elegantere Vertheidigungswaffe für ihr eigenes Vorgehen konnte ihr von der englischen Regierung schwerlich in die Hand geliefert werden!

Warum sollte denn Rußland dieselben Gründe, welche England so geschickt für sich benutzt hat, nicht auch seinerseits für seine Actionen anführen? Die Engländer wollten, wie sie den Boers gegenüber immer behauptet haben und wie sie auch jetzt als den sittlichen Hauptrechtfertigungsgrund ihrer Annexion von Transvaal hervorheben, die Kaffern gegen deren angebliche „üble Behandlung" schützen *) und zugleich der Gefahr vorbeugen, daß infolge der ewigen Unzufriedenheit dieser „von den Boers gepeinigten" Kaffern in der Republik ein allgemeiner Aufstand derselben ausbreche, der sich dann leicht auch über die benachbarten britischen Colonien verbreiten könnte.

Haben denn die Russen nicht genau dasselbe Recht, der fortdauernden „übeln Behandlung" der christlichen Unterthanen der Pforte, die ihnen noch dazu als größtentheils slawische Stammes- und Religionsgenossen ungleich näher stehen als den Briten die heidnischen Neger, endlich durch gewaltsame Hülfsmittel ein Ende zu machen, nachdem alle gütlichen Mittel resultatlos geblieben waren? Und ist die fortdauernde Unzufriedenheit und Gärung, welche ein anhaltendes über die Grenze Herübertönen des „slawischen Schmerzensschreies" aus der Bulgarei unter der frommen und bigoten Bevölkerung des „heiligen weißen Rußlands" nothwendig immer unterhalten muß, nicht ein gleich durchschlagender Grund, um solchem sowol dem sittlichen als dem slawisch-patriotischen Gefühl der

---

*) Sie vergessen nur leider hierbei, daß sie in ihren eigenen Provinzen, in Natal und Kaffrarien, die schmählichste Sklaverei unter den Eingeborenen dulden, die Sklaverei nämlich, in welcher die armen schwarzen Frauen und Mädchen von seiten ihrer herzlosen und tyrannischen Eheherren und Väter fortdauernd erhalten werden.

Russen ununterbrochen ins Gesicht schlagenden öffentlichen Skandal so nahe an ihren Grenzen endlich durch Annexion für immer ein Ende zu machen?

So gut also der Zeitpunkt der Annexion Transvaals für die localen Verhältnisse von Südafrika gewählt war, so übel möchte er in Bezug auf die orientalischen Verhältnisse ausgesucht worden sein, denn die russische Regierung braucht nun den Anklagen und Vorwürfen der englischen Regierung nur einfach den Spiegel ihrer eigenen Handlungen vorzuhalten! Ein wenig Warten könnte daher im vorliegenden Falle England vielleicht mehr genützt als geschadet haben. — Jedoch war ja freilich die Annexion Transvaals schon seit so langer Zeit ein brennender Lieblingswunsch der englischen Regierung und ein längeres Warten und ungenützt Vorübergehenlassen einer momentan so günstigen Constellation hätte derselben deshalb natürlich sehr schwer fallen müssen. Und da die britische Colonialregierung in Capetown dem Home Government in ähnlichen frühern Fällen immer nur schon unwiderruflich gewordene faits accomplis vorzulegen und diese dann erst hintennach so hübsch wie möglich zu motiviren und schön zu färben für gut gefunden hatte, so sind viele Leute in Südafrika jetzt der Meinung, daß es wol die englische Regierung selbst gewesen sein möchte, die erst den Sekokuni und Ketschwayo durch Agenten à la Arnot hätte künstlich aufstacheln und zu boerfeindlichen Actionen verleiten lassen, um dann einen schicklichen und willkommenen Vorwand zum Verschlucken des fetten Bissens zu finden, der so lange vergeblich den Appetit des britischen Gaumens gereizt hatte! Und wahrlich, nach den Antecendentien der britischen Politik gegen die Boers wäre der englischen Regierung eine solche Handlungsweise allerdings wol zuzutrauen!

Aus den frühern, bereits in Afrika niedergeschriebenen Kapiteln dieses Buches wird der geehrte Leser schon ersehen haben, daß ich schon im Jahre 1873 ein solches baldiges Ende der Transvaal-Republik voraussah, für den Fall, daß derselben nicht von anderer Seite ein wirksamer Beistand geleistet werden würde.

Diese Befürchtung veranlaßte mich, ihr in einem längern

Artikel in der „Neuen Preußischen Zeitung" öffentlichen Aus=
druck zu geben, der in Nr. 49 derselben (vom 27. Februar
1874) unter der Ueberschrift „Die neuentdeckten Goldfelder
in Südafrika und die Delagoa=Bai" erschienen ist.

Einem patriotischen Drange folgend, der mir keine Ruhe
ließ und den ich nicht niederkämpfen konnte, ging ich noch
weiter und nahm mir die Freiheit, sowol an Se. Majestät
den Kaiser von Deutschland als an Se. Durchlaucht den
Fürsten=Reichskanzler ein ausführliches Memorandum zu über=
senden, in welchem ich die Wünschenswürdigkeit einer bald=
möglichsten Acquisition der Delagoa=Bai durch Deutschland
und die Annahme eines, von den Boers selbst so sehr ge=
wünschten Schutzverhältnisses über die Transvaal=Republik
dringend befürwortete, und außerdem die Aufmerksamkeit der
kaiserlichen Regierung auch darauf zu lenken suchte, wie leicht
es sein würde, in den beiden niederdeutschen Freistaaten Süd=
afrikas eine von Holländern und Deutschen zu zeichnende Pe=
tition an die deutsche Reichsregierung zu Stande zu bringen,
wenn solche Aussicht auf eine günstige Aufnahme haben würde.
(Ich dachte dabei an ähnliche Petitionen von seiten der Be=
völkerungen des Kirchenstaates, von Nizza und Savoyen, die
ihrerzeit den betreffenden Regierungen bei der Annexion dieser
Districte so erleichternd zu Hülfe gekommen waren!)

Ich war der Ansicht, daß in so weit vom Vaterlande ab=
gelegenen Ländern, wo nicht einmal ein deutscher Consul sich
befindet, der die vaterländischen Interessen wahrnehmen könnte,
es das Recht und die Pflicht eines jeden Deutschen sei, der
an Ort und Stelle eine klare Einsicht in die Gesammtverhält=
nisse erlangt hat und solche für einen Machtzuwachs seines
Vaterlands momentan ausnahmsweise günstig findet, daß es,
sage ich, dessen Recht und dessen Pflicht sei, sich in einem
solchen Ausnahmsfalle direct an die höchste Reichsregierung zu
wenden und ihr gewisse patriotische Wünsche und Vorschläge
zur Prüfung vorzulegen und zu befürworten.

Ich erhielt nach meiner Rückkehr nach Deutschland vom
Fürsten=Reichskanzler auf meine beiden Memoranda die folgende
Antwort:

Auswärtiges Amt.

Berlin, 13. Juni 1876.

Die von Ew. Hochwohlgeboren unter dem 5. April v. J. aus Bloemfontein an Se. Majestät den Kaiser und König gerichtete Immediat-Eingabe, sowie Ihr gefälliges, mir von ebendaselbst übersandtes Schreiben vom 15. März v. J. sind seinerzeit hier eingegangen.

In Betreff des von Ihnen darin wiederholt angeregten Gedankens wegen Erwerbung der Delagoa-Bai durch das Deutsche Reich benachrichtige ich Sie ergebenst, daß die kaiserliche Regierung nicht beabsichtigt, diesem Project näher zu treten. Wäre der von Ew. Hochwohlgeboren angekündigte Besuch des Herrn Präsidenten der Transvaal-Republik erfolgt *), so würde ich mich in diesem Sinne gegen denselben geäußert haben.

Für die patriotischen Gesinnungen, von welchen Ihre Vorschläge eingegeben waren, spreche ich Ew. Hochwohlgeboren gleichwol hiermit gern meine Anerkennung aus.

An	Der Reichskanzler.
den Rittergutsbesitzer	In Vertretung:
Herrn Ernst von Weber	B. v. Bülow.
Hochwohlgeboren	

22350.

15400.   Dresden.

Amalienstraße 8.

Ich muß gestehen, so sehr es mich auf der einen Seite freute, daß Se. Durchlaucht der Reichskanzler meinen „patriotischen Gesinnungen" Anerkennung werden ließ, so lebhaft bedauerte ich es auf der andern Seite, daß die schönen vaterländischen Ideen, die mir das Memorandum eingegeben hatten, auf keine Annahme und Ausführung zu hoffen hatten. Es kommt mir nicht zu, mich an dieser Stelle in Raisonnements

---

*) Weshalb dieser Besuch des Präsidenten Burgers in Berlin schließlich unterblieben, kann ich nicht sagen. Zur Zeit seiner Anwesenheit in Bloemfontein sprach der Präsident offen seine Absicht aus, von London nach Berlin gehen zu wollen.

über dieses Schreiben des Herrn Reichskanzlers auszulassen, um so weniger, als ich ja die Motive nicht kenne, welche das „Nähertreten" der kaiserlichen Regierung an das vorgeschlagene Project behinderten. Auch habe ich eine zu hohe Idee von der glühenden Vaterlandsliebe unsers Fürsten Bismarck, welche derselbe durch seine welthistorischen Actionen wahrlich hinreichend für alle Zeiten documentirt hat, als daß ich mir nicht sagen müßte, daß doch wol sehr gewichtige Gründe vorgelegen haben müssen, welche sein Eingehen auf das schöne Project unthunlich machten. (Täusche ich mich nicht, so dürfte wol sein Hauptgrund dagegen der Wunsch gewesen sein, mit der britischen Regierung in keine Art von unliebsamer Correspondenz oder gar in einen Conflict zu kommen, namentlich in so gewitterschwangerer Zeit — zusammen mit der Befürchtung, daß, solange der britische Dreizack so absolut die Meere beherrscht wie immer noch heutzutage, ein von Deutschland erworbener Seehafen jenseit der Meere im Falle eines Seekrieges jederzeit leicht durch eine englische Flotte uns wieder entrissen werden könnte!) Aber ganz unterdrücken kann ich hier doch nicht die Bemerkung, daß die Annexion der Transvaal-Republik durch Großbritannien wol schwerlich stattgefunden haben würde, wenn das Deutsche Reich eine ernste Miene gemacht haben würde, um deren staatliche Selbständigkeit zu beschützen!

Wie die Ereignisse sich nun schließlich gestaltet haben, so sind allerdings durch den Keulenschlag, der mitten im Frieden das unabhängige Staatswesen eines niederdeutschen Volksstammes vernichtete und, nach einem Lebenslaufe von einem Vierteljahrhundert, den Todten der Geschichte anreihte, alle Hoffnungen für ein künftiges Fußfassen Deutschlands in Südafrika, auf deren Basis ich im 25. und 26. Kapitel so schöne Luftschlösser aufgebaut hatte, für lange Zeit zu Grabe getragen.

Als politischer Actus erinnert diese Annexion des freien Transvaalstaates in ihrer Gewaltsamkeit, Rechts- und Rücksichtslosigkeit einigermaßen an die Theilungen Polens, nur daß sie infolge der so vollständig von den Ereignissen des

orientalischen Krieges absorbirten Aufmerksamkeit des großen
europäischen Publikums viel unbemerkter vorübergegangen ist,
als sie verdient hätte.

Für eine Acquisition der Delagoa-Bai durch Deutschland
fällt nunmehr, seit Transvaal zu einer englischen Provinz geworden, jeder Beweggrund weg, denn an die Begründung
eines zukünftigen Neudeutschlands ist nach dem Eintritt dieser
neuen politischen Verhältnisse in Südafrika gar nicht mehr zu
denken. Nun, das deutsche Volk hat schon so oft in der Geschichte die Gelegenheit zur Erwerbung werthvoller Neuländer
sich entgehen lassen müssen, daß eben in dieser historischen Erfahrung, wenn man will, einiger Trost gefunden werden kann.

Was Land und Leute der Transvaal-Republik selbst betrifft, so werden sie unter dem neuen Regierungswechsel vielleicht persönlich wenig zu leiden haben. Einerseits wird ihnen
freilich die Unterhaltung einer englischen Regierung, nach dem
ominösen Beispiel von Westgriqualand, ganz bedeutend höhere
Kosten verursachen als ihre ehemalige billige und nationale
Regierung. Auch wird ihnen das System der englischen Neger-
gesetze, mit dem sie trotz der Proclamation doch wol über kurz
oder lang werden beglückt werden, sehr sauer ankommen; möglicherweise wird hierzu überdies noch der Uebelstand treten, daß
ihr Land nunmehr, gleich der unglücklichen englischen Nachbar-
colonie Natal, von Massen von Schwarzen aus den Nachbar-
ländern überschwemmt werden wird, die sich auf den öffentlichen Ländereien in ganzen Schwärmen niederlassen werden.
Auf der andern Seite wird jedoch den Transvaalern in dem
eventuellen reichen Zuströmen englischer Kapitalien für allerhand
agriculturistische, industrielle und mercantile Unternehmungen,
sowie durch den erhöhten Schutz gegen künftige Kaffernkriege
für den Verlust ihres nationalen Staatswesens ein sehr werthvolles Acquivalent geboten.

Die Anglisirung von ganz Afrika, für welche die englisch-
afrikanische Regierungspresse schon seit der Aneignung der
Diamantenfelder so lebhaft schwärmte, ist durch die gemüthliche Verschluckung eines Landes von 5400 deutschen Quadratmeilen ihrer Realisation einen guten Schritt näher getreten.

Der Oranje=Freistaat, dieser letzte Rest eines teutonischen
Staatsorganismus, ist nunmehr eine Enclave geworden, die
rings von britischen Provinzen umschlossen und vom völker=
verbindenden Meere absolut abgeschnitten ist.   In dieser neuen
Lage kann er unmöglich noch lange Zeit seine isolirte Existenz
nach alter Art und Weise fortsetzen, und wird sich nach dem
beliebten Conföderationsschema unter Verlust seiner National=
flagge der britischen „Union of South Africa" unterordnen
müssen.*) — Das Vorschreiten im Norden, die schon vorbe=
reitete formelle Annexion von Groß=Namaqualand, Damara=
land, Batlapinia, von Secheli's, Sekhomo's und des ehemali=
gen Moselekatse's Reich wird nun nicht lange mehr auf sich
warten lassen.   Steht England dann erst am Zambesi, so
wird nach diesem zunächst das schon jetzt von den englischen
Zeitungen so sehr befürwortete und durch den „Sklavenhandel
der Portugiesen" und „die Schwäche der portugiesischen Re=
gierung gegenüber ihren eigenen und den arabischen Sklaven=
händlern" so angemessen motivirte „Auskaufen Portugals",
und nach diesem die Umwandlung der Scheinherrschaft des
Sultans von Zanzibar in eine directe englische Vasallenschaft
baldigst folgen, sodaß wol schon binnen ein paar Jahrzehnten
die Flagge des britischen Reiches vom Tafelberge bis zum

---

*) Uebrigens nicht alle Engländer schwärmen für dieses Project des
Lord Carnarvon.   So sprach z. B. Sir G. Campbell am 24. Juli 1877
im britischen Parlament lebhaft dagegen.   Er warnte ernstlich vor der
Constituirung dieser „großen südafrikanischen Conföderation", weil die=
selbe wegen des großen numerischen Uebergewichts der Bevölkerung hol=
ländischer Rasse zu einer wesentlich holländischen und antienglischen
Staatenverbindung sich gestalten und dann (wie er sich malerisch aus=
drückte) „einen Wendepunkt in der Weltgeschichte" (!) herbeiführen würde!
Ich halte diese Befürchtung des britischen Patrioten für sehr übertrieben.
Denn wenngleich das englische Bevölkerungselement in der neuen Con=
föderation noch für einige Zeit in der Minorität sein wird, so wird
doch dieses Verhältniß sich bald durch zuströmende britische Einwanderung
ändern und außerdem sind die englischen Colonisten in Erziehung, In=
telligenz und politischer Rührigkeit den holländischen Bauern entschieden
überlegen und werden daher bei den Wahlen zum künftigen „afrikani=
schen Parlament" wol schwerlich den kürzern ziehen!

35*

Rothen Meere die ganze afrikanische Küste und dadurch auch einen guten Theil der dahinterliegenden Binnenländer souverän beherrschen dürfte! Und die einstige Besitzergreifung Aegyptens, woran England wegen des Suezkanals ein so handgreifliches Interesse hat (welches es im Herbst 1875 durch den massenhaften Ankauf von Kanalactien schon so praktisch bethätigt hat), wird dem Triumphzuge des britischen Löwen durch ganz Afrika die Krone aufsetzen.

„Ganz Afrika von Kapstadt bis Alexandria Englisch!!"

Fürwahr, ein großes Programm, für das man sich wol vom englischen Standpunkte aus begeistern darf!

Und wirklich, wenn nun einmal mein deutsches Vaterland absolut immer leer ausgehen soll und muß, so ist es mir persönlich ganz recht, wenn es dann wenigstens keine andere als die stammverwandte englische Nation ist, welche diesen reichen Welttheil mit allen seinen immensen Schätzen für sich ausschließlich in Beschlag zu nehmen sich anschickt. Ist sie ja doch recht eigentlich die Aristokratin unter den Nationen, und eine hohe Verwandte, auf die wir stolz sein und der wir wegen ihrer heroischen Eigenschaften, ihrer auf dem ganzen Erdballe documentirten rastlosen Activität und ihrer eisernen Energie unsere aufrichtige Bewunderung nicht versagen können. „Wäre ich kein Deutscher, so möchte ich wol ein Engländer oder Nordamerikaner sein!" Dieser Ausruf à la Alexander schwebt mir auf den Lippen, wenn ich das fabelhaft rasche Fortschreiten der angelsächsischen Rasse zur künftigen Weltherrschaft in seinem fortwährenden Sturmschritte beobachte!

Als Deutschem freilich war es mir schmerzlich, zu constatiren, daß unser bescheidenes, rücksichtsvolles Volk auch diesmal wieder vom reichen Gabentische der irdischen Herrlichkeiten abgedrängt worden ist und immer wieder von neuem nur auf seine zwar sehr ehrenhafte, aber doch dabei sehr uneinträgliche Schulmeister- und Bücherschreiberrolle beschränkt bleibt. Alle diese großen schönen überseeischen Welten — sie sind ja nicht da für uns arme Denker und Idealisten! Sie ansehen, uns ihres schönen Anblickes freuen, ja sogar sie zu unserer indi-

viduellen Bereicherung ausnützen, das dürfen wir freilich.
Aber mit hoher Stirn unsere Nationalität hineintragen und
derselben auch jenseit der Meere eine gebietende staatliche Stellung schaffen, mit Einem Worte: ein geachtetes Neudeutschland
stiften — das dürfen wir nicht, das sind uns bleiben für
unsere teutonische, wie man gespottet hat nur zum Völkerdünger bestimmte Rasse verbotene Früchte! Nur dem englischen Bruderstamme sind Kinderfreuden bescheert; wir müssen
mit dem Lose eines einsam stehenden alten Hagestolzen fürliebnehmen! Während die Engländer überall herrschen, wo sie
hinkommen, und den Völkern ihre Gesetze und ihre Sprache
vorschreiben, müssen unsere Kinder sich jenseit der Meere
nur dienend fremden Staaten unterordnen und ihre Nationalität und Sprache demüthig darangeben. Kurz, die Engländer leben, als Nation, überall in der Welt als Patricier
— uns Deutschen ist, wie so vielen andern schwächern und
weicher organisirten Völkern, nur die Rolle der Plebejer übriggeblieben! Fort und fort müssen wir zusehen, wie unser so
übermäßig reichlich zuwachsender Kindersegen alljährlich den
engen vollgedrängten Raum des Vaterlandes, der nicht allen
Brot bieten kann, verläßt und nach fremden Ländern abströmt,
ohne daß bis zum heutigen Tage irgendwo jenseit der Meere
die deutsche Nationalität es vermocht hätte, tiefe und kräftige
Wurzeln zu schlagen und einen nationalen Staat zu begründen.

Seit im Jahre 1682 Pistorius von Frankfurt aus die
erste Gesellschaft deutscher Auswanderer nach Pennsylvanien
führte, hat sich die deutsche Emigration zu verschiedenen Zeiten
nach beinahe allen Windrichtungen hin gerichtet. Wenn auch die
Hauptmasse immer nach Nordamerika zog, um dort dem Vater-
lande vollständig zu entfremden, so nahmen doch bedeutende
Nebenströme auch nach andern Gegenden ihren Lauf: nach
Ungarn, Polen, Ost- und Südrußland, dem Kaukasus, Ru-
mänien, der Dobrudscha und Südspanien — nach Südbrasilien,
Uruguay, Patagonien, Südchile, Peru und Venezuela — nach
Algerien, Kaffrarien und Natal — nach Südaustralien und
Neuseeland — ja sogar nach Lappland und Palästina! Und

doch wurde mit allen diesen Auswandererströmen nirgendwo ein nationales Ziel erreicht, und nirgendwo haben dieselben ein selbständiges nationales Staatswesen begründen können! Die deutsche Auswanderung bereicherte und kräftigte fortwährend nur andere Völker, während das unsere keinerlei Ersatz für die verlorenen volkswirthschaftlichen Kräfte erhielt.

An ein dauerndes Anhalten der augenblicklichen Herabminderung unserer Auswanderung ist nicht zu denken, infolge des fortwährenden Wachsthums unserer Volkszahl.

Nach den statistischen Daten des letzten halben Jahrzehnts spricht sich das gegenwärtige (freilich von Jahr zu Jahr wesentlichen Schwankungen unterworfene) Verhältniß der alljährlichen Bevölkerungszunahme verschiedener größerer Staaten in folgenden Durchschnittsziffern aus:

	Auf je 10000 Menschen Ueberzahl der Geburten über die Todesfälle	Also bei einer Gesammtbevölkerung von	Dies gibt einen jährlichen Volkszuwachs von durchschnittlich
in den Nordamerikanischen Freistaaten	280	(1877) 42,000000	1,176000
in Großbritannien	139	(1877) 33,805419	469895
in dem Deutschen Reiche	118*)	(1875) 42,730070	504214
in der Russischen Monarchie	75	(1878) 94,000000	705000
in Italien	63	(1876) 27,769475	174947
in Oesterreich-Ungarn	57	(1876) 37,350000	212895
in Frankreich	54	(1876) 36,905788	199291
in Spanien	25	(1870) 16,835503	42088

*) In den vier Jahren von 1871—75 betrug im Deutschen Reiche der Jahresüberschuß der Geborenen über die Gestorbenen:

	auf je 10000 Einwohner			also Gesammtzunahme der Bevölkerung
	Geborene	Gestorbene	Ueberschuß	(ohne Berücksichtigung der Auswanderung)
1872	410	305	105	431305
1873	411	298	103	473824
1874	416	283	133	561044
1875	423	293	130	552019

Die Bevölkerung des Deutschen Reiches stieg in den vier Jahren von 1871—75 von 41,058792 auf 42,757812 Köpfe, diejenige der Provinzen, welche bis 1866 die preußische Monarchie bildeten, von 18,491220 im Jahre 1863 auf 21,183120 im Jahre 1875 (also in 12 Jahren eine Gesammtzunahme von durchschnittlich jährlich 1,20 Procent) und dies trotz der in manchen Provinzen sehr bedeutenden Auswanderung! In einzelnen Landstrichen sogar, wie im Königreich Sachsen, wuchs die Volkszahl jährlich um beinahe zwei Procent, was wol zu einem großen Theile der furchtbaren Zunahme der Proletarierbevölkerung in den großen Industriedistricten zu danken ist, die ihrer unglücklichen Disposition zu frühen Heirathen und überreichlicher Kinderproduction nicht die mindesten Schranken anlegt und daher im Interesse der Zukunft unsers Nationalwohlstandes ganz speciell durch eine organisirte Massenauswanderung regelmäßig verdünnt und gelüftet werden sollte.

So hat sich allein die Bevölkerung des 84⅗ deutsche Quadratmeilen umfassenden Regierungsbezirkes Zwickau von 584707 Köpfen im Jahre 1836 auf 1,032025 im Jahre 1875 vermehrt, also in 39 Jahren um 76½ Procent, und beträgt infolge dessen jetzt 12165 Menschen per Quadratmeile (1836 nur 6892!), in den Schönburg'schen Bezirken sogar 20865 Menschen per Quadratmeile — eine Bevölkerungsdichtigkeit, welche die durchschnittliche Bevölkerungsziffer gleicher Landdistricte in England, Belgien und Italien bedeutend übertrifft und nur auf der übervölkerten Insel Malta, im Ganges-Tieflande und in den östlichsten Provinzen Chinas noch überstiegen wird! Die in den 39 Jahren zugewachsenen 447318 Köpfe gehören aber leider zur ungeheuern Mehrzahl den vermögenslosen Volksklassen an!!

Wie wir ohne eine im größten Stile zu bewerkstelligende Auswanderung unsere fortwährend in so erschreckenden Dimensionen zunehmende Massenarmuth, unsern, namentlich in den großen Städten, in den erzgebirgischen, schlesischen und andern Fabrik- und Industriedistricten immer trauriger um sich greifenden Pauperismus niederhalten und los werden könnten, scheint mir fast eine absolute Unmöglichkeit. Dieses Schreck-

gespenst unserer Zukunft, die fortwährende Ueberfüllung unsers
eng umgrenzten Vaterlandes mit zum Unglück geborenen Ge=
schöpfen ist, wie schon oben erwähnt, das traurige Product
der zu frühen und häufigen Heirathen unserer am Hunger=
knochen nagenden Proletarierbevölkerung. Infolge ihrer über=
mäßigen, durch keine Zurückhaltung beschränkten Kinderpro=
duction vermehrt sich fortwährend die Zahl der Arbeiter in
einem geometrischen Verhältnisse, während die Arbeitskapitalien
und die Ernährungsmöglichkeit nur in einem arithmetischen
zunehmen. Der Arbeitsmarkt wird dadurch immer überfüllt
gehalten und von allen möglichen zufälligen Stockungen fort=
während abhängig gemacht, was einen niedrigen, zur Ernäh=
rung einer Familie vollständig ungenügenden Arbeitslohn und
einen bei jeder politischen Störung sofort eintretenden Arbeits=
mangel zur natürlichen Folge hat. Und aus dieser elenden
und unsichern Lage unsers überfüllten Arbeiterstandes folgen
dann selbstverständlich schlechte Ernährung, Körperschwäche und
Siechthum, Laster und Krankheiten, frühzeitiges Sterben, Im=
moralität und Verbrechen; auch sichert ein solcher materieller
und moralischer Sumpfboden den Giftpflanzen der socialisti=
schen Wühlereien das üppigste Gedeihen, die ja von Jahr zu
Jahr mehr in unserer deutschen Arbeiterbevölkerung Wurzel
fassen (wie deutlich unsere letzten Reichstagswahlen bezeigen),
unsern im Denken ungeübten Proletariern mit ihren chimäri=
schen Hoffnungen die Köpfe verdrehen und auch uns mit künf=
tigen Communeschrecknissen bedrohen. Das bedenkliche Um=
sichgreifen unserer socialistischen Bewegung wird um so ge=
fährlicher, je mehr sie fortwährenden Zuwachs von intelligen=
tern Elementen aus den gebildeten Ständen erhält, die in=
folge der allgemeinen schlechten wirthschaftlichen Lage immer
zahlreicher ihre Reihen verstärken.

Schon im grauen Alterthume sahen fern blickende Denker
diese Gefahren einer zukünftigen Uebervölkerung voraus. Plato
wünschte eine Regulirung der Vermehrung der Bürger durch
den Staat und eine Verhinderung von deren übermäßiger
Zunahme; namentlich hielt er die Tödtung aller schwächlichen
und kränklichen Kinder für geboten!! Aristoteles verlangte,

daß die Obrigkeit die Zahl der für eine Familie gestatteten
Kinder feststellen und die Männer nicht vor dem 37., die
Mädchen nicht vor dem 18. Jahre eine Ehe eingehen lassen
sollte! Er meinte, Armuth, Verbrechen und Empörungen würden nothwendig daraus resultiren, wenn jeder Bürger so viele
Kinder in die Welt setzen dürfte als ihm beliebte. Die bei
den Chinesen übliche massenhafte Aussetzung oder Vernichtung
von überzähligen Kindern, das Ertränken der neugeborenen
Töchter in den großen Strömen — das fortwährende Verkaufen ihrer Töchter seitens der Bergvölker des Kaukasus —
die allgemeine Sitte des Vorbeugens der Kinderproduction
unter den Inselvölkern Oceaniens u. s. w. zeigen zwar, einen
wie hohen Werth jene Völker auf eine im richtigen Verhältnisse zu ihrem Landesumfange bleibende, beschränkte Bevölkerungsziffer legen, können sich aber natürlich nicht unsern christ-
lich-humanen Anschauungen zur Nachahmung empfehlen. Wir
müssen daher nach andern Mitteln suchen, um die großen Gefahren der Uebervölkerung von uns abzuwenden.

Zunächst steigt gegenüber der immer fortschreitenden un-
verhältnißmäßigen Zunahme der Proletarierbevölkerung unserer
Fabrikdistricte mit jedem Jahre die gebieterische Anforderung,
den Erzeugnissen der deutschen Industrie durch auswärtigen
Handel neue Märkte zu eröffnen. Leider hat sich in neuester
Zeit das zweifellose Factum herausgestellt, daß die deutsche
Arbeit nur noch schwer mit der englischen, französischen und
amerikanischen concurriren kann. Es ist daher von doppelter
Wichtigkeit, nach Mitteln zu suchen, um den verstopften Ka-
nälen des deutschen Handelsabsatzes nach außen Luft zu machen.
Und eins der besten Mittel würde ganz bestimmt die möglichste
Centralisirung der deutschen Massenauswanderung nach eige-
nen neu zu begründenden Colonien sein!

Der Staat, oder die Gemeinden, oder vom Staate ins
Leben zu rufende und zu begünstigende große Auswanderungsgesellschaften müßten eine Auswanderung in großem Maßstabe
namentlich unserer ärmsten Bevölkerungsklassen in Gang zu
bringen suchen, und dieselbe nach Gegenden dirigiren, wo die
Bedingungen gegeben sind, daß sie für die Zukunft dort den

Grund zu neuen, nationaldeutschen Staatenbildungen legen könnten.

Nur eine in großem Maßstabe organisirte Auswanderung wird unsern übervölkerten und vom Pauperismus bedrohten Staaten eine wesentliche Erleichterung schaffen können, denn eine nur in gewöhnlichem Verhältnisse stattfindende Auswanderung ist, wie mit Recht bemerkt worden, als Heilmittel gegen Uebervölkerung und Arbeitsmangel nicht viel anders, als wenn man gegen eine lebensgefährliche Lungenentzündung ein kleines Schröpfköpfchen verordnen wollte.

Was eine richtig in Gang gebrachte Massenauswanderung in großen Verhältnissen leisten kann, zeigt glänzend das Beispiel Irlands, dessen zu einem großen Theile gänzlich verarmte Bevölkerung von 8,175000 Köpfen im Jahre 1841 auf 5,297732 im Jahre 1875 herabgemindert worden ist, und dies hauptsächlich durch Auswanderung! (Im Zusammenhange mit dieser Massenauswanderung sank die Zahl der brotlosen Armen in Irland

von 620700 im Jahre 1849
auf 209200   »   »   1851
 » 106300   »   »   1854
 »   45000   »   »   1860

und ist erst neuerdings wieder auf 81000 gestiegen.)

Freilich kann niemand dem Staate zumuthen, die großen Kosten für die Expatriirung einer ganzen Bevölkerungsklasse zu tragen, d. h. den im Vaterlande zurückbleibenden Bürgern aufzubürden, wenn ihm daraus absolut keine Gegenleistung erwächst und wenn ihm die dafür vorgeschossenen Ausgaben nicht wenigstens in einer spätern Zeit zurückvergütet werden können. Da nun Staatscolonien, oder wenigstens unter dem Schutze und der Unterstützung des Staates stehende Privatcolonien eine solche Rückvergütung, zwar nicht sofort, aber doch später, nach einer Generation, sicher gewähren würden, so sollte sich unbedingt das Deutsche Reich die Möglichkeit der Anlegung von unmittelbaren oder mittelbaren Reichscolonien offen erhalten und jede günstige Gelegenheit benutzen, um sich die später benöthigten Territorien schon im voraus zu sichern und nicht auch den letzten noch disponibeln Rest derselben ausschließlich fremden Völkern zu überlassen.

Noch liegen in Südamerika endlose menschenleere Territorien offen, die unserm Volke als Erbtheil zufallen könnten, wenn mit dem Ankaufe großer Landstrecken durch das Reich oder durch große, von demselben begünstigte und geschützte Colonisationsgesellschaften nun nicht länger mehr gezögert würde.

Die argentinische Republik, Uruguay, Paraguay, Bolivia und Patagonien — dieser ganze ungeheuere Flächenraum von 70000 Quadratmeilen, in dessen reichen, fruchtbaren Ländereien heute nur 5 Millionen Menschen von hauptsächlich romanischer und indianischer Rasse leben, könnten und sollten endlich zur Aufnahme eines anhaltenden und hinreichend starken deutschen Einwandererstromes verwendet werden, woraus sich dort allmählich ein Neudeutschland ganz von selbst begründen würde. Wenn nur die Auswanderung dahin erst einigermaßen in Fluß kommen könnte, so würde eine jährliche Einwanderung von 100—150000 Deutschen schon in 30—40 Jahren diese sämmtlichen Länder zu vorwiegend deutschen Staaten machen und dann bei der in neuen Ländern regelmäßig constatirten so großen Fruchtbarkeit der germanischen Ehen deren deutsche Bevölkerung sich ebenso rasch vervielfältigen wie die weiße Bevölkerung der Vereinigten Staaten von Nordamerika. Die republikanische Staatsform begünstigt schon an und für sich mehr wie jede andere den allmählichen Uebergang eines Staates von einer Nationalität zu der andern, und die hispanoamerikanischen Republiken würden nach und nach ganz unmerklich sich zu germanischen Freistaaten umwandeln, indem in den einzelnen Districten, nach dem Verhältnisse, in dem sie sich überwiegend mit der neuen deutschen Bevölkerung anfüllen, mit fortschreitender Zeit die durch Volksstimme gewählten Beamten immer mehr dem deutschen Bevölkerungselement entnommen werden würden, bis zuletzt bei endlich eintretender allgemeiner Majorität der deutschen Einwohnerschaft auch der Präsident und die obersten Staatsbeamten aus derselben gewählt werden, die Armee und Polizei eine deutsche

und die deutsche Sprache zur Amtssprache des Staates erhoben
werden würden.

Dieses günstige Verhältniß könnte schon heute erlangt sein,
wenn der phlegmatische und paralysirte deutsche Bundestag die
Macht und den Willen gehabt hätte, bereits vor 25 Jahren
sich ein wenig mit der Frage der deutschen Massenauswanderung zu befassen und die möglichste Centralisirung derselben
in seine Hand zu nehmen. Ein paar Millionen Deutsche
könnten dann jetzt schon an dem königlichen La-Plata-Strome
wohnen und dessen mächtige Wasserbahn heute zu einem „südamerikanischen Rhein", die Städte Montevideo und Buenos-
Ayres zu prächtigen deutschen Kriegshäfen geworden sein!
Und einmal nach dieser Seite hin abgelenkt (was namentlich
zur Zeit des nordamerikanischen Bürgerkrieges doch so leicht
gewesen wäre!), würde der Hauptzweig des deutschen Aus-
wanderungsstromes fortan diese Richtung beibehalten haben
und mit jedem Jahrzehnt mächtiger angeschwollen sein.

Aber noch heute ist es nicht zu spät! Sagte nicht Fürst
Bismarck im Reichstage das schlagende Wort: „Meine Herren!
helfen Sie nur Deutschland erst in den Sattel! reiten wird
es schon können!" Gleicherweise möchte auch ich ausrufen:
Macht nur erst den ernstlichen Versuch und pflanzt in den
fruchtbaren Boden Südamerikas einige junge gesunde Ableger
der deutschen Eiche hinüber! Wurzel fassen werden sie
schon! darüber seid ohne Sorgen, und dann werden sie
wachsen und sich durch Samen fortwährend vervielfältigen;
aus den kleinen Anfängen werden allmählich ganz von selbst
kräftige volkreiche Colonien, und aus der Vereinigung der
letztern in spätern Jahrzehnten eine Gruppe von Freistaaten
hervorwachsen, welche letztern dann mit der Zeit sich zu den
„Vereinigten deutschen Staaten von Südamerika" fortent-
wickeln würden, gerade wie in Nordamerika der heutige Riese
der angelsächsischen Vereinigten Staaten auch nur erst allmählich aus solchen kleinen Anfängen emporgewachsen ist!

Der ungeheuere Vorzug Südamerikas vor Nordamerika
besteht für die deutsche Massenauswanderung darin, daß infolge
seiner größern Weichheit und geringern Widerstandsfähigkeit

das deutsche Element der großen angelsächsischen Majorität
und dem härtern und energischern englischen Volkselement in
Nordamerika fortwährend unterliegen und in ihm aufgehen
wird, und also an die Gründung eines nationaldeutschen
Staatswesens dort niemals mehr zu denken ist, während
in Südamerika der deutsche Volksthpus dem spanisch-amerika-
nischen an Bildung, Kraft und Zähigkeit gerade so überlegen
ist wie der angloamerikanische dem deutschen. Aus diesem
Grunde ist eine Entnationalisirung der deutschen Colonien in
Südamerika nie zu erwarten, solange nur einigermaßen ihr
numerisches Bevölkerungsverhältniß ein respectirliches bleibt.
Und außerdem würde der Anlage nationaldeutscher Colonien
in Südamerika noch der gewaltige Vortheil zugute kommen,
daß hier keine englische oder amerikanische Eifersucht und Con-
currenzbefürchtung ihnen so bedeutende Schwierigkeiten in den
Weg zu legen suchen wird, wie dies allerdings wenigstens
seitens Englands in Südafrika zu erwarten gewesen wäre,
seit die Idee eines „britischen Afrika von Kapstadt bis zum
Nil" in den Köpfen englischer Staatsmänner zur Reife gekommen ist.

Die Regierungen der südamerikanischen Freistaaten haben
sich in letzter Zeit größtentheils sehr freundlich der deutschen
Einwanderung gegenübergestellt. Namentlich Bolivia ist vor-
angegangen, indem es den Einwanderern funfzigjährige Steuerfreiheit und andere Vortheile zugesichert hat. Wie rasch bei
Gewährung solcher Vortheile größere Ackerbaucolonien empor-
blühen können, das haben z. B. die deutschen Colonien an
der Wolga und in Südrußland gezeigt. Dieselben wurden
in ihren ersten Anfängen nun gerade vor 100 Jahren gegründet, erfreuten sich jedoch diese ganze Zeit über einer beinahe vollständigen Steuerfreiheit sowie auch der Militärfrei-
heit. Die Folge davon war ein so rasches Aufblühen derselben, daß sich ihre Bevölkerung heute durch innern Familienzuwachs (eine Folge der unter so günstigen Verhältnissen sehr
allgemeinen frühen Heirathen und kinderreichen Ehen!) sich
bereits auf 488480 Köpfe vermehrt hat (davon 263084 an
der Wolga, 74975 in der Krim und 150421 in Bessarabien

und dem Gouvernement Cherson). Als in den Jahren 1873, 1874 und 1875 infolge anhaltender Misernten die große Hungersnoth im Gouvernement Samara wüthete, infolge deren die in der Nachbarschaft der deutschen Colonien wohnenden Nationalrussen wie Fliegen dahinstarben, hatten die deutschen Colonisten sämmtlich vollauf zu essen, da sie weislich ausgedehnte Kartoffelpflanzungen cultivirt hatten, die von der Calamität der Getreidefelder frei geblieben waren. Wenn trotz ihrer günstigen Lage heute ein Theil der deutschen Bauern an der Wolga an Auswanderung nach Brasilien denkt, so ist daran nur der Umstand schuld, daß ihnen die neue Militärpflicht nicht behagt, und überhaupt es ihnen nicht angenehm ist, daß ihnen das rasch vorschreitende russische Element in ihrer unmittelbaren Nachbarschaft bald über den Kopf zu wachsen droht.

Sind nun auch diese deutschen Colonien in Rußland für das deutsche Mutterland ein vollständig verlorener Posten, so zeigen sie doch, wie fröhlich Ackerbaucolonien unter geeigneten Verhältnissen gedeihen können, wenn ihnen nur vernünftigerweise der Weg geebnet und ihrer Selbstentwickelung und ihrem natürlichen Wachsthumstriebe schädliche Störungen beseitigt werden. Ganz das gleiche günstige Resultat zeigt uns ja auch die große deutsche Farmerbevölkerung in den westlichen Staaten der Nordamerikanischen Union. Warum sollten denn in Südamerika deutsche Ackerbaucolonien weniger gut fortkommen als an der Wolga und in den nordamerikanischen Prairien? Alle Hauptbedingungen zum Aufblühen solcher Colonien sind ja in Südamerika in reicher Fülle gegeben! Der Boden ist größtentheils fruchtbar und geeignet zur Cultur der werthvollsten Naturproducte — das Klima ist gesund — ein prächtiges System von schiffbaren Flüssen erleichtert außerordentlich Verkehr, Handel und Industrie — derselbe Umstand stellt eine leichte Verbindung mit dem Meere her, woraus wieder einerseits eine mühelose Communication mit dem deutschen Mutterlande und andererseits die Ermöglichung eines directen deutschen Schutzes resultiren. Der spätern Expansion der Colonien nach Norden, Osten und Süden sind

kaum Grenzen gesetzt, und dieselben würden mit der Nachkommenschaft ihrer ersten Bevölkerung und dem fortwährenden neuen Zuflusse aus der Heimat allmählich den größten
Theil von Südamerika überfluten, da ihren immer anschwel-
lenden Massen die eingeborene, sich viel weniger rasch ver-
vielfältigende Bevölkerung keinen dauernden Widerstand entgegensetzen könnte. Es würde sich jetzt für den Anfang nur
darum handeln, den in den neuen Boden überpflanzten jungen
Stämmen einige Jahrzehnte hindurch den directen Schutz des
Mutterlandes zukommen zu lassen. Dieser Zweck könnte leicht
durch abzuschließende Staatsverträge erreicht werden, deren
treues Innehalten von seiten der betreffenden Regierungen
dann durch an der Ostküste stationirte oder wenigstens zeitweilig hingesendete deutsche Kriegsschiffe leicht controlirt und
eventuell in Nothfalle durchgesetzt werden könnte.*) Auf diese
Weise würden den jungen Colonien in Südamerika dieselben
Vortheile des staatlichen Schutzes gesichert, welche die deutschen
Niederlassungen in Rußland durch die Gunst ihrer neuen
Regierung, diejenigen in den Vereinigten Staaten von Nordamerika durch die freiheitliche Organisation des ganzen Staatswesens so dauernd genossen haben.

Wer möchte daran zweifeln, daß unter solchen Verhältnissen dann die neuangelegten deutschen Colonien in Südamerika rasch und mächtig aufblühen würden und aus unserm

---

*) Die Unsicherheit für Leben und Eigenthum, die bis heute in den
Staaten der Argentinischen Conföderation herrschte, ist daran schuld, daß
die Einwanderung in den letzten Jahren nur eine sehr beschränkte gewesen ist. Es betrug in den Jahren

	die Einwanderung in die La-Plata-Staaten	die Auswanderung aus den La-Plata-Staaten nach andern südamerikanischen Staaten
1872	37073	9153
1873	76332	18236
1874	68277	21340
1875	24066	21578
1876	30965	13487
Summa	236713	83794

jedes Jahr sich mehr und mehr mit Proletariern überfüllen=
den Vaterlande fortdauernd Hunderttausende dieser immer ge=
fährlicher werdenden und den socialistischen Weltumstürzlern so
leicht zur Beute fallenden Armenbevölkerung aufnehmen könn=
ten, zum Segen der zurückbleibenden Bevölkerung wie zur
Gründung ihres eigenen Glückes!

Alle deutschen Gemeinden könnten regelmäßig ihren Armen=
zuwachs, sei es ganz auf Gemeindekosten, sei es mit Staats=
unterstützung glücklich los werden und in die Colonien absen=
den, wenn durch große Colonisationsvereine nach Art der eng=
lischen eine Organisation ins Leben gerufen würde, welche
den Gemeinden wie dem Staate, nach dem Princip der Er=
theilung von Vorschüssen an die Auswandernden, eine spätere
allmähliche Wiedererstattung der für den Ankauf der Ländereien
und für den Transport und die erste Einrichtung der Aus=
wanderer aufgelaufenen, allerdings beträchtlichen Unkosten er=
möglichen würde.

Die Engländer verstehen die Organisation solcher, auf dem
sogenannten Self supporting principle beruhenden Auswan=
derungsgesellschaften meisterhaft und wir brauchen daher nur
einfach bei ihnen in die Schule zu gehen. Wir würden dann
bei künftigen Unternehmungen wahrscheinlich die großen Fehler
vermeiden, welche an dem Scheitern so vieler bisherigen deut=
schen Colonialprojecte schuld waren. Vor allem darf wol
sicher erwartet werden, daß bei dem alljährlichen Stärkerwer=
den der deutschen Kriegsflotte und der ganzen unvergleichlich
kräftigern Politik des neuen Deutschen Reiches künftigen deut=
schen Colonienanlagen der Schutz des Mutterlandes in ganz
anderer Weise zugewendet werden wird, als es zur Zeit des
flottenlosen Deutschen Bundes mit seinem ohnmächtigen und
an Händen und Füßen gebundenen Bundestage der Fall sein
konnte!

Nachdem die englische Auswanderung durch die intelligente
und active Organisation von solchen großen Privatgesellschaf=
ten so sehr erleichtert und befördert worden ist, sollte diese
letztere bei uns Nachahmung finden und würde für Deutsch=
land sicher ähnliche günstige Resultate liefern. Schon John

Stuart Mill sagt in seinen berühmten 1848 erschienenen und seitdem sieben Auflagen erlebt habenden „Principles of political economy", daß eins der productivsten Geschäfte, die es gibt, die gemeinschaftliche Uebersiedelung von Kapitalien und Arbeitern nach einer jungen Colonie ist. Es muß schon sehr schlecht gewirthschaftet und gewaltig große Fehler müssen gemacht werden, wenn man nicht von der außerordentlichen Productivität eines solchen Unternehmens die Mittel gewinnen kann, um dessen anfängliche Kosten baldigst zu decken.

In den letzten 50 Jahren sind nicht weniger als 8,300000 Menschen aus Großbritannien ausgewandert, im Jahre 1872 allein 225000! Die größere Hälfte derselben wendete sich freilich den Vereinigten Staaten zu, und nur die kleinere den englischen Colonien. Ein ansehnlicher Theil der letztern bestand aus armen Arbeitern, die von den großen Auswanderungsgesellschaften unter Vorschuß der Reise- und Einrichtungskosten befördert wurden, zum großen Vortheile des Mutterlandes, der Colonien und ihrer Personen selbst. Einige der größern Auswanderungsgesellschaften, welche in so nützlicher Weise die überflüssigen Säfte des übervölkerten alten Landes nach neuen jungen und menschenbedürftigen Tochterländern ableiten, sind die folgenden:

Die „Londoner Gesellschaft zur Beförderung der Colonisation", die „Gesellschaft für Darlehen an auswandernde Familien" (Family colonisation loan Society), die „Gesellschaft für Frauenauswanderung", die „Gesellschaft für Auswanderung nach Canada", die „Allgemeine Auswanderungs- und Colonisationscompagnie", und eine Menge kleinerer, nur für bestimmte Colonien bestehender Gesellschaften.

Das Princip der meisten dieser Gesellschaften beruht auf einmaligem Vorschuß und allmählicher Wiedererstattung der Auswanderungskosten seitens der Emigrirten. Die Gesellschaft kauft zuerst zu möglichst billigen Preisen hinreichend große Territorien an, die sie dann den auswandernden Armen in einzelnen kleinen Abschnitten zur Bearbeitung übergibt. In einigen Jahren ist das für den Passagepreis und die ersten

Einrichtungskosten vorgeschossene Kapital vom Auswanderer
abbezahlt und der Einkaufspreis des Landes durch den infolge
der Bearbeitung stetig steigenden Werth desselben zurücker-
stattet.

Die Gesellschaften haben in allen großen Städten Großbritanniens ihre thätigen Agenten und tragen mächtig dazu
bei, das Land fortdauernd und nachhaltig seines Ueberflusses
an Proletariern zu entledigen, die beim Verbleiben und bei
steter Vermehrung ihrer Familien vom Staate beschäftigt und
unterstützt werden müßten und demselben zu Zeiten von Ar-
beitsstockung oder Revolution zur größten Gefahr gereichen
würden. Vielen Hunderttausenden von besitzlosen Arbeitern
haben diese für Canada, Neuschottland, Neubraunschweig,
Australien und Neuseeland gebildeten Auswanderungsgesellschaften zu Grundbesitz verholfen und sie ihrem heimatlichen
Elende entrissen, während andere Hunderttausende, Männer
wie Frauen, durch dieselben als Dienstboten nach den Colonien unentgeltlich übergeführt worden sind, wo sie dann ihr
gutes und reichliches Brot gefunden haben.

Nun wahrlich, bei uns thäte es auch noth, daß endlich
ähnliche große, mit hinreichendem Kapitale ausgerüstete Gesellschaften gegründet würden, denen dann natürlich vom Reiche
alle nur mögliche Unterstützung geleistet werden sollte. Ist
gleich die Zeit vorüber, wo in Südamerika günstige Territorien in der Größe von europäischen Königreichen noch zu
1 Mark per Morgen gekauft werden konnten, so würde es
immerhin für mit gehörigen Kapitalien versehene Compagnien
auch jetzt noch thunlich sein, ohne zu große Ausgaben weite,
fruchtbare Landstrecken an schiffbaren Flüssen zu erwerben, worauf
mit der Zeit viele Hunderttausende von deutschen Proletariern
angesiedelt werden und ihr Brot finden könnten. Es würde
dann Luft werden in dem erstickenden Gedränge unserer In-
dustriebezirke und der Armenviertel unserer großen Städte,
wo infolge der stets zunehmenden Uebervölkerung und der immer häufiger auftretenden Arbeitsstockungen die Unzufriedenheit mit den staatlichen und gesellschaftlichen Einrichtungen
von Jahr zu Jahr wächst und die socialistische Revolution,

unaufhörlich geschürt durch erhitzte Köpfe und rücksichtslose
fanatische Winkelblätter, immer drohender ihr Schlangenhaupt
erhebt. Wenn der Staat durch Begünstigung solcher großen
Auswanderungs= und Colonisationsgesellschaften allen den Ge=
meinden, die an Ueberfluß von Armen leiden, es ermöglichte
und erleichterte, auf solche Art nach und nach von diesen
krankhaften Parasiten unsers staatlichen und gesellschaftlichen
Organismus befreit zu werden, so würde einerseits großen
politischen Revolutionsgefahren der Zukunft wirksam vorge=
beugt werden und andererseits der schöne Traum der Grün=
dung eines neuen Deutschlands jenseit des Meeres allmählich
sicher seiner Verwirklichung entgegenreifen. Denn aus den
übergeführten, unzufriedenen und hungernden Proletariern
würden drüben mit der Zeit gutgenährte, wohlbehäbige und
zufriedene deutsche Bauern werden mit kinderreichen Familien;
nach und nach würden sich immer dichtere und dichtere Schich=
ten deutschen Volkselementes in jenen hispano=amerikanischen
Republiken ablagern, denen zuletzt bei allmählich eintretendem
numerischen Uebergewichte (und wahrscheinlich gezeitigt durch
schrittweise in Gang kommenden Zufluß auch intelligenterer
deutscher Elemente) auch die politische Herrschaft über dieselben
naturgemäß zufallen würde.

Recapituliren wir also nach diesem noch einmal in kurzer
Uebersicht die gebieterischen Gründe, die eine endliche Organi=
sirung der deutschen Massenauswanderung und ihre Centrali=
sirung nach eigenen deutschen Colonien nothwendig machen.

Der erste Hauptgrund ist die unaufhaltsam vorwärts
schreitende Uebervölkerung des Deutschen Reiches. Die Mittel
zur Ernährung halten mit der zunehmenden Bevölkerung nicht
gleichen Schritt. Das Misverhältniß zwischen der Zahl der
Besitzenden und der Besitzlosen steigt mit jedem Jahre. Das
Gleichgewicht zwischen Production und Consumtion wird im=
mer mehr gestört, die Ernährungsmöglichkeit unsers Arbeiter=
standes von allerhand zufälligen Einflüssen abhängig. Der
Mangel an ausländischen Märkten für deutsche Arbeit wird
immer fühlbarer, die Concurrenz mit englischer, amerikanischer,
französischer·Arbeit für uns immer schwieriger. Je mehr aber

unsere Bevölkerung wächst, desto weniger kann sie ihr Brot
durch den heimischen Ackerbau allein finden, sondern muß sich
der Industrie zuwenden. Werden nicht sowol für den alljährlichen so ungeheuern Bevölkerungszuwachs wie für die
Ueberproduction der deutschen Arbeit regelmäßige weite
Abzugskanäle geschaffen, so treiben wir mit Riesenschritten
einer socialistischen Revolution entgegen, die dem National-
wohlstande auf lange Zeit die tiefsten Wunden schlagen und
blutige Aufstände und Bürgerkrieg durch ganz Deutschland
verbreiten wird.

Um dem deutschen Staatsorganismus eine gesunde Blutcirculation zurückzuführen und die Auswanderung als Sicher-
heitsventil für alle die bösen Dämpfe und Gase wirken zu
lassen, die den Mechanismus unserer Staaten mit Zersprengen
bedrohen, müßten alljährlich wenigstens 200000, noch
besser 300000 Menschen auswandern, denn unser Bevölkerungszuwachs beträgt ja jährlich eine halbe Million!
Und zwar müßte die ungeheuere Mehrzahl dieser Auswanderer
aus unsern Proletariern gebildet werden!

Die Kosten, um 100000 Menschen über das Meer zu
führen und dort mit den ersten Einrichtungsgegenständen zu
versehen, würden nicht unter 30 Millionen, die für 200000
nicht unter 60 Millionen Mark betragen, wozu dann noch die
Kosten des Ankaufs der nöthigen Territorien kommen würden.
Eine ungeheuer erscheinende Summe! Gewiß, aber sind nicht
viel größere Summen für viel geringere Zwecke aufgeopfert
worden? Handelt es sich denn hier nicht um einen Act der
Selbstrettung, dem Vorbeugen blutiger Revolutionen, die uns
in Zukunft mit mathematischer Sicherheit bevorstehen, wenn
ihre Ursache, die unaufhaltsam fortschreitende Ueberfüllung
unsers Landes mit Proletariern, nicht nachdrücklich eingeschränkt
und vermindert wird? Werden diese Revolutionen und
ihre Unterdrückung durch Bajonnete und Kartätschen
nicht viel mehr Geld kosten als jetzt deren Vorbeu-
gung? Und wäre denn das aufgewandte Kapital ein verlorenes?
Nimmermehr, es wäre vielmehr eine der besten Kapitalanlagen von der Welt und nur ein Vorschuß seitens der

deutschen Nation an ihre auswandernden Kinder, der mit der Zeit die reichsten Zinsen tragen und den Nationalwohlstand des zurückbleibenden Theiles des deutschen Volkes durch die bleibende Verbindung mit seinen neuen Colonien, den sich bildenden deutschen Tochterstaaten, dauernd bereichern würde.

Der zweite Hauptgrund für die Centralisirung der deutschen Massenauswanderung nach eigenen Colonien ist die Wünschenswürdigkeit der Verbreitung der deutschen Nationalität.

Es überläuft mich immer ganz heiß, wenn ich Zeuge des namenlosen Stumpfsinns bin, womit so viele selbst der gelehrtesten Leute der bisherigen jammervollen, kopflosen Verzettelung und Zerstreuung der deutschen Auswanderer zusehen, gerade als müßte es so und könnte es gar nicht anders sein; wie es ihnen so vollständig gleichgültig ist, daß alle diese reichen Lebenselemente der Zukunft, diese Ströme lebendigen deutschen Menschenblutes, immer und immer nur dem Riesenmagen eines fremden Staatsorganismus zuströmen und dessen Nationalvermögen und Nationalkraft alljährlich so immens bereichern!

Was soll ich dazu sagen, wenn ich z. B. in dem im Verlage des Bibliographischen Instituts zu Leipzig neu erschienenen Meyer'schen „Conversations-Lexikon" in Band 10 (von 1877) unter dem Artikel „Colonien" (S. 157) lese, wie folgt:

„Die Machtentfaltung des Deutschen Reiches seit 1866 gestattete ihm endlich die Begründung einer imponirenden Seemacht, und seitdem sind patriotische Wünsche vielfach laut geworden, welche nun auch die Begründung deutscher Colonien fordern. Diese Wünsche müssen als anachronistisch und träumerisch mit allem Nachdruck zurückgewiesen werden. Seitdem die colonisirenden Staaten gezwungen wurden, ihre Colonien freier zu stellen, seitdem uns der Handelsverkehr mit fremden Colonien offen steht, wie dem Mutterlande derselben, sind die volkswirthschaftlichen Nachtheile beseitigt, unter denen wir litten, als wir von dem Verkehr mit der Neuen Welt ausgeschlossen waren.

Andererseits würde die Verwaltung, Bewahrung und Beschützung von Colonien einen Kraftaufwand erfordern,
welchem ein entsprechender Vortheil nicht gegenübersteht.
Selbst die Begründung einer Flottenstation, für welche
man vielfach die Insel Formosa vorgeschlagen hat, ist
als kostspielig zu widerrathen. Die Aufgabe jedes Staates
und so auch des Deutschen Reiches ist, seine innern Verhältnisse möglichst befriedigend zu ordnen. Außerhalb
unserer Grenzen wollen wir nichts suchen als Frieden
und einen möglichst ungehemmten Verkehr."

Wo bleibt bei allen den philiströsen Reflexionen dieses
weisen Salomo der patriotische Standpunkt? Ist es denn
so ganz einerlei, ob unser nationaldeutsches Volkselement gegenüber dem unaufhaltsamen Wachsthum der fort und fort um
sich greifenden und allmählich die ganze Welt mit eisernen
Armen umspannenden angelsächsischen und russischen Nationen
immer nur auf derselben Stufe der Vergangenheit stehen bleibt?
Kann und wird denn unser Deutsches Reich in ungeschwächtem
Maße seine Macht und seine Geltung in der Welt behalten,
wenn die Angelsachsen und Russen ohne Aufhören ihre Volkszahl verdoppeln und verdoppeln, während die Zahl der Unterthanen des Deutschen Reiches, des engen Raumes wegen,
worin sie heute eingepfercht und eingestopft sind, nie einer
annähernd gleichbedeutenden Zunahme fähig ist, da Massenauswanderung das fortwährend zuwachsende Zuviel der deutschen Bevölkerung continuirlich nach nichtdeutschen Ländern
abführen wird?

Immer haben solche principielle Gegner deutscher Colonien in kurzsichtigster Weise nur das persönliche Gedeihen
der Individuen im Auge, niemals die Stellung der deutschen Nation als ebenbürtiger Schwester unter den
übrigen Nationen! Könnte und sollte das deutsche Volk
nicht ebenso eine weit gebietende und über endlose Territorien
herrschende Königin unter den Nationen sein wie die englische,
die amerikanische, die russische?

Was würde heute unser teutonisches Brudervolk, das
holländische, sein, wenn es zwei Jahrhunderte lang eine

politische Macht wie das heutige Deutschland mit seinen 43 Millionen Menschen hinter sich gehabt hätte? Troh ihrer ärmlichen Volkszahl von nur ein paar Millionen besaßen die Holländer einst den heutigen Staat Neuyork, ganz Guyana, Brasilien, einen Theil Ostindiens und die Insel Ceylon, den ganzen Ostindischen und einen Theil des Westindischen Archipels, Neuholland, Vandiemensland und Neuseeland, Südafrika, Mauritius und viele Inseln in den Oceanen, ja sogar im Eismeere auf Spitzbergen und Nowaja=Semlja gründeten sie periodische Niederlassungen! Der Mangel einer gehörigen Bevölkerungs= zahl, um alle diese Colonien hinreichend mit holländischen Colo= nisten versehen und vertheidigen zu können, hatte zur Folge, daß dieselben nach und nach größtentheils in fremde Hände fielen. Dieser niederdeutsche Volksstamm, der eine Zeit lang der eben= bürtige Nebenbuhler Britanniens um die Herrschaft der Meere war und dessen kühne Admirale die Themse hinaufsegelten und Chatham verbrannten, konnte seine große politische Rolle haupt= sächlich deshalb nicht fortspielen, weil ihm die enge Verbin= dung mit seiner Mutter, dem Deutschen Reiche, fehlte und auch dieses noch überdies zu jenen Zeiten sich in einer so traurigen Verfassung und Zerrissenheit befand.

Aber die kurze Geschichte seiner überseeischen Colonien und Eroberungen (von deren einst so ungeheuerm Umfange ihm ja auch heute noch ein Colonialreich von 22 Millionen Unter= thanen übriggeblieben ist) zeigt hinreichend, wie ebenbürtig das teutonische Element dem angelsächsischen ist und daß ebenso leicht aus deutschen Elementen ein Weltreich hätte zusammen= geschmiedet werden können als wie aus angelsächsischen und slawisch=russischen. Statt daß die deutsche Nation ihre Kinder immer nur als dienende Elemente fremden Staaten zusendet und die letztern dadurch fortdauernd reicher und mächtiger macht, würde es denn nicht besser und vernünftiger sein, endlich einmal den Grund zu einer überseei= schen deutschen Herren=Nation zu legen, die auf der südlichen Halbkugel deutschen Ruhm und Ehre fortpflanzen und von der schmählichen und schändlichen Entnationalisirung befreit bleiben würde, der alle bisher ausgewanderten deutschen

Volkselemente rettungslos verfielen? Wäre es nicht patrio-
tisch, danach zu streben, daß die Kinder, welche der mächtige
Stamm des deutschen Volkes gleich dem englischen niemals
unterlassen wird, zahlreicher wie irgendeine andere europäische
Nation in die Welt zu setzen, in Zukunft nicht mehr gezwungen würden, in nothwendiger Massenemigration immer nur
fremden Staaten dienend zuzuwandern, den ehrbaren deutschen Namen zu wechseln und sich einer fremden Nationalität,
fremden Sprachen und Sitten unterzuordnen?

Die drei Mächte, welche die Kraft und die Lust in sich
fühlen, untereinander den Erdball zu vertheilen, die Briten,
Nordamerikaner und Russen glauben jede an einen ihr von
der Natur zugewiesenen, handgreiflichen und offenbaren historischen Beruf, für den die Angelsachsen das sehr passende
Wort „Manifest destiny" ersonnen haben. So schwärmt
der Brite jetzt, ungeachtet seines schon so kolossalen Weltreiches mit seinen 284 Millionen Unterthanen, daneben immer
noch für ein „Afrika englisch vom Tafelberg bis zum
Nil!" — der Yankee für ein „Ganz Amerika vereinigt unter dem glorreichen Sternenbanner!" —
der Russe für ein „Slawisch-russisches Weltreich vom
Eismeere bis zum Persischen Meerbusen und vom
Bosporus bis zum japanischen Meere"! Wäre es
denn nicht schöner, stolzer und würdiger, wenn auch
der bisher immer phlegmatisch im Winkel gestandene und blöde dem reichen Gabentische der Welt
fern gebliebene Deutsche endlich einmal sich einen
ähnlichen respectirlichen Zukunftsplan ausdächte,
der seinen derben Fäusten und seinem Können angemessen wäre? Wenn er z. B. das stolze Programm auf
seine Fahne schriebe: „Nordamerika gehört den Angelsachsen,
Südamerika soll uns gehören! Ueber ganz Südamerika,
von den Zuflüssen des obern Marañon bis zum Kap Horn,
von den Cordilleren bis zum Atlantischen Ocean soll binnen
einem halben Jahrhundert die deutsche Flagge wehen!"

Unsere großartigen Erfolge in den Jahren 1870 und 1871,
berechtigen sie uns denn nicht, die alte bescheidene, schüchterne

und bedientenhafte Rolle endlich einmal gründlich beiseitezu=
legen, uns kühn und stolz unter die drei Bewerber um die
künftige Weltherrschaft zu mischen und auch unserm, von
seiner jahrhundertelangen Flügellahmheit endlich geheilten
Reichsadler nunmehr am Himmel ein Ziel seines „Manifest
destiny“ zuzuweisen, nach dem er seinen Siegesflug zu rich=
ten hätte? Oder soll der endlich zum Bewußtsein seiner Kraft
erwachte deutsche Aar fortfahren, seine Zeit immer nur damit
zu vergeuden, lüsterne Feinde von seinem engen Käfige weg=
zubeißen?

Noch wäre es nicht zu spät, mit der Uebernahme einer
solchen neuen, der Kraft und den Bedürfnissen unserer Nation
entsprechenden politischen Rolle den Anfang zu machen, wenn
dem deutschen Volke der einzige noch disponible und offene
Welttheil: das reiche und herrliche Südamerika erschlossen
würde! Ziemlich indifferent wäre es dabei für das deutsche
Volk im großen und ganzen, ob die gegenwärtigen isolirten
Staatenbildungen in Südamerika noch lange Zeit formell er=
halten bleiben würden. Es würde sich hauptsächlich nur darum
handeln, diesen heutzutage vorwiegend hispanischen und lusita=
nischen Staatsorganismen allmählich deutsches Blut zu in=
filtriren, und zwar stetig und so lange andauernd, bis nach
und nach das deutsche Volkselement vollständig in der Ma=
jorität sein und die spanischen und portugiesischen Elemente
dann sicher ebenso vortrefflich verdauen und assimiliren würde,
wie die angelsächsische Nationalität mit der Zeit alle übrigen
Stammestypen in Nordamerika in sich aufgenommen und
„amerikanisirt“ hat. Also eine friedliche allmähliche Teutoni=
sirung der südamerikanischen Staaten durch continuirliche und
ununterbrochene deutsche Masseneinwanderung, die sich zunächst
in dem großen Flußgebiete des La=Plata ansammeln und aus=
breiten müßte und dann mit der Zeit schon von selbst weiter
schreiten würde!

Die eingeborene Bevölkerung spanischer und portugiesischer
Rasse könnte sich ruhig eine solche deutsche Masseneinwanderung
gefallen lassen, da ihre productenreichen Länder sich ungleich
rascher entwickeln und im Nationalreichthum, in Cultur und

Wohlstand außerordentlich vorwärts schreiten würden, wenn
ihnen ein stetiger Zufluß energischer europäischer Cultur-
elemente gesichert würde. Denn die südamerikanischen Staaten haben ja das gemein mit den Boerdistricten von Südafrika, daß für sie alle Zuströmung nationaler Volkselemente
aus ihren ehemaligen Mutterländern schon seit langer Zeit
aufgehört hat und sie für die Zunahme ihrer Bevölkerung
nur auf die eigene innere Vermehrungskraft angewiesen sind,
die aber für sich allein nicht ausreichend ist, um den großen
Welttheil, den sie bewohnen, noch zum Nutzen der jetzt lebenden Generation der Cultur zu eröffnen.

Da aber von selbst und aus eigenem Impulse der
deutsche Auswanderungsstrom nicht von seiner bisherigen
Richtung nach Nordamerika abweichen wird, aus den Gründen, die ich auf Seite 357 (Kapitel XXVI) angegeben, so ist
eine solche Ablenkung und Concentrirung unserer Emigration
nach der südlichen Halbkugel nur dann thunlich und ausführbar, wenn die Regierung des Deutschen Reiches die
Initiative ergreift, um zunächst durch Abschluß von Verträgen mit den südamerikanischen Republiken, durch Inslebenrufen und Begünstigung von großen Colonisationsvereinen,
durch Erleichterung des Ankaufes von hinreichenden Territorien
mittels Staatsvorschüssen und durch energischen Schutz seitens
der jederzeit zur Intervention schlagfertig bereit zu haltenden
deutschen Kriegsflotte unsern Auswanderern dort in Südamerika wenigstens dieselben persönlichen Vortheile zu eröffnen und dieselben individuellen Verlockungen vor Augen zu
halten, welche ihnen jetzt die Vereinigten Staaten von Nordamerika so anziehend machen.

Denn von der bloßen Privatinitiative ist in Deutschland
wenig zu hoffen! Infolge von jahrhundertelanger staatlicher
Bevormundung und Mangel an Selfgovernment ist das
große deutsche Publikum in die Gewohnheit einer phlegmatischen Passivität versunken, die, wo es sich um große nationale
Unternehmungen handelt, auf das grellste von der fieberhaften
Unternehmungslust und Selbsthülfepolitik der Angelsachsen
absticht und immer erst auf den Impuls und die Initiative

der Staatsregierung zu warten liebt. Würde aber diese letztere vorangehen und das große Werk anfänglich vorbereitend
in ihre Hand nehmen, so würde die schläfrige große Masse
bald Feuer fangen und sich allmählich für die Gründung deutscher Arbeitercolonien passioniren.

Die einzigen Plätze in Deutschland, wo man unter der
Gesammtheit der Bürger echt angelsächsischen Unterneh-
mungssinn und Initiative findet, dürften wol die Hansestädte,
namentlich Hamburg, sein. Ich bin überzeugt, wenn die
großen hamburger und bremer Kaufherren und Geldmänner
sich für Unternehmungen in der besprochenen Richtung eines
unbedingten und zweifellosen kräftigen Schutzes seitens der
Regierung des Deutschen Reiches versichert halten dürften, so
würde ihre Unternehmungslust und Energie sehr rasch die
Bildung von Auswanderungs- und Colonisationsgesellschaften
in die Hand nehmen und dieselben mit der bekannten Solidität
und Vorsicht, und mit der unbeugsamen Ausdauer durchführen, welche alle hamburger und bremer Unternehmungen aus-
zuzeichnen pflegen und die namentlich in Ostasien, Australien,
Südafrika, Nord- und Südamerika den hanseatischen Kaufleuten ein solches gediegenes Renommée eingebracht haben.

Es werde also nur erst der Anfang einer Colonisation in
größerm Stile gemacht! Der Erfolg wird alle Erwartungen
übertreffen und in wenigen Jahrzehnten werden die neuen
deutschen Colonien in Südamerika eine ungeahnte Bedeutung
erlangen! Schon die kleinen Anfänge, die bisher in Südbrasilien und Südchile mit deutscher Colonisation gemacht
worden sind, lassen für größere Versuche die allergünstigsten
Resultate hoffen.

Mit der Aussprache dieser Hoffnungen schließe ich mein
Buch. Wird es Leser geben, die es mir vorwerfen, daß ich
einem Werke, welches bestimmt war, ein Bild von afrika-
nischem Leben und Treiben zu liefern, ein so umfangreiches
Kapitel über „Colonisation in Südamerika" einverleibt
habe? Wäre dies der Fall, nun so mögen sie es einem ge-
kränkten und erregten patriotischen Gefühle zugute halten, das
jetzt infolge der neuesten südafrikanischen Ereignisse in mir

wieder recht zum Ausbruche kam und von dem ich daher gerade
nothwendig an diesem Platze reden mußte.

Ich habe schon zu oft im Auslande, namentlich vor dem
Jahre 1870 im Elsaß und gleicherweise bei meinem zweimali-
gen Aufenthalte in Nordamerika, den widerwärtigen Eindruck
empfangen, daß von den dortigen höhern gesellschaftlichen
Klassen das deutsche Volkselement als ein unaristokratisches
und nicht gentlemanisches — geradeheraus gesagt: als ein
nicht zum Herrschen, sondern zum Dienen geborenes, plebeji-
sches Element betrachtet und entschieden gemißachtet und über
die Achseln angesehen wurde. Ich will diese Wahrnehmung
durch ein kleines unscheinbares, aber charakteristisches Erlebniß
illustriren.

Ich verlebte im Jahre 1869 einige Wochen in Baltimore
in der Gesellschaft eines sehr vornehm thuenden, der jeunesse
dorée der hohen amerikanischen Cirkel angehörenden „Gou-
verneurssohnes". Er hielt mich sonderbarerweise für einen
Spanier, trotz meines sehr wenig spanisch klingenden Namens,
weil er mich nämlich auf einem von der cubanischen Emigration in Neuyork gegebenen Balle kennen gelernt und mich
dort mit ein paar jungen creolischen Damen spanisch sprechen
gehört hatte; auch im übrigen mochten ihm wol meine brünette
Physiognomie und mein langer schwarzer Vollbart im Glauben
an meine spanische Nationalität festhalten, und überdies hatte
ich seitdem eine besondere Gelegenheit weder gehabt noch gesucht, um ihn über mein Geburtsland aufzuklären. Als ich
ihn nun eines Tages als guten Kenner der Stadt Baltimore
um Rath fragte, ob er mir wol anempföhle, einen gewissen
Ball zu besuchen, der in den Zeitungen für diesen Abend
glänzend annoncirt war, rieth er mir davon ab mit den Worten: „Don't go, for heaven's sake, you will find a most
inferior company, nothing as Germans and Irish!" („Gehen
Sie ja beileibe nicht dahin, Sie werden eine höchst plebejische
Gesellschaft dort finden, nichts als Deutsche und Irländer!")

Das Blut schoß mir in den Kopf und ich fühlte einen
starken Impuls, dem ungenirten Gelbschnabel einen handgreiflichen Beweis meiner Indignation zu geben. Doch in dem-

selben Augenblicke kam mir die ihn entschuldigende Reflexion,
daß er jedenfalls ohne allen bösen Willen nur ganz unwillkürlich einem allgemeinen den Yankees innewohnenden Gefühle
Ausdruck gegeben hatte, daß nämlich ihre Nationalität eine
viel vornehmere, civilisirtere und fortgeschrittenere sei als die
deutsche. Und wer könnte ihnen das verargen, wenn man
sieht, in wie ekelhafter Weise drüben so viele früher eingewan-
derte Deutsche aus den ungebildeten Ständen, sobald sie
erst wohlhabend und hinreichend „amerikanisirt" worden sind,
dann ihr deutsches Wesen und ihren deutschen Ursprung ge-
flissentlich verleugnen und sich seiner schämen, mit Vorliebe
nur englisch sprechen, ihre Namen anglisiren (z. B. aus
Schmidt Smith, aus Schneider Snider, aus Oswald O'Swald
machen) und überhaupt bei jeder Gelegenheit nur als Voll-
blut-Yankees zu erscheinen suchen!

Kam dieses Gefühl seiner Inferiorität, seines geringern
gesellschaftlichen Werthes (das nun hoffentlich seit den Jahren
1870 und 1871 immer mehr und mehr im Verschwinden begriffen ist) dem Deutschen niedern Schlages nicht sehr natürlich aus dem Anschauen der Bedientenrolle, die er das deutsche
Element überall in Nordamerika einnehmen sah? Eine Nation, deren Gliedern zur Emigration nur Länder offen stehen,
wo sie sich ausnahmslos fremden Gesetzen, fremden
Sitten und fremder Sprache unterwerfen müssen, muß
es sich gefallen lassen, wenn ihre ausgewanderten Kinder dann
drüben keinen besondern patriotischen Stolz und nationales
Selbstgefühl offenbaren und demüthig ihren Nacken der neuen
superioren Nationalität beugen. Etwas anders würde es
freilich werden, wenn die deutschen Auswanderer in den neuen
Ländern, denen sie sich zuwenden, eine Herren-Nation bleiben könnten, wenn sie nicht mehr genöthigt sein würden, die
deutsche Sprache aufzugeben und sich in fremde Sitten und
Gebräuche zu schicken, unter fremden Fahnen Kriegs- und
Flottendienste zu nehmen und ihr Recht in fremder Sprache
durch nichtdeutsche Advocaten vertheidigen zu lassen!

Möchten doch die hier ausgesprochenen Gedanken und Vorschläge im großen deutschen Publikum Widerhall finden und

ernste Vaterlandsfreunde sich zusammenthun, um endlich die
Lösung einer der wichtigsten vaterländischen Fragen unserer
Zeitperiode in die Hand zu nehmen: die Organisation und
Centralisirung der deutschen Massenauswanderung, die Ab-
leitung des alljährlich staatsgefährlicher werdenden Ueberflusses
unsers Proletariats nach Ländern, wo es zu einer glücklichen
menschenwürdigen Existenz gelangen würde, und die Grundlegung für neue deutsche Tochterstaaten jenseit des Meeres,
die dem deutschen Volkselement für alle Zeiten eine ebenbürtige Stellung neben dem angelsächsischen und slawisch-russischen sichern und bewahren würden. Wir brauchten dann
für die Zukunft kein solches immenses numerisches Uebergewicht
dieser beiden letztern Volksrassen mehr zu befürchten; würde
baldigst der Grund zu einem neuen Deutschland auf der südlichen Halbkugel gelegt, so würde nach hundert Jahren die
deutsch redende Bevölkerung des Erdballes eben auch wenigstens ihre 150 Millionen betragen (bei der in den Colonien
ungleich raschern Volksvermehrung aber wahrscheinlich noch
viel, viel mehr!!) und dann also derjenigen des russischen
Reiches, bei gleichem beiderseitigen Zuwachse, ziemlich gleichkommen, oder dieselbe gar übertreffen, während sie etwa ein
Sechstheil der nach aller Wahrscheinlichkeitsrechnung bis dahin verzehnfachten angelsächsischen Bevölkerungen ausmachen
würde. Bleibt's aber beim alten, so wird das deutsche Volk
von Jahrzehnt zu Jahrzehnt in der politischen Wagschale leichter werden, in dem umgekehrten Verhältnisse, als die slawisch-
russische und die angelsächsischen Bevölkerungen fortwährend
an numerischem Uebergewicht und daher auch an politischer
Bedeutung zunehmen. Würde ein solches allmähliches nothwendiges Herabsteigen unsers Vaterlandes von seiner jetzigen
Größe den Hoffnungen entsprechen, welche die politische Wie-
derauferstehung unsers Deutschen Reiches im Jahre 1871 in
den Herzen unserer Patrioten erregt hat?

Anhang.

I.

Nachträgliche Bemerkungen zu Seite 290.

Allerdings hat vor dem Anfang der Verbrennungs- und Ver-
brühungsexperimente eine Narkotisirung jedes Hundes stattgefunden.
Jedoch hat Dr. Wertheim den hiernach über den ganzen Körper
mit den schmerzvollsten Brandwunden bedeckten Hunden nach ihrem
Wiedererwachen aus der Narkose nicht die Wohlthat erwiesen, sie
zu tödten, sodaß der Tod bei einigen davon erst fünf Tage
nach der Verbrennung erfolgte!!

Neben der auf S. 288 erwähnten „Society for protection
of Animals liable to Vivisection" hat sich in London noch eine
zweite Gesellschaft zum Zwecke der gänzlichen Unterdrückung der
Vivisection gebildet, die „Society for the total abolition and
utter suppression of Vivisection (Hon. Secr. George R. Jesse,
Henbury, Macclesfield, Cheshire). Beide Gesellschaften werden
(jede für sich) dem Parlament noch in dieser Session zwei von
den ersten und angesehensten Namen Großbritanniens unterzeich-
nete Petitionen gegen die Vivisection überreichen (die Petitionen
von Mr. Holt und von Mr. Ashley). Außer diesen beiden
speciell gegen die Vivisection gerichteten Gesellschaften wirkt noch
in derselben Richtung die große „Royal Society for the Preven-
tion of Cruelty to Animals" (105 Jermin Street, S.W.,
London, Secr. John Colani). Da diese drei Gesellschaften glücklicherweise durch die rege persönliche Theilnahme Ihrer Majestät

der Königin und der sämmtlichen Spitzen der Aristokratie, der
Gentry und der Geistlichkeit Großbritanniens energisch unterstützt
werden, so ist wol zu hoffen, daß es ihren vereinten Anstrengun-
gen endlich gelingen möchte, den Altar der Wissenschaft von dem
schrecklichen Apparat von Folter- und Marterwerkzeugen und von
den alltäglich so massenhaft darauf vergossenen Blutströmen ge-
quälter Opferthiere zu befreien und zu reinigen, welche herzlose
und gefühlsstumpfe Fanatiker der Wissenschaft als so unumgänglich nothwendig zu bezeichnen nicht milde werden, trotz der so
zahlreichen Stimmen dagegen aus den Reihen ihrer eigenen Fach-
genossen. In England wurde neuerdings wenigstens so viel erreicht, daß keine Hunde, Katzen, Pferde, Esel und Maulthiere
mehr zur Vivisection verwendet werden dürfen. Wer aus physiologischen Handbüchern die grauenvollen, unsäglich grausamen
und oft tage- und wochenlang fortgesetzten Martern kennt, zu
welchen wissensdurstige Experimental-Physiologen mit Vorliebe
gerade das empfindsamste und dem Menschen treueste und anhäng-
lichste Thier: den mit so hochentwickeltem Gehirn und so menschen-
ähnlichen Seelenkräften begabten Hund auswählen und ihn dadurch langsam zu Tode zu quälen völlig unbedenklich und ganz in
der Ordnung finden — blos deshalb, weil derselbe das am billigsten zu beschaffende unter den warmblütigen Thieren ist — der
wird mit mir darin übereinstimmen, daß solcher plebejen Rohheit
von Dienern der Wissenschaft, die ethischen und moralischen Rücksichten durchaus nicht die geringsten Opfer bringen wollen, von
seiten des die öffentliche Moral vertretenden Staates unbedingt
engere Grenzen gezogen werden sollten. Eine Petition an den
Deutschen Reichstag, unter Zugrundelage der neuen englischen Vivi-
sectionsgesetze und der Petitionen der englischen Thierschutzvereine
wäre wahrlich viel nothwendiger und wichtiger wie so viele andere
Petitionen, mit denen unser Reichstag behelligt zu werden pflegt.
Eine Agitation in dieser Richtung wäre allen deutschen
Thierschutzvereinen auf das dringendste anzuempfehlen.
Namentlich müßte für die ganze Dauer der vivisectorischen
Operationen die vollständige Anästhesirung (Narkotisirung) der
Opferthiere obligatorisch gemacht, die Anwendung bloßer Läh-
mungsmittel wie Curare streng verboten und müßten auch die
Thiere unbedingt noch vor dem Erwachen aus der Betäubung ge-
tödtet, nicht aber nachher noch zu neuen Versuchen und Qualen

aufgehoben werden. Ebenso wären sämmtlichen Studenten und Schülern alle und jedwede vivisectorische Manipulationen und Uebungen absolut zu untersagen und die an großen medicinischen Schulen üblichen Preisaufgaben für physiologische Experimental-untersuchungen in Zukunft einzustellen, auch dürften weder zur Demonstration beim Unterrichte noch zur Erlangung manueller Geschicklichkeit Vivisectionen vorgenommen werden.

Von der „Gewissenhaftigkeit" der Vivisectoren, auf die sich ein Kämpfer für Vivisection, Dr. Hermann in Zürich, beruft, darf man nur sehr wenig erwarten. Wie können denn Männer, deren Alltagsbeschäftigung am Vivisectionstische darin besteht, in den Eingeweiden geknebelter und winselnder (nur in der Hälfte der Fälle narkotisirter) Thiere herumzuwühlen, sich so viel weiches Gefühl bewahren, daß sie noch Mitleid mit den gefolterten Thieren empfinden? Professor Klein aus Wien bekannte ganz ungenirt vor der Londoner Königlichen Commission, daß ein physiologischer For-scher weder Zeit noch Lust haben könne, um sich um die Schmerz-empfindungen der von ihm zu Tode gemarterten Thiere im min-desten zu bekümmern. Es kann also wahrlich nicht in Er-staunen setzen, wenn von solchen, ausschließlich nur von uner-sättlichem Wissensdurste, vom Drange nach „Wissen um jeden Preis" erfüllten Männern jedes Mitleid zarter organisirter Seelen als eine „weichliche Gefühlsverschwommenheit" bezeichnet wird! (Vgl. das charakteristische Gutachten der züricher medi-cinischen Facultät über Vivisection vom 10. November 1876, das zugleich in seinem harmlosen Vergleiche der so lang dahingezogenen und zu einem grauenhaften Tode führenden Qualen der Vivisection mit denen der so kurz vorübergehenden Castration der Hausthiere einzig dasteht.) Ein kurzes Durchblättern des 6551 Paragra-phen enthaltenden Reports der Königlichen Englischen Vivisections-Commission von 1876 und der darin veröffentlichten reichhaltigen „Evidence" der großen Thierschutzgesellschaften genügt, um die „Ge-wissenhaftigkeit" gewisser physiologischer Forscher in das gebührende Licht zu stellen. Der „berühmte" pariser Professor Magendie nagelte ein feines nervöses Wachtelhündchen, das er erstanden, mit seinen vier Pfoten und seinen langen seidenweichen Ohren an den Tisch, nur um so seinen Studenten in ungestörterer Weise das kunstgerechte Aus-schneiden der Augen, das Aufsägen des Hirnschädels, das Bloßlegen verschiedener Nervenbündel und innerer Organe vorführen zu können.

Und dann hob er das arme, nicht narkotisirte und immer noch lebende, verstümmelte Thierchen noch für die Experimente des nächsten Tages auf!! Derselbe Magendie schnitt einem lebendigen Hunde den Magen aus und befestigte an dessen Stelle eine Blase, und beobachtete nach diesem eine Woche lang die weitern „interessanten und spannenden" physiologischen Vorgänge in dem langsam absterbenden Thiere! In der Thierarzneischule zu Alfort in Frankreich werden zur Erlangung manueller Geschicklichkeit der Studirenden an ein und demselben Pferde im Laufe eines oder mehrerer Tage mitunter bis 64 der schmerzvollsten Versuche ausgeführt, worunter sich die quälendsten Manipulationen befinden, wie z. B. Durchbohrung der Stirnhöhlen, Amputation einzelner Glieder, Durchstechung der Augen, Brennen verschiedener Körpertheile, Abreißen der Hufe u. s. w. Eine kleine, im Dienste des Menschen erschöpfte Fuchsstute hatte, wie Dr. Murdoch berichtet, unglücklicherweise die zahlreichen Torturen eines Tages überlebt und zeigte mit einem Geschöpfe unserer Mutter Erde kaum noch eine Aehnlichkeit. Ihre Lenden waren aufgeschnitten, die Haut zerrissen, von Brenneisen durchpflügt und mit Dutzenden von Haarseilen durchzogen, die Sehnen durchschnitten, die Hufe abgerissen, die Augen durchstochen. Und in diesem blinden und wehrlosen Zustande wurde die ärmste Creatur noch unter Gelächter auf ihre blutenden Filze gestellt, um den anwesenden Operateuren an andern sieben Pferden zu zeigen, was „menschliche Geschicklichkeit" vor Eintritt des Todes alles geleistet hatte! Der berühmte pariser Professor Claude Bernard erfand einen ingeniösen Ofen zum Studium des Todes durch Hitze. Auf S. 358 seines Buches beschreibt er die Details des langsamen Todes von 17 in diesem Ofen lebendig gebackenen Hunden und 22 Kaninchen! Die während der letzten zwanzig Jahre veröffentlichten physiologischen Fachzeitschriften von ganz Europa wimmeln von ähnlichen Berichten wahrhaft kannibalischer Grausamkeit, deren reeller Gewinn für Wissenschaft und Heilkunde nach dem Urtheile von medicinischen Fachmännern selbst absolut gleich Null gewesen ist. Nicht eine einzige Stunde Menschenleben ist infolge aller dieser Martern von Hunderttausenden von Thieren verlängert oder erträglicher gemacht worden. Da nun solche Scenen in den Versuchssälen der höhern Lehranstalten fortwährend und, aus Anlaß der gesetzlichen Erlaubniß in ungezählten Wiederholungen, unbehindert und unbestraft vor sich

gehen, so wird die dringende Wünschenswürdigkeit einer constanten
Ueberwachung solcher Anstalten von seiten des Staates, oder noch besser
durch Delegirte der Thierschutzvereine wol für jeden unbefangenen
und noch nicht jedes menschlichen Mitleidsgefühls entwöhnten Cul-
tur- und Christenmenschen einleuchtend. Wenn ein leidenschaftlicher Wissensdurst alle Schranken der Moral und der Humanität
rücksichtslos überspringen zu dürfen glaubt, so ist es die Pflicht
des Staates, als Vertreters des öffentlichen Sittengesetzes, solchem
wissenschaftlichen Fanatismus Zügel anzulegen und ihm diejenigen
Grenzen zu ziehen, welche das Gewissen und das ethische Gefühl
der großen Majorität der Nation gebieterisch fordern und welcher
der Einzelne, wie privilegirt auch seine Stellung sein möge, sich
zu unterwerfen gezwungen werden sollte.

Wer von meinen geehrten Lesern zu einem edeln und humanen Zwecke durch Beitritt zu der „Londoner Gesellschaft zum
Schutze der der Vivisection unterworfenen Thiere" mitwirken will,
wolle sich freundlichst an den Verfasser wenden, welcher die Ehre
hatte, von obiger Gesellschaft zu deren „Correspondirendem Mitgliede
für Dresden" gewählt zu werden. Der Earl Shaftesbury, der
Erzbischof von York, Cardinal Manning, Prinz Lucian Bonaparte
und verschiedene Parlamentsmitglieder und Aerzte von Ruf stehen
an der Spitze dieser Gesellschaft. Die bekannte Schriftstellerin
Elpis Melena — eine der edelsten Frauen, die je die Feder führten — hat in einer 1877 bei Franz in München erschienenen
Novelle „Gemma" Gelegenheit genommen, die Vivisection von
Wirbelthieren näher zu beleuchten. Ich möchte die Lektüre dieser
fesselnden Schrift namentlich allen deutschen Frauen angelegentlichst
empfehlen. Möchten dieselben doch ihre englischen Schwestern sich
zum Muster nehmen, deren einstimmige Verurtheilung der Vivisection so viel dazu beigetragen hat, jenseit des Kanales den Cultus
der wissenschaftlichen Grausamkeit zu beschränken und die skrupellosen,
Moral und Humanität mit Füßen tretenden Fanatiker der physiologischen Forschung an den Pranger der öffentlichen Schande zu stellen,
sodaß dieselben in ihrem eigensten Interesse, aus Rücksicht auf ihre
gesellschaftliche Stellung, sich zu Concessionen gezwungen sahen, wodurch immerhin das Los der armen Opferthiere in England wesentlich verbessert worden ist.

II.

Nachträgliche Bemerkung zu Seite 376 und 377.

Meine auf S. 376 ausgesprochene Erwartung, daß nach den anfänglichen Mißerfolgen im ersten Theile des orientalischen Krieges die Russen schließlich doch den Sieg erringen würden, ist sehr bald in Erfüllung gegangen. Ein ruhmreicher Feldzug hat die russischen Heeresmassen siegreich über den Balkan gebracht und sie stehen jetzt als Herren der europäischen Türkei vor den Mauern Konstantinopels. Wie auch die vereinbarten Friedensbedingungen schließlich durch den Congreß der Großmächte modificirt werden mögen — das Vorwiegen des russischen Einflusses im Orient ist nunmehr für lange Zeit gesichert und die menschenarmen Länder des Südostens erscheinen infolge dessen als Ziele für deutsche Auswanderung im Sinne nationaler Colonisation fortan definitiv für uns abgesperrt. Ich kann nach diesen letzten politischen Ereignissen daher nur von neuem, und noch entschiedener als vorher, auf meine in Kapitel XXVI und XXXI ausgesprochenen Meinungen zurückkommen. Wie absolut sicher auch jetzt Deutschland der Freundschaft des russischen Nachbarreiches ist, solange der edle und hochsinnige Kaiser Alexander II. dasselbe beherrscht, so könnte doch in spätern Jahrzehnten allmählich eine Aenderung in diesen freundnachbarlichen Beziehungen eintreten, und in solchem Falle würde eine Vergrößerung und Ausdehnung des deutschen Machteinflusses durch die endliche Begründung von deutschen Tochterstaaten unserm Volke für alle Zeiten einen sehr wünschenswerthen festen Rückhalt gewähren.

III.

Nachtrag zu Seite 519.

Wie mit jedem Jahre die Benutzung des Suezkanals steigt, zeigt der folgende Vergleich seiner Schiffsfrequenz. Es passirten den Kanal in den Jahren:

1870　486 Schiffe, die einen Zoll von 4,127461 Mark entrichteten.
1873　1173　 ″　　″　　″　　 ″　　″ 18,317855　 ″　　　　″
1877　1663　 ″　　″　　″　　 ″　　″ 26,209116　 ″　　　　″

Druck von F. A. Brockhaus in Leipzig.

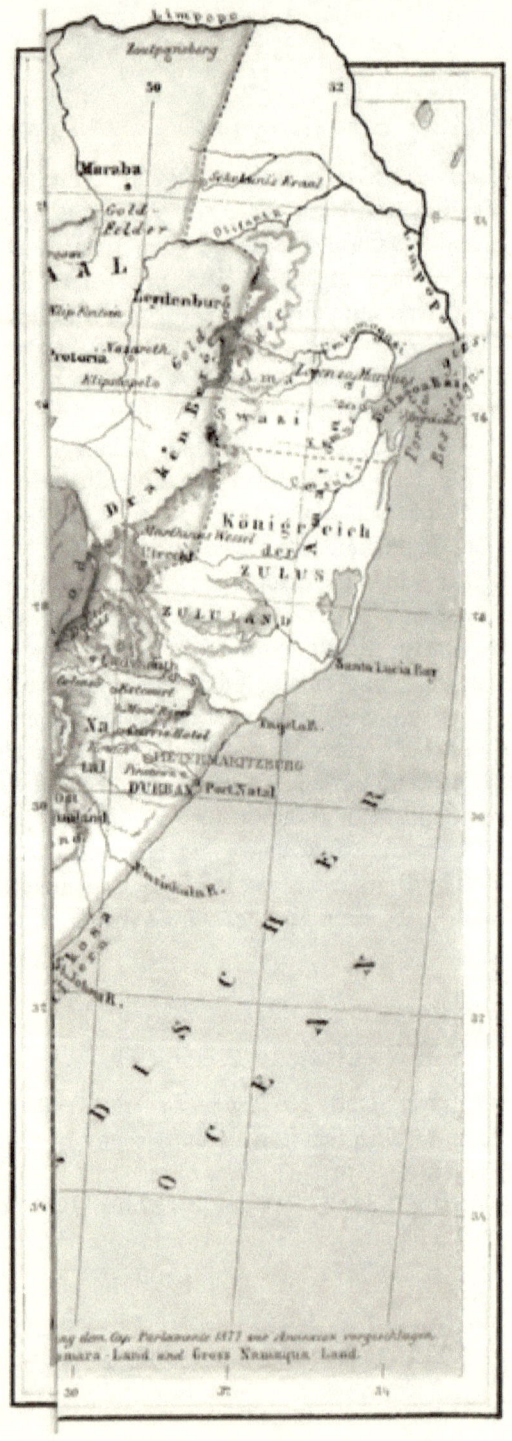

www.ingramcontent.com/pod-product-compliance
Lightning Source LLC
Chambersburg PA
CBHW021934110726
47901CB00003B/831